山恋

梓话◎著

暨南大学出版社
JINAN UNIVERSITY PRESS

中国·广州

图书在版编目(CIP)数据

山恋/梓话著.—广州：暨南大学出版社，2015. 5
ISBN 978 - 7 - 5668 - 1377 - 0

Ⅰ.①山…　Ⅱ.①梓…　Ⅲ.①长篇小说—中国—当代　Ⅳ.①I247.5

中国版本图书馆 CIP 数据核字(2015)第 062864 号

出版发行：暨南大学出版社

地　址：中国广州暨南大学
邮　编：510630
电　话：总编室(8620)85221601
营销部(8620)85225284　85228291　85228292(邮购)
传　真：(8620)85221583(办公室)　85223774(营销部)
网　址：http://www.jnupress.com　http://press.jnu.edu.cn

排　版：广州联图广告有限公司
印　刷：广东信源彩色印务有限公司

开　本：787mm × 960mm　1/16
印　张：30
字　数：548 千
版　次：2015 年 5 月第 1 版
印　次：2015 年 5 月第 1 次

定　价：48.00 元

自序

写这本书的时间跨度太长，如同一个工匠，在精雕细刻地雕琢光阴的同时，自己也被时光切割、剖析。创作此书时，一种刻骨铭心的感觉时隐时现。沉甸甸的心沉浸于那些被删除和保留下来的情节和人物的悲伤中久久不能自拔。

创作这个故事的初衷是因为忘不了那个年代，那个既特殊又沉痛的年代，那个处于太平时期的斗争年代，那个轰轰烈烈的让人有烧灼般痛感的年代，那个回忆起来总让人既伤感无限又五味陈杂的年代……我走过那个年代，曾与我的父辈们一起经历过那个年代的悲哀恐惧和忧愁绝望。当然，喜也有，却少之又少。我到如今能记得起的，竟然是在寒冬里排了一夜的队，虽冻得半死，却为终于买到一斤皮多肉少的猪肉而欢天喜地。

原只打算讲点小故事，叙些闲情旧话，可提起笔就走到了八十万字的边缘，一路不停地修改删减下来，尚余五十多万字，最终定稿。如果把创作的过程比作行路，那么，这段路我走了十余年。

搁笔瞬间，既怀惴惴不安之感，又有如释重负之叹。终于能把此书奉献给与之有缘的读者了！

梓　话

2014 年 12 月 10 日

目　录

第一卷

第一章

这是冬末春初的一个星期天。凌晨四点钟，蜷缩在盆地里熟睡的竹市还完全笼罩在寒冷的黑暗中。一夜未停的毛毛雨漫天飘飞着，好像永远都不想停止。感觉刚躺进被窝不久的袁昕燕被妈妈叫醒。头发蓬乱的妈妈着急地说:“燕儿，起了。”说完，转身朝外屋走。过门框时，顺手扯下挂在上面那条补了好几块补丁的碎花棉布门帘，在手上折成一叠捏着走了出去。

昕燕是袁家的大女儿，今年十四岁。被妈妈喊醒后她努力睁开双眼，一股强光立即射进眼睛。她感到头有点晕，赶紧用手挡在眼睛上，心想，今天的灯怎么这样刺眼？她习惯性地转过头想看看桌上的小闹钟几点了，可是原来放桌子的地方空空的，什么都没有。这才想起，那些东西昨天晚上都被打成了包裹。一会儿就要动身了，还要赶紧把弟弟妹妹弄醒。赶快！车来了就赶不及了！昕燕跳起身飞快地穿上衣裤，她根本不想走，却又想早些走，怕走晚了被别人看见。

妈妈又进来了。“都弄好了吗？”话音未落就看见昕南和昕琪都还是直挺挺地熟睡着。妈妈着急起来，走过去又拍又摇又捏鼻子地硬是把昕琪弄醒了。迷迷糊糊的昕琪不肯穿衣服。“抬头！”妈妈拍了她一下，她才肯把头抬起来，昕燕赶紧把那件套头的卫生衣给她套上。妈妈和昕燕一起左扯右拉地总算把衣裤鞋袜给昕琪穿好。接着爸爸进来了，半扛半抱地把穿得棉呼呼像个大包袱卷一样又睡过去的昕琪背起来朝外走。妈妈一把抓起爸爸那件盖在被子上旧得发白的蓝色卡其布棉大衣，跟在后面追了出去。过了一会儿，昕燕听见爸爸走上来的脚步声，他是回来抱昕南的。

爸爸走到床边，弯腰抱起熟睡的弟弟就往外走。旧木楼板发出嘎吱嘎吱的响声，在静静的夜里显得特别清晰、刺耳，一步步沉重地踩踏在昕燕的心尖上，好痛！

再过一会儿，昕燕就要和她那两个还在睡梦中的年幼弟妹一起，跟着爸爸妈妈被遣送到野鸭河公社劳动改造去了。那个地方是昕燕妈妈的出生地和童年生活过的地方，还埋葬着昕燕的曾外祖母、外公和外婆，可是妈妈好像并不愿意去那个地方。昕燕长这么大也从来没有去过那个地方。每次妈妈去上坟都不带昕燕姊妹去，说她们小，走不动，添麻烦。

天还是黑漆漆的，车来了。妈妈抬头看了看哐啷哐啷摇摇晃晃地拐过来的大篷卡车，愤愤然地说："这么早！谁都恨不得我们马上就滚。"

可是昕燕不嫌早，还想越早越好。她不想遇见同院的任何人，更怕遇见同校的同学。现在车来了，她却又开始留恋起这个地方来，真的要走了！她又一次感到心脏揪扯般的痛。

看到车来，爸爸赶紧走到大院门外，下了台阶，迎候在那里。

一个胖胖的，约莫五十岁的司机打开驾驶室的门，踩着踏板走下来。他看了看堆在地上的那些东西，严肃地问道："你就是袁民生？怎么带这么多东西？"他大概把昕琪和昕南也当成一堆物品了。

昕燕爸爸点着头谦卑地说："我就是袁民生，麻烦您了。师傅，请问您贵姓？"

爸爸没有回答司机为什么要带这么多东西，他知道这个问题可能怎么回答都不是。司机斜了爸爸一眼，也没有说他的"贵姓"。

爸爸掏出一包散装的、没有牌子和外壳的简装烟，抽出一支赔着笑脸递给司机。昕燕担心地看着他们，爸爸用这种简装烟招待人家，也不知道人家看不看得上。

那胖司机斜眼看了看爸爸手中的那包烟，推开爸爸的手，没有接那支烟。他眼睛看着别处，不客气地说："搞快点。"接着转身回到驾驶室里去，"嘭"的一声，关上了驾驶室的门。

昕燕看在眼里，心里很替爸爸难过。比那个胖司机高很多的爸爸倒像是比人家矮了一头似的。

车头旁边站着根不怎么直的木电线杆，上面吊着一盏清朝士兵帽子一样的路灯，微弱的黄光勉强能连成线，顺着瘦长的杆子从上面溜下来，正好停在驾驶室正面的玻璃上，朦朦胧胧地让外面看进去的目光能分辨出里面除了胖司机打瞌睡外，还有一个男人和一个女人的头紧靠在一起，好像也在打瞌睡。昕燕看着那三个头，心里酸酸的。

爸爸和妈妈都不认识这三个人，爸爸轻声对妈妈说："可能是轻工业局的车，那两个人可能是来押车的。不管他们，有车就行。"

押车！不等于是押送吗？昕燕心里感到一阵羞耻与难过。心里刚才那些恋恋不舍立即遁去。赶快走！免得天亮了，一家人站在这里既丢人又伤心。

终于，东西和人都全部上车了，一家人在货车厢里席地坐下。爸爸关好了车厢的后挡板，就挨着妈妈坐下来，抱起迷迷糊糊的昕琪，又给她裹了裹身上的棉衣。昕燕则紧靠在妈妈另一边。无声，静寂。全家人在黑暗中默默流泪。爸爸没有立即叫司机开车，他想多看一眼这条熟悉的巷子和那早已没有了门、日夜张开大口好像被什么东西卡住了喉咙一样的大院门框。

卡车像一个大怪物一样蹲在地上突突突地喘息着没有熄火，大概是怕天冷熄火后不好发动。轰鸣着的发动机像是在警告这家人快点。

正当昕燕一家恋恋不舍地悄悄洒泪告别那座仍然在寒冷和黑暗中沉睡的大院时，一个瘦长的人影，转过街角，在昏暗的路灯下，拖着一条长长的影子急急忙忙地朝这边赶过来。

爸爸轻声对妈妈说："好像是老张。来送我们的吧？"

"他怎么知道的？"妈妈问。

"昨天我去医院开药，路上碰见他就顺便打了个招呼。"

爸爸的话刚落音，来人就到了近前。爸爸说："真是老张。"

老张是昕燕妈妈的表哥，也是昕燕爸爸的大学同学，昕燕管他叫表舅。表舅手里提着一包东西，到了车前直喘粗气。他有肺结核，还有哮喘病，经常不停地咳嗽。不咳嗽的时候喉咙里发出呼噜呼噜的声音，像猫喘息一样。他还时不时地伸长脖子深吸一口气，好像要把空中的气都吸进肺里才能继续维持呼吸。

老张抬起头，见表妹一家像一窝待宰的羊，静静地坐在货车厢里，刚好露出胸膛和头。绝望悲凉的气氛从车上漫溢出来，像流淌的水和游弋的气体。表舅是唯一来送行的亲友，他呼噜呼噜地喘气，哽咽着说："要走了吗？我来晚了点。"说着，递上一包东西来："自己家做的洋芋片和一瓶老酒，乡下苦，多保重啊！"讲到这里，他哭出声来。

接下来又是一片死一般的沉寂。爸爸抹了抹眼睛，伸手接过表舅举着递上来的那个纸包同那瓶白酒，说："谢谢你来送我们！其他亲戚和同学那里，不知道的就算了，知道的，要是问起来，你就替我们说一声。这年头，大家都是'泥菩萨过河——自身难保'。谢谢你来给我们送行，多多保重，不知什么时候再见了。"说这话时，爸爸也哽咽了。

表舅抬起头对天长抽了一口气，一边抹眼泪一边点着头带着哭腔说："你放心，我会告诉他们的。"话没有说完，又呜呜地哭起来。

那个胖司机大概是被说话声和老张的哭声吵醒了，扭过头从后视窗里看见这家人都在车上坐着，也不管人家还在跟送行的人道别，就突然开动了汽车。汽车一声轰响，吓了大家一跳，一家人的身体跟着老旧的车身猛烈地往后仰了一下，然后，背朝着前行的方向被这辆跌跌撞撞的卡车拉走了。爸爸向呆站在那里的表舅摆了摆手，表舅也抬起右手来，弯着的胳膊肘僵立在半空中。

表舅看着开走的车，突然哭着大声喊起来："家玉，民生，来日方长，一定要多保重啊！"

他跟着车跑了两步就呆呆地定在那里不动了。昏暗的路灯把表舅本来就又瘦又长的身体变成一条长长的剪影，他越来越远的身体像一条细长的带子，缓缓地朝巷子的另一头飘去。

又老又破旧的卡车好像并不服老，刚一出西城门，就在郊外并不平整的公路上飞奔起来。旷野里，狂野的寒风立即铺天盖地地扑向这架拼命奔着的老卡车，发疯般地撕咬着罩在它身上同样老朽的粗帆布车篷。风好像非常饥饿，像一群饿极了的野兽。它们包围着这架老卡车，好像随时都会生吞活剥掉这个拼命奔跑着的、有着一身钢骨铁架的老怪物。车身上那些老旧的车厢板，被狂风撕咬得痛苦不堪地叽叽嘎嘎地叫唤着、挣扎着。一切都在黑暗中进行着，除了还在昏睡的弟弟妹妹外，昕燕与爸爸妈妈一起陷入了一种难以忍受的寒冷与恐惧之中。

不多久，那个胖司机把车停在去野鸭河公社的岔路口上。那里有一个写着“5公里”的里程碑，还有一棵据妈妈说是解放前就被雷劈开，但仍然不可思议地活着的大树。

胖司机粗暴地强迫他们下了车，把这家人丢在这个天寒地冻，前不着村、后不着店的地方，就溜之大吉了。一家人好像一堆被随意丢弃在荒野里的垃圾，在黑夜中忍受着改造灵魂与改造肉体的痛苦。

第二章

1

昕燕爸爸是学化工的。解放前两年，经人介绍进入一家化工厂做总工程师。老板是昕燕爸爸朋友的朋友，姓杜，比昕燕爸爸年长几岁。他们认识后，很快就成了好友。

解放前夕，杜老板带着全家移居国外。临走前，发了些钱打发工人散伙回家，又把完全停产的工厂托付给昕燕爸爸看管。辞别的时候，杜老板塞给他一张国外居住的通讯地址。他走后，昕燕爸爸帮他锁上了工厂大门。

解放后，政府接收了工厂，又拨发了恢复生产的资金，厂子重新开工。昕燕爸爸继续留在厂里当总工程师。当时新中国正处在百废待兴的创业阶段，昕燕爸爸积极配合政府，找回来了大部分工人。他与工人们一起生产自救，使工厂的情况一天比一天好起来。在这期间他多次写信给杜老板，工厂毕竟是杜老板托付给自己的呀！至少也要告诉他一下工厂现在的状况。可是寄出的那些信如石沉大海，杳无音信。

日子过得很快，一晃就过了好些年。到了一九五七年“反右”时，爱讲爱说、爱发表意见的昕燕爸爸糊里糊涂地当了“右派”，从生产技术科下放到车间，成了一名普通工人。本来根据他“右派”错误的性质是要去坐牢的，但是他一走，工厂找不出一个像他这样既懂机械，又懂化工，还兼管理车间生产质量的人来顶替他的位置。上级单位和工厂领导在研究对他的处理办法时，产生了很大的分歧。一些人说：“袁民生与原来逃跑的反动资本家杜老板关系很好。袁民生在旧社会也是吃得好，穿得好，骑在工人头上作威作福的人。他心里肯定不满共产党的领导，他就是反党反社会主义的坏分子，应该坐牢。” 可又有人说：“建设社会主义离不开像老袁那样有干劲，又懂技术的人。” 还有人说：“老袁人直，话多，平时对什么事都爱讲爱说。他只是说错话而已，不是反党。他还在积极申请入党呢。再说工厂也离不开他，技术上的事只有他懂。应该留下他，让他在工人阶级的监督下劳动改造。”

上级主管单位经过研究，出于对工厂生产需要上的考虑，又根据中央精神，认为昕燕爸爸只有“右派”言论，没有行动；又不是共产党内的“右派”分子，不在严肃处理的范围之内。他这才逃过了牢狱之灾。“右派”的日子很不好过，人们在工作中仍然听他的意见，可工作之外再没有人同他讲话了。一堆人正说得热闹，见他一来就四散开去，就像他有吓人的传染病似的。有一次，他上厕所，刚蹲下就见一个平日里关系很好的人进来。如果是在外面人多的情况下，他是不会主动同别人打招呼的，怕影响别人。见厕所没有其他人，就说：“伙计，解手啊？”谁知那人一看见是他，就像见到鬼一样，转身就往外跑，连厕所都不上了。昕燕爸爸心里明白，谁都怕同他走得近了会跟着倒霉。谁愿意惹火烧身呢？在遭遇了几次尴尬后，他也吸取了教训，处处小心翼翼，对一些事情的处理就算有看法也不敢再说什么了。好歹挨着苦，盼着得到党和人民原谅的那天。

一九六六年，还没从“四清运动”的担忧惊吓中缓过神来的他，又被卷入了史无前例的“无产阶级文化大革命”的斗争漩涡。“文化大革命”除了打倒走资本主义道路的当权派外，“地、富、反、坏、右”也是打倒的重点。他每天都提心吊胆，心惊肉跳，吃不好饭，睡不好觉。

这天，在工厂陪斗后，晚上回到家，他绝望地对妻子说：“这次运动来得厉害啊！连解放军部队上转业下来的正副厂长都被挂上大牌子上台批斗，我担心我们活不出来了。”

2

现在，一家人呆呆地站在风雨中，脑子里回想着这两天发生的一切。这件事发生得如此之迅速，简直比做梦还快，不容人有片刻的思考。一大堆要速办的事让人焦头烂额，手忙脚乱，连哭的时间都要节约着用。

那天早晨上班后，新上任的造反派科长栾翔远走到昕燕妈妈跟前，怪声怪气地说：“万家玉，人事科有请。”

“人事科？什么事啊？”她迟疑地问。

“肯定是好事嘛。快去啊！”说完，不怀好意地斜了她一眼，嘴角挂着一丝奇怪的笑，转身走了。

她想，什么事啊？那栾翔远一脸的阴诈。看他那眼神，那怪笑，一定没有好事。一种不祥的感觉从心底生出。

十五年前进这个医院时，去了一次人事科办入职报到手续。这些年，人事科从来没有找过自己。她感到事情有些不妙。不想去，又不得不去。

人事科代表组织，组织找人谁敢不去。她脑子里尽量往好处想，可又实在想不出什么好事。满心狐疑的她心不在焉地拿着几个正在冲洗的玻璃试管翻来覆去地在水龙头下过水。冲了放回试管架上，又再从试管架上拿下来冲。细菌培养室那边传来栾翔远的喊声：“万家玉，要拿八抬大轿来抬你去呀？”

她没有回答，拉起挂在窗前铁丝上的毛巾擦了擦手，一边往外走，一边想，他还一直盯着我去没去，肯定不是好事。

现在的人事科是几个造反派成员组成的，原来那个和气的龚科长被“靠边站”了。人事科的门大开着，里面有几个人。两个人倚在窗户边向外看着，讲着什么。三个人背对着门，低着头聚在两张拼在一起的办公桌前，好像在写大字报。没有人注意到门口有人。她犹豫了一下，举手在开着的门上轻轻敲了两下，怕敲坏了门似的。背对着门的三个人同时转过脸来看着她。边上的一个男人脸方得像一张缩小的八仙桌。她想起他是锅炉房的，好像姓屠。

姓屠的板着严肃的八仙桌脸，问：“什么事？”

她看着他紧绷着的大方脸，倒抽了一口凉气，忙说：“我们栾科长通知我来人事科。”

“八仙桌”一脸的不耐烦，凶巴巴地问：“哪个栾科长？你是哪个科的？叫什么名字？”

“我是检验科的，叫万家玉。”她怯生生地答。

这时，站在窗旁，敞开着白大褂，一副宽边眼镜架在刀削过一样陡峭的鼻梁上的年轻医生插话道：“哦，你就是检验科的万家玉啊！院革委会决定让你作为第一批疏散下放人员，回到你的原籍，后天就走。明天你到财会科去办手续，我们今天下午会把有关你结算工资的通知直接交给财务科。”

她脑袋里“轰”的一下，脚一软差点坐到地上去。瞬间回过神来，立即吃惊地问道：“我被下放了？为什么？”

那个“八仙桌”气势汹汹地回道：“为什么？你的成分是不是地主？你家男人是不是‘右派’？”

“我父亲已经死了。”她怔怔地说，连自己都不知道为什么说这话。

那个“眼镜”接嘴说：“他死了，你也还是地主子女，这就是你的成分，铁定的事实，谁也改变不了。”

她急得眼泪直在眼圈里转，腿软得要跪下去，但她使劲挺着两只膝盖，不让它们跪下去。“我的原籍早就没有什么亲人了，请组织考虑能不能让我留下来。我一定用马列主义和毛主席的教导武装自己的头脑，努力改造世界观，向白求恩同志学习，更好地为人民服务，来报答组织对我的关怀和宽大处理。”

这时，一直靠在窗边没有说话的那个从供应室调到人事科来的消毒女工走到她身边，软硬兼施地劝说道：“别讲这么多了，没用的。组织已经决定了，就要无条件服从。早走早好，别自找麻烦！”

“我们还有事，你赶紧出去吧。”那个“眼镜”不耐烦地说。

消毒女工伸出手来搭在她的肩上，说：“走吧，出去吧！”连拉带推地把她从人事科里推了出去。“砰”的一声，门在她身后关上了，门里传出一阵笑声。

一阵羞辱涌上心头，泪水顿时盈满眼眶。她整个人被这突如其来的事情打击得快崩溃了，拖着一双软绵绵的腿，不知道是怎样走回科室的。科室的人都不知道跑哪去了，门大开着。

进了科室的门，她木然地来到靠墙角的一张桌前，把麻木的身体重重地放到椅子上，呆怔怔地坐了一会儿，才突然哭起来。哭了一会儿，就强忍住了，怕有人来看见。

那天晚上她一边流泪一边跟丈夫一起收拾东西。“我又没有犯错误，就因为成分不好就被开除遣送，凭什么啊？”

丈夫说：“没办法啊。人家有权有势，咱们找谁说理去。”

第二天一早，她去医院办了手续，还找了在食堂工作的小学同学蔡小强帮忙把剩余的饭菜票换成一些食品，然后就流着眼泪离开了医院。

3

那天半夜，昕燕刚睡了一会儿，就被薄薄的隔板那边轻轻的啜泣声和压低了嗓门的说话声吵醒。她听见妈妈哭着压低声音对爸爸说：“我就是不想下去。我们肩不能挑，手不能提的，怎么养活自己呀？现在乡下农民自己都吃不饱，我们下去还要分人家的口粮，人家不恨死我们呀？”

“不下不行啊！我们已经被单位开除了。”

“反正都没有单位了，我们自己上街卖盐葵花也能熬着活下去。”

妈妈哭着擤鼻涕。

“房子收了，户口下了，拿什么生活啊？耽误了规定的时间，可能单位连车都不派了，还要自己付搬家运输费。到头来还是得走。反正学校也不正经上课了，城里这么乱，万一孩子们学坏就麻烦了。不如先到乡下去避一避，我们自己教孩子文化，今后说不定还有机会让孩子们回城继续上学读书。‘塞翁失马，焉知非福。’‘人在矮檐下，怎能不低头。’”

“你现在知道人在矮檐下了。都是你，提什么鬼意见，充什么英雄，打成‘右派’，全家都被你害苦了。我家虽说是地主，生在这种家庭我选择不了，逃不脱。但是光这顶帽子，我们家还不至于被遣送，成分不好的人家多得是，下放得完吗？这些年来，我心惊胆战、处处小心，低着头做人，好不容易才一次一次地躲过了那些运动。可是你倒好，明知道旧职员的成分不好不坏，就看领导怎么看，应该多加小心，避着点才是。可你却偏偏要迎上去，像接绣球一样地接了那顶‘右派’帽子来戴在自己头上。这下好了，我们家有了两顶帽子。今后再传给孩子们，成了祖祖辈辈的‘传家宝’，孩子们哪里还有前途可言。”

“我对不起你们啊！家玉，不然……”

“不然怎么样？离婚是不是？你认为我就这么无情无义？”

“主要是为了孩子。”

“既然是为了孩子，天大的事我们可以共同承担。在外面说话时不动脑筋，惹了祸就打退堂鼓。我都没这么想过，你反倒来口是心非地试探我。”

“我真的觉得对不起你和孩子们，我不是试探你。”

“风雨同舟，祸福共担，这点为妻之道我还是懂的。既然嫁了你，就嫁鸡随鸡了。以后你再这样说，我可真生气了。”

妈妈边哭边小声数落着爸爸，昕燕没有听到爸爸的回答，只听见“唰唰”撕纸的声音，那是在包裹那些准备带到乡下吃饭用的锅碗瓢盆、坛坛罐罐。

昕燕用被子捂着自己的嘴，流着泪听着，想着，低声抽泣着，生怕自己抽泣的声音传到只隔着一层纸壳的父母房间去。

昕燕连最好的朋友都没有告诉就悄悄地从同学中消失了。她想着那些在她先前突然消失的同学们，走时肯定也是与她同样地感觉羞耻而选择了悄无声息地离开……

突然，冻得上牙磕着下牙的妈妈大声骂起来：“那个没人性的肥猪司机不肯送我们到野鸭河公社。这么冷的天，把我们甩到这个鬼都见不到一个的半路上，让我们怎么办啊？他是存心害我们啊！这个翻车撞岩的短命肥猪！”

昕燕从来没见过妈妈这么大声，这么恶狠狠地诅咒骂人。她觉得妈妈突然变了一个人，和从前那个妈妈有点分离了似的。她看着黑暗中的妈妈，心里难过极了。

爸爸没有说什么。朦胧中，昕燕看见他泥塑木雕般的身躯透出一种茫然、惶惑和无奈。他一言不发垂头丧气地站在那里，双手还是紧紧地搂着靠着他站着昏睡的昕琪，好像怕她遁地似的。

就在一家人几乎冻僵的时候，一个模糊的、会动的东西转过山头出现在前面的公路上，在漫长的上坡路上慢悠悠地向这边一点一点地移动。越来越近了，是架马车或者牛车。爸爸和妈妈像抓住了一根救命稻草般激动起来。妈妈眼睛直直地盯着那架逐渐挪动过来的车，有点兴奋地说："可能是牛车，马车不会这么慢。"

黑暗中，妈妈的两只眼睛像动物的眼睛一样闪着幽森但满怀希望的光。昕燕不知为什么突然想起巷子里那只总是默默地站在黑暗中，两眼闪着愤怒饥饿的光的黑狗。

那车由两个大大的木轮子架着，滚动时发出"吱嘎吱、吱嘎吱"的声音，慢得像是在一点一点地朝这边爬。昕燕和爸爸妈妈全身打着战，连心脏都跟着打战，眼巴巴地看着这个如蜗牛般爬行的救星越爬越近。

在离昕燕一家人站的地方只有二十米左右时，他们看见一个身穿蓑衣，矮墩墩的人牵着一条牛拉的车朝这边走来。拉车的人低着头，好像是在看路，还不时用低沉的声音吆喝一两声，牛车走到近前十几步路的距离时，爸爸激动地说："是架有厢板的车。"

昕燕也同时清楚地看见车厢里面没有装东西，是空车。这时，妈妈双手合十，闭着眼低下头，轻轻地念了一声："阿弥陀佛，老天开眼了！"

妈妈对爸爸说："快去跟他商量一下，一定请他送我们到野鸭河公社，我们多给他些钱。"

爸爸把迷迷糊糊的昕琪移给昕燕，就赶紧迎着牛车走过去。这时牛车已经到了跟前。爸爸大声地对那个人说："这位老乡，请问野鸭河公社怎么走？还有多远？"

那个赶车的人一直低头在黑蒙蒙的细雨中赶路，并没有注意到路边有人。突然听见有人问路，惊了一下，抬起头才看见他们。于是，赶紧拉住牛车回答说："你是问野鸭河公社？"

"是啊！你能不能送我们去那里？我们给你车费。"爸爸颤声说道，好像舌头都冻硬了。

赶车人说："我就是野鸭河公社的社员，正巧顺路带你们一起过去喽！你们运气好嘞，好些天都没有车进出了。"

昕燕妈妈喜出望外地对他喊起来："多谢你了！麻烦你送我们到野鸭河公社革命委员会去，我们一定多付你些车钱。"一边说一边抑制不住地直打哆嗦。

那人一边把牛车拉着朝昕燕他们站着的这边靠过来一边说："不要车钱，顺路而已。车里面有点脏，你们将就一下，别冷着小娃娃就好。"

妈妈高兴地说："总算碰见好人了，菩萨保佑！"

那人说：“菩萨保佑你们呢！真的好多天都没有车出来了。倒春寒一来天太冷，下冻雨到处结冰，路又滑，大家都缩在家里不想出来。昨天公社接到通知，临时派我今早赶紧拉车洋芋到供销社收购站去交差，这样才有车出来的。我要是早点走过了，你们就恼火喽！我们公社上缴洋芋的任务完成了，几天都不会派车出来了，那你们这么多东西怎么走去公社哟！”

这时，爸爸已经拿出了那块妈妈临出门时顺手从门框上扯下的碎花棉布门帘，摊开来铺在车厢里，再垫进去一床已经弄脏了的旧被褥后，从妈妈怀中抱起昕南放进车里，接着又把昕琪也放到牛车上去。妈妈见两个小家伙都在车里睡好后，就赶紧再给他们盖上一床棉被和一件大衣，又在上面盖了一件油布雨衣。把东西都装上车后，一家人又上路了。

第三章

1

天已蒙蒙亮，昕燕才看清拉车的是条瘦骨嶙峋的老黄牛。老黄牛拉着车吃力地走着，大家跟着车缓缓前行。走着，走着，昕燕感觉身体渐渐暖和起来，身旁的妈妈也不再磕牙了，爸爸和老农并排走在喷着蒸汽一样白色鼻息的老黄牛旁边，一边走一边说着话。大家都喷着白色的鼻息。

老农说他姓刘，今年六十一岁，是野鸭河公社社员。

爸爸说："多谢老刘伯了，如果今天不是遇见您老，我们这一家人可能真的要在那里冻出问题了。好危险呀！"

"不要客气，这是有缘。老话说，天无绝人之路嘛！"

"真的太巧了。不过，您老人家怎么要这么早去送东西？"

"我今天半夜大概不到一点钟的样子就起身进城了。人老了，反正都睡不着，还不如早点起身。送了洋芋早点回来，还可以干活路抢工分。"

"哦，这么早，供销社收购站有人收货吗？"

"值班收货的是老熟人，喊醒他来，过过磅秤，记下品种和数量，开张条子，我回来交给公社领导就行了。"

"收购站还有人半夜里专门为您单独收货？"

"本来是不行的，他只收我的。不要讲哦，怕害了人家陈同志。"

"我不会告诉别人的，您放心！"

"我们公社多年来都是我去送东西，收购站仓库也差不多一直是陈同志值班。他知道我还要赶回来下田干活路，就特别照顾我。我每次去都单独捎带点自家种的蔬菜送他吃。每年腊月，春节过年前，我都要带上一两条我们乡下自己腌的腊肉给他，城里根本见不到。他每次也给我点糖啊、盐啊、洗衣服的肥皂啊什么的。一来二往的，我们就成了多年的老交情了。"

"您把东西送到收购站，回来还要做别的活路？"

"是呀，多挣几个工分喽！回晚了，剩下的都是去远处修水渠的活路，人老了，腰又不好，干不动了。"

“哦，都是每天早上现分活路啊？”

“是咯！挖塘几个工，整梯田十几个工，修水渠几十个工。都是趁冬季农闲的时候搞。大家都想争挖塘，离家近点。中午还可以回家吃口热的，不用带吃的。整梯田也还可以，就是修水渠最麻烦，要带吃的不说，活路又重，有时候还要炸山，危险得很。”

“你们自己点火药炸山？”

“是喽，我们这里修水渠死了几个人了，还有伤的。有一个是点炮时，不知怎么搞的，那炮一下子就炸了，结果那个小伙子当时就被炸得找不到了。后来满山遍坡地收捡到他的一些残肢，碎骨头，惨啊！”

“没有技术员指导？”

“没有，自己摸起搞。”

爸爸低着头，叹了口气说：“农民真苦啊！大家做人都苦啊！”

老刘伯看了看爸爸，问：“这么冷的天，你们一家大小赶这么早到野鸭河公社去干什么呀？”

爸爸苦笑了一下，说：“不瞒您老说，我们家是被疏散下放到野鸭河公社下属的石板坳大队的。卡车开到路口后，司机说里面路滑怕翻车，死活都不肯往里面开了。我们一家大小就被丢在刚才遇见您的那里，差点冻僵了。”

老刘伯惊喜地说：“哦，这么说来，你们是万太爷的后人喽？”

爸爸诧异地答：“是呀，您怎么知道的？”

老刘伯说：“哦，我们公社好多人都晓得。上个礼拜，龙主任去县里开会时接到通知，回来后为了安排你们劳动生产、住的地方还有口粮问题，专门把石板坳大队的韦大队长喊来公社革委会开会，会一开完，好多人就知道了。我们乡下就是这样的，有点什么事传得比风还快。”

爸爸朝老刘伯笑了笑，说：“难怪我说您老怎么一下子就对上了号。”

老刘伯转过头看了看跟在车后的昕燕母女，说：“那么，孩子的妈妈就是万太爷家老五喽？”

正一边在泥泞中找下脚的地方，一边听他们谈话的妈妈赶紧回答道：“是的，是的，我就是万家的老五，万家玉。”

老刘伯说：“我家老太婆的娘家就是石板坳的。她小时候被乌梢蛇咬穿了小腿肚子，中了蛇毒后，脸青面黑，牙齿咬得紧紧的，差点死了。是万太爷用嘴吸出那些发黑的血水和蛇毒，敷上草药。又撬开她的牙齿灌汤药，硬是把我家老太婆救了回来。万太爷的嘴还被蛇毒搞肿了好些日子。到现在，我家老太婆的小腿肚子上还有被那条蛇咬的牙印。她一直都感谢万太爷呢。那天听说你们要来，她又提起这事。只是可惜她不能到公社办公室去看你们了。前些年她上山砍柴，不小心滚落到坡脚，不晓得把哪里跌坏了，一直都站不起来，就只好天天坐在床上做些手上的活路。幸好那个山坡不太陡，要不然可能命都没有了。遭罪啊！熬到哪天算哪天喽！”

爸爸语气沉重地问：“没有去医院看过？”

老刘伯叹了口气，沉重地说：“刚摔坏的时候，用这架车拉着她到县医院看过一次，还是亲戚和大家凑的钱。住了一个礼拜的医院，大夫说医不好了，我们就把她又拉了回来。就算医得好，我们也没有钱啊。欠人家的钱到现在都还没有还清。唉，人活在世上就是来受罪的。受够了，前世欠的债还完了，就该走了。”

妈妈叹了口气，抹了抹眼角上的泪，大声安慰老刘伯说：“人活在世上真的遭罪啊！您老人家千万想开点。”

“是啊！没有办法。几个女儿都嫁出去了，各自都生了一窝娃娃，生活都很困难。我们只有一个儿子，现在也不在世了，是前年开山放炮时不小心被飞石砸上，当时就没有了。我刚才讲那些炸山死的人中就有我的儿子，我的儿媳守了半年就回了娘家，后来听说她改嫁了。你说我们这是什么命啊？我们前世做了什么缺德事，今世要遭这些报应啊？”

老刘伯哭出声，鼻涕眼泪一起流了出来，他用手抹了抹泪，又擤了一把鼻涕，顺手甩到路旁边的田地里。他紧了紧手里拉牛的绳子，那老黄牛懂人事一样地低哞了一声，像在呜咽。

爸爸伸手过去搂着他的肩膀，安慰说：“您老想开点，农民生活不容易啊！”

老刘伯哽咽着说：“唉！我们的眼泪都流干了。只是想，虽然这一世活得苦，但是我们坚持不做一丁点儿坏事和缺德事，熬过这一世，下世可能就好了。”

听了他这话，大家都静默了，只有木车轮“吉嘎、吉嘎”的抱怨声。

过了一会儿，老刘伯说：“你们一家大小下到农村来，又没有做过农活，恐怕过不惯嘞。”

“我们倒是不怕苦，只要你们贫下中农不嫌弃，我们就跟着大家学做农活，慢慢就习惯了。人到哪里都有个过程，适时者存啊！”爸爸若有所思地说。

这时，老刘伯转头看着昕燕爸爸，有点迟疑地问：“听说你是个大学生，是不是就是从前说的秀才？你人这么和气，一看就是个好人。”

爸爸笑着说：“承蒙老刘伯夸奖，我哪里是什么秀才，按现在城里的说法，我就是一个‘臭老九’。”

“老哥子，秀才就是秀才，别人胡说八道不要管他。乌龟有肉在肚皮里头，哑子吃汤圆心中有数就行了。在我们农村，有学问的人还是被人敬重。我就敬重你哦！我读书就读不成，小时候我贪玩，读了几天私塾读不进去，就懒尿读得了，学问不是哪个都可以做的哟！”

“谢谢老伯抬爱了。”

“我说的是真心话。”老刘伯侧过脸来看着昕燕爸爸，犹豫了一下又接着说：“我还听人家说你是个什么‘右派’，是不是真的？我随便问问，你不要多心啊！”

爸爸苦笑了一下，说：“是真的。”

老刘伯满眼疑惑地看着爸爸的眼睛问道：“是不是搞错了？你这么大的学问，这么随和厚道的人，怎么会是‘右派’呢？听说‘右派’都是些反党、反毛主席的坏人，要被抓去坐班房的。像你这样的大秀才怎么可能是‘右派’呢，上面会不会是搞错了？”

爸爸顿了一下，说：“唉！我自己知道我不是反党、反毛主席的坏人。我只是向领导提了一些意见和建议。谁知道后来有人把我说过的话翻出来审查研究，说是典型的‘右派’反党言论。还说我的言论配合了‘右派’对党的猖狂进攻。再后来，我就被划成了‘右派’，有口难辩啊！”

昕燕和妈妈都仔细听着爸爸和老刘伯的谈话，连她们都不清楚昕燕爸爸的“右派”到底是怎么当的，也不知道“右派”到底是怎么回事。

老刘伯说：“哦，‘右派’就是给领导提了意见呀？”他自言自语地低头想着什么。

昕燕爸爸苦笑了一下说：“我傻呀！不知道天高地厚，以为自己多喝了几瓶墨水，就提意见。现在真是后悔莫及啊！世上没有后悔药卖，要是有，不吃饭都要去买来吃。”

转过一个小山坡，远处出现了两排面对面长约三百米的街道，街两边是一座挨着一座的青瓦房。

爸爸说：“是那个地方吧？一看就知道是赶场的集散地。”

“是的，那就是这里的场坝街。农村的街道就这么大点，不像城里的街道又漂亮又宽。你看，前面那排门面朝南的老楼，中间挂着白底红字长牌子的两间房子就是公社革命委员会办公的地方。”老刘伯用牛鞭指着前面说。这时，他们已经到了街口。

这是一条古旧的乡镇集市。一走近它，立即感觉好像被历史巨流的漩涡吸进了一个岁月沧桑、凋零不堪的遥远年代。远看清一色的青瓦房，近看才发现是一些木头结构的旧式骑楼，不但高矮不一，而且前后错落，零散凋败，有的都已经歪斜。在这些老旧的骑楼中间，有一间房门上挂着一块白底红字的木牌子格外醒目，上面写着“野鸭河公社革命委员会”。老街上，几只瘦得皮包骨头的狗在自家门前警惕地盯着老刘伯和这家人，喉咙里发出呜呜的低叫声，严肃地警告着来者。

昕燕紧紧地拉着妈妈的手，两眼也同样警惕地注视着街边那一双双怀疑一切的眼睛，心想，千万别咬我们啊！同老刘伯走在前面的爸爸转过头来，见昕燕紧张，就对昕燕说："别怕，有老刘伯在，狗不会跑过来咬人的。"

老刘伯也说："不怕不怕，都是些看家狗。生人不进它家去，它就不会咬。"说完，一面赶车一面喝吓着那些狗。几只狗听了老刘伯的招呼，知道是老刘伯带来的人，渐渐平静下来。破旧的牛车"嘎吱嘎吱"的声音把一些人从街两边的房子里引了出来。有的静静地站在那里看着昕燕一家，有的跟老刘伯打招呼。小小的老街顿时热闹起来。

昕燕低声问妈妈："就是这里吗？"

"不是，这是野鸭河公社，我们去石板坳大队要先在这里办了手续。"

公社都这样，大队就可想而知了。一想到办了手续还要继续往更远的山里走，昕燕顿时感到一阵阵绝望。她抬头看着那块牌子，厌烦地想，走到哪里都是革命委员会，走到哪里都逃不出革命委员会的管制。天再高地再远，革命委员会都一样能管到。哎，革命委员会走得动，我是真的走不动了。

2

老刘伯帮着把车上的东西卸下来后就急忙要走，妈妈给钱他硬是不要。他走后，原先各自站在自家门前看热闹的人走出家门，慢慢地围过来，满脸稀奇地看着昕燕一家。

昕燕看着那些衣衫破烂的人们直愣愣地看着自己一家人的样子，心里很烦躁，就把脸转向里面。转过去又正好对着那块讨厌的革命委员会的牌子，只好又把脸转过来，低头看着眼前的地面，却看见一双双沾满泥污的脚。有穿草鞋的脚，有穿着前头露着脚趾的破烂回力鞋的脚，还有赤裸着冻得红肿的小孩的脚。她吃惊地抬起头来，才发现大人孩子站了一圈，比先前多了很多，还你挤我，我挤你地往里挤，像是看要把戏。不过，他们的目光是厚道友善的。

堆好东西的昕燕爸爸直起腰来，冲着他们笑笑，问道："公社有没有人上班？"

一个约莫十岁，光着冻得通红的小腿还赤着双脚的男孩抢着回答说："龙主任要下了田才来，张主任要酒醒了才来。"

人群"哄"的一声爆发出笑声。这时，对面那边一个女人抬着个小木盆从家门里走出来，“哗啦”一声把盆里的水泼到街面上，然后粗声大嗓门地朝这边喊道：“小长贵，还不上坡去砍点柴禾来，死在那里看哪样闹热？不吃呀！”

大家又是一阵哄笑。只见刚才说话的那个男孩，大声应了一声，钻出人群就跑了。

妈妈小声对昕燕说：“昕燕，看着弟妹，我同你爸爸进去看看开始办公没有。办完手续，好早些去石板坳。”说完，就和昕燕爸爸一起朝那间挂着“野鸭河公社革命委员会”牌子的屋子走去。

门虚掩着，没有锁。他们正想敲门看看里面是否有人，那些围观的人七嘴八舌地说起来：“主任还没有来，进去等嘛！”

“不怕的，可以进去的。外面冷，小孩子会伤风打摆子的。”

昕燕爸爸敲了两下门后，推开门，先探头看了看，见确实没有人，里面也没有什么值钱的东西，才迈过门槛走进去。

这是一间年久失修、破旧昏暗的商铺。因为有铺板就没有设计窗户。而现在，所有的铺板都是关着的，还用一条横杠拦腰把几块铺板都插死了。屋里除了一张有一条腿是用砖头摞成“义肢”靠墙放着的破旧无漆的“办公桌”外，还有一张面子已经开裂的靠椅。靠椅的四只脚都用草绳打着长短不一的绑带，看上去就像它自己都要坐到地上去似的。桌子靠墙的一头放着一盏灯罩发黑的煤油灯。几个角落里都堆着一些东西。里面很昏暗，一下子看不清堆的是什么。

昕燕爸爸对妻子说：“没有人，我们到外面去等吧。” 两夫妻刚想退出房间到门外去等，就听门口看热闹的人大声说：“龙主任来了。”

接着就听见有个男人的声音问：“是不是万家老五来了？小孩子怎么放在这里，会伤风的。” 又听见他问昕燕：“你爸爸妈妈呢？外面这么冷，怎么不进屋？”

夫妻俩听见昕燕答道：“我爸爸妈妈刚刚才进去。”

又听见有人用很尊敬的声音对那个人说：“龙主任，是我们大家喊他们进去的。”

听到这里，夫妻俩赶紧往外走，与进门来的龙主任面对面差点撞上。昕燕的爸爸忙尴尬地说：“哦，对不起，我们刚到，见门没有锁，就进来了，不怪那些人。”

龙主任笑着说：“不要紧！我们办公室条件差，比不得城里的办公室。”

接着，他又自我介绍说：“我姓龙，叫我老龙就是了。”一边说一边向昕燕爸爸伸出手来。

昕燕爸爸先是愣了一下，而后赶紧伸出双手握住龙主任的手。那一刻，他感到龙主任那长满了又厚又硬茧子的手，温暖而厚实。当龙主任的双手与昕燕爸爸的双手握在一起时，龙主任说：“你们好！袁同志，万医生，欢迎你们全家回到我们公社来参加社会主义新农村建设。”

听了这话，昕燕爸爸已经感动得喉咙都有点发干。多久没有听到“同志”这个称呼了，这是对革命同志才说的话。

龙主任又友好地向昕燕妈妈伸出手，昕燕妈妈赶紧双手握住龙主任的手，连声说：“谢谢！谢谢！”

龙主任看着昕燕妈妈说：“万医生，欢迎哟！我们公社正好非常需要医生。你是个老医生了，还带回来了个大工程师，我们欢迎你们全家回来哦！”

昕燕妈妈含着泪说：“龙主任，我不是医生，是搞检验的。”

龙主任说：“你总是经过正规的卫生学校学习，从省里的大医院出来的嘛！总比我们山村里的草医、巫医要懂得多些嘛！农村缺医少药，就需要你们这些懂医、懂药、懂技术的人来和我们一起搞建设嘞。我们还要让下面的各大队选出人来，请你教教他们呢。”

妈妈一听要她去教别人，心里有点惊慌，忙说：“龙主任，我真的不是医生。大医院里分科很细，很严格。我是搞检验的，虽然学过些医学基础知识，但是我的专业属于医疗上的辅助检查，我没有处方权，也不会医病。”

龙主任笑起来，说：“万医生，你不要紧张。你说的情况我都知道。不过，你总会抽血、打针吧？你总知道感冒了吃什么药吧？你总认得药名吧？这些就是我们农村最需要的基本医疗。我看，你当个乡村医生肯定是绰绰有余。这样，就可以发挥你的长处为贫下中农服务了。另外，你是个女同志，身体也不强壮，一下子去干农活，或者去修水渠、建梯田的，怕你吃不消哦！尽你的所能，能为贫下中农做多少服务就做多少吧！”

昕燕爸爸感激地说：“万家玉主要是担心自己不能胜任医生和教导人的工作。如果只需要她做最基础的医疗服务，她一定会尽全力的。”

“等万医生熟悉这里的情况后，再帮我们公社的几个生产大队都训练一些卫生员出来就好了。我们这里是山区，社员住得很分散。有的社员单门独户地住在深山里。有时家里只要一个人得病，全家都会被传染。还有一家人病死在家里都没有人知道的情况发生。特别是小孩子容易得的那些百日咳、破伤风、猩红热，以及脑膜炎、鼠疫等传染性、流行性疾病在农村发病率很高。”

妈妈插话说：“不是说有些病都灭绝了吗？”

龙主任叹口气，说：“说是那么说，其实实际情况并非如此。等你了解了农村缺医少药的现状后，你一定会被触动的。乡村卫生员只要具备一点医疗常识，懂消毒，会打针，认识几种常用药，就可以爬山过河去把上面配发下来的那些疫苗、药品不出差错地发到各家各户去了。按我们农村人的说法，你要做的是行善积德的好事呢。”

昕燕妈妈激动地说:“多谢龙主任看得起。我自己可以保证按你的要求做，可是我担心我没有资格去教别人，怕今后会被人说是冒充医生。我最怕的就是犯错误，我们犯不起错误了啊!”

龙主任叹了口气，想了一下，说:“是啊，这些年来接二连三的运动搞得人们开展工作时顾虑很多。往往良好的愿望不一定得到好的结果啊!万医生，你不必担心太多。如果真有什么事，由我来承担责任。”讲完，他和蔼地看着昕燕的爸爸妈妈笑了笑。

爸爸妈妈看着朴实和蔼的龙主任，就像遇见了一个久违的、可亲可敬的老大哥。一时间，千言万语真的不知道该从哪里讲起，夫妻俩竟然像迷路的孩子遇见亲人一样激动得直擦眼泪。

龙主任看起来不到五十岁，中等身材，黝黑的脸膛上嵌着一双看上去有点木讷，却十分深邃的眼睛。他脸上满布着粗线条的皱纹，就像一些大沟大坎分布在脸上，那是经历过岁月风霜的留痕。

龙主任又说:“回到家乡，就放下包袱，既来之则安之喽!否则怎么办，只能等，看看今后形势怎样发展再说。一定要注意和贫下中农的团结，这一点非常重要。”

昕燕爸爸妈妈感激地点着头说:“谢谢龙主任。我们一定注意。”

龙主任又说:“等会儿张主任来给你们办手续，提醒他一下，说我请他帮忙安排一架马车送你们到石板坳大队去。这些事，他分管，我不好插手。另外，你们到了那里，就先住在韦婆婆家。她人很好，是她自己要求先把你们暂时安排在她家住的。现在石板坳大队没有现成的空房子给你们一家住，万医生家老房子前些年起火烧掉了。天气又冷，先在韦婆婆家住下来，今后看情况再说吧。”

昕燕爸爸忙说:“谢谢，谢谢!真是给你们添麻烦了。”

龙主任说:“今天不巧，我要去县里开两天会，不然我是一定要送你们到石板坳去的。我有空时喜欢到各大队走走，多听听大家的意见。乡下困难啊!你们要有思想准备。”

昕燕爸爸忙说:“多谢了!”

龙主任说:“你们还是先把孩子叫进来吧，外面冷。张主任可能还得有一会儿才能来。我现在就叫人去喊他。”说完，又伸手与昕燕爸爸妈妈握了握手就往门外走去。

龙主任跨出门外，对看热闹的一个约莫十二岁左右的小孩说:“沟娃子，你快去看看张主任起来没有。就说我喊他赶快来办公室给万医生家办手续，还要他派架马车。天这么冷，要他马上就来安排。”

那个叫沟娃子的小孩子脆脆地答应了一声就一溜小跑着去了。

龙主任见他去后，又转身对昕燕爸爸妈妈说:“赶紧先把孩子弄进去，不然会受凉的。过几天我抽空去看你们。”说完就走了。

昕燕爸爸妈妈站在门口目送龙主任走远后，把昕燕她们喊进屋，感叹着龙主任人好、水平高。爸爸发着呆站在那里，自言自语地轻声说："想不到啊！乡下竟然有如此高水平的干部。如今真是市井多德士，偏乡藏智翁啊！"

妈妈说："阿弥陀佛，今天总算时来运转了。先是碰见老刘伯这样的大好人，后面又遇见这么一个有水平的公社领导。老天终于开眼了。农村有这种干部，少见啊！你看我们医院革委会那些人，成天除了抢班夺权、害人整人外，还懂啥。比龙主任可差远了，要是他是我们医院的领导就好了。"

爸爸说："那些人怎么能跟龙主任比，差了十万八千里都不止。看样子，龙主任真是个革命经历丰富的老干部呢。我看他那水平啊，当个市长、省长都够资格。"

张主任一直都没有来。很快就到了中午，妈妈递给昕燕爸爸一个冷馒头，说："都冷硬了，将就点啃吧。你自己夹点辣椒，水在水壶里。"

爸爸说："很不错了，在这里还有馒头吃。"

接着妈妈又递给昕燕三个熟鸡蛋说："昕燕，你们一人一个，你帮他们俩剥一下。"妈妈数了数剩下的鸡蛋，嘟囔说："真是金蛋啊，一个鸡蛋要两斤多粮票。平日里最多一斤半地方粮票换一个，全国粮票一斤就能换一个。人家看你要得急，就抬价。哼，都是些趁火打劫的土匪强盗。"

昕燕没有吃妈妈给自己的那个鸡蛋，只在手里握了握，就悄悄地放回装鸡蛋的那个布兜里。然后从另一个袋里摸出一个冷馒头，掰了一半，把另一半放回布袋里，夹了点辣椒，慢慢地吃了起来。

昕燕的举动被妈妈看见了，她没说什么，一滴眼泪从眼眶里掉下来，掉在手里又冷又硬的干馒头上。接着，两滴，三滴。她心疼极了。她最爱昕燕，因为她是个非常文静懂事又特别体谅大人的好孩子。

昕燕爸爸看着昕燕妈妈低头流泪，没有问为什么。这些天里谁掉泪都是正常的。他啃着冷馒头，干燥皲裂的嘴唇上渗出的血把馒头上被咬过的地方变成了一片浅红色。

吃了午饭，一家人挤成一堆，坐在铺着旧被褥的地上睡了一个长长的午觉。房子虽然冷，但比起卡车上和外面来简直就是宫殿了。昕燕睁开眼睛时，差不多到了下午五点钟的样子。又冷又长的一天就快过去了。

妈妈说："不知道那个张主任什么时候来，都这个时候了。冷天黑得早，真急人。如果他再不来，今天肯定去不成石板坳了。"

爸爸说："可能张主任有什么事耽搁了。我们先把东西搬进来，今天可能要在这里打地铺过夜了。"

第四章

1

昕燕同爸妈刚把所有东西搬进来，还没有堆放好，突然“哐噹”一声巨响，门被踢开来狠狠地撞在墙上，屋子立即震颤起来。接着，一个粗壮、中等个头的年轻男人跌跌撞撞地扑了进来，随之卷进一股带着浓烈酒味的冷风。昕燕不由得打了一个寒战。登时冷飕飕的房子里四处都游荡着难闻的烧酒夹杂着未消化食物的酸馊气味，熏得昕燕直恶心，只好背转身用手捂着鼻子和嘴。

来人看起来二十四五岁左右，醉醺醺站立不稳的身体，短圆的脸上所有的器官都像立不起来的软面团，少骨多肉。除了脖子短的特征外，他还长着一双有些外凸的大眼睛。那双如牛眼一样的大眼睛因为酒精的刺激，布满了血丝，通红通红的，泛着醉汉眼内常有的混浊与空洞。

他努力睁开看起来很沉重的眼皮，看了看这一家人，一脸的厌恶。接着就踉踉跄跄地朝办公桌走去。他用力拉开办工桌靠里面的抽屉，那桌子立即晃晃悠悠像是要倒下去似的。摇摇晃晃的醉汉赶紧伸手扶住桌子，在抽屉的深处抓出一个圆形的印章，又拿出一沓用一个生锈的铁夹子夹着的公函纸丢在桌上。他用嘴对着印章呵呵地哈了两口气，接着在夹子上第一张纸的下半页用劲捶下去，再把两只手交叠在一起压了那印章一会儿。接着，又拿出一枚四方的小图章，同样对着图章哈口气后，照着那张纸又用力敲下去。做完这些，才斜眼看向一直站在那里看他表演都看呆了的这一家人。他口齿不清地说:“把……你们的证明……交出来。”

显然，他就是昕燕一家等了一天的张主任。他和龙主任的差别之大真是令昕燕一家瞠目结舌。看来，他是酒醉心明白，完全知道这一家等他的事。昕燕爸爸走近些，说:“请问是张主任吧?”

那人把脸一沉，说:“屁……话，我……不是张主任……是哪个?少……啰唆，把……你们的证明……交出来。”

昕燕爸爸把早已拿在手上的公函递给这个醉汉。眼睛看着他，手护着公函，生怕这个醉醺醺的家伙把公函给弄坏了。张主任唰地一下子从昕燕爸爸手里抓去那张公函，醉眼斜眉地倒看着公函上的文字。看起来这个张主任真是喝多了，完全没有人民公社革命委员会领导的样子。张主任倒看公函时，对着昕燕爸爸大声地打了一个嗝。那股已经在满屋弥漫的浓烈酒气和没有消化的食物混合发酵的气味立即直冲进昕燕爸爸的鼻子。昕燕爸爸本能地抬手去掩鼻子，立即又改为抓了抓脸上的痒痒，同时向后退了半步。

半醉半醒，低着头的张主任没有注意昕燕爸爸刚才那一连串的动作，只是在那里皱着眉头，倒来倒去地看着那张公函。他含含糊糊、自言自语地嘟囔着："写这么多看不懂的鬼东西干什么，还不就是为了安排你们这些牛鬼蛇神、活废物到我们这里来抢饭吃。"说完，随手就把那张公函丢进了抽屉。

稍后，他把那张盖了印的纸从那个锈铁夹子中扯出来，"啪"的一声拍在桌子上，这才不耐烦地，醉眼迷蒙地抬眼扫视了一遍这一家人。看见昕燕时，那双醉得布满血丝的眼睛顿了一下，随后就移开了。

"你们现……现在可以滚……滚蛋了！"他横蛮地说。

昕燕爸爸一听，忙说："张主任，我们等了你一天了，现在天都黑了，我们一家大小又不识路，怎么走啊？"

"老子管……管你们怎么走。"

昕燕爸爸忍着气说："我们今天一早就到了，你工作忙，现在才来，我们就不劳烦你今天安排车了。现在天也晚了，我们今晚将就在这里过一夜，明天你派了车我们就走。你看行不行？"

张主任听了昕燕爸爸的话，用力睁开那双醉醺醺的鼓眼睛，又一次扫视了一遍这一家人，好一会儿没有说话，只是一个接一个地打着又酸又臭的酒嗝。

张副主任叫张小田，是个酗酒成性的人。这一带连小孩子都知道他要酒醒了才来上班。前天，张小田得知路边村大队一户人家老人过世了。死老人是"白喜事"，肯定有酒喝。于是，他就要去查看死人家属会不会搞四旧，搞封建迷信活动。中午刚过他就急匆匆地直奔路边村大队去了。这远远近近十里八乡的人都知道他的德行，也不愿意得罪他，又怕他妨碍人家办丧事，就从下午到晚上由几个人轮流灌他酒，直到把他灌得晕乎乎，一摊烂泥一样地倒在那里。晚上让两个青年驾了马车把他拉回去，丢到他的床上，那两个人就算完成任务了。各个大队的人都是这么对付他的。乡下的人家户不兴锁门。张小田的家，家徒四壁、冷锅冷灶，茅草屋里又脏又破。自从老婆跑回娘家后，他成天到处混吃混喝。那猪圈一样的房子里更是霉臭潮湿，四处蛛网悬梁挂壁，一片邋遢。他根本不管，还逢人就说自己为了无产阶级文化大革命四处奔波，日理万机无法顾及家庭，结果跑了老婆，落得个孤苦伶仃。

“日理万机”这个词，还是他去县革委开会时，听了他那个亲戚的讲话学来的。他觉得这个词很有文化，很能反映一个人的革命斗志，于是他时时都把这个词挂在嘴边上。后来这个词就成了他的绰号。大家嘻嘻哈哈地在背后打趣说:“张主任很忙，忙着日女玩鸡儿。”

胆大的小青年和一些泼辣的妇女还敢当着面找他的乐子:“张主任你今天日女玩鸡儿没有?”说完大家都笑得弯腰弓背的，有的人连眼泪都笑出来了。先头他不知道人家拿他取乐，后来知道了也无所谓，只要有酒喝，让大家笑笑也没有什么。

“不笑喝酒不好耍!”这是他被别人取笑后自我解嘲的话。他的丑事笑话很多，而且经常到下面大队去搞革命批判斗争，又做了很多坏事，善良厚道的乡下人虽然烦他，看不起他，但是有的人也可怜他，说他爹娘死得早，带大他的外婆后来也病死了，所以大家也就不跟他计较了。有些场合，还有人专门接他去喝酒，好拿他取乐。有一次他在人家婚席上喝醉后，大哭大闹，硬说那个新娘先是答应嫁给他的，后来是听别人说他的鸡儿小，就不嫁给他了。然后当着很多人的面扯下自己的裤子，向大家证明他的鸡儿不小。那家新娘是别的公社嫁过来的，根本不认识他，搞得人家新婚哭鼻子抹泪的。新郎气极了，拿着把杀猪刀要骟了他，被大家劝住了。新郎家的人打了他一顿后，照样把死猪一样的他拉回去丢进他那个肮脏的房子里。醉迷过去的他，挨了打连疼都不知道，过几天又到别的地方混酒喝去了。

张小田的老婆叫肖桃花，性格刚烈，早在娘家就有了自己的心上人，还有七个哥哥撑腰。她娘家人听信了自己队上做媒的大队长话后，硬逼着女儿嫁给张小田。那个大队长是张小田从小一起长大的好友。他对肖桃花娘家人说:“张小田在县里有县革委副主任罩着，以后肯定会当大官。他现在就是吃国家饭的，你们女儿嫁了他，今后肯定也是吃国家饭的，不用脸朝黄土背朝天地辛苦一辈子了。”

结婚后张小田碰都不敢碰他老婆。只要一碰，肖桃花摸着什么就拿什么打他。打了几次自己干脆跑回娘家去，从此再也不回来。张小田几次上门去叫她回来，都被她那些哥哥打出门来。他便再也不敢去了。时间长了，心也冷了，一个人过着，走到哪里吃到哪里、喝到哪里，倒也省事痛快。

昨天早上张小田睡得正香，迷迷糊糊地听见有人拍门喊他赶快去公社办公室，说城里的那家人来了，龙主任要他去办公室开介绍信，安排一架马车。他听后，觉得声音飘得很远，像是在梦中，翻身又睡，结果一直睡到中午才醒来，早把龙书记找他的事忘了。醒来，一睁眼想到的第一件事就是要到红岭大队去喝韦雨珠的婚礼喜酒。韦雨珠是张小田喜欢的女子，他曾找人去提过亲，人家家人不同意。可是他心里一直放不下她。他翻身下床，蹬上鞋子，出门就直奔红岭大队。到了下午才想起龙主任说的事，醉醺醺地回到公社办公室时，天已经快黑了，迷迷糊糊地不清楚自己做了什么。

2

张小田今早醒来，酒也醒了。突然想起昨天那家人住了公社办公室，不能白住，要收费。"我得快点，要是晚了，就收不到钱了。"他一边琢磨着，一边爬起身来，出门朝公社办公室走去。

公社办公室门开着，他一进去就恶狠狠地说："交钱，交钱。别等你们走了，还要我去追。"

"收什么钱？"昕燕妈妈问。

"这么多人住了一夜，想白住啊？"

昕燕爸爸问："你什么时候安排车？我们并不想住在这里。"

"派什么车？"问完话才想起是龙主任叫人来交代的事。又说："那你们等着，我去找车。都要收钱的，不能白用。"说完，一脸不情不愿地出去了。

过了一会儿，张小田领来个人，那人低着头，双手交叉插在袖筒里，怀里抱着根鞭子。昕燕一看是老刘伯。

爸爸妈妈看见老刘伯就松了口气，但不敢立即与他打招呼，老刘伯脸上也没有什么表情，眼睛看着那个张小田。

张小田对老刘伯说："老牛车，你把他们那堆破烂东西拉到石板坳去。人不准坐车，来改造的坏分子还想坐车。"转头又对昕燕爸爸大声吼道："拿三块钱来，一夜的住宿费一块，昨天和今天的车费两块，总共三块钱。公社的办公室和车是不能白给你们这些'地富反坏右'用的。"

昕燕妈妈一听就急了，说："你这屋里什么都没有，凭什么收一元钱的住宿费？城里的招待所有床、有铺盖、有热水、有电灯、有厕所，一晚上也才是一元钱。再说，昨天是你自己来晚了，凭什么要收费？还有，城里的公共汽车才两分钱一张票，你为什么要收两元这么多钱？我们没有钱，不交！"

张小田一见昕燕妈妈还敢吵闹提意见，心里的火气一下子就窜了出来。他一手叉腰，一手指着昕燕妈妈，横眉竖目地大声骂起来："好你个地主婆，他妈的太猖狂了，被遣送到这里劳动改造还敢这么凶。你一家大小五个牛鬼蛇神在这里睡了一天一夜，只收你一块钱还嫌贵？你说城里的公共汽车便宜，那你咋个不坐公共汽车来？你嫌贵，老子还不想派车呢！你家来这里还要占老子这里的口粮。你以为老子愿意你们来呀？要不是他妈的上面当成什么屌政治任务强迫老子公社接收你们这窝地富反坏右分子来改造，哪个地方想要你们？有本事自己滚到石板坳去。你再敢啰唆一句，老子马上叫人开会斗争你们全家，打死你这个地主婆。”

昕燕妈妈也毛了起来，不顾一切地大声回道：“你嘴巴放干净点，你才是他妈的。我怎么是地主婆？你有没有水平？你叫人打死我，就要拿你去塞枪眼，一命抵一命，我还真不想活了，正好和你兑命。满口都是骂人的脏话，一点水平都没有，还当什么革委会主任。”

老刘伯见情况不好，就朝昕燕爸爸使眼色，昕燕爸爸赶紧过去拉住妻子。昕燕流着泪抱紧吓得大哭的弟弟妹妹。

昕燕爸爸愤怒得简直想跟这个地痞拼了，但是看着吓得直哭的孩子们，就强压着怒火，小声对妻子说：“家玉，孩子们吓坏了！”

老刘伯也赶紧拉住姓张的家伙。

妈妈转头看见昕燕全身发抖地在那里一边流泪，一边哄着吓得大哭的昕琪和昕南，就气得又说：“人啊，别把事做绝了。小心善有善报，恶有恶报。”

张小田听了，随手从旁边的一堆东西里抽出一根木棍子，指着昕燕妈妈骂道：“他妈的地主婆，你敢把刚才的话再说一遍。老子立马开会斗死你！”

门口不知道什么时候已经围满了人，大家都沉默地看着，完全不像昨天那样有说有笑的了。

妈妈大哭着说：“你斗啊！你以为我怕你啊？这么欺负人，大不了把这条命给你。我们不走了，等龙主任回来评理。”

不知道是听到要等龙主任来评理，还是看见围观的人们同情的目光，甚至有人面带怒色地盯着他，自知理亏的张小田这下子没有出声。过了一会儿才虚张声势地说：“不交钱不派车，公社的规定，要不要车由你们。”

昕燕爸爸站得离他远远的，像是怕沾染到这个坏蛋的邪气，一只手把钱递给了他。

张小田接过钱，把手里的木棍子狠狠地朝地上一掼，用手翻了翻钱，往自己军大衣里面一件蓝色的、又旧又脏的中山装上衣兜里一塞，然后怒气冲冲地走了出去。围观的人群立刻像开闸一样退向两边，但是没有一个人与他打招呼。

昕燕爸爸想，群众眼睛真是雪亮的呢，敢怒不敢言呀。

老刘伯见他走远了，就说：“赶紧装东西走吧！我回来还有田里的活路要做。”说完就走出门去。

昕燕爸爸赶紧把那些乱七八糟的东西往屋外的牛车里堆，好多人也过来帮忙搬东西装车。最后，爸爸妈妈谢过帮忙的那些人，把昕琪和昕南抱在手上，不敢放进车里，等着老刘伯来后就立即出发。

这时，一个中年农民说：“把娃娃放进车里吧，路不好走，要滑倒的。不怕的，张小田又看不见。他得了你们的钱，可能买酒喝去了。放进去吧，你们交了这么贵的车钱，娃娃当然可以坐车呀。”其他人也七嘴八舌地劝他们把孩子放进车去。

昕燕爸爸妈妈主要是怕连累老刘伯，正犹豫着，老刘伯不知从哪里抱了一大捆干稻草回来了。他把稻草往车上一放，又快脚快手地把车里的东西朝四周顺了顺，稻草就在车厢中间铺好了，然后对昕燕爸爸说：“来，老哥子，把娃娃放进去，我们马上走。”

围观的人群让开路，爸爸与站在身旁的几个人握手告别。这一下子，好几个男人都围过来，笑嘻嘻地伸出手，争着上来与昕燕爸爸握手。大家又高兴起来。握过手的人互相开心地说谁握手的姿势不对，谁的手没有伸直等。他们平时没有相互握手的习惯，把与外来人握手看成一种只有领导或者是受尊重的人才能得到的礼遇，所以握了手后，厚道的人们都开心得不得了。昕燕爸爸心里感动，想，农村人就是朴实，并不怕我们是坏分子，他们心里有杆秤是专门秤公平是非的。那个流氓一样的张小田毕竟是极少数。

3

走在路上，昕燕爸爸问老刘伯：“他是公社的副主任，你是下属的生产队，怎么要由他来派你们的车？”

“天晓得咋个搞的？可能是离公社近。我们生产大队一直都是由公社直接管。生产干活他不管，就喜欢管派车，管开斗争会这些事。捞油水喽！大家都知道，懒得惹他。”

大家沉默着，心情都不太好。

昕燕爸爸沉默了一会儿，又接着问道：“他做不做农活？一天拿多少工分？”

老刘伯说：“唉，他干什么活路，也不用挣工分，有规定的口粮分，还有钱拿。一天东游西逛，吃东家喝西家的，搞什么毛泽东思想革命造反有理委员会，到处打闹，抓人斗争，谁不听他们的，他们不是张口骂人，就是出手打人。大家都恨他这种人，但是也不敢得罪他。他在上面有亲戚罩着，是个副县太爷呢。”

昕燕爸爸问：“我们交的那些钱他收去交给谁，为什么不写个收条给我？”

老刘伯大声叹口气答道：“天晓得他拿去交给谁？还不是他自己做主。不管收什么钱，从来都不写什么收条。收的钱也不知道到哪里去了，谁也不敢过问。”

“他以前是干什么的？”

“唉！原来他是红岭大队的一个后生。先当了民兵队长，再后来就什么‘三结合’到公社来当了这个革委会的狗屁副主任。”

爸爸摇了摇头，问道：“那个龙主任干不干活？他原来也是农民吗？”

“龙主任原来是青山垭公社的老书记。土改的时候就开始当书记了。那时他还是个后生。他是个老革命嘞！‘文化大革命’开始，说他是什么走资本主义道路的黑先锋。他先被打倒，后来‘三结合’，重新安排工作，调到我们野鸭河公社当革委会主任。他这个人是老作风，喜欢到田里做活路，到公社下面的各大队去搞调查，不喜欢坐办公室。那个张小田最喜欢坐办公室耍威风，不喜欢下田做活路。他们两个正好相反。办公室就只有那一间，本来隔壁的一间房也可以办公，但是全部用来堆放公社集体的一些杂七杂八的东西。龙主任就把办公室让给张小田办公，好让他多认点字，今后提拔到上面去工作。”

妈妈插嘴问道：“那个张小田这么不讲道理，又满嘴脏话，一点水平都没有，为什么还要培养提拔他？”

老刘伯摇摇头说：“培养张小田是上面交给龙主任的任务。我先前说的那个张小田的亲戚是县革命委员会的二把手。听人说，原来张小田的那个亲戚只是个县委办公室的小秘书，人家喊他‘莫秘书’。‘文化大革命’开始后，莫秘书大字报写得多，不晓得又是个什么积极分子，反正他能讲会说的，就当了什么派的头头，后来就成了县革委会副主任。依我看，他和张小田一样，都是那种好吃懒做的人。”

爸爸说：“他们就是一帮仗势欺人、浑水摸鱼的浑蛋。”

老刘伯说：“张小田他们那伙人整人厉害得很，说你是反革命你就是反革命。随随便便就抓人斗争吊打，大家都不敢惹他们。你们初来这里，不要惹他。‘忍得一时之气，免得百日之忧。’这是我家舅姥爷告诉我的。”

大家又都陷入了沉默。路比昨天好走，不下雨，地上不太滑，脚好像轻了好多。老黄牛好像也走得比昨天快。

“远处的那两个人背的什么，好像重得很？”爸爸看着半山那边问。

老刘伯说：“他们背的可能是沙石。去山那边修建水渠。农闲一般都要去修水渠、建梯田。”

又走了一会儿，老刘伯指着右前方说：“过了前面那块大石桌，再走不多远就是石板坳大队了。万医生好多年没有回来过，还记得那块大石桌不?”

心里还在生气的昕燕妈妈听问，赶紧说:“还记得，小时候一放暑假就要回来的。每次路过那块大石桌都要在上面休息一会儿再走，不会忘记的。”

过了大石桌又走了一阵，老刘伯指着前面远处一个石头矮墙围着的院坝说:“村口那个有院坝的房子就是韦婆婆家。”

昕燕爸爸顺着他指的方向看过去，应声道:“哦，那就是韦婆婆家啊，看起来院坝还挺宽敞的嘛。”

昕燕妈妈说:“我记不得原来有这个院子了。”

老刘伯说:“这是她家在原来的房基上重新盖的，院子也比以前大得多，方便晒谷子。”

昕燕妈妈若有所思地“哦”了一声，就没有再说什么。

昕燕也顺着老刘伯指的方向看过去，见一围齐胸的矮石墙圈成一个方形的院落，一幢屋顶墙面都是石板盖成的房子端坐在院子中，一棵枝枝丫丫的大树，上面错落有致地悬架着两个用枯枝搭编成的大鸟窝，紧靠在石板房后侧的院墙外。真好看，好像画中的意境，好清爽呀！昕燕心里赞叹着，一种亲切感从心里冒出来。

昕燕爸爸突然低声吟道:

老马遥途难识故里他乡，
山高水远方知人生短长。
不意梦中朦胧天边之地，
竟在醒时分明身边枕旁。

昕燕爸爸伤感或高兴时，偶尔会顺嘴作些诗不诗、词不词的东西，也不讲究什么韵什么律的，只是随心顺口而出，图的就是一份雅致的心情。

牛车已经到了院坝门口。老刘伯大声喊:“韦老太，客人来喽!”

一个穿着苗族服装的婆婆应声从房子里面快步走出来，朝着院坝门这头边走边说:“哦，客人到了？快进来，快进来。”

昕燕父母微笑着互看了一眼，心情立即好了一些。特别是人家称自己这一家人是“客人”，语气中又充满了热情，这让几天来他们郁积在心中的紧张和担忧一下子消了一半。昨天早上受司机的气，晚上和今早又在公社被那个浑蛋张小田欺凌，一家人的神经已经高度敏感，任何一点不适都会让他们非常紧张。而这时得到这家女主人热情朴实的欢迎，真是让昕燕父母喜出望外，紧张的情绪和紧绷的神经顿时松缓下来。

第五章

1

女主人一身苗家打扮，看起来约莫六十来岁，瘦小的身体筋骨硬朗，行动敏捷，说起话来口齿清楚，汉语说得很好，精力充沛，一口一个笑，给人亲切慈祥的感觉，一看就是个又厚道又能干的人。

“进来，快进来，到这里就到家了。”

昕燕爸爸妈妈忙说：“打扰了，打扰了，谢谢，谢谢！”

他们把车上的昕琪和昕南抱下车来，让他们喊：“婆婆好！”

“好，好，好！好乖的娃儿啊！”韦婆婆开心地说。

两个小家伙问过好后，一看眼前的这个院坝比原来城里大院的院子还大，就开心起来，一溜烟地钻进院子里玩耍去了。

老刘伯笑着对昕燕爸爸说：“菩萨保佑你们嘞！是韦老太自己要求把你们安排住她家的。万老太爷从前做了很多善事，福荫后人哦！”

昕燕爸爸妈妈嘴里一个劲地说：“韦婆婆，给你添麻烦了，给你添麻烦了！”

韦婆婆见他们这么千恩万谢的，赶紧说：“快莫谢了，莫谢了，谢得我都不好意思了。”

老刘伯一边帮着卸东西，一边对她说：“昨天一大早，天都还是黑麻麻的，他们一家站在五公里的岔路口边，幸亏我去城里送洋芋回来碰见，要不然就恼火喽！”

韦婆婆说：“你们怎么在那里就下车了呢？”

昕燕妈妈说：“那个司机说卡车开进来会打滑翻车，就把我们甩在那里了。”

老刘伯说：“那条路大卡车进来确实是不大好走，但是慢慢开还是可以的。不过司机不肯进那就没有办法了。”

韦婆婆说：“好在老天保佑，让他们一家碰见了你。不然，那么冷的天，真的会把小娃子冷病的。”

昕燕爸爸说：“真是多亏遇见老刘伯了，不然真的要冻出问题了。”

韦婆婆问老刘伯:“昨天那么早就到的，怎么今天才来?昨天他们歇你家?”

老刘伯说:“我今天早上才晓得他们一家在公社办公室打地铺过了一夜。早知道这样，我就喊他们到我家挤一夜，总比睡办公室地上好，还不用交钱。”

爸爸说:“昨天那个张副主任来晚了，又不肯派车，我们只好将就在公社办公室睡一夜，总算熬过来了。”

老刘伯对韦婆婆说:“张小田不晓得又跑到哪里骗酒喝去了，好晚才去办公室，万医生家只好歇在那里。他自己来晚耽搁的，反而要人家交一块的过夜钱，又收了他们两块牛车钱，揣在自己的荷包里就走了。”

韦婆婆说:“唉，那个张小田不晓得王法，一天东游西逛的，要你们交这么多钱，恐怕又拿去买酒吃。就当蚀财免灾喽!你们见到龙主任没有?”

“见到了，龙主任要赶去县里开会，我们听见他让人去喊那个张副主任立即来给我们安排的。可那个张副主任一直到天快黑了才醉醺醺地到办公室来。”妈妈生气地说。

韦婆婆说:“他一天游手好闲，不干好事，到处骗吃骗喝，我们这一带的农民都知道他，谁都烦他。”

老刘伯见东西卸完了，就赶紧要走。昕燕妈妈掏出一元钱给他，他死都不肯要，吆喝着牛走了。

看着老刘伯赶着车走远后，韦婆婆说:“我们把这些东西搬到屋里去。”

听了韦婆婆的话，大家连忙七手八脚地把那些东西往堂屋里搬。昕琪和昕南也来回跑着，将一些拿得动的小东西往屋里搬，好像知道终于到家了一样。

韦婆婆抽身打了盆冒着热气的水来放在院里的一张方凳上说:“这里有热水，你们洗洗脸就没那么冷了。我去下点面条给你们吃。”说完就转身到灶房去了。

昕琪、昕南一听有热面条吃，开心地喊着:“吃面条喽——”

昕燕赶紧过去帮弟弟妹妹洗脸。

2

古朴安静的石板院子里顿时热闹起来。昕燕喜欢这宽敞素美的环境，顺着石板房子转到后面去，又见一个比前院小些的后院。昕燕想，这里真宽，还有这么大的后院。后院靠右边的角落上有一个竹竿围成的围栏，离围栏两三步远的地方，堆放着很多长长短短、粗细不等的树杆树枝。左边的角落上有一个小门，门开着，她朝那个小门走去。到了门边往外一看，一条泛着清清水花的小河从门前向看不见的远方伸展开去。小河对面也有一些石屋、院落稀稀疏疏地近水坐落。举目望去，远远近近山柔水善，一片安宁。几树梅花，几点鸟影点缀着宽阔无边的云天，就像画上画的风景。

昕燕非常惊讶于这里的美，心里感叹道，这里怎么这么好看，等安顿好后，我要顺着小河走一走，看它流到哪里去。

韦婆婆家的房屋是典型的南方山区农家院落。两层的房屋，坐北向南，下面住人，上面一层很矮，用来堆放东西。房屋四面围着石板堆砌成的厚厚的齐胸高的院墙。墙头上放着些簸箕、筲箕，里面晾晒着红辣椒、玉米粒、洋芋片、干豇豆、菜干、萝卜干。小院右边牵着根晾晒衣服的绳子，一根发黄的长竹竿撑在绳子中间，几件随意晾晒的衣物很懒散地吊在绳子上，一动不动地像是在休息。靠左右两边院墙的外面远远近近还有几株看起来树龄很高的大树。那些远看像枯枝一样的树枝，近看却绿芽点点，刚刚开始发出嫩嫩的春芽。每棵树上面都与最先看到的那棵大树一样，也有两三个干树枝编成的大小不一的鸟窝，高矮错落地悬架在大树冠的那些粗壮的枝丫间。院子里里外外都收拾得干干净净，就连放在屋门边的小木凳也洗刷得露出了木纹原来的黄白色。

昕燕喜欢韦婆婆家这种简洁的干净，又觉得这里很宽敞，来到这里，好像自己的心情也变得宽松了许多。这时，天上竟然出太阳了，温暖的阳光照在院坝里，暖洋洋的。她抬头看着蓝色的天，手搭凉棚，眯缝着眼睛看着温暖的太阳。一只白色的大鸟飞了过来，长长的双脚一伸就轻巧地抓住了树枝，两只大翅膀像折叠的扇面一样地往里一收，就稳稳地停在树上的一个鸟窝边。大鸟警惕地朝昕燕这边看了一眼，就把长长的尖嘴伸到窝里去翻弄着什么，一会儿又把嘴伸出来。它看看昕燕，又看看远处，突然那双长脚在树枝上一蹬，双翅一展就飞走了。

昕燕屏住呼吸，眼睛都看直了。她从来没见过这么大的鸟。在城里只能看见些麻雀，偶尔看见几只春燕，现在看着自然宽阔的山野农舍，河流飞鸟，心情也好了很多。乡下还真好，什么看起来都那么顺眼、舒服。

韦婆婆端着个簸箕从屋里出来，见昕燕抬头看着树上的鸟窝，就笑着说："妹子，你看见大鸟了吧？那叫'高脚鹭鸶'，很会抓鱼。年年这个时候都要来抢窝孵崽，城里看不到这种鸟吧？"

昕燕笑着说："我从来没有看见过这么大的鸟窝和鸟，只看见过麻雀还有小燕子。"

韦婆婆一听，哈哈地笑起来，说："我们这山里有好多种鸟。有的叫得好听，像唱歌一样；有的衣服穿得好看，像漂亮的女娃子一样。你以后会看得不想看的。”

爸爸从屋里走出来，看见韦婆婆和昕燕说话，就过来凑热闹。他很喜欢这个地方，从小在市井中长大的他，同样对农村有新鲜感。他听昕燕说看见鹭鸶后，就说：“这多好。这才是农村。没有鸟的农村就没有音乐，没有音乐的乡野就没有如诗如画的感觉喽！那些年，上面号召大家用各种方法大量捕杀鸟，结果鸟都几乎绝迹了。”

韦婆婆说：“是呀，粮食产量低，说是鸟吃了，就号召打鸟。鸟打绝了，粮食产量还是不高。”说完，看着远处，像是在回忆那些年打鸟的情景。

昕燕说：“爸爸，我刚刚看见院墙外面有条小河，你不去洗洗你鞋上的泥巴？”

“我一来就看见那条河了，水很清。那我先去洗洗鞋去。”爸爸冲昕燕一笑，知道女儿担心自己又讲错话。

韦婆婆说：“你从后院门出去，河水就从后院墙脚下流过。”

爸爸说：“韦婆婆，你老人家这里风水好哦！前庭高树鸟巢，后院小河淌水。这才是神仙住的地方，神仙过的日子呢。”

韦婆婆呵呵笑起来，说：“你说话讨人高兴呢！”

爸爸也笑着说：“我说的是真话。这里真好，是个山清水秀的好地方。”

“你们喜欢这里就好。快去吧，带娃娃们去看看河里有没有小鱼。”

爸爸说：“好，看鱼去。”说完就去前院喊昕琪、昕南，然后又一起从后院小门出去了。

接着，韦婆婆带着昕燕和妈妈一起把东西搬进堂屋左边的一间大套房。

“大人住外房，里面住娃娃。你们说行不行？”韦婆婆笑眯眯地问道。

妈妈忙说：“行，行，打搅韦婆婆了。”

大房里有一张农村那种带蚊帐架子的大床，还有一个老得脱了漆的双开门衣柜，旁边有两个圆形的雕花凳子。昕燕妈妈一眼就认出这是自己家原来的家具，但她没有说什么，伸手去轻轻地摸了摸。床旁的侧后有一扇门，里面是一间略小些的内房，韦婆婆带着昕燕和妈妈进去看，也是一张大床，一个小矮柜。昕燕想，这就是三个小孩子住的地方了，老人家想得真周到。想着，心里不觉升起一丝暖暖的感激之情，觉得韦婆婆很亲。

昕燕妈妈知道这是韦婆婆家最好的两间房间。“韦婆婆，你把好房间都腾给我们住，你住哪里呀？”昕燕妈妈关心地问。

“莫担心，我住在那边。”韦婆婆说着用手指了指靠堂屋右边房间的门。

“太打搅你了，我们真的很过意不去。”

“不要紧，你们安心住，我怎么住都可以。乡下条件不好，有不周到的地方，还要请你们多担待嘞！”

“我们一家五口住到你家里，给你添这么多麻烦，是我们要请你老人家多担待呢。”

“莫客气，只要你们不嫌弃，我就很高兴了。你们赶紧收拾东西，一会儿出来吃点热面条，娃儿们肯定都饿了。”韦婆婆说完就走出去了。

2

昕燕妈妈想，韦婆婆把好房好床都让我们家住了，我去看看她老人家的房间会不会很差。走出房间，就朝右边的房间走去。门是开着的，她犹豫了一下，就走了进去。屋里光线虽然比较暗，她还是一眼就看到韦婆婆蹲在地上，正忙着什么。一个大孩子头歪着坐在一个竹椅妈（一种用竹子编的小孩座椅）中。猛一看见这情景，她愣了一下，虽然没有看得太清楚，但是凭着在医院工作多年的经验，她觉得这个坐在椅妈中的大孩子好像身体不太正常。韦婆婆听见了脚步声："是万家老五？进来吧！你看，这是我的女儿春花，没有吓着你吧？"

昕燕妈妈忙解释道："没有，没有，对不起，韦婆婆。你把好房间和家具都腾给我们用了，你自己却住得不好，我们会心里不安的。"

韦婆婆说："你们只管安心住，不要想那么多。这是我的心意。你看，我的女儿春花命苦嘞，她生下来就有病，一直站不起来。唉，造孽啊！"

这时，昕燕妈妈才看清楚，那个叫春花的女孩怔怔地僵坐在竹椅妈里，嘴角上挂着长长的唾液，韦婆婆刚给她换完尿片。旁边地上一盆血红色的水中泡着一块被血染红的粗白布。

韦婆婆说："唉，真是造孽呀，她什么都不知道，可还是和女人一样每个月都要受这个罪。也不知道是她还是我，前世造了什么孽，把她害得这么可怜。"

昕燕妈妈忙一边安慰韦婆婆，一边想帮她。韦婆婆说脏得很，不让妈妈沾手。她自己却手脚麻利地做着早已习惯的一切。

韦婆婆端着一盆血水出去了。昕燕妈妈看到房间非常简陋：床是用几条长条凳和一些木板架成的，板上面铺着厚厚的稻草，一床家织条纹粗布盖在稻草上，长长短短的干稻草从床单下四面伸出来。两个又旧又薄的糠壳枕头和一床粗布被子叠得整整齐齐的平放在床头，床单和被子虽然旧，却洗得干干净净，散发着皂角碱的清香。床头边放着一台老式简易的织布机，上面挂着一排自染的彩色棉线和已经织了半尺左右的布料。

昕燕妈妈心里很难过，等韦婆婆倒完水回来，她坚持要跟韦婆婆换房间，不然就要换床。

韦婆婆说:“千万莫再客气了。我是真心希望你们在这里住得舒服些。床就更不要换，那是你家的老家具。土改时，工作组分给我家，后来我想还给你父亲，他怎么都不肯要。你回来睡着自家的老床，睡得安生些。”

昕燕妈妈看韦婆婆不肯换房换床，想想也只好客随主便，先住下来，等有机会再说。接着，她们俩又在屋里聊了一会儿，出来的时候，两人的眼睛都红红的。

昕燕爸爸喜欢这里素美清雅的景致。才从河边回来，他便高兴地对昕燕妈妈说:“家玉，好清凉的水，就在脚边流过去，感觉好舒服呢。有好水的地方就是宝地呀，没想到这里这么安静舒适。你快同昕燕去河边走走，顺便刮洗干净鞋上的泥，除除晦气。”

“这么多事要安排，哪有时间洗鞋。等一会儿再说吧!”昕燕妈妈说。

“依我说呀，这里比城市里好多了。我从小住在城里，早就厌烦了城里的嘈杂。现在城里的情况就更不用说了，想起来都烦。这里这么清静舒服，我们正好在这里将息后半生，还挺不错呢。”

昕燕妈妈白了他一眼，没好气地说:“你倒是将息后半生，孩子们跟你一起将息一生?”

昕燕爸爸一下子僵住了，没有再说话。

正好韦婆婆从灶房里出来，见昕燕爸爸让妻子顶得很尴尬，就在一旁打圆场接话说:“娃儿们的老子会看呢，知道这里的水好。这股水是从后山的一个洞里流出来的，终年不断，天干的时候也不断。我们这里的人说这股水是神水。万家老五肯定是知道的。”

“是的，我知道。”妈妈赶紧答道。

韦婆婆又说:“娃儿们的老子原先不晓得，一眼就能看出这条河好，真是与这条河有缘呢。这股水最清甜了，我们喝水、洗衣、浇田都用这条河的水。好多年了，一直不停地流。每年春天，我们都要去那个洞口拜祭，去谢山、谢水，还要谢土，求菩萨保佑我们这方水土来年更好。”

爸爸知道韦婆婆是在帮他调解，感激地冲她笑了笑。

妈妈见状，心想，人家韦婆婆没有多心，还帮着打圆场，多好的老人家啊！想到这里，就笑着对韦婆婆说:“我小时候最喜欢在这条小河里捞小鱼小虾了。还有那些小螃蟹，我三哥看得最准，只要他一揭开那些河边水里的小石头，里面就肯定有那些黑灰色的螃蟹，他说没有的，翻开石头就真的没有。有时候，我们一会儿就能捉到很多。我们把捉到的那些小鱼、虾蟹拿回家去在太阳下面摊开一晒，一会儿就变红了。等虾蟹晒干透的时候，我母亲就会把它们收放在一个白瓷坛子里。有时炸来给我父亲下酒或者待客，有时也让我们吃些。很好吃。”

“是啊，这条河里的鱼虾清甜得很。你们看见小鱼没有?”韦婆婆问爸爸。

“没有，河边还有些薄冰都没有化。”爸爸答。

“这几天河水刚化冻，小鱼小虾都还没有孵出来，等太阳照晒几天，你们再去小河看，那水里到处都是一群群的小鱼，好看嘞！万家老五，快去河边洗洗鞋，趁有太阳晒一晒。”韦婆婆笑眯眯地说。

昕燕妈妈低头看了看自己满脚满裤腿的泥，冲韦婆婆笑笑说：“好的，我和昕燕去洗一下。”

毕竟好多年没有见到这条小河了，心里还是很有些想念的。她喊了一声昕燕，问：“收拾完没有？我们到河边去搓搓裤脚上的泥，洗洗鞋。”

正在房间里整理那些带来的零碎东西的昕燕应声出来。

来到河边，河水被太阳照着显得很温暖，但手伸进水里还是很冻手，一会儿手就冻得红彤彤的。母女俩在河边洗干净了鞋上、裤脚上的泥，想着家里还有事要做，就赶紧往回走。刚从后院走到前院，就听见有人在外面隔着矮墙大声喊韦婆婆说：“姑婆，队长今天要去公社开会，就不过来了。他说，这边你老人家辛苦点，安排好万医生一家人。他如果回来得早，就过来看看。”

韦婆婆从灶房出来隔着墙应了一声。那人走后，韦婆婆才告诉昕燕爸爸妈妈，自己的五儿子是这个石板坳生产队的队长。韦婆婆还说她的夫家也姓韦。“一九六零年饿饭的时候，得了什么三十号还是多少号病，乡下人叫‘水肿病’，死了。得了这种病的人，腿脚肿得发亮，没多久就会死。那时乡下好多人都得这个病死了。可怜呀！临走时想喝口米汤都没有。”提起这些事，韦婆婆眼睛红了。昕燕爸爸妈妈听了都很难过，赶忙说些话安慰韦婆婆。

这时，昕琪从韦婆婆的房间里跑出来说：“妈妈，那个房间里有个人坐在那里，好怕！”

妈妈忙叫昕琪不要乱说，又说：“那是个孃孃，你们要和她一起玩哦。”

韦婆婆慈祥地对昕琪说：“不要怕，那是春花，是我的女儿。她有病，不会走路，所以坐在那里。”

妈妈说：“让她出来吧。她一个人在里面好孤单。刚才一忙就把她给忘了。”

韦婆婆说：“她平时白天就坐在这堂屋里，今天你们来，怕你们不习惯，也怕她认生，我就把她推进去了。”

爸爸不知道她们俩讲的春花是谁，正要问，妈妈对他说：“老袁你来帮下忙。”

爸爸跟着妈妈走进韦婆婆住的那间屋子。他一看见春花，就知道她是个瘫痪的病人，赶紧按妻子的意思，要去把春花抱出来。

韦婆婆急忙说:“这个椅妈有木轮子，可以推出去。”

大家把竹椅妈同春花一起连抬带推地挪到堂屋来。春花一看那么多人，紧张得用手死死地抠着椅妈上的竹筒子。她的双手和憋着劲的下巴看起来很僵硬。

韦婆婆说:“春花，你看，我们家来了贵客了，你不要怕生，今后家里就热闹了。”韦婆婆讲完，顺手拿起一块搭在竹椅妈上的白布，把春花嘴角边流出来的口水擦去。

春花用同样僵直的目光看着韦婆婆，慢慢地松开了手。然后，她的手拍着椅妈，发出“啪、啪”的响声。

韦婆婆说:“她高兴，才拍椅妈，如果紧张或者生气，她就会抓住椅妈两边的竹筒不放。”

妈妈又重新叮嘱昕琪和昕南:“你们俩不许顽皮，要懂礼貌，这个孃孃生病了，你们要关心她，不惹她生气，才是听话懂事的乖孩子。”说着，妈妈也学韦婆婆的样子，拿起挂在椅妈上的那块白布为春花擦去挂在嘴边的口水。

昕琪和昕南赶紧把在河边捡的鹅卵石递过去给春花。春花的眼睛僵直地看着韦婆婆，两手继续拍着竹椅妈，像是在高兴地拍手。

韦婆婆见春花不紧张了，就转身走进灶房，一会儿就端出一个像小洗脸盆一样，冒着热气，葱香四溢的大土碗，昕琪和昕南一见就立即开心地大喊起来:“吃面条了。”

大家围着一张大八仙桌坐下，装满面汤的大土碗里冒着热气，汤面上盖着绿油油的小白菜和葱花，碗里还飘着一粒粒的油珠子，香味满盈了整个屋子。面条很少，韦婆婆给每人都夹了几根长长的面条，又给每人加了满满的一碗汤。然后面带愧意地说:“你们快吃啊！不要客气，面条太少了，多喝些汤水先哄哄肚子。我们农村的饭食不知道你们吃不吃得惯。好歹先吃些，让身子快点热起来，要不然娃娃些会冷病的。”接着，她把剩在大碗底的几根碎面条和汤盛在一个木碗里，走到门边拿了条顶门的小板凳，坐到竹椅妈前，开始喂春花。

桌子中间的那只大碗里已经没有任何东西了。妈妈知道韦婆婆自己没有吃东西，是在忍嘴待客。妈妈的眼睛里充满了泪水，悄悄地把自己碗里的面条和汤倒了一半回大碗里。爸爸眼睛也红了，他照样倒了一半回大碗里，昕燕也跟着做了。昕琪和昕南看着姐姐，也想跟着这样做，但妈妈制止了他们俩。接着，爸爸和妈妈分别从她们俩的碗里夹了一根面条出来放进桌子中央的大碗里。这一切都是在无声中完成的，专心地喂着春花的韦婆婆丝毫没有察觉。这样，大家才安心地喝起面条汤来。

韦婆婆喂完春花后，站起身来，拿着空碗一边向灶房走，一边看着大家笑眯眯地问:“合不合口味?”

昕燕妈妈忙说:“合口味，好吃得很。我们昨天啃了一天的冷馒头，喝了一天冰凉的水，今天吃了你老人家煮的热乎乎的汤面条真是好舒服，好暖和呀！韦婆婆，你也快来吃一些。”

韦婆婆随口答应道:“好，你们吃，我留了些在锅里，我去灶房吃。”

韦婆婆放下春花的碗后，从灶房走出来，准备收碗。到了桌前一看，那个大碗里又有了面条，明白这家人一定是知道自己没吃，所以特意留下的。想想这家人饿到这种情况都还能为别人着想，定是有良心的人家。万家老五的父亲是好人，养出来的儿孙也是这么心地善良的好人呀。又想到现在竟然困难得不能让这家人吃一顿饱饭，心里又感到有些不安。她拿起桌子中间的大碗，硬要把里面的面条往昕南和昕琪的碗里拨。两个小家伙都赶紧用手捂住自己的碗口，不让韦婆婆拨。

妈妈站起来，把韦婆婆手中的碗拿下来，就往灶房里走，她想去找个小些的碗把面条弄出来，让韦婆婆吃。到了厨房看见那口大铁锅里装着小半锅正冒着丝丝热气的清水。那是就着灶膛里煮面条后尚未燃尽的柴火的余热，加点水进锅里去，一会儿用来洗碗的。泥沙斑驳、坑坑洼洼的灶台上没有任何吃的。昕燕妈妈心里难过，眼泪就流了出来。想那韦婆婆与自己非亲非故，却在这么困难的时候对自己一家人这么好，对昕燕的外公这么念恩记情，这个老人家多好呀！今后我们这一家人，不管是谁，只要有机会就一定要报答她。

3

初来乍到，爸爸妈妈想多同韦婆婆谈谈话，多了解些情况。

妈妈说:“韦婆婆，你的生活本来就辛苦，又添了我们一家五口，难为你了。”

韦婆婆说:“千万莫见外，你父亲从前帮了我们很多，我们做这点事算不得啥子。有了你们，我家也热闹好多嘞!”

爸爸问:“你的五儿子经常来吗，怎么没有和你们住在一起?”

韦婆婆说:“原来住在一起，后来成家了，我怕他的婆娘嫌春花，也不忍心拖累他们，就让他们搬出去自己住了。离得近，他还是经常来看我们的。”

爸爸说:“哦，原来是这样。你还有其他娃儿吗?”

韦婆婆说:“还有，大的是个儿子，结婚到别的公社当上门女婿去了。我年轻时，前前后后、大大小小一共生了十二个娃儿。活下来的只有现在的三个娃子。老大现在已经有四个女娃子和一个仔，总共五个娃娃。辛苦啊！天天脸朝黄土背朝天的，日子一直过得很苦。娃娃些身体又不好，经常生病，主要是没有啥子吃的，娃娃们的妈又没有奶水，娃娃些从小都是吃稀米汤，苞谷糊糊。光吃那些东西，哪里长得好。老大一家人身体都不好，苦得很。春花排行老四。她生下来时还看不出来有病，长到十个月大还是抬不起头，脚也软绵绵的立都立不起来。去县城医院看了两次，医生说这个病是治不好的，叫什么‘脑瘫’，是脑壳里面的病，很严重。我们原来只知道人会瘫，哪里听说过脑水（髓）也会瘫。真的是怪病呀。也不知道前世我们造了什么孽，报在我们春花身上。”说到这里，韦婆婆眼睛红了，抬起右手，抓着衣袖口擦了擦眼睛。昕燕妈妈爸爸正要安慰她几句，灶房里飘出一股焦味，韦婆婆连忙起身到灶房去了。

昕燕充满悲伤和同情地转头又去看春花。她看上去就像一个五岁左右的孩子，身体又瘦又小，在被摩擦得油亮油亮的竹椅妈中歪头坐着，两只手紧紧地抓着竹椅妈的围栏，像是怕摔出去似的。她的眼睛僵直呆滞地看着一个目标，好长时间都一动不动，嘴角边不停地往外流着黏糊糊的唾液。

昕燕妈妈说：“春花好可怜啊，她每月还会有‘那个’，每次都是韦婆婆帮她弄。真奇怪，她看起来只是个孩子，又有病，怎么还会有那种东西呢？”

昕燕知道妈妈说的“那个”是什么，觉得妈妈当着爸爸和自己的面说这些事，让自己很难堪，就赶紧起身到里屋去了。

这时，韦婆婆从灶房出来，她的眼睛虽是红红的，但是脸上仍然挂着笑，不好意思地说：“不要见外哦，我很敬重昕燕的外公，所以没有拿你们当外人。一说到春花，我就难过，你们不要见怪才好。”说着又抓着袖口擦了擦眼睛。

昕燕妈妈忙安慰说：“韦婆婆，你不要难过，我们也是拿你当亲人一样。你待春花这么好，她虽然说不出话，心里是知道的。”

韦婆婆长叹一声道：“唉！她知道不知道的我就不想那么多了，这是她的命，也是我的命。”

大家都沉默了，屋子里好像突然变得凄冷。

过了一会儿，韦婆婆说：“你们刚来，我尽给你们讲这些难过的事，差点把正事忘了。队里商量过对你们一家的安排。你们刚从城里来，还不会做农活，所以昕燕爸爸先跟着学，出工的工分先按一半算。等以后学会了，出工工分就同队里的男人一样算。万家老五就不要去干农活了，像你这个年纪的妇女下田现学插秧种地肯定吃不消。公社龙书记的意见是让你在队里当个医生，正好我们大队没有医生。等明后天，我就带你去寨子里、山里串串人家户，你和农民们熟悉了就好了。看一次病按妇女的工分记一个工，如果是你带来的药或者去县医院或者外面买来的药，就按原价卖给病人。农民没有什么钱，可以按药钱算自己的工分给你，也可以用东西抵，你看怎么好做就怎么做。这样，你就可以在家里，不用下田辛苦了。”

昕燕妈妈听了韦婆婆对自己的安排，想起了龙主任的话，心里非常感谢这些朴实的家乡人，口里连声说谢谢。

韦婆婆看了看从里屋出来坐在一边的昕燕：“昕燕年纪小，又是个女娃子，一来就干农活恐怕不行。正好队里的小娃娃们没有书读，我就跟五儿讲，要他先安排昕燕当老师，教教这些娃娃们认字。五儿又去和队里的几个老人说了一下，大家都同意了，昕燕也不用去受苦了。你把娃娃些教得能写字，会记账，大家就认你这个老师了。你们看这样安排行不行。”

昕燕爸爸妈妈听了都很高兴，千恩万谢地感谢韦婆婆。

昕燕听后，先是庆幸自己不用去干农活了，继而又开始担心自己从来没有上过讲台，自己也就是一个初二都没有念完的学生，心里没底。于是，就对韦婆婆说：“韦婆婆，我没当过老师，初二都还没有读完就停课了。我怕教不好学生，对不起你老人家的一片好心。”

“不要紧，上学的就是我们队的几个小娃儿，你是城里来的学生，有文化，教得了多少算多少，莫怕。”韦婆婆笑眯眯地看着昕燕说。

昕燕听了她的话，心想，既然这样，只能按她老人家说的，教得了多少算多少了。

爸爸对昕燕说：“不要紧，试试看嘛，你学习成绩那么好，只要用心，没有教不了的。我还可以帮你补习，边学边教嘛，不怕。”

妈妈也说：“是呀，昕燕从小到大都是班里的‘三好学生’，学习好，德行又好，最适合当个为人师表的老师了。”

昕燕答应做老师后，爸爸妈妈才松了口气。韦婆婆也很高兴，这个教师的位置是她努力为昕燕争取来的。在这里，农民的孩子们上不上学，对寨子里的任何方面都没有什么影响。而一个专职老师却要每天记两个工分，等于是大家来养活老师。这对本来就困难的公社社员们来说，真的是需要一点良心和善意的。不过，农民多数是质朴善良的，在韦婆婆的说服下，大家就同意了。

昕燕妈妈问：“韦婆婆，学校在哪里？”

韦婆婆说：“就是后山那个土地庙，万太爷老两口住过的。”

昕燕妈妈说：“哦，那个地方宽敞、清静。我父母亲在那里住了好些年。”

“是的，那里清静，是个读书的地方。”韦婆婆高兴地说。

爸爸感慨地说：“难得韦婆婆一个世代生活在山沟里的老人家知道读书求知的重要，倒真是胜过那些在城里整天高喊‘读书无用’的傻子们不知多少倍。”

“老袁，刚清静下来，你又开始胡说八道了，还想多戴几顶‘右派’帽子，进牢笼或者下放到更边远的地方去？”昕燕妈妈没好气地制止丈夫。

韦婆婆赶紧说：“在家里说说没关系，出门去不说就是了，这些年谁都怕惹祸，还是小心点好。”

接着，韦婆婆就到寨子里通知娃娃们后天上学的事去了。

下午昕燕同韦婆婆一起做饭。韦婆婆一边淘米洗甑子，一边说：“有一阵子没有吃米饭了，多亏你们带了米来，今天可以吃点米饭了，沾你们的光呢。你妈妈知道，我们这里产的水稻好吃，就是产量少。打下来谷子缴了公粮，剩下的才能按人头分到各家。分到的谷子从来不敢煮净米吃，都要掺和着苞谷沙、红薯叶或者其他东西一起煮来节省着吃。就是这样的吃法，也只能吃半年多。”

昕燕说：“为什么要缴那么多公粮呢？”

“那是国家规定的。不然城里人呀、工人呀、当兵的呀，吃哪样？”

“那也不能让农村人饿饭呀。你们藏起来一些，不就够吃了吗？我们在城里时，有购粮证，节省下来的可以留在粮证上，什么时候去买都行，也可以按规定换一些粮票。这些米就是我们原来存下来的。”

韦婆婆叹了口气说：“傻妹子，哪里敢藏，那叫‘瞒产私分’。如果被发现了，没收东西不说，还要挨斗争。农民苦啊！妹娃子。”

晚饭后，一个苗族打扮的中年男人来了。韦婆婆见他进屋，就说：“老五，你回来了，吃饭没有？”

“吃了，吃了。”

昕燕爸爸妈妈都站了起来，昕燕也站了起来。

韦队长笑着环顾昕燕一家，说：“我吃过了，你们呢？”

韦婆婆说：“我们也吃过了。老五，你来认认万家玉同她家人。”

韦婆婆向儿子逐个介绍昕燕一家后，大家重新坐了下来。爸爸递给他一支香烟。

他笑着说：“老哥子，莫客气，我抽不惯纸烟，抽旱烟来劲点。”说完，抬了抬手里拿着的一个短烟杆。

昕燕妈妈说：“我们一大家人来这里给你的老母亲添麻烦了。这么多人住在你母亲家，太打扰了。”

韦队长说：“没关系。这是奶奶情愿的。”

昕燕想，他这是跟着自己的孩子喊奶奶呢。

昕燕爸爸从衣服口袋里摸出那张公社介绍信递给韦队长：“这是公社的介绍信，不过上面什么都没有写，只盖了几个章印。”

韦队长接过介绍信说:“张小田不识字，他开来的介绍信都是这样的。”说完和韦婆婆会意地相视一笑，就把那封介绍信放在桌子上。

韦婆婆说:“老五，你晓得不，昨天张小田不晓得又去哪里骗酒喝，耽搁了他们来这里的时间，还收他们好多钱，说是住店钱和车钱。”

韦队长说:“我听他们说了，那个王八蛋，缺德得很。”

爸爸说:“还好今天顺利到了这里，承蒙婆婆的照顾，我们才安生下来。”

韦队长说:“你们在这里住，奶奶也热闹些，不会那么冷清了。我这个姐姐病了好多年了，都是奶奶一人照料。我平时事多，也帮不了她们，早晚过来也只是看看而已。有你们在这里，我就放心多了。”他停了一下，又接着说:“怎样安排你们，奶奶可能已经跟你们讲了吧?”

爸爸说:“讲了，多谢关照了!”

韦队长说:“我们想尽量安排好些，但是我们大队穷，没有什么家底，只能暂时这样安排。有安排不好的地方请多担待喽!”说完，吧嗒吧嗒地吸了两口烟，又朝地上吐了一口唾沫。

韦队长是一个老实巴交的人。他看见昕燕的父母身体都不结实，再看看娇嫩如花的昕燕和她的两个弟妹，心想，上面怎么老这样搞运动呢?把原本在城里住得好好的一些人家都弄到乡下来，还有那么多知青。生产又搞不上去，农民连自己都吃不饱，还要再分出口粮来给下来的人。如果今后每次运动都把城里的人放些下来，原来两个人吃一碗饭，今后就要三个人、四个人、五个人分一碗饭。那不是又要饿饭了?怎么办啊?万老太爷有恩于他家，又当过他的先生，他心里是有数的，主要是担心上面再继续疏散下放人来。

母亲曾对他说:“解放前那一年，我们一家得了伤寒，发烧打摆子，全家人都躺在床上等死。别人都不敢来，怕传染。可是万老太爷不怕传染，天天来送药，我们家才保全下来。住在深山里的那些人家离得远，山路难走，万老太爷去不了，得了这个病就是等死，有的一家人死得光光的。你的姑表丈一家人就是这样死的。我一辈子都感谢他老人家。我们苗家人不能欠情不还，救命之恩，多大的情啊!现在万老太爷家后人有难了，我们就一定要帮助，这是老天爷给我们还情的机缘。”

韦队长坐了一会儿，说明天一早要同寨子的人去看新修的水渠怎样绕过一块巨石改道，起身告辞要走，昕燕妈妈拿出早就准备好的一包东西给他，说是一点心意。韦队长不肯收，推辞了半天才接下。

他走后，昕燕去收拾桌子上喝水的碗，发现介绍信还在那里摆着，就告诉韦婆婆。韦婆婆笑着说:“不要了，什么用都没有，烧火吧!”

妈妈接嘴说:“早晓得这样，我们就直接来了。就不会碰到那个醉鬼张小田了。”

第六章

1

清晨，第一只雄鸡的报晓声打破了山寨的寂静，附近农舍的公鸡们开始争先恐后地啼明。昕燕醒了，睁开眼揉了揉，想到清早要跟韦婆婆去学校，就赶紧掀开被子坐了起来。穿好衣服，悄悄摸下床穿上了鞋，轻脚轻手地向外屋走去。她怕开门时那门又会吱嘎一声把爸妈吵醒，就用力把门向上提起来，轻轻地打开，果然没有声音。闪身出去后，再用同样的方法把门关上，而后朝灶房走去。

昕燕一会儿要跟韦婆婆去看学屋。爸爸要到田地里去学做农活挣工分，接受贫下中农的再教育。妈妈成了寨子里的乡村医生，解决了石板坳一直没有乡村医生的问题。按上级规定，每个大队都要选一个赤脚医生。可是石板坳的年轻人都没有上过学，不识汉字，谁都不愿意去。为了应付上级检查，韦队长只好把自己的名字报了上去，还去县医院参加了三天的培训，领回来了红汞、碘酒、龙胆紫各一小瓶，还有一包药棉和十几颗装在一个小纸袋里的消炎片。一个小小的红塑料皮夹，里面有一张写着韦队长名字“韦山石”的赤脚医生证。

这回昕燕妈妈来当赤脚医生，韦队长总算卸下了担子。他赶紧把那些东西和那个已经划掉了他名字的赤脚医生证一起让韦婆婆带给了昕燕妈妈，还叮嘱母亲，一定要让万医生在那张证上填上名字。

昕燕妈妈看着那些东西，心想，农村真的好苦。一个赤脚医生手里有的就是这点药，如果遇上大规模的流行性传染病，那不是会死很多人？农村真的是缺医少药呀，怪不得公社的龙主任说我是大医生。比起韦队长来，我在这里真的算大医生了。还好，我们从城里带来了好些药，平时给需要的农民治病用，也可以应付一些常见病。妈妈在韦队长涂掉了他自己名字下面的空白处，端端正正地写上了自己的名字。

爸爸看见后，赞许地说：“我们学的东西在这里都用得上。农民太苦了。用我们学到的知识尽力报答他们收留我们的恩情吧！”

昕燕和爸爸都要出门干活去了，大家都感到某种生疏和不习惯。城里从前的生活情景还在眼前晃悠，新的生活已经开始。站在这个农家院落门口，一家人像要踏上一条新的生命征途。

爸爸站在门外，将韦婆婆给他的一把锄头往肩上一扛，喊了声："下田喽!"就往大院侧边的一条小路走去，嘴里又哼起了不知名的曲子。昕南一听，从堂屋里跑出来，追出院子，一把拉住爸爸的衣襟，嘴里喊着："爸爸，带我去，我也要下田。"

爸爸站在院墙外，哄着昕南说："昕南快回屋去。等过几天，爸爸学会了农活就教你，一定带你下田。"

昕南一本正经大声地喊着说："不，我现在就要跟你去。男的要下田，我是男的。"

大家听了都哈哈大笑起来。

韦婆婆从屋里出来，一边往院门昕燕站着的这边走，一边隔着墙对昕南说："昕南，我们都知道你是男的，你还得长快点、长大点才能下田。快回屋吧，你爸爸还要去后山脚那边一块很远的田挖坑积肥，去晚了，你爸爸就追不上人家喽!"

昕燕站在那里，等着跟韦婆婆走，看见昕南纠缠着爸爸不放，就赶紧喊昕琪："昕琪，快来把昕南带回屋里去。"

正在抹桌子的昕琪得到姐姐的命令，跑出来，拉着昕南的一只胳膊就往院子里拖。昕南大哭起来，嘴里还大声喊着要下田的话。

妈妈从灶房里出来时，爸爸已经走了。她喊住了昕南，就赶快往院门外走去。她紧走几步，追到院门外，见昕燕跟着韦婆婆走在前面的小路上。她眼巴巴地看着她们拐进前面那座小坡的后面，心里有一种说不出的滋味。

回转身走进屋，见春花好像很冷，流出来的鼻涕口水结成了痂壳沾在脸边上，她赶紧把屋门关上，去灶房弄了点热水，沾湿毛巾一点一点地帮春花擦干净。又进到韦婆婆的房子想找件厚点的衣服给春花披上。她打开韦婆婆放在床尾一张凳子上的那口老樟木箱子，里面竟然没有什么可穿的厚衣服。她心里一阵难过，赶紧关上箱子出来，走进自己的房间里，打开双门木柜子，取出一个包袱，拿出一件昕燕拆了十几双线手套，又加上一股旧毛线织成的线毛衣，转身出来，走到椅妈前蹲下，给春花穿上。然后对春花说："这是昕燕打的线毛衣，穿上热乎些。"

她一边说，一边给春花往身上套，知道春花听不懂，原是自说自话的，突然见春花直直地看着她，眼里竟然闪着泪花。她突然意识到，春花肯定有一定的认知能力，只不过大家没有注意而已。她试着对春花说："春花，你能听懂我的话，对吗？你想说话，又说不出来，你很难过，对吗？不要紧，我能懂你的心。让我们慢慢熟悉，一起来分担你的痛苦好不好？”说完，她再次认真仔细地观察着春花的眼睛。可是，春花的视线越过她的脸，直直地看着前面的墙壁，目光里又没有了刚才那种令人震撼的、不可思议的表达。

昕燕妈妈叹了口气，心想，也许是自己看错了。她从春花身边站起身来，吩咐在一边看小人书的昕琪姐弟拿出纸笔开始写字，自己却若有所思地低着头朝灶房走去。

2

山路上，昕燕跟在韦婆婆后面走着，韦婆婆脚步轻快地走在前面，两只大大细细的银圈子把两边耳垂坠得长长的，好像庙里那些佛像罗汉的耳朵。

走了约莫二十分钟，韦婆婆转过头来：“昕燕，你看见那个屋顶没有？那就是原来的土地庙，现在就用它当我们寨子的学屋。那里也是你外公、外婆住过的地方。”说完，拉着昕燕的手朝那座庙宇走过去。

到了近前，昕燕抬头看过去，弯弯向上翘起的房檐四角挂着几个残破不全、长着墨绿锈色的小铜铃。顺着棱线往屋顶上看，四条腾云驾雾的龙虽然残破，但还是比较完整；所幸四个龙头都在，齐齐向上朝着房顶正中的一个葫芦形状的尖顶，看上去神气十足，威风不减。

昕燕以前听妈妈讲过这个小庙，那时觉得很遥远，现在自己就站在这座小庙前，真是不胜感慨。

韦婆婆说：“昕燕，自从你外公外婆走后，这里就一直空着。现在你来了，就安心在这里教娃娃们读书吧。不管怎样，比下田里做活路安逸得多。每天记两个工分，一个工分三分钱。少是少了点，慢慢来，等你把娃儿们教得有出息了，社员们就会给你加工分的。我们寨子里好久都没有上学的娃娃了，我们不识字，我们的儿孙还是不识字。娃娃些若是识得些字，打得算盘，今后才会有出息，才会懂道理。”

“是的。”昕燕答。

韦婆婆又接着说：“我们寨子里的娃娃些不知道什么是学校，也不知道什么是读书认字。外面的学校又远，又要交学费。我们这里好久都没有人家户送娃娃去外面读书了。放牛，打柴，割猪草，煮饭，带弟妹的事都是娃娃些搞，还不晓得他们家里的大人会不会让他们来读书。我还要各家各户去问。”

“如果没有娃娃来上学怎么办呢?”昕燕担心地问。

“会有娃娃来上学的，你不要担心。现在我去那边找几棵长老了的大竹子，下午就叫老五找几个人来帮手放倒竹子，把山泉水引过来，你和娃儿们上学时就有水喝了。那股泉水甜得很呢。”

“谢谢婆婆!”

“昕燕，我先去那边竹林看看有没有长老的大竹筒，然后再去山那边的几户社员家看看，告诉他们把娃儿送来读书。半把个时辰就回来，你要不要同我去?”

“婆婆，我走得慢，耽搁时间。我先进去打扫，等你回来看看还有什么要搞的，行不行?”

“那好，你先打扫，不要太累了。”韦婆婆说完，就快步朝那片竹林走去。

现在，昕燕一个人站在寂静的山里，看着荒凉的山野和小庙，想着城里的学校和同学们，满心的彷徨和痛苦，眼泪一滴一滴地滚落下来。正在独自悲伤时，一只鸟儿啁啾的歌声在头顶的树枝上响起，那么清脆，那么快乐。小鸟的歌声引来了刚升起的太阳，阳光绵软温柔地透过树叶的间隙洒在昕燕的身上。昕燕一边抬起头来抹掉眼泪，一边用手打个凉棚遮住耀眼的光芒，想看看那只不知忧愁，兀自歌唱的小鸟儿是什么模样。可是树太高，枝叶又密，她看不到那只欢天喜地的小鸟。

昕燕长叹一声，想，能在这里教小娃娃们读书认字比来前想象的下田当农民不知好了多少倍。爸爸说这个运动肯定搞不长，我们还有回城上学的希望。可我得先把这个小学校办好。今后是今后的事，不要辜负了韦婆婆和爸爸妈妈的心。昕燕看了看前面那两扇虚掩着的庙门，好像看见里面藏着的希望。她径直走过去，伸手去推小庙的门。门沉重地吱呀一声开了，满眼的破败凄凉。昕燕倒吸了一口凉气，犹豫了一下，抬脚跨过门槛走了进去。

庙里的神像没有了，神座上只剩下凸凹不平的基底。窗子坏了，窗框的木头也腐烂了，桌椅板凳烂的烂，倒的倒。大得像脸盆一样的蜘蛛网满眼都是，有的牵拉着挂在墙角，有的悬挂在褪了色的木柱之间。蜘蛛们正躲在黑影重重的缝隙里等待着飞虫们自投罗网，偷偷地窥视着闯进这个空间的任何东西。

昕燕准备动手收拾那些东西，平日里胆小的她现在并不害怕这四顾无人的荒岭老庙。看见神台后面好像还有一个门通向后面，绕过去一看，果然后面还有个小院落。通向小院的门被一堆杂物堵着，她不想去动那些东西，于是就退了回来。她卷起衣袖和裤脚，开始把那些东倒西歪、布满灰尘的课桌和长条凳子一张一张地扶起来，排放好。教台就是原来供香的香案，还算完整，擦干净就可以用了。黑板正中开了一大条裂缝，托着黑板的架子与黑板分离开来歪在一边，像昏睡过去一样。昕燕想把黑板弄上架子去摆正，可是怎么也拖不动那块用厚重的老门板改造成的黑板，只好等韦婆婆回来帮忙了。黑板早已褪色，用白粉笔写字上去一定看不清楚。别的东西可以慢慢来，得先告诉韦婆婆把黑板重新漆一下。

昕燕把散落在地上的大块大块的垃圾捡起来，扔到庙门外的一个拐角处。

能做的都做了，小庙里仍然一派残破凄凉。她直起腰来，眼睛寻找着还可以做的事。外面，阳光开始普照大地。几束阳光从大门外跑进来，像一群调皮活泼的小孩子。屋里立刻就有了生气。瞬间，光明照亮了昏暗的小庙。

第七章

1

昕燕走出庙门，来到那棵又粗又高，冠很大的老树下，觉得有点累，就靠着树身站在那里。眼睛打量着四周，感觉安静得像被隔离在时空之外。一个人站在这里还真有点害怕，她不由得朝身后看了看。有一种很香的味道在空气中游弋，渐渐地，她如梦如幻地沉浸在这奇特的馨香之中。

十四岁的昕燕身材高挑，再加上天生丽质，更显得亭亭玉立，楚楚动人。她在树下的一块大石头上坐下来，靠在树身上，几天来的紧张疲劳使她很快就睡着了。她梦见自己像一丝清风在那些林间花丛中飘飞起来，一会儿就飘到一个仙境般美丽的地方。

眼前，深山老林碧翠黄紫之间，一条银链般的瀑布喧哗着从天上跃然而下；瀑布半腰的山边上，一片亭亭玉立的竹子迎着阵阵微风，轻扇着片片挂满露珠儿的翠翅好像要飞起来一样。瀑布下的深潭像一个大盆，盛满了深绿色的琼浆。天上的飞云在潭水中荡漾着，又随着潭中的水从四周漫溢而出。飘着云彩的水淹过那些好看的石头，溢满了下面的浅滩，又忙不迭地从浅滩四周一级一级地向低处涌泄而去，变成一条条飘带般的小溪蜿蜒盘桓在山坡丛林之间。溪水时急时缓，时分时合，叮叮咚咚，哗哗啦啦，绕石跳坎地追逐着成群的小鱼儿和在水面上点点停停的蜻蜓。山窝里一片半坡平台上，三座奇怪而古老的茅草顶盖、篱笆竹墙的房子点缀在竹影清风中。昕燕迷醉在这沁人心脾的馨香和奇美的景致中，不由自主地向那三座房子飘了过去。

到了第一座房子的窗下，透过撑开的窗户往里一看，见房子里的窗下桌前坐着个穿古装的女孩正在看书，比小画书中画的美人不知要好看多少倍。昕燕想，她好面熟啊！可她怎么穿着古代的服装？是古装电影吧？正纳闷，见那个女孩抬起头来，看着昕燕笑盈盈地招手。昕燕正想过去，突然不知从哪里冒出一个穿黑色衣服，眼睛又鼓又大的人，手执一把铁叉子照着昕燕戳了过来。昕燕一惊，转头就跑，只觉得后面脖子上被狠狠地扎了一下。昕燕痛得大叫一声跌倒在地。

惊醒过来的昕燕定神一看，才发现原来自己竟然靠在那棵树上睡着了。想想刚才那场奇怪的梦，觉得真是匪夷所思。一摸后脖颈，又痒又痛，还有些肿胀起来。忙转身对着树身仔细一看，只见满树干都是密密麻麻的大黑蚂蚁排着队上上下下地忙碌着，昕燕全身倏地起满了鸡皮疙瘩。她赶紧离开大树，满身上下乱拍乱打一通，又把脖子上的围巾解下来用劲地抖了几下，再翻开仔细检查，确认里面没有蚂蚁，这才重新围上。也不知道蚂蚁是怎么钻进去的，为什么还咬人？她摸着脖子，对树上的大黑蚂蚁说："我又没有惹你们，你们怎么也欺负人。"说完，长长地叹了口气。要是自己是那个古代女孩，能永远地留在梦中那个神秘美丽的地方就好了。什么"文化大革命"，还有这该死的疏散下放，这毁灭了全家的遣送，就统统都不关自己的事了。唉！只可惜醒来还是一切如常。

她望着韦婆婆走进竹林去的那条弯弯曲曲的小路，盼望着她快点从竹林里出来。

2

石板坳住的人家户都是些靠种田、打猎为生的农民，大家半温半饱地打发着日子。这里的山山水水就像画中仙境。当年，土地买卖的中间人把昕燕的曾外祖母带到这里时，她一眼就看中了这个有山有水，有土地庙，石板盖房，风景优美的地方。尤其让她喜欢的是那片土地肥沃，一眼望不到边的坝子。还有那条蜿蜒多姿的小河，像一缕悠长的白云从千绿万翠的大坝子中间缠绵飘过。四周山峰重峦叠嶂，像粗壮结实的手臂，环抱着这片平川，看上去祥瑞泰安。中间人对她说："买下吧！这里是种水稻的好地方，河水终年不断，引水灌田，旱涝保收啊！要不是卖家急用钱，又同情你们孤儿寡母的，是断然舍不得以这么低的价卖了这片种什么都肯定有好收成的风水宝地的。"

昕燕的曾外祖父过世得早，曾外祖母很能干，一个人拖儿带女的，靠开杂货店做些小生意省吃俭用地过活。日子长了，积攒下一笔数目不菲的银钱。买下这块地后，又以长短工的方式雇请当地的苗族农民开荒种田、建房围园。第二年就得到了好收成，卖了粮食后又多请人、多开荒、多下种。连年的好收成，让精明的曾外祖母富裕起来，几年间就在城里置下了大小几所宅院，又放租出去几处。曾外祖母有三个儿女，除了外公，还有外公的两个妹妹。儿女们在城里读书，住在城里一所大宅院里。曾外祖母一边雇人继续经营着城里的杂货店铺，一边分出时间去看管石板坳的田产家业。这一段时间是曾外祖母最顺心，日子过得最好的时期。

可好景不长。清末民初，社会大乱，战事不息，盗贼蜂起。曾外祖母在石板坳的家被大大小小的土匪们先后抢劫了好多次。好在石板坳的家里除了粮食外并没有什么值钱的东西。抢就抢了，也没有大伤元气。土地和房屋是抢不去的，城里和乡下的房产和田产仍然完整，这是最重要的。

曾外祖母一个人操持着城里和乡下的事，维持着整个家庭的生活。后来，她年纪大了，两头跑不动了，就在石板坳长住下来。她对儿子，也就是昕燕的外公说："我老了，万一哪天一口气上不来就去见你们的奶奶和老子去了。你要多到乡下来住，多晓得些田间地头的事情，好好守着这些田产，下几辈的儿孙都不愁吃穿。"

昕燕的曾外祖母过世后，昕燕外公就回到石板坳长住下来。他也把自己的儿女留在城里读书，有时，也会到城里去小住几天，看看儿女们的学业。就这样，生活虽不大富大贵，却也不愁温饱地又过了好些年。

3

有一年，石板坳来了好些人，说，解放了！接着土地改革就开始了。曾外祖母经营多年的那些田产、房子全部被没收了，不会跑的竟然也都"跑"了。好在这位满腹经纶的万老太爷在农民们的眼睛里是个大好人，上面派下来的土改工作队发动贫下中农斗他，寨子里的人就是斗不起来。农民们斗着斗着就跑题了，控诉的话变成了表扬。农民们在斗争会上说："万太爷人和善，借了他的谷子还不起，他从来都不逼要，实在还不起随便砍点柴，拿点什么去顶都可以。比他家老妈和上坝乡的那家地主好多了。"

农民们还把外公救活了某某人家被蛇咬伤的孙子，把某某人跌断的腿接好，教书、看病、下药不要钱这样的一些事情拿来斗争会上讲，斗争会开成了表扬会。工作队的人只好停止开会。

昕燕外公外婆有时回城里小住，是跟小儿子住在一起。解放后，政府普查登记户口，正巧那几天他们就在小儿子家，来搞普查的人没有多问什么，问过他们二老的名字后，就一一登在小儿子家户籍上了。在城里登记上了户口虽然是碰巧，但是昕燕妈妈说："那是老天、菩萨在保佑。"

三年自然灾害太严重了，乡下连草根树皮都吃光了。昕燕外公外婆在乡下实在过不下去了，只好到省城去投靠自己的小儿子。城里的房子在解放后改造分配了，儿子一家七口人挤在原来他们家自己宅院二楼的两间房里，其他房间都被分给了别人。两位老人在小儿子家一起住不下，儿女们商量了一下，外公还是住在小儿子家，外婆去住大女儿家，就是昕燕的大姨妈家。后来，这个大姨妈也在“文革”中病逝了。

昕燕外婆是一九六一年过世的，那年她刚过六十岁就连饿带病地走完了她从一个小粮店老板的独养女儿，到养了一群儿女，最后却是病饿而终的人生之路。

昕燕记得，外婆的背很驼，像背着一座小山。上身有点歪斜，好像承受不住背上的那座小山而被压歪了一样。

外公多活了五年。“文革”开始后，地主排在“地富反坏右”的首位。来抓他的红卫兵们把纸糊的尖角高帽子扣在他的头上，在他老弱无力的脖子上挂上大牌子，架着他的双手把他从家里拖到大街上。每天，昕燕外公和一群同他一样挂着各种不同罪名大牌子，戴着高帽子的人一路游街，听红卫兵们轮流敲着锣大声地骂自己。然后站在高高的台上向毛主席请罪，向广大革命群众认罪。生性胆小又极要面子的外公听着如雷震天的“打倒大恶霸地主万守和！”的口号时，早已吓得战战兢兢，面无人色。

外公过世前的几天，妈妈让昕燕提了点吃的去看外公，正好碰见外公同几个戴着高帽子挂着大牌子的“黑五类”一起，站在摇摇晃晃的高凳子上挨斗。他老迈的身躯像筛糠一样抖个不停，一脸的恐惧和羞惭。突然，外公身体一歪摔了下去。那个领头的男人说他是装的，一把将外公从地上拉起来，顺手“啪”的一声抽了他一个大耳光，再让外公爬上凳子去继续挨斗。挨斗的人出丑出得越多，斗争的人就越开心，围观的人就越多，革命斗争的情绪就越高涨。人们连笑带作弄地斗争着那些“地富反坏右”分子。昕燕全身颤抖着挤在人群里满脸泪水地抬头看着外公。外公摔下去的时候，昕燕尖叫了一声，差点晕过去，好在拥挤的人们没有注意到她。有人把她拉出了人群，是舅舅的小儿子万峰，比她小半岁。到了没有人的地方，万峰睁着红红的眼睛咬牙切齿地说：“他妈的裘财旺，我非杀了他不可！”昕燕猜想，万峰要杀的一定是那个打外公的男人。她吓得赶快捂住他的嘴说：“不要乱说，别人听见会告你的。”

万峰含着泪倔强地说：“我真的要杀他，前几天我爸爸也是被他带人抓走的，到现在都不知道在哪里。我妈已经被吓得起不来床了。”

昕燕哭着同他一起去看舅妈。舅舅家房外、墙上、窗上到处贴满了一层层的标语、大字报，万峰愤怒地撕下一张把门都封住的大字报，拉着昕燕推门进去。屋里很昏暗，不敢开窗，开窗就会破坏大字报，那是现行反革命罪；开窗还有危险，不知道什么人朝窗子里扔石头、垃圾，还有包着大便的纸包。舅妈半卧在床上大声咳嗽，看见昕燕走到床前，大颗大颗的眼泪顺着眼角往下滚，昕燕看着舅妈泣不成声。舅妈哭着小声对昕燕说："不知道你舅舅被抓到哪里去了，你外公也被抓去斗争了，这个家算完了。"说着又哭又咳嗽。

昕燕回到家哭着把情况告诉家里后，妈妈哭得止不住。昕燕爸爸把牙咬得紧紧的，胸部起伏，喘着粗气说："公民的人身安全是受宪法保护的！"说完一拳把桌子打得哐的一声响。他冒着再被加上一顶"地主阶级孝子贤孙"帽子挨斗的危险，当晚就陪妈妈悄悄地去看外公和昕燕的舅妈，又叮嘱万峰千万不能冲动做傻事。

那天外公回家后一直不停地发抖，嘴里喊着昕燕舅舅的名字，第三天就离开了人世。大姨妈和二姨妈家几个儿子，还有万峰把老人的遗体安放进他的"老家"（棺材），连夜悄悄地找了一辆板车一路哭着把他的遗体送回石板坳。大人和女孩子们都不能去。大人第二天还要到单位学毛主席语录，开斗私批修会，老人过世的悲伤必须深深地掩藏在心底，因为他是地主。女孩不能去自然是身体条件和安全问题。连黑纱都不敢戴，怕被人说是为死地主披麻戴孝，又惹麻烦。外公的遗体运到石板坳时，昔日的那些佃农还有他们的儿子们主动来帮忙，外公得以安然下葬，长眠在曾外祖母的墓旁。

昕燕的舅舅一直没有回家，被裘财旺那帮人抓走后就莫名其妙地失踪了。舅妈在日思夜想的担忧惊恐中患了病，吃药也不见好，神情一天比一天恍惚。临死前也同外公一样，喊着舅舅的名字，眼睛一直到死都没有合上。

舅妈火化后，万峰把骨灰盒抱回家里，放在桌上，不吃不喝地在桌旁守了一天一夜就离家出走了。他的几个姐姐哭得死去活来，到处寻找都没有找到他。

万峰失踪一个月后的一天晚上，那个叫裘财旺的男人抄了别人家回来，洋洋得意地哼着样板戏走进公共厕所正撒尿，不知被谁从后面对着他脑袋砍了几刀。他一头栽到地上，脸捂在蹲坑里喊不出声来。那人正乱砍趴在地上的裘财旺的背部时，听见有人来上厕所，就狠狠地朝裘财旺的右脚踝砍了一刀，跑了。

姓裘的被救起，伤愈从医院回家，剃光的头发还没有长出来，后脑袋、脖子上几条长短不一的大疤特别醒目，右脚残废了，听说那一刀连骨带筋全都砍断了。他坏事做多了，得罪的人也多，又怕别人小看了他，就编着筐往大里说，说他自己奋力搏斗但是敌不过三个人云云，结果根本找不到丝毫可疑的人和线索。他的家人心虚，怕再有人来寻仇报复，从此如同惊弓之鸟终日不安。一到晚上就关门闭窗，不留一点缝隙。那年冬天，他家里两天没有动静。等发现时，裘财旺一家大小五口煤气中毒全没有救过来。

那条街挨过他整的人家都说他活该遭此灭门报应。

万峰从此再也没有回家来，不知到哪里去了。昕燕的舅舅也一直没有踪迹。万峰的几个姐姐一个接一个上山下乡当了知青，舅舅家就这么散了。

昕燕妈妈同爸爸私下里悄悄地说："可能是万峰砍了那个姓裘的坏蛋，如果是大人砍的，那姓裘的被几刀砍在头上，当时就会死，孩子力气小，他才得以保命。幸亏万峰是在那个死鬼被砍前几个月不见的，又是个孩子，眼下到处都乱哄哄的，不会有谁想到他。不过老天有眼，让那姓裘的中煤气毒全家不得好死，自己中煤气毒死的，也怪不着谁了，等哪天万峰回来也安全了。"

爸爸说："如果万峰回来，就接他到我们家来，我们养他。"

听着爸爸妈妈小声地讲这事，昕燕想起万峰那天的样子和那句话："他妈的裘财旺，我非杀了他不可！"

可是万峰一直没有回来，直到昕燕家被遣送前都没有他的消息。

现在，昕燕看着外公外婆曾经住过的小庙，想着一直没有找着的万峰和舅舅，想着那些伤心往事，心里难过极了。她想，外公外婆一直在这里教授小童，施药看病，过得简朴安静。要不是那些年的自然灾害在这里没法过下去了，外公外婆肯定是会一直住在这个地方终老的。如果这样，外公就不会挨那些斗争和羞辱了。

昕燕正想着这些事，韦婆婆回来了。老人家远远地就高兴地喊开了："昕燕，那边山腰里有的是长老了的大竹子，随便砍几棵就够用了。山上的泉水清凉得很，这下，喝水问题解决了。"

她这一喊，昕燕吓了一跳，回过神来一看，韦婆婆已经笑眯眯地走到近前。韦婆婆很高兴地告诉昕燕说："山上那个小鸟泉好得很。好多年都没有去泉边了，刚才爬上山去看，泉水又多，又清凉，我喝了一口，好甜！"

昕燕说："小鸟泉？"

韦婆婆说："不知道是哪个起的名字，我嫁过来的时候就有了。娃娃些有水喝了。"

昕燕说："不煮开，喝生水啊？"

"不泡茶不用煮开，泉水又干净又甜，不怕！"

"哦！"

"昕燕，明天就让娃儿们来读书，行不行？"

"行是行，就是黑板写不成字，要重新漆一遍才行。"

韦婆婆说："那黑板原来是后院一间房子上的门板。是那些年号召学文化，搞'扫盲运动'时，上头要求每个大队都要有块黑板。队里派王木匠去看了别的大队的黑板后，回来就把那后院房间的一扇门卸下来，改成了这块黑板。那时我们才知道，黑板就是个省力气的东西，师爷不用在每个人的本本上写，只在黑板上写一次，让大家照着写就行。”

昕燕第一次听见把黑板形容成一个省力气的东西，就笑了起来，说：“婆婆，你讲话好玩呢。”

“你喜欢听？我还怕你嫌我啰唆呢。”

“不嫌，我喜欢听。”

“那我再讲。那时我肚里怀着孩子，也要去学认字。上面要求人人都要学文化，做社会主义新农民，都要扫盲。还定任务定指标，各大队必须完成扫盲任务，学完后还要考试，考完后，就没有人管了。时间长了，就全部忘干净了。不过，我还记得我的汉名的写法。我写给你看，不要笑哦！”说着，弯腰捡了块小石头，蹲在地上用小石头认真地、弯弯拐拐地划出自己的名字——韦雨月。

“韦婆婆，你的这个汉名，很好听嘞。你的字写得也好，你还会写别的吗？”

韦婆婆说：“这个名字还是工作组的一个女老师给我起的。”

昕燕说：“婆婆，你有空的时候也来学认字嘛，说不定你还能学会好多字呢。”

韦婆婆大笑起来说：“不学了，不学了，难得很！让小娃儿们学吧！我老了，学不动了。娃娃些像你一样的认得字，会打算盘，将来有出息就行了。在我们这里，会写名字就算秀才了，哈哈哈！”

昕燕也笑了起来，说：“婆婆我好喜欢你呢，我觉得你就像我的亲外婆一样。不过，我没有当过老师，不知道能不能做好。”

韦婆婆半开玩笑半认真地说：“昕燕，你不要害怕当老师。我会写我的汉名字都算秀才了，你还怕教不了几个娃娃？学校有什么事你就告诉我，我想办法解决。那块黑板我这一两天就找人来重新刷漆，你只管放心教娃娃们就得了。”

“谢谢婆婆！队里有没有粉笔？”

“下个星期赶场时，我托人拿几个鸡蛋去换。这里平时人少，有点背静。我会时常来看看的，慢慢习惯就好了。你外公外婆有灵在天会保佑你的。”

一听韦婆婆提到外公外婆，昕燕脑子里面又幻现出外公当年在这里教书的情景。她并没有见过外公教书，不知道为什么，来到这里后，脑子里总会出现这种景象。

这时，昕燕感到脖子又痒又疼，就一边与韦婆婆讲话，一边伸手去摸脖子。韦婆婆看见了就问她：“你颈子那里怎么了？”

“刚才可能被蚂蚁叮了一下。”

“你刚才是不是靠了那棵大树？”

“是啊。来前这几天，天天都忙到很晚，没有睡好觉，靠在那树上就睡着了。等醒来才发现那树上有很多大黑蚂蚁，不知道是不是被蚂蚁咬了，现在有点又痛又痒的。”

“那些蚂蚁是有毒的，人被叮咬的地方会红肿化脓，严重时还会发烧。那种蚂蚁很厉害，毒性很大，快让我看看。”

韦婆婆翻开昕燕的衣领一看就说：“已经红肿了，赶快回家我给你敷些去毒的草药，很管用。还是你老外公教我们配的。快回家，不要耽误了。”接着韦婆婆又问昕燕：“你饿了吧？”

“现在还不觉得饿。”

韦婆婆慈祥地看看昕燕说：“看你又瘦又弱，吃东西太少了。要多吃点东西，身体好，才当得好老师。娃娃些不懂事，难管教，特别是那些男娃子，性子野，顽皮得很。你身体好些，喊得大声些，才压得住他们。”

从明天开始，昕燕就要在这个小庙宇中开始新的生活。虽然一天只有两个工分，但是能远离繁重的体力劳动，对十四岁的昕燕来说，实在是天大的恩赐。不管怎样，这一切已经很不错了，比来前想象中的情况好很多很多。一切都是韦婆婆和朴实的农民们的照顾。这也许就是妈妈说的，“种好因，结好果”呢。外公的地主成分害了儿女子孙，而外公的善良最终又帮了儿女子孙。

第二卷

第八章

1

一大早，韦队长就来了，隔着院墙喊韦婆婆：“奶，昨晚李双喜家儿子来了，歇长富叔家。你先领他去学屋帮忙，我要赶去二峰山开渠，今天炸山，走了。”说完就走了。

“李双喜家儿子也来了？”韦婆婆快步从灶房追出来朝着儿子的后背问。

“你早点去长富叔家带他到学屋去帮忙，昨晚同他说好的。”韦队长转头大声说，接着转过一户农舍看不见了。

昕燕妈妈跟着从屋里出来问：“谁来了？”

韦婆婆说：“李双喜家儿子，老五要我带他到学屋去帮忙。”

昕燕妈妈说：“韦婆婆，你去办那边的事。让昕燕爸爸送她们到学校后，再去挖积肥坑。”

说话时，有几个娃娃先后来了，探头探脑怯生生地站在院外等着，其中两个娃娃还背着竹背篼。

韦婆婆把他们喊进院子来，指着昕燕对他们说：“这是你们的袁老师，你们跟她去土地庙学认字。二狗你大些，要带头听老师话哦！”然后又对昕燕说：“我家孙子大牛过几天就来上学，他外公过世了，他跟他妈回后坝大队去了。今天可能就是这几个娃娃先上学，明天我再去找另外几个来。他们大人答应要来的，可能忘记了。你们先去，我一会儿就到学屋来了。”

昕燕看着那几个娃娃，微笑着说：“你们早！”

那几个娃娃拘泥不安地笑了，没有答话。昕琪和昕南也站在旁边。

昕燕爸爸说：“昕琪，昕南，还不快去和同学们玩。”

昕琪问：“玩什么？”

“去告诉他们你们叫什么名字，也问问他们的名字呀！”妈妈在一旁说。

昕燕爸爸帮昕燕提着孩子们喝水的土陶瓷水罐子，陪着昕燕带领昕琪、昕南同那几个娃娃一路来到小庙前。

大家在庙门前站立下来，昕燕没有立即去开门，她不想让爸爸看见庙里的真实情况后为自己担心:“爸爸你走吧，你还要绕路去那边，太晚了不好。”

爸爸似乎看出了女儿的心事，没有说什么就走上前去推门，两扇对开门“吱呀”一声就向两边大大张开，小庙里破破烂烂的样子完全呈现在眼前。他一阵心酸，但是转念一想，不管这里的条件如何不好，都还是比下田好很多。接着赶紧帮着昕燕把娃娃们安排坐下，又对女儿说:“昕燕，第一天上课慢慢来。先与孩子们熟悉一下，不要一上来就教课，先做做游戏，唱唱歌，讲讲上课的规矩，等明后天孩子们不生了再上课，效果会好很多。”

“爸，你走吧，别担心我!”

“我中午来接你们，我跟韦婆婆讲一声，过几天我来帮你修整一下教室。”说完，就急匆匆地走了。他心里难过，怕自己的情绪暴露出来会影响女儿的心情。一直走到看不见土地庙的地方才停下来抹了一把眼泪，长叹了一口气。

昕燕开始让每个孩子说自己的名字。她一个一个地把孩子们的名字记在备课本子上后，就逐一点名，让孩子们听见老师喊自己的名字就站起来答“有”。孩子们在答“有”时虽然有点不习惯，不好意思，但都很认真。他们回答得又快又响亮。

点完名，昕燕说:“现在，我们开始学唱歌。”她清了清嗓子，就开始唱《东方红》。教了几遍，孩子们唱得很好。特别是昕琪、昕南，他们跟着姐姐学唱歌，成了姐姐的学生，别提有多开心了。歌声从小庙中飞出去，在翠绿的山林中回荡。

2

山道上，韦婆婆领着一个瘦高个子的男青年朝学校这边走来。他俩手里各提着一个土瓦罐。韦婆婆一跨进小庙，就高兴地大声说:“昕燕，老远就听见你们唱歌，好听得很!我们这里的男女青年春天插秧和秋天收谷时都要对歌。还有到我们苗族的节日、婚嫁时也会在一起对歌，到时候你也带娃娃些去唱唱，让大家听听你们唱得多好。哦，昕燕，我给你带了个帮手来，你看，这小伙子叫李红磊，他爸爸原来也是我们寨子里的。”

昕燕抬头看了看眼前这个人，心想，他好高啊!

李红磊扫了一眼小庙，看了看昕燕的头顶，想，这个学校条件也太差了！

韦婆婆见昕燕和李红磊都没有说话，就接着对红着脸半低着头的昕燕说：“红磊是昨晚自愿回家乡来当插队知青的。老五让他先来学校帮帮忙。你不是讲黑板要刷漆吗？就让红磊先帮你刷漆吧。其他的事等老木匠回来再说。”

还没等昕燕有所表示，韦婆婆又转脸对那男青年说：“红磊啊，黑板就在那里。你看，又破又旧不好写字，你就先帮袁老师把它刷好。我还要找人去山里接竹管，等找到人后，我再绕过来看你们。”

那个叫李红磊的对韦婆婆说了声“好”，就朝黑板那边走过去，放下手里的罐子和刷子，卷起袖子就开始干活了。

韦婆婆说：“先刷几遍黑颜色，等干了再刷生漆，记得照我路上教你的做哦！”

“好，我照你讲的刷。”李红磊头都没抬就一边答应韦婆婆一边拿起刷子伸进罐子里搅。

韦婆婆看李红磊开始干活，就一边朝门口走一边对昕燕说：“昕燕，莫害羞，有什么事就喊红磊帮忙，头回生二回就熟了嘛。如果中午到吃饭时间我还没有来，你就先把娃娃们带回寨子去，让他们各自回家去吃饭。”

昕燕把韦婆婆送到门外，说：“婆婆，你不要担心，爸爸说要来接我们的。”

韦婆婆说：“好，不过我还是过来看看，反正都要路过。从这边走近些。”说完，急急忙忙地走了。

昕燕第一眼看见李红磊时，觉得他很高，她从来没有和这么大的男生说过话，觉得自己的心突然跳得很快。先前，昕燕一边听韦婆婆讲话，一边借着刘海的遮挡偷偷地打量着李红磊。心里叹道，这个大男生看上去好英俊啊！眼睫毛比女孩儿的还浓密、还长，很好看呢。不过，他好像不高兴，有很多心事一样。韦婆婆介绍我的名字时，他看都没看我一眼，连招呼都没打。是不是知道了我家是遣送来的，瞧不起我？想到这里，心里不禁有点难过。管他呢，都到这一步了，没必要在乎谁的态度。自己现在就是个挣工分的乡村小学老师，认真教好孩子们就行了。她继续教孩子们唱歌，不知怎么搞的，接下来她就是唱不好，心里总是有些说不清的慌乱。这种感觉，昕燕长这么大真是从来没有过。

李红磊在黑板前蹲下来，一刷一刷地往黑板上刷黑墨。整个黑板都刷了一遍后，又如此这般地再刷了两遍，黑板就很黑了。接着他又把另一个小桶里的生漆倒进那个用来当桶盖的土陶大碗里，碗边上有些大小不一的缺口。生漆一倒出来，一股难闻的气味就跟着冲了出来。李红磊的眉毛和鼻子立即皱了起来，脸迅速往旁边一歪，躲过了这股直冲上来的呛人味道。他顺便抬眼看了那些学生一眼，天哪！这些孩子怎么大的大，小的小！幸亏我没答应当老师。七大八小的怎么教呀？想着，一边摇着头一边又拿出另外一把同样老旧的毛刷蘸着生漆开始在已经刷得黑漆漆的黑板上刷。韦婆婆告诉过他，要等黑墨干透后才能往上面刷生漆，否则会鼓泡。可是李红磊一心想赶快应付完了这里的事后，早点去学干农活。刷到黑板上的墨汁还没有干透，他就快速地往上刷生漆。他的手机械快速地刷着，心里却在想着那些忽近忽远、心烦意乱的事情。

他是昨晚到的，韦队长让他今天先到小学帮忙。他不想当老师，更不想当一个乡村小学的老师。来这里就是来当农民的，同韦队长确定只是临时到学校帮忙后，早上就跟着去喊他的韦婆婆来了。

难闻的生漆味道越来越浓，呛得孩子们都捂住鼻子，昕燕赶紧招呼孩子们朝外面跑。李红磊自顾自地沉思着，根本没有注意到老师和孩子们都被浓烈的生漆味熏跑了。

昕燕和孩子们跑到外面那棵大树下，孩子们自己搬些石头当凳子坐下，昕燕站在树下，看了一下树身，只有几只大黑蚂蚁。她又看了看那块大石头，上面没有蚂蚁，这才坐下来。歌声又继续在山林中响起来。

李红磊继续心不在焉地刷着。歌声怎么听起来是从外面飘进来的？他转身一看，才发现孩子们不知什么时候都出去了。他想，这生漆味呛人不说，还熏得眼睛酸酸地直流泪。漆刷上没有几根毛，一下子刷不出来，看样子下午还要再刷一遍，至少得阴干一晚，肯定要等到明天才能用了。出去跟那个小老师商量一下，让她们下午不要来上课了。省得听他们反复唱一支歌，耳朵都听累了。想着，他站起身来，抬脚向门口走去。

李红磊跨出小庙门，抬眼一望，眼前的景象简直像幅画，他呆住了。那棵老树的树冠很大，树荫下七八个大大小小的孩子随意地坐在大大小小的石头上，抬着头，用充满幻想和崇拜的稚气眼神凝视着坐在大石头上教他们唱歌的老师。老师像一座侧面的石膏像，白皙的皮肤和挺直端秀的鼻子那么美，两条黑黝黝的辫子松软懒散地耷拉在胸前。这种发辫在城里已经很久没有看到了。城里那些风风火火的女孩子们为了显得自己英姿飒爽，几乎都剪成了清一色的革命头，眼前这种看起来古色古香的长辫子显得那么柔美秀丽，这才是女孩子呢！

这个看起来年纪很小的乡村老师穿着一件已经洗褪色的枣红细纹灯芯绒春秋衫，里面套着一件黑色粗线毛衣，穿一条同样洗得发白的蓝色卡其布长裤，裤子的膝盖上还有两块对称的补丁。一双白塑料底黑绒面的旧布鞋套在脚上，整个人看起来赏心悦目，标致无比。

3

李红磊喜欢任何美的东西，包括人。这与他从小就习画练诗有关。看着眼前这个景象，他想起自己的绘画老师曾经提起过一幅苏联得奖的画，题材是“乡村来的女教师”。老师说，那幅画上，一群孩子的脸都朝着一个方向，个个都睁大着双眼，每个孩子的脸上都带着纯真的微笑，眼里流露出崇敬和惊奇的眼神。虽然画面上并没有出现那个女教师，但是每个看见这幅画的人都会跟随着那群孩子的眼光去追寻那位女教师的身影，都会有意无意地去想象那位女教师的模样，想象着她微笑着朝孩子们走来的神情和姿态。总之，在看画人的心中，她是年轻美丽的，是纯洁可爱的。这一切，画家早已从那群孩子脸上的微笑和眼神里反映出来，因为孩子们天生就喜欢美好的事物。那个女教师以各种各样的神态和微笑活在看见过这幅画的人心里。可是，自从听见有那幅画至今，李红磊能想象出画面的结构和那些孩子们的眼睛和表情，就是一直想象不出那个女教师的样子。那个女教师在李红磊的心目中一直是一个形象不定的影子。今天他突然找到了，就是她。眼前这个乡村女教师的样子和他心目中那幅画上的女教师的影子重合了。他看见她向他走来，他也不由自主地迎着她微笑着，他感觉自己就像那幅画中看着老师的孩子们中的一个，更像眼前的这群孩子中的一人。此时，李红磊对这个美丽的乡村小教师产生了一种隐隐约约的，连他自己都说不清的好感。

树冠像一把巨大的伞，风一吹过，那些枝叶就随风轻摇，还发出“沙拉拉、沙拉拉”的声音。除了孩子们的歌声，周围安静极了。整个情景如梦如幻，很美妙。李红磊看着这幅因有了那位女教师的存在而美妙无比的画面，耳畔似乎远远地飘来一阵阵幻化悠扬、飘逸怀远的笛声。他呆站在那里不敢动，生怕一不小心弄出点动静就破坏了这幅绝美的画面和心生的仙乐。

他斜靠着门框静静地站着，两只手插在裤兜里，轻轻地用心去触摸这幅让自己深深陶醉的画面。意境中，他心灵的触角悄悄地，固执地停留在那个女孩的身上怎么也不肯离去。他感到自己身体中有一种力量超越了自己，灵魂突然脱离了自己的控制，冲向前去拥抱住了那个美丽的女孩。两个灵魂立即绵缠交融在一起，他在意念中瞬间完全进入了她的灵魂，有了一种从来没有体验过的、超越身心的幸福感。那是一种李红磊长这么大从来没有体验过的幸福冲动，一种他对任何人从来都没有产生过的奇妙的感觉。他的脸上热辣辣的，心也怦怦直跳，赶紧转身走进小庙，好让自己平静下来。

说来也怪，这时，正在认真教孩子们唱歌的昕燕突然又闻到了那种奇特的香味，她好像瞬间进入梦幻中。一股暖流像过电一样顷刻间流遍了她的整个身体，一种莫名的感觉猛烈地冲击着她的身体。瞬间，她感到有些头晕，正在把持不住时，这种感觉却突然消失得干干净净。

她看看学生们，认真唱歌的孩子们并没有注意到老师刚才那几秒钟时间里的变化。昕燕心里觉得十分蹊跷，摸摸后脖子上隐隐作痛的小包，想起昨天的怪梦，抬头看看大树，那树像个高大的人正低头看着她。昕燕心里有点害怕起来，赶紧提高嗓门，好壮壮胆气。她的声音一高，孩子们也跟着她提高了声音。她继续与学生们唱歌，并没有注意先前靠在庙门边，后来又进了小庙的李红磊。

这时李红磊已经又走出来坐在小庙的门槛上，想着怎么过去与那个小老师讲话。

李红磊呆看着眼前的这个女孩，脑海里却浮现出自己的妹妹和爸妈。他又陷入了对往事的无限惆怅之中。想起父母对自己参加飞虎队的不满和斥责，想起两个多月前在殡仪馆里与父母顶撞的情景，想起离家出走后家里可能会出现的状况……他愈发感到后悔和不安。现在他是多么思念父母和两个妹妹，可他还是不愿意回去。其实他离开家到北京、南京转了一圈后又到石板坳，才两个来月，可他却觉得就像离开家好多年一样。

这个小山村虽然离城市不远，却很闭塞。父母暂时不会想到他跑回家乡来了。这里的农民们除了到公社前面那条街的场坝去赶赶场，一般都是守在自己的寨子里不走远的。自己回来的消息肯定不会很快传出去，只要“文革”不停止，父母就没有时间回来，也不可能回来。他想就蹲在这里等“文革”停了再作打算。

李红磊渐渐回过神来。看着眼前的这个“乡村女教师”，听着她们的歌声，觉得很奇妙，怎么会在家乡遇见这么个美丽如画的小老师？他顺手捡了个小石头，低头在地上画起来。

昕燕侧面对着庙门，突然感觉到那个来油漆黑板的大男生，蹲在那里好长时间了，好像一直朝自己这边看。她嘴里和学生们一起唱着歌，头却扭过去，看见李红磊坐在庙门槛上，低着头在地上画着什么。看着他一副孤独无助、满腹心事的样子，昕燕心里动了一下。

偏偏在昕燕看李红磊的时候，李红磊突然抬起头向昕燕这边看过来，正好与昕燕的目光撞在一起。李红磊朝昕燕微微一笑，昕燕也含羞地笑了笑。看见昕燕笑容的李红磊一下子又不禁看呆了，心里惊叹，哎呀，她真是"回眸一笑百媚生"啊！这山里怎么会有这么美的女孩子？她是谁呢？

昕燕被李红磊看得很不好意思，赶紧把头转回去。这边李红磊继续对着昕燕的侧影发呆，他不想讲下午让她不要来的事了。他渴望和这个女孩说话，渴望了解这个女孩。希望下午只有她来，孩子们不来就好了。

李红磊朝昕燕走去。大家都扭过头来看李红磊，歌声一时乱了节奏。李红磊的脸腾地一下热潮涌起，不知道为什么会感觉有点不好意思。他早前没有听清韦婆婆说她姓啥，就对她说："那个……老师，对不起，打断了你的课。我是想告诉你一声，新刷的黑板可能干不了，味道很大，而且下午还要再刷一两遍，颜色才会更黑亮些，能不能今天下午不上课？"

李红磊急急忙忙地说完这些话，等着昕燕的答复，心里有点紧张。他站在昕燕的侧后面，居高临下地看着这个坐在石头上的女孩。她连后侧面都美得让人窒息，特别是那有着柔和线条，雕塑般的长脖子的轮廓。昕燕的美让他的心再次被震撼，噢，天哪！天哪！她怎么这样美，她到底是谁？

昕燕迅速地看了李红磊一眼，这个男生很和气又有礼貌，他怎么站得这么近？差不多就挨着自己了。她觉得心慌，脸很烫，还没有这样近距离地看过男生，她不想让李红磊看见自己脸红心跳的样子。她低着头，镇定了一下，接着就声音低沉而简单地说："不知道韦婆婆同不同意。"

李红磊感到自己的心都要跳到嘴里去了，她的话音怎么不是本地人的口音？是同我一样的口音，声音那么好听。他心里想着，嘴里却说："我跟韦婆婆讲一声，生漆味道这么难闻，孩子们肯定受不了，韦婆婆会同意的。"李红磊一口气讲完，像是在对自己说话。

神经向来敏感的昕燕立刻就觉察到了身边这个英俊大男生激动的情绪。他怎么也像我一样，有些慌张呢？

昕燕年纪虽小，但内心却是极有主张的。虽然害羞，还是抬头看李红磊，想看看他现在的表情。两人的目光相遇在一起。

当李红磊的眼睛这么近距离地与昕燕那双美丽而神秘的瞳仁撞在一起时，他那颗高傲的心颤抖起来。曾拜省城名师学过画的他，与同龄人相比，有很高的审美眼光和鉴赏能力。他自忖，长这么大还真没有看见这样摄人魂魄的美。我妈妈就算得一个大美人了，妹妹们也是大院里公认的长得漂亮的女孩子。自己也是同学们戏称的美男子，却从没有看见过像眼前这个女孩一样，从骨子里向外渗着一种神秘的、美的气韵。她是谁？为什么会到这个小山村来当老师？看起来年龄这么小，难道也是知青？此刻，心里有很多疑问和奇妙的感觉交织在一起，简直无法让自己的视线从这个女孩脸上移开。

昕燕被看得脸上火辣辣的，赶紧避开他的目光说道："那么你跟韦婆婆说，只要她同意，下午就不上课了。”

李红磊看着昕燕深栗色的发辫结结巴巴地问：“那么……那么你下午还来吗？”

“学生们不上课，我就不来了。” 昕燕随口答道。

李红磊忙说：“那里面的课桌椅很破烂，黑板架也歪得快散架了，还有窗户也得重新装上去钉好。你看那窗户像个大洞似的，呼呼地往里面灌冷风，你和学生一堂课三四十分钟，坐在里面不动，会被冻病的。老话说‘针眼斗风’，那个窗比斗还大得多，怕连龙卷风都刮得进来了。我会做些简单的木工活，想帮你修一修。可是我干这些活需要个帮手，否则只今天一下午，就算我是鲁班再世，也怕是修不完呢。”

李红磊生怕昕燕下午不来，就又赶紧接着说：“老师，我想帮你把那些东西通通都弄好。反正我刚来，队里也还没有正式让我下田干农活，正好有时间帮你的忙。如果你下午能来帮帮手，我们就可以一起快点把教室布置得更好一些，让你和学生们上课能舒适些。好不好？”

昕燕早就被他的热情和诚恳感动了，更何况她从第一眼看见他时，就莫名其妙地对这个大男生有好感。她红着脸对李红磊说：“如果韦婆婆让我下午来，我就来。”

李红磊一听，开心得不得了，他有把握韦婆婆会同意这个小老师来。他看昕燕说起话来有理有节，说话的姿态又是那么的优雅得体，声音轻柔和美，心想，这女孩儿肯定有很好的家庭教养，不然怎么会与眼下城里那些整天风风火火、冲冲杀杀的女孩子们有这么大的反差。她整个人洁净飘逸得像一个不食人间烟火的仙子。

想入非非的李红磊简直控制不住自己对这个女孩一见倾心的爱恋之情。他迫不及待地想要立即知道这个女孩的一切。李红磊想，昨天韦队长让自己来学校，我还不想来。幸亏来了。刚才想起往事还在无限伤感的李红磊，一时间就把那些烦恼统统抛到九霄云外去了，他年轻的生命第一次受到如此强烈的青春激情的冲击。

一阵微风轻轻地吹过，这两人仍然如痴如梦般地对视着，微笑着。他们完全沉浸在互相欣赏和喜悦之中。那些娃娃们唱了很长时间的歌，开始有点坐不住了。有个男孩要尿尿，他姐姐没告诉老师一声，就自然而然地带着弟弟去了竹林那边。其余的娃娃们见状，也都跟着说要尿尿，也都不等老师同意就乘机四下溜开各玩各的去了。他们毕竟第一天上课，什么规矩都不知道。更何况老师此时已经完全走神。

昕琪没有走：“姐姐老师，我要喝水。”

昕琪的喊声把昕燕和李红磊从梦幻般痴迷的状态中唤醒过来。昕燕慌忙从石头上站起来，红着脸往教室那边跑，想要去拿那个装水的土陶水罐。李红磊一个箭步冲上去挡住昕燕说："屋里味道很大，水在哪里？我去拿。"

"就在那个台台上。"昕琪抢着说。

"哦，知道了。"李红磊说完就跑进了小庙。

昕燕站在外面等他，脸上火辣辣的，心还在突突直跳。昕琪抬头看着姐姐通红的脸，莫名其妙地傻笑。眨眼工夫，李红磊就抱着水罐从里面跑出来，问道："这么个大罐子怎么喝水？"

昕燕冲他害羞地笑笑，也不答话，双手从他手上接过罐子，让昕琪把盖在罐口的土碗拿下来双手捧着，然后自己抱着罐子对着碗倒了点水，让昕琪涮了涮碗，把水泼掉，又倒进半碗水，让昕琪喝。昕琪喝完水，看着他说："大哥哥，你也是我们的老师吗？"

李红磊两眼仍然看着昕燕："是，哦，不是。"还是那个呆呆的表情。

这时，其他的孩子见昕琪喝了水，也围过来要水喝。昕燕让他们都轮流喝了水，就抱着罐子站在那里不知道该干啥了。

李红磊轻声对昕燕说："放他们玩玩吧，时间长了，小娃娃们坐不住。"

昕燕羞涩地从浓浓的刘海后面看了他一眼，就对昕琪说："昕琪，你带着大家玩玩，不要跑远了。"

昕琪答应了一声就蹦蹦跳跳地跑开了。

李红磊看着昕琪的背影，转过头来问昕燕："那个叫我大哥哥的小姑娘是你妹妹吗？"

昕燕点点头说："是的，她叫昕琪，还有那边蹲在地上玩的男娃娃是我的小弟弟，叫昕南。"昕燕指指蹲在一块石头旁正在专心地捉蚂蚁玩的男孩。

李红磊顺着她的手看过去，发现无论是昕琪还是那个男孩，都有一张与姐姐一样漂亮的脸。奇怪的是，他们却没有姐姐那种奇妙、神秘甚至有点忧伤的美韵。她们姊妹三人的衣着看起来很简朴，已经洗败了色的旧衣服上还补着大大小小的补丁。此时，李红磊突然想到，她们家会不会是从市里遣送下来的黑五类分子？上个月好朋友张卫东家也不知道被遣送到哪里去了。幸亏刚才没有贸然问她是不是来插队的知青，要是问了，她多尴尬呀！等于直接戳到了她的伤心之处。

4

想起张卫东，李红磊心里又难过起来。张卫东是李红磊在班上无话不说的好朋友，原名叫张国军。“文革”开始后，有人说他的名字反动透顶，是想用这个名字来怀念国民党反动派军队和他的反动军人父亲。他的父亲在押期间已死于狱中。张国军的妈妈一听这话来势很凶，吓得赶紧同儿子到派出所把名字改成了张卫东。

张卫东一家被遣送时，李红磊和学校的飞虎队成员们正在郊外的一所学校搞为期一个月的封闭训练。训练结束后，他去找张卫东，结果发现昔日的好友家已经住了另外一家人。他敲开住在张卫东隔壁的另一个同学家的门，才知道张卫东家被遣送到不知哪里的乡下去了。

那个同学转交给他一封张卫东的信。李红磊心情沉重地打开信封，里面是一封告别信：

红磊吾兄，见字如人。留言别友，心怀挂牵。此去匆匆，身不由己。形如奔命，恍若丧家。不能面辞，望能见谅。前途渺渺，心灰志丧。生不逢时，才付东流。一腔怨怒，知向谁诉？问天何以，终不闻复。抛石击天，奈何天高。此生了了，别了别了！无根浮萍，随波远漂。何处停泊，尚不知晓。一句珍重，夜路迢迢。山隔水远，魂牵梦绕。

卫东字

一九六七年冬月

每当李红磊想起张卫东时，心里就隐隐作痛。现在看着眼前的昕燕，他心里又是一阵揪心的痛。他非常想知道面前这个女孩的名字，这么奇特的女孩，一定有一个很好听的名字。想到这里，就对昕燕说：“我叫李红磊，韦婆婆早上跟你讲过的。你呢？你叫什么名字？”

昕燕脸红了，犹豫了一下，轻声说：“我叫袁昕燕。”

“哦，新春里在翠柳中飞来飞去的小燕子吗？”

昕燕的脸腾地一下更红了，害羞地说：“不是新旧的新，是日字旁加一个一斤两斤的斤的昕，燕就是你说的那个燕字。”

“你的名字很好听呢。不像现在的人名，女的不是永红就是红梅，男的不是卫红就是红兵。还有这红那红的到处都是红，满眼满耳朵的红，就好像大家的名字都是一个爹妈给起的一样。我的名字就是一堆红彤彤的石头。”

昕燕听李红磊拿他自己的名字开玩笑，就笑起来，说：“我的昕字也有红的含意，是太阳将要升起来时的意思，我爸爸说那时候也是满天红霞。”

李红磊说：“哦，这么好的意境，太阳将要升起，满天的红霞，燕子在春柳中飞舞，多美啊！你家大人很会起名字呢，既把红的意思隐在其中又不落俗。好啊！”

昕燕又笑起来，一只浅浅的小酒窝在左边的脸上一闪就躲藏起来不见了。她想了想，看着李红磊又补充说：“我的名字是一生下来爸爸就起的，不是‘文革’中改的。”

李红磊被她那半含羞半骄傲的神态逗乐了，就说：“我的名字也是一生下来我爸就起的，可是听起来就像‘文革’中改的。”

说完两人相对哈哈大笑起来。这时，山路口那边有个男人大声喊昕燕。昕燕的脸又红了：“是我爸爸。”

昕燕扭头应了那边一声，声音不大，也不知道那边听见没有。转过头来红着脸又说：“我先走了。”说完，弯腰从地上提起那个空瓦罐上的藤编提把，召唤着那几个小鸟一样叽叽喳喳开心快乐的学生娃娃们朝那条小路匆匆走去。

第九章

1

李红磊一直看着昕燕和孩子们消失在山路拐弯的地方才转身回到小庙中，突然想起应该再提醒昕燕下午一定要来的事，她会不会忘啊！转念一想，自己在这里等韦婆婆，只要她老人家同意了，就会告诉昕燕的。

接着，他又返身回到小庙里，飞快地又往黑板上刷了几遍油漆，差不多把那半罐漆都刷到黑板上才住手。顿时生漆刺鼻难闻的气味弥漫了整个小庙。韦婆婆快点来就好了，过一会儿，气味就没有这么浓烈刺鼻了。李红磊捂着口鼻跑出小庙门，再返手把两扇已经不太合缝的庙门关上，让味道跑慢一些。等韦婆婆来时，生漆味道一定还很浓，孩子们下午就不会来上课了。想到这里，李红磊对自己笑了笑，走到树下，在刚才昕燕坐的那块大石头上坐下来，心里甜蜜蜜的。

他背靠着那棵大树，想着昕燕害羞的笑容，脸红的样子，轻柔好听的声音，还有她的名字和她左脸上的那个好看的小酒窝，现在他已经满脑子都是昕燕。他自己的两个妹妹都有酒窝，配得很齐，是一对。而昕燕只有一个酒窝，显得很别致。她说话微笑时，那个跳动着的单边酒窝让她那无与伦比的美特别撩人。昕燕知道自己很美吗？她这么小，可能还没有意识到吧？

中午，短暂的太阳把大地照得暖洋洋的。李红磊闭上眼睛，耳朵听着树叶“沙沙沙”的私语，整个人沉浸在无比幸福的感觉中，接着就昏昏睡去。梦中，他来到一个很幽静的地方，这地方有三座古色古香的单间农舍。中间的那间大些，他直接推开门走了进去，好像走进自己的屋子一样地熟悉自在。他在窗下桌前的椅子上坐下来，伸手拿起摆在台上右角边的一个暗红色雕花砚台上的毛笔，蘸了蘸砚台里面浓黑的墨汁，就随手画起来。不一会儿工夫就画出一幅水墨山水。他欣赏着自己的画，意犹未尽，提笔又在画旁赋了一首诗:

万仞触日鹰击水，千峰连绵鱼穿云。
涧旁山屋箫笙和，月窗竹影飞瀑歌。

写毕，觉得窗外有动静。抬头一看，竟是多时不见的裴玉萧、裴玉瑟两姊妹，李红磊忙施礼问候。定睛一看，不觉一惊。穿白色衣裙的不是刚才回家去了的昕燕吗？怎么一下子就变成了身着古装的裴小姐呢？可能是长得很像吧？因而就随口笑道："拂墙花影动，真是玉人来。"

姐姐玉萧说："莫公子把个'疑'字改成个'真'字，倒是真会捡现成的。不过公子倒是不爽约准准地来了，我们姊妹已恭候良久，千年香茗早已备好多时，就等公子过来品茗了。我们姊妹二人且先行一步，在那边恭候莫公子。"

李红磊很诧异，想，怎么会把我叫成个什么莫公子呢，不会是记错了吧？正待问，就见那两姊妹双手叠搭在小腹前，双腿微屈，低头颔首，上身向前微倾，道了个万福。

李红磊赶紧收住口，抱拳还礼道："多谢，多谢！还请玉萧、玉瑟二位小姐先行一步，我这里收拾好笔砚就过去。"

两姐妹含情脉脉星目顾盼，相互拉着手，像两朵云彩一样轻盈盈地向右边的那一座房屋飘了过去。

李红磊心想，多年不见，别让她们久等了。随即收拾好墨砚纸笔，转身朝屋外就走。门口有个什么东西堵着，一抬头，只见一个全身穿着黑衣，手里拿着个大叉子的敦实汉子把着门，瞪着一双黑球般的大圆眼，也不说话，对着李红磊的双眼一叉子戳过来。吓得李红磊大喊一声"哎呀"，双手护眼一下子跌倒在地上，惊醒过来。揉了揉双眼，视物清亮。站起身来拍了拍裤子上的泥，又坐回那石头上，心里回味梦中的情景，暗自好笑，明明是用个破旧毛刷漆黑板，却偏偏要觉得自己在作画写诗；明明看着昕燕走的，却偏偏要把她想成千古友人在梦中相会。

正好笑自己怎么打个盹就会做出这个怪梦来时，韦婆婆从前面的山路上快步来到他身边："红磊快起来，这棵树靠不得，上面好多大黑蚂蚁。袁老师昨天就被蚂蚁咬了，脖子上起了一个大包，我给她上了药，今天应该还要上药的，忘了。"她一边说，一边帮李红磊拍掉衣服上的黑蚂蚁，又问："袁老师她们回去了？"

"她爸来接她们回去了。韦婆婆，你刚说袁老师被咬了？怎么没有听她说？"

韦婆婆笑道："人家女孩子家的，和你才认识，怎么会跟你讲这些。记住，以后莫靠这棵树，过阵子我找人在树脚下面刷点生石灰水杀杀蚂蚁。红磊，黑板刷好没有？"

“没有，下午还要刷几遍。”

“我们去看看。”

李红磊一听，正中下怀：“黑板太旧了，粗糙得很。已经刷了好几遍了，但是，还是不太行，下午准备再刷两三遍，阴干一夜，明天才可以用。”

韦婆婆双手推开门说：“开着门，等风多吹一吹，把里面的杂气吹出来。好久没有人来了，菩萨也被人砸了，庙不像庙，学屋也不像学屋，唉！门开着多见见光，多吹吹风好些。”

韦婆婆说着话，抬腿跨过门槛走进小庙，立即就被熏得手捂口鼻，拉着李红磊从里面退出来，说：“生漆的味道好难闻，有些人闻了会生漆疮，又烂又流脓水的，娃儿们下午不要来了，你也不要来了。”

“我不要紧，打开门，到下午气味就淡了。我下午想来帮着修理一下桌椅门窗。”

“修理桌椅门窗，你还会做这些粗活？”

“做得不好，会做一些，不知队里有没有工具？还有，能不能叫袁老师下午也来帮帮手？”

“好嘛，我叫昕燕下午来和你一起收拾学屋。不过，不知道她闻得闻不得生漆味道。”

李红磊赶紧说：“她闻得的，早上在这里时味道比现在还大，她没有说闻不得呢。”

韦婆婆突然抬头看看李红磊，笑起来：“那我就喊她下午来帮你。”

李红磊一听，高兴得差点蹦了起来，赶紧说：“有个帮手肯定要快些。一下午肯定能搞好。要不然，娃娃们坐在那几条摇摇晃晃的桌椅上，怎么写字呀？”

韦婆婆高兴地说：“这下解决大问题喽！这房子好多年没有用，的确太破烂了。我正焦心队里的老木匠到外村帮他女儿修房子，不知道要修到哪天回来。正巧你来了，难得你还会做木工活，正好帮帮昕燕。她一个女娃子家的，哪里做得了这些事呀。木工的那些锯子、锤子队里有，就在我家老五堂屋里。不过老五不在家，修水渠去了。他屋里的，娘家有事，带着娃娃些回去了。下午你路过他家，推门进去拿就是了。”

“屋里没有人，怎么好进去？”

“不怕得，我们寨子家家都不锁门的。”

“好的，那我就自己进去拿。”

李红磊心里高兴，没想到在张卫东家学的木工手艺在这里还真派上了用场。想到张卫东他立即就想到昕燕。

“韦婆婆，袁老师也是刚从城里来的？”

“是呀，人家一家人在城里过得好好的，硬是被下了户口遣送回原籍来。她家成分不好，比不得你家哦！你是自己想来当知青。”

“哦，真是这样。”李红磊自言自语地说。

“目前队里又安排不出人手来，要修水渠，修梯田，正好你来帮她。真是菩萨保佑她呀！这么巧，她们家前脚到，你后脚就来。就像是老天爷安排好的一样。这样，我也安心喽！多承你喽！”

“我尽力帮她就是。”他心里高兴得直乐，我要多承你老人家呢！

“在你堂伯家住得惯不？”

“住得惯！伯伯、伯妈对我像亲儿子一样呢。”

“他们二老可怜嘞，没有后人。他们一直照顾你奶奶，所以你奶奶才能活着等到你们一家回来。你今后有出息了不要忘了他们哦！你爸爸把老屋送给他们就是谢他们对你奶奶多年的好呢。”

李红磊说：“我记住婆婆的话就是了。” 接着，李红磊话题一转，问韦婆婆：“袁老师的爸爸妈妈原来是这里的人吗？”

“昕燕的外公原来是我们这里的地主，土改时，她外公家的田地和房子全部被没收了，分给了佃农和贫民。他们自己要求住到土地庙里来，反正庙也是空的。解放后不准搞封建迷信，就没有人来上香拜佛了，昕燕的外公外婆就在这个土地庙里住下来。”

“昕燕的外公外婆在这个小庙里住过？”李红磊惊讶地问。

“是呀，住了好些年呢。昕燕的外公懂草医草药，经常给我们这里的人看些小毛小病的。以前没有土改时他还在他家大堂屋里摆些桌椅板凳教寨子里的一些娃儿识文断字打算盘。你爸爸小时候也在他的堂屋里读过书。他们住进小庙后，农民们还是照样到这里找他看病。寨子里的人是不轻易出山去看病的，看不起呀！再说，好多年了，我们都是这样过来的。我们这里草医、巫医、神婆和巫师都有。虽然解放后不准搞迷信了，但是我们这里的人还是按过去那样悄悄地搞，神药各半嘛，习惯了。那些还愿意让娃儿读书的人家户也照样送孩童来庙里找昕燕外公教认字，学打算盘。”

“他剥削农民，不劳而获，寨子里的贫下中农不恨他吗？”

“他人很和善，对农民不恶。我们这里的人不恨他。哪个去找他看病他都看。哪家办红白喜事，不管穷富，只要请了他，他都去。他是个读书人，田土是从他妈手上传下来的。工作队把他家田土和房子分给我们寨子上的人，一开始我们怕他记恨，结果他根本不记恨。大家找到他看病，他还是一样的帮忙。所以我们心里都觉得亏欠了他。哪里还会有人恨他？我娘家那个寨子的地主就坏得很，还逼死过人。土改时，寒心透了的农民把他抓起来吊打了几天，死了，屙得一裤裆的屎尿，农民些把他丢在山沟沟里头喂豺狗了。”

“哦，地主与地主还不一样啊？我还以为天下乌鸦一般黑呢。”

“人和人都不同嘛，地主也是人，当然也不同。再说，种好因结好果嘛！”

“韦婆婆，你说种好因结好果，那昕燕外公还不是一样被没收了土地、房屋，住到这小庙里来了？”

听了李红磊的话，韦婆婆顿了一下：“那是政府的土改法令，只要是划为地主，就都一样对待。不过，他们没有挨打受罪就是他种的好因结下的好果啊！”

李红磊心里奇怪韦婆婆为何这样为昕燕家老人难过，就问：“韦婆婆，你很同情袁老师家外公嘞！你们是亲戚？”

韦婆婆说：“我们不是亲戚，我们这里的人都觉得他家人好。他们家虽然是地主，但是并没有做什么恶事，反而是在这里做了很多善事。大家都很敬重万老太爷，就和敬重你的爸爸妈妈一样。我们苗族农民不听别人说哪样，只看别人做哪样，咋个做。”

“袁老师家的老房子还在不在？”

“他们家祖屋前年秋天收谷子的时候起了一场火，烧没有了，现在她们一家人住在我家。”

“韦婆婆，你一定要告诉昕燕下午来给我帮个手，她是这个学校的老师，怎么修理布置，我要和她商量才行。”

“我回家就告诉昕燕，下午娃娃们不来上课了，要她下午到学校来给你帮手。不过，你不要让她太累了，她身子瘦弱得很呢。”

李红磊满口答应着韦婆婆，心想，这还要您老人家交代，我当然会比您老更心疼昕燕了。这样一来，我就可以多些时间和昕燕在一起了。想到此，他赶紧对韦婆婆说：“谢谢韦婆婆。”

韦婆婆与李红磊一前一后地边走边搭着话，说话间，已经走到寨子口了。到了寨子口，李红磊说了声：“韦婆婆，我从这边走了。”就一溜烟顺着下坡的小路连蹦带跳地跑了。

韦婆婆追着他的后背喊道：“记着去拿工具！”

2

吃完简单的午饭后，昕燕洗完碗从灶房里往外走，心里想着李红磊要她去帮忙的事，不知道他跟韦婆婆讲了没有？

正想着怎么问一下韦婆婆时，她老人家却往灶房走来，看见昕燕说：“昕燕，下午娃娃些就不去上学了，生漆味道很大，呛鼻子得很。李红磊想要你去和他一起把学屋收拾得好点，他说和你说好的。”

昕燕偷眼看看妈妈卧房那边，没有立即回答韦婆婆的话。韦婆婆见她有些迟疑，就又说道：“你如果不想去，就在家和你妈一起把坛子里的水盐菜倒出来晾晾也可以，我去帮他搭把手。”

昕燕又悄悄地瞥了一眼房门那边，稍停了一会儿，才轻声说：“婆婆，我等一会儿就去。”

昕燕没有注意到爸爸背朝屋里，坐在门槛角上，正在那里搓着自制卷烟。听了韦婆婆与昕燕的对话，他就顺嘴问道：“李红磊是我去接你时，远远地看到的那个小伙子吗？”

昕燕眼睛看着爸爸，点了点头，就算是对爸爸问话的回答了，主要是不想惊动妈妈。不料，妈妈在房间里听见爸爸的话，就走出来问道：“哪个小伙子？我咋个没有听你们说过？”

韦婆婆忙接话说：“哦，就是今天早上老五要我带去学校帮忙的那个小伙子。他叫李红磊，是昨天才回来插队落户的知青。他家老辈子也是我们这个寨子的，后来他爹当了解放军的大官，一家人都住到城里去了。”

妈妈听后，说：“他爹是哪家的？”

韦婆婆说：“他爹叫李双喜，从前跟着昕燕外公学过写字打算盘。后来，李双喜被国民党部队抓了丁，好多年都没有下落。不晓得咋个搞的，解放后一回来，变成了解放军，还是个大官。李双喜回来把他的老娘接到城里去了。他老娘死后，李双喜两口子把老娘送回来，埋在他爹的墓旁。李双喜全家每年拖儿带崽地回来一次给他娘老子上坟，这几年没有来，可能是搞‘文化革命’不准上山拜祖搞封建迷信了，也可能是忙。饿饭的那几年，李双喜每年两三次从部队搞些吃的来救我们这里人的命。那些年，我们这里幸亏得他喽！”

妈妈说：“好人啊！”

韦婆婆说：“那些年要是没有李双喜两口子的救命粮，我们这里的人还要死得多些，我恐怕也活不到今天。你不知道那种饿呀，现在想起来都怕。真的不知道是怎么熬过来的。”韦婆婆说到这里，眼泪滚了出来，忙伸手去抹眼泪。

爸爸说：“三年的自然灾害已经过去几年了，眼前的日子还不是同样困难？照样不好过啊！这又怪谁呢？自然灾害已经过去了，难道还怪天？”

妈妈吃惊地看着他说：“你又胡说八道了。饿不死你，还怕整不死你。全家已经到这步田地了，你还满嘴乱说。你要再想说，自己去山里对着树啊、草啊的说，不要害了大家，还要连累婆婆。”

韦婆婆说：“家里说说不要紧，千万不要在外面说。农村也一样有没良心的人。还有，在小孩面前不要说，怕孩子小不懂事，出去东一句西一句地学着说，要是正巧碰着张小田那样的人，那就惹祸了。”

爸爸叹口气说：“唉！这是什么年头啊！饭吃不饱，话在肚子里都快把人撑死了。”

妈妈说：“你又来了，真是讲不听，无药可救了。就让你那些鬼话在你的肚子里把你自己撑死吧，免得害别人。”

韦婆婆怕他们夫妻吵起来，赶紧打岔说：“我先头说李红磊家的事说到哪里？人老喽！前面讲，后面忘。”

爸爸说：“你说到饿饭那几年，李红磊他爸爸每年都搞些粮食来救助寨子里的人。”

韦婆婆笑笑说：“看我这老糊涂！一九六二年清明前，李双喜又带了一家老小来上坟，顺便又捎带来了五大麻袋的粮食。车开到寨子口后进不来。大家把粮食从路上抬到队里的一个大些的打谷场里。李双喜要求通知每家都来分一份。有人提议同姓的亲戚多分一些。他不同意，要求不管是不是亲戚都按人头大人一份，娃娃半份。记得他那次带来的粗米和黄豆混在一起是一袋、苞谷米一袋、麦麸皮三袋，还有一腿猪肉。”

妈妈说：“还有一腿猪肉？还是部队有办法。”

韦婆婆说：“你听我说，后来我们才知道，红磊的爸爸把照顾自己高级干部的半年定量供应肉和全家半年的定量肉票全部积攒在一起，还托了关系，才买了那腿肉带来。”

爸爸说：“是个有良心的好人呀！”

韦婆婆叹口气接着说：“那时寨子里已经断粮好长时间了。树皮草根凡是能吃的，都剥光挖光了。被剥了皮的树露着白生生的树干，到处都是。地上的蕨根、草根刨光了，山上的青冈子打光了。能吃的都没有了，稀奇得很，连那些野物都不知道是不是饿跑了，影子都看不见。大家实在没有吃的了，就开始吃观音土，吃进去屙不出来，胀死了好些人。每天都有死人，家家都在死人。有的住在深山里的人，一家人饿死在家里都没有人知道，造孽啊！”

妈妈擦着泪说：“婆婆，别难过，慢慢说。”

韦婆婆吸了一下鼻涕，继续说：“我们大家拖着软塌塌的身子在打谷场上排队分红磊他爸爸弄来的粮食。有的一分到粮食，马上就抓着生麦麸皮往嘴里填。李红磊的爸爸来时，听到好些个熟悉的人都饿死了，心里本来就难过，再见到这种场景，哪里还看得下去。他什么话也说不出来，只是低着头，一个劲地抽烟，后来他就起身出去了。人们从后面看见他像是在抹眼泪，他顺着小路向后山走，那开车的小战士要跟他一起去，他不让。小战士看他走远后，自己又在原地坐下来远远地看着他。

“大家分东西时，红磊的妈妈一直抱着红磊的小妹妹有气无力地坐在靠院墙角的一张小板凳上。她一直在喝水，好像很渴，忙着分粮的人们没有怎么注意她。突然间有人喊起来，原来李红磊的妈妈抱着孩子滑倒在地上。瘦骨嶙峋的孩子吓得哇哇大哭，红磊的妈妈晕死过去。大家七手八脚地把她抬到草堆上放平。掐人中的掐人中，喊的喊。搞了半天，人还是不醒。

“那个开车的战士听见喊声跑过来一看，就跟着喊，见喊不醒就急得哭起来。他说：‘周主任是饿晕的，赶快弄点稀糊糊来灌下去，看能不能醒过来。’

“李红磊的堂伯赶紧从自己刚分到的麦麸里舀了半碗跑到隔壁山婆子家找了点热水拌和了一下就端了回来。他把糊糊递给红磊的伯妈，伸手接过哇哇大哭的红磊的小妹来抱在怀里。一个女人抱着红磊妈妈的头，另外一些围着哭的女人们往红磊妈妈的嘴里灌麦麸皮，好一阵子红磊妈妈才张开眼睛。她昏过去的时候，大家才从小战士的口中知道，除了李红磊的父亲到处求人搞到的一些粮食外，他们家平日里大人小孩都只准吃半饱，把节约下来的粮食攒下来给乡亲们救命。李红磊的妈妈怕孩子吃不饱会生病，又把自己那份已经很少的食物悄悄地分出些来给红磊兄妹吃。她自己因为长期营养不良浮肿得很厉害。在家里她这样晕过去已经好几次了。

“大家听了小战士的话后，一片哭声。连几尺高的汉子都哭得眼泪巴巴的。等红磊的爸爸回来，不知是哪个带的头，我们大队的大人、娃娃对着他跪了一地，哭着给他们一家磕头，感谢他们的救命之恩。李红磊的爸爸赶紧把跪在他面前的几个年长的人拉起来，他流着眼泪，却说不出什么话来。大家分肉的时候，李红磊的大妹站在割肉的那张石桌前，眼睛直勾勾地看着那条同样瘦得皮包骨头的猪腿，那个小战士赶紧过去把她拉开了。我们寨子真的是多亏了他家哟。要不是他家，我们这里那几年死的人更多。”

这时，屋里静悄悄的没有声音，只有一两声克制不住的吸鼻涕的声音。韦婆婆又抹了一把眼泪，说：“这个李红磊呀，最像他妈妈了。他妈妈好漂亮啊！李红磊随了他妈妈的样子，长得好得很，像个女娃子。那些年跟他爸妈回来上坟时还是个半大娃儿，这次回来，长成个大小伙子了。这几天我们寨子喜气得很，你们这些好人、贵人的后代都回来了，好兆头呢！”

“我们是来改造的，给你们增加了负担，很愧疚啊！先人做的善事，你们报答在我们身上，感谢你们啊！”昕燕爸爸动情地说。

昕燕妈妈说：“是啊！多谢婆婆和乡亲们收留我们家，你们才是我们的贵人呢！不过那个李双喜夫妇倒真是有良心的大好人啊！”

韦婆婆说：“老天派他来救我们呢！”说完，站起身来走到院子里，

“我去后院鸡窝看看有几个蛋，两天没去捡蛋了。”

昕燕妈妈掏出手帕，擤了擤鼻涕，又擦了擦眼睛，走过去小声对丈夫说：“老袁，等一会儿你送昕燕去，下午再去接她回来。刚到这里，还是小心点好。那些大干部家孩子，多半都会欺负人的。他父母好，不见得孩子就好。我们惹不起这些人，自己小心点总有好处。另外，不是还要防着那些山里出来抢亲的苗蛮子吗?”

爸爸在鼻子里“嗯”了一声，显然还没有从难过的情绪中走出来。他低声说：“你不要苗蛮子、苗蛮子的喊惯了嘴，让婆婆和别人听见不好，这不是什么好话，是污辱人、伤害人的称呼。”

昕燕妈妈吐了吐舌头说：“哦，又忘了，从前都这么叫，喊惯了。下次再不喊了，错了错了。”

接着，妈妈把刚从灶房里出来的昕燕喊到跟前说：“燕儿，你虽然还不到十五岁，在爸爸妈妈眼里你也还是个孩子，可是农村很多像你这样年纪的女孩已经出嫁，甚至做妈妈了。这里与城市里有很多不同。我们做父母的没有办法给你好的生活，还连累你们跟着父母受罪，今后怎么样也不好说。女孩子大了，要事事处处多加小心，要稳重，不要随便接近男孩子，免得人家讲闲话。老话说，口水能淹死人，只要自己小心就不会错。妈妈知道你是个好孩子，正因为是好孩子，才更容易吃亏上当。一步错，步步错；一子出错，满盘皆输啊！一定要小心更小心才行。”

妈妈第一次对昕燕涉及男女之间的教育就这么简单直接。她知道，昕燕聪明懂事，点到为止，响鼓不用重锤。昕燕低头看着地上，没说什么，只是点了点头。

爸爸在旁边听着，也没再说什么。

韦婆婆手里拿着几个鸡蛋喜滋滋地进来说：“这两天好肯下蛋嘞，一摸就是几个。哦，忘了，我还要去找几个社员砍竹子接水槽。昕燕，要不让你爸爸送你过去，这几天不熟悉要接送一下，过几天就好了。”

昕燕妈妈说：“婆婆你去找人砍竹子，让昕燕爸爸接送她就行了。”

昕燕爸爸站起身来，“婆婆，你不要担心，我们现在就走，送她到了学校，我那边的活路也不会耽搁。”说完，喊着昕燕就往外面走。

昕燕妈妈说：“记着去接她。”

韦婆婆说：“不怕，我们砍了竹子要接到学校去，我也可以同昕燕一起回来。”

第十章

1

李红磊回到家，见伯伯、伯妈正等着自己吃饭，就赶紧从房檐下的水缸里舀了瓢水双手交替着冲了冲手后在桌旁坐下:“伯伯、伯妈，今后我要是回来晚了你们就先吃，不要等我。哪有老辈等小辈的事，饭等冷了还要费柴再热。我年轻，冷点热点地吃了没关系。”

伯妈慈祥地笑着说:“就是想等你一起吃饭，看着你大口大口地吃得好香，我们也吃得香。”

伯伯说:“也没有什么好吃的，就是些红苕叶子煮红苕。天天吃这些我们担心你吃不惯呢。”

李红磊说:“吃得惯，我最爱吃伯妈煮的东西了，泡酸萝卜、泡辣椒都好吃呢。”

伯妈往他碗里夹了一片泡萝卜，说:“我们家红磊就是好，一点都不娇贵，我们老来有你在这里陪我们，高兴啊!”说完，用手背抹了抹眼角。

李红磊往嘴里扒了一口糊糊，看着伯妈说:“伯妈我肯定一直陪着你们，让你们二老天天高兴。”

伯妈说:“哪里可能一直陪我们，你爸妈就你这么一个儿子，我们哪里能留你一直在这里。今后就算你不走，我们也要喊你走的，农村苦啊!我们怎么忍心要你一辈子在这里受苦，只是现在多同你过一天我们就高兴一天。”

“不苦，同你们二老在一起，我一点都不觉得苦。”

伯伯说:“今天有今天的过法，明天有明天的活法，哪个都说不清楚。你伯妈孤独久了，人又老了，生怕这热闹点的日子不长。我们虽然舍不得你，但是更不忍心让你在这里受一辈子的苦啊!”

李红磊不想让伯伯伯妈再难过，就赶紧往嘴里扒了一口，说:“好香啊，我真的饿了。”

伯伯伯妈都笑起来。伯伯说:“快吃，饿了就快吃!”

李红磊边吃边说:“这里原来是不是有家地主?”

伯伯说:“有啊!你早上去学校帮忙,认识那个袁老师了?”

李红磊笑笑说:“是的,她人蛮好的。听韦婆婆说她家外公从前是这里的地主。”

伯伯说:“她外公虽然是地主,但是人很守本分呢。”

“哦,韦婆婆也说他是好人。”李红磊说这话时,眼前浮现出昕燕美丽的笑容。

伯妈说:“我小的时候爱去她家后坡上打猪草,那里的猪草总是比别处的长得快。休息的时候就坐在坡上往下看,经常看见万老太爷的妈妈在院子里不是喂鸡、簸谷子就是扫院子。那时候她已经老得背都直不起来了,还是勤快得很,一天弯着腰不停手脚地做活路。”

“地主也要做事?”李红磊有点奇怪地问。

“袁老师家曾外祖母是做活路的,袁老师的外婆也做,但好像万老太爷不做事,他不会做。”伯妈一边说,一边往李红磊的碗里夹了一个红彤彤的、冒着一股酸气的泡辣椒。

李红磊咬了一口,立即被辣得嘶嘶地吸气。

伯伯笑嘻嘻地看着李红磊,问:“辣不辣?”

李红磊辣得只顾点头,来不及答话。

伯伯伯妈大笑起来,伯妈说:“快喝糊糊就不辣了。”

“韦婆婆和你们都说那个地主好,难怪他的外孙女也很好呢。”李红磊一边往嘴里扒红薯糊糊一边有点不好意思地说。

伯伯往嘴里扒了口红薯糊糊,咽下去后说:“万太爷不会种田,是个读书人,为人确实好。”

“难怪那个袁老师那么好,她外公还是地主,都那么好!”李红磊说着,眼前又出现了昕燕红着脸微笑的样子。

伯伯和伯妈悄悄地对视了一眼,笑起来。伯妈说:“袁老师像她曾外祖母,好漂亮!”

李红磊抬头看着伯妈笑起来,说:“你也觉得她漂亮?”

说完,三人都笑起来。

2

昕燕和爸爸在狭窄的山路上一前一后地走着。昕燕默不作声。爸爸想就妈妈先前的话题再同昕燕谈点什么,但是又不知道从哪里讲起。他毕竟是父亲,对女儿情感方面的教育应该是妈妈的事。现在对女儿的担心使他也想对昕燕讲点什么。但他知道女儿心思重，个性强，生怕自己讲错了话伤害她的自尊，所以也默默地走着，一直走到小庙前的那条岔路口，才开口说：“去吧，小心些，我今天下午要去山那边参加修梯田，收工了我就来接你，记住你妈同你讲的话。”

昕燕看了爸爸一眼，“嗯”了一声就算是答应了。心里却想，憋了一路，干咳了几次都没有讲出来的话，就是一句“小心些，记住你妈的话”。昕燕知道爸爸的担心。

爸爸本来想看着女儿进了小庙才离开，可是昕燕站在那里就是不动，爸爸看看女儿，无可奈何地叹了口气转身走了。

昕燕一直看着他走下前面的小山包，才转身向小庙走去。

还没有走到门口，就听到里面传出叮叮咚咚的敲击声，昕燕有些紧张。他已经来了，我怎么进去呢？她的心敲小鼓般地狂跳起来，脚也不知怎么走了。索性靠在墙上，闭上眼睛，想等一会儿再进去。

李红磊因心里挂着昕燕，吃完饭就去韦队长家取了木工工具，早早地就到了小庙。他心里七上八下地不知昕燕会不会来，所以一会儿往庙门外看一下，一会儿又跑出去站在路口看一下。昕燕与爸爸从小路上走来的时候，李红磊早已远远看见，他担心昕燕的爸爸看出他心里的事，就赶紧又退回到庙里。为了掩饰紧张激动，他拿起锤子叮叮咚咚地继续修理桌椅，还想着万一昕燕爸爸跟着进来，自己怎么跟他说话，一定要给他留个好印象。

等了一会儿，估摸着昕燕应该进来了，却不见她进来。又等了一会儿，还是不见昕燕进来。李红磊心里着急，就又走出去，想看看是怎么回事。他一脚跨出门槛，就看见昕燕闭着双眼，斜靠在旁边的墙上，像一尊被什么人随手放靠在那里的美丽雕像。他轻轻地朝她挪步过去，站在她面前，满心爱惜地看着这个美丽无比的女孩。他突然想上前去抱她，但是他不敢，怕把她吓着。认识昕燕前，他从来没有对任何女孩有过想抱人家的念头。现在他站在昕燕面前，控制不住地想要抱她，就像中了邪一样。

昕燕闭着眼睛靠墙站着，忽然感到有什么东西近距离地站在面前。她吓了一跳，连忙睁开双眼一看，原来是李红磊。

他高高的身体静静地立在自己的面前，浓密的眼睫毛后面，那双又大又黑又亮的眸子一动不动地，痴痴地盯在自己脸上，毫不掩饰地流露出一种不知是叹惜、惊讶还是怜爱的表情。即使昕燕突然睁开了眼睛，他也没有改变自己的表情，完全沉浸在自己的欣赏之中。

昕燕被他看得满脸热辣辣的，不好意思地笑笑说：“你，你先来了？我走累了，想休息一会儿再进去。”

听见昕燕说话，李红磊才如梦方醒地连忙说：“哦，你累了？我已经修好了一张椅子，我去搬来给你坐。里面生漆的味道还是很大，你暂时不要进去。”说完，也没等昕燕说什么，一转身就进去了。

一会儿他从里面搬出来一张旧式的太师椅，说：“这种椅子有两把，是在后面的小屋里找到的，另外一把太破旧了，今后再慢慢修。学生做作业时，你也可以坐下来改改本子备备课。我把挡住去后院的那些东西清理干净了，后面的两间房子，今后修好后可以做教师办公室。”

昕燕心里热乎乎的，一时也不知道说什么好，只是感动得想哭。她觉得这个人真细心，如果有他做伴一起当老师该多好啊！转念一想，韦婆婆安排自己当这个老师已经费了很多思量，就这么几个学生怎么可能再配一个老师呢？想到他今后可能不会来了，心里突然对他产生了一种说不出的依恋。

李红磊见昕燕脸红红的，样子好美。他笑笑，把椅子放好，对昕燕说：“你在这里坐着休息一下吧！我先赶紧去修理那几张桌椅。等会儿，生漆味淡点了，你进来扫地擦桌子就行了。”

昕燕抬起头来，一双眼睛恍恍惚惚地看着他，像在梦幻之中。

她那样子好美好迷人，李红磊再也控制不住自己，一把就抱住了她，接着低下头去亲了她的额头一下。

昕燕双手轻轻抱住李红磊的腰，也亲吻了李红磊的鼻尖一下，心里有一种奇妙的震颤。

他俩就这样拥抱在一起，那一刻，山里出奇的安静。

此刻的昕燕依偎在李红磊的怀里，流着幸福的眼泪，完全沉醉在一种前所未有的甜蜜之中。妈妈中午讲的那些不要同男孩子接近的话，早已经被他们爱的火焰燃烧殆尽。

李红磊简直不敢相信自己的眼睛，不仅因为昕燕也抱住了他，也亲了他，还因为他从昕燕的脸上和泪水中解读出一种超出她年龄的表达；品尝到她泪雨洗面中一种情窦初开的滋味。我们俩就永远这样互相拥抱着站在这里变成石头吧！我真的不想同她分开了。

当李红磊确定昕燕懂得自己的爱恋之后，激动得哭起来，眼泪从眼眶里破闸而出。他很自然地在这个女孩面前露出自己的真实感情，不觉得有什么难为情。

昕燕也流着泪抽出一只手，不停地为他擦泪，还轻柔地摸着他的脸，抚慰着他。

自从离家出走后，李红磊一个人形单影只地在人生的旅途中孤独地前行着。没有人懂得自己，更没有人安慰自己。昕燕的举动让李红磊从身体到心灵都颤抖起来。原来这种女性特有的抚慰，是这般柔情，这般凄美，这般让人恋恋不舍，李红磊一下子就深深地沉醉其中不能自拔。他难以自控地颤抖着，紧紧地抱着昕燕，青春的热血在身体里奔腾激荡。

李红磊心里感动着，爱恋昕燕的感觉是那么迷人，那么美好。看着这个美得让人心跳，柔得让人心醉，纯得像一滴透明的水珠一样的女孩，他完全沉浸在爱河之中。他的身体颤抖着，更紧地抱住昕燕柔软的身体，生怕一松手昕燕就会立即从他怀抱里消失掉。

昕燕非常喜欢李红磊，喜欢他英俊的样子，更喜欢他的搂抱，他的注视，他的亲吻。她任自己的泪水断线珠子般地散落着，生活的磨难能催人成长。一直比同龄人早熟的昕燕，在这个小小的庙宇中，悄悄地走进了自己初恋的玫瑰园。爱的种子在两人泪水的滋润中开始发芽。她踮起脚来又亲吻了一下李红磊的鼻尖。

李红磊想到自己只身来到家乡，原想在这里农耕劳作，布衣粗食，与世无争，等"文革"搞完了再作打算。不曾想竟然遇到这样一个女孩，而且两人就这么快速简单地彼此相爱了。他要永远同她在一起，不管她家是什么成分。他想对昕燕说点什么，但又不知道怎么表达才合适。索性就由着那无尽的泪水把心里的那些爱也好，痛也罢，还有这一段时间来的郁闷纠结和对父母家庭的思念，都统统地混杂在爱恋昕燕的激情中宣泄出来。

慢慢地，他们平静下来，昕燕抬头温柔地看着李红磊说："我今后叫你红磊哥行吗？"

李红磊吻了她一下，表示同意。

昕燕说："不知道几点钟了？"

李红磊说："我知道时间，我有一块老怀表。" 说着掏出来一看，已经快到两点钟了。他轻轻拉着昕燕的手，走进小庙。

"昕燕，你再休息一下，我先把剩下的活干完。你不要担心，我会天天抽空来帮你的。"

昕燕听了，心里高兴，点点头，控制着又要流出的眼泪，不好意思地轻声说："我妈说我眼泪浅。一会儿，我爸干完活要来接我。"

李红磊看着她长满冻疮的手说："你不用干活，小心手感染。这里没有多少事，我一个人能行，你的手很痛吧？"

昕燕说："不怎么痛，习惯了，每年冬天都长，开春后，慢慢地就好了。"

李红磊说："昕燕，干脆这样吧，我兜里有纸笔，你坐在那里把明天要上课的内容准备一下，理个头绪出来，上课时更好发挥些。"

李红磊说着，从衣兜里掏出一支圆珠笔、一个算术练习本递给昕燕，让昕燕坐下。其实李红磊知道昕燕一定早就准备好了教学内容，他只是想让她休息一下。昕燕看了看他，不好意思地笑了笑就伏在桌上低头写起来。

李红磊看着昕燕的后背说："昕燕，我们都是被这场'文化革命'抛离各自的人生的轨道后，恰巧一起落入了家乡这条古老遥远的山道。不然我们怎么会相识呢？这也许就是人们说的缘分，或者命运。现在我觉得自己好幸福啊！”

听了李红磊的话，昕燕想，是啊！如果不来这里，我们是不可能认识的。她用手指抹去挂在脸上的泪珠，转过头来看着李红磊说：“我现在也觉得有点幸福了。”

昕燕一听李红磊说天天都要来帮她，心里别提有多高兴了。她立即把原来的课程表重新排了一遍，新的课程表中天天都有体育课。她没有征求李红磊的意见就把体育课全部写上了李红磊的名字，她知道他会同意的。她检查了一下课程安排，觉得还可以，就看了一眼正在专心干活的李红磊，又想起李红磊先前说的话，心里很喜欢。自己虽然满心的感动，却表达不出来。于是就在本子上随意地写起来。

她写道：“红磊哥，我长这么大，只是在今天才有了一点幸福的感觉。认识你之前，我从来没有尝过幸福的味道。因为幸福太贵，我们家没有，也买不起。我家是因为这场‘文化革命’被遣送到这里来的，和你不一样。听韦婆婆说，你家成分好，是自愿来农村的。你不会因为我家成分不好而看不起我吧？

“你知道吗？我从来都是悲伤的，因为我家是‘黑五类’。我一直在悲伤和疼痛中生活，好像悲伤就是我命中带来的一样。它一直和我的生命纠缠在一起，深深地藏在我的心里，躲在我身体的某个角落里，好像随时都要毁灭我那本来就脆弱不堪的生命。按我妈妈的说法，人世间的一切都是命中注定的。我相信妈妈的话。不然，为什么人与人之间有这么大的不同与差别呢？从知道我家被遣送的那天起，我就觉得自己的灵魂已经在悲伤中死去。尽管属于我的这个生命中充满了痛楚和羞辱，我还是不得不跟着它走完自己的人生之路。

“你能理解我的痛苦和悲伤吗？我不敢肯定，因为你想象不到我们这种人家的子女所尝过的那些悲苦与绝望。

“我人生的梦彻底破灭了，就像我正艰难地在黑夜中行走时，照路的灯突然熄灭了一样。我什么都看不见了，不知道该怎么走下去了。我一直想读书，想将来能上大学，上了大学就有希望改变我的人生。我一直是这样认为的。所以做人虽然苦，但我觉得只要努力就有希望。我一直在努力，在自己一边铺砖一边摸索的幻化之路上蹒跚前行，可是突然间，路断了。

“从记事起，我就开始跟着爸爸妈妈担惊受怕。我知道很多政治运动的名称，那是从爸爸妈妈紧张小声的交谈中听见的，从他们眼睛里流露出来的惊恐中窥见的。我从小就怕运动，怕那些有着各种名称的运动。我是在恐惧和担忧的环境中长到今天的。妈妈说，我们前世作了什么孽要今世来还。

“‘文化革命’开始以来，我们家的恐惧更超过了以往任何时候，任何一点响动都会让我紧张得要窒息。我发现街道上有些熟人不见了，班级里有些成分不好的同学不见了，就预感到我们家要遭殃了。果然，我们全家被遣送了。对于‘遣送’这两个字，我非常羞于启齿，我觉得那是对坏人用的方法。但我们家不是坏人，我们家是冤枉的。真的好绝望啊！

“可是，老天却让我在这里遇见了你，你来到我的生活中，来到我的生命里面。我感到我已经枯萎的生命里抽出了一支新芽，感到好像生命里又有了另外一种连自己也说不清楚的新的希望。就是这个希望，使我重新燃起了生活的勇气。现在我真的不知道该恨这场革命还是该感谢这场革命了。这场革命虽然把我原本就不好的生活变得更不好，可是，却让我遇到了你。这是不是因祸得福呢？

“如果不来这里，也许我们不知道还要等多久才会相遇，还要等多久我才知道幸福的滋味。这几天，我感觉自己突然长大了好多，因为我竟然想到了结婚的事。你千万不要笑我，或者觉得我思想复杂人品轻佻浅薄哦！人到绝望时，可能真的自己也料不到会做出什么事来。那天我想，如果今后我愿意与一个贫下中农成分的农民结婚，可能人家还不一定会要我这个肩不能担、手不能提的人。

“如果现在我还是原来那个一心想通过上大学来改变自己命运的人，我会一直心无旁骛地埋头学习，不可能会想到什么结婚嫁人的事，我也讲不出这些话，我还不到十五岁呀！可是命运真的让我一夜骤变，变得连自己都不认识自己了。我从很小的时候就开始相信命运了，无论遇见什么事，妈妈都说这是命。现在，我更加相信了。

“我第一次觉得生命和生活都开始美好起来，我很感谢你，也非常喜欢你。这是我第一次对别人说这句话。我对妈妈都没有说过这话，何况你还是个男生。我也不知道自己怎么了，请不要因此而对我产生不好的印象。

“你真的像我喜欢你一样地喜欢我吗？我觉得好像在做梦一样。你是第一个点燃我生命中幸福火花的人，第一个让我尝到幸福滋味的人，谢谢你！

“袁昕燕写于石板坳土地庙，明天的学校——一个充满希望，让我尝到幸福滋味的地方！”

李红磊看见昕燕低头在纸上写了半天，心想，她做事很认真呢，我过去看看她是怎么备课的。他走过去，站在昕燕的后面一看，发现昕燕不是在备课，而是在写什么，本子上密密麻麻地写满了娟秀的小字。李红磊在她身旁蹲下来，才发现昕燕又在流泪。他轻轻地拉开昕燕的手，把本子抽了出来。满面泪水的昕燕任随李红磊拿走了那个本子，她就是写给他看的，她不敢用语言表达，也不好意思说出口。见李红磊拿走了本子，她就把脸埋在双臂间，伏在桌上呜呜咽咽地又哭起来。

李红磊快速地读了一遍那页纸上的内容，他的心情更加激动，同时又十分难过。他读完全文后，已经感慨万千，没有想到眼前这个美丽无比的女孩这样令人惊讶地早慧。

他伸出手臂拥着昕燕的肩膀，想要安慰她，可却不知该说什么。心里想着昕燕与自己近在咫尺，可她却用写信的方式向自己表明心迹。她自尊心很强，是怕我看轻她呢。李红磊从那些字里行间里知道昕燕的内心比他想象的不知还要苦多少倍，还要煎熬多少倍。他心疼昕燕说她自己一夜骤变。要有多少难以想象的悲伤和焦虑才会使一个人一夜骤变啊！他还心痛昕燕说幸福很贵，她们家买不起。还说自己从很小的时候就开始相信命运了。她现在才多大呀！真不知她在生活中吃了多少苦，受了多少罪。出生在昕燕这种家庭的孩子，从小就要面对社会的压力和歧视。大人为了安慰孩子，也是教孩子学会怎样面对社会的不公平，肯定一直是用“命运”这两个字来安慰自己。这是当一个人自己和家庭在受到那些不公平的遭遇后，心态失衡时的自我保护方法。所以她遇事就会用“命运”这两个字来麻醉自己。小小年纪，受伤这么深。李红磊默默地在心里感受着昕燕的痛，他用手抚摸着昕燕的头，一时真不知道该怎么安慰她才好。

过了一会儿，他低声说：“昕燕，不要哭了。让我们一起来克服困难，创造我们自己幸福的未来，好吗?”

昕燕轻轻地点了点低着的头。李红磊双手轻轻地捧起昕燕的脸，看着昕燕那美丽的双眸透过晶莹的泪水哀哀地望着他，像一只受伤的小鹿，不觉心里又涌起一阵心痛与爱怜的波澜，一首小诗从心里吟出。他拿过桌上的练习本说：“昕燕，我送你两首我写的诗，好吗?”

“你会写诗？我喜欢诗！”昕燕脸上挂着泪，不好意思地笑了。

李红磊在纸上飞快地写起来。写完，看了看，又涂改了几处就递给了昕燕。昕燕接过来一看——

献给我心中的燕子

一

粉艳踏雪寒中来，
一片清馨百树开。
万媚千娇一葩秀，
不占高枝轻入怀。

有心避雨无风地，
无意却逢意中情。
青山小庙结缘树，
此生相伴遂愿境。

二

恰似带露百合独韵藏馨，
宛如含珠粉莲翘首玉立。
这美沁人心扉摄人魂魄；
这纯玲珑剔透清澈如冰；
这眸穿透肉体直达灵魂。
我的爱就这样为你陶醉，
我的情就这样为你奔涌。
一起创造幸福吧别犹豫！
一起品味人生吧携手行！

昕燕看完李红磊的诗，心里涌动着激情，眼眶里又装满了泪水，无限的思绪与感动一齐涌上心头。初恋的甜蜜与幸福来得太突然了，原想这辈子嫁个贫下中农都怕别人看不上自己，现在，这么一个英俊斯文，会修桌椅板凳，还会写诗的大男生突然来到面前，还这么喜欢自己。太突然了！太不可思议了！她傻笑着，梦幻般地呆看着眼前的这个人，眼泪滴滴答答地又滚了一脸。

“昕燕，快别哭了。一会儿你爸爸来了，看见你眼睛红红的，会担心的。我们一起把最后这些事做好，你明天上课时，站在讲台上就会感觉自己像个真正的老师一样地自豪了。对了，我还要在后面墙上刷出一块办黑板报的地方来，今后会有大用场呢。” 一边说，一边用手帮昕燕抹去挂在脸上的泪水。

突然，昕燕伸出双臂一下就搂住了李红磊的脖子。他愣了一下，立即搂抱着她细长的腰肢。开始低下头亲吻她的脸，她流泪的双眼。昕燕颤抖着紧紧地搂着他，回应着他的激情。李红磊快要控制不住了，青春的欲望燃烧得像火山喷发出来的滚滚岩浆，无比猛烈地冲击着脆弱的理智闸门。那并不牢固的闸门眼看着就要被冲开了，昕燕也完全处在同样的青春激情中。这时，一串清脆悦耳的鸟鸣声突然在小庙外响起，李红磊和昕燕都惊了一下，燃烧的激情缓释下来。她还这么小，我必须对自己的行为负责。他慢慢地松开了昕燕，有点歉疚地看着她，心里有一种好像欺负了这个单纯的女孩子的感觉。

昕燕放下了挂在李红磊脖子上的双臂，轻轻地低头依在他的胸前，像一棵含羞草羞答答地靠在一棵大树下。李红磊一只手抚摸着昕燕的头，另一只手摸着昕燕那深栗色的发辫。这时他很奇怪地想起了妈妈年轻时的发辫，那时他经常去摸它们，每次摸时，总有一种说不出的舒服和满足，从手心里一直传到心间。

他们两人就这么相依相拥着，无声，无语。好长时间，他们的心情才慢慢平静下来。

李红磊轻声说："昕燕，我们开始干活吧，明天还要上课呢。"

昕燕抬起美丽的脸，看着李红磊点了点头。

李红磊清楚地看见她眼睛里的幸福，看见她满目的依恋中夹杂着不经意间流露出来的羞涩。他又一次被她那绝美的气韵弄得心跳加快，俯身亲了她一下，拿起放在旁边桌上的钉锤，对昕燕笑了笑，就赶紧走到一张待修的椅子旁开始修理。

昕燕也站起身来，开始收拾东西，抹桌子。干活时，她总是躲在浓浓的刘海后面悄悄地看李红磊，昕燕已经把这个人放进了自己的心里。她仍然很激动，她今天特别幸福，她喜欢李红磊紧紧地抱着自己，亲吻自己的感觉，有了永远跟这个人在一起的愿望。她回想着刚才两人紧抱在一起时的激动，想着再也不用担心贫下中农不要自己的尴尬，她真想像刚才一样再去抱他一次。可是她不敢，怕他会认为自己轻浮。她希望他主动来再抱自己一次，可是李红磊一直在干活，好像没有注意她的情绪。她哪里知道，李红磊正极力控制着自己，否则如熊熊烈焰的爱情之欲火一旦失控，将会同时烧毁掉他们两人。

昕燕想起妈妈中午对自己说的关于女孩子要注意的那些话，心里动了一下，感到有些心慌，但是她很快就镇定下来。昕燕就这样一步跨入了自己青春恋爱的门，自然而然地与男生拥抱了，亲吻了，心里从此开始眷念一个父母家庭以外的男生了。一切都是自然而然，不需教授，完全是本能驱使，瓜熟蒂落。更重要的是，昕燕体味到一种前所未有的甜蜜和幸福。现在就算这件事是丑事，也决不后悔。既然这种"丑事"能让自己感觉幸福，她真的不在乎再做一千次，一万次。

昕燕看见李红磊正修理一张椅子腿，就走过去蹲在李红磊面前，双手帮他扶住那张椅子。有昕燕扶着，李红磊感到好修多了。他们双目相视笑了笑，谁都没有讲话，好像都怕破坏眼前各自回味幸福的宁静空间。

过了一会儿，李红磊发现昕燕总是伸手摸自己的后脖子，就问道："你怎么总摸你的脖子，那里不舒服吗？"

昕燕一听问，脸就红了，说："我的脖子后面昨天被蚂蚁咬了一下，现在又疼又痒！"

李红磊这才想起韦婆婆中午告诉过他的事，于是说：“哦，韦婆婆告诉过我的，我忘了。就是门外那棵大树上的蚂蚁咬的吗？”

昕燕说：“是啊！不知道怎么搞的，那棵大树上面有好多大黑蚂蚁，还咬人。你可千万别去靠它，我先前忘了告诉你。”昕燕说着话又去摸自己的脖子后面。

李红磊说：“上午你走后，我靠在那棵树上打瞌睡，韦婆婆看见了大喊大叫地说那上面的蚂蚁有毒，还说你被蚂蚁咬了。我还忘了这事。你怎么会被咬了呢？不会很厉害吧？让我看看行吗？”

昕燕顺从地把头低下让脖子根露了出来。李红磊一看昕燕白皙的脖子上鼓起一个又红又肿的大包，大包的周围皮肤上好像抹着一种黑乎乎的药，肿包的上面还有一个脓头。他心疼地问：“怎么被咬成这样子呢？擦的是什么药？黑乎乎的。”

昕燕就把昨天上午如何靠在外面那棵树下睡着后被黑蚂蚁咬醒的事告诉了李红磊。

李红磊一听，想起自己中午也在那棵树下睡着了，还做了个怪梦。他心里着急昕燕的蚁伤，就说：“你可能是蚁酸中毒了，红肿得很厉害，都化脓了。我现在就送你回家，看看有什么方法可以去毒，或者看看家里有没有碘酒之类的消毒药，实在没有就用盐水先洗洗也行。”说着，拉起昕燕就要送她回家。

昕燕不肯让李红磊送她回家，心里想，妈妈要是看见李红磊送自己回家去，还不知道会怎么想，说不定会弄得很尴尬。再说爸爸讲好的要来接我，不如等爸爸来再一起回去，这样我就可以同红磊哥在一起的时间长些。想到这里就对李红磊说：“没关系的，你不用担心。昨天被咬后，我怕爸爸妈妈着急，就没有告诉他们。韦婆婆是知道的，是她给我涂的黑乎乎的膏药，当时就不怎么痛了。说是今早还要抹药的，可我担心妈妈看见后又要啰唆半天，就没提醒韦婆婆。她老人家也忘了。肿就肿吧，回家再涂那黑药也不差这点时间。我爸爸说今天会早些来接我，可能一会儿就来了。”

李红磊见昕燕不肯走，就说：“那好吧！如果真的不要紧的话，就等你爸爸来吧。如果太疼的话，你千万别硬撑着，主要怕脓肿会引起溃烂。”李红磊一边说一边加快了工作的速度，想早一点完成工作后，昕燕也好安心回去。而且他想自己和昕燕一起完成这些工作多开心呀！等昕燕爸爸来了，看见教室布置得这样好也会高兴他女儿和我一起教学生啊。

李红磊现在已经打定主意，除了参加队里的生产劳动外，每天都要来这个小学义务当老师。这样既可以帮助昕燕，也可以每天与昕燕在一起了。李红磊心里高兴，手上加快速度使劲敲起来。他拉过最后一张断了腿的桌子，用一些从烂家具上拆下来的木条木板把桌子腿夹起来。他让昕燕帮着扶住，然后像医生给骨折的病人上夹板一样，用木条把那根支撑桌子的断腿夹住，又用草绳把它们绑在一起固定好，然后用长钉子钉结实。修好后，他用劲摇了摇那张桌子，见桌子站得很稳当，看起来还蛮结实的，李红磊心里很满意，高兴地看着昕燕笑了笑。昕燕也看着他笑了笑。他又检查了一下所有修好的东西，这才很满意地拍了拍衣服，做了一个向上的伸展动作。接着他就开始布置教室。此时，李红磊想起中午的梦，他想把这怪梦告诉昕燕，但想到梦中的一个女子的脸和昕燕长得一模一样时，又有点不敢讲，怕昕燕说是他胡乱编的。但他也想试试，看昕燕听了会有什么反应。于是他一边布置教室，一边告诉昕燕自己今天中午在那棵树下不知不觉睡着了，做了个怪梦。

昕燕一听他说在那棵树下做了个怪梦，想到自己昨天也在那树下做了个怪梦，就好奇起来。她让李红磊讲讲他做的什么怪梦。李红磊见昕燕有兴趣，就说："中间跟你有点关系。你听了不要生气哦！真的是我梦中之事。"

昕燕笑道："你做的梦与我有关系我怎么会生气呢？我很想听呢。" 心里想，巴不得同我有关系呢。

李红磊说："你们走后，我就在那棵树下等韦婆婆，等着等着就睡着了。接着，就做了一个奇怪的梦。" 于是，李红磊就把自己的梦中之事讲给昕燕听。

当听到李红磊在梦中也是到了一个有三间茅草屋的地方时，昕燕开始害怕起来。想到自己也是在梦中到了一个有三间茅草屋的地方。李红磊还告诉她，自己在梦中碰见两个年轻女子，其中一个叫裴玉萧的女孩长得与昕燕一模一样。昕燕听到这里，联想起自己梦中看到的那个女子，觉得面容好熟悉，原来是自己。

李红磊又讲自己到后来被一个全身黑衣，长着一双大鼓眼的黑汉拿着把大叉子对着自己的双眼戳过来的情景，又说那个黑汉的样子好像树上那些大黑蚂蚁。

昕燕听到这里已经很紧张了，我俩的梦几乎是一模一样的，我们好像在梦中走到同一个地方去了。怎么会发生这种怪事呢？是不是闹鬼了？听妈妈讲，农村人烟稀少的地方经常出些怪事，老人们说是闹鬼。想到此，她害怕起来。就对李红磊说："红磊哥，你平时干完农活，能天天都来帮我吗？你的文化程度高，又是男生，学生们会喜欢你的。你能来教点体育之类的课，总比我强呀，我的体育一向不好。还有，我昨天也在那棵树下做了一个同你的梦差不多的梦。同样也有三间屋，还看见穿古装的小姐。我的脖子就是被梦中的那个大鼓眼的黑衣人用叉刺的。你也见到那鼓着大眼的黑衣人要刺你的眼睛？幸亏没刺着，要不然就麻烦了。会不会是闹鬼了？我很害怕，但是又不想告诉爸爸妈妈。我妈很迷信，我怕她不让我来当老师了，那我还能干什么呢？我要与父母一起挣工分养家呢。”

李红磊一听也很吃惊，就让昕燕把她昨天的梦说出来听听。昕燕仔细地把梦说了一遍给李红磊听，居然与他自己没有讲出来的梦中的很多细节完全相同。李红磊听了，心里觉得奇怪，就想，是呀，我们俩怎么会在同样的地方做同样的梦？梦中走到同样的地方去，还看见同样的人呢？而且昕燕还真被蚂蚁咬伤了。我靠着那颗大树时，并没有注意到那棵树上有那些大黑蚂蚁呀。没有先前的见识怎么会与昕燕一样梦见那鼓眼的怪物呢？真像神话里的情景。

李红磊又问昕燕：“你做那个梦前曾看见那棵树上的那些大黑蚂蚁没有？”

昕燕说：“没有呀！如果我先看见那些蚂蚁，我哪还敢靠上去呀？我很怕那些看起来组织性极强的小动物们。它们像一些缩小了的人一样排着整齐队伍，抬着东西，可能还喊着号子走路，只是我们人类听不见而已，很可怕的。当时我就靠在树边站着，突然闻到一股奇怪的香味，不知不觉竟睡着了，然后就做了那个怪梦。”

李红磊觉得昕燕的想象力很强，心里笑她说蚂蚁可能还喊着号子走路。但再仔细想，越想越觉得这件事不一般。又一思量，心中暗自高兴起来，这是不是一种预兆？说不定就是与昕燕前世注定的缘分呢。李红磊心中庆幸自己讲出来这个怪梦，才知道昕燕竟然也曾同梦。

昕燕是既高兴又害怕，高兴的是这不正好说明李红磊是老天爷派来帮助自己的吗？害怕的是，这个梦很古怪，而且自己还真的被梦中那怪物弄伤了后脖子。她越想越奇怪，越想心里越害怕。还有，她怕这事被别人知道后会引起猜疑和麻烦，于是就担心地叮嘱李红磊说：“红磊哥，我很怕别人知道我们在同一个地方做了一样的梦这件事，别人会当笑话传的。如果我妈知道了，会觉得这是凶兆，肯定不会让我来这里当老师了。”

李红磊说：“昕燕，你不要担心。我怎么会把这事告诉别人呢？就算别人知道了也没有什么。谁不做梦？又不是干什么坏事。”

昕燕还是不放心，再次叮嘱李红磊，说：“虽然不是什么坏事，也千万不要对任何人提起这件事。不然人家说起闲话来，也挺不好的。”

李红磊心里想，这昕燕从小过的什么日子呀？思想负担这么重。想着，很爱怜地看着昕燕，又郑重地对她承诺道：“我一定不会告诉任何人，这是属于我们两人之间的秘密。”

昕燕感动地看着李红磊，轻轻地笑了笑，那个浅浅的小酒窝跑出来在脸颊上跳了一下就害羞地躲起来了。她特别喜欢李红磊说的那句话，“这是属于我们两人之间的秘密”。

3

小庙经过这样简单的修理后，虽然还是破旧简陋，但是看起来却整齐干净，真有点小学校的样子了。黑板稳稳地靠墙安放在李红磊修好的架子上，原来的长供桌成了教台，教台旁边放着那张李红磊特意为昕燕修好的太师椅，几排课桌椅整齐地排列着。后面墙上刷出来做黑板报的那块小黑板又黑又亮，小黑板右边一块空墙上，钉上了一条条推得光溜溜，又刷了几遍生漆的木板，拼成一块一平方米左右的方板子，李红磊对昕燕说：“这个东西可好用了，可以把孩子们的作业呀，图画呀都用图钉钉上去，让学生们互相参观学习，孩子们会很开心的。而且换取都方便，又好看，是最好的一种互相鼓励、共同进步的学习园地。”

“可是哪里有图钉啊？”

“哦！没有图钉不要紧，我们先用糨糊粘，用完了撕下来再粘新的，不妨碍。”

“是啊！可以用糨糊，我怎么没想到呢？”

昕燕心里高兴，想想昨天这里还是满目凄凉。好像外公、外婆的身影正坐在那里看着悲伤的自己发愁。现在，这里的一切都因为来了这样一个与自己做同样奇怪的梦，能干可亲，让自己从此再也离不开、放不下的人而变得那么亲切，那么美好。

昕燕长这么大第一次感到自己的人生并不只是悲伤和无奈，其实也还是会有幸福和阳光。她偷眼看看李红磊，又赶紧顺手理理自己额前的刘海。此时，她心里很乱，有点心神不定，却满心的幸福。

李红磊把清理出来的垃圾装进一个竹撮箕，运到外面离小庙远一点的地方倒掉，他一次次不知疲倦地、进进出出地忙碌着，每次进出都要笑着用眼睛跟昕燕打个招呼。那种神情让昕燕痴迷无比，她的眼睛几乎不能离开地跟着他，就像双目被吸到李红磊的身上粘住了一样。她偷偷地跑到门边去看他出去倒垃圾的背影，见他转身往回走时，又赶紧跑回课桌旁装着认真地擦桌子。如此来来回回地跑了几次，昕燕自己都不知道自己为什么会这样。她总想看他，看他走路时大步流星雄赳赳的潇洒，看他用胳膊擦汗的样子……总之，她看着他就觉得幸福、高兴。昕燕觉得自己简直不是以往的自己了，真的有点飘飘然神魂颠倒的感觉。她知道这样不好，至少有点像妈妈说的那种轻佻不稳重的女孩，但是她无法克制自己。

一大堆垃圾很快就没有了，李红磊装完最后一撮箕垃圾时，没有立即出去倒掉，而是直起腰来歇了口气，擦了擦额头上的汗，对昕燕说：“我今后一定想办法托人搞几袋水泥来，我要把教室的地面铺成水泥地。免得一扫地就满屋的灰尘。洒水后扫呢，扫把上又粘得都是泥坨坨，难扫又费扫把。我还要把外面的小操场铺成水泥的，再搞些生石灰把那树上的黑蚂蚁统统消灭掉，别让它们再咬人；还要找根粗铁丝做个篮球框，把它钉在那棵大树上。这样，孩子们就可以往里面投篮球，还可以在操场上做课间操，开校会，玩耍了。我不但要来做体育老师，还可以在你教他们唱歌时，帮你拉二胡伴奏。只可惜我没有带二胡来，等今后想办法找一把来。”

昕燕惊喜地看着他说：“你还会拉二胡呀？”

李红磊骄傲地说：“是啊。我会的可多了，还可以帮你教绘画呢。我可是拜省城里的名师学过的。不过，你要把你的工分分给我一些哦！”

李红磊开心地说着，他喜欢看昕燕那双美丽的栗色瞳仁中不经意间露出的惊讶，更得意昕燕脸上那种掩饰不住的羡慕与崇拜。最让李红磊喜欢的就是昕燕那种纯真的，深深潜藏在心里的，却又不时地悄悄从眼睛里溜出来窥探的爱恋。

昕燕想，他怎么什么都会呀！对人又好，多可亲的人啊！外公外婆，是不是你们看见外孙女可怜，就让这个能干亲切的人来帮助我的呀？昕燕谢谢二位老人家的在天之灵，我一定会好好地在这里教这些娃娃，让他们今后也能读书识字做算术打算盘。想到这里，昕燕深情地看了一眼李红磊，心里别提有多甜蜜了。

李红磊又仔细扫了一次地，然后一边往撮箕里扫最后的一点垃圾，一边说：“你先用我带来的那壶没喝完的水到门外去洗洗手，我等会再把剩下的这些垃圾拿出去倒掉，我们今天的活就做完了。等一会儿你爸爸来接你就赶紧回去，别再耽搁了脖子上那个被蚂蚁咬伤的地方，肿包中间已经出脓头了。”

昕燕担心地问：“不知道好了以后会不会留疤？”

李红磊就逗她说：“会呀，如果不赶快消炎，今后可能会留个大坑在脖子上哦！”

昕燕一听，知道李红磊逗自己玩儿，忍不住笑了出来，说：“我才不相信呢，我先出去洗手去了。”说着，拿起放在桌上那个满身坑坑洼洼，还用红漆写着个“李”字的旧军用水壶就往门外走。心想，他还挺节约呢。水壶都成这个样子了，还在用，看来大首长家的孩子也不浪费。昕燕哪里知道，这是个装满了几十年战争故事的功勋水壶呢。她拎着水壶低头正朝外面走，不料与从外面急急忙忙走进来的爸爸撞了个满怀。她吓了一大跳，差点摔倒，几乎喊叫出来。爸爸连忙扶住昕燕。昕燕看见爸爸，脸唰地一下就红了，喊了声“爸”就赶紧从爸爸身边挤到门外去。

其实，昕燕爸爸来了已经有一会儿了，刚走到门口，听见李红磊在说话，就赶紧收住了脚想听听他说些什么。结果就听到李红磊说拉二胡、画画还要建小操场那些话。他心想，这小伙子不错呀！会这会那的还挺帮昕燕，说不定是看上我们昕燕了。当然了，像昕燕这么优雅漂亮的女孩，哪个男孩看见会不喜欢呀？就算谁喜欢她，我家昕燕那么心高气傲，也不一定会随便喜欢哪个男孩。谁有这么大的福气能得到我们昕燕的喜欢，那可真不知是前世几辈子修来的。就算昕燕喜欢他，我们还不一定同意呢。那可是昕燕一辈子的幸福，我们一定要帮她把好关。既要人好又要成分好，最好家境也好，不能再让昕燕像我们一样地受苦了。不过她现在这么小，还早着呢，想到哪里去了，你这个糊涂老爹！他自嘲地耸了耸肩膀，无声地笑笑。

正在这时，就听那个小伙子叫昕燕去洗手，还说别再耽搁脖子上被蚂蚁咬伤的包什么的。他心里说，还挺会关心人的，怎么，昕燕被咬伤了？我得赶快进去，别让他们撞上我站在这里听他们讲话就不好了。正拿主意时就听见昕燕要出来洗手，他赶紧抬脚就往里走，跨过门槛低头撞了进去，不想正好与昕燕撞了个满怀。

他见昕燕站稳后脸色绯红，轻喊一声“爸”，就从他身旁急溜了出去。当爸爸的看在眼里，奇在心里。昕燕长这么大，还从来没见她这样过，怎么回事？再抬眼去看那个小伙子，正在扫垃圾的李红磊听见动静，就直起腰抬起头来往门口看，正巧与昕燕爸爸的视线相遇。昕燕爸爸眼前一亮，心想，这小伙子好俊啊！

李红磊第一眼看见的是昕燕爸爸的鼻子，昕燕的鼻子同她爸爸的鼻子就像一个模子里刻出来的，他一定是昕燕的爸爸。他见昕燕爸爸看见自己后，脸上没有笑容，眼睛只管盯着自己，心里便有些发怵，是不是昕燕爸爸不高兴看见自己的女儿单独与一个陌生男青年在一起？他赶紧喊了一声：“叔叔，你好！我叫李红磊，是昨天刚到这里插队落户的知青。韦队长派我先帮助修整学校，然后再去学干农活。”

昕燕爸爸听见叫他叔叔，这才回过神来赶紧应了一声，问道：“哦，你来帮忙，好啊！我听韦婆婆提起过，谢谢啊！你刚才说你叫什么名字？”

李红磊听他问姓名，忙放下手里的撮箕又说了一遍自己的姓名。

昕燕爸爸其实是知道李红磊的名字的，只不过一时间想不出合适的话题，就随口找点话同这个小伙子说说，缓和一下尴尬的气氛。

“哦！你这个名字挺好的呢，不错，不错！是一个同‘石板坳’很贴切的名字哦！”

李红磊忙说：“别人都以为我这个名字是在‘文革’中改的，其实不是，是我一生下来，我爸就取的。”他不知道自己为什么会把同昕燕讲过的话又对她的爸爸讲一遍。

昕燕爸爸笑起来，说：“我一听就知道不是‘文革’改的名字，就算是也无所谓啊！这是一个好听，意义又好的名字呢。”

他嘴里说着话，心里却想，这真是个十足的美男子啊！比韦婆婆说的还好。你看他，无论是身材还是容貌都毫不逊色于昕燕，说不出什么地方还与昕燕有点相像。想想自己先头在门外听他说的话，更觉得这个小伙子不是一般人。韦婆婆说他父亲是军队上的大首长，要不然怎么就可以拜省里的名家学画呢？他对李红磊的印象很不错。本想多与这个男青年说说话，可一时又不知道说什么好，再加上心里着急昕燕被蚂蚁咬的事，又不好意思问。生怕人家知道自己在外面听他们讲话会认为自己不懂礼貌，于是就说：“你们好像已经打扫完了吧？教室这样搞一下看起来好多了，谢谢你这样帮助昕燕。大家都是从城里刚来这个地方，还不熟悉，昕燕年纪又小，今后大家可以互相帮助，很好呀！”

李红磊忙说：“其实我也没有帮什么，袁老师自己也挺能干的。”

昕燕爸爸说：“不要客气嘛，昕燕能做哪些事我知道，今后可能还有事要你帮忙哦，我现在就同昕燕先回去了。”

昕燕洗好手后，一只手提着那个水壶的带子，一只手甩着水进来，看见爸爸正与李红磊说话，就站在门旁没有出声。

昕燕爸爸转头看见昕燕，喊上她就要走。昕燕这时已经镇定下来，脸上的红晕也退淡了，她留恋地看了一眼李红磊说：“我先走了。”

李红磊也是同样满目深情地点点头，没有说什么。

这两双眼睛的交流虽然就在那么一刹那间，却被昕燕爸爸看得明明白白。他心里一惊！他们互相喜欢了？不会是恋爱了吧？虽然他心里猜想着，表面却装作没有看见一样，喊着昕燕就一起往门外走，一只脚跨过门槛时，又回过头来看着李红磊笑笑，摆了摆手。

他和昕燕绕过那棵大树顺着小路走去。李红磊提着扫帚走到门边，留恋地看着昕燕和她爸爸的背影消失在山路转弯的地方。这时，在他眼前，昕燕爸爸的背影突然变成了自己父亲的背影，他有些伤感，转身回到小庙里。

4

山路上，昕燕爸爸看着走在前面的女儿，脑子里不断重复着李红磊和女儿讲话的内容和语气，还有两人道别时那种无声胜有声的眼神。心里思忖着，不会这么快吧？昕燕这孩子向来稳重，而且她还小，怎么可能懂这些事呢？但是转念又一想，自己的大女儿很早熟，什么都不露在脸上，平时又不多说话。她心里想什么，从来不会告诉父母。我一直都是从她问的问题中来了解她在想什么。可是她越长大问的问题就越少，真的很难摸透她的心思了。如果她真是恋爱了，这样的事在她来说，简直就是天大的秘密。她就更不会告诉父母与其他人了。不过，爱情这东西谁也说不清，本身就是一种缘分。好在那小伙子看起来也相当不错，起码外貌和昕燕非常般配，谁也不差谁。他修理的那些桌椅板凳门窗看起来技术虽比不上真正的木匠，但做得很扎实，没有什么花架子。他应该是一个踏实勤快能干的小伙子。昕燕看得上的，绝对不是一般之人。只是时间太短，还不了解这个人的其他品性。唉！两个人的外貌和气质都太出众了，连一种藏在眼睛后面不易被人察觉的忧郁表情都那么相同。哦，我说哪里有点像呢？眼睛！对了，眼睛！除了相貌外，最像的就是他们藏在眼睛深处的那种忧郁。

回家的路上，昕燕一直走在前面，爸爸一直在后面心事重重地跟着。昕燕的脚步比原来轻快，她心里有了一种心醉的感觉。她还要赶快回家去看李红磊的那两首小诗。她哪曾想到爸爸已经洞悉了她的心思，正在为她担心。

终于，爸爸开口问道："你脖子被什么咬了？怎么没听你说过，痛不痛啊？"

昕燕一听就知道爸爸听到了他们的谈话，心里虽然有种说不出的不舒服，但她还是轻描淡写地回答道："昨天被蚂蚁咬了，韦婆婆已经帮我涂了药膏。今天也不觉得怎么疼，就忘了告诉你和妈妈。"

爸爸问："昨天什么时候咬的？"

昕燕说："昨天上午我靠在庙门外那棵树上等韦婆婆，睡着了，就被树上的蚂蚁咬了。"昕燕的神情和语气都很淡定。

爸爸说："怎么这样不小心呢？我看看。"一边说一边紧走两步靠近昕燕，想看看女儿脖子上的伤。

昕燕却也向前快走了两步，显然是不愿意让爸爸看见。

爸爸见女儿这样，叹了口气，心里再急也不好再要求看了。心想，真是女儿大了多少有点避讳爸爸了。那个小伙子能看，爸爸反而不能看了。哎！等回家告诉她妈妈，看看要紧不要紧。

父女俩还是继续走着，两人各想各的心事，谁都不说话。寂静的山路上除了偶尔有一两声归巢的鸟叫声外，就只能听见昕燕和爸爸"沙沙沙"的脚步声了。

当已经远远地看见韦婆婆家院墙时，昕燕突然停下来转过身看着爸爸的眼睛说："爸，你不要对妈妈说我被蚂蚁咬的事，免得她着急。婆婆有一种黑膏药，抹上一点就好了，你不用担心。昨天已经抹过一次了，今天再接着抹很快就好了。"

昕燕爸爸听后，心想，这孩子分明是不让我告诉她妈那个小伙子与她的事，却拐着弯儿借蚂蚁咬伤来说事。唉！女儿大了心事也多了，我暂且依她，不主动对她妈妈提起这事，也省得她妈妈担心起来啰里啰唆没完没了的烦人。想到这里就对昕燕说："我不会对你妈妈说什么，倒是你自己要小心。刚到这个地方人生地不熟的，还是谨慎些好。"爸爸也像昕燕一样拐着弯叮嘱自己的爱女。

昕燕嗯了一声没有再说什么，她完全懂得爸爸的言外之意。这样简单的沟通就等于是父女俩之间的君子协定了。

昕燕和爸爸一前一后地走着，离院子越来越近，父女俩不约而同地加快了脚步。从低矮的院墙看过去，院子里又多牵了几条绳子，一根竹竿斜撑在几根绳子交叉的中央。把那些绳子高高地举起来，像一只长腿大蜘蛛，腿伸向四面八方。那几根像蜘蛛腿一样的绳子上，晾满了一家人的衣裤和铺盖棉絮。妈妈正在院坝角落里忙着，手里拿着两根专用的特长竹筷子，蹲在几个大大小小绛色土粗瓷泡菜坛子边上，面前还有两个大大的竹簸箕。只见她快手快脚地从竹簸箕里把腌咸菜和萝卜干一束一束地夹起来放到坛子里面去，又用筷子在坛子里面整理一下放进去的东西，动作认真熟练。那是从小到老都要做的活，就算住在城里也一样，每年都要做咸菜萝卜干、洋芋片、干豇豆、剁辣椒等，只是比乡下这里做的量少得多。

一抹早春夕阳的余晖懒洋洋地照在院子里，撒在昕燕妈妈那瘦长的身体上。围着她的那些竹簸箕泡菜坛子还有满院坝晾晒的衣物，就像舞台上的布景道具，看起来平静和谐。

真好看啊！昕燕爸爸心里叹道，真是一幅漂亮的农妇春忙图。人生如梦，人生如戏呀！一家人前几天还在城市里忙碌着，今天却在这里进入了男耕女织，日出而作、日落而息的农人生活。他恍恍惚惚地像是在做梦一样，想起妻子年轻时候的美丽活泼，想起自己当年向她求婚时的承诺，心里有些不是滋味。家玉真好看呀！可惜我不但没有让她过上幸福生活，还害得她和孩子们跟着我吃苦受罪，担惊受怕的。我无能啊！一阵忧伤涌上心头，嘴里却哼出越剧《红楼梦》里的一段唱词来：

"睡不稳纱窗风雨黄昏后，忘不了新愁与旧愁……照不见菱花镜里形容瘦。展不开的眉头，捱不明的更漏……"

昕燕正想着自己的心事，突然听爸爸哼这几句戏文，心里有事的她，还以为爸爸在与自己开玩笑，就又停下脚步，堵在爸爸前面，转头看着爸爸的眼睛认真地叮嘱道:“爸，我脖子上真的没事，你不要告诉妈妈。我自己会把它弄好的。”

爸爸见女儿这么严肃认真还有点紧张兮兮地嘱咐自己，就开心地笑起来，逗她说:“我没有什么可告诉你妈妈的，况且，我也不想自找麻烦。不过你好像有心事呢。燕儿啊！自己要多加小心哦!”

他见昕燕没有出声，心里说，丫头啊，心长大喽！他反剪着双手跟在昕燕后面，这时父女俩已经到了院坝门口。

妈妈听见脚步声，抬头看见大女儿和丈夫一前一后地走进院子来，就像好久没见他们似的，把竹筷子往大簸箕里一放，直起身来一边用手捶着腰背，一边忙忙地迎到这父女俩跟前，眼睛上下打量着昕燕说道:“回来了，累不累？我去给你们舀点热水来洗把脸，喝口苦丁茶，说一下你们在外面的事搞得怎么样。老袁，你先去把春花弄出来晒晒太阳，难得有点太阳。我一个人弄不动她，昕燕你也去帮帮爸爸的忙。”说完就一溜烟向灶房那边走去。

听了妈妈的话，昕燕跟在爸爸后面就进了屋，见爸爸从竹椅妈里面抱出了春花，昕燕赶紧过去，双手提起那个竹椅妈。竹子做的东西不重，昕燕稍用点力就把它提了起来，赶紧跟着爸爸就往外走，走出屋后又忙着把竹椅妈放在竹簸箕旁边，摇了摇。爸爸看看放稳了，才把春花放了上去。妈妈从厨房里面端出来一盆冒着热气的水，里面放着块毛巾。

爸爸说:“昕燕你先洗，我再把春花放稳当些。”

昕燕提起毛巾，拧干后展开来捂在脸上，满脸顿时热乎乎的，好舒服的感觉。她一边擦脸一边问妈妈:“昕琪和昕南呢？”

妈妈说:“他们跟你的学生狗娃出去玩去了，说吃饭时就回来。”

爸爸说:“我去看看。”

妈妈点点头说:“去看看也好，刚来不熟悉情况，别让他们玩得太野了，到时候难收心。”

昕燕说:“爸，你先洗把脸再去。”

爸爸说:“不用了，一会儿回来再洗。”然后，趁妻子不注意时，眼睛焦急地看着昕燕，又用手指了指自己的脖子，接着就转身走出院门，顺着韦婆婆院房后面的那条小路，朝水田那边的几座石板房走去。

5

昕燕一直看着爸爸的身影消失在矮院墙那边，才走到房门边。要等韦婆婆回来才知道药放在哪里。她顺手从门边拿了个小板凳，走过来坐在妈妈身边，也不说什么，就从妈妈的手上拿过那双长长的竹筷子，照着妈妈做的样子从竹簸箕里提出一束腌咸菜放进大坛子，再用长筷子在坛子中整理一下。这种事情昕燕从小就跟着妈妈已经做得很熟练了，只不过这里的一切都变大了变多了而已。

妈妈见昕燕接过自己的活，看女儿好像不太想说话，深知女儿秉性的她，并不勉强。她站起来去收衣服，嘴里自言自语地嘟囔着说："哎，晾一下午了还润润的。这晃晃太阳照在身上很暖和，就是晒不干东西。等晚上烧起地灶，架上烘笼，烘一会儿就干了。" 说完转头看看昕燕，希望女儿答话，想问问她学校的情况。

可是，昕燕没有搭她的话，好像没听见似的。昕燕妈妈觉得有点奇怪，就一边去摸那些晾着的衣服，一边悄悄地拿眼睛溜女儿。昕燕看起来心情还不错，好像在想什么。

妈妈说："燕儿，你在想什么啊？我和你说话都没听见。"

昕燕听妈妈喊她，赶紧抬起头看着妈妈说："哦，我想明天怎样教学生的事呢。"

妈妈突然想起了那个帮忙的人，就说："哦！下午那个人帮你把教室搞好了吧？明天我这个卫生员就要开始去各农户家走走，了解一些情况，也好看看这个乡村医生怎么做。到时我抽空绕道也去你们小学校看看，看看我女儿在课堂上讲课的样子。"

昕燕眼睛看着泡菜坛子，说了声："哦，好的。"她还是没有要同妈妈讲学校那些事情的意思，明显地心不在焉。

妈妈更觉得奇怪了。咦？这个娃娃今天怎么恍恍惚惚的？平日话少，可是还在听我讲话，还答话。今天怎么就连听都不听我讲话了呢？看情况她有心事呢。心事！她突然惊了一下，想起韦婆婆说那个叫李红磊的小伙子长得像女娃娃一样漂亮。

想到这里，心里一紧，又悄悄看了看正在干活的女儿，发现昕燕时而停了手中的活儿在那儿发呆，脸上不时泛出不易被人觉察的微笑，粉红脸儿泛着神秘的光，她的样子美极了。不知道为什么，看着女儿的样子，妈妈突然感到心痛，一切都看在眼里。妈妈知道有事了，但是又不好问女儿什么，就算问，女儿也不会说。想到这里，就说："昕燕，我进去找点东西来给春花吃。她可能饿了，眼巴巴地看着我，好可怜啊！"说完就进屋去了。

昕燕应了一声，还是想着自己的心事，回味着下午在小庙中与李红磊在一起时的每一个细节。她想着李红磊的每一句话、每一个动作，想着他那健康而挺拔的身姿，他的拥抱和亲吻，他的细心能干和多才多艺。总之，他的一切一切都让昕燕从心里喜欢而且深深地着迷。这时，昕燕记起了那张写着诗的纸，就伸手到衣袋里面摸了摸，又连忙把手从衣袋里退了出来。现在不能看，万一被妈妈看见就麻烦了。昕燕正在出神，没有注意到妈妈走到自己跟前，手里拿了块糖往昕燕嘴里塞，吓了她一跳。抬眼看看妈妈，微微一笑，脸上浮起两片红晕，满脸漾着神秘和幸福。

熟悉女儿的妈妈看着昕燕的样子，再次想起了中午韦婆婆说起的那个叫李红磊的小伙子，心里不觉更加紧张。女儿这么小，可千万别出什么事啊！心情焦急复杂的妈妈装着没有事一样，又捧着那包糖转头朝春花走去。她蹲在春花跟前，从那些互相粘在一起没有包糖纸的裸糖上掰下一颗喂进春花嘴里。想着昕燕的事，心乱如麻。千万要沉住气，等她爸爸回来问问，看他知道不知道点什么。正想着，昕燕爸爸带着昕琪和昕南回来了，韦婆婆也兴高采烈地回来了。

韦婆婆一进院门，昕燕妈妈就捧着那包糖，一溜烟地走到她面前说："快闭上眼睛，张开嘴。"

韦婆婆紧紧地闭上了眼睛，又夸张地做个怪相，把嘴张得大大的。见她这样，大家都笑了起来。昕燕妈妈往她嘴里放了一颗糖。韦婆婆用劲吮了一口说："好甜呀，城里的水果糖好吃呢。"

接着，昕燕妈妈说："你们都刚从外面回来，没洗手，就都张开嘴，我喂糖给你们吃。大家都先哄哄嘴巴再做饭。"

听了她的话，大家都学韦婆婆的样子夸张地紧闭上眼睛大张着嘴。妈妈往每个人的嘴里塞了一颗糖。最后往自己的嘴里也填进一颗糖去，然后吮着拇指和食指说："发糖的人可以多吃多占，看我的手指上都是糖，好甜呀！"

昕南急了，一定要去舔妈妈的手指，妈妈赶快就跑："你这个小馋猫，别把我的手指咬掉吞肚子里去了。"

昕南不依不饶地跟在她后面追，嘴里喊着："我也要多吃多占。"

大家都笑得直不起腰来。韦婆婆眼睛都笑眯了说："好好吃嘞，酸甜酸甜的。以后我不吃了，留给娃娃们吃。小娃子们很想吃这些东西，我吃了就浪费了。"

昕燕妈妈说："还有，还有，大家一起吃才开心嘛！"

韦婆婆看见春花含着糖，口水顺着嘴角流，就赶紧过去给她擦嘴，"春花你看，多好呀，糖好甜呀。现在你有人陪了，天天都好热闹，好欢喜哟！"

春花不知是听懂了她妈妈的话还是看见大家开心的情景，也高兴得"啪啪"地拍着竹椅妈。

韦婆婆又说："昕燕呀，下午我带了几个社员去砍大竹筒，往学屋那边接水，刚刚才把竹管接到学屋外面。现在水已经流到学校旁边的那个大石头池子里了。水又清凉又甜，就是少些，流得很细。不过细细地流进那个石头槽里，你们喝水、洗手都可以舒舒服服地了。跟我一起去砍竹子的那几个社员也顺便进学屋里去看了看。他们都夸奖说好得很，简直认不出来了。原来小庙那么破烂，现在像新的一样。大家都讲你们这两个城里来的学生有文化，会干活又不娇气，把原来那么破烂的小庙搞得这样好。当时就有两家社员要把自家娃娃送来当学生呢。我真是高兴呀！你和红磊好能干，把那些桌椅修得很好，屋里收拾得又干净又整齐。我没有看见过城里的学屋是什么样子，想想同我们的学屋也差不多吧？好得很呢！"

昕燕笑了笑，没有说什么。妈妈却接话说："还不是婆婆帮她，否则她哪里有这么大的本事？哪天闲了我也去看看昕燕的小学校。"

韦婆婆又说："是你们教得女儿这么能干啊！昕燕，学屋里需要什么就讲，我们大家一齐帮忙。让我们这里的娃娃今后也像你们这些城里的学生娃一样聪明有出息，到外面去见见大世面。不要像我们这些老的，一辈子都箍在山寨里，外面是什么样子都不知道，没有本事嘞！哦，对了，我走的时候红磊还在那里，他还要同那几个人在那里把那些竹管子固定牢靠些才收工。我听他说，你被蚂蚁咬的地方发脓了。今天忘了给你上药，都怪我！哎，人老了，忘性比记性大。我心里着急你的伤，就先跑回来了。昕燕你快过来让我看看。" 说着就朝昕燕走去。

昕燕感到脖子比先前疼痛，也想让韦婆婆再抹点药膏，但是怕妈妈着急，就装着很不在意地说："也没怎么痛。婆婆你再给我抹点那个黑药膏就行了，或者给我药膏我自己抹也可以。"

刚哄好了昕南的妈妈听见韦婆婆和昕燕的讲话，一听到昕燕被蚂蚁咬伤了，就着急起来，火烧火燎地问道："什么蚂蚁这么厉害？还咬人？让我看看你被蚂蚁咬到哪里了，要不要紧？"说着也朝昕燕走过去。

昕燕见妈妈火烧火燎地过来，忙说："没关系，婆婆有药膏，抹点就好了。"

妈妈刨根究底地问："你怎么知道婆婆有药膏？什么时候被蚂蚁咬的？"

韦婆婆接话说："昨天中午被咬的，当时就肿了，昕燕怕你担心，不让告诉你。昨天一回家我给她涂了金疮膏，下午那个大包就蔫了。今天事多就忘了再擦点药膏，可能毒还没有杀完伤又发了。我去洗洗手马上就拿药膏来涂上，保管没事。"

妈妈走到昕燕跟前，伸手翻开还蹲在地上弄腌菜的昕燕的衣领一看，吓了一跳。只见昕燕脖子后面一大片红肿，肿块中心一块硬结上有一颗绿豆大小的脓头，这是感染发炎了。她急忙要去屋里拿带来的碘酒和消毒棉签，爸爸和昕琪、昕南也凑过来看。爸爸没有说什么，他大概记着与女儿的君子协定。正待进屋去拿碘酒的妈妈见韦婆婆手里拿着一个竹筒出来，知道就是昕燕说的药膏。她不放心药膏是否卫生，又不好阻止韦婆婆，就待在原地没有进屋。韦婆婆走到昕燕跟前，拔开竹筒盖子，用食指从里面抠了一坨黑乎乎的膏药出来就往昕燕受伤的地方抹。妈妈又急又不好说什么，就轻轻地问了句："这药管不管用？"

韦婆婆说："管用，这个药方还是昕燕外公自己配的老方子。我们寨子里的人不管是蚊虫咬伤还是磕碰伤，都来问我要了敷上，管用得很。还有一些人从我这里知道了那些药材的名字，自己配了放在家里，用得方便些。都知道是昕燕外公配的药，管用，大家信得很。"

昕燕妈妈一听是自己父亲留下的药方，就没有再说什么。记得自己小时候兄弟姐妹们只要有皮肤上的伤，不管是磕碰伤还是蚊虫咬伤，昕燕外婆都给涂上这种黑乎乎的膏药，的确很管用。弄好后，韦婆婆让昕燕把药膏拿去自己放好，又叮嘱她记得按时涂抹。这时昕燕爸爸手拉着昕南、昕琪说是到小河边去洗手，其实是看吃饭还得有一会儿，就带他们俩去河边玩儿去了。这边昕燕妈妈与韦婆婆说说笑笑地准备开始做晚饭了。

乡下生活条件不如城里，虽然苦些，但是比起城里之前的日子来，自在轻松了很多。吃过晚饭，大家坐在堂屋里闲聊，老八仙桌上的煤油灯忽明忽暗上蹿下跳地只能照着桌子面。除了桌子，四周昏暗一片。这时，妈妈问昕燕："昕燕呀，你的脖子好点没有，还疼不疼？记住睡前再抹点药。"

昕燕说："早就不疼了，妈，我到外面去换口气，一会儿就进来。"一面说一面站起身来往门外走。

昕琪说："我也去换口气。"说完也站起来跟着昕燕走出去。她崇拜自己的姐姐，什么事都在刻意模仿姐姐，跟着姐姐学。

原来昕燕出去是想一个人单独待一会儿，回味一下白天与李红磊在一起时的那种奇特的感觉。见昕琪也跟着出来，就只好装着看天上远远近近的那些稀稀疏疏、明明暗暗的星星。

昕琪也抬着头看天上，嘴里却问道："姐姐，今天中午我睡午觉时，听婆婆在外面屋说，早上那个大哥哥要帮你修学校。那个大哥哥帮你把我们学校修得很好了吗？"

昕燕想，这个小家伙怎么会问到我心里正想的人呢？真是奇怪了！想到这里，回头看了看身旁的昕琪。只见昕琪正用一对兴奋好奇的大眼睛盯着自己，就赶紧随口应道："修得很好了呀！桌子、椅子都修好了，明天早上就可以正式上课了。"

昕琪高兴地说："明天我们就可以坐在不摇来摇去的椅子上唱歌了？那个大哥哥还来不来？"

昕燕说："教室布置好了，桌椅板凳也修好了，不知道他明天还来不来。明天我们要早起，不能睡懒觉。好好学习，将来才能上大学，有出息。”

昕琪问：“大学有多大？比姐姐的六中还大吗？”

昕燕说：“当然了，可能还大得多，我也不知道。”

昕琪又问：“上了大学又干什么呢？”

昕燕说：“上了大学就会学到很多知识。有了知识就可以做很多事情。就像爸爸，他是大学生，才能当工程师，厂里的技术都归他管，人家不懂的工作都要问他呢。”

昕琪想了想说：“可是现在工厂不是也不要爸爸了吗？”

昕燕赶紧拍了昕琪的肩膀一下，压低声音制止她说：“你不要乱讲，爸爸听了会难过的。现在工厂都停工闹革命了，所以不需要工程师了。”

昕琪想了想，又问：“那么爸爸为什么不闹革命呢？院子里住在墙角边那家魏小瑶说，我家爸爸是坏人。”

昕燕说：“别听他们乱说。爸爸是好人。那些抄人家的家，骂人打人的才是坏人。”

昕琪说：“魏小瑶还说，她妈妈说，我们家爸爸要被关起来，像刘蓬蓬家的鸡一样，整天关在鸡笼里不准出来。”

昕燕说：“那些坏人想整爸爸，魏小瑶的爸爸妈妈都是造反派，一天到晚抓人打人，他们家爸爸妈妈才是坏人，你不要信她说的。”

昕琪坚定地点点头说：“我才不相信魏小瑶的话呢。那次她说我爸爸是坏人的时候，我使劲揪她的头发，抠她的嘴巴。她打不赢我，就大声哭叫，她妈妈听见就来了。我赶忙跑回家去关上门，她们没有抓住我。”

昕燕慈爱地对妹妹说：“你今后不要再同人家打架惹祸了，明天开始好好学习，争取做个好学生。”

昕琪说：“学习好有什么用呢？工厂都停工了，不要爸爸了。”

昕燕若有所思地说：“将来可能会有用的。工厂虽然不要爸爸了，但是，幸好爸爸是工程师，才没有被抓去关监牢，不然爸爸可能就被坏人抓去关起来了。我们班有个同学的叔叔也是右派，他不是工程师，就被关进了监狱。不管怎么说，多读书总比少读书好。要不然为什么连乡下都要办学校让小孩子读书呢？”

昕琪似懂非懂地说：“哦！那我一定要好好学习，将来也上大学当个工程师，我就不会被关监狱了。姐姐，你肯定也要上大学当工程师的吧？”

昕燕说：“是的，我是要努力的。”昕燕说不下去了，她知道自己靠努力学习考上大学来改变命运的理想已经不复存在了。眼泪悄悄地溜出眼眶，在脸颊上悄无声息地滑落下来。

农村的冬夜静得出奇，昕燕抬起手臂抹去满脸的泪水，有点哽咽地对昕琪说：“昕琪，进屋睡觉吧，一切都是命运。”

昕琪抬头看着姐姐说:“妈妈说命，姐姐你说命运，命和命运是不是不同?”

昕燕说:“并不是命和命运不同，而是人和人不同。别问这么多了，我也讲不清楚。进屋睡觉去吧!”昕燕拉着昕琪的手走进屋里。

6

李红磊把学校里的东西都收拾好后，才和那几个帮着接竹管的农民一起回去。到家时，天已经完全黑了下来。他隔着堂伯房间的窗子喊了一声:“伯伯、伯妈，我回来了。”

里面伯妈应声道:“红磊呀，红薯稀饭在灶台上温着，我们已经吃过了，你吃了赶紧睡觉。坐着冷，我们就先上床了。”

堂伯也喊了一声说:“要是太冷，就不要脱衣服睡，我今天下午又给你的床上加了些干草，吃了东西快睡吧!”

李红磊赶紧答应道:“好的，你们先睡吧，我吃完饭就上床睡觉。”

他摸着窗台上的洋火点燃了灯，就着微弱的光，在缸里舀了瓢水倒在木盆里，又在锅里舀了点温热水，伸手一摸水虽然不热，但至少不刺手了，赶紧洗了洗脸，接着又拉过来门口的小竹凳坐下洗了脚。把水哗的一声泼到门外，放下木盆，到灶台上把伯妈留在灶台上的一大碗红薯玉米面糊糊端起来，糊糊还有点热气，他三下两下地划拉进嘴后，又从大缸里舀了些水把碗涮了涮，照样泼到门外去，再舀碗水漱了漱口。今天不用刷牙了，节约点牙膏，快没有了，这支牙膏还是在南京时买的。他把碗放在锅台上，吹熄那盏摇头晃脑的小油灯，趿着鞋稀里哗啦地跑到自己住的房里，关上门。点燃灯后，第一件事就是要帮昕燕拟定一个课程表，好让昕燕能顺利地给孩子们上课。第二件事，就是要仔细地读昕燕的信。还要好好回味享受一下白天和昕燕在一起的幸福感觉。

他毕竟是高三的学生，只用几分钟的时间就把简单的课程表拟好了。脚冻得生痛，他赶紧爬上那张吱吱嘎嘎叫唤着的木板搭的床上，拉开被子盖上，然后从衣袋里摸出昕燕下午写的那篇书信，斜靠在小桌边上，就着微弱的油灯细细地读起来。读了几遍，心里难过，就吹熄了油灯，平躺在床上大大地睁着双眼，听着老鼠互相追逐的声音，脑子里像放电影一样回想着与昕燕在一起时的每一句对话，每一个动作，还有昕燕的每一个表情，特别是他们那个奇怪的相同的梦。

一下子睡不着，心里不能平静，他干脆从床上爬起来，重新点亮小油灯，拿出诗集开始写起来。一直随身的英雄牌钢笔，立着硬硬的脚尖，跳着华丽的芭蕾，迅速移动着，旋转着。一首随心而来的诗在优美的笔尖芭蕾下动情地舞着。写完后，他想了想，添上名字，叫“重逢”。又趁着兴致，满含深情地轻声读了一遍。

重　逢

远归再聚哟！
还在那青山环抱茅屋里。
久别重逢哟！
又在这人来人往尘世中。
月儿般遥远的忧郁，
谁道莫名？
江河般不息的悲泪，
孰能断流？
一见如故哟！
相知相惜。
一梦如约哟！
同悲同喜。
别问我为什么情迷，
我相信天遥地远的相许。
爱恋如山水缠绵永无止期！
别问我为什么流泪，
那是命运中悲伤的咏叹！
是凄风苦雨浸湿的吟哦！

我捧着你如花含露的脸，
心里对你说，
我不能没有你，
我要把你带进我的生命里。
你凝视着我，无语，
双眸如泪泉满盈；
我呼唤着你，战栗，
心潮似江涛涌起。

别来无恙，相思悠长。
残曲今续，此生依然。
一丘一壑，携手春秋；
一草一花，朝露晚风；
一觞一咏，望月听涛；
一琴一瑟，音韵激荡。
重逢路上，执子之手。
不再彷徨，不再忧伤。

李红磊合上诗集，躺回床上，双手枕着后脑勺，想着什么，却又想不出什么。伴着一种幸福中藏着忧伤，忧伤中又带着幸福的奇怪感觉，他渐渐地进入了梦乡。

梦中，他同昕燕在那棵大树下并肩坐着看月亮，周围安静极了。昕燕的头靠在他的肩头，柔美悠然。一阵奇怪的馨香轻轻地在空气中流淌。李红磊深深地呼吸着这香味，感觉着昕燕身体的绵软。突然他感到自己兴奋异常，一下子就紧紧地抱住了昕燕，激情在全身撞击。他想控制自己，就赶紧放开昕燕，可是就在这一瞬间，他感到自己像火山口一样地喷发出炙热如火的岩浆。怎么会这样呢？他非常震惊，深深地自责着，羞愧得心慌意乱。毕竟平生第一次拥抱女孩，第一次拥抱自己的爱情，可怎么就会出现这样不雅的荒唐之事呢？

他惊醒过来，天还没有亮。满身的汗水，下面湿了。再也不能入睡，这种来自灵魂里的幸福冲动让他既兴奋又不安。他睁开眼，看着黑暗中低矮的篾席天花层，一直到天明。

第十一章

1

李红磊到石板坳插队前，曾是竹市第九中学的红卫兵飞虎队队长。两个多月前的一个早上，他刚结束早训练，正蹲在学校食堂里端着一个大碗喝粥，听见有人在外面喊他：“红磊，有人找！”

李红磊放下碗从食堂出来，迎面碰见一个队员领着一个人已经来到跟前。来人自称是红卫兵总部飞虎队派来送通知的，满头大汗喘着粗气看样子是跑步来的。那人急急忙忙地说：“总部有重大的紧急任务，要你们学校飞虎队到一中集合，具体任务等你们到了有人交代。”说完从军装的上衣兜里掏出一张纸条递给李红磊。

李红磊打开纸条，盖着红卫兵总部大印的手写通知上说，有重要批斗任务，要求必须在八点半准时到达总部所在地竹市第一中学集中。

李红磊立即集合飞虎队，简短地说了一下上级有紧急任务，具体什么任务到了一中才知道。接着，他带着队伍离开学校向总部出发。

连他共二十一个人的飞虎队员们穿着清一色的黄军装，佩戴着红色的袖标，手里拿着统一特制的一米多长的棍棒雄赳赳气昂昂、杀气腾腾地操着标准的军人行军步伐，一路向红卫兵总部快速集结。

十五分钟左右，差不多就到了一中。前面是一中的大广场，“大海航行靠舵手”的歌声冲进耳膜。先到会场的人大片大片地席地而坐，远看像一片黄色的海洋。有人在组织拉歌：“革命不是请客吃饭，不是做文章——革命是暴动，是一个阶级推翻一个阶级的暴烈的行动。”

会场内外人山人海，口号声和拉歌声此起彼伏地冲击着人们的耳膜，震荡着人们的灵魂。排着队喊着口号的人群还在不断地入场，坐到事先规定好的地方后又立即加入到拉歌的热潮中。

李红磊顿时感到一股革命热血直冲头顶，他喊了一声：“跑步走！”队员们立即踩着整齐的步伐，唰唰唰地小跑步进一中大门。已经等在大门口的红卫兵总部的一个负责人走过来迎接，他与李红磊握手后还非常正规地互行军礼，李红磊请他向自己的队员们讲话。

这个人清了清嗓子，就大声喊起话来："今天是一个非常重要的批斗大会，总部把保护主席台的任务交给你们第九中学飞虎队，是对你们极大的信任。希望你们珍惜这次机会，完成好任务。我的话说完了。"

李红磊再次与那人互行军礼，那人急匆匆地走了。李红磊向队员们说："同学们，你们都听到了，今天总部把保卫主席台的任务交给我们，我们一定要提高革命警惕，坚决完成好这次任务。"

大家按李红磊的命令各就各位。李红磊跑上主席台，一眼看见几个人正往主席台正上方挂横幅，横幅上写着："打倒教育系统走资本主义道路的当权派佟向阳！"左边一条标语是："佟向阳必须低头认罪！"右边一条是："敌人不投降就叫他灭亡。"

李红磊心里一惊：怎么，今天是斗佟伯伯？

佟向阳是李红磊爸爸从前在部队时的老战友。从部队到地方后，一直在省教育厅做厅长。平日里常与李红磊爸爸一起下棋聊工作，是个和蔼可亲、会讲很多典故的人。

李红磊前天回家去拿换洗衣服时爸爸还念叨说："不知道老佟被那些造反派关在哪里，现在怎么样了？地方上斗争很凶，我真担心你佟伯伯啊！"

李红磊正想着，突然高音喇叭里一个尖嗓子的女高音又叫喊起来："打倒佟向阳！佟向阳必须向广大革命群众老实交代！佟向阳顽抗到底死路一条！"

然后又是一个普通话不怎么好的男生喊："坚决拥护以毛主席为首的党中央！舍得一身剐，敢把佟向阳拉下马！"

有人"噗噗"地吹了两下话筒，在试音。喇叭发出一声尖厉刺耳的长音，接着开始播放毛主席诗词歌曲：

"小小寰球，有几个苍蝇碰壁。嗡嗡叫，几声凄厉，几声抽泣……一万年太久，只争朝夕，四海翻腾云水怒，五洲震荡风雷激。要扫除一切害人虫，全无敌。"

台下大操场上坐满了各个学校和厂矿单位前来参加批斗大会的人，里三层外三层地塞满了整个操场。墙头上爬满了人，墙外面看热闹的人围得水泄不通。大多数人都穿着新旧不一的黄绿色军装，佩戴着写着五花八门各式各样革命组织名字的红袖章。革命歌声、口号声混杂交错，整个操场乃至整个学校都变成了一个沸腾的、翻滚着红黄绿色波浪的海洋。人们如同参加盛大的节日庆典一样莫名其妙地兴奋异常。

九点三十分，从门外一路开进来三辆卡车，第一架宣传车上的高音喇叭一路不停地喊着口号带头向会场冲过来。围在门口的人群，被守护大门的红卫兵们奋力推开，三辆卡车鱼贯而入。一路上跟在车后面跑来的一批人和先前向两边退开让出通道的人群，立即又像涨潮一样迅速合围过来，大门入口又被堵上了。

每辆车上都有七八个穿着黄军装，戴着军帽、红袖标，腰间紧紧地扎着武装带，表情严肃、杀气腾腾的男女红卫兵，他们一路押送批斗对象游街，最后到达批斗现场。车靠墙角边停下来，批斗对象被连推带拉地弄下车来。宣传车上的喇叭停止了，批斗现场的大喇叭播放毛主席语录歌曲："马克思主义的道理千条万绪，归根结底就是一句话：造反有理。"接着又是男女交替的口号声。

押解来批斗的六个人被拉下车后，立即被早就排队等候在那里不知是哪个学校的红卫兵飞虎队队员们接管。那些红卫兵四个人押一个人，把那六个被揪斗的人连拖带拉地架着向主席台这边跑。李红磊看见佟伯伯第一个被拖下车，他的脚步跟不上那些押着他跑的年轻人，双腿沉重地拖在身体的后面，被那几个人拖上了主席台的正中间。这个位置是专给职位最高、罪孽最深重的揪斗对象预备的。

接着，李红磊又眼睁睁地看着佟伯伯被人反扭着胳膊，按下头去，做成了一个标准的"喷气式飞机"挨斗姿势。有人从主席台旁边拿出一块早已准备好的，小方桌面一般大小，白底黑字，名字上打着大红叉的木牌子，猛力地从佟伯伯头上套下去。一根细铁丝吊着那块沉重的牌子立即深深地陷进佟伯伯脖子上的皮肉里。

李红磊又是一阵心痛，难过地看着佟伯伯。六个挨批对象都表情痛苦地被架成喷气式飞机后，总部主持批斗会的人突然对着本来音量就很大的麦克风严肃大声地喊着："批判以佟向阳为首的旧教育厅内一小撮走资本主义道路当权派的斗争大会现在开始。"

话音刚落，刚才还闹哄哄的会场立即安静下来。随即，喇叭中的女播音员开始引导革命群众喊口号："敬祝伟大导师、伟大统帅、伟大领袖毛主席万寿无疆！"男播音员又喊："祝林副统帅身体健康，永远健康！""史无前例的无产阶级文化大革命胜利万岁！"男女播音员交替喊着，广场上万众同声，如钱塘江大潮冲击堤岸一浪接一浪地呼应，像铺天盖地的滔天巨浪轰响激荡着周围的天空，如同海啸雷霆。

李红磊心里紧张起来，内心斗私批修的念头始终没有战胜自己对佟伯伯的感情，心里充满了担忧。这时，两个站在佟伯伯身后的红卫兵突然一起用力把佟伯伯的双肩向下按压，另外两只手分别抓住佟伯伯双腕往后背上方使劲一提。

佟伯伯大叫了一声，豆大的汗珠子从头上顺着脸滚了下来。李红磊的右脚不由自主地向前冲了一步。他心里焦急，知道佟伯伯的右胸部中过弹，战争年代医疗条件差，虽然保住了生命，却多年一直疼痛难愈。他的左肩胛骨中还有一块弹片取不出来，一直牢牢地嵌在骨头里。后又因伤口发炎引起粘连，他的左肩上臂多年来一直无力，而且也一直疼痛。李红磊想，佟伯伯现在被架成这样，那手臂肯定钻心地疼痛。还有他的腰也受过伤，像这样长时间地弯着可能真会旧伤复发。李红磊呆呆地看着佟伯伯，心里着急，却一点办法都没有，还得敷衍着跟着举臂呼喊口号。李红磊几次想过去让揪佟伯伯的那两个人轻点拉，不要这么用力地按压他。可是他不能过去，台下情绪激动的人群像一群被捅了蜂巢的马蜂，充满着愤怒和疯狂。只要李红磊敢上前去帮佟伯伯，那些人就会冲上来把他们全撕成碎片。那样不但帮不了佟伯伯，还可能会害了佟伯伯，会影响到自己的父母和家庭。怎么办？一时间他脑子里一片空白。想不出什么办法，只好僵直地站在那里，仿佛什么也看不见一样面对着眼前发生的一切。

批斗大会开始了，事先安排好发言的人一个接一个走马灯似的上台发言，然后又是一阵一阵的口号声，批斗大会热烈地进行着，时间好像走不动似的缓慢。两个钟头过去了，终于，大会宣布群众自由批判开始。这就意味着批判大会进入尾声。李红磊松了口气，人们开始自由上台念批斗文章。有些人上了台，因为紧张而全身战栗得比挨斗的人还厉害；有的人操着结结巴巴的方言与普通话混合起来的口音，前言不搭后语地念着谁也听不明白的批判文章；一些人跑上台来对着麦克风胡喊几句口号就又匆匆忙忙地跑下台去，站在那里自己激动半天。李红磊不断扭头去看主持人，希望他们立即宣布批斗会结束。

又有一个人手里拿着一张纸上台来，一直控制不住筛糠一样颤抖的身体。他用蹩脚的普通话喊叫："走资派别猖狂，老子叫你见阎王。" 台下又是一片排山倒海般的呼应声。突然，那个人朝佟伯伯扑过去，对着佟伯伯的小腿后膝弯部狠狠地一脚踢过去。佟伯伯被踢得朝前一冲，大叫一声"啊呀！"就通的一声跪倒在地。幸而那两个人狠劲地架着佟伯伯，佟伯伯才没有被踢摔到台下去。那个人还要动手，已经冲过去的李红磊不顾一切地抓住那个人的手臂反扭过来，把他连拉带搡地推到一边才放开他。李红磊难以掩饰愤怒地对他说："要文斗不要武斗！马上离开主席台！"

李红磊推拉那人时，台下人群中有一点小小的骚动，随着他们离开主席台中心后，那点骚动就自然平息了。大家注视着继续上台发言的人。没怎么在意台上刚才被拉到主席台边上的那个人在干什么。巨大无比的口号声浪盖过了所有的声音，震耳欲聋，庞大的人群仍然处在极度的亢奋中。

主席台后面的另一个梯口旁，那人朝着李红磊愤怒地吼道："你把老子拉到这里来干什么？他是走资本主义的坏蛋，你他妈的还护着他。你的阶级立场到哪里去了？"

李红磊愤怒地说："滚下去！"

那人凶恶地说："你他妈的要不是个混进红卫兵队伍的保皇派才怪。"

李红磊压低说："快滚！不然就对你不客气了！" 说着，用眼睛示意地看了看他的飞虎队员们。

那个人顺着李红磊的视线看过去，见两个飞虎队员手里提着长棍子从主席台侧面走了过来。看来，只要这个戴着队长袖标的人一声命令，他们就会动手抓人。那人觉得情况对他不利，骂骂咧咧地朝主席台旁边的楼梯跑过去。一边跑一边回过头来用手指着李红磊说："你给老子等着，老子会找你算账的。"接着就一溜烟地跑下楼梯钻进人群中没影了。

批斗会仍在继续，李红磊看见刚才架佟伯伯飞机的人已经换成另外两个了，大概是手拉酸了。可是，跪在地上的佟伯伯的双手还是被高高地反剪着。大颗大颗的汗珠顺着佟伯伯头上流到脸上再滴到他面前的地上，像漏水的水龙头不停地流着。他脸色青紫，嘴唇发乌，大口大口地喘着粗气，全身上下一个劲儿地哆嗦着。

李红磊知道佟伯伯正用尽全身力气支撑着随时都可能轰然倒下的躯体。

李红磊立即跑到主席台旁边，向坐在主席台上主持会议的那个人建议是否能让佟向阳换个姿势，这样老架着会不会出问题？

那个人并不答话，眼睛斜看着李红磊好像在思考着什么问题。而坐在主席台上的另一个人眼睛也同样斜睨着李红磊，打着官腔说："你是负责维持主席台秩序的，去干好你自己的事就行了。"

李红磊很着急，但是没有办法。只好赶紧又从旁边绕到台前侧面，想等着会议一结束，就赶紧冲过去扶住佟伯伯。

就在这时，一个初中生模样的男孩臂膀上戴着个红卫兵袖套，跑上台来对着佟伯伯的脸啪的就是一个耳光，说："打死你这个死不改悔的走资派，批斗你这么久了，连一个错误都不承认。"有个大人把麦克风凑到他的嘴前，他对着台下哭着说："我爸爸原来是一个中学老师，工作勤勤恳恳的，是个老实人。这些坏蛋走资派，为了完成指标，把我爸爸打成了右派，反党分子。我爸爸想不通自杀了，我妈妈气疯了，后来也死了。要不是我家亲戚收留我，我也早就饿死了。"说着又呜呜地哭起来："你还我的爸爸妈妈，你这个死不悔改的走资派。" 一边哭一边骂，一边又开始抽佟伯伯的耳光。佟伯伯的高帽子被他打掉在地上，露出难看的阴阳头。

台下的人群骚动起来，那个中学生的哭诉比所有的批判发言都让人激愤。这时，台下有人大声叫骂，有人高喊："迫害有罪，罪该万死！"有人喊："冤死好人，该当何罪！"有人喊："打死走资本主义的当权派，让他们见阎王！"

人潮涌动起来，可怕的事情瞬间就发生了，一股人群突然像海浪一样涌上主席台，整个会场立即陷入失控的状态。

台下的飞虎队被挤得退到了主席台上。李红磊拼命地带头想拦住人群，可是人多势众，他们飞虎队的这点人根本无法阻拦，反而被汹涌的人群挤到主席台的角上无法动弹。

冲上台来的人开始对被批斗的六个人拳脚交加地痛打起来。有人高喊:“打死这些落水狗!”佟伯伯是被打得最多最重的，因为他在被批斗的人当中官最大，犯的罪肯定就最多。群众的革命逻辑简单而直接。

喇叭里面有人无力地喊了几声“请大家遵守革命纪律，请大家退到台下去”就不喊了。接下来一个劲地播放革命歌曲，不知是想煽动狂热的人群，还是想掩盖会场的混乱。李红磊看见那两个男女播音员跟着几个先前坐在主席台上的人慌慌张张地从后梯下去走了。

他们跑了？不管了？李红磊心里焦急万分。他几次试图拨开人群去救佟伯伯都进不去。正在这时，突然看见佟伯伯的大女儿佟爱华和小女儿佟苏华站在主席台下，抬头悲伤地看着台上混乱激愤的人群殴打她们的爸爸。怕被熟人认出惹来祸端，所以不敢大声哭，同时还要尽力遮掩着不断流出来的眼泪和难以控制的抽泣声。李红磊赶紧跑下主席台，想让她们赶快离开这里。

当李红磊跑到她们跟前时，她们却用仇恨的目光看着李红磊。佟爱华咬牙切齿地瞪着李红磊，她怕引起别人注意，就压低声音对李红磊骂道:“你这个踩着别人的尸体往上爬的畜生，你不得好死。你有什么好得意的，你爸爸只不过是个共产党的俘虏兵，迟早要被揪出来的。要不是我爸爸他早被拉去枪毙见阎王了。你妈也不是什么好货，一个美女蛇特务，你们就等着遭报应吧。你这个翻脸不认人的狼崽子、卑鄙小人。呸!”骂完，拉着妹妹佟苏华一边哭一边跑了。

李红磊被她骂懵了，呆呆地站在那里，脑子一片混乱。后来一想，爱华大姐可能是看我站在批斗佟伯伯的台上，还跟着举手喊打倒她爸爸的口号，就误会我了。爱华姐就是个炮筒子脾气，她是在北方老乡家长大的，没有读过什么书，气糊涂了就胡乱骂人。等这边事完了，我抽空去她们家解释一下，话明气散嘛。想着，李红磊回过神来，抬头见台上完全混乱了，打闹越来越厉害，而且人群主要集中在中间佟伯伯站的那个位置。他想，我先挤进去看看情况再想办法，想着，李红磊不顾一切地冲上台去，死命拨开人群钻进去一看，佟伯伯倒在地上，头枕着那块挂在他脖子上的木牌子上。那根细铁丝竟然拉断了木牌子上的洞，脱离了佟伯伯的颈项。此时，佟伯伯侧卧在地上已经不省人事，脖子上鲜血淋淋。连那两个架他飞机的人也被挤得站立不稳，一个半跪在地上，用手招架着打在他们身上的拳脚。

李红磊的飞虎队员们在人群外面又拉又拽地想维持会场秩序，可是，被煽动起来的人群激愤地喊着:“打死他!”

越来越多的人继续往人堆里挤。人堆中间，那些人对着佟伯伯躺在地上的身体又骂又打又踢。李红磊用足了全身力气一边挡住那些人，一边大声地喊:“要文斗不要武斗!”可是那些人根本不听他的。李红磊的背上挨了好些乱拳，突然屁股上又被狠狠地踢了一脚，他一下子摔扑在佟伯伯的身体上。佟伯伯一动不动，身体对那些打上去的拳脚没有一点反应。李红磊想，为佟伯伯挡这些拳脚值呢。不过得赶快想办法，不然佟伯伯会被活活打死的。

李红磊用尽全身力气从人堆里面拱出来，朝主席台跑过去。这时，仍然还在主席台上没走的几个人都站起来，有的踮着脚尖向人群汹涌的地方看，又有两个人下台走了，李红磊看见其中一个是早上接待他们的人。他赶紧对还在主席台的人说:“佟向阳已经不省人事了。他嘴唇发乌，口吐白沫，要赶快喊话制止那些人，不然怕要出人命了。”

那个人带着一脸的鄙夷说:“别管他，多半都是装死来吓唬革命群众。他们这些人平时好吃好喝的，日子过得多舒服，哪会这么不经事，装的。就是想逃避革命群众的批判斗争。”

李红磊一听就急了，说:“不是装的，他已经完全昏迷过去了，要送医院。他有严重的心脏病，他从前立过很多战功，全身都是伤。要赶快用喇叭喊话，制止武斗，让那些群众下台去。”

另一个人用严肃得几乎恶狠狠的眼光盯着李红磊，怀疑地问:“哎，这就怪了。他是你什么人让你这么着急上火的？你可是个队长！批判现场乱成这样，“文革”以来从来都没有发生过，是不是有人蓄意破坏还很难说。作为现场的保卫，你有重大的不可推脱的责任。”

一个女的说:“革命群众愤恨走资派，斗争过火点，甚至有点过激的行为，都是很正常的，你三番五次地跑来为佟向阳说情，我们不得不怀疑你的立场和动机。”

李红磊知道跟他们说什么都没有意义了，他们根本不在乎佟伯伯的死活。他把心一横，想，大不了不当飞虎队的头了，只要自己心里是忠于毛主席和毛主席的革命路线的就行了。他不再犹豫，返身冲向那堆疯狂的人群，拼了命地钻了进去，把佟伯伯拉起来架在自己的右肩背上，高喊着:“要文斗不要武斗！出人命了，快让开!”

那些人看见是保护会场的红卫兵飞虎队的人架起了走资派，大声喊着出人命了，就不由自主地松动让开了一些。李红磊乘机拖架着佟伯伯往外挤，他快速地变换了一下体位，用劲把佟伯伯往自己的背上拉。这时他感觉有人在后面帮了他一把，还帮他推开人墙，他也来不及看那人是谁，背着佟伯伯挤出人墙，大步朝主席台下跑去。

有人见是一个红卫兵背着走资派在前面跑，后面还有一个大块头的红卫兵护着跟着跑，就傻眼了，一时没有反应过来是怎么回事，有几个人反应过来后就跟着追。李红磊在主席台楼梯的转弯处回头看一眼是否有人追来，隐隐约约看见一个队员在主席台的阶梯口拦住了那些跟着追的人。这时李红磊已经下了主席台，就加快脚步朝一中后门的方向跑去。前门是肯定出不去的，所有人都集中在前面，后面一定没有什么人，只能走后门试试看，而且后门离医院近得多。到了后面一看，果然没有人，门大开着也没有人把守，大家都到前面看热闹去了。李红磊松了口气，把背上的佟伯伯向上颠了颠，深吸了一口气就加快脚步朝后门外跑去。

2

一中的后面两条街外就是省人民医院，李红磊拼命朝医院跑着。怕后面的人追赶，他真的是用尽全身力气奔跑着。满头大汗的他，跌跌撞撞地冲进医院急诊室后，人家一看他背来的是一个被剃着阴阳头，全身衣物肮脏不堪的人，马上就明白这人一定是个牛鬼蛇神，都爱理不理的。李红磊满头大汗地背着佟伯伯左说右求的，一个年轻医生这才站起来，走到门外，用手指了指急诊部走廊靠尽头角落里的一张床。李红磊赶紧用尽全身力气背着越来越沉重的佟伯伯，踉踉跄跄地向那张病床靠过去，心想，总算可以抢救佟伯伯了。

那张病床上污迹斑斑的被单散发着一股死鱼般的腥臭，看样子好久都没有换过了。他把佟伯伯放在床上，又把臭气熏天的被子拉过来盖在佟伯伯身上。

佟伯伯一直都没有醒来，青一块紫一块的脸上双目紧闭。右眼裂开的眼角流出来的血把半边脸和被剃光头发的那半边阴阳头全都染红后又结成了血痂。他的脸色越来越紫黑，完全乌黑的嘴唇半张着，只有出气没有进气。喉咙里呼噜呼噜地响。李红磊喊了几声佟伯伯，他也没有任何反应。看见佟伯伯这个样子，李红磊心里好难受，不觉眼泪也出来了。他想，得赶快找医生来救人。于是，他看了看佟伯伯，就赶紧一边擦眼泪，一边着急地朝急诊室那边跑，想请医生赶紧过来抢救。医生们都在政治学习，一个坐在门边的护士不耐烦地说:“到那边等着去。”

李红磊着急地说:“人快不行了!”

那个护士头也不回地说:“雷打不动的政治学习，到一边等着去!”说完就把身子一扭，再也不理李红磊了。

万般无奈的李红磊纵然心急如焚，也毫无办法，只好又跑回到佟伯伯的床边等着，大声喊着佟伯伯，怕他死了。结果等了十几分钟也不见医生们有什么动静，好像忘记了这里有个等待急救的病人。

李红磊又跑去喊医生，急诊室里却没有人了。李红磊这才明白，原来人家是使招把他支开。他又楼上楼下地找了几个房间，那些医生不是在辩论、批判，就是在读社论，读毛主席语录。到处乱哄哄的，他怕佟伯伯出事，又赶紧跑回佟伯伯的床前。

李红磊控制着满腔的愤怒，急得像热锅上的蚂蚁似的到处乱撞。几乎是看见穿白大衣的就上去说佟伯伯快要死了，请他们救一下。可是没有人愿意跟他去看佟伯伯。李红磊站在佟伯伯的床前，一边大声喊着佟伯伯一边用眼睛到处找医生。就在这时他看见从走廊那头走进来一个穿白大褂的人。只见他抱着一个大包袱吃力地朝这边走。

李红磊一看见他，就想，这个人虽然是个打杂的工人，但是他总知道找医院的什么科室抢救佟伯伯。想着他就朝那个人冲了过去："同志，那边有个病人昏过去了，可是没有医生来救他。我到处找医生，他们都不管。急诊室又没有医生。你能不能告诉我在哪里能找到医生？谢谢你了！"

那个人把脸从大包袱后朝李红磊这边转出一半来，李红磊这才看清是个老头，赶紧说："老同志，我送来的病人情况很急，就是找不到医生，你能帮我找个医生看看吗？"

那人听后摇了摇头说："今天上午通知到医院食堂去斗争反动学术权威，各科室都要参加，只留值班的。有的值班的是护士或者实习生，有的就留个平日里打扫卫生的工人，你找到哪里都不会有人来看病人的。现在到处都在搞革命。我可以跟你去看看，但是我没有处方权，看了也是白看，开不了药呀！"

李红磊一听，原来站在眼前的是个老医生，他真想给这个老医生磕头，赶紧说："请医生过去看看，谢谢你了！"

老医生说："病人在哪里呢？"

李红磊用手指了一下那张孤零零地放在走廊尽头的病床，顺手把老医生手中的大包裹接了过来。

老医生的手上没有了大包袱，立即轻松了很多，他说："谢谢你，小伙子。我抱着这个大包袱连路都看不见，这下好了！"

老医生跟着李红磊走到佟伯伯的病床前，一看，说："哎呀！是佟厅长啊！怎么弄成这个样子？"

李红磊一看他认识佟伯伯，心想，佟伯伯有救了，这么巧！就赶紧把佟伯伯被打的情况大概讲了一遍，并请他赶快抢救佟伯伯。

老医生走近佟伯伯，拉起他的手来诊脉，连连摇头叹气说："情况很严重啊！怎么把人弄成这样？"

接着又翻开佟伯伯的眼睛看了看，着急地说：“佟厅长有生命危险。你快帮我把这个大消毒包送到门诊外科治疗室，就在急症室门对着的那个走道尽头，拐左第一间屋，进去放在台上就行了。”说完，老医生几步小跑、几步疾走地朝急诊室那边赶过去。

李红磊按照老医生的吩咐，扛着那包东西飞一样地朝外科门诊治疗室跑去，到了那里，李红磊把消毒包往一个靠窗的台子上一放，就跑了出来。

接着，他又百米冲刺般地朝躺着佟伯伯的那一头跑回去。到了那里一看，老医生已经拿来了血压计、听诊器，正在查看佟伯伯的伤情。李红磊心里感激，嘴里一个劲地说：“谢谢医生！谢谢医生！”

老医生头也不抬地说：“打他的是些什么人？怎么下这么重的手？你看他头上、脸上、身上，到处都是出血和瘀血，他昏过去有多久了？”

李红磊说：“快有一个钟头了。我到处都找不到医生，幸好碰到你，请你一定要救他。”

那老医生好像这时才有空正眼看一下李红磊，他满眼疑惑地看了看李红磊手臂上的红色的飞虎队队长袖标，又迅速移开视线，说：“他有心脏病，血压一向都高，这些年来，我一直给他看病，对他的情况很熟悉。现在他的头肿成这个样子，很可能颅内大量出血，脑水肿，一旦压迫中枢神经就没救了。这种情况要开颅抢救，还要考虑他心脏病发作，手术风险很大，一定要亲属签字。我认识他家老林还有他的孩子们，你得赶快通知他家属来，现在我立即去请示医院革委会组织抢救。你快去，晚了就来不及了。”

李红磊跑到佟伯伯家时，佟家兄妹都不在家，只有老姨妈一个人。她听信了佟爱华的话，不分青红皂白地把李红磊狠狠骂了一顿，撵了出来。李红磊只好赶快去找爸爸，当他和爸爸赶到医院时，佟伯伯已经过世了。

第十二章

1

李红磊父子一直帮着佟家料理后事，当天下午从医院到了火葬场殡仪馆。李红磊的爸爸一直守着自己的老友，悲伤至极。佟伯伯原来的老战友、老下级和一些朋友得到消息后也来了。

人们聚在一起压低声音悄悄地议论着。

一个沙哑的声音说:“不知道这个运动还要怎么发展，简直没有停的迹象。”

一个细细的声音说:“真不知道上面是什么意思。”

一个带着浓重的山东口音的人说:“这样搞运动，啥时候是个头啊?”

李红磊听见他认识的一个阿姨说:“我一个同事的爱人一直是他们单位的先进人物，从前还被选去北京人民大会堂见过毛主席。‘文革’一开始就被人揭发隐瞒了参加过‘三青团’的历史。好家伙，揪斗游街，隔离审查。受不了了，害怕了，就从窗子往外一跳，死了。我这个同事身体不好，有心脏病，常年打针吃药，知道男人死了，一急犯了病，没救过来，也跟着走了。留下四个娃娃，最大的还在读小学。好可怜呢!”

那个声音低沉的男人说:“唉！多了！哪个庙里没有几个冤死的鬼。说是自杀的，也不一定。把别人给打死了，再说成是畏罪自杀。我听见好几起这种事了。还有那些抄家的黑打手可是发了横财了，把人家值钱的东西都拿走，什么文物古董啊，古书字画啊，也不知都拿到哪里去了，无法无天啊!”

那个像捏着嗓子眼说话的声音说:“不把命拿走就算幸运了，拿走东西换命也值啊!”

“就怕蚀财不免灾，蚀了东西照样换不了命啊！还有杀人灭口这一说呢。”那个沙哑嗓子的女人说。

细细的声音说:“为什么老搞运动啊？这么多年大家都搞怕了！谁不会说错句话、做错点事啊？又不是神仙。”

“天知道！别想这么多了，活一天看一天吧！说不定哪天就搞到自己头上了呢。”那个操着浓重的山东口音的人说。

大家交头接耳地小声议论着，眼睛还警惕地四处张望着，好像都在提防着什么。

来给佟伯伯守夜的人挤坐在角落里打了几个盹却讲了一夜的悄悄话。有个好久没有见过的地方上的熟人天黑的时候来了，他一直在同红磊爸爸小声聊着，下半夜告别的时候，他神情凝重地对送别的人说：“我得趁黑回去了，大家各自保重！想去拜望各位朋友，又怕人说是反革命小团伙，想不到老佟让大家在这里相聚了。下一个躺在这里的如果是我，也欢迎老朋友们到此一聚。”说完他自己的眼圈红了。

红磊爸爸与其他人都红了眼圈。他的幽默没有引来笑声，却引起了大家的忧伤，都知道他说的也许会成为事实。他双手抱拳向大家拱了拱，就走了。留下的人眼神凝重、神色悲伤地又重新开始交头接耳地说着悄悄话。

第二天上午，李红磊见帮忙的人多，就对佟伯伯的儿子佟建国说：“建国，我想抽空回学校去看看。”

佟建国想了一下说：“我看你这次够呛，最好别回去，也许人家正守株待兔呢。”

李红磊说：“不要紧，大不了不当那个队长了，我还有点自己写的东西在那边宿舍里得拿回来，怕别人看了钻空子。”

佟建国说：“我估计你那边凶多吉少，能不去最好别去。你想想，你愣把我爸从批斗现场抢走了，他们肯定要借这个事做文章。你到校后先别进去，在外面看看动静再说，发现不对劲就赶快离开。现在这里人多，你爸叫来帮忙的几个士兵也很尽力。我爸的遗体下午三点才火化，你三点钟以前赶回来就行了。”

佟建国的话被悲痛地守在老战友遗体旁的李红磊爸爸听见了，就接话说：“红磊，你千万不能再回学校去参加那个打砸抢的飞虎队了，等学校开始正规上课再去。免得把自己的名声弄坏了，将来怎么收场？”

李红磊说：“爸，你别担心，我抽空去看看，安排一下就回来。”

李红磊爸爸一听就有点火，说：“安排啥？都是帮瞎胡闹的傻小子。他们爱闹他们闹去，你不要去了，没听建国说吗？你这是去自投罗网。”

李红磊说：“爸，我现在还是队长，我得回校去看看情况，对上级红卫兵组织也要有个说法，你不要担心。”

佟建国说：“李伯伯，红磊想去就让他去看看吧！到了学校小心点就是了。”

李红磊爸爸说：“他根本用不着到学校去了，去了就被人家逮个正着，不去也就等于自动脱离那些无法无天的组织了，他们还能拿你怎么样？”

李红磊说：“爸，我还是抽个空去看看，我不想让人说我敢做不敢当。”

佟建国说：“倒不怕谁说什么，就是去看看心里好有个数。”

李红磊爸爸说：“建国，让他在这里好好陪陪他佟伯伯，也给你父亲认个错。当时他在现场，没有保护好你爸爸，他有责任。”

佟建国说：“李伯伯，不怪红磊，他在那种场合是在执行任务。冒死把我爸背出来，已经闯下大祸。他实在想回去，就让他去看看。他知道自己该怎么做的。”

李红磊爸爸说：“我就是不想让他回那个不上课，光批判整斗老师的学校。我一看见他戴着那个鬼飞虎队的袖章就来气。他跟着人家去打砸抢抄抓瞎胡闹，一旦闹出人命来就说不清了，这样的人和事我见多了。建国，你让你们学校的红卫兵开除了倒好，这样你就不会去干那些亲者痛仇者快的事了。”

李红磊说：“爸爸，你不了解情况。我参加的是红卫兵的飞虎队，是捍卫毛主席思想的正规红卫兵。不是那些自发组织的假红卫兵。更不是那些借红卫兵之名，行打砸抢之实的流氓。”

李红磊爸爸见儿子不听劝，就突然发起火来，激动地吼着说：“讲了这么多，你还是不听，非要去自投罗网，去那个什么都不是了的学校，还在这里唱高调，你懂什么呢？什么正规不正规，还不都是一样的货色。现在谁不知道那些红卫兵飞虎队是干什么的？抄家，抢东西，打人，那不是明火执仗地犯法吗？”

李红磊见爸爸大声呵斥自己，心里委屈，也就冲动起来，顶撞道：“随你怎么说，反正我们学校的飞虎队没有做坏事。”

李红磊爸爸急了，“你还在这里狡辩，看看你佟伯伯，不就死在你们这帮狗屁不通、被坏人利用做了坏事都不知道的毛头孩子手里。”

“我又没有干什么坏事！”李红磊嘟囔着又顶了一句。

“趁现在还没有干什么坏事时退出还来得及，谁说什么都不要管。回家待着，什么组织都不要参加，免得运动后期搞清算时说不清。这档子事我清楚。”李红磊爸爸坚持自己的意见。

“爸爸，我为什么要自己退出红卫兵组织？我是队长，我能把握住自己和队员们不干那些坏事。你能不能不那么主观臆断？”

“什么？我主观臆断？你简直是不知天高地厚，忘乎所以了！”爸爸又大声地吼了起来。

这时，正跟几个女人在一起做白花的李红磊妈妈见这对父子红了脸，就赶紧过来劝丈夫说：“老李，孩子不懂事，你跟他说什么运动不运动的，幸好这里都是自己人，要不然又要出问题了。你还嫌我们不够麻烦呀？”

另一个阿姨说：“老李啊！隔墙有耳，小心给你扣帽子。”

接着那些人就七嘴八舌地说起来。

"现在这些孩子真不听话。我家的那几个孩子也这样，成天地辩论争吵，满嘴的革命大道理，真不知道吃了什么迷魂汤，等吃了亏就知道了。现在跟他们讲没用，管他们去呢。"

几个女人一边做白花一边嘴巴快速小声地运动，继续小心地交换着她们知道的各种小道消息和秘密。

李红磊心里非常不高兴，长这么大还从来没有被父亲这样大声地训斥过，而且还是当着佟家姐弟和其他人的面。他想起昨天去佟伯伯家时，挨了老姨妈一顿莫名其妙的打骂后被撵出来的事情。越想越心烦，越想越感到无地自容，气也就跟着窜了上来。他话赶话地回嘴说："我参加什么组织都是我自己的事，父亲也得讲道理。我尊重你是长辈，什么事该做，什么事不该做，我有自己的判断，请不要横加干涉。我知道佟伯伯遭受不白之冤过世了，你心里很难过，可是我也尽力了，我也很悲痛呀。你不能因为这件事就把整个'文化革命'否定了，运动中虽然出了些问题，但大方向是正确的。"

李红磊爸爸一听，一直压着的火一下子就窜了上来。他吼着说："好啊，你这小子，学会造反了！你要大义灭亲造你老子的反了是不是？你说大方向是正确的，你让我怎么接你这个话？说你老子否定'文化大革命'，你干脆给你亲老子戴顶现行反革命的帽子算了。你学着那些人的口气教训你老子，给你老子上纲上线，上政治课，你真行啊你！你还有什么帽子要给你老子扣的？你是不是还应该去揭发你老子讲了反动的话？你这个鬼迷心窍的东西！"

佟建国一看父子俩冲撞起来了，就赶紧劝解道："李伯伯，别生气，现在各处的学校都是这样，也不是红磊一个人参加红卫兵组织。我被红卫兵组织开除时，心里也是很长时间都调整不过来，非常不好受，觉得自己好像被组织抛弃了一样。大家都有这个过程，我相信红磊会选择的。"

李红磊的妹妹红英、红玉，还有佟爱华、佟苏华她们也跟着来劝李红磊和红磊爸爸。李红磊妈妈气得站在一边直发抖，话都不知道说什么好了。她气丈夫不顾场合地发脾气，更气儿子这么不懂事，知道自己爸爸在气头上，不吭声走开不就行了吗？弄得在这么悲伤的灵堂上当着这么多人的面丢人现眼的，真让人笑话呢。还不知道佟家的人怎么想，真是气死人了！

李红磊爸爸正在气头上，哪里听得进劝，又气冲冲地说："他懂什么呀？自以为戴着那个鬼袖章神气，自己都不知道别人用什么眼光看他，真是把家里人的脸都丢尽了。还恬不知耻地在那里觉得多了不起，多光荣似的。"

别的人也过来劝。李红磊爸爸这才住了嘴。其实他既是骂儿子，也是借个由头指桑骂槐地为老战友的冤死出口怨气。说实话，他心里也多少有点怨儿子。如果你不去当什么鬼飞虎队的队长，不在现场，我也没有这么大的负罪感。老佟可是我的救命恩人呀！要不，我早就做冤死鬼了。现在我这心里怎么过得去呀！都怨红磊，让我愧对老佟。他把对儿子的不满和对“文革”的气都当众撒在了李红磊的身上，心里也有当着那些老战友、老熟人撇清一下、表个态的想法。可是他没有考虑到儿子的感受。

李红磊被父亲骂得羞愤难当，一贯疼爱自己的父亲竟然当着这么多人责骂自己，而且用词这么极端。他也气极了：“我怎么恬不知耻了，我干什么坏事了？我一不偷，二不抢，三不参加国民党。难道我是你的儿子就要随便被你骂？‘三大纪律八项注意’规定不准打人骂人。你还是个现役军人，为什么开口就骂人，只有国民党蒋匪军才开口就骂人。”

本来那句“一不偷，二不抢，三不参加国民党”是小孩子们嘴里乱哼哼的童谣，在这种时候一讲就出问题了。

李红磊妈妈一听儿子的话就傻眼了，这一段时间被人造谣污蔑的气也上来了。走过去就扇了儿子一个耳光，说：“你这个浑小子真是学坏了，敢这样顶撞自己的父亲。别人乱说乱造谣还不够，连自己的儿子都要跟着别人诬蔑自己的亲老子吗？有人还说你妈是中美合作所的特务，你也信吗？如果怕我们影响你的前途，你可以不认我们，我们决不会拖累你，就当我们没有生养过你。”

李红磊今天真是彻底崩溃了，平日里最疼自己的妈妈居然当众打了自己一耳光，话也说得非常绝。他完全不能控制自己的情绪了，对妈妈说：“你们打人，骂人，不讲道理。你们借题发挥，把心里的怨气出在我身上。我没有请你们生我，谁让你们生养我的？”

这时，大家都纷纷围上来劝解。李红磊爸爸见从来都很听话的儿子竟敢当着下级士兵和众人的面这样顶撞父母，竟然还提起国民党、蒋匪军这几个让他一听见就气不打一处来的字眼，他火冒三丈，想冲过去用拳头教训一下这个忤逆不孝的儿子。无奈大家拉住了他，他动不了。于是就不管不顾地把憋在肚子里的，对这场运动的不满情绪通通朝儿子发泄出来：“你这个六亲不认的畜生，还有脸顶嘴。你到处去参加批斗会，看见那些挨批斗的‘走资派’都是什么人吗？那些人里面，好多都是像你佟伯伯一样为建立新中国立过无数战功的英雄！他们好些人的身上还带着日本鬼子留下的伤疤，身体里还有国民党反动派的枪子、弹片。他们好些都是我的战友、熟人。还有那些被打倒的，所谓的‘反动学术权威’，他们中间好些人是国民党用重金收买，用飞机撒传单，天天在电台里喊着点着名字劝着都不肯跟蒋介石去台湾，自愿留下来跟共产党建设新中国的专家学者；

还有一些各行各业里所谓有历史问题的有本事的人，他们中间有很多人是共产党在临解放前就开始通过地下党组织做了大量工作，保证尊重他们的人格，保证他们的生命财产不受侵犯，让他们发挥自己的专长为建设新中国出力而留下来的。现在好了，新账旧账都翻出来了，整得一些人自杀的自杀，疯癫的疯癫。就连一些文化、文艺名人也投湖的投湖，上吊的上吊。生活在全中国的这类人，有多少现在都被搞得家破人亡不像个样子！有多少是在痛苦中熬着！你当了一些别有用心的人的帮凶还不醒悟，还要我怎样教你？如果你一定要去学校，就去把那个飞虎队给我退了。别成天跟着那帮人去干那些让我和你妈妈心里不安，愧对老战友、老朋友，让我们在人前抬不起头的坏事。”

李红磊更急了，说：“我们飞虎队没有干什么坏事，你凭什么要我退出飞虎队？我不退！”

李红磊爸爸眼睛都气红了，说：“你如果真的要坚持继续参加飞虎队，我就没有你这个儿子，你滚吧！”

李红磊眼泪流了出来，从小到大，父子俩从来都没有红过脸，这次简直是翻脸了。他不能接受爸爸的粗暴无理，于是说：“这是你们说的，你们不认我这个儿子，我也不认你们了。”说完转头就往外走。建国、爱华、红英、红玉他们都赶紧拉住他。

大妹红玉流着泪说：“哥，爸爸心里难过，佟伯伯过世了，林阿姨哭晕过去几次，现在还带着氧气袋在那里直喘。爸爸说的是气话，你何必要生气呢？他也是为你好，别赌气了，过一会儿气散了就好了。”

这时，一直没有说话的老姨妈在旁边插嘴了，她冷冷地说道：“红磊，昨天我错怪你了，我心里直后悔。可是现在我真要骂你了，你不听你爸爸的话听谁的话？你要去听那些整死你佟伯伯的王八蛋的话？你爸爸他虽然生气骂你，那都是为你好，他说的话句句在理。你佟伯伯已经躺在这里了，你心里要清楚，回学校去那些人是不会放过你的。你不要人牵你，你不走；鬼牵你，你打圈圈。”

正在气头上的李红磊爸爸说：“老姐姐，别劝他，他现在谁的话都听不进，自以为是。反正他不退掉那个飞虎队，我从今以后就没有他这个儿子。”

李红磊一听简直气得冒烟了，说：“建国，我走了。他三番五次地说不认我这个儿子，那么我也没有这个爸爸了。”说完，挣脱建国的手就朝门外跑去。

2

李红磊心里乱糟糟地回到学校时，正是平日里午休的时间，学校里没有什么人。他一进校门，就见传达室边上的那块宣传栏上贴着一张十分醒目的，用白纸写的“联合通告”。他走过去一看，才发现是针对自己的一个通告。通告正文写道：

李红磊，男，原高三（1）班学生，原任竹市第九中学毛泽东思想红卫兵飞虎队队长，现已解除其一切职务。

李红磊在史无前例的无产阶级文化革命斗争中严重混淆敌我界线，同情反革命走资派，丧失阶级立场。在革命群众批判走资派的斗争会场上严重失职，致使严肃的批斗会场被破坏，导致整个大会会场陷于极度混乱之中。更为严重的是，李红磊还明目张胆地帮助走资本主义道路的当权派佟向阳逃离革命大批判斗争会场。致使一场重要的批斗大会中断，直接破坏了一场严肃的革命大批判。造成的问题和后果特别严重，性质特别恶劣，在全国如火如荼的文化革命斗争中实属罕见。是可忍孰不可忍！为了肃清其反革命流毒，经上级红卫兵总部研究作出如下决定：

一、即日起，撤销李红磊在红卫兵队伍里所担任的一切职务并将他彻底清除出红卫兵队伍；

二、勒令李红磊从该通告发布之日三日内，到校红卫兵司令部老实交代罪行，并写出书面交代材料；

三、上级红卫兵组织将根据本校校革委、校红卫兵大队部的意见对李红磊的问题作进一步处理，并根据李红磊对其罪行的认罪态度决定是否追究其现行反革命罪行和作下一步处理决定。

下面还有几条什么，李红磊不想再看下去了。他心情烦躁地转身离开宣传栏，走到十几步远的篮球场上那个只剩下半截木板的球架下站了一会儿，决定先到宿舍去看看能不能拿走自己的东西，特别是那本诗集。

自从佟伯伯的事发生以来，李红磊已经预想到要受到处分，可能当不了飞虎队的头了，但是没想到连当一个普通红卫兵的资格都没有了。更可怕的是，如果认罪态度不好还有可能被打成现行反革命。一旦成了“现反”，批斗、坐牢都是在劫难逃的。他心里愤怒极了，本想转身离开学校，但是一向高傲自信的他不想让人觉得自己逃跑了，像老鼠一样藏起来了。

而且他觉得自己跟队员们的关系一直不错，去跟他们告个别，顺便拿走自己的东西，应该也没什么。想着，就抬脚向宿舍那边走去。来到飞虎队用作宿舍的那间原来高三老师的大办公室外，正要推门进去，就听见里面的人并没有午休，还在说话。

伍新生说：“李红磊还没有回来嘞，他胆子也真大，自己的老爹是个老牌国民党，老妈又是个中美合作所的女特务，他竟然还敢隐瞒组织，接受红卫兵飞虎队队长的职务，也不怕被发现后揪出来多难看，我看他是不敢回来了。”

一个绰号叫“土匪”的说：“这有什么奇怪的。不是说‘老子英雄儿好汉，老子反动儿浑蛋’吗？他有那样一个老牌国民党的反动老子，那他就肯定是个浑蛋，干点浑蛋事有什么稀奇，真是大惊小怪！”

廖红兵说：“哎，你们几个平时队长长、队长短的，人家李红磊说东，有的人是决不会向西的。你们不都跟着他鞍前马后地讨好吗？现在人家刚倒霉，你们就反水了？真该好好学习一下‘反对自由主义’。”

那个叫“土匪”的说：“就你革命，平日里你不常常当面不服他吗？”

廖红兵说：“我这人就是当面提意见，不在后面搞东搞西的，更不会墙倒众人推，落井下石。”

“土匪”说：“你这么好，为什么上面不让你当队长呢？”

廖红兵说：“我当不当队长关你屁事！我就是看不惯你这种人，捧红踏黑的。前几天还从家里带什么东西来硬给人家吃，今天见人家不行了，马上就在背后贬损人家，什么东西！”

“土匪”说：“你看见我硬送东西给他吃了？你少血口喷人。我倒是真看见你那天帮他护着那个走资派到主席台梯口，你又帮他挡住那些去追的人，要不然他们谁都跑不掉。我没有揭发你，就不错了，你还在这里啰唆什么？”

李红磊心里一惊，原来那天是廖红兵帮了我。如果“土匪”去揭发他，那真的是害了他了。

正想时，就听廖红兵说：“你去揭发呀！你以为我怕你呀。你拿不出证据，就是诬陷。像你这种卑鄙小人，我有的是办法对付你。”

这时，佐高才说：“你们俩都不要吵了，李红磊平时对大家不错，人也和气。现在落到这个下场，也算是到底了。‘土匪’说红兵那天帮李红磊的事，我们大家都没有看见，就别瞎说了。平时都是红卫兵战友，何必呢？现在我们帮不了李红磊，也不至于去投井下石，各人好自为之吧！”

宿舍里没有了声音。李红磊又等了一下，才推门进去。大家见他进来，也都没有打招呼。也许是没有想到犯下弥天大罪的李红磊还敢回来，所以一下子不知道怎么说话。宿舍里很安静，李红磊看见自己的东西通通被乱七八糟地堆在靠门的角落里，那里平时是大家放鞋的地方。床已经被新补充进来的同学占了。李红磊心里想着自己那本诗集，就走过去翻了翻那堆东西。心想，我拿了东西就离开学校，管你开除不开除，三十六计走为上计。他翻了两遍都没有翻到自己的诗集，就站起身来对一个平日里关系很好、叫陆海通的初三同学说：“海通，你看见我一个咖啡色皮的大本子没有？”

没有回答的声音。

这时，睡在上铺的佐高才说：“校革委的几个人来翻你的床时，看见了你枕头下的那个本子，就拿走了。”

李红磊淡淡地对他说：“谢谢你！” 他不想立即对佐高才有很明显的感谢，主要是不想让人感觉到什么。李红磊还是看着抱着一本书躺在床上，样子像是在读书的陆海通说：“海通，我的东西请你暂时帮我保管一下，我去校革委要回我的本子后再来拿。”

李红磊不想请廖红兵或者佐高才帮他，那样就表明他听见他们的话了。虽然是无意听见的，但总归不太好，最主要的是他不想连累这两个仗义执言的人。

这时，令他万万没有想到的是，那个叫陆海通的同学在床上翻了个身，背对着他，生硬地回答说：“你少来这一套，我为什么要帮你保管东西，你以为你还是队长下命令啊！”

李红磊一下子就愣住了，没想到人心这样善变，人会这样势利。屋里还是鸦雀无声。那些人不知道是在想李红磊活该呢，还是觉得陆海通太过分了。糊着报纸的窗户半开着，风吹着一张脱落下来一半，另一半却仍挂在没有玻璃的窗框上的报纸哗啦啦地响，像嘲笑的声音一样。

李红磊正想摔门而去，这时，靠门后面上铺的廖红兵说：“红磊，我帮你保管，你去拿本子吧！有事要帮忙喊我一声。”

李红磊谢了他一声，就拉开门出去了。一路上，他想，平日廖红兵并不十分亲近自己，有时还对一些行动的安排说三道四。他不太合群，总有自己的主见，一般人都不太喜欢他，好像他总跟别人拧着劲。他是一个支边干部子弟，好像老跟南下干部子弟不睦。可是，到了这关键时候，他不但暗地里帮了李红磊，而且还批评那个“土匪”的言行。现在，他不怕受牵连，又主动表示愿意帮助李红磊，在这人人自保的节骨眼上真是太难能可贵了。这个廖红兵是个讲义气的正派人啊！还有平日里那个很内向，又不太说话的佐高才也是个好人啊！真是到了关键的时候才能看出人格品性。李红磊心里感叹着。

3

李红磊一路想着，不知不觉地就来到了校红卫兵革命委员会办公室，“文革”前这里曾是十多个老师集体办公的地方。现在，这里很清静，成了只有一个人坐在里面发号施令的校红卫兵指挥部。它既是校革委，也是校红卫兵大队部头目的办公室。

门大开着，他一眼就看见那个身兼两职的革委会主任，校红卫兵大队队长，同班同学史春梅。她不睡午觉，坐在面对大门的办公桌后，手里捧着本《毛主席语录》在认真地看。这个史春梅虽然是李红磊的同班同学，但平日里却很少接触。李红磊知道她的发迹史，心里对她有些鄙夷，所以一直都不太搭理她。

他走进去，木着脸，开门见山地说："我来了，我的事你看怎么办吧！本人听候处理。"

史春梅抬起头来，看了看李红磊，有点吃惊。想不到李红磊还敢回学校来，心里感觉有些奇怪，她合上那本打满了勾，折了很多页角的红塑料皮《毛主席语录》，拉开抽屉放了进去。就在她拉开抽屉时，站着的李红磊居高临下地看见了自己那个咖啡色锦缎皮的大笔记本躺在史春梅那个很空的抽屉里。

我的诗集已经被交到她这里来了。他心里一阵高兴，在你这里就好办了。李红磊不动声色地把眼睛看向窗子那边。

史春梅慢慢地关上抽屉，好像在考虑怎样与李红磊谈话。她再次抬起头时，表情是凝重而关切的。接着，她以领导的口气对李红磊说："李红磊，坐吧，看见校革委的通告了吧？那是我们校红卫兵大队部例行公事，一定要做的，也等于是要表明组织立场和态度。你作为校红卫兵飞虎队的队长，怎么能够在那种场合动摇阶级立场，敌我不分地干了那件给全校红卫兵脸上抹黑的事呢？我现在姑且不追究你帮助走资派佟向阳的动机和目的，但是，你破坏了批判斗争大会现场，影响极坏。这两天一直有革命群众强烈要求揪斗你，还说我们想包庇你。你知道后果有多严重吗？将你从红卫兵组织中开除的处理已经是最轻的了。但是后面还保留着追究你'现反'罪行的可能性。这就要看你认罪的态度了。你为什么那么冲动，那么糊涂呢？为了一个死不悔改的走资派而葬送了自己的大好前程。现在，你自己已经摘下了飞虎队的袖标，还算有自知之明。但你这黑纱又是给谁戴孝呢！"

李红磊目光冰冷地看了她一眼，才想起那个飞虎队队长袖套那天从袖子上扯下来后就一直塞在裤袋里。刚才史春梅若不提起，自己还真忘了。想到这里，李红磊的手插进装着那个袖套的裤袋里，抓住袖套。不能冲动，我今天能拿到诗集再平安地走出学校大门就算胜利了。想着，他一屁股坐在面对史春梅桌前的那把靠背椅上，把脸转向窗子那边，没有答话。

史春梅又说：“李红磊，你看着我，我在同你说话呢。别摆出一副桀骜不驯、天之骄子的样子，我可不吃那套。我现在是代表红卫兵组织同你谈话，知道吗？上级红卫兵总部要求严肃处理你，但我们是同班同学，我替你讲了情，你才得到宽大处理。你必须对你的行为作出合理的解释，上级红卫兵组织要求你做深刻检讨，以观后效。如再执迷不悟，下一个站在台上挨批的恐怕就是你了。”

李红磊这两天特别烦恼，连自己的爸爸妈妈也那样极端地对待自己。被开除了红卫兵组织，还在宿舍门外听见那些胡编乱造的谣言；现在又被这个讨厌的女人教训，心的压着的火就像碰上了汽油一样“砰”的一下被点燃。他大声吼起来：“我凭什么上台挨批斗呀？不要说人家佟向阳是一个老革命，至少也是条人命呀！群众打人，批斗现场的组织者们是可以通过喊话及时制止的。我去找他们说，他们谁都不管，眼看要出人命了，我才把佟向阳送医院的。你们通告里还说是我失职致使会场混乱，真是欲加之罪何患无辞，典型的血口喷人，嫁祸于人。你们还讲不讲道理？”

史春梅也大声说：“你说话注意点立场。你发这么大火干什么？佟向阳到底是你什么人，值得你背离毛主席的革命路线去护着他，去为他鸣冤叫屈？他过去是什么老革命我不知道，只知道他如今就是个走资派，是个死不悔改的反党分子、死有余辜的反革命当权派。”

李红磊一听她说佟伯伯死有余辜，就明白她已经知道佟伯伯过世了，恨得牙痒痒地想揍她。但是一想，好汉不吃眼前亏，自己犯不上跟这种人斗。算了，忍口气先拿到自己的诗集，再赶快脱身，懒得与她白费唇舌了。想到这里，露出满脸的轻蔑与不屑，说：“既然事情已经发生了，随便你们怎么处理，我无所谓。”

史春梅也上大火了，她拍着桌子，气势汹汹地说：“你还越说越不像话了。什么叫随便我们怎么处理，你这是什么态度？你这是摆明了要坚持反动立场。我看，照那些人说的，打你个‘现行反革命’，隔离反省或者投进监牢也不为过。才几天不见，你怎么就变成这样一个顽固不化的人。你必须作深刻的检讨。从今天起你每天都到高三（4）班去参加改造世界观的政治学习，写检查交代问题，写到过关为止。就这样处理已经是手下留情了，你好好反省吧！”

高三（4）班，那是高中部“黑五类”子女集中学习的地方。李红磊强硬地说：“去哪里学习都行，无所谓。”

史春梅一听更火了，说："你不要以为你就可以是'老子英雄儿好汉，老子天下第一'。改造不好世界观一样会变成反动阶级。你要是不努力提高无产阶级的政治觉悟，在自己的灵魂深处闹革命的话，就算你爸爸是什么高干也救不了你。更何况你父母也有重大问题。"

李红磊一听，真想立即照脸打这个蠢女人一拳。但是想到要尽快脱身，只得强压下打人的怒火，双手使劲握着拳头，就像把激愤握进了拳头里。他愤怒地质问史春梅说："我父母有什么问题？别整人整红了眼，成天看着别人都是狗屎堆，就自己是革命的标杆，天生的红色革命接班人。"

史春梅气得大声说："李红磊，我警告你说话小心点！你过去目中无人的日子不存在了。我们最近了解到你爸妈都有问题，而且还不是一般的问题，你难道不清楚？还在这里跳蹦什么！"

李红磊说："我跳蹦什么？在你眼里，最好别人都有问题，否则你们去揪斗哪个呢？要是没有人给你们揪斗了，又怎么显得你们最革命，最左，最忠于毛主席呢？我没有做错什么，检查我是不写的，我还是那句话，随便你们处理吧，我无所谓。"

史春梅说："喂！你都说了多少次无所谓了！太嚣张了！犯了这么大的错误坐牢都够格了，还不思悔改，从'文革'开始以来，我还真没有碰到过像你这样的人。我还一直保你，并没有一棍子打死你。你为什么非要坚持这种敌对态度呢？"

李红磊心想，懒得理她了，白费口舌。

见李红磊扭着头朝着窗子那边，不再说话，史春梅以为对方服输认错了，就放缓了些语气又接着说："你如果能大义灭亲，检举揭发你父母的问题，戴罪立功，我个人敢保证你还是能很快回到红卫兵的队伍中来。反戈一击有功嘛，与他们划清界限，回到毛主席的革命路线上来，我们是欢迎的。就看你自己如何把握了。"

李红磊看着眼前的史春梅，心想，这场"文化革命"真像一个威力无比的隐形魔术师，一夜之间就把很多人从内到外都改变了。或者是把有些人潜藏的根性全都激发出来了。李红磊鄙夷地想着眼前这个同学的往昔点滴，心里骂道，整一个变色龙、小爬虫。我得想办法拿到诗集赶快离开这里，免得一会儿来了别的人，主意一多就走不脱了。

史春梅看见李红磊一言不发，心想，他好像服软了，就得这样杀杀他的狂劲。接着，她试探着说："另外，你特别要自觉去掉你身上时刻表现出来的那种带着浓烈的小资产阶级情调的低级气味。你在飞虎队还偷偷写那些带有明显封资修味道的所谓诗。"

李红磊一听，知道她已经看过自己的诗集了，心里着急，嘴里却说："我就是随便写写，又招惹谁了？那是我很早的时候就有的个人爱好而已，能有什么封资修的东西在里面？而且那些东西早就不知道丢到哪里去了。我还懒得管呢。”

李红磊想激史春梅拿出那本诗集来，自己才好下手夺回来。果不其然，这话一说出，史春梅就来劲了。好像抓住了他撒谎的把柄一样。她用力拉开抽屉，拿出那个笔记本，摔在李红磊面前桌面上，说：“你还狡辩，证据都在我手里，里面从头到尾都是封资修、小资产阶级腔调的玩意儿，还当面撒谎。”

李红磊真想马上把那本诗集抓在手里，但是怕这样做反而会引起史春梅的警惕，于是就转移目标大声说：“难道连个人爱好都犯法了。毛主席也写诗词呀！那你又怎么说？”

史春梅怒道：“李红磊，你这个不识好歹的家伙，你还跟我来这一套。我好心想争取你回到毛主席革命正确路线上来，你竟然反咬一口。你的意思是说我反对毛主席写诗？你放屁！你的诗又酸又臭，是不是诗都难说，你还敢和毛主席的诗比。毛主席的诗大气磅礴，充满革命浪漫主义精神。你写的是什么东西？腻腻歪歪、哼哼唧唧的一些无病呻吟的东西。说轻了是小资情调，说重点，有没有反动黄色内容都未可知呢，还这么轻狂。”

李红磊想，这个人怎么变得这么能说，真是“士别三日当刮目相看”啊。再跟她耗下去，可能真就走不脱了。好汉不吃眼前亏，我得赶快转个弯从这里脱身，也好赶去给佟伯伯送行。于是，他忍着满心的愤怒，把语气缓和下来，对史春梅说：“既然你是好心，不想害我，那也得让我仔细看看我写的那些东西里哪里有你说的封资修的东西。如果有，我就改，这样不行吗？”

史春梅没有说话，好像在思考着什么。

李红磊伸手把诗集从桌上拿了过来，在手里翻了几下，说：“不是让我写检查交代吗？我干脆彻底一点，把这本子里不符合无产阶级和工农兵情结的地方都找出来批判，自己在灵魂中做深刻的自我反省。另外，我父母的情况我也不清楚，我得回去了解一下。如果他们真的是你说的那种情况，我就与他们划清界限，争取早日回到毛主席革命路线上来。”

史春梅看了李红磊一眼，好像在疑惑他怎么这么快就转变了态度。她感觉情况不太对，但又说不出究竟是哪里不对，就说：“这样就对了，如果坚持错误思想，一条道走到黑，就是自毁前程。你是我们班大家都知道的高才生，我一直都很佩服你。哦，说错了，我一直都很看重你，才会在红卫兵总部那里替你说情。我真的希望你早点觉悟。记住，明天到高三（4）班参加学习，你必须去。这事我没法帮你，去与不去也表明你的态度。通报上提到的原则你应该是看清楚的。”

“那我的床位没有了，我住哪里呢？” 他想用缓兵之计稳住史春梅，免得今天就被软禁起来。

“你就不用住校舍了，也不能专门为你一个人安排间房子。每天按时来学校参加政治学习、写检查就行了。今后还能不能让你回飞虎队，要看你自己后面的表现了。”

李红磊心里骂道，去你妈的笨猪，你自己写检查去吧！老子明天就不来伺候了。

李红磊抱着自己的诗集从红卫兵大队部脱身出来，没有再回宿舍去取东西，怕节外生枝。最重要的东西就是这本诗集，既然拿到了，其他的东西就懒得管了，免得又要看见那几个势利小人。但是他记住了廖红兵，一个从来都不合群，也不趋炎附势，更不会落井下石的人格高尚的人。还有品行端正、为人正直的佐高才。

第十三章

1

李红磊从学校出来，心里充斥着愤怒和惶惑。这几天发生的事情冲击和改变了他对“文化革命”的认识和信念。佟伯伯的遭遇，爸爸的斥责，妈妈的愤怒，佟爱华的话，那个绰号叫“土匪”的同学的话，史春梅的训斥，自己被红卫兵队伍开除，这些事一幕幕地在他脑子里翻江倒海般地撞击拍打。李红磊很愤怒，很烦躁，又很委屈。这场运动中的很多现象让他怎么想，怎么自我解释都弄不明白。他开始厌倦这一切，想从自己的生活中赶走这些讨厌的嘈杂、暴力、恐怖和挣扎。他想，要是能躲开这一切就好了，那只有离开这个城市，离开这个家！

到哪里去呢？去当兵？眼下没有招兵，而且就算有招兵的，自己也得靠父母亲去找老战友的部队。可是，他现在最不愿意依靠的就是父母，他不能让父母觉得自己离开了他们的羽翼就一事无成。爸爸妈妈今天说的话和行为太让人伤心了，真不知回去后如何面对他们。虽然他知道那是爸爸妈妈一时冲动的气话，更知道父母从心里是非常疼爱自己的，但是他目前还是无法理解和原谅爸爸妈妈。

他的手无意识地伸进裤包里，一个硬硬的东西碰到他的手。那是考上高中时爸爸送他的一个老怀表，是一件从前的战利品，已经走得不太准了，一般会比正常时间慢十分钟。掏出来一看，已经是下午四点多，把表放回裤兜的时候，触到了那个飞虎队队长袖标，拉出来朝墙角一扔，头也不回地走了。

佟伯伯的遗体是下午三点钟火化，现在已经四点钟了，必须得赶快过去，看能不能赶上最后给佟伯伯送个别。李红磊拔腿向郊外的火葬场殡仪馆跑去。到了殡仪馆一看，摆放佟伯伯的那个房间已经人散屋空了。有个工作人员正在里面挨个扯下花圈上那几条悼念佟伯伯的挽联。他掏出表来一看已经快六点了，知道佟伯伯已经化成灰烬，心里一阵难过，赶紧离开了那里，直接向佟伯伯家跑去。

到了佟伯伯家院外，见门虚掩着，就轻轻推开院门走了进去。院子里黑漆漆的，客厅里灯光微弱。李红磊推开门，一眼看见林阿姨对着门木然地坐着，昏暗的光线下，她的脸轮廓模糊，僵硬、麻木。爱华呆呆地坐在角落里，两眼直勾勾地看着前面的地面。建国、建军、苏华、姨妈都静静地坐着，没有一点声音，气氛悲伤压抑得让人喘不过气来。

建国见李红磊来了，就站起身来与他打招呼，李红磊赶紧道歉说："对不起啊，到学校遇到点事走不了，等脱了身赶到殡仪馆时就晚了。没能给佟伯伯送行，我心里很难受，对不起！对不起！"说话时，眼泪已从眼眶里涌了出来，他赶紧抬手去抹泪。

建国忙拉着李红磊走出门外，说："你当时没有来，我想你肯定在学校有麻烦，能这么快脱身出来很不错了。我爸爸这里你已经尽心了，千万不要自责。"

接着李红磊大致说了一下被开除红卫兵，被要求作检查交代认罪，认罪不好要按"现反"追究处理的情况。

建国沉默了一下说："给你惹祸了。这就是你要冒险去拿的东西吧？"佟建国指了指他手里的那本诗集，问道。

"是的。"

"拿到了就好，文字的东西千万要小心。藏不住就烧掉，省得惹祸。"

"唉！这个国家怎么成了这样？"

"世事难料啊！你自己去一趟知道情况也就死心了。你爸爸说得对，这场运动的搞法是有问题的。他们老一辈经历的运动多，也判断得准确，你要听他的。你就在家里待着，不要去给那些人做什么检查交代，去了肯定很危险。我一个同学的父母在德国留过学，被说成是希特勒派到中国的特务，属重大特嫌问题。他父母被隔离审查后，他也被学校那帮造反的抓到学校去交待问题。交代不出来，就说他顽抗，最后被那帮人打成了残废。我是得到朋友传递消息，说造反派要来抓我，就连夜从学校后面翻墙逃出来的。否则，也是非死即残啊！想起那晚的情形真的很危险。"

李红磊点头说："我不会再回学校了，我现在真的很厌恶这场运动。太暴力，太恐怖了！"

"那帮人造反夺权都搞疯、搞狂了！恨不能一夜间把全国各级政府的权都夺了，变成所谓的'红色政权'。"建国愤恨地说。

"我真的搞不懂，难道一九四九年宣布成立的政权不是红色政权？而现在造反派夺权掌权后的政权才是红色的？"

"上海一月风暴夺权后，各地都跟着夺权，都标榜自己代表红色政权。管他的，爱红就红吧。你看，那些人夺权后又在那里忙着争权夺利。对于我们这些小鱼小虾狗崽子们，他们兴趣并不大。只要不在他们眼前晃，过几天他们可能就把你忘了。"

“学校处理我的事，我一点都不后悔。后悔的是当时反应太慢，没有早点把佟伯伯救出来。唉！我真的对不起佟伯伯啊！请你们原谅我吧！”

“红磊，你不要再这样说了。我们全家知道真实情况后，都很感谢你。要不是你，我爸爸肯定当场被打死了。而且死后他们为了逃避责任肯定会把他的遗体丢到一个我们永远找不到的地方。甚至会把他往哪里一放，再制造个畏罪自杀的现场，这些情况都不是没有可能的。你能做的你已经尽力了，我很感谢你。至于我姐说的那些话，千万别放在心上。你知道她没有文化，心眼又实，基本就是个老实憨直的农村人。一定要原谅她啊！”

“建国哥，我想知道到底是怎么回事。不光是爱华姐说那个话，今天上午在殡仪馆，我爸爸自己也说，要不是佟伯伯，他早就没有了。还有，我无意中提到国民党、蒋匪军，我爸妈那么激动。我妈还动手打了我一巴掌，从小到大都没有过，而且还当着那么多人的面。到底是怎么回事？能告诉我吗？”

建国叹了口气说:“以前听我父亲提起过这事。他说老区搞了好几次名目不同的清洗运动，搞这些运动时受牵连的人很多。你爸爸早年被国民党抓壮丁，连国民党的军装都还没有穿，那支部队就被红军打散了，你爸爸自愿参加了红军。在几次锄奸反特的时候，有人诬陷他是国民党军官，是特务，要清洗他。我父亲拼了命保他和另外两个已经在战争中牺牲了的战友。那些年的清洗，确实也弄出来几个真的敌特，受冤枉的人却很多，老一辈的人都不愿意提起那些往事。”

“是这样啊！如果没有佟伯伯，我爸爸真的活不到今天。他们是生死之交啊！”

“唉！现在我爸爸走了，走得这样惨。都是这场莫名其妙的运动害的！”佟建国说这话时，眼中滴下泪来，牙咬得紧紧的，语气中充满了仇恨和悲伤。

“建国哥，你千万要节哀，我看林阿姨身体很差，现在要靠你支撑这个家呢。”

“是的，我必须撑住。你也千万不要去学校了。”

“我不会自己送上去给那帮王八蛋咬的。”

“你爸爸从殡仪馆出来就直接回家了，他心里难过，再加上这两天的劳累，好像人有点不舒服。你回家去给他服个软、认个错，他肯定就好了。我的父亲没有了，才知道心疼的滋味，才知道天塌下来是什么感觉。你要珍惜，要保护好你们的爸爸妈妈，现在你妈和你妹妹还有几个阿姨在厨房帮着做饭，你要不要去看看她们？”

李红磊迟疑了一下，说:“有她们在这里，我就放心了，我先回去了。你替我向林阿姨说一声，我没有赶上送佟伯伯最后一程，请一定原谅。好了，我走了，再见！”

2

李红磊一天都没有吃什么东西，身上又没有钱，跑了一天，劲都用完了。拖着一双软绵绵的腿，走了很久才回到家。站在门前却没有开门进去，他真的不知道怎么面对父亲。白天发生的事一幕一幕地在脑海里浮现。他都说不认我这个儿子了，我现在又厚着脸皮回来了。我们会不会又面对面地争执起来？正犹豫时，听见父亲沉重的咳嗽声，又听警卫员小马说：“首长，不要生气了，等会儿红磊回来你不要再说他了。你先休息吧，这两天你都没怎么休息，早点睡吧！”

“小马，你也去休息吧，明天早上你还要陪我去看看老林。老佟撒手走了，丢下这一家子老的老、小的小可怎么办噢？革命了一辈子就这样不明不白地让人活活打死了，真想不通啊！唉！”

又是一阵咳嗽声，接着听见小马说：“首长，把药吃了，睡吧。你好好休息一下，明天的事我来安排，你躺下吧。”

“好，把水杯给我，你也去休息吧，明天早上我先到司令部去打个招呼，接着就去老佟家。”

又是一阵咳嗽声从屋里传出来。

李红磊心疼父亲，知道他一咳嗽就会呼吸困难。早年医生就说他有肺心病，烟又戒不掉，这些年总是咳咳喘喘的。正想推门进去，突然想到面对父亲时说什么？心里对父亲还是有气，此刻无论如何不想见到父亲，怕又争吵起来。正踌躇犹豫着是否等父亲睡着了再进去时，突然听见小马出来的声音。于是李红磊赶紧转身轻轻跑出院子，朝大操场那边快步走去。他走到操场边的草坪上，找了个长着几棵大树、不易被人看见的背角，靠着树坐下来，手里抱着自己那本诗集，抬头看着黑蒙蒙不见月亮的夜空，几颗颜色暗淡的星星远远地挂在天边，像蒙着一层纱，他感到自己的脑子里就像这片光影暗淡、黑森森的夜空，死寂，悲凉。

黑暗中，耳边好像有个声音幽幽地摇晃着，隐隐约约地在很远的地方吟诵着一首低沉的诗，又像一支黑管低声地在耳边呜咽：

没有星光的夜啊！
你睡去了吗？

黑黢黢的沉静中，
我感觉不到你的气息。
是不是那无边的黑暗，
埋葬了你满天的星灵？
没有星光闪动的夜空，
让大地窒息，
让大地上的生灵恐惧。
你生命的律动在哪里？
无声无息的你，
是否躲在黑寂中静息？
漫天的星灵去了哪里？
月亮也藏进了黑幔里。
你睡了吗？那么深沉！
你在梦着什么？
黑暗、鬼灵、大海、太阳？

我是一颗迷陷在梦魇中的星，
不敢眨眼地注视着你的生息。
惊骇着你是否从此长眠不醒？
像一个梦见妈妈死去的孩童，
惊醒在被泪水浸湿的枕席上，
伤心的哭喊声犹在耳畔回荡。
你沉沉地睡去，
好像不会再醒。
我却期待着你重现的光明，
祈愿夜色中星月欢歌起舞。
盼明早五彩炫目的晨曦中，
东方的朝阳依然艳丽辉煌。

可这黑暗无边的夜晚，
真的像在噩梦中逝去。
明天红霞拱涌而出的，
难道是你今晚孕育的精灵？
黑夜与白昼依恋般的交替，
是否镌刻着生与逝的轨迹？
没有星辰们的歌唱，

黑夜的生命在哪里？
我害怕黑色无边的夜，
我喜欢那些闪烁的星。
有星的夜是活着的，
星夜孕育的是希望。
我生命的天空里是否也有黑夜与白昼的交替？
我灵魂游走的夜空中是否也有星光如灯伴行？
我聆听你深沉的叹息祈盼答复，
可你却藏在黑暗之中默默无语。
是谁悄悄地把我带进你的梦魇里？
莫非要我解开你无字无声的谜语？
我落入你欲逃出的黑洞中，
慢慢沉入你更深的死寂里。
如果你真的还在遥远无边的噩梦中，
我愿消失在你那无光无星的长夜里。

李红磊满心伤感，呆呆地看着什么也看不见的夜空，想着很多想不出答案的事情。他开始考虑离家出走的计划，最好到一个家里人一时半会找不到的角落。哪里有这样的角落呢？全国都在搞“文化革命”，到处都一样，而且我拿什么来养活自己呢？想来想去，他想到了父亲的家乡，那个虽然贫穷，却山清水秀、民风淳朴的小山寨。可是，转念一想，那里虽好，却很容易被家人找到，明天还是先到火车站看看再说。想着，想着，在不知不觉中渐渐睡去。

当他被大喇叭里传出的又长又慢的起床号声惊醒时，发现自己竟然蜷缩在操场边的草地上，手里紧抱着自己的诗集睡了一夜。天已经放亮，他一骨碌坐起来四处看看，周围没有人。我明明是坐着的，怎么就倒在地上睡了一夜呢？一阵冷风吹过，他打了个冷战，觉得头昏沉沉的，全身发冷，好饿啊！怎么办？还是不想回家。干脆去找大彭，顺便也算临走前向老伙计告个别。这时，他看见在另一棵大树下有张旧报纸，像是什么人用来垫坐后，丢弃在那里的。走过去拾起来一看，还挺干净的。就用它把诗集包裹起来，夹在腋下，双手插在裤兜里，低着头朝大院里的同班同学，又是好朋友的彭家良家走去。

李红磊一路走一路想，我现在见大彭一面，吃点东西就走，早走早清静。他走着，想着，一会儿就到了彭家良家门口。还没敲门，门就开了。

原来彭家良正站在窗前穿衣服，看见李红磊朝自己家走来，心想，这么早，一定有事。就赶紧轻手轻脚地走到门口，把门打开，侧身把李红磊让进来，接着用食指在嘴上一拦，示意李红磊不要出声，轻轻地合上门，把李红磊带进自己的房间，关上门，问："这么早，有事？吃早点没有？"

李红磊说："有事，一言难尽。一夜没回家，就在操场边的草坪上过了一夜，晚饭都没有吃，哪里有早点吃，快饿死了！"

彭家良说："等着。"说完开门出去。轻轻拉上门。

只一会儿工夫他就侧身用胳膊肘推开门进来，一只手上抓着两个热气腾腾的大馒头，另一只手上拿着一小碟榨菜，嘴上还叼着一个馒头。身后，一只脚灵活地把门轻轻一磕，又用屁股一顶，门上的暗锁喀的一声就锁上了。

李红磊笑起来说："你小子个子这么大，手脚却这么灵活，真是只大野猴。"

彭家良把手上的馒头和榨菜递给李红磊，又取下嘴上叼着的那个馒头，说："我可不是一般的猴，是'齐天大圣'那只大石猴变的。哈哈！"

李红磊把手里的一个馒头掰开，拿起小碟倒了几根榨菜夹在馒头里，就大口吃起来，真是饿极了。

彭家良也张嘴咬了一大口馒头，鼓着大大地腮帮子说："吃吧！还有。我妈昨天晚上忘了家玲他们已经回老家了，还按平日的人数算，面发多了，结果做了一大堆，正怕放不住，馊了可惜，巧了，你来了！快吃吧！吃完了我再给你拿。别噎着，桌上杯里有水。"

"怎么一下全回老家了？难怪这么清静。"

"搭便车，车队到河南那边不知道拉什么东西，那几个小家伙知道后就吵着要去，我爸把他们托给车队长带走了。临时决定的，走得很急。本来不让家多去的，他们都不愿意带他，嫌他麻烦。家多躺在地上又哭又闹地满地打滚，非要去不可。我爸就下死命令，要去就把家多带去，路上还要照顾好他，要不然一个都不准去，结果就全部出发了。"

李红磊说："哇！好险，幸亏你没有回老家，不然我还真得饿肚子了呢。"

"你昨晚没吃饭咋不来我家？你也真是，发生了什么了不起的大事，连家都不愿回了？是不是听见什么谣言了？别管那些，有的人就是喜欢无事生非，唯恐天下不乱。"

李红磊听他这么一说，心里明白大彭一定也听到什么了，现在他最不想说的就是这个话题。他岔开话，说："要是早知道家兴他们不在，我昨晚就来你家了。唉！提起来就生气，想不通，真不知道这场运动究竟要搞成什么样！"

"想它干什么？管他搞成什么样，放长假喽，多舒服！"

"那你怎么不回老家？"

"我要是去了，今天你在哪里找馒头吃？嘿嘿！开玩笑的，是我自己不想去。跟着那帮小豆子一路上吵吵闹闹的，没什么意思。我待在家里，老爹老妈回来还有口热的吃。唉！你快讲讲你发生什么事了？”

李红磊咽下一口馒头，叹了口气，一边吃着馒头，一边把自己这两天发生的事大概告诉了彭家良。然后把要出去看看的打算也对彭家良讲了讲。但是具体是去什么地方、去多久却没有说，因为他自己都还不确定到底去哪里。

“管他的，走到哪里算哪里，见火车就爬，不愁没饭吃。正好也去看看祖国的大好河山。”李红磊咬了一口馒头，口齿不清地说。

彭家良劝他说：“算了，自己的老爸老妈，不要同他们怄气了，过几天就好了，何必负气出走。万一把他们急出什么事来，后悔都来不及。再说，大串联都停止了，你还敢走？”

李红磊说：“上面说停止了，可哪里一下子停得下来。听说火车站到处都乱哄哄的，比大串联时还乱，上车好混得很。‘铁道游击队’多了，那些列车员管不过来，也就睁眼闭眼地，懒得管了。我要去体验一回‘铁道游击队’的滋味喽！”

“破釜沉舟，不像你啊！搞得我都想跟你去当‘铁道游击队’了，那万一被抓住怎么办？”

“认个错，人家就免费让你回来了。我也是听说的。”

“算了，你要不见了，你老爸老妈不急死了啊？别跟他们斗气了，他们也挺不容易的。”

“我现在也没有生他们的气了。只是不知道怎么去面对他们，现在真的不想见到他们。还有，史春梅要我去跟‘黑五类’一起学习，做深刻检查。不然要批斗我，说我坐牢都够格了。你没见她那个鬼样子，训起人来一套一套的。”

“这么说，你现在连一个普通的红卫兵都不是了？”

“那倒是无所谓，反正都到底了。那个该死的史春梅居然还要我揭发我老爹老妈的问题，你说她浑蛋不浑蛋？”李红磊恨恨地说。

彭家良也愤怒地说：“那个鬼婆娘真他妈的浑蛋。开除红卫兵又不进档案，管他的。可是你把佟向阳背走那事，说大可大，说小可小。看样子，你还真得出去躲躲，以防那帮家伙狗急跳墙跑到这里来胡闹。如果他们来了，你不在，你爹妈反过头来找他们要人，他们还真是吃不了兜着走。你放心走吧，我帮你照顾家里。那个‘屎蠢妹’要是真进了军区大院，看我怎么收拾她。”彭家良把史春梅的名字换成难听的字。

“她现在是今非昔比，鸟枪换炮了。真斗起来，你不一定能占她的上风。”

“那个蠢婆娘，我比你清楚她。我高一不是跟她同坐过一张课桌吗？

差不多坐了一个多学期，考试她经常做不出题来，急得满脸都是汗。我有时告诉了她答案，她连抄都抄不明白，笨得像只猪。抄了我的去，有几次分数比我的还高，她居然会拿到女生那边去炫耀，说：‘简单得很，连大彭的分都没我高。’那些女生知道她是抄我的，就来跟我说。后来升高二时，就不同桌了。没想到‘文革’一开始，她整个人就变成了一条小爬虫，还敢训你！哪天让我碰着她，非倒倒她的胃口不可，让她下不来台。”

“不提那个蠢婆娘了，提起就来气。”李红磊呼出一口气。

“你出去逛逛，等过了这阵再回来就没事了。你老爸老妈肯定是被别人造谣心烦，心里生气又不能发作，又找不到讲理的地方。看见多年的老战友惨死，心里难过，正好你当时又在批斗现场。你老爸肯定觉得自己在老战友的家人面前无地自容，所以对你脾气大些也等于是间接地向那家人赔罪。如果你当时不在批斗现场，他心里也不会这么难过。现在他们心里一定很烦，你就别再给他们惹麻烦了。躲一阵再回来，就风平浪静了。”

“太伤面子了，当着那么多人的面。”

“唉！算了。我爸我妈一天也像是憋着一肚子火似的，没招没惹地也会火冒三丈，摔盆子掼碗的事，家常便饭。我都皮了，当没看见没听见。这场运动搞得那些大人都会躲在家里拿小孩出气，在外面一个个都顺顺乖乖地装着。”

“我现在不是跟他们生气的问题，主要是不知道怎么面对他们，不愿面对他们的问题。”

“自己的老爸老妈，过了这阵就好了。他们都是些久经沙场的人，这种活法也挺憋气的，体谅点喽！”

李红磊笑了笑，看看老朋友，若有所思地说：“你觉得史春梅她们真敢跑到军区来胡闹？”

彭家良说：“很难说，那些家伙有恃无恐，猖狂得很。好汉不吃眼前亏，三十六计走为上计嘛。如果你觉得行，我也可以与你一起出游。我也正烦我老爹一天唠唠叨叨地管我这管我那的，好像看我哪儿都不顺眼似的。我也想找个地方清静清静，不如陪你一起出去溜达几天再回来，让他们急急也好，省得一天到晚地被他们盯着，真是烦死人了。”

李红磊忙说：“你就别凑热闹了，我这还不知道去哪里，连个落脚的地方都想不出来，你还往里凑。”

彭家良说：“那也行，玩几天，就赶快回来。外面现在也乱，你要小心些。你是你爹妈的宝贝疙瘩，吓吓他们就得了，不要太伤他们的心了。”

李红磊说：“我也不是想要吓他们，我是真的很烦现在的这种状况。我出去转转散散心，看情况再决定下一步。”

彭家良见他态度坚决，就从上衣兜里掏出一张十元钱，里面还夹着五斤地方粮票一并塞给李红磊。

李红磊不接，说:“你哪来这么多钱粮?”

“我存的，你拿去省着点用就行了。出门在外，身上没钱没粮票哪成呀!”

李红磊说:“不对，你哪里存得下来这么多钱，你不讲清楚，我不要。我不想连累你惹麻烦。”

彭家良没有办法只好照实说出来:“这是我妈给我的这个礼拜全家的饭菜钱。同做馒头一样，她忘了家兴他们不在，还是按平常吃饭人数给的。你知道的，我妈整个就是个马大哈。”

李红磊笑起来，说:“我才不要呢，你都给了我，你和你爸妈不吃饭了?到时候，你们家人拿着碗和筷子，问你要饭吃，你怎么交代?到时，你爸爸又要骂你浑小子了。”

彭家良压低声音说:“你就别管这么多了，我就说弄丢了，或者说装在裤包里，洗衣服时忘了掏出来，不小心洗烂了，倒在水里不知冲到哪里去了。骂就骂呗，我可没有你那么自尊。从小到大我都挨骂惯了，早练出来一套‘兵来将挡，水来土掩;一不怕骂，二不怕打’的硬功夫来。挨了十多二十年的骂，多这一次也不多，少这一次身上还痒痒。我爸爸就像个不讲道理的老头子，只相信棍棒下面出好人，他老人家动不动还要用皮带来抽我们。我们家几兄妹是在他的打骂声中成长起来的，皮实得很。不过，他也不会下重手，雷声大雨点小，高举轻落地吓唬吓唬我们。随他去喽!每次我都是往那里一站，满脸的悔恨和满口改正缺点重新做人的保证，他吼几声就没事了。放心吧!我会对付他老人家。保证没事。”

李红磊嘿嘿地笑起来说:“我还不知道你?满脑壳的猴精怪点子，软硬不吃的牛皮糖，谁拿你都没办法。我可比不了你，我真的很烦，再这样下去非被逼疯了不可。”

彭家良笑着打了李红磊一拳，说:“我这次如果挨骂，可都是为了你，别没良心。出去走走，消消气就回来。这年头大人们也不容易，别老让他们操心惦记。”

听了这话，李红磊心里有点难受。大彭平日里看起来大大咧咧的，心却细着呢，还挺理解大人，我不如他啊!

彭家良转身从柜子里翻出一个挎包，连同两件洗旧的跨栏背心一起塞进包里，然后递给李红磊，说:“我的，有点大，不过总得有个换洗。记住，在外头溜溜就回来，别让大家太挂心。”

李红磊接过包，把报纸包着的诗集也塞了进去，提起包来起身要走，彭家良笑着说:“报纸包的是书吧?直往包里塞。生怕被抢了去似的。你看你，秀才就是秀才，去逃难都还不忘记背上书。哎!我突然想起，你上次丢在我家让我妈买散装酒给你爸泡药酒的那个老水壶你要不要？那个带在路上喝水方便些。”

李红磊经他一提，才想起那个水壶来，就说：“买到酒没有？”

彭家良说：“买到了，把酒倒进别的瓶子里就是了。把水壶给你装满水，路上好喝。我今晚就给你爸把酒送去，顺便看看他的情况。”

李红磊说：“今晚不要去，他们会怀疑我叫你去看动静的，过几天你再去。他们肯定要问你见过我没有，你怎么说？”

彭家良笑笑说：“那还不简单，我就说你前次托我妈买来给你老爸泡药的酒已经买来好几天了，见你一直都不来拿就送过来了，钱你已经给过了。保证你爸妈一听，再看看酒，一定后悔不该骂你。”

“那好，你把酒倒出来，灌满水，我等你拿来就走。”

“别忙，我老爸老妈还没有走，等他们走了你再走。免得碰见了问这问那的，然后他们碰着你爸你妈再说出来，那就搞得什么都露馅了。现在这些大人让接二连三的运动都搞得神经兮兮的，一个个都鬼精鬼精的，难缠得很。”

李红磊听了他的话，忍不住笑起来，说：“你这个大彭，本来我还有点离家上路前那种‘风萧萧兮易水寒，壮士一去兮不复还’的悲壮心境，现在给你这三搞两不搞的，简直快成喜剧了。”

彭家良也笑起来，说：“哎，人生在世本来就不要去想那么多。想不通就出去走走。等想通了，回家去认个错。然后就又爸爸妈妈、哥哥妹妹地一起过日子。人生就是这样，说简单，他简单到极致，说复杂也可以复杂到极致。我早想通了。”

“你这个大彭啊！还真会劝人。不过我们遇见的事情不一样，想法不一样，做法也就不一样嘛。”

“你呀，就是从小到大太顺了，所以有点事就放不下来。其实照我看，真的没有什么，老爸老妈打骂孩子是天经地义的事，家家都在发生。没有人去认真想那些父母这样做对不对的。你心里其实比我还明白，就是脸面上下不来，憋着口气想出出。也好，出去逛逛，吓吓他们，也许再回来时就得到民主自由了。”说完，用耳朵贴着门听听外面的动静，冲李红磊做了个鬼脸，拉开门溜出去，动作敏捷地反手快速拉上门。外面，大彭没事人一样地与他爸爸说话，接着又听见大门砰的一声，知道是他爸妈走了。

过了一会儿，彭家良又进来，这次没有关门，手上又抓着好几个馒头。进来就在桌上扯了几张练习本上的纸一裹，打开李红磊手上的挎包就塞了进去。

3

李红磊离开家的时候，他爸妈都还在忙佟伯伯的后事，再说也都还在气头上，根本没有注意儿子的情况。两三天不见李红磊，还以为他在学校，过几天就会回家来。佟建国也没有把李红磊被学校处理的情况告诉他们，怕旧话重提又惹他们生气。见李红磊几天没有来，佟建国也不好问他们。这样，大家就多多少少有意无意地回避了李红磊的事。

彭家良去李红磊家送酒时，李红磊的爸妈也没有多问什么，他们还沉浸在老战友惨死的悲痛中，多少也还在生儿子的气，所以并不在意李红磊的情况，也不知道儿子在学校的情况发生了很大的变化，更没有想到儿子会出走。

彭家良没敢多说什么，他从小在李红磊家进进出出的，在大人眼里，他们就是些孩子，所以也没有什么客套。他把酒交给红英，说钱已经给过，就走了。

彭家良走出小院门的时候，红英追了出来："哎，大彭，你要是见着我哥让他快回家来，那一大堆煤块都是我替他敲的，那是分给他的活。他倒是会偷懒，躲在学校里不回家来，害得我干两份活。"

彭家良一听，呵呵地笑了起来："你就多干一份呗，等他回来你狠狠地罚他帮你多干几份你的活，不就扯平了。"

红英大声喊起来说："我现在就快要累死了。等他回来我肯定已经不在人世了。不行，你赶快给我把我哥喊回来。"

彭家良笑得弯腰低头地说："放心，你小人家肯定死不了。不仅身体健康，说不定还万寿无疆呢！行，遵命，看见他一定把你的话如实转告。如果过几天我还是没有把你哥给喊回家来，你就来喊我承担起你哥敲块煤的重任。不过，你要来喊我哦！不然我怎么知道你什么时候要敲煤。"

红英说："那好，君子一言，驷马难追。我去喊你，看你敢不来。"

彭家良说："我肯定来。我还嫌力气找不到地方用呢。只需几大锤就把你家块煤全部敲好，我原来不是也经常帮你哥敲煤吗？你又不是没看见过。"

红英说："那我哥要老不回来，我就老去找你帮忙。反正我哥经常在学校忙革命大事，你这个老逍遥派又没事，不如来帮我敲敲煤。正好也是活学活用，立竿见影，为人民服务，还支持了我哥的革命工作。你们是老伙计嘛，该尽点义务。到时候我去找你，你可不要后悔哦！"

彭家良忍不住又大笑起来，说：“好你个人小鬼大的丫头片子，还名正言顺地拉上我的差了。好！到时候你来喊我，我保证不问你要后悔药吃。”

彭家良看着红英的样子，心里觉得很开心。他总是拿红英当小孩子逗耍。可是对红英的姐姐红玉，他心里却总有一种说不出来的感觉。他很喜欢红玉，每天都希望见到她，可是每次一看见红玉他就紧张得不得了，甚至连话都不知道怎么说了。他有时会不由自主地对李红磊说：“红玉好严肃，正经得像个老师。人们在背后喊她‘黑牡丹’呢，她一点都不黑。那天杜牛皮说她黑，我说她不黑，结果我们争吵起来，我来了脾气，就揍了他一拳。我不喜欢别人说红玉的长短。”

李红磊说：“红玉的性格像我妈。看起来严肃冰冷，其实她的心是很善良很柔软的。”

第十四章

1

两年后的又一个春天到来的时候，李红磊和昕燕已经把他们俩取名叫“红星小学”的学校办得像模像样的了。李红磊除了干队里分配的农活外，每天都要到学校去兼课。

上个月，李红磊给彭家良写了封信。离家两年多来，这是第一次与外界联系。在信中，他告诉了彭家良自己所在的地方，希望好朋友能来看看老伙计，并请他帮忙弄些粉笔、旧书籍、旧课本、纸张、文具、填字格本等东西。李红磊说，只要彭家良扛得动，能弄多少就弄多少来。这里的孩子可怜得很，什么都没有，如果有多余的旧衣物鞋袜等也弄些过来。在信中，李红磊还专门叮嘱彭家良不要告诉任何人关于自己的情况，特别是自己家的人。

彭家良收到信时已经应征准备入伍了，恰好还有一周就要出发到部队去。他的父母和大院里很多孩子的父母都在干校。省市的学校、工厂、机关几乎都瘫痪了。很多机关单位只有饭堂是正常运行的，伙食虽然不好，却每天照样不误点地开饭。大院里的孩子们没有人管，成天这里去看游街揪斗，那里去打打群架。饿了，就互相交换饭票、借菜票，今天你去我父母的单位食堂打饭，明天几个孩子又跑到另外一家父母的单位食堂去吃。真是自由自在，快乐开心极了。彭家良的父亲见一天天长大的三个儿子和两个女儿整天无所事事，怕这样下去会毁了孩子，就托人把大儿子彭家良和两个女儿家兰、家玲弄到东北老战友的部队去当兵。

彭家良正愁临走还没有李红磊的消息时，李红磊的信就寄到了。收到来信后，他万分兴奋，恨不能马上就见到老朋友。他立即开始着手收集李红磊要的东西，急急忙忙地做起准备来。

他先去找了在军区开车的表哥肖红卫。肖红卫是彭家良北方老家亲姨妈的孩子，比彭家良大几个月，是前些年到部队来当兵的。肖红卫听彭家良一说，就满口答应下来，并告诉表弟，正好后天上面要他去干校送文件，顺便给饭堂捎带点干辣椒回来。虽然不顺道，但是可以起个大早，再开快些，把彭家良送到后再去干校也不迟。

彭家良说："那正好明天我准备一下东西。这事千万别让家兰、家玲她们知道，别人就更不能说。你不知道，我那朋友不愿意让别人知道他的行踪。他爹就是你们的二号首长李双喜，他们父子俩两年前闹翻，他就离家出走了。临走前来跟我告了个别，从此杳无音讯，我这也是第一次收到他的信。"

肖红卫觉得奇怪，就说："哦，这么个大首长的儿子也有苦衷？这人也真怪，好好的城里不待，跑到乡下去折腾什么？咱家乡农村的年轻人哪个不想到城里来。依我看，你这个朋友呀，跟你一样，好日子过多了，使使小性子，下乡找点苦吃吃，换换花样过日子。等在乡下住腻了，再跑回城里来，还不跟玩儿一样。"

彭家良说："去你的，他不是那种人。要不，我能跟他做这么多年的朋友？等你见了他就知道了。"

"那好，明天晚上我来装上你准备的东西，后天早上五点半准时出发。"

"不过，你这么早从车队出来有没有问题？别给你惹什么麻烦。"

"能有啥麻烦？我就跟排长说要捎带一个人赶火车，早点走。"

第二天晚上肖红卫来装上了东西，彭家良又叮嘱了几句就分手了。

清晨五点半还差几分钟，天还没亮，肖红卫的车就开到了约定的地方。刚把吉普车停好，就见表弟跟猫似的从后院大门溜出来，手上还提着一包东西，转眼就到了车前。轻轻地拉开车门，噌的一下就跳上了副驾驶座位，稍一扭身，手向后面一划拉，那包东西就飞了过去，稳稳地落到了后座上昨晚装的那些东西上面。整套动作连贯协调、敏捷轻巧。

肖红卫不由得嘿嘿地笑起来，心想，家良这小子还真是一块当兵的好坯子，个子那么高大，动作却灵活得像只猫。

彭家良故作严肃地命令说："傻笑什么，首长到了，还不赶快开车。"

肖红卫说："我笑你是不是猫投生的，动作那么快，像梁山泊里的'鼓上蚤'石迁。"

彭家良开心地说："那你今天就是'神行太保'戴宗喽！"

肖红卫又是嘿嘿一笑，说了声"神行太保肖红卫，走喽！"刹车一松，油门一踩，车就窜了出去。

"这些天你老爸老妈去干校，你翻身当家做主人了？"

彭家良一乐，说："不光我爽，家兰、家玲更爽。老爸老妈不在家，大家都自由了，家兰、家玲这几天猛往外跑不说，还带了一大帮同学朋友来家里玩，玩够了就去食堂打饭吃，都快爽死了！"

"可真爽啊！"肖红卫说着猛按了两下喇叭，车朝前面飞奔而去。

这表兄弟俩像两匹脱缰的野马，一路上别提多开心了。按着李红磊画的路标图，一路说说笑笑地就直接开到了石板坳寨子前。

天刚刚大亮，远远看见路边一个背着背篼的农民正弯腰往上卷裤腿，好像是要下到路边那块田里去。于是肖红卫脚点着刹车，顺着微微倾斜的坡路朝那个农民滑过去。吉普车在坑坑洼洼的小路上跳跃着，发出“哐镗、哐镗”的响声。

那个农民刚卷好裤腿，正想把背篼放在田坎边上下地干活，听见什么东西从路那边带着响过来，就抬头去看，只见一辆军用吉普车从身旁的小路上，一路跳跳蹦蹦地过来。有两三年没有看见这辆吉普车了，可能李红磊的爸爸来看儿子了。正想着，吉普车就跳到了他身边，嘎的一声停在他面前。

他赶紧向车里看，发现开车的不是原来那个比较单薄的解放军战士，而是一个从前没见过的，脸膛黑里透红的，壮实的解放军小伙子。他心想，可能是换司机了？车厢里也没见红磊的爸爸妈妈。还有一个也没有见过的，穿着一身没有领章、帽徽的崭新军装的大个子青年坐在另一边位子上。正纳闷时，那个开车的小伙子从车窗里伸出头来问他说：“老乡，这里是不是石板坳大队？”

那农民说：“是，石板坳大队就是我们这里。”

彭家良高兴起来说：“噫，很好找啊！一下子就开到了。”接着又说：“老乡，这里有没有一个从城里来的名叫李红磊的人？”

那农民一听，真是找红磊的，忙说：“有，你们是李红磊爸爸派来看他的吧？”

彭家良忙从肖红卫的肩上挤出个头来说：“是，给他送东西来了，你知道他住哪里？”

那农民热情地说：“知道，他没住在寨子里，要翻过前面的两个坡，在一个山洼洼上。”

彭家良说：“这么远啊？你能不能上车带我们去，送你回来。”

那农民说：“我可以带你们去，但是这个车开不进去，你们要下来走。”

彭家良听后，对肖红卫说：“红卫，把东西卸下来，你走吧。你还要赶路送文件，下午来接我。”

肖红卫说：“不忙，时间还早，你一个人拿不了那些东西，我帮你送过去后再走也不晚。”

肖红卫下了车钥匙，打开车门跳下来，从车里拖出最大的一包书，往肩上一甩，那包东西就稳稳地坐在他那宽大结实的肩膀上了。他左手扶着肩上的东西，右手又提起他的军队文件包站在旁边等着。

那个农民说：“我帮你们拿些吧，我的这个背篼装得多些。”

彭家良谢过那个农民就把那些比较零碎的东西放在他的背篼里。农民背好东西后，又主动一只手提了一包书和一包本子站在一边等着他们。

接着彭家良两手各提了两大包书和衣物就赶紧与肖红卫一起跟着那个带路的农民朝寨子里走去。

三个人带着大包小包的东西一路说笑着，果真是翻了两个坡，来到半山腰上一座泥坯草盖的房屋前。一直走在前面带路的农民停下来，朝着那座房屋大声喊说："李老师，有解放军专门开车给你送好多东西来了。"

2

李红磊正准备去学校，一听有解放军来了，就感到纳闷。想，哪来的解放军呀？是不是我老爸知道了我在这里，派人来了。想着，就从半开着的门缝里往外一看，见李叔带着扛着大包小包，穿着一身新军装的彭家良和一个当兵的来了。他高兴得从屋子里一下子就窜了出来，忙着帮大家把东西放下来。接着，对着彭家良的肩膀就是一拳，说："收到我的信了？你是坐火箭来的呀，这么快！哈哈哈！怎么穿上这么新的军装，跟个要去大串联的红卫兵大队长似的。"

彭家良也开心地还了他一拳说："废话，不收到你的信我怎么知道你猫在这山沟里。真不够朋友，走了那么久也不早些告诉一声，让哥们好找。"

接着又对肖红卫说："红卫，这个李红磊是我在这个世界上最好的朋友，我来前跟你说过的。他也比你小月份，你又捡了一个弟。"

肖红卫忙向李红磊伸出手去，李红磊赶紧握住肖红卫的手。彭家良又给李红磊介绍说："他叫肖红卫，是我表哥。实际上是同年的，他只比我大五个月就占这么大的便宜，捡了个哥当。"

肖红卫一边与李红磊握手，一边操着浓浓的河南口音还嘴说："咦，啥话呢。大一天也是大呀，谁让你老躲在娘肚子里没胆先出来，不老老实实当弟，还想造反夺权当哥呀！"

哈哈哈！大家都大笑起来，三个年轻人的手握在一起十分开心。李红磊高兴地拍着彭家良的肩膀说："我就知道你小子能折腾辆车来，所以让你尽量多弄些书，没想到你还搞了辆专车。早知道这样，就让你把'新华书店'给搬来。"

大家又笑了起来。

这时，肖红卫见那农民一直在那里站着，憨厚地跟着笑，就对李红磊说："多亏碰见这位老乡给我们带路，又帮忙拿东西，要不然没有这么轻松就把这些东西拿过来。"

李红磊说："哦，这是李叔，也是我的一个远房亲戚，他的孩子是我的学生。"

接着，李红磊又对那个农民说："李叔，他们是我的好朋友，专门给我们的学生送书和课本来的。"

李叔憨厚地忙对肖红卫说："多承你们解放军了！解放军好嘞！饿饭那几年，红磊的爸妈每年都给我们寨子搞些救命的粮食来，救活我们寨子的好多人。现在红磊又来教我们的娃娃，你们又给娃娃些带这么多书来，我们寨子托他们家的福，托你们解放军的福哟！"

李红磊笑着打断他说："李叔，不是托我们家的福，是托毛主席、党中央的福。"

接着他笑着对彭家良说："这话要是在城里说，我家和李叔都要被打成'现反'了。"

李叔憨厚地红着脸坚持说："肯定是托毛主席、党中央的福在先。但是，也是托你家的福和解放军的福啊！毛主席他老人家在得远，不晓得我们没有饭吃。饿饭的那些年，是你爸妈省吃俭用，每年都要把从自己嘴巴里抠出来的粮食送来救寨子里的人。他们是解放军，现在你的这些解放军朋友又到这里来送书给娃娃些，你还教娃娃些读书认字。不管说到哪里，我们心里都感谢你们家人和解放军，我说的是老实话哦！"

"是的，是的，李叔说得对。"彭家良笑着说。

"你们几个慢慢讲话，我还要下田做活路，先走了，有什么事要帮忙只管来喊我。"李叔说完就转身急匆匆地走了。

李红磊冲着他的背影说："李叔，多谢啰！"

李叔一边走一边转过头来说："是我们要多谢你们嘞！"说完拉了拉背篼带就快步走下前面的山坡，不见了踪影。

彭家良说："农村人虽然朴实厚道，但心里是有数的。"

这时，肖红卫见时间不早了，就对李红磊说："我还要去送文件，下午来接家良，你们好久不见，多聊聊。"说完与红磊握握手，李红磊要送，肖红卫不让，一转身挥挥手大步走了。

李红磊让彭家良帮他一起把那些书搬进屋去。彭家良提着两摞书跟在李红磊后面。刚走进屋门，就有一股潮湿的、浓郁的稻草味扑面而来。彭家良本能地耸了耸鼻子。

眼前，昏暗的小房里有一张用三条长凳架着一块门板搭起来的单人床。厚厚的稻草从窄短的、麻灰色的粗土布床单下面四溢而出，一床同样的家织粗布棉被叠得整整齐齐地放在床头。床旁边一个小小的独眼窗户呆看着外面的天空。窗下一张像架子一样简单的小桌上放着几本书，还有一盏煤油灯，一瓶金城墨水，一条长凳放在桌前。除了这些，屋里再就没有什么东西了。

“这两年多你就住这里？”彭家良有点吃惊地问。

“是啊，这座房子就是我爷爷奶奶的家。后来，我老爸把它送给了我的堂伯。我的堂伯伯妈都老了，无儿无女的很可怜。我和他们住在一起，互相都好有个照应。”

“没见他们呀。”彭家良四周看看说。

“他们起得早，上山到苞谷地里去了。”

“你真的瘦了，是不是吃得太差了？”彭家良看着李红磊说道。

“这年头，又不让搞副业，没有肉吃，人肯定胖不起来。粮食不够吃，副食品又缺乏，不过蔬菜很新鲜，有时还可以下河摸点小鱼小虾来改善伙食。这里产的水稻又香又好吃，就是产量太低了。等今年的新米打下来，你来，管你吃个够。”

“唉！吃不成了，我要到东北当兵去了。”

“我就说嘛，你老人家怎么会穿着一身崭新崭新的，没有帽徽、领章的军装。不过，怎么要跑那么远去？”

“老爸战友的部队。哎！对了，你要不提起军装，我差点忘了，我给你带了从内到外、从头到脚的两套新军装。你看你这身衣服破成这个样子，我还真带对了。”

“雪中送炭，我不说谢了，你什么时候走？”李红磊有点难过地问。

“下周，具体是哪一天还不知道，就等通知了。”彭家良看了看李红磊说。

“这么快啊！”

“现在城里乱糟糟的，造反派到处夺权搞武斗，学校短时期内根本不可能正经上课。老大不小了，成天混来混去的也不是个事，不如到部队干几年再说。部队是革命的大熔炉，去锻炼几年，对个人来说无论如何都是件好事。”彭家良眼睛看着远方，若有所思地说。

“去当兵肯定是好事，特别是你，一个生来就是将军材料的将门虎子。再说你是高三生，文化程度又高，到部队好好表现，先争取当个参谋什么的，发挥你的军事天才，等上面发现你的天才，将军的位置就离你不远了。”

“嘿！去你的，你就拿我穷开心吧！参谋不带长，放屁都不响。我哪来的军事天才？什么将军，我可不做那个梦。毛主席不是说‘人贵有自知之明’嘛，我分得清斤两。伙计，咱们就老老实实地去当几年大兵，省得成天在家里听我老爸训话。”

“我不是拿你开心，我说的是真话。你忘了，小时候我们玩打游击，谁都愿意跟你一伙。我是每次都争着要跟你的。那是光荣啊！你是常胜将军。每次你都能以最少的兵力打赢多几倍的敌人，每次作战前，你都要在地上画一个作战地形图，搞作战计划。那时我们才多大点，就特别喜欢听你讲那些事。你还说什么，带兵要带两广一川的兵，因为两广一川的兵会动脑子，能够以一胜十，以少胜多，还特别能吃苦。小时候的那些事你都忘了？我可是记得清清楚楚，从心眼里佩服你的军事天才呢。”

“哎哟，提起来都脸红。那是我听了我爸和他那些战友们聊天时的话，就鹦鹉学舌，全套照搬，想镇服你们，你还当真了。哈哈哈！”

“都是一样大的小子，都出生在军人家庭，都听大人说这些，谁都不在意，只有你听进了心，还在游戏中运用，那不是天才是什么。反正我就佩服你的天才，知道你今后肯定是个大将军。”

彭家良说：“好，你说是就是吧。反正咱到部队好好干，照你说的，先弄个参谋当当，管他放屁响不响。”说完两个人都开怀大笑起来。

“你一定行的，去了好好干。不过，真没想到，‘文革’这么一闹，同学们就这样各走各的，学校也就这样在无形中解散了。”

“现在学校哪里还像学校。军宣队、工宣队先后进驻各学校也不顶用。军宣队来时，带着一些回校复课的学生成天出操。工宣队来了就带着大家背老三篇、下乡、下厂。听说，不知道哪个中学的一些下乡锻炼的男生太饿了，就去偷宰人家农民的猪，被农民吊起来打，还要家长去赔钱。还有另外一个中学下乡的学生中的一些男生不知道同农民闹什么意见，就去把人家几块山地上长得齐腰高了的苞谷给毁了。做了坏事还想跑，结果农民发动起来，拿着镰刀扁担，满山遍野地追赶围剿那些学生，有些会水的男生就从很高的山上往下面的水库里跳，跳下去时还模仿电影里的情节高喊‘中国共产党万岁！’以为自己是英雄，多壮烈呢。幼稚可笑啊！据说当时的情景很像《地道战》、《地雷战》里面老百姓打日本鬼子的场面。直到省里去了领导才解决了问题。唉，学生都野了，动不动就想革命造反，也不看看农民才是中国历史上真正的造反派，革命的原始动力和老祖宗。”

李红磊嘿嘿地笑起来，“你小子在哪里听来的这些五花八门的事？真的还是假的？”

“真的！还有更好笑的呢。你知道的，‘文革’开始后很多学校都成立了毛泽东思想宣传队，照葫芦画瓢地排练样板戏，搞会演。听说，在一次中学红卫兵搞革命样板戏会演时，不知道是哪个中学的演员，一上台就背错了台词。他是演‘一撮毛’的，脸上粘了一撮毛，一身装扮贼头贼脑的，很醒目。上台却做了杨子荣的动作，说了杨子荣的台词。而一身英雄杨子荣装扮的那个演员没办法了，‘救台如救火’，就只好改说了小炉匠的台词。台下顿时哄笑声一片收不了场。你想，大家都会背那些台词，蒙不了人。组织会演的说他们俩一个歪曲破坏了杨子荣的英雄形象，一个美化了土匪‘一撮毛’，破坏革命样板戏会演，当场打成‘现反’，隔离写检查。你说好笑不好笑。后来有人说那个演‘一撮毛’的学生一直就想演杨子荣，平日里老自己练习杨子荣的台词，上台后习惯成自然，就那么演了。”

李红磊说：“不是可笑是可恨，连小孩都打‘现反’，无理取闹。真是越搞越不像话了。”

“这‘文革’好像一时半会儿结束不了。有些人闹腾得厉害啊！”彭家良一边说，一边拿起放在桌上的一包东西在李红磊的眼前一晃，说：“伙计，好久没有吃过卤猪头肉了吧？我特意托关系在食堂搞了一斤来。煮得很烂，卤得又好，入味得很，馋死你，尝尝吧！还有两个本人亲手做的油辣椒榨菜夹馒头，好吃得很。”

说着把一个油纸包从里面拿出来，凑到李红磊的鼻子下面，接着就要开包。

李红磊忙说：“别忙，别忙，我堂伯、伯妈年纪大，营养差。他们很久都没有吃过肉了。自己养的鸡下了蛋又不舍得吃，大部分拿去换东西，余下的都留给我吃。农村人生活真的是很苦。我想把这肉和馒头留下来给他们吃，行不？”

彭家良说：“好啊！有什么行不行的，又不是选班干。就留给他们吃吧。我不知道这里条件这么差，要不我就把家里的那些馒头连锅给你端过来了。我还以为这里就是没肉吃而已，想不到连主食都成问题。不过，你要注意身体嘞！这里的条件这么艰苦，你顶了两年多了，还真行。要叫我，可能早打退堂鼓了。不过，我也要去过艰苦生活了，能在临走前见你一面，真是太高兴了。”

李红磊说：“你吃过早饭没有？我这里还有一点红薯糊，我们分着喝了它。”

彭家良说：“不用了，你自己喝吧，我早上吃了一个大馒头。”

李红磊说：“那我就不管你了。”说完，端起桌上一个装着大半碗黑乎乎的菜糊糊的粗瓷土碗，吸吸溜溜的几下，就把那碗菜糊糊扒拉进肚子里。抹抹嘴，对彭家良说：“这是我伯妈早晨上坡前，给我端过来的，我正要吃，你就来了。”

彭家良没有说什么，心里有一种说不出的难过和迷惑。心想，红磊还真能吃苦，那碗黑糊糊要叫我喝，我可一口都喝不进去。

李红磊带着彭家良一路向小学校走去。路上，彭家良说：“红磊，如果你的信再晚几天到，我们就真不知哪年哪月才能见面了。万一我到珍宝岛去打仗壮烈牺牲了，可能还永远都见不着了呢。”

李红磊怔了怔，心里有点难过，嘴上却说：“别瞎说，新兵打什么仗。再说，打仗也不一定就要壮烈牺牲啊。我们两家父母打了半辈子的仗，也没有谁壮烈牺牲啊？只是东北的生活比较艰苦，冬季很长，零下二三十度，很冷啊！你得做好思想准备。”

“冷就冷呗，没啥可顾虑的，不就是零下几十度嘛，别人过得我也过得。家兰、家玲也要去挨冻，她们也参军了。”

“还有家兰、家玲？”

“她们两个跟着一帮人，男男女女的，在外面搞什么毛泽东思想宣传队，成天不着家，在外面到处瞎蹦乱跳的，你说我老爸老妈担不担心嘛？”

“哦，那真是去部队好。她们当什么兵？”

“家兰是通讯兵，家玲是卫生兵。”

“你到了那边别忘了给我来信。”

“哎呀，你饶了我吧，我最怕的就是写信了。多麻烦呀！三言两语地又讲不完想讲的事，而且那些事又肯定不是什么重要的事。抒发感情？那不是我的专长。除了这些，干巴巴的写什么啊？上周，我们打篮球，谢老五正好收到谢老六从部队写给他的信，看着看着就蹲在地上笑得起不来，结果我们几个拿过来一看，上上下下差不多全是毛主席语录连接起来的，连得还挺顺。把我们那帮人都快笑死了。麻烦，麻烦！反正两三年就可以探亲了，等我回来，我就可以来看你了。不过，你不会两三年后还待在这里吧？”

李红磊含糊地说：“很难说。”

“你们的小学有多大，你教什么课？”

李红磊笑笑说：“你以为是城里学校啊，操场花园的，还分班、分科。这里可是地地道道的穷山沟。只能因陋就简地办统班，三十来个农民孩子按年龄分成上下午两个班。两个老师从头到尾，语文、算术、体育、音乐全包。你说学校能有多大？”

彭家良说：“现在没有人想读书。谁都知道读书无用。更没人想教书，你怎么还跑到这乡下当起教书匠来了？我听一个泡病号回城来的知青说，他们下去后，与当地贫下中农的关系并不怎么好，经常为记工分、分口粮还有一些鸡毛蒜皮的事发生矛盾。你的情况不同，第一，这里是你的老家；第二，你爸爸在自然灾害时又帮助过他们，所以你在这里会得到些照顾，别的地方就难说了。”

李红磊说：“农村太苦了，小的时候跟家里来，不懂事，跟几个农民孩子满山遍野地跑，觉得很好玩。这两年多在这里看到了听到了很多我们原来想都想不到的事，才体会到农村真的很苦，太苦了！教这里的娃娃们一点文化知识，也许今后对他们有用。”

彭家良看了看李红磊，说："你想不想去参军呢？干脆像我一样到部队去。当兵的人打仗不怕死就行。肯定比农村好得多，至少吃得饱，一个月还有六元钱的津贴拿。说真的，你还不如打着你爸的幌子去找他的那些老战友说说，到部队上去。何苦在这小山沟里当个'孩子王'毁了你的青春，埋没了你的才干。我们所有的同学、朋友中论才干就数你最棒了，在这里可惜了！"

"暂时这样吧，看看形势再作打算。"

说话间，他们到了小庙前。李红磊高兴地指着小庙："到了，这就是红星小学。"

彭家良看着这个比自己想象中还要简陋不知多少倍的乡村小学校，一时竟然语塞了，从心里为朋友难过。顿了一会儿，彭家良说："红磊，我们一起去当兵吧，现在还来得及。我回家后立即找我老爹，把你现在的情况跟他说说，要他一定帮你的忙。到部队去当个普通一兵，应该是不成问题的。"

李红磊知道他的一片真情。感激地说："家良，不用了。我想先在这里干一阵，冷静下来好思考一些问题。当兵的事今后再看情况吧，目前我还真是哪里都不想去。"

彭家良听他这样说，知道他已经打定了主意在这里，所以也不好再劝说什么，只是心里深深地为李红磊感到惋惜。

"你在这里教书一个月能挣多少钱？"

"没有钱，就是给记点工分，年底算钱。不过倒真是从来没有分过钱，年底能分到几百斤谷子和苞谷就不错了。农村哪来的钱，下来才知道农村有多难，农民有多苦。"

彭家良伸手从上衣口袋里掏出一个牛皮纸信封，塞到李红磊那又旧又破的军装兜里说："拿着吧，什么都不要说，更不要推，我心里太难过了。我们不是最好的兄弟吗？就是一点心意。我怕一会儿走的时候忘了，干脆先给了你，我就踏实了。我真是怎么想都想不到你是这样的情况。"

李红磊伸进衣兜里的手被彭家良的手隔着衣袋紧紧地摁着，李红磊也就不往外掏了。他的眼睛湿润了，想起那年从彭家良家出走时，彭家良把全家一个星期的菜钱和粮票全部给了他。此时此刻他拉住彭家良的手用劲握了握。抬头看见彭家良眼圈红红的，李红磊的眼泪也在眼眶里打转。

3

一阵读书声从教室里传出来，李红磊怕影响孩子们读书，就让彭家良在外面等着，自己朝教室走去。

昕燕正带着孩子们早读，李红磊站在教室门口，向昕燕招招手，示意她出来。昕燕看看李红磊，放下书，走到大牛座位旁，弯腰在大牛的耳朵上说："老师有点事，这课读完了，你继续往下领读。"

昕燕绕过后排，轻轻地走到教室门外，一眼就看见李红磊身后站着一个大个子男生。

李红磊拍着大个子男生的肩膀对昕燕说："昕燕，这是我的老伙计，从小就在一起的兄弟彭家良。家良，这是袁昕燕，也是这里的老师，你们认识认识。"

彭家良立即爽快地向昕燕伸出大大的手掌，昕燕从来没有跟人握过手，更没有与男生握过手，觉得太正规，太突然了。她红着脸，低着头，不好意思地缩着手臂伸出手去。彭家良轻轻握了握昕燕的手就松开了。昕燕低着头，浓浓的刘海遮盖了她脸的上半部。

彭家良没有看清楚昕燕的脸，心里想，这个一身上下穿着农村家织粗布衣服的女孩子这么害羞，扭扭捏捏的，也是老师？这也难怪，乡下女孩儿没见过什么世面。现在城里的女孩子都跟"儿马婆"一样，到处打打杀杀的，哪里还有这种含羞草一样的女孩。他又看了昕燕一眼，昕燕还是低着头，彭家良转眼看看李红磊，笑了笑做了个滑稽鬼脸。

李红磊也笑了。他知道昕燕不好意思，从某种角度说，他就喜欢昕燕这种别别扭扭的含蓄或者无意识的矜持。他想，这才是女孩儿呢！

昕燕没有什么话说，她还不会与人寒暄，再加上本来话就少，遇见生人就更不知道说什么好了。她见没事了，抬眼冲李红磊笑笑，也不说话就想转身进教室继续招呼孩子们早读。

李红磊见状，忙说："昕燕，让孩子们自己读吧，没关系。家良特意一大早赶来给我们送课本，我们一起聊聊，他就要到东北那边去参军了，不知道哪年哪月才能见面呢。"

说着，李红磊一手拉着昕燕，一手拉着彭家良走到那棵大树下，在几块石头上各自坐了下来。

李红磊和彭家良开始聊那些只有他俩才知道的人和事来。昕燕坐在李红磊的后侧，还是不好意思地低着头。

李红磊说："我家没什么事吧？"

彭家良说:“你爸妈现在都还好，有时晚上还看见他们出去散步。部队虽然受地方影响，但还是比地方好，至少他们没有受到人身伤害，也没有受到太大的运动冲击。那些专案组搞专案的人打着搞你爸妈专案的幌子，北京上海南京地跑了好几个省，玩够了，见搞来搞去也搞不出什么名堂来，也就没有兴趣了。红玉好像整天都躲在家里，很少看见她出来。听红英说，红玉在家里看些旧书。开始，红英老怀疑我知道你的下落，后来见我真的不知道，就不问了。”

李红磊说:“伙计，真是感谢你了，家里那边多亏你了。不过，你这一参军走了，谁来帮我照应他们呀？这两年有你在，我知道你会帮我的，所以很放心。”

彭家良说:“放心吧！伙计。都安排好了，我让家兴替我照应你家。你好久没有看见他了，要是看见，你可能都要吓一跳。这家伙现在长得比我还高，一米九五，膀大腰圆的，很结实。他就是这一年多突然冲高起来的，嗓门也变得粗声闷气的，饭量又大，他自己的那点定量还不够他吃半个月的，一大碗饭端起来，几下就刨进肚子了。我妈说:‘家兴哪里是在吃饭，简直是在往下灌饭。’我这样说你就能想象他现在是什么样子了。老爹老妈，我们全家都省着嘴让给他吃，说他是正在长身体的年龄，不能亏着。个子蹿得太高太快了，吃不饱会出毛病的。搞得我老爸老妈到处找老关系开后门买议价粮补充，不然全家人都吃不饱了。家兴力气也大，还爱打架，有空就和一帮半大小子在后院练武功、玩石锁、压杠铃。那帮和他差不多大的小子们都服他。你家里的事就放心吧，我会交代他尽力。”

“多谢了，伙计。”

“不过，你总不能老是躲在这里不见人呀。听红英说你爸你妈非常想你，回去看看吧！”

李红磊说:“再说吧，我还没有想好。很奇怪，我非常挂念他们，可是就是不想回去面对他们。时间越长这种状态越强烈。对了，我在这里的事千万别告诉任何人，特别是我家里的人。”

昕燕听到这里，心里“咯噔”了一下，原来红磊哥到这里来是瞒着家里人的呀！都两年多了，他爸妈该多担心啊！难怪一提到让他回家去看看，他就支支吾吾的。可是，他为什么要瞒着家里人自己跑到这儿来呢？她抬起头，悄悄地看了李红磊一眼。谈兴正浓的李红磊没有注意到昕燕。

这时，又听李红磊问彭家良:“学校情况怎么样了？史春梅没去我家找麻烦吧？”

“她敢，我还正愁没机会收拾她呢。她现在红得发紫，已经调到红卫兵总部当领导去了。一天到晚到处捞稻草，捞政治资本，可能要爬到中央去才能满足她的野心。她成天忙得屁颠屁颠的，哪里还有时间顾得上别的事。”

“那种货色，提起来都烦。只要她不去找我老爸老妈的麻烦就行了，管她爬多高。爬得高摔得痛。她那种人根基不稳，野心又大，还不要命地往上爬，总有摔得粉身碎骨的一天。”

“哎，不提那个蠢婆娘了。我这次帮你搞来的那些本子、文具也用不了多久啊，今后你就要自己想办法喽！你又不愿意让人知道你在这里，不然可以让家兴来送。我表哥不多久就要转业回老家那边了。他在老家农村没有念过几天书，文化水平低，提不了干，就想早点退伍在老家那边县城里找个国营单位开车。他爹娘还在那边给他物色了个对象。他也想回去过老婆孩子热炕头的小日子呢。前一段时间老跟我商量，拿不定主意，心也烦。现在他是打定主意要回去了。”

“哦，是这样啊！人都是有想法的，特别是农村兵。很多事情都很现实，不考虑也不行。提不了干，早点回去作打算也好。你带来的这些东西够用一段时间了，我今后会想法自己进城去弄，只是现在我实在是不想看见市里满街的大字报，一想到那些刺耳的高音喇叭我的脑壳都要爆炸了。”

他们在谈话时完全忘了昕燕的存在，昕燕手里拿根小树枝，一边听他们聊一边在地上画着，他跟李红磊学习绘画很长时间了。

李红磊曾经跟昕燕提过自己的父母，也提到过红玉、红英两个妹妹，但是他平时并不愿意多讲这些。所以昕燕虽然对李红磊家的成员不陌生，但也不熟悉，毕竟没有见过面。今天听彭家良同李红磊聊起来，才算又多知道了一些。又过了一会儿，昕燕想起该给孩子们听写了，看看这两个人谈兴正浓，不想打断他们，就悄悄地站起身来，轻脚轻手地离开他们向教室走去。

这两个人根本就没有发现昕燕的离开，完全沉浸在“老友相逢恨时短，旧话重聊叙情长”的兴奋之中。

快到中午的时候，昕燕拿出来一大包煮熟的红薯，轻轻地走到李红磊旁边，把红薯塞在他手里，不好意思地对坐在地上、抬起头朝看她的彭家良羞涩地笑了笑，转身又回教室去了。

这次，彭家良总算看见了昕燕的全貌。昕燕这一笑真的让他大吃一惊。心里说，哎呀！这么好看的女孩呀！比红玉、红英还好看。难怪李红磊哪里都不想去，原来是在此地有牵挂了。想到这里就捅了李红磊一下，对着李红磊坏笑起来，说：“你们在谈朋友吧，难怪你这么留恋此地。原来是有如此佳人相伴啊，我说嘛！”

李红磊眼睛怔怔地看着远处，若有所思地说：“缘分这种东西真的说不清楚，我现在非常相信人与人之间的缘分了。有很多事情非常奇怪，简直奇怪得让人无法相信，但是很多无法解释的怪事就常常在你眼前发生。”

彭家良见状，知道李红磊已经完全坠入爱河，就打趣说：“得了吧，谈朋友就谈朋友呗，还搞这么多神秘兮兮的奇谈怪论。哎，我差点忘了，我带来了一部海鸥牌135相机，里面还剩几张胶片，我们去照相吧。来时的一路上，看见那些油菜花一大片一大片开得黄灿灿的，很好看，我想照几张。”说着从随身背着的那个绣着一个大大的鲜红颜色“忠”字的黄色军用帆布挎包里面拿出相机，打开皮壳盖，递给李红磊。

李红磊接过相机一边摆弄着，一边笑道：“行啊，伙计！什么时候开始玩相机了？这玩意儿很贵吧？也教教我。”说完又把相机还给彭家良。

彭家良说：“开玩笑，这玩意儿咱能买得起吗？不要说没钱，就算有钱也买不到啊！我是跟司令部那个宣传干事借的。去年夏天开始跟他学习照相冲洗胶卷技术。我现在取景、冲洗的技术都不错，照了洗好后给你寄来，让你知道知道我的技术有多好。我想在入伍前照点相片带走，到那边没事时看看也挺有意思的。十来天前我找陈干事借了相机，现在已经快照完了。正巧接到你的信，我就留下了几张，想把你也照了带到东北去。零下三十度时，让你陪我一起站大岗出大操，也让你领略一下北国风光。走吧，趁现在光线好，照出来效果特别好。”

李红磊说：“等等，我把昕燕叫上一起去照。”

彭家良说：“去叫吧，我在这里等你们。”

李红磊过去喊昕燕时，正赶上放学时间到了，孩子们已经叽叽喳喳地从座位上离开。他把昕燕叫到门口说：“昕燕，家良带了部照相机来，想去照油菜花，我们一起陪他去吧。”

昕燕想了想说：“好吧，我们带他到寨子口出去山坡后面的那片最大的油菜地里去照，那里的油菜花看都看不到边，黄黄的花一直开到了远处的山坡上去了，照下来多好看呀！”

李红磊高兴地说：“好，我们这就走，顺道把昕琪、昕南还有同路的学生们送到寨子口。叫娃娃们去通知今天下午班的学生们不上课了！”

大家一路嘻嘻哈哈地与孩子们说着话逗乐，很快就到了寨子口，远远看见韦婆婆家院坝门时，昕燕就对昕琪和昕南说：“姐姐和李老师还有那个大哥哥有点事，你们先回家去吃饭，告诉妈妈我不回家吃饭，不用等我。二狗、小锣锣，还有葵花你们赶快回家吃饭，不要在路上玩。”说完，看着弟弟、妹妹向院门走去，其他孩子也各自回家去了，这才转身跟着李红磊他们一起朝寨子外走去。

4

彭家良和李红磊一边说一边走，已经走到前面去了。回头见昕燕还在和孩子们交代什么，就和彭家良站下来等昕燕。彭家良说:“你的这个小对象有多大了?”

“今年十六岁多吧。”

“哦，这么小。听口音也是市里的人吧?她当老师还真当得不错呢。对着孩子们时，她一点都不扭捏，还真像那么回事。”

“她是两年多前跟着家人从市里被遣送来的。她爸爸是个工科的老牌大学生，很有水平。一九五七年反右时，大概提了什么意见被打成‘右派’。她妈妈的父亲原来是这里的一个小地主，但农民并不恨她家人。她家老人在这里的人缘还不错。”

彭家良眼睛看着从那边走过来的昕燕，心里想，怪不得红磊哪儿都不肯去了，是这个女孩绊住了他的心。

昕燕赶上来了，还是半低着头羞涩地冲他们笑笑。三人又开始向寨子口山坡后面的那片油菜花地走。彭家良跟在李红磊的后面，昕燕走在最后面，他们顺着小路走着，还是不停口地说着他们那些说不完的熟人往事。昕燕在后面有意无意地听着，默默地保持着距离跟着。斜插进一条田埂，又翻上一座小小的山坡，彭家良向下一看，一望无际的油菜花在阳光下随风荡漾，像一片黄色的海洋。他高兴得大喊了一声:“太好看了!”

李红磊和昕燕对视一下，都笑了起来。

这是个大盆地，周围山峦起伏绵延，远处的半山坡上隐隐约约地还有两户刷着白石灰院墙的农舍坐落在旧绿新翠之间。盆地中，满眼的黄色波浪被风推涌着，一波接一波地直扑眼底。近处金色的蜜蜂和白色、黄色的小蝴蝶在花间飞舞追逐。彭家良的情绪瞬间更加高涨起来。他立即掏出相机，跑下小坡，跳下田埂，向油菜花海里冲去。他大声地感叹着，赞美着很快就拍了两张照。突然，他想起胶片快完了，得先给李红磊和昕燕照。又赶紧转身从油菜花地里往回跑。

当他快要跑到油菜地边时，一抬头看见昕燕和李红磊站在地边的一棵树下，正朝他挥手，他一下就呆住了。天下真有这样的绝配呀，太完美了，得为红磊把这绝美的青春画面留下来。想到这里，赶紧停下来，举起照相机对准了他们。

就在他举起相机对焦的时候，昕燕突然意识到彭家良要给她与李红磊合影。她想，不行，要是让别人知道自己与红磊哥照双人照的话，那会被讲闲话的。情急之下，昕燕赶紧背转身去。“咔嚓”一声，快门按了下去，接着就听彭家良有点生气地大喊一声：“哎呀！可惜了，怎么搞的嘛？”

李红磊知道昕燕的脾气，就赶紧走过去小声对彭家良说：“不要紧，昕燕可能不愿意照合影。”

彭家良说：“哦，是这样啊！幸好还有两张胶片，等一会儿我跟她说说再照。”

李红磊笑了笑说：“算了，别费劲了，她绝对不会同意合照的，封建得很。”其实，李红磊很想与昕燕合影，但是知道昕燕的性格，所以并不想勉强她。

彭家良说：“我试着跟她说说。”说完，他走到昕燕的近旁，心里想着怎样说服昕燕与李红磊留张合影。当他走近昕燕时，她已经转过身来，看着走近的彭家良，尴尬地笑了笑。又是这一笑，让彭家良越发感受到她那种超凡脱俗，美艳绝伦的神韵。

他一怔，想，这女孩还真有“回眸一笑百媚生”的美嘞。说美人，她还真是当之无愧。如果能帮红磊照了这张合影，那红磊多开心啊！再说，她如果跟红磊有了合影，今后对红磊就会更一心一意了，也不枉红磊对她一片真心，连前途都不顾了。万一她实在不愿意照合影，就算了，女孩子嘛，也不能太勉强。不过，说什么都得给她拍一张单人的风景照，这女孩衬着这油菜花该有多美呀！让她多年后还能看见这个年龄时的自己。想到这里，他就像个大哥哥一样，弯下腰，轻声对昕燕说：“袁老师，给你们俩照一张合影吧，我只有最后两张胶片了。反正你们俩是在谈朋友，照张合影没有什么关系，你看这片油菜花开得多好，有这片油菜花做背景，照出来一定很好看，好吗？快跟红磊一起到油菜地里站在那片花开得最茂密的地方，我好趁着光线最好的时候赶快给你们照，拍出来效果一定很好。”

昕燕听了彭家良的提议后，脸都羞红了，想了一会儿还是笑笑，又摇摇头，说：“我不照合影。”

彭家良见昕燕说得这样直白坚决，一下子就梗在那里，能说会道的他，一时竟然也不知道说什么好了。

李红磊怕彭家良尴尬，又觉得太勉强昕燕也不好，就打岔说：“家良，我们到对面山脚下的油菜花地去看看，那里有一条小河，水很清，有很多鹅卵石，还有成群的小鱼。比这里还好看。昕燕，我们带家良到那边去玩玩吧？”

昕燕也觉得自己说话太直，好像让彭家良有点下不来台。正在不知所措，听见李红磊这样说，知道他在打圆场，就连忙说：“好啊，我们去

‘小石河’，那里比这里还好看呢。”

彭家良见合影是肯定不可能的了，就顺水推舟地对昕燕说：“还有比这好看的地方？那好，小袁老师，我们走吧。到那边如果真有更好看的景，我给你照张你一个人站在油菜花地里的照片行吗？”

嘴里说着，心里却想，这女孩还真是丽质傲骨，很有主见，不一般啊！难怪李红磊这么喜欢她。

昕燕听彭家良说给她照一张单人的，就拿眼睛悄悄看看李红磊，李红磊也正在看她，两人像是在用眼睛对话。

李红磊说：“照一张单人的吧，家良还不知哪年能再来。过几年你又长大几岁，就不是现在的样子了。不是说留影吗，就把你这时的影子留下吧，看这景色多好。”

昕燕听了李红磊话后，转过头来，眼睛从刘海后面钻出来，抬头看着彭家良说：“好吧，我就照一张单人的。能不能只洗两张照片，连底片一起都给我？”

昕燕看着彭家良，用协商的口气认真地说。

彭家良忙学着昕燕的口吻一本正经地说：“可以，可以，当然可以。我以一个新入伍解放军战士的名誉向毛主席保证。本人一定只洗两张照片，而且要连底片一起交给小袁老师。如果不给，我就是小狗。不过，我太高大了，当小狗不合适，当大象还差不多。我回去冲洗出来后，立即寄给李红磊同志，让他来执行这项光荣而艰巨的革命任务，这样行吗？”

昕燕和李红磊看他说话的样子，再听他又是小狗，又是大象，又是小袁老师，又是李红磊同志的，就都大笑起来。昕燕和李红磊越是笑得开怀，彭家良就越是一本正经的，一点都不笑。

接着，彭家良又说：“那现在我们抓紧时间到远处那片靠山近点的油菜花地里去照？”

说完就拉着李红磊先走进油菜花地里。昕燕还是不紧不慢，不远不近地跟在后面走着。

彭家良见风是从后面吹过来的，昕燕虽然一直跟在后面，却有十几步的距离，肯定听不见他们讲话，就一边走，一边悄悄地对李红磊说：“老伙计，你走桃花运了，现在怎么还会有这么娇羞柔美的女孩儿，还真让你给遇见了。你有福呀！难怪赖在这‘人面桃花相映红’的山寨中哪都不肯去了，换了我也一样。你配上她走到街上，人家不是以为贾宝玉和林黛玉还魂了，就肯定以为是梁山伯与祝英台一起投生了。快带回家去让你老爸老妈看看吧！保准他们高兴得不得了。”

李红磊笑着说：“去你的，不要乱说，小心她听见又不肯照相了。”

彭家良说：“听不见，我说得很小声。风从后面来的。”

李红磊说:“昕燕比我小五岁，还一心想着能回城里去读书，她非常想上大学，到这里两年多了，从来都没有间断过学习。她爸爸也一直在给她补习各门功课。”

彭家良说:“这么说，她和你到这里的时间差不多了?”

李红磊说:“我们到这里前后就差两天，她家前脚刚到，我后脚就到了。我到的第二天就被派工到小学帮助修理打扫学校，那时候学校还是个破庙。她作为这所小学的第一个老师刚刚开创学校，我们就这样认识了。所以我说世间的缘分是说不清的。你不是还说我奇谈怪论吗?有的怪事今后有空再讲给你听，到时看你信还是不信缘分和命运这些东西。”

彭家良说:“你们俩跑到同样是老辈子居住过的乡间来认识，可能还真是缘分呢。我哪年哪月也有这种缘分就不枉来人世间一趟喽!”

今年油菜花开得特别好，满满地覆盖着整个坝子。远远看去就像是一个插满了黄花的大盆被谁摆放在这个重峦叠嶂坡峰绵延的地方。风一吹，黄花就动，一片连着一片地随风翻着波浪，像一个金涛涌动的大湖。那些油菜花还发出一阵阵“沙拉拉、沙拉拉”的声音，好像在哼着一首田野恋歌。

太阳光很强烈。站在开满油菜花地里的昕燕，双手手指扣在一起在前额上架着遮蔽阳光。彭家良拿着个相机，神态认真地一会儿让昕燕这样站，一会儿又那样摆。他一心想把昕燕的神采照得更完美些，而昕燕却一直害羞地半低着头。

昕燕从来没有照过风景照，本来就羞答答的她，对着镜头更是拘谨得可以。被这个既认真又调皮的大男生拿着这么个从来没见过的、小巧金贵的照相机指挥来指挥去，搞得越来越不自然，她的眼睛弯弯地眯着，既是躲避强烈的太阳光直射，也是羞于彭家良老叫她笑。

折腾了半天，彭家良终于觉得不错了，才按下了快门。照完了昕燕这张，又给李红磊也拍了一张单人相后，就没有胶片了。收好相机装进挎包后，一转身把包塞在李红磊的手里，大喊了一声“冲啊!”就向小河奔过去。李红磊见状，又把那包接力棒似的往站在身边的昕燕手里一塞，嘴里也大喊着“冲啊!”跟着也连蹦带跳地冲了下去。他们像两个顽皮的大男孩，一到河边，连鞋带都不解开，就把解放鞋从脚上拔了下来，朝天上一甩，胡乱卷了卷裤脚就跳进河水中。顿时，他们脚下浮起一团团黄色的泥晕，开花一样向四处漾开去。他们俩在浅浅的河水中打闹着，把四周的河水搅得一片泥浑，惊得不远处几只野鸭子嘎嘎嘎地叫着，贴着河面顺流向远处水草茂密的河湾飞去。

终于打闹够了，两人全身的衣服都湿得贴在身上，几乎没有一点儿干的地方，这才想起昕燕。两人回头一看，昕燕坐在河边一块石头上，开心地看着他们直笑。李红磊说："昕燕，快下河来，太阳照得水暖暖的好舒服嘞！"

昕燕笑着摇了摇头。

彭家良看着李红磊打趣说："要是早知道你在这里享这样的清福，我早就来了。可惜要走了，家里还有事要办，不然在这里玩两天再走。"

"为什么不可以，你不是还有几天才开拔吗？"

"不行啊，家里原来搭的那个煤棚坏了，我临走前要修好。以前，老爹喊几个兵来做这些事。现在我们大了，老爹要锻炼我们，就都得自己干。不过，那些事也简单得很，干起来也挺有意思的。"

"其实那些活不难，多做就熟练了。原来我跟着张卫东他们家一起替人家修单车、补家具，你别说还真学会了一些手艺活。从小我老爸也经常带着我在家里修修这里、敲敲那里。我老爸说，男人手里有一些修修补补的手艺，又方便又实用，还可以帮帮别人。现在真的都用得上。哦，说起张卫东，你有他的消息没有？"

"张卫东好像一直没有什么消息，我知道你总想着他，就经常在遇到认识他的人时打听他的消息。可是一直都没有打听到他的下落。不知道被发配到哪里去了。很友善聪明的两兄弟。可惜了。"

"唉！不知道哪年哪月才能见到了。" 李红磊难过地叹道。

"有机会的，等这场运动渐渐平息了，可以想办法去找一下。现在就只能等了。"

"是呀！只能等了。到时候你从部队回来探亲，我们一起去找他。"

彭家良点了点头，没有再说什么。一阵静默后，彭家良说："还说在这里玩两天，哪里来得及啊。那天我去跟红英借你家那把大锯子，她一听说我是借去修煤棚，就拉着我到你家煤棚去看，指着煤棚顶漏雨的地方，要我也顺便修修你家煤棚子。你家煤棚顶上油毛毡的正中被积水压塌了，接缝的地方裂开漏水。得把整个顶盖掀开来重新钉椽皮换新的顶。红英说油毛毡不结实，要换成石棉瓦。前几天晚上我和家兴跑到大院后面堆废旧材料的地方找了十几块老仓库拆下来的半新半旧的石棉瓦。这下子，我们两家的煤棚顶都解决了。这两个煤棚子，我和家兴刨去中午吃饭的时间，至少得一整天才干得完。"

李红磊感动地说："大彭，我真是内疚啊！什么事都甩给了你。"

"老伙计，不要讲这么多客气话，我讲给你听这些事是想告诉你，不是我不想多在这里玩两天，是那边有事，必须在走前办妥。也是让你放心你家那边的事，我会安排好的。"

"我知道你的意思，不必解释，我真想留你下来，哪怕一天，好多些时间同你聊聊。”

“我也想多些时间同你在一起，下次吧！走前我还要去买些东西，收拾一下行装，对了，还要把这卷胶卷冲洗出来，寄给你。这些个不起眼的小事，加起来一大堆，时间一紧，搞得人昏头昏脑的不说，还怕忘了哪件事没办就麻烦了。”

李红磊满心遗憾地说：“那只能下次喽！不过这个下次不知道要等到哪年。新兵没有个两三年怎么可能回家探亲呢。”

彭家良也不无遗憾地说：“下次吧！下次回来不管你还在不在这里，我都一定要来，而且会经常来，这里的风景很美，乡土味道很足，可以取很多好景。今后如果我在部队没有什么发展，回到地方来，我想到出版社、杂志社这种单位去，搞专业摄影，这个行当挺有意思的。”

李红磊听他这样一说，心里虽然不舍，也不再留他了。他们两人把上衣脱下来拧干水，撑开挂在不远处的树枝上，然后走回到河边，在昕燕旁边坐下来，脚伸进水里搓蹭着，自由自在地享受着大自然的美好和舒适。

被他们搅浑的河水，渐渐地又清澈见底了。一群群钉子大小的鱼在水里不知疲倦地游来游去。李红磊拿出昕燕给他的那包番薯让彭家良吃，又在里面捡了一个圆圆的递给昕燕。

昕燕不肯与他们一样脱掉鞋把脚泡在河水里，她觉得不好意思。接过李红磊递给她的番薯，对他笑笑，就拿着番薯背转身去，她不习惯当着外人的面吃东西。

李红磊和彭家良看看她，会意地相视一笑，也吃起来。他们一边吃，一边看着景色，一边聊着，好像有说不完的话。

彭家良嘴里吃着番薯，眼睛看着风景说：“这景多美呀，像是一幅油画。你看半山腰上那农舍的墙刷得白白的，衬托在这山水田园油菜花海之间多好看啊！那边还有一头牛在悠闲地吃草，好景致啊！要是我会写诗就好了，我一定要歌颂赞美祖国的美丽山乡春光。还记得那个叫文慧雪的女生吗？她可是会写诗呀，她写的一首赞美秋天的诗不是还在全校高年级班当范文吗？”

“哦，记得，那首诗写得确实好。”

“听说她还会写那种抒情诗之类的东西。原来我总是想不通，觉得像她那样一本正经的女生怎么会写那些黄色的玩意儿？可是人家就是敢想敢干。她从小学就开始当少先队的大队长，老师们都喜欢她。哎，丁老师原来不是总让你拉二胡她唱歌，还经常在学校表演吗？那时候我们一帮男生多羡慕你呀！”

“你们羡慕我？是我羡慕你们吧！那时候我挺不愿意的，看着你们在操场上热火朝天地踢球，我却在教室里被丁老师逼着一遍一遍地拉二胡同她排练。心里好烦啊!”

“搞了半天你还不愿意啊？”

“你不相信？有一次原本是要排练的，但我一下课就跑回家了，结果丁老师还去我家家访，要我老爸跟我谈集体荣誉感。”

“那我可没有听你讲过。”彭家良说。

“我经常看见丁老师还文慧雪书，又写纸条让她从家里带书。”

“丁老师还找她借书？”

“小时候，在我的心目中老师的书一定是最多的，所以我当时觉得很奇怪，难道她家的书比老师的书还多？后来，丁老师告诉我，文慧雪家是书香世家，家里藏有很多典籍，她家的书比丁老师的书不知道多多少倍呢。”

“想起来了，我也看见过丁老师给她书，还以为是她借丁老师的书呢。”

“丁老师曾说文慧雪的语文根底很厚实，今后肯定在文学方面有发展。”

“我听和她住在一条街的同学说，她整天躲在家里看书，练习弹月琴，从来不去理会外面的热闹。”

“以她从前的情况看，我猜她会跟那个史春梅一样，特别左呢。以前我虽然不喜欢她，但也谈不上讨厌她。每次一开完家长座谈会，家长们回去总要教训自家的孩子，说要向她学习。当年，我妈妈就总是叨叨，‘你看那小姑娘多勤励，多聪明。帮着老师安排每一个家长坐下，还发成绩单，从来就没见她弄错过。老练得很，像个小大人似的。她的父母多会教育，多有福气，我的女儿们要是像她一样，我就省心喽！’到现在我都还记得我妈夸奖她的话。”

彭家良一听就笑起来，说：“我妈也一样，更好笑的是，说自己今后要有这么个儿媳妇那该多好。你看，天下老妈都一样，总觉得别人家的孩子就是比自己生养的孩子好。”

李红磊说：“不过，文慧雪学习好，各方面又都拔尖，自然老师都宠着她，同学们也就捧着她。她呢，总是一本正经的样子，小时候我还真有点看不惯她。现在想来，人家还真是个我行我素的真人。我等自愧不如啊！”

彭家良说：“你家红玉也不差她，成天躲在屋里看书，不参加任何组织，从不与人争吵辩论。你不也是个大才子，原来你的作文不也总是被当作范文吗？你还是我们班男生的骄傲呢。”

昕燕听了彭家良的话，心想，红磊哥什么都会，我可要多多向他学习。

李红磊打了他一拳说：“什么大才子小才子的，别给我乱戴高帽子。”

“谁给你戴高帽子了。你一直在学习写诗我早就知道的。如今落脚在这么个风景优美不受外界干扰的净地，诗才一定大有长进。今天，你就别谦虚了。一定要作一首诗出来让我欣赏欣赏，也让小袁老师开开眼呀！”

说着还挤眉弄眼地捅了捅李红磊的腰。

昕燕一直听着他们俩的对话，她的情绪完全被彭家良的豪放开朗调动起来。她也转过身来，微笑着看着李红磊，双眼里包含着满满的爱慕和钦佩。

李红磊说：“哎，慢点，我好像被你套了。你怎么知道我写诗？之前我好像从来没对谁说过。”

“你家红英总是在外面夸她哥哥是个大诗人。有一次还悄悄把你写的诗集拿出来给我看。记得有一天我和你约好提前去学校打乒乓球。到了你家，你去小卖部打酱油去了，我只好等你。这时，红英拿出一个咖啡色布面大笔记本说：‘这是我哥的诗集，我平日里怎么跟你说的，还说我吹牛，现在信了吧。’我接过本子一翻开，就看见你写的诗。那首开卷的诗至今我都没有忘记。不信，我背给你听：

古有李白如诗仙，来去缥缈彩云间。
神思妙句天上来，半醒半醉大诗篇。
今读诗圣前朝韵，仿佛一梦遇酒仙。
挑灯卷长星夜短，恨不推心音律间。”

李红磊吃了一惊，说：“我的那些东西充其量就是些顺口溜或者打油诗，不值一提。可是你怎么现在还记得这么清楚？”

“佩服你呗！小时候记性好，看了你的这首诗后，着迷了。一到学校，我就在自己的语文书后面记了大部分下来，后来拿邮票给红英换来又看了一次。就记全了。

“你和红英还合伙偷看了我的什么？看我今后见着这个小丫头，一定要好好教训她才行，竟然敢出卖亲哥哥。”

彭家良哈哈大笑起来：“红英也是佩服你。既显摆了哥哥又得了喜欢的邮票，何乐而不为呢。换了谁都一样。”

李红磊笑骂道：“好你个彭家良，竟敢唆使我妹妹一起偷看我的诗集，还拿我的诗来做交易。难怪我说你怎么左一个大才子，右一个大诗人的满口胡说，原来还隐瞒着这些坏事儿。”

彭家良笑得前仰后合地说：“如果连你会写诗都不知道的话，岂不白做这些年的朋友了，这还真要感谢红英嘞。哈哈哈！快点作一首诗来听听吧！也不枉我专程跑一趟来看你。”

不知是乡村美丽的景致激发了李红磊的诗意，还是老朋友和昕燕的热切期望让李红磊动了心，他想了想说：“给你们朗诵一首描写这里春天景致的诗吧。其实，我已经想了几天了，昨晚写了下来。现在读出来试一下，看看能算诗不。也不过是好玩凑兴而已，不要笑哦!”

彭家良和昕燕仰头看着从地上站起来的李红磊，两人不约而同地鼓起掌来，然后对视一笑。彭家良还得意地对昕燕挤了挤眼睛，昕燕笑得脸颊粉红粉红的，像一朵绽开的桃花。

李红磊从上衣口袋里掏出一张叠成四方块的练习本纸页展开来，看着上面密密麻麻的诗句，面对老朋友和昕燕，他心里有点莫名的兴奋。诗是他昨晚就着小油灯写下来准备今天给昕燕的，不想让彭家良也碰上了。他站起身来往旁边走了几步，背对着彭家良和昕燕，咳了一声，清了清嗓子。

刚读了一句，彭家良就喊起来:“哎！转过身来，哪有拿个大后背给观众的？要正面形象。”彭家良的话把昕燕逗得又开心地笑起来。

“去你的，你还听不？不听，我就不念了。”说着装着要把那纸叠起来，放回衣兜里去的样子。

彭家良急得赶紧说:“听，看背影就看背影吧，瞧把你个大诗人拽得。”

李红磊得意地笑笑说:“要听，你就给我老老实实地听，不许乱说乱动。”

彭家良笑道:“好，为了听到大才子的诗，我就老老实实，决不乱说乱动。”

说完，又朝昕燕做了个鬼脸。昕燕眼泪都笑出来了，从小到大，她还真没有体验过，做人可以开心到这种程度，要是天天能这样多好呀！想着，她用手绢轻轻擦着笑出来的眼泪，别提心里有多幸福了。

李红磊开始朗诵起来:

三月菜花醉浮云，万顷黄蕊涌浪飞。
点点碎蝶逐馨舞，声声雀鸟催耕人。
水田农夫扶铧犁，河畔村姑浣旧衣。
塘边顽童戏蝌蚪，后山樵夫歌声起。
水车辘辘悠悠转，渠水沄沄荡涟漪。
远山近树满目翠，泥墙草盖燕房新。
桃花正粉追时节，幽兰芳心无意蝶。
清雅因图山林静，独艳只为惠缘行。
倚石阖目兰芯醉，抚竹观兰酩酊魂。
田埂牧笛自成调，山野小曲由童心。
匆匆春日款款过，袅袅炊烟追流云。
几声归鸟托月出，一片绛紫送日归。

东空降暮西落霞，南山藏鸟北望星。
夜风摇窗灯犹乏，茅舍入眠山林静。
老牛低吟田蛙鸣，农人床头鼾声起。
一声惊啼夜半鸟，几家犬吠四野宁。
阡陌横竖皆入梦，兰竹清溪伴辰星。
是谁天边吹长调，唤醒情思再难眠。
凭窗远顾茫茫夜，幽幽冷月裹流云。
一管忧箫风舞影，长袖轻抛黛山银。
声柔韵长音绵绵，漠漠空山应声远。
孤曲单音总摄魂，心随天籁神仙吟。
微微凝露依依草，丝丝清风喃喃鸟。
情浓意柔春正好，相逢同梦识故交。

第十五章

1

肖红卫早上看见穿着满身补丁旧衣裤，住在那么低矮破旧的茅草房里的李红磊时，已经心生好感。从农村出来的他，虽然没进屋却已能够想象里面的情况。心想，堂堂二号首长的独养儿子在这样低矮破陋潮湿的草房里住了两年多，也真是够能吃苦的。再看李红磊一表人才，待人质朴没有丝毫虚浮不实之气，跟彭家良如亲兄弟一般，知道家良的这个好朋友肯定不错。

肖红卫赶到干校时，已经过了中午吃饭的时间，好在食堂还没有关门。他把车停在食堂门外的院里，就赶紧进了食堂。食堂里已经没有人吃饭，只有一个老炊事员在认真地点着饭菜票。肖红卫买了两个菜包子，又要了一碗飘着几片菜叶子的清汤，找了个靠窗的桌子一坐，就狼吞虎咽地大口吃起来。味道不错，他想，李红磊可能好久都没有吃上这样的包子了，你看他多瘦，眼睛都眍进去了。如果这里的包子不限量的话，我正好买些去给他吃，也算是个见面礼。礼轻情意重嘛。想到这里，掏出口袋里的钱一数，刚好够买十五个，问那个正在埋头数饭票的老炊事员说："同志，我能不能多买些包子带走？"

那老炊事员抬起头看了看他说："可以呀，你要买几个？"

肖红卫说："我的钱刚好够买十五个。"

那老炊事员瞪圆了眼看着他说："小伙子，买这么多呀！"

肖红卫说："你们的包子好吃，我买去请战友们尝尝。"

说完把钱递了过去，那个炊事员点了点钱，往装饭票的盒子里一放，就去数包子。

肖红卫说："同志，麻烦你把包子分成一样多的两份，找点油纸给包上中不？"

老炊事员转过身来看着他说："油纸没有，旧报纸行不行？"

肖红卫说："中。"

买好包子，谢了一声老炊事员，他转身就往外走，准备到车上休息一下，下午上班时间再去干校办公室。这时听有人在后面喊他，回头一看，竟然是多年不见同批参军的一个老乡马新亮。马新亮笑着对他抱怨说："咦！来了，怎么不来看看老乡？"

肖红卫笑起来，"我也不知道你在这里啊！我临时顶了一个回乡探亲的战友来送文件，刚到一会儿。"

"吃饭没有？我请客，管饱。"

"下次请吧，这次我吃饱了，还连吃带买的弄些回去给朋友尝尝。"说完朝马新亮的眼前举了举两大包菜包子。

接着两人东一句西一句地聊起来，马新亮说："到我那儿去坐坐呗，反正你现在也没有地方去。中午都休息了。得等到两点，办公室才上班。"

"中。到你那里坐坐去。"

走出食堂，肖红卫把包子放到车上，跟着马新亮去了他住的地方。

这里从前是军区的农场，现在叫"五七干校"。农场的老房子虽然简陋，却又多又宽敞，马新亮一人住一间十八平方左右的房子。肖红卫跟着他走进去一看，一张结实的单人木床靠墙摆着，床上整整齐齐地放着叠得方方正正的被子。面向窗的墙上高高地贴着一张毛主席的像，下面贴着一个很大的，时下很流行的红纸剪的"忠"字。一张三屉老办公桌放在擦得又明又亮的窗下，一些书排得整整齐齐地在桌上立正站着，还有一本红彤彤的毛主席语录放在那些书的上面。房间很清洁，让人感到主人很爱卫生。但是在进门左手的墙角边却放着一辆又锈又破的旧单车，与这干净简洁的房间不太协调。

"不错呀！这样干净。能评卫生标兵呢！"

"咦，别瞎扯了，评什么标兵。自己住着，打扫干净点也舒服些嘛！"

"那倒是真的。不过那架破单车与你干净的房间显得有点不协调嘞！锈成这样。"

"这车是我刚来干校的那年一个同乡退伍时送我的。也是别人走时给他的。他说不是他的，不想带走，硬送给了我。我不会骑，这车就一直放到现在。摆了这几年下来就越锈越厉害了，算废在我手里了，可惜啦！"

"你学骑嘛，一点都不难学。"

"我不想学，学了也没用。这里附近又没有什么地方可去的，骑哪儿去？"

"再放放就更坏了，修不回来了。"

"对了，你是技术兵，肯定能修好这车。送你呗！省得放在这里丢又舍不得丢，还占地方。再放一年肯定就变成一堆废铁了，你带走呗！城里好玩的地方多，又平整。不开车的时候骑着出去走走，也挺好嘞！"

“车上还绑着个打气筒，挺全的。正好我车上有工具，我先帮你简单修修，你自己再擦干净那上面的锈，我下次如果还能来，再教你骑，一会儿就学会了，不难。”

“不学不学，我真不想骑这玩意儿，今后要学就学开车，你要教就教我开车，我不稀罕学骑单车。你不要它，等你走了我再找不到人要，就真把它放到外面去了，省得占地方还难看。”

“放到外面风吹雨打的，这车要不了几天就完蛋了！”

“那你就拿去呗。真要是烂散架了怪可惜的！”

肖红卫突然想到了李红磊，就说：“我自己倒是不需要它。但是我有个朋友在乡下，条件很差。你要真不要了，我修理一下拿去给他，看看他要不要。说不定他还能派上用场呢。你说中不中？”

“中，你有用处就赶紧拿走，总比放在这里锈烂了强。既然送你，就是你的了，爱给谁就给谁，自个儿决定。”

肖红卫和马新亮把单车连推带抬地搞到吉普车前，他从车上拿出工具，开始修理。马新亮找来一块破毛巾擦着单车上的锈和灰尘，他俩一边聊着，一边修理着单车。

肖红卫说：“这车也真结实。放这么多年了，主要零件都还没坏。不错！”

“你看你多能耐！会开汽车，还会修单车。今后真要复员、转业的随便怎么都能在城里留下来，到哪个单位都能混得很好。这年头有技术就有好日子过，你要是好了，可别忘了拉拔我一把哦！”

“看你说的，我能比你好到哪里去？真要有法子还能不帮你。”说完，推着那车走了几步，感觉还行，就试骑了几圈。虽然龙头很犟，歪来拐去地拧着劲，坐垫也松得转来转去的，蹬几圈链条又脱下来，实在不好骑，但是总算能骑了。最后他们找来几根绳子把单车牢牢地绑在吉普车顶棚上。

2

下午五点来钟，肖红卫到了石板坳。老远就看见彭家良和李红磊站在早上停车的地方说话。不远处还有一个女的和一群孩子，那个女的同孩子们在一边围了个圈，好像在玩什么游戏。这时，李红磊先看见了他的车，向他挥挥手，彭家良也转过身来，见是肖红卫来了，也冲他挥挥手。肖红卫慢慢地把车顺着斜坡的小路滑了下来，稳稳地停在他们旁边。

他跳下车的时候，孩子们看见了他，停止了玩耍。突然，不知哪个孩

子喊了声:“解放军叔叔来了!”孩子们就一窝蜂地迎着他跑过来，其中一个还领头念起童谣:

解放军，解放军，
头上戴着五角星，
拿起冲锋枪，
打死美国兵。
别看我的年纪小，
长大参军把国保。

孩子们反复大声唱诵着，把肖红卫围在中心。他们围着这个高大威猛的解放军叔叔开心得不得了，那个领着念童谣的孩子又带头冲着肖红卫敬了个非常童稚的军礼，其他男孩子也学着他的样子向肖红卫敬军礼。孩子们的举动不仅让肖红卫有点不知所措，感动异常，就连昕燕，包括彭家良和李红磊都觉得有点突然。

彭家良说:“这些小鬼怎么就不喊我解放军叔叔，我不也穿着军装吗?”

李红磊笑着拍了拍他的肩膀说:“得了吧，你没有帽徽领章，这些孩子们聪明得很，分得清。”

这时，彭家良看见吉普车上绑了架又锈又破的单车，就问肖红卫说:“红卫，你哪里去收了这个散了架的破铜烂铁单车来?还像宝贝似的让它高高地躺在车棚顶上?”

他这一说，大家都抬眼去看车棚上面，见那架旧单车被紧紧地绑在车棚上面，硬硬地挺在那里支着长长的骨架子，像个遍体鳞伤铁骨铮铮的硬汉。

肖红卫笑笑说:“哎，你要不说，我还差点忘了。干校那边有一个同乡送的。这车也是他的一个同乡退伍时送他的。他不会骑就一直放在那里，放了些年头他又不擦，就锈成这个样子。我说可惜了，就帮他修，他就一定要送我。我想红磊这里说不定有用，就随便修了修，自己也试了试，转盘和那些零件基本上都还好，还可以骑。再调调，骑短途是没有问题的，就给带过来了。”

李红磊见肖红卫是为自己带来的，心里感动，想，好细心的一个人。就忙说:“多谢了!单车在这里很有用呢。这车不赖，是架大永久，好牌子呢!”

肖红卫见李红磊喜欢，心里也高兴，就说:“这车锈成这样，又还绑在车棚上，你怎么知道它是大永久?”

彭家良没等李红磊答话，就说:“咳，在你看来这是架破旧单车，在红磊来说，它就是一匹‘赤兔’或者‘的卢’了。”

肖红卫说:“什么赤兔的卢的？你说哪里去了？”

彭家良说:“这你还不知道？‘人中吕布，马中赤兔。’吕布白门楼殒命后，赤兔马先在曹操手中，后来就是关公的坐骑了。英雄配宝马。至于‘的卢’，那是刘备的坐骑。据说速度如风，还背负刘备跳过宽阔数丈的檀溪，摆脱后面的追兵救了刘备的命。‘的卢救主’的故事就是称赞那匹神驹的。”

肖红卫笑起来说:“你小子真能扯，这就是辆还能用用的破旧单车，怎么到了你嘴里就成了宝马神驹了？我可不跟着你瞎吹大牛皮。”

大家一听都笑了起来。

李红磊说:“单车在这山里对我来说真的就如宝马神驹。多谢了！”

彭家良说:“单车在这里管用得很。特别是碰上红磊这个主。这架破单车就找对人了。你不知道，红磊他从小就爱单车，经常跑到市里大十字一家最大的五金门市部去看那些单车。有时我也跟着去。什么飞鸽、大小永久、凤凰女士车，什么型的他都知道，比有些营业员都清楚。对吧？伙计。”

李红磊笑着说:“小时候，家里不给买，就去五金交电公司看那些崭新的单车。那里什么牌子的单车都有，什么凤凰啊，飞鸽啊，崭新崭新的，看着真过瘾。”

肖红卫说:“那这车是找对主了，我们把它卸下来呗。”

李红磊说:“红卫。谢谢你送了我这么一件大礼物。”

“雪中送炭嘛！我帮你给它松绑。”彭家良高兴地对肖红卫说。

“真是谢谢了！”李红磊感激地说。

肖红卫说:“不要客气，也是赶巧了。我要晚去几天，或者没有碰上我那个老乡，也许过两天，这单车就被他给扔了。”

大家七手八脚地把车卸了下来。车的站架的那半截残桩不能支撑单车站着，只好把车放倒在地上躺着。那支与单车一样又脏又旧的打气筒用绳子固定在车身的斜杠上。

肖红卫说:“我中午已经给单车打过气了，那老气筒的皮碗有点漏气，不过还能用，就是要多费点劲。”

肖红卫给李红磊留了两三样简单的修理工具后，就转身去打开车门从里面拿出那两大包报纸包裹着的菜包子。他让彭家良拿着一包，自己打开一包，拿出一个掰成两半，分给两个孩子。再拿出一个又如此这般地分发。一直分了七个，才给孩子们分完。接着他把另外一包从彭家良的手中拿过来，塞进李红磊的手里说:“兄弟，这些你留下来吃呗。家良走了，如果我有顺道的任务就过来看你。”

李红磊一只手抱着那一大包菜包子，一只手紧紧握住肖红卫的手，站在李红磊身边的昕燕赶紧从他的手上拿过包子。李红磊腾出手来后，双手一起握住肖红卫的手，再次谢过他，然后又与彭家良双手紧握，恋恋不舍地告了别。彭家良和肖红卫上车走了，男孩子们兴奋地追着车跑。昕燕担心孩子们去吊车，急得直喊。

李红磊说："让他们跑跑，追不上就回来了。没人示范，他们不敢吊车的。"

彭家良走后半年多的一天，肖红卫还真来了。主要是来告别的，部队批准他转业回河南了。他顺便给李红磊带了几样单车的零件和工具，还有一大堆吃的、用的，说是部队里的一些战友送的。这是后话。

昕燕和李红磊说话时，追车的孩子们都先后回来了。李红磊扶起单车，推了几步试试前后轮的刹车，又拧了拧车龙头，心里感激着肖红卫的好。昕南和另外两个小男孩爬上了单车。一群孩子跟在车后面，吵吵闹闹地要轮流坐单车。昕燕让大牛维持秩序，保证每个同学都能坐一次单车。大牛是班长，同学们都听他的。

这时，有一个叫韦老三的男孩说："我应该最先坐单车，要不是我去割草看见老师他们在这里，又去喊你们，现在你们谁都吃不成解放军叔叔的包子，也坐不成单车。"

大牛公正地说："好嘛，我们大家让韦老三先坐单车。是他去喊我，我才喊你们来的。"大牛一路安排着孩子们上车下车，一路喊着："李老师停，李老师走。"

昕燕听着孩子们充满童稚的话语，跟在一旁默默地走着，李红磊推着车也在想着心事，完全机械地听着大牛的指令。他们俩都有一种说不出是忧伤还是留恋的情绪在心里滋生着。

到了韦婆婆家院门口，孩子们就四散开来各自回家了。昕琪和昕南也一溜烟跑进了院坝。李红磊把单车靠在自己的腿上，从上衣口袋里掏出张折叠成正方形的练习本纸页递给昕燕，说："除了下午念的那首诗，里面还夹着另外一首。我没好意思当着大彭念，就留了下来。"

昕燕接过来，脸上红红地透着幸福，看着李红磊小声说："还有一首啊？"

李红磊含笑点点头说："小心别让你爸妈看到。"

昕燕说："不会。"说完，把手里抱着的那包菜包子递给李红磊。

李红磊接过来，打开报纸，从里面拿出两个来装在衣服两边的大口袋里，再把剩余的六个包好塞进昕燕手里，说："你们家人多，拿去全家都尝尝。”

昕燕从里面又拿出一个放在李红磊手里。怕李红磊不要，她转身就跑走了。

晚饭，昕燕妈妈煮了锅菜糊糊，就着在锅里复蒸过的包子，全家人美美地吃了一顿。晚饭后，大家又坐着聊了聊，就各自洗漱回房休息。昕燕把小木桌上的油灯点亮。小小的油灯刚能照亮那张李红磊为她制作的小木桌面，房间里别的地方还是昏黑一片。昕琪躺在床上说："姐姐，你不睡觉啊？"

昕燕说："姐姐还要看看书，你们先睡吧。"

这时，妈妈在外屋说："昕燕，早点休息，看书不要太晚了。"

昕燕应了一声，外面的床嘎吱响了一声，好像妈妈翻了个身。昕燕知道妈妈不会进来了，就从衣兜里掏出那张折叠起来的纸页。摸摸很厚，展开来，两张写着诗的纸就像李红磊站在眼前看着自己笑一样。她选了那首没有听过的，心情急切地就着油灯细细地读起来：

有心、无题

不知道为什么，
我总是担忧别离。
你忧愁的双目，
让我也满怀伤情。
时光匆匆飞逝，
常想起一些古老的故事。
花丛间两只翩翩的蝴蝶，
正舞蹈着生命的终极！
它们在追逐中即将永别，
却不知那是最后的绚丽。
像两条同源的小溪水，
轻轻靠近时又孕育着更久长的分离。
短暂啊！
这神奇的生命；
辽阔啊！
这奥秘的空间。
是谁选择了这样的时间和地方？
让我们青春的生命在这里相聚。
是谁让我们带着各自的落魄忧伤？

在这里相怜相依。
这情这缘这恋，
像小石河中波澜不惊的流水，
来得那样不可思议，
唱得那样曼妙飘然，
游得那样流连逶迤。

我端详着你美丽的双眸，
发现你并不幸福。
黑色的瞳仁后面，
总是藏着一片愁烟雨雾。
你的忧思自怜，
让我不忍面对。
我想化解你心中的悲怨，
带你走出黑色的梦魇。
却跌入你伤痛的深渊，
夜夜彷徨在无边的幽梦中间。
我的灵魂在震颤，
因那黑色后面无声的泣叹！
我走进那黑色的深处，
看见命运的魔咒把你紧缚。
我要毁灭那些邪恶的诅咒，
让你的生命在幸福中绽放。
让你不再伤心幸福不属于你，
让你不再忧愁幸福它太贵了，
你家买不起。
十七岁的少女啊！
如花朵般绚烂。
为什么要忧伤？
生命这么短暂，
缘聚如此神奇。
让我们忘忧吧！
抛开那些感伤不平与烦恼，
在这美丽的小山寨里，
做春季里欢乐的小鸟。

读完，昕燕早已感动得满面泪水。她觉得李红磊的诗就像是从自己心里发出的无数感叹。自己虽不会写诗，但是对诗却有一种与生俱来的敏感和喜爱。她觉得自己的心灵在颤抖，拿起那张诗稿轻轻贴抱在自己的胸前。此时，她的全身充满着一种难以言状的感动。珍珠般的泪滴又如泉水般往外涌，一滴滴地滚过脸颊，撒落在胸前的手上和诗稿上。她用手指不断地抹着眼泪，感觉自己的心荡漾在一种奇怪的幸福与痛苦的混合滋味中。

我这辈子注定是不能忘忧的。“黑五类”家庭成分、“右派”、“现行反革命”就像三座大山一样，永远压在我们一家人的头上。那三座大山是专门属于我们家的，我们推不动也移不开。那是一个烙印。它深深地烙在我的脑海里，时时刻刻压在我的心上，我怎么可能忘记呢？如果不把这三座大山与自己的生命牵连在一起，我何尝不是一只欢乐的小鸟？忧愁也是命啊！是前世带来的苦命呢！想着，眼泪更是止不住地从心底涌出来。

3

早上第三节课后，李红磊才急匆匆地跑来。他赶回来上第四节体育课，昕燕代不了体育课。李红磊天不亮就去参加大队抢修山那边的那个叫“山顶湖”的小水库。小水库是一九五八年修建的，到现在十多年了。每年雨季到来前都在修修补补，特别是坝上的水闸边出现了一个很大的裂缝，裂缝越来越大。整个坝上还有很多大大小小的裂口，不涨水没事，一旦下大暴雨涨水就会被冲开，后果不堪设想。公社多次到县里去要水泥，今年终于得到了救急特批的水泥，立即组织各大队抽调人力抢修。李红磊让昕燕把自己这段时间的课调了调，也参加修坝去了。

这天坝上水泥用完了，停了工。据说上面特批修水库的水泥还有几十包被张小田卡住了，不知道要拿去做什么。几个大队的队长商量了一下，就心急火燎地一起到公社要水泥去了。

李红磊估计今天干不了活了，就趁这个机会赶回学校。几天不见昕燕和学生们，心里很挂念。一路小跑赶到学校，见下了第三节课的孩子们在小操场上玩耍，狗娃和几个男孩子在往篮球框里投篮球。那是李红磊把一个粗铁环固定在大树上的简易篮球框。小学校生气勃勃，孩子们的打闹声、笑声充满了整个山谷。李红磊一边向操场走，一边看着长高长大了的孩子们，心里很高兴。正在这时，那个旧篮球框骨碌碌地滚到脚边，那是他从县文化馆捡来的。李红磊接住球，顺势一个三步上篮，球在篮球框上颠了两下就滚了进去，孩子们拍手欢呼起来。

看着孩子们开心的样子，李红磊想，真好，捡来的旧篮球一样好用。要是那次错过了就可惜了，特别是那把二胡。

两年多前的一天，李红磊到县里参加优秀知青大会，会后去找县革委主任马叔叔，他是李红磊爸爸的老部下。本来李红磊不想让他知道自己住在石板坳的事，可是去年在县里的学毛著积极分子会议上发言时，被马叔叔认了出来。他让马叔叔千万不要把自己在石板坳的事告诉爸爸妈妈。马叔叔听完缘由后，叹了口气答应了他，劝他要早点回家去看望父母。

优秀知青大会散会后，马叔叔硬拉着他去家里吃了一顿野菜饺子。他想请马叔叔批拨点水泥给小学平整一下课堂，再修一个简易的操场。结果才知道，水泥是由省里统一调拨，县里根本就没有。李红磊只好带着几个马妈妈给的混合面馒头转回石板坳。路过县文化馆，看见一些人围在那里吵吵嚷嚷的，走近前一看，门外墙角有一堆破烂东西。几个手臂上戴着红袖章的人不断地从那院里或拖或抱地把一些东西拿出来扔到墙角。文化馆在这场运动中也成了封资修的东西被关停了。一直锁着大门的文化馆里四方的院落、宽敞的房间被县里几个实现了革命大联合的造反派组织看中了。他们撕掉封条，砸开锁，全面占领接管了文化馆的场地，用来做联合指挥部。

李红磊在人群外面看了一下刚想走，就听见一个看热闹的人问:“这些东西你们还要不要了？如果你们不要，我们能不能捡点去用？”

扔东西的有个人很豪爽大方地说:“捡吧。反正丢也是丢了，想捡就捡吧！”

好几个人上去翻那些丢出来的东西。一个又旧又没有气的篮球像一个大碗一样被装在一个脏旧的竹垃圾篓里扔了出来，一个人从垃圾篓里扯出那个篮球，看了看顺手就丢在一边。李红磊赶紧冲进人堆把那个篮球拿在手上。这时，突然看见一个老太婆翻开一张从墙上撕下来的大字报，里面竟然躺着一把断了琴弦的旧二胡。李红磊一个箭步跨过去，一把抓住那个二胡。那个老太婆还以为他抢到一个什么宝贝，紧张了一下，一看是一把旧二胡，就摇摇头走开了。李红磊一看，二胡不错，琴弦断了可以配，可是二胡的弓却没有了。于是他就跟着那些人在那堆东西里翻腾起来，这一翻，不但找到了那把二胡的弓，还在一个旧纸包中找到了两副没有用过的二胡琴弦，还有一块中间已经被马尾拖出一条深深凹槽的松香。又捡到了一个一面被捅破了一小块鼓皮的小腰鼓，还有一个裂了缝的铜锣。这时，有个男人掀开一把破藤椅，发现了一卷捆在一起、各种颜色的薄绸彩旗。李红磊心里喊起来，可惜了！可惜了！我怎么没有先发现。那卷彩旗看起来还很好，肯定是夹在那些乱七八糟的东西里面被不小心错扔出来的。他拿去有什么用？我要是得了，红颜色的拿来改成学生们的红领巾；其余色彩的往学校周围一插，风一吹彩旗飘飘的多好看。孩子们会多高兴啊！不行，我得跟他商量商量，看他能不能让给我。

李红磊走过去对那人说："同志，我是野鸭河公社石板坳红星小学的老师。我们学校是自己办的，上面没有拨钱，很困难，你那几面彩旗拿去没有用，能不能送给我？我拿回学校去插起来，小娃娃些看了高兴。"

那人看了看李红磊手里捡的都是别人不要的旧球、破鼓、烂铜锣，还有一个断了弦的二胡，心里相信李红磊讲的是真话。但是，他有些为难地说："哦，你是老师啊？难怪你捡的都是些没有人要的东西。不是读书没有用了吗？你还自己办学校？"

李红磊央求他说："我们石板坳的小学有好多娃娃上学，学会了认字打算盘，将来会有用的。真的不骗你，欢迎你到我们学校来参观。这些彩旗给我吧！多谢你了！"

那人看看旁边没有人注意他们，就小声说："实话告诉你，这些彩旗我要拿回去给我两个女儿做小褂子穿。小旗是绸的，穿起来很凉快。我们没有钱买布，自己又不会织布，没得办法。不过，这两面红的可以送你，太鲜红了，我怕我家姑娘不好意思穿出来。本来可以做被面用的，但是有点太薄了。既然你有用就送给你了，隔山打鸟见者有份嘛。这些黄的、绿的、蓝的做褂子女娃子穿了都好看，我就自己要了。"

说完，那人从那些彩旗中抽出两面红色的彩旗递给李红磊后，就兴高采烈地抱着手中的宝贝钻出人堆走了。

那次李红磊虽然没有搞到水泥，但是捡到了这些宝贝，特别是那把二胡。他像发了大财似的抱着这些东西回到他们的红星小学。

昕燕看见这些东西后高兴得不得了，立即把那两面红色的彩旗洗干净晾干后，把一面红彩旗剪裁成许多条带一点角的红领巾，这样就能多做几条。她让手巧的女孩子们坐在一起一针一线地把红领巾的边缝好，这样彩绸的丝纤维就不会散开。昕燕说："节约一点，让大家都有红领巾戴。"

李红磊从竹林里选了一根很直的竹竿，将另一面红旗插在操场边上。孩子们每天上学轮流插旗，放学轮流收旗。每当他们带孩子们外出活动，写生或者农忙时下田劳动，就作为队旗让男孩子们轮流举着走在队伍的最前面。举旗的男孩子们一路走一路挥舞着红旗，不知道有多骄傲多自豪。后面排着队的孩子们放开嗓门唱着学校教的歌。田边地里干活的农人直起腰杆，手搭凉棚在学生队伍中寻找自己家娃娃，那情景不知道有多好，多激动人心。

捡来的东西都派上了用场。小腰鼓的鼓皮上的那个洞，是韦婆婆拿去找人补好的。她见人就夸："红磊会当家呢，一分钱不用就捡回来那么多好东西。”

昕燕带着娃娃们玩击鼓传花的游戏，孩子们高兴极了。李红磊还教孩子们敲各种鼓点。铜锣无法修，就吊在大树枝上当上下课敲击的钟用。虽然敲出来的声音沙哑难听，比起人喊“上课啦、下课啦”要显得正规些。二胡基本没有坏，换了琴弦，梳理调紧好弓上的马尾，再拖上松香，拉了两下，音色非常好。于是，昕燕在一块染好准备做裤子的藏青色土布上剪下一段来做了个可以收口的挎肩琴袋，还用丝线在上面绣了一个五线谱的高音谱号，一只白色的小燕子在谱号旁飞舞。

二狗看见李老师脸上带笑站在那里像在想什么，就把篮球朝他传过去。李红磊接住球，远远地向篮球框投去，篮球没有进，在铁圈上碰了一下就弹了回来。李红磊抓住球丢给二狗，转身到石头水池洗了洗手，就朝教室走去。

进了教室看见只有昕燕正在改作业，学生们都不在。他喊了一声，“喂，这么专心，别把眼睛掉进本子里拔不出来了。”

昕燕抬起头，看着他微笑：“你回来了？不是还有几天吗？”

“我想来上堂体育课，心痒痒的。我是跑步来的，怕耽误了课。”

“你不用急，看跑得满头大汗的。修水坝本来就累人，你还这么跑。”

“那你一个人顶这么多课，更累哦！”

“不累，比起修水坝来不知有多轻松。大坝的裂缝补好了没？”

“没水泥了，停工了，今天肯定开不了工。”

昕燕递给李红磊一张自纺布绣的大手绢说：“看你满脸都是汗，擦擦吧！”

李红磊接手帕时拉住昕燕的手说：“好想你啊！让我亲一下。”

昕燕脸一红低声说：“我也好想你。”

他把昕燕拉进怀里紧紧地搂着，在她脸上亲了一下。昕燕紧张地说：“别让学生进来看见了。”

他放开了昕燕，用手绢在脸上擦了擦，又展开来看：“这是你自己绣的手绢？真好看！”

昕燕说：“我学着绣的，手好像很僵硬，就是绣不好。寨子里所有的女人都会绣，她们是从小就学的，绣起来飞针走线的。她们还会画，画得特别好，画下来再绣，是一辈一辈传下来的技巧。那些图案很好看，我的手笨，总也不如她们绣得好、画得好。”

李红磊说：“你是初学，已经绣得很不错了，我觉得你绣得最好。不要总是那样苛求自己嘛！”

昕燕说：“确实是我自己太笨了，你看大家都有本事，你又能干活还会这会那的。可我呢，一样都不会，样样都得从头学。还有，我的家庭成分又不好……”

李红磊知道她的悲观情绪又上来了，就笑着打断她说：“什么成分不成分的，别老拿那些别人强加给你家的罪名往自己头上扣。你现在就是一个优秀美丽的山村女教师。大家都喜欢你，谁在乎那些莫名其妙的，硬要把人分成三六九等的所谓成分。”

昕燕不好意思地笑了笑说：“好，我不说成分了。但是我还是笨啊！我最羡慕的是你会写诗。如果哪天我早上一醒来，突然就会写诗了，那我真的要高兴死了。”

“你天生就有诗人的气质，学会写诗是迟早的事。不过可千万别高兴死了，那我可能就伤心死了。你迟早会是个女大诗人呢。”

昕燕说：“别拿我开心了，还女大诗人呢，真的能绞尽脑汁写出一句半句成样子的来还不知道是哪年哪月的事呢。”

“昕燕，提起诗，我想起来了。这几天修水库时，听人说，山后水库下游那边东面的山窝里有三个古墓。三个墓碑上都写的是诗词，却没有墓中人的姓名，不知道是真是假。我还没有实地看见过古人写的诗词是什么样子，很想看看那古诗词写的是什么，就是没有时间。”

“真的呀？哪天找个时间，我们去找找看。我也想看看古人写的诗呢。说不定我看了那些古诗后，得了灵感就会写诗了呢。”

“你肯定会得到灵感的。我也沾点光呢。”

“你还用沾光！你都能写这么好的诗了，还是留给我吧！”

李红磊呵呵笑起来说：“你好贪心嘞！全部都要。好，我一点不沾，全部给你。不过，今后你成了女大诗人，可别瞧不起我这个把光全让给你沾了的小迂夫子哦！”

4

清明前，水坝修补工程终于完工了。李红磊也打听到了那三个古墓大概的方位，但是具体在哪里大家都说不清楚。清明这天，李红磊同昕燕一家到月亮山去上坟，韦婆婆留在家里照看春花。李红磊一大早就到了韦婆婆家，大家看见他来了，拿上那些祭奠的东西和吃的东西就出门了。

一路上大家有说有笑，昕琪说：“我最喜欢上坟了，又好玩又有好吃的。”

昕燕妈妈听了说：“是来祭奠老人的还是来吃的？你这个馋嘴猫。”

每次上坟，李红磊都跟昕燕家一起去，上了昕燕曾外祖母和外公、外婆的坟后，昕燕一家再同他一起去上他爷爷奶奶的坟。这些年都是按这样的顺序走，也顺路。

李红磊拿着带来的小锄清理坟周围的杂草，昕燕开始摆放那些用来祭奠的东西。妈妈则拿出自己做的坟标开始整理。爸爸去旁边的竹丛中削了几根一米多的细竹条来，然后帮着妻子把白色绵纸做成的坟标绑到细竹杆的顶端。

一根根翠绿的新竹举着一条条白色的长尾鱼般的坟标，高高地站在坟墓顶上。那些白色的鱼儿甩着尾巴在风中忽高忽低地飘游起来。有坟标就是有后人的意思。昕燕已经摆好了祭品，妈妈点燃了香烛，爸爸在几个小酒杯里倒满了酒，大家就开始一边烧纸钱一边磕头，妈妈说些请老人保佑，祝愿老人们早日投生好人家，或者成神仙之类的话。

昕琪在一旁站着，不知道在想什么。妈妈拉了她一把，让她跟着跪拜。谁知昕琪不肯跪下去，说会把早上才换的干净裤子弄脏。

昕燕妈妈说："你这个丫头真是被你那鬼老爹惯坏了，快跪下来给老人磕头。"

昕琪弯着两个膝盖并不真的下跪，双手合掌，做了一个磕头的样子，就赶紧站到一边去看大家磕头。她看着双膝跪在地上，嘴里念念有词的妈妈，问："妈妈，为什么每次你又要喊在坟墓里面睡得好好的曾老祖母和外公、外婆去投生好人家，又要喊他们保佑我们呢？如果他们都投生走了，还能不能保佑我们？如果不能，曾老祖母和外公、外婆还是一直睡在里面不要去投生也不要去当神仙好些。"

大家听了，全部大笑起来。妈妈忍不住也笑起来，说："你这个鬼丫头，怎么跟你老爹一样，满嘴的胡言乱语。"

爸爸说："我们昕琪就是聪明，能听出你的话前言不搭后语，自相矛盾。人家哪里是胡言乱语，简直就是个小天才。要是把她从小就提出的各种问题凑起来的话，一定能编出个新版《十万个为什么》，好得很嘞！"

大家又都笑起来。

妈妈忍住笑说："天下就你女儿聪明，真是赶根赶种（意指栽什么树苗结什么果）的。"

昕南逮住了报复的机会，大声喊着说："昕琪是个大憨包。"

这是平时昕琪总是骂昕南的话。

昕琪说："看我不捶死你。"说完就冲了过去。

昕南转身就跑，昕琪在后面追，两个孩子绕着那些大大小小的坟头追逐打闹。跑到一棵树下，昕琪发现树下草堆里有一些蘑菇，就和昕南绕着树丛寻找野菜、蘑菇。他们把那些新长出来的蕨菜、苦蒜、清明菜和其他各种能吃的野菜摘下来，集中放在妈妈带上山来的竹篮子里，一会儿就有了一筐。

看看时间差不多了，昕燕妈妈说：“红磊，我们一起去给你爷爷奶奶拜祭，然后就回去吧。”

昕燕拿起装供物的篮子开始收拾东西，昕琪、昕南手里拿着坟标。一起朝李红磊爷爷奶奶的坟那边过去。

在李红磊爷爷奶奶的坟上祭拜后，大家开始吃午饭。昕燕妈妈给每人分了一个用苞谷叶子包起来蒸成的苞谷粑。大家又分吃了些咸菜、小鱼。最后用碗轮流喝了用李红磊的那只老水壶带来的水，午饭就算吃好了。

这时，李红磊对昕燕爸爸说：“袁叔，我听说那边山坳里有三个老古坟，这里的老人们说那些碑文上刻的全是古诗。我与昕燕都想去看看真真切切写在墓碑上的古人的诗，昕燕说你也很喜欢那些东西，我们一起去看看好不好？”

昕燕爸爸说：“早前我也听说过，不过后来忘了这事。”

李红磊说：“现在时间还早，我想去看看。”

昕燕爸爸说：“好啊！我们一起去看看。你们当老师的，教书育人是应该多增加些知识和见闻。有些民间传说的事，能亲眼看到也要缘分呢。正好去证实一下是否真有其事。”说完站起身来拍拍屁股就要走。

昕琪、昕南喊着也要跟着去。妈妈说：“那我也跟你们一起去看看那几个怪碑。我小时候就听说过，好像我大哥他们见过，大家都说那地方闹鬼，人多阳气旺些。”

爸爸说：“当然大家一起去最好，你一个人在这里多可怕。我要是鬼的话，肯定来抓单独的那个。”大家都笑起来。

妈妈说：“你那张臭嘴，就是个大鬼。”

昕燕把祭奠的酒洒在墓前，把酒杯装进篮子里。昕燕爸爸、李红磊还有昕琪、昕南都已经在前面慢慢走了一段距离了。昕燕和妈妈收拾完东西赶过去，一群人东滑西跌地好不容易到了人们说的那个山坳里，却根本看不到传说中的那三个古墓的踪影。

李红磊说：“大家都说就在这个瀑布水潭旁边不远的地方，可是怎么找不到呀？”

昕燕爸爸说：“传说就是传说，并没有什么科学依据。或许根本就是人们编出来的故事，又或许那些古墓早就被千百年来山塌地陷的地质变化破坏了。”

昕燕妈妈说：“我大哥、大姐他们都看见过，确实是有的。只不过这么些年过去了，怕真的是早就垮塌不见了呢。找不到就算了，我们回去吧，这里好背阴啊！我的脖子后头凉飕飕的。”

大家都很扫兴，看看确实没法找到，只得又从原路往山上爬。走到一半的时候，看见一个背着背篼的农人朝他们这边走来，走近了才看清楚是一个六七十岁的老农。山路狭窄，大家就站在一边让老农先过。

老农看着他们手中拿着的那些上坟的家什，就问：“你们是来拜祭哪家先人的？”

昕燕爸爸说：“我们是来拜祭先人万太爷和李传福的。”

老农说：“哦！那你们是石板坳大队的喽？”

李红磊说：“是的，老人家你怎么知道的？”

老农说：“这附近的村寨我都熟，再说，万太爷在世的时候救过我们石头沟的人，还有我的一家，我当然记得他。”

昕燕妈妈说：“我父亲还救过你们石头沟人？我一点都不知道。”

老农说：“你是万家女儿，那我要谢你喽！”说着就双手抱拳，对昕燕妈妈拜了三拜。

昕燕爸妈不约而同地抱拳还礼，妈妈连说：“老人家，我们受不起，不敢当，不敢当！”

老农说：“这是我们石头沟人对天发过誓的。在世间，只要万太爷家后人有求就要舍命相助，只要见到万太爷家人，不管长辈、小辈都要谢！这是我们的规矩，你们受得起。”

李红磊问：“万太爷怎么救你们石头沟的。”

老农说：“那还是解放前，我们石头沟人少，只有四户人家。就像大树分枝一样，其实根上就是一家人。有一次，我老爹打回来一只野猫，几家人就一起煮来吃了。吃了那只野猫后，大家先后开始又屙又吐。我家曾老祖太第二天就死了。我们吃了专门医拉稀的草药也不管用，几家人都屙吐得要死了。我家老爹身体强壮些，就赶紧连爬带滚地出山去找万太爷。万太爷一听，先让万太婆给我老爹熬了碗汤药喝，然后背上装药的背篼就跟着我老爹到了石头沟。吃了他配的药，我们渐渐地就好了，我们这一族人才保了下来。我每次过万太爷的坟山都要给他老人家磕个头，作个揖。顺手还帮万太爷的坟清理一下野草。逢清明、七月半，我专门要带儿孙来给他老人家烧纸磕头的。我们石头沟的人一辈子都感谢他老人家嘞！”

昕燕妈妈说：“谢谢你老人家，难怪我总觉得，每次来看我父亲，他老人家的坟好像都有人打扫过。”

昕燕爸爸说：“行善积德，人们总会记得的。”

老农说：“不光是我们石头沟的人来，每逢清明、七月半，我看见石板坳、后坝寨的人也来拜祭。那些年，不见你们来，一直都有人来帮插坟标，打扫坟地。”

昕燕妈妈说：“多谢了！那些年搞运动，娃娃又小，来不了。我们不孝呢！现在我们一家就住在石板坳，可以经常来了。”

老农看了看昕燕爸爸，问：“那些坟山都在上面，你们怎么跑到这边来了？”

李红磊说：“老伯，我们已经拜祭过先人了。听说这里有三个老古墓，墓碑上有古诗，我们想看看古诗写的什么。找了好久都找不到，不知道老伯知道不知道那三个古墓究竟在哪里？”

老农说：“知道是知道，就是不知道找那些东西好不好？”

李红磊说：“没关系的，我们就只是看一看。”

老农说：“既然只是看一看，我可以指你们。你们是问对人了，现在知道这三个老古墓的人没有几个了。”

昕燕爸爸一听，赶紧说：“谢谢老伯了，麻烦你老指给我们看看。”

老农用手指着远处山窝里的一片竹林、野草、灌木丛覆盖的地方：“就在那里面。”

李红磊说：“看不见呀。”

老农说：“当然看不见，那三个古墓全部被那些野生矮刺蓬和杂草盖住了，哪里能一眼看见。”

昕燕爸爸说：“能不能麻烦老伯带我们走近点去看？”

老农说：“一般人走得再近都看不出来。我从小娃起就爱在这一带放牛，这山里有什么都知道。”

李红磊指着那边说：“那个地方怎么一点都看不出有坟墓的样子来？”

老农说：“那三个古墓被人挖盗过几次，墓穴早就塌陷下去，但是那几块石碑肯定是在的，你们不是要看石碑吗？”

李红磊一听兴奋起来，说：“我们不看墓，就是想看看墓碑上刻写的诗文。麻烦你老人家带我们到那三个古墓的近前去看看墓碑，好不好？”

老农扫了大家一眼说：“要得嘛！我带你们去。万太爷家后人，我肯定要帮的。走嘛！”

李红磊高兴地说：“谢谢老人家喽！”

大家跟着老农又折返下山。

“以前我看见过那三个坟的墓碑上写得密密麻麻的，不晓得是讲的什么。我不认得字，也懒得管那么多。”老农对跟在身后的昕燕爸爸说。

“那些东西看起来不值钱，其实都是国家的文化宝物。”

昕燕妈妈接话说：“也不知道那些古人的东西看得看不得，怕不吉利呢。”

昕燕爸爸说：“且不说那些盗墓的，就说那些专门发掘陵墓考古的科学家们，要信那些事，谁还干那些工作？”

听了昕燕爸爸的话，妈妈没有再说什么，她低头看着路，小心地跟在后面。

大家跟在老农后面兜兜转转地下到山坳里。老农走到他在山上指的那片地方的不远处停下来，说：“你们看，就是前面那片竹林旁边喽！”

一眼望过去，那是一个被竹林、植物和刺藤茅草深深覆盖的小山窝。在山窝深处的一片地方，蓬蓬勃勃地长着一丛丛连在一起的刺蓬，红红的小果实一堆一堆地点缀在上面，非常好看。十几米开外的山岩旁，一条瀑布从断壁上流泻下来，声音清亮柔和，远远看去像一条雪白的绸绢垂挂在那个断壁上。山坳里静悄悄的，一阵风吹过，昕燕觉得有点儿冷，打了个冷噤。这里真的阴气很重，她的头皮紧了一下。想着先前老农讲的话，她恍惚觉得这个地方好像在哪里看见过。

李红磊说：“在上面看不出这个景致来呢。我们先前被刚才走过的那面小坡挡住了视野，没有走过来。这里的景色好美啊！”

老农问：“还过去看不？”

昕燕爸爸说：“既然来了就过去看看，看到古墓碑才不枉来一趟。”

昕燕妈妈觉得有点怕，就说：“算了，不过去看了，免得惊扰到古人。怕不吉利哦！”

昕燕爸爸说：“有什么不吉利的，迷信老奶。我们此时就站在一个几百年，也可能是上千年的古墓面前，岂有不看之理。”

昕琪说：“爸爸，我不怕不吉利，我跟你去看。”

爸爸笑起来，说：“我们昕琪就是勇敢。”

昕南也大喊起来：“我比她更勇敢，我也要看。”

爸爸说：“别闹别闹，你们俩都勇敢，等会儿你们俩都可以跟我去看。”

李红磊说：“老人家，你能不能带着我先去清理一下那些野藤刺蓬？我们不熟悉这里，可能一下子找不到呢。先前我以为用这锄头清理一下就行，没想到草这么深，还有这么密实的刺蓬。要不然，把你的柴刀借我用一下行不行？”

老农说：“我帮你们打理，你用不惯我的家什。我割起来快些。”

接着，老农也不等李红磊答话，就对着那片地方作了一个揖，嘴里不知叽里咕噜说了几句什么后，就开始用手中的弯镰连拉带扯地砍割起那些刺蓬来，他麻利的动作看起来一点都不像个六七十岁的老人。

大家跟在后面把他割下来的那些刺蓬朝远处丢去，妈妈凑到老农身边，问他刚才对着墓地说的什么。

老农答：“我用我们的苗语告诉里面的古人要打搅他们一下，请他们不要怪罪。”一边说，一边手脚不停地往前面割着野草，拉着刺藤，向前走着。

妈妈哦了一声，心想，老农已经按本地规矩做了，这就好了。我还担心打扰了这些古墓中的古人，会不会中邪气呢。想着，也双手合十作了个揖。

一会儿，一条通向那片古坟的小径就在老农身后伸展开来。大家跟在老农身后，走在他镰刀开出来的小路上，一路朝那三个古墓靠近。老农到了那片拱起的地方，再次对着那片拱堆深深地作了个揖后就开始清理那个拱堆前面的杂草和那些长着小红果实的野刺蓬。那些野藤刺蓬的根茎叶枝互相套在一起层层叠叠、密密实实的，很难弄。李红磊和昕燕爸爸跟在老农身后帮忙拉扯着那些长长的刺条，小心地把老农砍下来的刺蓬丢到刺不到人的地方去。约莫清理了十几分钟，一块满是青苔的石碑出现了，接着是第二块，当第三块墓碑出现时老农立起身来看了看昕燕爸爸。

昕燕爸爸说："哦，我们得擦掉上面的那些青苔才看得见写的是什么。"

说完顺手在脚边上扯了一把草在手上团了团走到一块碑前就擦了起来。老农也抓了把草擦了起来。李红磊也擦了起来。接着大家都上前去如法炮制地跟着擦起来。

昕南一边擦一边说："要是这几块石头碑后面有阿里巴巴、四十大盗藏的金银珠宝就好了。"

大家听了都大笑起来。老农说："就算有金银珠宝也早就被盗墓的挖光了，还等得到今天？"

爸爸说："老伯说得有道理。"

长满了青苔的三块墓碑经过这么一擦就都显出了密密麻麻、模糊不清的字迹。大家见字迹出来了就都凑过去看。

昕琪说："红磊哥，上面写的是什么嘛？看都看不清楚。"

李红磊说："我也还没有看清楚，等仔细看看才知道写的是啥。"说完认真地辨认起其中一块墓碑上面刻写的内容来。

这时，昕燕悄悄地对昕琪说："跟你讲了几次了，你要喊李老师。"

昕琪看着姐姐认真地小声说："我在同学们面前都是喊李老师，现在只有家里人，我才喊红磊哥的。"

昕燕还想再说什么。这时昕燕爸爸兴奋地说："我开眼了。我这是有生以来第一次在墓地现场亲眼看见真正的古墓碑上写的古诗词呢。"

李红磊说："我也是第一次看见，可惜看不清楚。"

昕燕爸爸又说："如果把这些石碑弄到省里的博物馆去，那真是价值连城啊！"

昕燕妈妈说："你这人真是不看时势。这些文物正是因为在这深山里，才保存了下来。如果在城里的博物馆里，早就被当'四旧'砸了或者当了铺路的石头被踏碎了。"

昕燕爸爸叹了口气说："是啊，我忘了正在搞运动。这些东西在这里风吹雨蚀的，再过些日子，很难说就风化了。那就可惜了啊！全国各地不知道散落着多少这样的宝贝呢。”

正像当地老百姓传说的那样，那几块墓碑的碑文中无名无姓，却各自刻写着一首诗。由于年代太久，几块墓碑都有些断裂破损的痕迹，所幸还没有伤到文字。碑文长年受风雨和苔藓的侵蚀，虽然字迹都在，可是大多数字迹已模糊不清。

昕燕爸爸突然问：“昕燕，红油漆还剩多少？我们把这些字描红就一定看得清楚了。这样还可以延长这些碑文的保存时间。”

昕燕说：“还剩很多。上面老人们的碑上的字是上年七月半时才来描过的，所以这次其本没用到什么油漆。”

老农插话说：“把碑上的字全部涂红，里面的古人会不会不高兴哦？”

昕燕妈妈也附和着老农说：“最好不要搞那些事，怕惹来灾祸。”

昕燕爸爸和李红磊都坚持说那些说法是迷信，没有事的。爸爸说：“我们这样做，是在保护古迹，说不定墓中的古人还高兴呢。”

昕燕、昕琪和昕南都支持爸爸和李红磊，于是大家就准备开始填描墓碑上的字。

昕琪说：“我也要填红漆，简单得很，就像我们在学校填描红本一样，我最喜欢填描红本了。”

听了她这样一讲，大家都觉得她讲得不错，真的跟填描红本一样。爸爸高兴地说：“谁有我们琪琪这样聪明，联想能力真强。好好学习，今后一定有大出息。”

妈妈在一旁说：“王婆卖瓜。”

大家又笑起来。李红磊看看老农说：“那我们就开始喽？”

老农不安地又对着那几个古墓念念有词地鞠了个躬后退到了一边。

两支毛笔，李红磊、昕燕轮流用一支，昕燕爸妈和昕琪共用一只。爸爸说：“红漆有限，每个字只能稍带一下，显出字来就行了，等哪天有空专门拿一大瓶红漆来填字，把这些古迹保护好，今后考古的，研究文学诗词的总会有用的。”

半个多钟头后，三块墓碑描完。红漆填进字痕里后，那些字迹容易辨认多了。于是昕燕爸爸从中间那块大些的墓碑开始读起来：

前世负情债，何必入凡家。
儿郎既为子，怎忍弃白发？
悲恋若牵挂，轮回苦冤家。
魂来渺虚虚，魄去无处觅。
归向来时处，斩却断肠情。

莫再做殇鬼，空留高堂泣。

昕燕爸爸自语道：“这明显的是个男坟，从碑文上看，应该是过世在他父母的前面。”

左边的一块碑文是：

青冢如山山如房，银瀑如泪泪如绢。
女儿如幻幻如仙，娇艳如花花如烟。
尘缘如梦梦如真，痴心如井井如心。
相思如丝丝如带，带系一君君如影。

昕燕妈妈说：“这肯定是个女坟。而且里面的女子长得很漂亮。”

大家又去看右边的那块碑文，上面是：

翠色深处缠绵尽，梦断三冢幽魂离。
悲箫一曲合琴瑟，抚绝千古断肠音。
呜呼哀哉哭花魂，霏霏细雨犹人泣。
此别尘世入仙境，抛却人间儿女情。

昕燕爸爸说：“左右两个坟里的人会不会是两姊妹或者是以姊妹相称的一妻一妾？怪就怪在不但名字没有，怎么连个生辰年月、男性女属都没有？”

这时，一直站在旁边没有说话的老农听说墓碑上无墓中人的生辰殁年和姓名，就自言自语地说：“死得年轻呀。”

昕燕爸爸听了他的话就接话道：“老伯，这是三个连生辰名字都没有的古墓，你怎么知道里面的人死得年轻呢？”

老农道：“听我们这里的老辈子说，从前我们这里对过世人的入殓埋葬有规矩：凡是年少夭折死在十二岁前面的娃儿软埋不立碑；死在十八岁左右的可以装殓入薄棺和立碑，但是所立碑文上不能写父姓也不能带走家族按辈排赐的生前名字，也不写死者的生辰殁日。我也只是听说，不知道是真是假。所以，你们一讲碑上没名没姓的，我就知道里面的人死得年轻，并且家里还是有钱人家。”

李红磊说：“哦，原来是这样啊！那你又怎么知道那里面的人家里是有钱人家呢？”

老农咳了一声，回答说：“农村的小孩子死了肯定是挖个坑就软埋了，哪里会装棺材。穷人没有钱买棺材，很多大人死了还不都是一张软席裹住尸身就软埋了。有些就埋在一棵树下，连一条木头碑都没有，这种事情我们见得多。那些墓碑上不写名字，却又要写些什么诗在上面，肯定埋的是有钱人家的命短无福之人。如果是穷人，哪里会有这些讲究。刨个坑放进去盖回原来的泥巴石头就算了。”

妈妈说：“你老人家讲得对。这几个墓主的人家肯定是有钱人家，不然哪里有钱来搞这些花样呢？最奇怪的是，既然不能留名石碑，为啥又要写诗上去呢？”

老农茫然地看着那几个墓碑说：“在碑上写诗倒是也有说头，听老辈子说，那些有钱人家怕那些少小短命的人到阴间后，凭着姓名又来投生自己家，投生后又活不长，让这家人总是在悲痛中不得安生。老辈人相信，只要这种短命的人不带走姓名生辰和男归女属，就找不到这户人家再来投生了。不过，有些有钱人家，既割舍不下死去的儿女，又怕短命鬼再来投胎，就把墓里死人的名字换个写法刻在碑上。这样既不忤逆祖宗规矩，又不会让短命之人再找回来，还可以保全短命的鬼魂不会做无名野鬼。老辈人说无名野鬼只能投生猪狗畜生。”

昕琪听后说：“妈妈，他们家的大人好自私呀！他们把自己家死了的小孩搞得认不得自己的爸爸妈妈，只好去投生别人家。那么别人家得到这样的小孩不是一样要伤心？如果我死了，你们一定要在墓碑上写我的名字哦！我还要投生来当你们的女儿哟！”

大家听了都笑起来，连那个老农也笑起来。妈妈骂她道：“你这张臭嘴，跟你老爹一样，就不会说点好的？正月忌头，腊月忌尾，胡说八道的，真是不吉利。”

昕琪伸了伸舌头，就赶紧躲到李红磊后面去了。

那个老农接着说道：“那些有钱人家肯定不管别人家会怎么样喽！人生在世，哪个不是各家顾各家的事呀？”

妈妈说：“也是啊！谁不怕自家的小孩子不长命啊！”

听了昕燕妈妈的话，大家都没有说话。

过了一会儿，李红磊说：“今天没带纸，等哪天有空我再来一趟，把这三首诗抄下来仔细看看，毕竟是古诗，读读它们也是一种学习呢。”

昕燕看着李红磊没有说话，昕琪却快嘴快舌地接话说：“我也跟你一起来，我也想学习古诗。”

昕燕妈妈说：“不要再来了，这里阴森森的你们不怕呀？学诗哪里不好学，非得来学这几个墓碑上的东西，不要再来了。”

昕燕爸爸见天色不早了就说：“老人家，耽误你了，我们现在就帮你砍柴、割草，你把刀给我，你先休息一下。”

老农说：“不用了，你们好客气嘞！我天天打草、砍柴，一辈子都是做这些事，不要紧的。今天我少砍些回去，明天再多砍些就行了。你们快回吧。我看这天色不好，好像要下雨呢。”

这时，昕燕说：“哎呀，我都忘了。我们这里还有苞谷粑粑，老伯你吃两个吧。”说完从包里掏出两个苞谷粑粑来递给老农。老农谢了昕燕接过苞谷粑粑捏在手里却不吃。

昕燕爸爸说：“老伯你吃啊！我们都吃过了。”

老农不好意思地笑笑说：“饿惯了，不怕的，留回家去给我的小孙儿们吃。”

昕燕妈妈眼圈红了说：“你吃一个吧，年纪大了饿坏了身子，我们还有两个，都给你带回去给你的小孙儿们。”说完就把口袋打开，伸手到口袋底摸出原本打算留给韦婆婆和春花的最后两个苞谷粑粑，塞进老农手里。

老农脸有点红，推辞了一下就不好意思地接下了那两个苞谷粑粑说：“多承你们了，你们是好人呢。”

红磊说：“我们一起帮你打柴、割草吧，这样快些。”

说完从老农手里拿过柴刀就朝小树林那边走。老农赶紧追了过去，说：“我自己砍，快得很，你们赶快回去，要下雨了。”说完，从李红磊的手上拿走了柴刀。

大家只得谢过他，与他道别而去。

5

第二个星期天一早，昕燕借口学校有事，从家里出来与等在小路口的李红磊会面后，又去了那个古墓。李红磊衣服口袋里装着纸和笔，身上背着那只老军用水壶，一只手上提着一小罐红油漆，一只手上提着昕燕的画板。见面后，昕燕接过李红磊手中的油漆罐，两人一起出发了。他们一前一后地在狭窄的山路上走，一边走还一边商量着学校的事情，竟然没察觉到昕琪一路跟在后面偷偷地笑。等到了那个古墓岔口的斜坡时，昕琪不小心在后面滑了一跤弄出很大动静。昕燕听见后面的响声以为是野兽，吓得缩着脖子，头也不回地尖叫了一声。李红磊转身冲过来护住昕燕，才发现是昕琪。他拉起昕琪问她怎么知道要来古墓的。

昕琪说：“我知道你们肯定是抓紧时间到古墓来，因为日子长了那些野藤杂草长出来再盖住了那几个古墓碑，你们就要重新割藤割草的太麻烦了。所以姐姐早上对妈妈说学校有事时我就知道肯定是到古墓来，我就跟来了。我真的猜对了，哈哈！”

昕燕和李红磊听后对视了一眼，昕燕摇了摇头，对李红磊说："真拿她没有办法。"

李红磊笑着用手刮了一下昕琪的鼻子说："你这个鬼灵精。"

昕燕又问昕琪说："那你出来妈知道吗？等会找不到你，他们要着急的。"

昕琪嬉皮笑脸地说："妈知道啊！我说我到学校帮姐姐，妈妈就同意我来了。看，妈妈还让我带了几个番薯要我们一起吃。"说完笑嘻嘻地从身后提出一个鼓鼓囊囊的白布袋子在昕燕脸前晃了晃，一股香甜的番薯味立即从布袋里飘出来，直往鼻子里钻。

三人到了下面一看，三个古墓前又稀稀拉拉地长出了些新草。李红磊一边把那些草拔掉，一边说："才一个礼拜就长这么多草，要是一两年没有人来，那真是很难找到这几个古墓。"

昕燕说："一两个月可能就被茅草盖得找不到了，我们这才几天呢，这些草就长这么长了。"

接着李红磊开始抄诗，昕燕支起李红磊为她做的画板开始写生。她学画的劲头很大，而且进步也快。

李红磊有时开玩笑说："照你这样画下去，我就教不了你了。等你成了大画家和大诗人时，我倒要拜你为师了。你的悟性太高了。"

昕燕听了他的话，脸上泛起红晕，笑笑说："你别挖苦我了，什么时候能赶上你一半的水平我就心满意足了。"

昕琪说："红磊哥，我也要当大画家和大诗人，你教我吧！我的悟性也好高哦！我爸妈都说，我只要想学，学什么都比别人快。"

李红磊和昕燕听后又笑起来，不约而同地说："你现在最要学的就是在课堂上不讲话，坐得住。"

昕琪不好意思地笑了笑，就跑开去了。

昕燕又开始在画板上画起来，李红磊带着昕琪到三个墓碑近前去填描上面的诗句。当昕燕把整个轮廓勾下来的时候，突然想起那天觉得这个地方像是看见过。现在的画里非常清楚地呈现出几年前那个梦中的地方。不同的是梦中是三座古老的篱笆草顶的茅舍，而这里是三座古墓而已。那瀑布，那竹，那小潭。昕燕突然觉得脊背上冷阴阴的好像有什么东西站在后面一样。她有点害怕起来，转头向后看了一眼，树丛竹林一片静寂，阴森森的感觉越加明显。她喊了一声"红磊哥"，声音里带着惊慌。

李红磊听见声音不对，连忙转过头来："什么事？"

昕燕说："你过来一下。"

李红磊赶紧来到昕燕身边。昕燕指着画板上勾出来的画说："你觉得这个地方你曾经在哪里看见过吗？”

李红磊说：“哦，原来是这事啊！那天我就发现了，没敢说，怕你爸妈有想法，后来又忘了跟你对照证实一下了。”

昕燕说：“那天我只觉得这个地方眼熟，一时没有想起来。这一画出来才恍然大悟。太蹊跷了！太可怕了！我刚才背上阴森森的，心里直发慌。”

李红磊说：“千万别自己吓自己，不就是与我们在梦里看见的地方一模一样嘛。只是个巧合，不要紧张。”

昕琪突然在李红磊身后惊奇地大声说：“姐，你和红磊哥做过同样的梦啊？我怎么没有同你们做一样的梦？你们是不是睡在一起就能做一样的梦？下次我也要同你们睡在一起做一样的梦。我每天醒来都记不起梦里是什么事。”

原来，昕琪听见姐姐喊李红磊的声音跟平时不一样，以为姐姐碰见了蛇什么的，就跟在李红磊身后一起跑了过来。李红磊个子高，挡住了昕琪，所以昕燕没有看见她。

昕燕听了昕琪的话，才发现她一直站在李红磊身后，刚才李红磊说的话她都听见了。特别是昕琪说睡在一起做同样的梦时，昕燕脸都羞红了。她生气地斥责昕琪：“昕琪，你乱说些什么啊！什么睡在一起做梦啊！让妈妈爸爸同别人听见了会怎么想啊！你一个女孩子家的，也不小了，说话也不害羞，张口就乱说，烦死人了。幸亏只有我们三个人在这里，要不然就要惹出大麻烦了！真惹出麻烦来，你让我怎么有脸见人。你悄悄地跟了来，来了就胡说八道。今后除了上学，你别跟着我！”

昕燕一边责备昕琪，一边气得眼泪也跟着流出来。

昕琪从来没有见姐姐这样凶巴巴地对待过自己。先是吓了一跳，然后就低头呜呜地哭起来。

李红磊见状，赶紧用眼睛制止昕燕，嘴里说：“人家昕琪知道错了，今后不会乱说了，对不对，昕琪？”

昕燕气得收拾画板要走，李红磊赶紧过去哄她说：“昕燕，不知者无罪嘛，何必生这么大的气。本来就没什么事，小孩子嘛。好了，好了。我们来这里玩，本来很高兴的，可别乘兴而来、败兴而归哦！昕琪，快给姐姐老师认个错，下次不乱说话就是了。”

昕琪抬起脸，大颗大颗的眼泪珍珠般地从那双漂亮的大眼睛里撒落出来，她抽抽咽咽地哭着说：“姐姐，我以为人睡在一起就会做一样的梦，我不知道这话不能说。我下次不说了，你别生气了，姐姐我错了。”

昕燕见昕琪哭得伤心，心痛起来，心里有点怪李红磊口无遮拦地说出那件事，但是又不好责怪李红磊。现在见李红磊左哄右劝的，就怨他道：“昕琪不懂事，你说话也不小心些。如果今天有别的学生在，瞎传出去我们怎么跟人家解释?"

李红磊也从来没有见昕燕对自己这样严肃过，心想，昕燕的思想压力太大了，一点事竟然产生这么大的心理反应，今后真的要慢慢地开导她，帮她释放心里的压力。想到这里，就做了一个敬礼的动作，调侃道:"是的，袁昕燕同志，我错了。我保证今后说话一定要注意场合，保证不再惹你生气，还害得昕琪掉眼泪。"

经他这一弄，昕琪破涕为笑，昕燕虽然没有笑，但是也不再赌气收画板了。

这时，昕琪过去拉着昕燕的手说:"姐姐，我今后不乱说话了，你还让我跟你们出来玩吗?我好喜欢同你们在一起。"

李红磊说:"当然让你跟我们一起出来玩。我们是好朋友嘛!有的事是我们好朋友之间的秘密，只有我们知道就行了，是吧，昕琪?"

昕琪说:"是啊!我一直都是你们的好朋友。我也想同你们做一样的梦。你们做的是什么一样的梦?讲给我听听嘛。"

昕燕说:"没有什么一样的梦，你听错了。"

昕琪还是纠缠着说:"我没有听错，你们就是做了同样的梦，看见同样的东西，我听得清清楚楚的。还说是好朋友，骗人!"

李红磊只好对昕琪说:"昕琪，几年前刚到这个地方的时候，我与你姐姐还不熟悉，却在不同时间里，各自在学校门外的那棵大树下打了个奇怪的瞌睡，做了一个同样奇怪的梦。梦里我们都去了同一个地方，那个地方与这里十分相像，只不过梦里不是三座坟墓，而是三座小房子。很奇怪吧?这是我们学过的科学知识暂时还解释不清的现象，所以就没有对任何人讲过，怕引起别人的误会就不好了。"

昕琪似懂非懂地"哦"了一声，又接着说:"我怎么没有做同样的梦呢?我也想和你们一起做一个同样的梦呢。不过，我真不会对别人讲的。你们一定要相信我!"

听了昕琪的话后，昕燕的目光越过昕琪的头顶，和李红磊对视了一下，这才如释重负地舒了口气。

第十六章

1

一九七三年四月的一天傍晚，李红磊刚吃过晚饭，韦队长就来了。他把手里的一串干辣椒放在桌边，又从衣兜里掏出一封信来放在桌子中间。红磊的伯伯一边赶紧从方桌下面拉出凳子请韦队长坐，一边说：“你们留着自己吃嘛，我们还有点。”

韦队长说：“我屋里的从娘家带回来的，多，大家吃。”说完，从腰带上取出烟杆，同李红磊的堂伯互相点着烟就抽起来，只一会儿屋里就弥漫着浓浓的烟草味。

李红磊把信拿在手上，看了看信封，认不出是谁的笔迹。这封信好像是它自己一路上风餐露宿艰苦跋涉走来的一样，精疲力竭地躺在小桌上，被水弄湿后又干了的信封像褪了色的旧衣服皱皱巴巴的，连寄出地址都模糊得认不出来了。除了勉强看见“广东省海南岛”几个字外，其余的字都变成了一摊浅蓝色的墨水印迹。那枚八分邮票是革命样板戏《智取威虎山》杨子荣“打虎上山”的剧照。邮票的一个角没有了，所幸投递的地址和李红磊的名字勉强能够认出来。李红磊心想，我没有什么熟人在海南岛啊。那是个多么遥远陌生的地方啊！他看着韦队长笑笑说：“地址看不清楚，我在那边没有熟人，是谁寄来的信？”

韦队长抽了一口烟，等鼻孔里冒出两道游丝般的青烟后才眯着眼，慢慢地说：“这封信到公社有些时候了。前段时间不是下了好多天的雷暴雨吗，垮了几节路基，邮递员进不来，就把信留在公社了。我今天去开会看见几封信丢在桌上，顺手拿起来一看，发现这一封是寄给你的，就给你带来了。”

李红磊说：“多谢了！你看这封信搞成这样，还能到我这里真是不错了。等会儿我看看是谁写来的。信封上的地址我不熟悉。”

“等会儿撕开来看看，就知道是哪个写来的了。”伯伯喷了一口烟，笑眯眯地说。

李红磊说：“幸亏前年修补好了上面的水坝，不然那么大的暴雨，又下了那么多天，冲垮的就不只是路基了。一旦上面垮坝，那一大库的水要是冲下来就不得了了，现在想起来都后怕呢。”

韦队长说：“是啊，要不是龙主任从张小田手里追回来那二十袋洋灰，水坝真的难说能不能顶得住那么多天的暴雨。他妈的张小田，胆子太大了。只要有酒喝，什么鬼事都敢做。”说完，吸了一口烟，朝地上啐了一口唾沫又说：“我今天是去公社参加化肥分配计划会。一路上我一边走一边检查那些重新修好的路基是不是结实。我赶到公社已经迟到了，可是召集开会的张小田还没有来。快到中午了他才来。”

李红磊说：“那是个无法无天的人。”

韦队长气愤地说：“他走进屋来满身酒气，话都说不清楚。不过，也拿他没有办法，人家上面有人罩着嘛，还是什么狗屁第三梯队接班人，大家都懒得理他。”

说完，起身要走，李红磊和伯伯伯妈留他再说会儿话，他说还有事，就走了。

李红磊送韦队长到石头墙外，直到看着他消失在山路上才返身回屋，又同伯伯伯妈坐着说了一会儿的话，见两个老人平日里睡觉的时间到了，就出来给他们拉上了门。回到自己的房间，点上油灯拆开信，急忙从信封中抽出信纸一看，两张从练习本上撕下来的纸上写得满满的。他先去看信的落款，原来是彭家良。心里非常高兴老朋友终于来信了，但更觉奇怪，他怎么跑到海南岛去了？信纸上很多地方字迹模糊，好在连猜带蒙的也基本明白主要意思了。写信时间是一九七三年二月。

红磊、昕燕，你们好！见信如晤。文革至今未停，想你们一定还在石板坳，我就把信直接寄过去了。先说说我的情况吧，自从入伍后，至今我都没有回过家。部队调防，我已经从白雪皑皑的边陲跑到这片波滚浪涌的蓝色海洋边上来了。同样是边陲，那边是茫茫无垠的银白色，这边却是一望无际的湛蓝色；那边是冰天雪地的世界，这边却是阳光热辣的天空。海南岛是中国古人说的“天涯海角”，这下子我真的是远在天边了。

毛主席教导我们：“谦虚谨慎，戒骄戒躁，全心全意为人民服务。”红磊，我在部队首长的培养关心和对自己的严格要求同努力下，已经成长为一名连长。这一切都是党和部队的培养，我才有今天的成绩。你一定为我高兴吧！今后，我还要继续紧跟毛主席的革命路线，为解放世界上三分之二生活在水深火热之中的劳苦大众而努力，为共产主义的革命事业奋斗终生。我们两人都出身军人家庭，又是从小到大的好友，现在，我们一个到军队成了革命军人，一个到农村当了社会主义新农民。毛主席说：“农村是个广阔的天地，在那里是可以大有作为的。”毛主席还教导我们说：“没有文化的军队是愚蠢的军队。”

我给你写这封信主要是告诉你赶快准备一下，内部消息，邓小平出山，今年大学恢复招生。招收对象主要在农村、工矿、部队中选拔，不论高中初中的男女青年都可以报考。被选拔者必须具有三年以上劳动锻炼经历或工作经历，由工人、农民还有学生的所在地或工作单位推荐，要政治思想好，个人表现好的。同时还要招收一部分家庭成分不好，但是表现好，可以改造好的子女。你和昕燕已经有了这么多年上山下乡劳动锻炼的经历，表现肯定没话说，绝对符合条件。你们赶紧准备一下文化复习，只要能参加考试，你们的理想就实现了。我衷心地祝愿你们能双双走进大学校门，多学科学知识，更好地为人民服务。

毛主席教导我们说:“世界是你们的，也是我们的，但归根结底是你们的。你们青年人朝气蓬勃，正在兴旺时期，好像早上八九点钟的太阳，希望寄托在你们身上。”

另外我也在军队这边努力学习，看看能不能有机会报考一个军事院校。毕竟我是高中生，表现也不赖，希望有这个机会。

从“文革”离开学校到现在，我从来没有像现在这样地渴望回到学校去。真的很怀念从前在学校时的那些时光。你不会说我小资情调吧？你是一直喜欢读书的，看见这封信后，你一定激动万分，肯定比我还小资得多。我了解你，想象得出你和昕燕看信时一蹦老高的样子。哈哈！就写到这里，问昕燕好！再见！

注:考政治时，别忘了写上批林批孔的思想心得，这是时事政治。我怕你们在山里猫久了，不知道。

彭家良

一九七三年二月

李红磊又从头到尾，仔细地将信看了好几遍，特别仔细地看了恢复招生的那些段落。他心里很激动，紧紧地把那封信捂在胸前，想象着彭家良现在的样子，回忆着老朋友从前的事情和那年来这里一起度过的短暂的快乐时光。

李红磊真想立即把这个好消息告诉昕燕，让她高兴高兴，可是太晚了，只能等明天。他把信纸装进信封，自言自语地说:“大彭，好伙计，谢谢你从天涯海角送来的好消息。可是你的地址全被水泡模糊了，连一个字都看不清，那么大的海南岛，我怎么回信啊。只能等再相见的那一天了。”

李红磊吹熄灯，仰面躺在床上，大睁着双眼，看着用篾席隔成的天花板，听着上面老鼠互相追逐的声响，他完全没有了睡意，陷入深深的沉思中。

当年到这里时才十九岁，现在已经是二十五岁了。本来已经忘却了的城市和外面的世界，现在又随着彭家良的来信奔涌到眼前。自己报考大学是肯定不成问题的，无论是家庭成分、劳动表现、文化程度还是政治表现，都是不成问题的。可是昕燕就说不准了，家庭成分会不会把她堵在大学门外？上大学可一直是她心中的梦。如果我去了昕燕去不了，那她的梦想就破灭了，那她不得伤心死？所以，如果昕燕上不了大学，我宁肯放弃上大学，陪她在这里一辈子。万一我们俩只能去一个，我一定让她去。可是，她去了，我没有去，那她以后还能回来继续当老师在这个小庙里与我厮守一生吗？李红磊翻来覆去地想着，心情很复杂。最后他决定，不管今后怎么样，只要昕燕能实现她自己的理想，我现在就一定要帮助她。哪怕是放弃自己的机会和前途，都要帮昕燕实现她的理想。明天一早，我就直接赶到县里找马叔叔打听一下情况，了解一下上大学的政策和条件再说。主意打定后，翻了个身渐渐睡去。

第二天一大早，天刚亮，李红磊说要到县里去办事，让伯父去学校告诉昕燕调调课，然后就蹬着单车上路了。一路上，单车链条脱了好多次，没有护链板的单车几次把裤脚绞进链条。他从链条里拽出裤脚，蹬上单车又跑。

2

清晨，昕燕像往常一样，早早就到了学校，见几个先来打扫教室的孩子已经做完了清洁，其他的孩子们也陆陆续续地到了，昕燕便让他们开始早读。这时，李红磊的堂伯来了，说完李红磊交代的事，又拿出几个烤红薯给昕燕，说是李红磊的伯妈让顺便带来的。昕燕谢了他，看着他走后，孩子们上课的时间就到了。李红磊经常临时被叫到公社或者县里参加一些活动，他是优秀知青，学毛著积极分子。昕燕并没有太在意他突然去县里干什么，她开始在黑板上写算术题，这是昨天讲的课，今天复习，明天要测验。现在，昕燕不但板书写得非常漂亮，连图画课也能教了。她跟着李红磊学会了绘画后，李红磊就把大多数图画课分给她，好让她多一些练习的机会。

昕燕这几年一直在努力学习。白天，她教孩子读书，空闲时间跟着李红磊学绘画，讨论诗词；晚上，三姊妹在爸爸的辅导下，按不同程度学习数学、化学、历史、地理等课程。昕燕学习特别刻苦又很颖悟，求知欲望很强烈，只要有点时间她就看书学习，有时看书看呆了，喊她都听不见。大家都开玩笑地叫她“书呆子”。她不反感这个称呼，听见反倒高兴地笑笑。她喜欢读书，崇拜著书立说的作家们，喜欢做“书呆子”。

对于女儿这些情形，爸爸看在眼里喜在心上。常想，昕燕到乡下这些年了，还是爱读书，多好啊！只可惜这场运动误了她们的前程啊！想到这些，心里又不免难过。看着一天天长大的昕燕姊妹和李红磊，爸爸有时觉得心里火烧火燎的。心想，孩子们还有没有上学读书的希望啊？这场运动还要搞多久啊？

妈妈看着昕燕读书求知如此痴迷，心里非常不安。她常想，唉！昕燕心太高了，就怕实现不了梦想，她自己难过啊！

前几天，昕燕爸爸又陪妻子去“野松林”那边。那里的山中居住着两家本大队的散户。昕燕妈妈要去给那两家人的孩子们接种百日咳、白喉、破伤风疫苗。韦队长让昕燕爸爸陪着一起去，顺便把大队分给那两家的苞谷种子带去，还可以顺便帮那两家人修理一下山泉旁的小水车。一路上，夫妻俩各自杵着根棒子，背着装得满满的背篼一前一后地走着，说着。

昕燕爸爸说：“那两家的小孩子再过一年就可以动员他们出山来上学了。老是蹲在深山里，跟着父母刀耕火种，生食野拉；食不果腹，衣不蔽体，搞得像半原始人一样，可怜呢！我每次看见那些孩子，心里说不出的难过。”说完拉了拉肩上的背篼带子，长长地呼出一口气。

昕燕妈妈也拉了拉背篼带，背篼里装着一个抠空了心的老南瓜，老南瓜里面装着疫苗，上面盖着一些准备送给那两家孩子穿的昕燕姐弟的旧衣裤和鞋子。她听了丈夫的话，不无忧愁地说：“出山来读书就好了？我看啊，像他们那种生活情况，不读书还好些呢。他们出山读书有了知识，长了见识，知道了外面的世界，知道了人和人过的生活差距这么大，而他们的生活是最差的。你想，他们心里有多难受。如果生活不能改变，真的还不如什么都不知道的好。”

“你这是啥见识？那么他们就该永远地蒙昧无知，就该世代这样可怜地、像山林里的动物一样地生存下去？”

“老袁，你同我扳什么嘴劲？你心里难道不明白？昕燕、红磊都生在城里，也读了些书，也还算有些知识，可是现在又如何呢？昕燕的知识把她的心抬那么高，愿望又实现不了，难过啊！红磊也一样心高，结果都不好过。还真的不如懵懂迟钝些好过。”

一听妻子提起昕燕和红磊，昕燕爸爸心里一阵难过，发愁地说：“唉！咋个办哟？不知道这个鬼‘文革’要搞到哪天？昕燕已经二十出头了，都成了个大姑娘了。本来以为‘文革’会像以前那些运动一样，最多几年就结束了，也许他们还有回城读书的希望。没想到这场运动好像不会停止了一样，现在看来，回城读书是无望了。再过一两年，到了二十二三岁时就该结婚了。那昕燕从小就想读大学的梦从此就破灭了。可惜呀！我一想起来，就心痛得很。”

“心痛又有什么用？听天由命喽！”

“要是她像昕琪那样脑子简单点就好了。可是她偏偏从小就早熟，心又那么高，难啊！”说完，他抬头看着天，好像是在看女儿那颗比天还高的心。

“你呀，也要想想办法帮昕燕降降她的心火，不要老抬着她。总和她一起做白日梦，那样会害了她。生在我们这种人家，能粗茶淡饭、平平安安地过一辈子就是福了。不读大学也是一样地活，你读了大学又怎么样，说你是‘右派’你就是‘右派’，说你是‘现反’你就是‘现反’，说要遣送你马上就全家流放。大学生臭老九，比茅厕里的粪便还臭。算了，不要好高骛远了，什么样的人只能走什么样的路。”

“哎，你可别在昕燕面前这样说，知识肯定越多越有用，你真是妇人之见。”

“昕燕既然生在我们家，就只有过我们这种日子。天资再好都没有用，一个家庭成分就埋葬了她的全部梦想，毁掉她的前程，有什么办法啊！”

“唉！我害了她们啊！”昕燕爸爸眼里充满了无奈。

“你也别难过了，事到如今，后悔也没有用。再说，管他成分好不好，现在谁都没有书读，还不是一样。”

“那倒也是。”

“老袁，我想和你商量一下，要不让昕燕和红磊结婚算了。他们俩都大了，到了婚嫁年龄了。”

“结婚！怎么想起来的呢？红磊和昕燕都还这么年轻，过几年再说吧！”

“前几天，婆婆试探着为红磊和昕燕保媒，我说再等几年。我心里是喜欢红磊的，小伙子一点都不比昕燕差。可一想到昕燕想读书，我心里就痛得很。说你做白日梦，其实我也一样，早知道没有希望了却又还不甘心。总盼望着哪天运动突然就停了，看看他们还有没有机会回去上学。昕燕虽然比起农村女孩的婚嫁年龄来是大了点，但是这个年龄在城里还是可以再等几年的。”

“是啊！再等等吧，能多拖一时是一时，这样对他们两个都好。如果结了婚，就算有了上学的机会，也读不成了。那可是昕燕从小的梦想啊！她现在这么努力，一切都是为了实现自己的梦。她自己不肯放弃希望，我们怎么忍心告诉她这只是她的一个白日梦呢？”

“其实，我心里很矛盾啊！总觉得不管是昕燕还是红磊，都是读书的好材料。你看红磊又吃得苦，又稳重，又会体贴人，一点都不像个当大官人家的孩子。昕燕嫁给他我非常放心，所以有时想打掉昕燕读大学的痴梦，让她同红磊结了婚，安安心心地在这里过日子，这样未必不是一种福呢。”

“你的想法没错，但是昕燕同红磊怎么想，还得要征求他们俩的意见。红磊这么优秀，我也喜欢他，这两个孩子要是能再多读几年书，今后前途会很好。我想，这场运动该结束了吧？老是这样搞下去，几亿人不吃饭了？”

昕燕妈妈摇摇头，叹了口气，说:“唯恐天下不乱的人多着呢，那些浑水摸鱼的人巴不得越乱越好捞油水呢。我看这运动停不了，有些人不干活，国家还养着，多舒服啊！只有像我们这些落难的人才会希望这该死的运动结束。”

昕燕爸爸说:“毛主席不是说‘大乱大治’吗？这还不够乱啊？连生产都停了，农村连吃饱饭都不能保证了，还不算大乱呀！要治了。不信等着瞧。还有，红磊的父母现在连儿子在哪里都不知道，怎么能让他瞒着父母结婚呢，这样做后果不好。等他与父母消除隔阂，团聚后，再谈婚论嫁。不要担心女儿年龄大了，这是在农村我们就有了这种感觉，在城市里这个年龄不算大。”

昕燕妈妈听了没有再说什么。她同意丈夫的意见，心想，等吧，只有耐着性子再等等看。说不定“文革”也像前几次的运动一样，突然就结束了呢。

3

李红磊骑着单车一路赶着，翻过一个小坡，远远地看见县革命委员会前面的那两棵高大的白果树，心里着急，紧踩了几脚。单车拐进街道，李红磊又加力蹬了两脚一路滑过去，很快就到了县府院坝的大门外。县府门外的土墙上贴着很多标语和大字报。办公楼的大门上端贴着红底白字的大幅标语:“把批林批孔的革命斗争进行到底！”“阶级斗争一抓就灵！”“文革”开始后不久，县委门口的传达室就空了。“文革”前那个看门还兼带烧水、打扫卫生的哑巴乔老头因为死死地护着挨斗的马书记，就被人造谣说当过土匪，一帮人连打带骂地把他拖出县府院子，从此就不知去向。

李红磊直接骑车冲进没有院门的院子里，跨下车，把车往墙边一靠，就朝那个只有一层的办公楼大步流星地走进去。

小小办公楼过堂的两边贴满了大字报，坑坑洼洼的三合土地面好像翻转过来的石榴皮，大坑小凹的。李红磊往右一拐，直接朝县革委主任办公室走去。门是开着的，马叔叔正低头看着桌上的一大堆红头文件。他从前在部队上是李红磊父亲手下的一个团长，南下转业后一直在这个县当县委书记。文革初被打成走资本主义道路的当权派，先是被停职反省游街批斗，后来县里的专案小组派人到他的老家山东去搞外调，证明他家是真正的雇农。搞“三结合”时，又把他结合进了领导班子。

李红磊站在这间简陋得只有一张办公桌、两把椅子、一个书架的县革委主任办公室门口，见马书记正埋头认真翻阅着桌子上的一堆文件，根本没有注意到门口有人，他轻轻喊了声：“马叔叔。”

马书记抬头见是李红磊，高兴地说：“哎哟！红磊，好久不见你来了，我还正要叫人去找你呢。”

李红磊说：“真的？这么巧！马叔叔找我什么事？”

马书记说：“好事啊！邓小平同志恢复工作后，今年国家开始恢复大学招生。采取推荐与选拔相结合的办法，主要在工农兵中招生，重在政治表现，同时进行文化考试。红磊呀！原先大家推荐你当干部，你不愿意，我也不勉强你，人各有志嘛。那你一定对上大学感兴趣喽？咱们县里能考上一两个大学生，将来能再回来把所学的知识用到农村，这‘社会主义新农村’还愁搞不好？”

李红磊一听，证明了彭家良的消息属实，心里高兴极了。于是说：“马叔叔，真巧！我正是为这件事来找你的。我的一个好朋友在部队当兵，他写信告诉我这事，信在路上耽搁了很长时间，我昨天傍晚才收到信，有点不敢相信，所以今天一大早就来了。马叔叔你快给我详细地说说看。”

马书记感慨地说：“部队上的消息还真是比地方快很多，我这个文件是前几天才到这里的。不过这事是得抓紧点，六月份考试，现在都快到四月中了。文件精神强调不能脱产复习功课，农村知青要让队一级的贫下中农推荐写评语，公社审评盖章报县革委，县里批准了再盖章报上去，上面考察核实符合条件批准了才能参加考试，考试过关就可以去读大学了。”

“如果石板坳的贫下中农推荐了我，我一定要努力考上，不辜负大家的期望。”

“如果你成了大学生，你爸你妈多高兴呀，我这马叔叔也沾光了。见了老首长的面，也不再会因为配合你瞒着他们的事情心虚不自在了。你藏在这里不让我告诉他们，我去城里开会都不敢去看他们，怕说漏了嘴。我这是在欺骗自己的老首长，心里感到很不是个滋味。这回你从我这里上了大学，我的心里就不那么别扭了。等再见到你爸妈，我喊首长和主任就会更响亮些。说句心里话，你也真该回去看看他们了。大人养孩子不容易，他们多疼你啊！好了，我这里过几天就召集公社领导开会，几个文件一起传达，这个文件也在其中。还有一些其他文件，我先得吃透这些文件精神，才能向下面贯彻得好。我不留你了，快回去吧！”

李红磊说：“马叔叔，我还有件事想跟你说。”

“说吧，还有什么事比这事还重要？”

“马叔叔，你还记得同我一起在学校教书的那个袁老师吗？那年还和我一起到你家去过的那个女生。”

“记得，也是从城里来的，不爱讲话，老低着个头，挺害羞的。她不是和你谈朋友吗，怎么了？”

“如果她也想读大学，县里能不能推荐？”

“只要个人表现好，贫下中农又认可，她自己也有这个心愿，县里应该是可以批准的。”

“她无论是个人表现还是文化考试都应该是没有问题的，我就担心她的家庭成分会影响她。”

“按文件精神，讲成分但不唯成分论，重在个人表现。我听人反映，她的表现也很不错。但是我也不敢肯定她就能够被推荐。”

李红磊一听就急了，说：“马叔叔，你一定要帮我这个忙，我们处了好几年的朋友了。现在有了这个机会，她要是不能去，我就不去了。不然我会读不好书的。”

“我可不敢给你打保票。你回去后叫她与你一同准备，我再跟老龙书记还有张小田打个招呼，我尽力就是了。除了你们大队的你与她，还有其他公社的十几个上海知青和本地的一些知青都具备条件。但是名额有限，全县总共只有十五个名额，如果同时推荐一个大队的两个人，会比较难办些。”

“马叔叔，你一定要帮昕燕的忙喔，她真的是个读书的好材料嘞。”

“推荐你，我可以保证没有问题。可是那个女青年我还是不敢百分之百保证。她家毕竟是那种情况，父母都有问题，很悬。这样吧，我只能尽力而为。回去千万不要向她保证什么，你可以看情况把实情和存在的困难告诉她。万一推荐不上，她也不会太失望而闹情绪。让她好好干，这次开始了，后面不是每年都会有机会吗？不一定非要两人同时去呀！”

“马叔叔，你一定要尽力帮忙推荐上她，全靠你了。如果推荐上她了，考不上是她自己的事。如果光我推荐上了，她连参加考试的资格都没有，我肯定也不去参加考试了。”

“回去吧，红磊。好在她表现非常突出，大家都夸你们，我尽力就是了。”

李红磊见话说到这里已经到头了，便向马书记告了辞出了县革委的小院，跨上单车朝回去的路上骑去。一路上心事重重地考虑着怎么样才能使昕燕获得推荐资格。他想，只要能推荐到马叔叔那里，肯定就十拿九稳了。昕燕这几年的勤奋补习已经基本达到高三左右的水平，考试应该没有问题。想到这里又觉得有了希望，连蹬了几脚，心里充满了喜悦与憧憬。

回到石板坳没有去学校，他知道昕燕会调课的。他先要赶到后山修梯田的地方去同昕燕爸爸商量这件事。别人暂时不能知道这事，可昕燕爸爸一定得预先知道。

李红磊把单车靠在山脚下的一棵树旁，拿下夹在货架上的挎包往肩上一挂，就连跑带爬地抄近路朝后山跑去。到了那里，一眼见到昕燕爸爸正同农民们坐在地上吃着各自从家里带来的干粮。他赶紧过去同大家打了个招呼，就把昕燕爸爸从人堆里拉了出来。他把大学恢复招生的事和马书记的话告诉了昕燕爸爸。昕燕爸爸听后，先是愣了一会儿，简直不敢相信自己的耳朵，反应过来后就激动地握着李红磊的手摇来摇去地不松手，泪水噙在眼里，嘴里一个劲儿地说:“这下好了！这下好了！你们都有希望了！老天爷开眼了！老天爷开眼了！”

李红磊也激动地说:“袁叔叔，会不会是这场运动要结束了？”

“上面的事很难说，目前没有听到任何‘文革’要结束的消息。但是，邓小平出山肯定对稳定全国局势起着重大的作用。你看，大学恢复招生就是最能说明问题的嘛！文革首先是从大学发动起来的，这就等于说，读书又有用了。是不是意味着从某种角度上对‘知识’的一种重新定位？无论如何，你们有希望了！”

“我好高兴啊！还没有告诉昕燕就先来找你了，主要考虑昕燕推荐的事，怕她知道后着急。”

“你们要立即抓紧时间复习。既然中央有‘不唯成分论’的精神，昕燕就有希望。关于成分的事暂且不要对昕燕讲，只是鼓励昕燕复习功课就行了。关于昕燕基层推荐的事，等文件下达后，我立即去找韦队长和贫下中农商量！”

“只要贫下中农和公社能推荐昕燕，到了马叔叔那里就没有问题了。”李红磊兴奋地说。

4

两天后，韦队长接到通知去公社开会，从公社回来后到新建好的梯田去转了转才回家。刚吃过晚饭，李红磊就来了。

韦队长问他吃过饭没有，李红磊说吃过了，顺手拉了条凳子坐下，笑着问道："队长你今天去公社开会有没有什么新政策？"

"有，当然有。你耳朵还挺长的嘛！"韦队长笑起来说。

李红磊也笑起来说："要不然怎么会来追着你问呢。"

"我知道你们又年轻又有文化，迟早要走的，就是有点舍不得你们嘞！"

正说时昕燕爸爸也来了。

韦队长忙让座。昕燕爸爸屁股一落座，就开门见山地问起关于推荐知青上大学的事。

韦队长说："我知道他们还年轻，是要努力奔个好前程的。只要能做到的我一定会尽力帮忙。"

昕燕爸爸说："多谢队长了，我替昕燕先谢谢你啰！"

"老哥子，自家人不要客气。我只是担心如果他们俩都走了，小学校的那些学生娃娃咋个办？"

"队长你放心，如果昕燕和红磊都去读大学了，我和昕燕妈去当孩子们的老师，保证把孩子们教好，昕燕妈妈也不耽误赤脚医生的工作。"

"时间很急，要求这两天就要推荐出人来。明天就通知社员们晚上到我家开会，你们来不来？"

昕燕爸爸沉思了一下说："昕燕是被推荐的人，我来不好，我们家那位也不来了。"

李红磊说："我同我伯伯、伯妈也不来了，回避吧！"

第二天晚上，天还没有黑透，寨子里的人就先先后后、三三两两地聚到韦队长家院子里来了。院子中间烧起一堆火，把四周照得亮堂堂的。不大的院子里一会儿就东一堆、西一群地挤满了男男女女、老老少少的社员。女人们叽叽喳喳地聊着，喜欢热闹的孩子们在人堆缝里钻来钻去地嬉戏、追逐着。

韦队长见人来得差不多了，就宣布开会，各家的大人喊住了自己家的娃娃，院子里安静下来。韦队长三言两语传达完公社其他的一些文件精神后，就讲了推荐知青上大学的事。

韦队长说："我们石板坳大队小，一直没有接收别的知青来插队，目前只有李红磊同袁昕燕这两个知青。我们大队也只有他们两个符合上面读大学的文件精神，他们自己也要求去读大学。我们要赶紧推荐出来上报公社，公社再报县里批准了，他们才能去考试，考得上才能去读大学。上面催得急，我们马上开始搞推荐，明天就报公社。"

这时有个年纪大的农民问："考大学是不是原来讲的考状元？如果是，我们这个地方要出状元了呢。难怪我那天梦到有两只很好看的鸟从我们寨子口的山林里飞出来朝天上飞，飞到天上就变成了大小两颗星宿。我当时想，这是个好兆头，我们寨子要有大喜事！可是为什么会是大小两颗星呢？我当时圆不出这个梦来，现在对上了，原来是我们寨子要出一男一女两个状元呢！男的大女的小，所以两只鸟飞上天后变成了大小雌雄的双星宿，这就圆了我这个梦。”

大家听完先是开心地笑了一阵，接着就嗡嗡嗡地议论起来。

有个在旧社会参加过贩盐马帮，在这一带算是见过大世面的老人说：“大学在很远的大地方才有，读过大学的人比秀才还有学问。就是不知道新社会还兴不兴状元，如果不兴状元为什么还要考试呢？这个问题还是要搞清楚才行。”

大家听了又开始交头接耳嗡嗡嗡地议论起来。人们议论着，猜测着，嗡嗡喳喳地闹成一团。

韦队长说：“大家安静点听我讲，不管是秀才还是状元，我们只按上面的意思把人选出来推荐到公社去就完成任务了。如果李老师和袁老师都成了秀才或者状元，那是我们大队的光荣。我们赶快推荐出来，明天还要出工，快点搞完好回家睡觉！”

听了他这话，靠柴堆角落里的几个中年妇女嗤嗤地笑起来。一个冬瓜脸型双眼大大的女人用手肘推推身旁的一个瘦长脸厚嘴唇的女人小声玩笑道：“韦队长喊你快点搞完好回家睡觉。”

听了那大眼女人开玩笑的话语，几个妇女互相挤眉弄眼低着头笑起来，直笑得泪涕齐下全身颤抖。韦婆婆也听见了那话，就笑着说：“你们几个婆娘好好开会，莫想歪了。”

大家又哄笑起来。另一个角落里的几个年轻妇女议论说：“真不知人家是哪辈子修来的福。长得又漂亮生得又聪明，马上就要去当状元了，真是有出息啊！特别是袁老师，女的当状元真是了不起呀！哪里像我们，每天脸朝黄土背朝天的什么都不晓得，连扁担长的一字都不认得，考状元这种事连做梦都做不出来，下辈子喽！”

另一个笑道：“下辈子你投胎时要睁大眼睛看清楚了再投，不要慌里慌张地又投到山旮旯里来。”

“那是的呢。我一定把眼睛睁得圆圆的看好了再投胎，一定当个女状元。”

“还当女状元，当心别看错了投到猪肚子里去就完蛋了。”

大家都哈哈大笑起来。韦队长说：“你们那几个婆娘不要疯了，我们开的是正式的会。”

会场安静下来，大家开始发言推荐。李来喜蹲在地上“咕嘟、咕嘟”地吸了一大口水烟，等鼻孔里冒完浓浓的烟，然后朝地上啐了一口口水抬起头来说："我先说两句，李红磊是我的本家侄子，他回到我们这个穷地方来干了这么多年一点都不怕苦，还当了学毛著的先进，为我们队里增了光。他还是学校的校长，对人又好，劳动又勤快，还肯帮忙，寨子里哪家喊他都喊得动。这样的青年不要说在我们大队，就是在公社其他大队中也找不出第二个来，我举双手同意他。还有袁老师也好，娃娃些都喜欢他们两个，说老实话两个我都同意。就是有一个问题，如果两个人都走了，学校还办不办？娃娃些咋个办？我是想，如果他们两个都去当状元，那是我们寨子的光彩呢。可是他们要真走了，我真的有点舍不得呢！"

他的话一说完，大家又开锅似的七嘴八舌地议论起来。韦婆婆见状，就对大家说："老李叔说得对，他两个年轻人能去读大学是我们寨子的光彩，大家要支持他们去。学校的事大家不要担心，老袁和万医生去接。"

"那谁来当赤脚医生呢？万医生是我们公社最好的医生呢。"角落里一个中年妇女说。

韦队长说："万医生答应一边当赤脚医生，一边去教娃娃读书。两样事都不耽搁。"

站在院门口的一个人说："老袁是个大秀才，教娃娃读书肯定没有问题，只是他被人整成了个什么'右派'，不晓得上面准不准他当老师。"

韦婆婆说："毛主席不是说要为人民服务吗？他为我们大队改造的手摇脱谷机比以前的脱得又干净又好，他还把寨子里用了几十年，转得像蜗牛爬一样慢的大水车改成现在的几个小水车一起转，多装好多水上来灌田，节约了劳力不说，又还保住了队里的青苗。除了这些，他还为队上做了好多好事，领着大家把茅厕都修得好用了，再没有听说哪家老人、娃娃掉进粪坑里了。这些事，大家都是看到的。如果上头有谁不让他当老师，我们就去同他们讲道理，只要肯为人民服务就是好人。他教娃娃些识文断字懂道理就是为人民服务，哪样右派不右派的？我们苗家人不晓得那些事。等李老师和袁老师都成了状元，再把我们这里的娃娃也教出几个秀才来，那就是我们大家的祖上积德，菩萨保佑，寨子有光嘞！再说以前办这个学校也是我们寨子自己办的，也不要谁的同意就办了。我敢说，龙主任肯定会支持老袁夫妇当老师的。你们说是不是？"

好多人都说："是！"

狗娃的爸爸说："当秀才有用不？狗娃现在一天到晚就拿个小棒棒蹲在地上迷痴痴地不知道乱划些什么，锅里的猪食煮糊了都不知道。没有上学前，他从来没有煮糊过东西，他妈说他是读书读憨了。"

他这一说，大家又都哄笑起来。

有人说："你家狗娃不憨，你才憨。你家狗娃学习好得很，还是副班长。老师都夸他聪明，还说他今后一定有出息。今年队里算工分他帮着算，算盘打得当当响，连韦队长都算不赢他。你还说人家读书读憨了，你不读书才憨嘞！”

大家又哄笑起来，结果在说说笑笑中，所有到会的社员全部举手通过了推荐李红磊和袁昕燕去考“工农兵大学生”。韦队长打开儿子的书包，在里面抽出一本算术作业本翻开来，唰的一声从上面上撕下一张新页，在上面工工整整地写上：

推荐书

野鸭河公社革命委员会：

李红磊和袁昕燕二人在石板坳大队听毛主席的话，和贫下中农打成一片，表现很好。石板坳大队全体社员开会同意推荐他们两个考大学。

致以

无产阶级革命敬礼！

石板坳大队全体社员

一九七三年四月二十五日

写完后，韦队长把写的内容念一遍给大家听，问大家同不同意。大家都说同意。他就让所有参加会议的人都在那张纸上按上了手印。

有个中年社员说：“有几家住得远的没有来参加会，算不算全体？可能还是要他们补齐以后再报上去，稳当些。”

韦队长说：“我明天一大早就去找这几家人，把开会的情况讲给他们听，让他们补按手印就行了。”

就这样，这张按着石板坳大队全体贫下中农手印的推荐书报到了野鸭河公社革命委员会。

5

公社副主任张小田对考大学的事情并不感兴趣，他也不懂大学是什么东西。不过，他巴不得李红磊赶紧走。因为前段时间他听自己在县革委当副主任的表舅说，李红磊有可能要被提拔到公社或县里作为革命接班人培养对象。李红磊是学毛著的积极分子，优秀知青，成分好文化程度又高，石板坳大队的贫下中农提起他个个都满口称赞，这就意味着张小田会被李红磊挤掉。当他知道这个内部消息后，真是恨死了李红磊。但是张小田不想让袁昕燕走，他觉得只要没有李红磊，在这公社中就没有人能比得上自己的条件。光凭自己是公社革委会的副主任这一点，谁能比？只要自己下定决心狠命追求，就肯定会得到袁昕燕。她家成分不好，能找到个公社革委会副主任，那真是她家烧高香都求不来的好事，她会不同意？就是那个该死的李红磊把自己的什么好事都抢去了。袁昕燕被他抢了，县革委接班人培养对象也可能会被他抢走。

张小田是最近一次同龙主任去石板坳大队落实化肥分配的事时看见昕燕的。那天龙主任说："化肥的事办好了，还有时间，我们到石板坳小学去看看。那个红星小学办得很好。好几年了，我一直都没有时间去看一下。现在国家恢复大学招生了，好事啊！我们这里今后好好地培养娃娃，说不定能从农家小院里走出几个大学生来呢。"

张小田对学校没有兴趣，但是龙主任要去，他也只好无可奈何地陪着去了红星小学。那天，李红磊到后山参加修梯田去了，他们到小学时正好下课。龙主任到教室里看了看，又同昕燕聊了聊，鼓励了几句就赶路回去了。

就这样，张小田看见了这个从来没有看见过的、在他眼里像仙女一样漂亮的女人。从那天起，他无论醉了醒了都想着那个女老师。张小田好几次偷偷跑去看昕燕，越看越后悔自己当年怎么没有发现这个美人。当他知道李红磊是昕燕的对象时，就嫉妒起来，恨不得一刀捅了李红磊。

李红磊要去读书，张小田巴不得他马上就滚，滚得越快越好，这样他就抢不了自己的好事了。张小田不想让袁昕燕走，觉得袁昕燕应该是他张家的婆娘。只要李红磊走了，她上不成大学，就得乖乖地留在石板坳。到时候找个人上门提亲，不就是现成的事。再说，女人嘛，上什么大学。嫁汉子生娃娃洗衣煮饭养鸡鸭，拖她个几年就安分了。等李红磊这个家伙滚了，难道还怕袁昕燕不跟自己？

心里打着歪主意的张小田压着石板坳的推荐书不报，龙主任跟其他几个公社的一把手去大寨参观去了。他一再拿昕燕家成分不好，是遣送下来劳动改造的事到处说，又跑到他那个县革委副主任舅舅那里去说袁昕燕家的问题。

当他舅舅在交谈中发现他破坏袁昕燕上大学的目的原来是喜欢那个女人时，就赶紧制止他，说："你真是憨透顶了，那个女的是你能要得的？且不说她对象家里是什么官，就算那个女的本人我也见过，她能瞧得上你？你以为把她留下来就是你的了？你别做他妈的憨梦了，只要李红磊的爸爸动根小指头你就得吃不了兜着走，连我都要跟着你倒霉。他们走了，对你的提拔有好处。等你提拔上来后，什么样的女人没有？你看长点嘛，不要成天小鸡小鸭的，这么没出息。"

张小田听了他舅舅的话后虽然心有不甘，但是也没有再继续捣乱。袁昕燕在公社这一级的推荐总算过了。

第十七章

1

今天，张小田起了个大早，一路朝石板坳疾走。他知道李红磊要到县里去开两天会，肯定一大早就要离开石板坳。他想抓住这次难得的机会再去找找袁昕燕。在袁昕燕这件事情上，他内心其实并不想听他老舅的话，始终不甘心让那个美人就这么白白地走了，自己连碰都没有碰到她一下。一路上，他幻想着与袁昕燕在一起亲热的甜蜜画面，心里痒痒的，恨不得一步就跨到石板坳红星小学。正走着，突然听见前面不远处有单车在路上颠簸发出的声音，那声音一路朝这边过来。他想，肯定是李红磊赶早去县里，这一带只有他一架单车。张小田赶紧跑到路边一处茂密的灌木丛后面藏起来。果然，不多会儿，就看见李红磊踩着单车一路过来。好险！差点撞见他。

直到李红磊走远后，张小田才又从灌木丛后面走出来回到路上。他朝着李红磊走的方向骂道："小私儿，你去县里出风头，老子在这里端你的飞碗。你抢我的好事，老子夺你的婆娘，看你还拽得起拽不起。"说完，朝地上狠狠地啐了一口。转身看了看小学那边的方向，离开大路，找了条更近的、几乎看不出道道的山路朝小学校急急忙忙地赶去。这样既避免碰见人，又快了很多。从小在山里生长的他，看看方向就能发现到达目的地的捷径，这是他的本事。

他很快就到了学校。此时学校里只有两三个娃娃在操场上玩耍，好像并没有注意到他。张小田走进小庙，第一眼就看见那尊毛主席的半身石膏像，心里不由得紧了一下。那个地方从前是供放菩萨的神位，当年自己带人来破四旧，砸烂了菩萨，只剩下这个基座。如今，神位上垫了一大块平整的四方青石板，上面端坐着毛主席。他又有点恍惚起来，眼前浮现出原来端坐上面的那个菩萨的面容。最近每次来小庙看见这个地方，眼前就会出现那尊菩萨。菩萨眯缝着俯瞰一切、看穿一切的双眼似看非看地瞄着他，嘴角露出一丝蔑视的笑。他心里一颤，赶紧把眼睛转向别处。除了这个庙里的菩萨，他还砸过其他十几个大大小小的庙里的菩萨。早就有人咒他砸了菩萨要遭报应的，可他并不太在乎。不过，他虽然不信邪，但是心里总还是有点虚。想起小时候外婆牵着他的手到附近的每一个庙里烧香磕头求菩萨保佑的情景。这个庙来的次数最多，外婆说这个庙里的菩萨最灵。他的眼睛不由自主地又去看毛主席石膏像，而眼睛里还是原来供奉的那个菩萨。他揉揉眼睛，定了定神，心里更加不自在，右手下意识地伸进衣袋里，掏出个喝剩下一半的酒瓶子，拔开用废纸卷成的瓶塞往地上一丢，一抬手直着脖子把酒全部灌进嘴里。他随手把空瓶朝墙角一扔，噹琅琅，酒瓶抗议着一路朝墙角滚过去，在墙角摇了两下就停在那里不动了，居然没有摔坏。张小田走出小庙来到大树下，蹲下来，看着眼前的地面发呆，一会儿酒就翻腾着邪热的激浪一路冲上了脑袋，他开始兴奋起来。

操场上，那个背着花布书包的女娃娃小声对另一个男娃娃说："小牛牛，你看，那个人跑进我们教室又出来了。每次他喊袁老师，袁老师都不同他说话，我们也不要同他说话。"

正在这时，不远处传来了孩子们的唱歌声，那个女孩说："袁老师来喽！我们去洗手，要上课了。"说完，几个玩耍的孩子都跑到石头水池那边洗手去了。

蹲在地上的张小田赶紧站起来，躲在那棵大树后面。他看见袁昕燕在前面拐弯处的小路口与一个男人分手后，就带着娃娃们朝学校走过来。张小田恍恍惚惚地想起那年在公社革委会办公室里的那个男人。

袁昕燕过来了，张小田心里狂跳起来，一下子竟然不知道该怎么办了，就赶紧"哧溜"一下子蹿进了教室。

孩子们到达后，原本安静的小操场上喧闹起来。还没到上课时间，孩子们就在院子里排着长长的队，一个个地钻进两个男孩子抡起来的长绳跳起绳来。昕燕见孩子们跳绳，就先走进教室去做准备。刚进小庙门就闻到一股浓烈的酒味，突然又感觉到门后好像有什么东西。转过头去看，一下子就看见满脸涨红的张小田圆鼓鼓的两眼直盯着她，紧贴着门后的墙立着。

昕燕顿时感觉自己的脸腾地一下子热辣辣的，全身上下都紧张起来。张小田见昕燕一看见他脸就红了，立即全身上下都燥热激奋起来。他喘着粗气对着昕燕淫笑，满嘴歪歪扭扭的大黄牙朝外龅着就像含了一口没嚼碎的爆米花。昕燕恨不得一脚踢死他，但是心里却明明白白地告诫自己不能得罪这个流氓。她转身就往外走，但是晚了。张小田一步跨上前去挡住了她，同时一只手猛然抓住昕燕的左手，另一只手快速地伸出来紧紧地搂抱住了昕燕的腰。又愤怒又羞辱的昕燕忍无可忍地扬起右手一耳光扇了过去，不料张小田从她的腰间抽出手来接住了昕燕打过来的手，又顺势把昕燕拉到自己怀里。两只手都被死死抓住的昕燕与张小田面对面地贴在一起。张小田满嘴的臭气立即喷在昕燕的脸上。昕燕很恶心，浑身难受，现在她只能用脚使劲踢张小田，使他的身体不能靠近自己。张小田发狂似的紧紧抓着昕燕的两只手腕连拉带提地把她拖到一张课桌旁，然后把昕燕强按在那张课桌上。随即他的嘴向昕燕的脖子扑过去，就像野兽咬食活物一样的快速。他的身体把昕燕死死地压在课桌上。一些黏糊糊的东西从他的嘴里流出来淌进昕燕的脖子里。又羞又怒又恶心的昕燕拼命挣扎，却怎么也不能摆脱这个坏蛋。昕燕不想让学生们看见这个场面，所以开始没有喊叫。她使出全身的力气反抗这个流氓。可是张小田的身体太沉重了，昕燕实在是摆脱不了他，就不顾一切地大声哭喊起来。昕燕刚喊出一声，张小田的嘴立即放弃了昕燕的脖子，猛地向昕燕的嘴扑过来，把他那肮脏的臭嘴捂在昕燕的嘴上。昕燕喊不出来了，连气也出不来了。张小田用力地把昕燕的双手使劲向上提，他的下身隔着外裤死死地顶着昕燕。昕燕拼命挣扎着，终于歪开了脸，这才闭着眼睛大声哭叫起来。

孩子们听见昕燕的喊叫声不知道发生了什么事，他们从来没有听见袁老师用这么大的声音喊叫过。于是停住跳绳呼啦啦地一下都涌进教室里来，一进门就被眼前的情景吓懵了。昕琪见姐姐被那个最近常来学校赖着不走的牛鼓眼抓住双手咬着脖子压在课桌上尖叫着拼命挣扎时，立即大哭着冲过去，顺手抓了个扫把对着张小田后脑勺劈头盖脸不顾一切地猛打起来，一边打一边喊:“大牛、昕南，大家快来帮老师打坏蛋。老师要被坏蛋咬死了!”

孩子们先看到这个情景也都被吓呆了，听昕琪一喊才反应过来，哗的一下子全都扑了上去。他们拉的拉，扯的扯，踢的踢，咬的咬。昕南又哭又叫地跑到门外面捡来一块石头，使足了全身的劲，照着张小田后脑勺嘭的就是一下子。张小田“哎呀”一声放了昕燕的一只手回过头伸手就去抓昕南。这边大牛拿着为老师做的竹教鞭怕误打到老师，正找机会下手，看见张小田转过脸来抓昕南的一瞬间就一鞭狠狠地朝他脸上打过去。这一鞭正好斜抽在张小田的半边脸上，从他的左眼角到右脸颊上立即翻出一道浸血的鞭痕，痛得张小田一下子就撒开了昕燕的手。就在他的两只手都缩回来捂住自己的脸时，昕燕猛地一下子把这堆臭肉朝旁边一推，张小田摔下去，仰面八叉地倒在地上，酒精把他烧得迷迷糊糊的像摊烂泥。

头发蓬乱、泪流满面的昕燕抬起脚用足全身力气狠劲朝张小田踢过去，踢在他的腰上，他朝昕燕这边侧过身来伸手抓了一把，昕燕躲开他的手，又是狠狠地一脚，这一脚正好踢在张小田的小肚子下面，他大叫一声就势在地上翻滚起来，他一只手捂着自己的脸，一只手腾出来抱着自己的下身大声喊叫。

羞辱愤怒至极的昕燕对着躺在地上的张小田又狠狠地踢了几脚，孩子们也围着张小田踢。踢了一阵，张小田就不动了。昕燕跑出教室蹲在墙角一边哭一边大口大口地呕吐起来，直呕吐得苦胆水都出来了。好些学生们都跟着她跑出来围着她不知道怎么办。有的女孩见老师哭成这样也跟着哭，声音越哭越大，学校操场上一片哭声。昕南和几个男孩子跟着昕燕跑了出来。教室里还有大牛同几个男孩手里拿着石头和竹条盯着躺在地上的张小田，大牛说："滚出去，你这个坏蛋！"

那几个男孩都跟着骂张小田坏蛋，要他滚出去。张小田还是躺在地上赖着不起来，那些孩子又骂了一阵，见他像死了一样一动不动。

一个孩子说："我们出去看看老师，这只猪在这里装死，懒得管他了。"

另一个说："他真的死了才好呢。死猪！我们出去看老师，走！"说完几个男孩又踢了张小田几脚，就都走出教室去看昕燕去了。

昕燕正在石头水池的那根竹管下双手接了水吸进嘴里涮口，还用水洗脸洗脖子。她反复地洗涮着，仿佛要把那些屈辱和肮脏一起洗掉，一边洗一边流泪一边呕吐。昕南见大姐哭成这样，心里火起，捡了一块更大的石头拿在手上，一边哭一边喊"我要去打死那个坏蛋"，喊着就往教室里冲。那几个刚出来的男孩子也喊着"打死那个坏蛋"跟着昕南冲了进去。

昕燕怕张小田伤着昕南和孩子们，又怕闹出大事，就赶紧跟着孩子们跑进去制止住了昕南和那几个男孩子。仍然赖在地上不走的张小田全身上下的衣服上都是孩子们的鞋印。他本来就肮脏不堪的衣服散发出刺鼻的酒味和其他难闻的味道。女孩子们纷纷捂着鼻口说好臭，昕燕强忍着愤怒和眼泪说："大家都回到座位上去，我们开始早读。"

她走上讲台，大喊一声："上课！"班长大牛响亮地喊了声："起立！老师好！""同学们好！"开始上课了。学生们在大牛的带领下开始早读。昕燕一边流泪，一边警惕地盯着地上的张小田。她一直不停地用手绢使劲地擦着嘴上和脖子上那些洗不尽的屈辱和恶心。最后，她把那张自己花了两个星期绣上竹子和兰草的手绢毫不犹豫地、狠狠地丢进了黑板左墙角的竹撮箕里。愤怒和羞辱让昕燕难以平静，这个流氓当着自己的学生们非常下流地侮辱了自己，她感觉自己的心都要愤怒得爆炸了。但一想到家人，想到李红磊，想到自己的前途，就强忍着愤怒不断告诫自己要冷静。她咬着嘴唇努力克制着自己，眼泪不断地流在脸上，牙齿把嘴唇都咬破了，直到流出血来她才感觉到。此时，"君子报仇十年不晚"的话在她耳边响起，她逐渐镇定下来，开始想办法对付躺在地上装死的这个流氓。如果他还敢过来，我就用桌子下面那个石头香炉砸他的头，那个香炉那么重，砸准了一定能砸死他。如果他死了，顶多我去抵命，那就是拼命了，既然命都不在乎了，还管什么影不影响和上大学的事。主意拿定后昕燕反而镇定下来。

班长大牛在第三课读完后，又继续用响亮的声音领读："第四课，人民公社好！"孩子们跟着大牛齐声朗读。这时，躺在地上的张小田突然从地上爬坐起来。昕燕全身的神经又立即绷紧，她伸脚去碰了碰石头香炉，以确定它的确切位置。现在她反而觉得自己像只恶狠狠的母虎一样，咬牙切齿地盯着张小田，恨不能一口咬死这个畜生。坐在地上的张小田傻呆呆地张着嘴听孩子们读书，脸上露出一种既羡慕又迷茫的神情。

昕燕鄙夷地想，这个人虽然可恶但也是个十足的可怜虫，从小都不知道读书的滋味。如果他有点文化也许就知道廉耻了，就不会做这种下流的事了。

张小田狼狈地从地上慢慢站起来，呆呆地看着庄严的课堂，看着昕燕在黑板上写字的背影，听着孩子们整齐高亢的读书声。这时，他想起自己在山里打猪草、砍柴禾的童年，心里突然悲伤得想哭。他那邪恶的气焰已经完全被学校特有的庄严正气压倒。他无意中看了一眼毛主席的石膏像，看见的却又是那尊菩萨端坐青石板上，面带怒色地斜睨着他，恍恍惚惚间，耳边响起滚出去的声音。他赶紧低下头，用手去摸被竹条打伤仍然很痛的脸，捂着脸上正在渗着细小血珠的鞭痕，又用另一只手抹去挂在嘴角上的口水，对着昕燕的背影发了一会儿呆，就悄悄从门边狼狈地溜走了。

第一节课下课后，孩子们都没有出教室，大家涌过来围着老师问被咬的地方还痛不痛。

大牛说："他肯定不敢来了，如果再来我们一起打死他。"

昕燕听了孩子们的话心里很感动，心想，真是没有白教这些孩子，他们是真心地心疼老师呢。但同时又想，如果别人知道自己被张小田抱了还咬脖子的事会讲闲话的。孩子们不知道是什么事，大人是明白的。一旦别人知道她被张小田侮辱的事就可能什么猜测的话都会说出来，农村人对这种事情很在乎也很敏感。这事传出去对自己的名誉会有很大的损害，真不知道会被传成什么样子。那样就不可收拾了。另外，爸爸妈妈知道了会非常担心。如果红磊哥知道了就更不得了，他会去找张小田拼命的。红磊哥本来就十分反感那个家伙，说那个家伙简直就是一个横行乡里的酒鬼无赖王八蛋。如果红磊哥和张小田打起来，还不知道会闹出什么事来，所以必须赶紧制止住孩子们。想到这里，她赶紧对正在七嘴八舌的孩子们说："同学们，老师谢谢你们的帮助和关心！那个坏蛋肯定不敢再来了，因为他知道我们人多力量大。不过，老师想请你们为老师保守这个秘密，你们回去千万不要对家里的大人和别人说这件事，好吗？老师不想让别人知道这件事。"

有个孩子问："老师，为什么不能跟家里人和别人说呢？"

昕燕想了想说："因为大人担心你们也会被坏蛋欺负，就会不让你们来学校学习了。而且，如果老师的爸爸妈妈知道后也会担心老师再被坏人欺负，也可能不让老师来这里教你们读书了。所以你们跟谁都不要讲今天的事，好吗？”

孩子们齐声说：“好！”

这时昕琪突然说：“老师，对李老师能不能说呢？”

昕燕说：“也不能说。因为李老师知道这件事后就会去找那个坏人讲理。可是，坏人是不会讲道理的，他可能会伤害李老师。你们是不愿意李老师受到坏人伤害的，对吗？所以，也不要告诉李老师，大家说好吗？”

同学们异口同声地说：“好！”。

昕燕见孩子们都答应了她后，才放下心来。她知道农村的孩子们纯朴守信是一定会保密的。这件事不管今后会不会被人知道，但是目前暂时是不会传出去了。她不想在参加大学考试前弄出什么麻烦来。张小田毕竟是公社副主任，自己一个“黑五类”疏散下放家庭的子女是绝对惹不起他的。何况还有考大学这么重大的事情要做。只要张小田不敢再来耍流氓就行了。

昕燕正想着，就见平日从不主动举手的李草花高高地举着手。“草花，下课时间不用举手，你想说什么就说吧。”

李草花低着头说：“老师，我爸爸说你和李老师都要走了。今后你们还会回来教我们吗？我舍不得你们走，我昨天听爸爸说后都睡不着觉了。”说完，大颗大颗的眼泪从她的眼睛里掉下来。

大牛说：“袁老师，我也晓得你们要走了。那天寨子里的人在我家开会，同意你们走的那张盖手印的纸还是从我的算术本后面撕下来的。爸爸让我不要跟同学们讲。老师，你们还回不回来？等你们回来，我们都长大了，我真的不想你们走。”

其他孩子也都满怀忧伤和留恋，七嘴八舌地说起来。昕琪看着姐姐没有说话，眼睛里也充满了泪水。她知道姐姐的最大愿望就是读大学。虽然自己也不想姐姐走，可是想到这件事是姐姐最重要的事而且今后自己也要像姐姐一样去读大学的，所以她虽然伤心却没有说什么。

这时，昕南说：“姐姐，哦，老师，你不要走好不好？你都当老师了，还要去上学呀？”

昕琪说：“昕南，你不要乱说。姐姐是去读更大的大学。读了大学的人将来才有出息，才不会坐监牢。”

昕燕见昕琪居然把几年前刚到这里时自己说的话记到现在，心里猛地一惊：想不到自己的话能够让昕琪这样刻骨铭心，也想不到孩子们对自己和李红磊的爱如此真挚强烈。想着，她也流着眼泪哽咽着说：“老师是想要去读大学，但是还要去考试，考试不及格也是不能去读大学的。如果老师能去读大学，每年寒暑假时我和李老师一同回来，与你们一起唱歌，一起到山林里去采蘑菇，到河边去捉小鱼小虾，去写生，和你们一起打篮球，还要组织乒乓球比赛。这里还有老师的爸爸妈妈来教你们。你们不要担心，连我和李老师平时也要问他们很多问题，他们是很好的老师呢！"

二狗说："老师，你和李老师都考不及格就好了，就可以一直在这里当我们的老师了。袁伯伯不会打球，也不会唱歌，一点都不好玩。"

他这一说，立即就有几个孩子也跟着说，老师考不及格就好了。

昕琪说："老师最大的愿望就是上大学，你不要乱说老师考不及格。如果老师考不及格就不能去上大学了，老师会很伤心的。老师肯定能考及格。我爸爸会打球，还会唱京戏。"

昕南说："他还会讲很多故事。我家姐姐每天都要问他很多题目呢。"

昕琪和昕南这样一说，孩子们才安静下来。昕燕眼里饱含着热泪，感动地看着弟弟妹妹，看着学生们那一张张可爱的脸，心里充满了无尽的爱，混杂着一种依依不舍，如母亲般疼爱自己孩子的复杂感情。但是，她要努力考试争取上大学的信念是坚定不移的，是不会被这种情感所左右的。

2

自从发生张小田那天的事后，昕燕心里对李红磊的思念更加强烈。好不容易熬到礼拜天，虽然才分开三天，但是昕燕觉得好像比三年还长。今天天气很好，暖暖的阳光照在大地上，一片温馨美好的景象。一大早昕燕就要去野鸭河公社的场坝赶场，那里是这一带最大的交易点，文具、粉笔、本子这些东西都可以在那里找到。她想给孩子们多留一些东西，也想去碰一下李红磊。李红磊走的那天，昕燕忘了跟他约今天在场坝上碰面。现在她打算自己先到场坝上换了东西，然后到回来的那条必经的小路口上等李红磊。这样他们俩就可以一起回寨子了。她想象着李红磊看见自己在那块大石头上等他的惊喜和一边说话一边慢慢走回寨子的幸福，心里甜丝丝的。

吃过早饭后，她把韦婆婆给的一大包干洋芋片和十个鸡蛋在竹背篼里放好。背上背篼，又摸了摸自己衣兜里两个又烫又热的熟鸡蛋，拿起靠在门上的木棍转脸朝里屋喊了声："妈，我去赶场换些本子就回来。"说完就走出门，朝院门走去。

妈妈跟着追了出来，说："昕燕，怎么没有听你说今天要去赶场？"

"哦，昨天忘了说。"昕燕淡淡一笑。

“红磊去县里开会，你一个人去赶哪样场？不要去了，在家里帮我把你春花姨的被子洗了，昨晚又弄脏了。”

“妈，我回来帮你吧，我现在要赶着走。”

“有什么要紧的事非要去赶那个场？”

“学生的本子、粉笔还有很多东西都不够用了，我今天不去换，星期一就写不了黑板了。还有，我想去给春花姨弄些去痛片来。”

“让你爸爸陪你去，路上安全些。”

“妈，我自己去，我会注意安全的。我带着这根打狗棍，你不要担心。再说又不是头次去，都去了好多次了。”说完把手里的那根打狗棍在地上嗵嗵地杵了两下。

妈妈说：“往次都是红磊同你一起去，这次就是你一个人，我不放心。要不然，我陪你去。我也想看看场坝上有没有专门治头痛的头痛散或者其他药，顺便再买点酱油回来。”

昕燕一听妈妈要一同去，心里着急起来，赶紧说：“妈，你留在家里好些。韦婆婆年岁大了，一个人弄不了春花姨，你就在家里帮她吧。你不用担心，把酱油瓶给我，我去买酱油。我再去把你说的那种头痛散一起买回来。李红磊中午散会，我与他一起回来。你就不要担心了。”

妈妈一听昕燕说与李红磊一起回来，就没有再说什么。只是担心地看着昕燕问：“你们约好了在场坝上碰面吗？”

昕燕觉得妈妈好像比以往更担心些，是不是她知道张小田的事了？她心里虽然在猜想，但还是不动声色，含含糊糊地“嗯”了一声。

昕燕妈妈见状，就坚决地说：“那就让爸爸送你到场坝，他先把药和酱油买回来。你见着红磊再一起回来。你们就要考试了，可别又出什么事。”

昕燕从这句话中听出，妈妈肯定是知道那件事了。她再没有理由拒绝爸爸一起去。心想，只要爸爸走到路口，我就让他回来，爸爸肯定会听我的。打定主意，就说：“好吧！不过你让爸快点，他还要下田，不要耽搁了。”

妈妈见昕燕答应了，就赶紧喊：“老袁，快点出来。送昕燕到场坝，顺便去买药、打酱油。”

昕燕爸爸应声出来，又返身到灶房里提着装酱油的大玻璃瓶出来。腰里那条扭成麻绳一样的布腰带上别着一把小薅锄，说：“昕燕，走吧！送你去了我再回来下田来得及。”这时，春花又啊啊地大声叫起来。妈妈赶紧又叮嘱了几句，就转身进屋去了。

最近两个月来，春花一直断断续续地生病，情况越来越严重，看着看着人就瘦了一大圈，饭也喂不进去了。刚折腾半天，好不容易喂了一点汤饭，一会儿又吐光了，人一天天地没了精神。有时突然大哭大叫，眼球朝外突，脸色铁青，还用手狠狠地捶打自己的头。

韦婆婆看着春花那样痛苦，真是心如刀绞。虽然知道治好这个病是根本没指望的，但她还是想尽量减轻春花的痛苦。十几天前的一个早上，大家都上学、出工以后，韦婆婆就对昕燕妈妈说："家玉，有件事我跟你说，你莫多心啊！"

"婆婆你有事尽管说，我哪里会多什么心，我是你女儿呢。"

韦婆婆眼里噙着泪说："家玉，春花这个病是个医不好的讨债病。不管是你还是其他医生都医不好，这我早就晓得。现在，眼看着她活不了多久了，我这个做妈的真的不忍心看她那么痛苦地死。所以，我想悄悄地把过去的巫师请到家里来跳神捉鬼。但是，我又怕你多心我是嫌你医不好春花才请巫师，所以想先同你商量一下。"

昕燕妈妈一听就赶紧说："婆婆，你多虑了。我哪里会多心，我也是做妈妈的人，我理解你的心情。婆婆你想请就去请吧！我小时候也看见同学家大人请巫师跳神捉鬼，那还是在有大医院的城市呢。你要我做什么就说，看我能不能帮你，千万不要顾忌那么多。"

韦婆婆抹了一把泪："好，那我今天就进山去请巫师了。"

那天中午昕燕爸爸回来，桌上不见韦婆婆吃饭，一问妻子才知道韦婆婆去请巫师的事。昕燕爸爸说："其实，请巫师神婆都是一种心理上的安慰，也不算什么封建迷信。巫师神婆从古到今都在老百姓中间活动，谁完全禁止得了。在缺医少药的乡下，特别是在人烟稀少的少数民族山寨里，巫师神婆从来就没有真正地停止过活动。队里的干部也是这一方水土习俗养育出来的人，心里对鬼神巫术都很相信并且心存敬畏。大家相信老辈子'神药各半'的说法。"

过了两天，巫师来了。做过法事，拿了韦婆婆的谢礼就走了。春花仍然不见好转，韦婆婆难过得直哭。昕燕妈妈流着泪，说些春花会好起来的话安慰她。

韦婆婆摇着头说："前晚我看见她爸爸来了，对我说他来带春花去个好地方享福，说我们母女的缘分尽了。"

昕燕妈妈说："只不过是个梦，不要想那么多。"

韦婆婆哭着说："我的梦灵得很。每次都很准。没有办法了，要走的留不住。这么多年，我也尽心尽力了。"

春花奄奄一息地躺在床上，闭着双眼。好像在等待最后期限的来临。后来，春花的情况一天不如一天，而且发作的间隙越来越短，越来越频繁。韦婆婆经常通宵不眠地守着她。看着女儿皮包骨头的身体，常常忍不住失声痛哭。

昕燕妈妈听见春花的叫声，看了看昕燕就转身跑进屋去。有丈夫陪着昕燕去，她就放心了。进到屋里见春花又双手捶头，啊啊地大声哭叫，韦婆婆正用力拉着春花的手，不让她狠命地捶自己的头。昕燕妈妈赶紧跑过去帮着把春花抱住，一边大声喊正在学织线衣的昕琪来帮忙。见昕琪跑过来，妈妈说："快点倒杯温开水，再把桌子上那个小瓶里的止痛片倒两颗在瓶盖里准备着，我喊你时，你就赶快递给我。"

昕琪照妈妈说的做了，就在一旁等着妈妈的吩咐。这时，春花牙关紧紧地咬着，双手死死地抓着床上铺的稻草，头在靠床的墙上使劲撞。韦婆婆和妈妈一个人用力拉住她的手，一个人使劲抱着她的头，春花只要一发病，力气就比平时大很多，韦婆婆和昕燕妈妈费了很大劲才把她按住。这时，韦婆婆突然"哎呀"一声，脸上露出痛苦的表情。昕燕妈妈问她怎么了，她说："我的腰被闪了一下，好痛！"

昕燕妈妈说："行不行？不然把昕燕爸爸喊回来帮忙，他们还没走远。"

韦婆婆说："不要喊他们，我撑得住。让他们早去早回。"

昕燕妈妈赶紧抽出左手来准备捏春花的鼻子："昕琪快点把药拿过来，春花姨一张开嘴，你就把药倒进她嘴里去。"

妈妈右手抱紧春花的头，左手捏住春花的鼻子，春花刚一张开嘴，昕琪就把药喂进春花的嘴里。接着，昕琪拿起桌上的水杯，用汤匙把水灌进春花的口中。看见那药片还在春花的舌头上，昕琪动作麻利地又往春花仍张着的嘴中灌了一口水进去。看着药进去了，大家都松了一口气。韦婆婆却蹲在地上起不来了，妈妈按着春花，昕琪赶快去扶韦婆婆坐到旁边的一把椅子上。刚坐好，春花这边就把喂进去的药连水带药地全部呕吐出来。这一段时间以来，春花已经没有了人样儿，也不能坐竹椅妈了，只能躺在床上，闭着眼睛，气息奄奄地延续着痛苦的生命。

韦婆婆流着泪呜咽着说："春花，你走吧！你这样好苦啊！春花她爹，你快点带她走吧，不要让她再这样遭罪了。"

昕燕妈妈流着泪对韦婆婆说："我们还是想法把春花弄到县里的医院去看看吧，她好可怜啊！"

这话，她已经对韦婆婆说了好几次了。每次，韦婆婆都伤心地摇摇头，叹着气，流着泪说："不去看了，这么多年了，这是个医不好的病。不用说花钱治不好，就算能治好，也出不起那个钱啊！春花的命苦，活着也是受罪，她要去就让她去吧！我这个当妈的对不住她呀！怎么把她生成这个样子啊！"

3

昕燕和爸爸走出门后，很快就到了寨子口。昕燕对爸爸说:“爸，我去过好多次了，认识路，你还要下田薅秧，不要耽搁时间。你把酱油瓶给我，我保证帮你把酱油打回来，把药买到。我们不让妈妈知道你没有送我到场坝就没事了。”

爸爸用敏黠的目光看了看女儿，笑着说:“今天我是怎么都要把你送到场坝，买了药，打了酱油才回来，决不背叛你妈妈。就算你妈妈不安排，我也是要送你去的。万一出点岔子，我这个做爸爸的怎么交代！这条山道一路偏僻，一天都见不到几个人影，有时还会有野兽出没，我怎么放心让你一个人走呢。走吧！我只按你妈妈说的做，你就别想劝退我了。嘿嘿，你这个小丫头还跟老爸耍心眼子，我过的桥都比你走的路还多呢。哈哈！”

昕燕一听，知道爸爸不会听她的，就只好默不作声了。这是她没有预料到的，因为爸爸一直都很迁就她。不过爸爸打了酱油就先回来，并不会等着自己一起回来。也好，有爸爸陪伴，总比自己单独走安全些。这时昕燕想起了张小田，想起了他那双令人恶心的水泡眼和前天的情景，就赶紧跟在爸爸身边埋头赶路了。

走了一个多小时，昕燕和爸爸这才看到场坝上熙熙攘攘的人群。今天天气好，赶场的人来得早。每月一次的“大场”很热闹。一些来赶场的外地人从县城或者省城拉着各种东西来卖掉后，又把这里的土产买走或者换走。他们带来的东西又多又杂，最主要的是昕燕需要的纸张、铅笔、本子等。当然本子的质量很差，又粗糙，又黑，钢笔写上去，墨水立即浸开一大片。用铅笔写字的话，轻了看不见，重了就把本子戳个洞或者划个口子。不过总比没有强，而且也不太贵，还可以用鸡蛋、菜干、米、辣椒、柴禾、刺梨、蘑菇等东西换。昕燕已经与李红磊来过好多次了，不但路走熟了，而且还知道跟谁换东西合算些，质量也比较好些。同时她也学会了怎样用最少的东西换到最多的本子、铅笔和其他想要的。昕燕走着，想着不久就要去参加大学考试了，心里高兴，看什么都顺眼。

爸爸见女儿心情好，自己也高兴。想想女儿总算可以实现她自己的愿望了，心里比女儿还高兴。

“昕燕，就要考试了，按照你们准备的情况，考试应该是有把握的。这段时间内你们要抓紧把那些做过的习题再复习一遍，巩固一下，考试时细心些就没有大问题了。”

“我们已经开始复习第三遍了，红磊哥底子好，基本上都在辅导我，他考试是没有问题的，就是我自己，心里一点底都没有。”

“哦，复习第三遍了，好快啊！红磊这小伙子真不错。你们俩坚持自学了这些年，终于有了这次机会，不容易啊！”

“我一直都像在做梦一样，不敢相信，好怕不是真的。”

“傻姑娘，不是梦。你已经站在理想的路口上了！红磊的把握很大，你也不错呀。你一定要树立信心，不要紧张。依老爸看，你只要再努力往前迈一步，就能实现自己的愿望了！”

昕燕眼里放出光彩，看看爸爸，点了点头说：“爸，我会努力的。你们大家还有红磊哥每天都在鼓励我，帮助我，我就是拼了命也要考好。你放心吧！”

爸爸一听女儿的话，说：“也不用拼命，就算一次考不上，还有二次。不用拼命。”

昕燕说：“真的要拼命，我的年龄大了，经不起二次了。为了让我能上大学，你们大家为我做了那么多事；为了让我考好，妈妈一点家务都不要我做，自己却又要翻山爬坡地去为人治病送药，又要抓紧时间自学医学知识，还要做家务；为了让我考好，红磊哥把我的很多课都担了过去，好让我多些时间复习。我如果不拼命考上，我真的是对不起人啊！”

爸爸说：“我们是你的父母，做这些是应该的。说起红磊，这小伙子真不错，碰上他这样的人，是你的福气啊！他人好，品行好，家庭成分好，文化程度又高，你要多向他学习哦！”

“爸，我知道。”

又走了一会儿，昕燕说：“爸，等会儿到了场坝，你打了酱油、买了药就先回去吧，我要等红磊一起回去。”

“你们是不是约好的？我有点不放心呢。”

“我们约好的，你放心吧！我又不是小娃娃。”

爸爸听了昕燕的话，也就没有再说什么了。昕燕不时地紧一紧竹背篼的背带，加快脚步走着。她现在穿的是韦婆婆做的厚底布鞋，韦婆婆一针一针打出来的厚鞋底，走起路来又平实又稳。深蓝色的蜡染花布鞋面虽然乡土气浓些，但是穿起来很舒服，她不但早已经穿习惯了，而且自己也会做了。无论是做鞋还是补衣服、绣花，她都学会了，韦婆婆还教她和妈妈剪裁缝制苗族的衣物。现在昕燕一家人都穿着用家织布做成的苗汉式样结合的衣服。连李红磊的衣裤也是昕燕做的，大家都夸昕燕的针线活做得精巧好看。李红磊穿着昕燕做的衣裤鞋袜心里不知道有多高兴，他说土洋结合，苗汉结合，好看又好穿。

说话间，父女俩就到了。昕燕跟着爸爸走进场坝，场坝上已经很热闹。农民们把自己家舍不得吃的鸡蛋、公鸡、干菜，还有山里采的蘑菇，打的柴禾，还有一些野味都拿来换点盐巴，换点田地里种不出来、山里也找不到的生活必需品，或者卖点小钱捏在手里看看能买点什么，要不就装在贴身的衣袋里带回家去积攒起来。男男女女的农民们蹲在地上，守着各自面前的一小堆东西，手不停地整理着，好像摆得好看些就能卖更好的价钱。一个农民守着一只山里抓来的锦鸡，那只锦鸡的双脚被草绳牢牢地捆绑着侧身卧在地上，长长的尾巴拖在地上，两只眼睛可怜兮兮地、忽闪忽闪地看着过往的人，不知心里在想什么。生活虽然艰难，来赶场的人们还是互相打招呼，敦厚地商量着物品交换的条件或者买卖的价钱。昕燕爸爸有好久没有来赶场了，一看见热闹的场坝就兴奋起来，说："昕燕你看，这场坝还真热闹呢！"

昕燕一眼看见一架三轮车，就说："爸，你看那个卖食杂货品的三轮车肯定是从县上来的，我们过去看看他会不会带点药来卖？"

父女俩朝那架小三轮车走过去。走近一看，车上放着一些杂货，没有药物，也没有粉笔、本子。

昕燕爸爸看着小三轮失望地对女儿说："没有药，我上次到县里买的止痛片已经快用完了，春花如果没有止痛药，太遭罪了。唉！"

那人听见了他们父女俩的对话，就问，"你们要买什么药？"

昕燕说："同志，你有去痛片或者头痛散没有？"

那人说："有啊！我带了一些来。"

昕燕爸爸喜出望外地说："唉，怎么没有摆出来？"

那个人说："哪个敢摆出来，我们都是找熟人从医院开出来的，就赚点路费钱。你要几包头痛散、几颗去痛片？我好拿出来给你。"

昕燕爸爸说："去痛片多少钱一颗？"

那人想了想说："算你两分钱一颗吧，头痛散五分钱一包，你要不要？"

昕燕爸爸立即说："去痛片一分一颗，我买五十颗，你有没有带那么多？头痛散三分钱一包，要十包。如果管用，下次赶场你多带点来。"

那人瞟了一眼昕燕爸爸，犹豫地说："不卖，不卖，太便宜了。我连路费都赚不回来。再多给一点。"

昕燕爸爸有点生气地说："你们托人在医院开这些药连一分钱都不用花，顺便带到这里赚一点就是了，何必这么盘剥。我们农村人根本就没有什么钱，就算给你一元钱买这些药，也是翻了箱底才能凑出来的。你要是不卖，我再找别人去买。药是治病救人讲良心的东西，差不多赚点就行了。"

那人脸上露出狡黠的笑容，瞟着昕燕爸爸说："大哥开玩笑了，你哪里是什么农村人，一口的省城口音，还有这么一个没有晒过太阳的漂亮女儿。"

昕燕爸爸说："你别以为我是从城里跑到这里来买便宜货的，我们真是在这里生活的农民。"说完还顺手把腰上别的那把薅刀往下插了插，做了个转身要走的姿态。其实昕燕爸爸心里知道，现在场坝上还真是只此一家，别无分店。

那人见昕燕爸爸要走，就赶紧说：“大哥不要慌走嘛，做交易不就是我喊价齐天，你还价齐地嘛。”

昕燕爸爸软了声音说：“喊齐天也好，还齐地也罢，你也要实在点嘛！”

那个人笑了笑，试探地说：“你说你是这里的农民，这么说，大哥你莫非是……”

昕燕爸爸把脸一沉没有答话。

那人见状，立即说：“大哥，什么都不用说了，同是天涯沦落人。我原来是县国营林场的职工，也是受迫害被开除的。现在自己悄悄地搞点小生意养家糊口。我一元钱卖给你那些药，就算交个朋友。你还需要什么只管说，下一场我一定带过来，平价卖给你。”一边说，一边从车把上挂着的一个旧军包里，摸出一瓶去痛片和十包头痛散，“我今天正好带了一瓶，里面是五十颗，还没有开瓶。这是十包头痛散，你回去看看管不管用？要是好，下次我来时你再来买。”

昕燕爸爸点了点头，说：“多谢了！请问贵姓？”

“免贵姓何，何友贵。请问大哥贵姓？”

“我姓袁，叫我老袁就行了。”昕燕爸爸从上衣内口袋中掏出一沓毛票，点了一元钱给那人。

“还要点别的不？”

“不要了，多谢了！”

这时，有人来买东西，昕燕和爸爸就走了。

父女俩走到街角的那间铺子打酱油。

买好酱油后，昕燕爸爸见自己的东西都买齐了，没有理由再跟着昕燕了，再说自己还要赶回去下田薅秧。他看看场坝上人多，想想不会有什么事，就叮嘱昕燕说：“燕儿，你一定要等红磊来了才能回去。如果等不到他，或者错开了，就在场坝上看看有没有石板坳的人，搭个伴一起回去。万一不行就在场坝上等着，下午过了三点还不见你回石板坳，我就来接你。千万不要单独一个人走那条山路。”交代完后，爸爸就自己先回寨子了。

昕燕看着爸爸走后，就伸着脖子在人群中张望，想看看那个一直跟他换文具的人来了没有。那个人每次赶大场都来。换东西也好说话，能多换几个本子和几块橡皮。见那人还没有来，昕燕就在一个临街的房廊下把背篼卸下，在房基石坎上选了个靠墙角的地方坐下，又从背篼里摸出本书看起来。她不时抬起头来张望一下那个换文具的人来没有，心里着急，想早点换到东西好去石板坳路口等李红磊。突然，她看见张小田站在场坝的另一头，正与几个看上去不三不四的人说话。昕燕本能地往墙根里面挪了挪，眼睛警惕地盯着张小田。那情景就像森林里一只小鹿发现了远处有一群饥饿凶狠的狼，正想着是躲还是逃。昕燕此时此刻恨不能立即隐形遁土，因为她单独一个人是抵抗不过张小田的。正在这时，她看见自己等的那个换东西的小贩，骑着三轮车从那边的拐角转了出来。那人见人多，就下了车，小心地推着车向场坝中间走过来。

昕燕正着急怎样才能避开张小田去找这个人交换东西时，就见张小田和那几个人讲了一会儿话，突然一起急匆匆地走出场坝去了。昕燕学妈妈的样子双手在胸前合十，轻轻地念了一声“阿弥陀佛”，就赶紧背起背篼向那架卖文具的三轮车走去。

那人正在解捆绑货物的绳子，昕燕走到他旁边说：“叔叔，你这次有大方格本和粉笔吗？”

那人一看是昕燕，就高兴地说：“是你啊！你要的东西我都有。”

昕燕说：“那这次大方格本怎么换？”

那人说：“现在城里的东西很紧俏，什么都涨价了，还买不到。不过我们是老主顾了，肯定便宜你喽。你今天带什么东西来换呢？”

昕燕说：“我带来的是洋芋片和鸡蛋。多少洋芋片和鸡蛋能换十五个大方格本、一盒粉笔、两支英雄钢笔、一本暗格信签纸和一瓶北京墨水？”

那人笑道：“慢点，慢点。我的耳朵都来不及听你讲要换的东西了。我们一样一样地来，好不？”

昕燕背着换来的东西从场坝出来，看看天色大约是中午 11 点不到，心想，红磊哥骑单车跑得快，开完会就出发的话，现在大概快到了。我得赶快到小路口去等他，免得错过了。要是一个人回去的话，在路上还真是有点怕。于是昕燕握了握手里的打狗棍，加快脚步朝回石板坳必经的小路口走去。

昕燕在换东西时没有注意到，张小田和那几个人一起出去后，没过多久又自己一人回到场坝上来了。他一眼就看见了站在三轮车前的昕燕。见只有昕燕一个人，就四处看了一圈，并不见李红磊，也没有见昕燕有别人陪伴。这才想起，李红磊到县里开会，今天中午才散会。心里不由得一喜，我今天交好运了！妹妹儿，看你今天往哪里跑！想着，摸了摸脸上那条鞭痕，心里说，看今天谁来帮你。对了，我先跟着她看看情况再说，万一李红磊从哪里冒出来就麻烦了。闹到他妈的马书记那里，我就吃不了兜着走了。

4

李红磊开完会就去了马书记家。他一进门，马书记就高兴地说："我知道你散了会肯定要来，就把你要的好东西揣回来了。"

李红磊说："是考试通知书吗？"

"除了那个，你还能想要啥？真是赶巧了，下个月考试的通知昨天下午发了下来，你和袁昕燕都被批准参加考试了。你自己带回去，告诉韦队长一声。龙主任明天正好要到县里来有事，我告诉他就行了。机会难得，你们要努力哦！"马书记满怀希望地说。

李红磊脚跟一碰，对马书记敬了个标准的军礼，故作严肃地说："保证不辜负马叔叔的期望。"说完自己先笑起来。

马书记也笑起来，说："不是不辜负我，是不辜负党和毛主席，还有你爸爸妈妈的期望。"

李红磊说："都不能辜负，更不能辜负马叔叔的期望。"接着，他突然问："其他公社那些知青的呢？"他不知道自己为什么要问这个。但是已经问了，就问了吧！

"都拿走了，参加考试的知青谁不急盼着这张考试通知书。你在开会嘛，所以没有告诉你。"马书记说完，转身到书桌抽屉里拿出个简易的牛皮纸文件夹，打开来，抽出两张通知书递给李红磊。

李红磊接过通知书，看着两张考试通知书上的名字，心里别提有多兴奋了。他赶紧谢过马书记，把通知书在身上的军包里放好，就告辞要走。

一听说李红磊马上要走，马书记的爱人郝阿姨急忙从厨房里跑出来，手里拿着一个纱布袋，里面装着六七个还在冒热气的馒头，说："红磊，你想赶快回去报喜，我就不留你了。带上这些馒头路上吃也好回家吃也行，随便你。这馒头好吃又顶饿，里面我和了些苞谷面和荞麦面进去。记得下次来的时候把我的纱布口袋和上次那个蓝布口袋拿回来，要不然下次没有袋子给你装馒头了。"

李红磊接过馒头，谢过马叔叔和郝阿姨，走出门外，把馒头放进挂在单车龙头上的小竹筐里，又紧了紧车后捆着的被窝卷，向站在门口的马叔叔、郝阿姨说了声"我走了"，跳上单车就跑。马书记在他身后喊了声："别骑那么快！"

三天没有见昕燕了，心里别提有多挂念了，再加上有了省城高招办的考试通知书，他觉得今天骑在这单车上就像开飞机一样地轻快，心都飞了起来。突然，"哗啦"一声单车掉链了，还没等他反应过来，就连人带车摔在地上。单车太破旧了，容易坏，他早已摔习惯了。好在摔倒的地方四周都是平地，他赶紧从地上跳起来，扶起单车挂上链条，起身推了两步，没问题，照样可以骑，于是跳上单车又上路了。不过这次他骑慢了很多，生怕单车再出什么问题。他想，如果我们去上大学，就把这车再好好地修一下，留给昕燕爸爸用。还有，我们考上了大学就可以回家看爸爸妈妈了。好几年不见家里的人了，也不知道他们现在的情况怎么样，回去给他们认个错，他们一定会原谅我的。

那年马叔叔上省里开会去家里看望他们，回来讲他们都还好，就是非常挂念我。我一拿到录取通知书，就立即回家去看他们，让他们高兴高兴，也让马叔叔卸下隐瞒我在这里的思想包袱。李红磊一路想着，一路蹬着单车脚踏，上了一个坡，转过前面一座小山，就看到了公社前面的场坝。李红磊身上没有钱，也不想到场坝上逗留，只想着早点把考试通知书给昕燕看，让她高兴高兴。单车穿过场坝，直接朝通往石板坳的那条路奔过去。

昕燕手里拿着那根打狗棍，想着要与李红磊碰面，心里好期盼。红磊哥见到我不知会有多高兴呢，他肯定想不到我会在半路上等他。昕燕摸了摸春秋衫的口袋，那两个熟鸡蛋在口袋里好好地待着。那是昕燕做早饭时，韦婆婆塞到她衣兜里的。“你和红磊一人一个。”韦婆婆笑眯眯地说。

昕燕知道家里只有十五个鸡蛋，有十个韦婆婆让昕燕带到场坝上换些学校要用的东西，昨天就已经装进了昕燕的背篼里。这两个鸡蛋韦婆婆是什么时候煮的，昕燕真还没有注意到。当时，她从衣兜里掏出那两个热鸡蛋，放在灶台角上，韦婆婆从外面进来看见了，又拿起来塞进她的衣兜，说:“带着吧，你们吃了路上不饿，走路才有力气。早点回来。”

想到这里，昕燕又伸手到衣兜里摸了摸那两个光滑的鸡蛋，加快了脚步。很快，她就看到了那块大石桌，走过去，用手拂了拂石头表面，坐下来，摸着大石头，说:“石头爷爷，我要坐在你的身上休息哦！每次路过都要坐在你背上，你不会生气吧？”说完，笑了笑，就把背篼取下来放在身边，伸手从背篼里掏出书读起来。

大石桌旁边长着几蓬高大的映山红，浓密的树叶遮得这一片地方荫凉舒适。对面是一人多高的坡坎，上面是收完油菜后又种上苞谷的梯田。苞谷已经长得半人高了，绿油油的苞谷叶子被风一吹“哗啦啦”地发出开心的喧哗声。

顺着大石桌的这一边，是随路基的走势高矮不一的山洼和一些不成片、不规整，夹在大大小小、高高矮矮的石头窝、石头缝里的零碎坡地和稀疏的树木以及杂草灌木丛，有的地方是陡峭的岩石和大斜坡。一阵清风夹着苞谷叶子的喧哗声飘过，映衬得周围更加静谧。昕燕四下里望了望，红磊哥不会已经走过了吧？接着又掐着指头算了算时间，顺手就把打狗棍拿过来放在手边，自言自语地说：“红磊哥肯定还没有走过。”她又朝路口那头张望了一下，就低头看起书来。昕燕只要一看书，就会忘记周围的一切，她哪里知道尾随而来的张小田此时正在上面梯田的苞谷地里趴着，像野地里的狼盯着眼前的小动物一样，馋涎欲滴地窥视着她。

张小田趴在地上，厚密的苞谷叶遮掩着他。他注视着昕燕。这个婆娘真是漂亮哇！你看她那两个奶子圆圆的，可惜那天没摸到。唉，她家那年来住在公社办公室的时候，我咋个就没有发现这个婆娘。如果早点发现她这样逗人爱，我当时对她家人好点，那天在学校她就不会带着那些娃娃打我了。美人啊！要是你肯嫁给我，再给我生几个像你一样又漂亮又有文化的娃娃，我再当上更大的官，那真的就是十全十美了。天天看着你，抱着你，我这一辈子就什么都不稀罕了。想到这里，张小田感到浑身发热。又想起那天在学校把袁昕燕压在桌上时，她身体像棉花一样柔软。那种柔软能让男人的骨头都酥掉。那些从小就在田间地头劳作，长着像男人一样强健肌肉的乡间女子的身体哪里会有这么柔软酥骨的感觉。想到这里张小田越发不能控制自己，强烈的欲望启动了他身体里相关生理机制的勃发。他感觉浑身热浪滚滚，按捺不住，真想马上冲下去抱住袁昕燕。但是转念一想，我今天不要急，不能像那天在学校一样蛮干。万一她闹起来，又碰到过路的人，那就麻烦了。袁昕燕毕竟是城里人，她肯定喜欢男人温和些，要想办法让她喜欢我才行。我先下去，假装是去石板坳找韦队长研究工作，正巧碰见她，同她一路回石板坳。然后我也学有文化的人一样与她慢慢讲话，然后再去摸她的手，搂她的腰，这样她不就心甘情愿地顺遂我了。想到这里高兴起来，发现自己非常聪明。心里又想，要不是自己生在乡下，肯定还要更聪明些。可惜呀！他叹了口气，深深地替自己感到惋惜。他轻脚轻手地倒退着向后面退爬。爬到估计昕燕看不见的地方，才像只大狗熊一样慢慢地直起身来，把沾在衣服上的泥土轻轻地拍打干净，又抬手顺了顺头发，准备从路的那头走过来，让袁昕燕认为他确实是在这里碰巧遇见她的。

就在他刚要走出苞谷地时，突然听见一阵由远而近的哐当哐当声，与那天去学校时听见的一样，心里马上意识到李红磊来了。他狠狠地低声骂道：“他妈的李红磊。”难怪这个婆娘稳稳地坐在那里，原来他们约好的呀！心里想着，恨得牙痒痒的，到口的肥肉又飞了。我再回到先前的那里，看看他们见面怎么亲热，也很过瘾。如果他们躲在石头后面干起那事来，我就去抓奸。他俩现在还不是夫妇，搞那种事就是乱搞男女关系，搞破鞋。只要让我逮住，就把李红磊当流氓抓起来送进监狱。袁昕燕也就臭了，谁还要她？到时候她还要来求我要她呢。想到这里再次为自己的聪明兴奋不已。

他朝刚才趴过的那个地方悄悄地潜回去，仍然趴在地上，一动不动地看着袁昕燕。昕燕的美貌再次让他不能控制自己。他看着她的身体，她的脖子，她的乳房，她的腿，就像透过她的衣服看见了袁昕燕赤裸着全身站在他的面前向他微笑。他回想着昕燕柔软的身体，完全忘乎所以地想象着，傻笑着。此时，他满脑子充满了压抑不住的强烈欲望，烈火般的欲望迅速激发起他身体里更强烈的冲动。他迅速把手伸进自己的裤裆里，眼睛饿狼般地看着昕燕，身体侧卧在地上强烈地抽动起来。很快就把身体里那股烧得他像是要裂开一样的欲火喷射出来。顿时，他感觉到泄欲后的放松与舒适，身体一歪，像一堆烂泥一样地萎靡下去。身体在紧张之后的瞬间放松让他无比惬意，这种感觉是他喜欢的，也是他经常做的事。他觉得今天这一次比任何一次都让自己更觉得舒服和爽快，因为他是一直看着袁昕燕弄完的。他觉得此刻自己的怀里正搂着这位美人，他想着，幸福着。路上喝的大半瓶酒和欲望满足后的疲劳混合在一起，他觉得自己整个身体晃悠悠、软瘫瘫的，只眨眼工夫他就闭上眼睛沉沉地睡去。

5

李红磊骑着单车到了离昕燕五十米左右的地方，一眼就看见坐在大石桌上看书的昕燕。全神贯注读着书的昕燕竟然没有发现李红磊的到来。李红磊心里感叹道，昕燕一定是在这里等我，如果我走过了，或者是来晚一点，她一个人坐在这里读书读得周围有什么动静都听不见，真是很危险呢！听说野猫林大队有个女知青就是一个人在赶场回来的路上被别的山寨的人抢了亲的。等会儿我告诉她，下次千万别这样了，幸好这次这么巧就遇到了。昕燕这样子好静、好美呀！我先不要惊动她，快三天不见了，我好好地看看她的样子，也将就休息一下。于是，李红磊慢慢地推着单车走到一棵离昕燕不远的树下，轻轻地把单车倚在一蓬树丛上，然后自己靠着一块石头坐下来，静静地看着这个心爱的人儿。

太阳照着大地，暖洋洋的。昕燕抱着书，雕像般地静静地看着。李红磊拿出帆布书包里的笔和开会时发给大家做记录的算术练习本，轻轻地翻开一页，开始画起昕燕来。他太熟悉昕燕了，她的一举一动、一颦一笑早就嵌在自己的脑海里。很快一幅人物速写就出来了。接着，他又在旁边题

了一首诗:

凝神出尘界，静心入学海。
端然坐石台，慧迹留书山。
痴迷文章里，品鉴纸墨香。

然后，在画左下方写下年月日，签了自己的名。抬头一看昕燕正看着自己笑，就说:“看书都看呆了，周围有什么情况都不知道，很危险呢。你还笑。”

昕燕说:“你不一样也画呆了吗？我都看了你半天了。”

李红磊说:“你一个人坐在这里不害怕？万一碰到那些抢亲的，看你往哪里跑。”

昕燕笑着说:“你放心，没有人会抢我。我是黑上加黑的双料‘黑五类’子女。若是贫下中农抢了我去就把人家也染黑了。人家躲都躲不及，哪里还会来抢呀？谁抢了我去不就等于抢了个黑锅去背在背上。哪个要呀？”

李红磊听后笑起来，说:“嗨，你这个小袁老师的嘴还越来越会讲了。我要是贫下中农我就专门抢你，抢你去做个镇宅夫人或者煮饭娘娘，不怕被你染黑。反正灶房里哪儿都是黑的。锅一天被柴火烧着，那就更黑了。反正都是黑的，就无所谓黑白了。我就喜欢背你这口白生生的黑锅呢!”

昕燕羞红了脸开心地笑出声来，说:“红磊哥，我都快急死了，你还有心思开玩笑。我不像你，基础那么好，一点都不发愁。可我整天都担心自己考不上，急得晚上做梦都在解题，写文章，背政治题，记英语单词。我每天都在死记硬背的，心里一点底都没有，你还拿人家开心。”

“小朋友，不要着急嘛，我听人说考题不会太难，主要是考些比较基础的东西。毕竟大家都一样，上山下乡的上山下乡，当兵的当兵，进工厂的进工厂，修铁路的修铁路，大家都是多年没有好好学习了，以前有点基础的也基本丢光了，像我们这样一直在学习的估计不多，国家也要综合考虑这些情况的。所以不要着急，按你这几年学习的情况看，考试应该没有问题。问题是怕你一不小心考了个状元，成了皇帝看中的驸马爷，岂不是又一个‘女驸马’横空出世。那我怎么办呀？抬头看着你骑在高头大马上，碰又碰不得，拉又拉不到，我的头抬得太高，连头上的帽子也从后脑勺掉到地上了，你也不瞧我一眼。伤心啊!”李红磊做了个悲伤的表情说。

昕燕笑起来:“哎呀！你好坏。什么状元、女驸马的，都是些批判了的封资修的帝王将相才子佳人。你怎么也跟我爸一样成天地乱说一气。怕就怕你成了个真正的驸马爷呢。到时候我像那个苦命的秦香莲，哭哭啼啼地让你烦死了。如果你考上了，我没有考上，你可别学那个可恶的陈世美哟！那我可怎么办呀？”

李红磊说：“好办呀！我让你顶替我的名字去报名。来个花木兰替哥进大学不就行了。我到明年再考，陈世美就不会复活了。”

昕燕说：“尽会哄人，你是男的，我怎么顶替你。”

李红磊呵呵地大笑说：“哦，这倒是个问题呢。不过，昕燕，你相信不相信，如果你不能去，我就不去了，等明年我们再一起努力。这样就不担心是女驸马还是陈世美的问题了。哈哈！”

昕燕说：“那怎么行，你要是考上了你就先去，明年你找马叔叔再帮我过一下推荐这一关，我再努力考就是了，不要浪费了名额。再说你考上了就可以回家去看你爸爸妈妈了。他们好多年没有见你，看见你变成一个大学生回来了，不知道有多高兴呢！”

李红磊说：“你真是想到我心里去了。那我俩都要尽最大的努力，争取双双考上大学，再一起去看他们，不知道他们会有多喜欢你呢。今后不准再说那些考不上的悲观丧气话了。”

昕燕说：“人家只是说万一嘛。”

说完话，李红磊把刚才的画给昕燕看，昕燕很喜欢，看了又看，然后叠起来，往书里一夹说：“你把我画得太漂亮了，我哪有那么好看啊。再说，我背那些公式都快背傻了，哪里还有时间来品鉴纸墨香啊！”

李红磊把她抱进怀里，说：“你比我画的还漂亮呢，因为你有一种我画不出来的神韵，那是最美的。几天没见，好想你啊！”说完低头亲了亲昕燕的头发。

昕燕也抱住他的腰说：“我也好想你，就来接你了。”说完仰起脸来看着李红磊。

李红磊看着她那张美丽的脸，激动不已，不顾一切地亲吻起来。两个人互相吻着，抚摸着，激情难以控制。突然昕燕轻轻地推开他：“红磊哥，怕一会儿有人路过撞见。”

李红磊松开手，小声说：“燕，我们一上完大学就结婚吧！我快守不住自己了。”

“红磊哥，我也同你一样，天天时时都想你，我也快守不住了。”

说完，昕燕流下泪来，两个人又紧紧地相拥在一起。过了一会儿，两人渐渐冷静下来，李红磊帮昕燕理理被风吹乱的头发说：“燕，饿不饿？我回来时郝阿姨给了我几个混合面馒头，我们拿一个出来分着吃，剩下的你带几个回去给家里，我带两个回去给我伯伯伯妈吃。我们先吃馒头吧，我有点饿了。”

听李红磊一说，昕燕这才想起衣服口袋里的鸡蛋。于是一边伸手去口袋里摸鸡蛋一边说："我带了两个熟鸡蛋来，光顾说话就忘了。"

李红磊说："哈哈，还有鸡蛋吃，你这个掌勺的火头军，竟然悄悄留了自留地，自种自收自吃。哈哈！"

昕燕脸一红，忙说："是婆婆硬要给的，她还说我们俩一人一个。"

李红磊忙说："我开玩笑的。看看，我们的午饭多丰盛啊！"说完，接过昕燕递过来的鸡蛋，顺手在大石桌上磕了一下，就开始剥蛋壳。咬了一口鸡蛋，满口生香，心里漫溢着幸福，说："燕，我还有一个天大的好东西要给你看，等吃完了东西再让你看，免得你高兴得东西都不好好吃了。"

昕燕说："你有什么天大的好东西呀？不兴哄人，我等不及了，现在就想看。"

李红磊说："不行，吃完了才给你看。要不你就更不好好地吃东西了。"

昕燕只好赶紧吃起鸡蛋来。李红磊从包里拿出一个馒头，掰成两半，递给昕燕一半。昕燕接过馒头说："红磊哥，我吃不了一半，已经吃了一个鸡蛋，只能再尝一点馒头了。北方人做的馒头一层一层的，馒头皮又绵韧、又好吃呢！"说完，把自己的那半馒头掰下来一半递给李红磊。李红磊知道她吃东西少，就接了过来。李红磊三下两口地吃完了馒头，拍了拍手，看见昕燕正把手里的那点馒头一层层地撕着吃，馒头皮已经没有了，她还在顺层撕着，一点一点慢慢地往嘴里送，津津有味地嚼着。李红磊喜欢她吃东西的样子，很斯文，很自然，还一副细嚼慢咽很会品味的样子。于是笑起来说："就这四分之一的馒头，看你能把它吃出个什么山珍海味来。"

昕燕也笑笑说："还吃了一个鸡蛋呢，我真有点吃不下去了。谁像你，猪八戒吃人参果。你能不能帮我吃了这点，我是撕着吃的。"

李红磊说："你就是咬着吃的也没有关系呀！我不是不帮你吃，你真的吃得太少了。你就剩这一口都吃不下去了？多吃些身体才会好。"

昕燕拿着那点馒头直打嗝，李红磊怕她又胃疼反酸，就从她的手上拿过那馒头一口就吃掉了。

昕燕笑笑说："我要是能像你一样吃多点就好了。胃不舒服，总是觉得里面有点胀鼓鼓的。"

李红磊爱怜地看着她说："等以后考上大学，回城后，找家大医院看看，吃点药，把这胃病治好，人就舒服了。"

"上大学还不知道是哪年哪月的事呢。"

"快了，快了，看看我给你带来的天大的好东西吧！你转过脸去，我给你变个魔术出来。"昕燕把头转过去，想，红磊哥是不是给我买了什么东西，想让我高兴呢。千万不要是钢笔，要不就买重了。

李红磊从挎包里的笔记本里抽出那两张考试通知书藏在身后，说：

“你可以转过脸来了。猜猜是什么？”

昕燕想了想说：“钢笔？”

李红磊说：“不是。再猜！”

昕燕心想，只要不是钢笔，不管是什么都行。于是说：“我猜不着，不猜了。你快点给我看呀！”

李红磊说：“你这个懒丫头。好，给你看。”

李红磊从身后拿出那两张准考通知书，高高举起来向上一扬，学着电影中卖报小孩的语气大声喊着：“号外，号外！快来看啊！石板坳大队红星小学的袁昕燕、李红磊两位老师被贫下中农推荐参加大学考试的通知书下来喽。下个月赴县城应试喽！”

昕燕一看，惊得张开了嘴。两眼看着李红磊高高举着通知书的手，先是怔怔地发呆，然后是神情迷茫地微笑，后来大颗大颗的眼泪从眼眶中滚出来，竟自抽抽搭搭地哭了起来。李红磊看见她这样，非常清楚昕燕此时的心情，赶紧掏出昕燕送给自己的手绢去帮她擦眼泪，并安慰她说：“燕，别伤心了，拿到这张通知书就已经成功一半了。剩下就是靠自己努力考好试，只要考试过关，就可以圆你的大学梦了。高兴还来不及呢，不要哭啊！”

昕燕点点头：“这是我有生以来第一次好梦成真，我简直不敢相信。我太高兴了，红磊哥，我太高兴了啊！”说着还是不停地流眼泪。

李红磊一把将她搂在怀里，心疼地一边帮她擦泪，一边爱怜地看着她说：“我知道你的心情，我们回去吧，晚了怕家里人担心。还有，我们赶快去把这个好消息告诉韦婆婆和你爸爸妈妈，还有我伯父伯妈。他们这些日子也跟着我们担心，不知道有多焦急呢！”

昕燕看看李红磊说：“好，我们赶紧回去吧！我也有礼物送给你，你等会儿。”昕燕从背篼里摸出一个纸包，把纸包打开，一红一黑两支钢笔在阳光下发着光，昕燕看着李红磊说：“红磊哥，你选一支吧，那个卖笔的只有这两支笔，要不然我就都要红的，又好看，又喜气。”

李红磊一看就笑起来，说：“难怪刚才第一口就猜我送你的好东西是钢笔。听见不是钢笔就落心了，再也不肯猜了。好，我们都用新笔开始书写我们新的人生。我是男生，我喜欢黑色的，你要红的那支吧。真好，还是英雄牌的钢笔，我们考上就是英雄喽！”说完，拿了黑色的那一支，别在上衣口袋上，起身把单车推过来靠在大石桌边上，把棉被从后面货架上解下来绑在前面的三脚架上，然后拉起单车，跨上去站稳后，说：“燕，你背起背篼坐在后面货架上，我们慢慢地骑回去，总比走路快些。”

昕燕说：“行不行啊？我们带这么多东西，这路上又坑坑洼洼、上坡下坡的，恐怕不好骑嘞。慢慢走路，一边走，一边再商量一下学校的娃娃们的事还比提心吊胆地坐在单车上面好些。”

李红磊说：“不要紧，我们慢点走，上坡时就下来推着走，下坡时我就带着刹车滑下去。很爽的，来吧！你坐过的嘛！一点都不怕，来吧，要不时间就晚了，家里人会很担心的。”

这时昕燕想起早上爸爸说的，过了三点不见她回家就出来接的话。就说：“好吧，不过你真的要骑慢点，我很怕坐单车。”

李红磊说：“放心，我一定骑得比我们走路只快一点点。”他看了一下昕燕的背篼又说：“哦，你用那条手帕把两条背篼带拴在胸前，就可以滕出两只手来抓紧单车了。本来应该我来背背篼的，可是我一背上，你在后面就无法坐了。你又不肯坐前面。”

昕燕说：“我不坐前面，让人家看见会说闲话。里面就一盒粉笔，一瓶墨水，一些本子，还有铅笔，又不重，我自己能背。”

李红磊说：“那就这样，用我的手帕来栓背篼带，它长些。”说完，从裤兜里掏出刚才为昕燕擦泪的那条大手帕递给昕燕。

昕燕接过手帕，装着生气的样子说：“人家送你的手帕，你就拿来当绳子用。”

李红磊说：“哦，那怎么办，我去扯几根草藤来给你拴？”说着就要跨下单车。

昕燕赶紧说：“人家是逗你的。没有时间了，还不快点开车。”说着，背起背篼，用那张大手帕套住两条背篼带，在胸前打了个死结，看看拴牢了，就侧身坐上单车后面的货架。

李红磊说：“抓紧坐稳，任何情况都不要松手。千万不能一害怕就往下跳。我慢慢骑，别担心。开车喽！”说完，李红磊踮了踮支在地上的左脚，单车滑动起来，车龙头左右拐了两下就稳稳地走了起来，前面正好是一段下坡路，李红磊轻轻地捏着后刹，车轮顺着坡道，在坑坑洼洼的路面上蹦蹦跳跳地滑了下去。

李红磊喊号外的声音惊醒了张小田，他听不懂李红磊在喊什么，就睡眼蒙胧地看着李红磊和昕燕在一起说话，接着就看到李红磊搂住昕燕。张小田顿时亢奋起来，心想，你李红磊又没有同袁昕燕结婚，还他妈的是学习毛著的积极分子，只要你们一搞在一起，就是乱搞男女关系。老子就立马冲下去，现场抓奸，绑了李红磊四乡八街地去游斗，看他还狂得起？他四下里看了看，想找根野藤做绳子，到时候好用来捆李红磊。他眼睛一眨不眨地看着下面这两个人正胡思乱想时，就见李红磊把背包解下来拴在前面，袁昕燕坐在李红磊的单车后面，接着两个人就走了。

张小田顿时气不打一处来，他从地上爬起来对着远去的单车后影啐了一口，骂道:“小私儿，你给老子玩得鲜，骑着那架鸡巴烂单车就拽得起。老子巴不得你马上滚下山去，只摔死你，不要摔着那个婆娘，看你还同我抢她。”骂完，从地上拾起一块土，朝单车远去的方向用劲掷过去，好像投掷出一颗马上就会爆炸的手榴弹一样解气。然后拍拍手上的泥土，这才转身走到后面梯田坎矮的地方跳下去，悻悻地向来时的方向走了回去。

第三卷

第十八章

1

李红磊和昕燕一路谈着怎么安排小学校的事，这些事在拿到准考证前还没有仔细谈过。今天拿到了准考证，这些事就都要全面考虑安排了。

昕燕说:“上课的事有我爸妈接替，应该没有问题。如果我们考上了，假期还可以回来帮他们的忙。我们走前尽量安排好就是了。我今天还换了十五个大方格本，十五支带橡皮头的铅笔，加上原先剩下的，就够了。我是准备着走时送给孩子们，一想到真的要走了，心里酸酸的，舍不得他们。再说，我家人还在这里，我好难过呢。但是又能怎么办呢？等我们读完了大学，在城里分配到工作，再把他们接回去。”

“如果我们走了，那些孩子会很难过的。”李红磊说。

“是啊，幸好还有我爸妈接下来教他们。”

这时，前面到了一个转弯带斜坡的地方，车子前轮跳过一块小石头后，车速突然加快。李红磊赶紧捏后刹，却刹不住，他想后刹出问题了，还没等李红磊反应过来，前轮在一块露出地面的石头前卡了一下就连车带人地弹起来，瞬间翻下来带着路边的石头泥块一起朝坡底滚去。单车弹起来的那一瞬间，李红磊刚来得及喊了一声“昕燕”，整个人就被抛了起来，随即倒冲着掉下去，一头砸在一块大石头上，又一路朝坡下滚过去，最后卡在一棵树边，没了动静。昕燕两只手死死地抓住单车货架的两边，跟着单车一起滚下坡去。在翻滚时，昕燕无意识地松开了手，单车很快就与她分开，在昕燕的前面快速地、连翻带滚地向坡下跌落下去。昕燕背篼里面装的东西顺着她滚下去的方向，撒得到处都是。背篼带在她胸前被手帕拴得很牢，没有掉下来，一直背在背上同她一起朝坡下翻滚。一直滚到一个几十米高的断崖前时，一大片盘根错节、又粗又长还长着很多老刺的野藤缠挂住了她的背篼，她才停了下来。那些又长又尖利的老刺，深深地扎进了她的身体里。昕燕不知道自己就在断崖边上，心想，出事了，红磊哥伤了没有？她昏沉沉地想抬头看一下李红磊在哪里，却抬不起头来，全身好多地方剧烈地疼痛着，她意识迷蒙地轻轻喊了一声“红磊哥”，紧接着眼前一黑，就什么都不知道了。

就在李红磊和昕燕翻下坡去不久，他们的学生二狗同他爸爸赶场回家路过这里。快走到李红磊和昕燕翻下去的地方时，二狗爸爸突然说："二狗，你看，前面路边的那一大片泥巴怎么那么大的缺口？石头都垮下去了。我们早上路过的时候还是好好的，会不会塌方了？过去看看。"说完，两个人小心地走到路边那个缺口旁边往下一看，就见坡下远远的一棵树下有个人面朝下、背朝上，一动不动地趴在树脚下。

二狗说："爸，那个人穿的衣服好像我们李老师的那件。"

二狗爸说："不管是谁，都要赶快下去看看，那人一动不动的，肯定是从这里滚下去的。二狗，你在这里等着，我下去看看。"说完，把自己的背篼放下来，从旁边坡面稍缓一点的地方侧着身子迂回着往那棵树的方向连滑带溜地靠过去。他很快就到了那棵树下，一看就吓了一大跳。只见李红磊满头满脸都被血糊住，已经完全不省人事。他喊了几声李老师，不见答应，就赶快用手摸摸李红磊的鼻子，还有气。就想，赶快叫二狗去寨子里喊人，自己在这里守着，防止野狗、毒虫闻着血腥气来咬他。于是一边朝坡上面爬，一边喊："二狗！二狗！快点回去喊人来！你们李老师昏死过去了，不赶紧救起来，怕是活不成了！你跑快点去寨子里喊人，我在这里守着。背篼不要管了，就放在那里，喊多点人来。"

二狗一听李老师不行了，心里着急，拔腿就朝寨子里跑，一边跑，一边哭，等到了韦婆婆家门口时，又哭又喘气地连话都讲不出来了。这二狗心眼灵，平时打柴时，总是捎带着拿一些给老师家送来，昕燕妈妈跟他很熟，一家人都很喜欢他。看见他跑得一头大汗，哭得话都讲不出来，还以为是二狗家出了什么事，韦婆婆赶快端了碗凉开水来让二狗喝，屋里面春花又"啊啊"地大声叫起来，韦婆婆急忙转身进去。昕燕妈妈提起时常放在门边的药箱准备去二狗家。她让二狗讲清楚他家谁病了。二狗一口气喝完了那碗水，又喘了口气才终于能开口讲话："万姨妈，李老师滚到坡脚下去了！快死了！我爸在那里守着他的，你快点多喊些人，我带你们去。"

昕燕妈心里咯噔一下，说："我马上就同你去喊人，你有没有看见袁老师？"

二狗说："没有，只看见李老师。"说完，放下手中的水碗，拉着昕燕妈妈就往外跑。

韦婆婆一只手撑着腰从屋里跑出来："等等，红磊出什么事了？"

昕燕妈妈一边跟着二狗朝外面跑，一边回头说："红磊摔下坡去了。"

二狗站下来哭着说："太婆，李老师要死了，动都不动。"

韦婆婆心里一惊问："在哪里？"

二狗说："在弯弯坡下面。快点，李老师要死了。"

韦婆婆对昕燕妈妈说："家玉你等等，那个地方以前翻死过一个赶马车的外村人。下面有个几十丈高的断崖叫'巴掌崖'，如果翻到那下面去就没得救了。你不晓得去哪里喊人，要我去喊才行，你照看春花，我去看看情况。"说完，一只手撑着腰，一只手拉着二狗就朝院坝外面跑。

昕燕妈妈着急地喊说："婆，你的腰行不行？"

韦婆婆一边跑，一边说："不怕。"

昕燕妈妈又追出院门喊说："昕燕早上去赶场时说是和红磊约好一起回来的，昕燕会不会同他在一起？"

韦婆婆一边跑一边说："你别急，我马上就喊人去找。"

说话间，韦婆婆已经和二狗跑到院墙外的小路上了。昕燕妈妈见他们出去后，心想，老袁也不知道带着昕琪、昕南到哪里去了，我要照看春花，又不能去找他，真是急死人了。这时，她听见屋里的春花又在喊叫，就赶紧转身回屋去照看春花。

韦婆婆和二狗小跑着到后坡上几家比较集中的农舍前面大声喊起来："有人在屋里的赶快拿起绳子、杠子去弯弯坡救人！"那几家人听见喊声，纷纷从屋里出来问，又是哪个滚下弯弯坡去了。一听韦婆婆说是李红磊，就都赶紧拿了东西跟着韦婆婆要走。韦婆婆对一个老人说："三叔，你赶快去告诉李桂城，把马车套好，铺些干稻草在里面，快到弯弯坡来。如果红磊伤得太重，就要立马送县医院。让他快来，耽搁了，怕是人就不得活了！"

韦婆婆一边说一边拉着二狗，转身就跑。不一会儿工夫，好些人拿着绳子、杠子跟在后面。别说全寨子人都受过李红磊父母的恩，就是不相识的人也会古道热肠地去帮忙出力的。跟着就一家传一家的，一会儿整个小山寨都传遍了。越来越多的人陆陆续续朝弯弯坡跑去。

早上，昕燕爸爸本来讲好三点钟不见昕燕回来就要去接的。一看桌上的那个摆弄好后就不会闹了的闹钟时间还早，就带着昕琪和昕南下河捉小鱼虾去了，父子三人正在河里闹腾，远远地看见寨子里的人们接连不断地、急急忙忙地往寨子外面跑。他看了一会儿，心想，肯定出了什么大事。想着，就赶紧叫上昕琪、昕南一起急急忙忙地跑回家里。这才知道发生了这么大的事。昕琪和昕南一听都哭了起来，闹着要跟着去救李老师。

昕燕爸爸说："家玉，我得赶紧去看看，你别急。急也没用。也不知道昕燕现在哪里。我得赶紧去了。"然后又对昕琪、昕南说："你们不要哭，李老师不会有事的，在家好好帮妈妈做事，照顾春花姨。"说完就跑出门去。一边跑一边嘴里自言自语地说："快要参加考试了，怎么这样不小心啊！乐极生悲啊！乐极生悲啊！千万别有什么大事啊！"

二狗的爸爸见儿子跑回寨子喊人去了，就赶紧又往挂着李红磊的那棵树下去。突然看见地上两块白晃晃的石灰一样的东西。再仔细一看，是二狗做作业的那种本子。于是就走过去捡，一看前面到处都有。不光是本子，摔碎的粉笔长长短短的撒得到处都是。他心想，唉！都要回城当大学生了，还给娃娃们买本子，李老师跟他爸爸一样，心里装着我们呢。就在这时，他看见前面还有些本子、粉笔，心想李老师摔到那边，这些东西怎么朝这边落？突然一惊，想，还有人。想着，他就顺着那些本子、粉笔的方向摸过去。在接近巴掌崖时，他看见了在一蓬长满了绿叶的刺丛上面，有个人一动不动地趴在那里，背上还背着背篼。他小心地蹭过去一看，吓得差点叫出声来。原来已经人事不知的昕燕仰躺在一片刺藤上，离断崖最多只有两步。断崖边上的泥土很松浅，幸亏那片刺藤挂住了她，要不然她可能已经滚下去了。二狗爸爸急得不得了，他不敢靠近，靠近了，怕那片地方土松，再增加重量搞不好会垮下去。他也不敢喊，怕惊醒了昕燕。他知道，只要她一动就会有滚下断崖去的危险。他见这一头的情况比李红磊那头还危险，就只能蹲在一边守着，远远地看着李红磊那边，心里焦急得不得了。

二狗扶着韦婆婆，一路上都跑着人。又一些后来的年轻人追上韦婆婆和二狗后一边跑，一边问情况。韦婆婆不知道，就喘着粗气，一只手撑着腰，一只手指了指二狗。其中有个小伙子见韦婆婆指二狗，一边跑一边问："二狗，是你看见李老师滚下坡去了，在哪里？"

二狗哭着喘着说："我们李老师要死了，一动都不动，他是滚下去的，把路基都压塌一大块。卡在弯弯坡下面的一棵树根脚上。我爸在那里看着的。李老师要死了。"说完，又"呜呜"地哭了起来。

那几个人一听，拔脚就朝前面跑起来。这时，后面又赶上来几个年轻人。韦婆婆一只手撑着腰，喘着气喊着里面一个人的名字说："天雨，你们几个脚板快，赶忙先去，怕晚了救不过来，快点！"

那个叫天雨的人答应了一声，带着其他人朝弯弯坡飞跑过去。很快就追上了前面跑去的人。大家一起赶到了那里，往下一看，李红磊趴在一棵树脚下一动不动，却不见二狗的爸爸。

那个叫天雨的人对另一个青年说："天星，我们俩先下去看看。李锣锣，你们在这里等后面的人，顺便看看七叔在哪里。"说完，天雨和天星就往坡下面李红磊弯着的那棵树迂回着连滑带跑地靠过去。

等在那里的几个人没有看见二狗的爸爸，就对着坡下大声喊起来："七叔，七叔你在哪里？听见了就应一声，我们来了。"

喊了一会儿听不见答应声，心里着急的李锣锣自言自语地说："别是七叔也摔下去了。唉！这个鬼地方老是摔死人。是不是那年死的那个人找替死鬼哦？”

二狗的爸爸正在着急，就听见上面喊他，又不敢大声答应，怕惊醒昕燕，就赶紧朝侧面爬上去，正好碰见已经下到了半山腰的天雨、天星两兄弟，见他们拿着粗麻绳和杠子，就喊他们，说：“你们来了，快！李老师还有气，袁老师这边更危险点。她离巴掌崖就差两步，搞不好就会滚下去。她也是昏死过去的，看看怎么个救法？”

天雨一听就说：“天星，你去看看李老师那边的情况，不要乱动他，不晓得他散了架子没有，等多点人一起搞。我和七叔去巴掌崖看看袁老师这边。也要等大家一起来看咋个救才行。”

天星一个人朝李红磊那边去了。这边天雨跟着七叔一起朝巴掌崖那边连爬带溜地靠过去。李锣锣在坡上看见七叔和天星他们会合后也就不喊了。这时寨子里能来的人差不多都先后到达了弯弯坡。天星跟着七叔到了巴掌崖，看见昕燕趴在那些老刺藤上仍然昏迷不醒。他们不敢贸然行动，就小声商量搭救的办法。这时，韦婆婆气喘吁吁地，一手撑着腰也到了弯弯坡。她一见李锣锣就问：“怎么只看见天星一个人在下面，天雨和二狗爹到哪里去了？”

李锣锣说：“我看见天雨和七叔朝巴掌崖那边去了。”

韦婆婆心里惊了一下，想，不好，早上昕燕是去会红磊的，她一定和红磊在一起，肯定是两个人一起骑单车翻下去了。想到这里她已经急得不行。见自家老五没有来，才想起今天一大早，自己就喊他到后坝寨自己的娘家舅爷那边帮忙上房梁去了。她赶紧指挥大家说：“你们看这样行不行，男人些分成两路人，一路去救红磊，一路从这边坡跟我下巴掌崖看看是不是还有人要救。”

人群中有人对韦婆婆说：“你老人家就不要下去了，我们这一二十个壮劳力足够了。”

韦婆婆说：“那不行，我要下去看看，也可以给你们帮帮手呀！”

正在说时，二狗的爸爸喊着爬了上来，焦急万分地说：“要先救袁老师，她离巴掌崖边上就一点点，翻个身就滚下去了。她也昏死过去了。快点！多带几根长点的绳子，哪个带了水桶钩来没有，要先下去一个人把袁老师背上背的背篓钩住，然后一起往上拉才行。不然那个地方巴掌大，又陡，泥巴又松，搞不好连去救的人都会一起滚落下去。天雨在那里等着的，去三个男人就足够了。”

这时，有个女人大声喊起来，说：“我有水桶钩子，拴在扁担上的。快拿去用。”大家一看，原来是李贵富家婆娘。“我正在挑水，听见喊，就把桶丢在河边，提着扁担就跟着跑来了。”

水桶铁钩子是用绳子固定在扁担上的，没想到还派上了用场。

有人赶快接住扁担，没等韦婆婆安排，其他三个男人拿着绳子跟着二狗爸爸朝巴掌崖那边下去了。这边五六个人下坡朝李红磊弯着的那棵树下赶过去。李贵富家婆娘拉住韦婆婆不让她下去，说："三姨婆，你不要下去了，那么多汉子下去了，你老人家就在这里等吧！"

韦婆婆被她拉得紧紧的动弹不得，只好焦急地站在那里等候。就在这时，昕燕爸爸和两个男娃子上气不接下气地朝这边跑过来，那两个娃子一边跑，一边喊："太婆，春花孃孃要落气了，万姨妈让我们来喊你回去。她在那里守着的。"

真是"屋漏偏逢连夜雨"，这边李红磊和昕燕还没有救上来，那边春花又不行了。原来，昕燕爸爸从家里出来正往弯弯坡这边赶时，就听见后面小孩子喊："袁老伯，万姨妈喊老姑太快回去，春花孃孃要落气了。"于是，昕燕爸爸又带着那两个小娃子一起来喊韦婆婆。

2

李红磊在县医院里醒来的时候，已经是出事后的第七天。头和脸肿得变了形，双眼完全看不见东西。医生说他的视神经受了伤，等头部和身体其他部分的外伤好了后，必须到省城里的大医院眼科去检查治疗。李红磊一醒过来就想起那天发生的事，急忙问昕燕怎么样。昕燕妈妈告诉他昕燕活着，就是受了很重的伤，身上很多地方的骨头都断了。她现在也躺在这个医院里治疗。李红磊听了，眼泪一串串地滚出来。他挣扎着要起床去看昕燕，被医生制止了。说："你自己都成了这个样子，眼睛又看不见，不要去刺激她了。她在昏迷中一直喊着你的名字，醒过来后就一直流泪不讲话。她还不知道你眼睛的情况，不要去了，等今后好了再看她也不晚啊！"

昕燕右边锁骨粉碎性骨折，骨盆骨折，左小腿骨折，全身多处软组织受伤，还从她身上取出几十棵老刺。脖子后面被一棵老刺深深地扎进去。取出老刺后又感染化脓，好长时间伤口才愈合，留下一个两厘米左右的疤痕。她左小腿的骨折愈合后总是疼痛。右边锁骨的骨折愈合后，右手不知道为什么一直不能拿筷子捏笔。医生说是手神经受伤。昕燕只好改用左手拿筷子。她坚持锻炼右手拿笔，但是一直不理想。对于自己的这些伤痛她都不在乎，只是一想到双目失明的李红磊，她心里就刀割一般地痛得流血。

一个月后，李红磊因失明不可能参加考试了。昕燕的右手完全不听使唤，也不能去参加考试了。一九七三年上大学的机会就这样失去了。真是应了那句老话，天有不测风云，人有旦夕祸福。就在李红磊和昕燕出事的当晚，春花也在受尽了病痛的折磨后去世了。

最可怜的是李红磊的堂伯。他说山里有一种药可以医治眼睛，可以让李红磊复明。别人都挡不住他，他一定要去采药。他去了好几天都不见回来。李红磊的伯妈找到韦队长，说做的梦不好，怕出意外。韦队长赶紧带了几个人去山里找他。在一个传说长仙草的断崖下面，看到了他的遗体。他是去采灵芝时从悬崖上摔下去的，手里还捏着一棵灵芝。他的尸体已经开始腐烂，上面爬满了蚊虫蚂蚁。李红磊的伯妈被人们搀扶到那里，看见丈夫的尸首，当场就昏了过去。后来，大家按她的要求，就地挖了一个大坑，掩埋了他的丈夫，还按当地人的习俗在上面种了一棵树苗。李红磊的堂伯就这样走了。

李红磊出院那天，韦队长同队里赶马车的李桂城还有另一个后生去接他。路上，韦队长告诉李红磊，他和昕燕的医药费全部是马书记垫付的。两百多元钱，多大的费用啊！听说马书记把他的一件过冬离不开的老皮袄卖给了别人，才凑足了这笔钱。李红磊听后流泪哭了起来，他悔恨自己太忘乎所以，不但害了自己，也害了昕燕，连累了大队的乡亲们，又害得马叔叔把那件早年爸爸送给他的老皮袄也卖了。马叔叔有严重的风湿性关节炎，红磊的爸爸让他注意身体，“文革”前，爸爸特意找新疆部队的老战友买来羔羊皮做成皮袄送给马叔叔。李红磊心里愧疚难当，真的是追悔莫及。他一路流着愧疚的眼泪回到石板坳。韦队长直接把他送到韦婆婆家。到了韦婆婆家时，韦婆婆、昕燕爸妈还有昕琪和昕南都来迎接他，他才知道是韦婆婆家。昕琪和昕南拉住李红磊的手，亲热地喊着李老师。可是，李红磊觉得自己无颜面对昕燕一家，自己是罪人，自己亲手毁了昕燕的梦想和前途。他没有听见昕燕的声音，才想起路上韦队长告诉他昕燕为了节省医药费坚持要求回家来让妈妈为她打针换药，现在还不能下床。李红磊心疼万分，此时此刻最想见和最怕见的人都是昕燕。面对昕燕一家，他满心的悔恨，流着泪说：“袁叔叔，万阿姨，是我害了昕燕，你们打我骂我吧。”

昕燕爸爸妈妈难过地说：“哪能怪你呢，快先进屋好好养伤，让眼睛尽快看得见，明年再去参加考试。”

李红磊听昕燕妈妈说快进屋去好好养伤的话，心里有些奇怪，怎么要把我送到韦婆婆家来，我真的不想以现在的状况见到昕燕。他正低头想时，韦婆婆说：“我们大家都已经商量好了，你同昕燕都受了伤还没有好完全，住在一起万姨妈好照顾些。你从今天起就同我们住在一起了。”

李红磊听后，坚持要回堂伯家，他说：“你们又要照顾春花姨，又要照顾我和昕燕，哪里忙得过来。我还是回我堂伯家。在那里我熟悉些。伯伯、伯妈也会照顾我的。过一段时间好些了，能看见东西就可以自己照顾自己了。我不想在这里给你们添麻烦。”

他还不知道春花已经走了，更不知道他那个老实巴交的伯父为了他也已经过世了。大家商量好先暂时瞒着他。

韦婆婆见他坚持一定要回去，只好将他堂伯已经过世的实情告诉了李红磊，韦婆婆还告诉李红磊：“你堂伯去世后，你伯妈不吃不喝，天天挥舞着一条白布去屋后的坡顶上为丈夫招魂。”韦婆婆还告诉他：“你伯妈现在迷迷糊糊神志不清，连饭都是亲戚们轮流从家里端一碗去给她吃，她哪里还能照顾人。”

李红磊听后，才知道堂伯也因为自己过世了，伯妈又因丈夫的去世精神受到刺激。自己害了这么多人，还害得伯伯伯妈家破人亡。想到这里他不禁失声痛哭起来。昕燕身体还不能动，在里面听见李红磊的哭声，也躺在床上抽抽咽咽地哭。

昕琪哭着对李红磊说：“红磊哥，你不要哭了。我姐躺在床上还不能动。她听见你哭，一定也在那边哭，我牵你过去看看她吧？”

李红磊听了昕琪的话没有说什么，他非常想去看看昕燕，可是他觉得自己无颜面对她。就强忍住了哭声，低头在那里流泪。

这时，昕琪和昕南对了一下眼神，就一人一边地牵着李红磊的手把他带进昕燕躺着的房间。这是李红磊第一次走进昕燕姊妹的卧室，却什么也看不见。昕南的铺早已经搭到父母的房间里去了，小时候三姐弟挤在一个床上睡觉的日子随着他们的长大早已过去了。爸爸妈妈和韦婆婆也跟了进去，看着这两个人凄惨的样子，大家都痛哭流泪，谁也劝不了谁。

昕南拿来一个高凳子，放在李红磊的后面，昕琪把凳子朝李红磊腿弯里又塞了塞。然后拉着李红磊的手让他坐下来。李红磊本来想安慰一下昕燕。可是一想到是自己害了昕燕，还害了伯伯伯妈，心里悲伤，控制不住就又大哭起来。昕燕也哭出声来。这是他们出事一个多月来的第一次见面。

看见李红磊这个样子，昕燕的悲伤可想而知。昕燕流着泪，轻轻地握了握李红磊的手就放开了，歪过头朝墙，眼泪滚落一枕。昕琪哭着，也学姐姐的样子握住李红磊的手却没有放开。

李红磊只得同意留在韦婆婆家。韦婆婆对他说：“红磊你同我住一个屋。我和你袁叔叔、万姨妈已经把大床拆了，搭了两张小床，我们一人睡一张小床。”李红磊一听，就问：“我同婆婆住一屋，那么春花姨住哪里？”

韦婆婆流泪说：“春花就在你们俩出事的那天晚上走了。不知道为什么这么凑巧。命呢。”

李红磊哭着说:“韦婆婆，对不起，我不知道春花姨走了，你要多保重身体啊!”

韦婆婆把红磊当成自己的亲孙子，同住在一间屋里，天天照看和安慰完全跌入人生低谷的李红磊。昕燕一家把他当作女婿甚至儿子照顾。又过了一些时候，李红磊和昕燕身体的伤渐渐地好起来，昕燕也开始可以慢慢地下床活动一下了。只是李红磊的眼睛还是看不见东西。

从出事后，一直是昕燕爸爸天天去学校给学生们上课。昕燕妈妈也去代点课。虽然昕燕爸爸一个人上全部课都没有问题，但是考虑到孩子们每天只面对他一个人，会感到枯燥，就让昕燕妈妈也去上些课。队里不再安排昕燕爸爸做农活。大家说:“老秀才有办法，娃娃些服他管教呢。”

学生们也渐渐适应了他。好多男孩子跟他学会了下象棋、走军棋，还同他一起打篮球。只是女孩子们没有什么玩的。大家都很想念李红磊和袁昕燕。

昕燕的伤还没有完全好，医生说还要休养一段时间。她对自己身上的伤并不十分在意，心里时时担心着李红磊的眼睛。李红磊的精神完全陷入低谷，内心充满后悔和失望。大家都想尽各种方法安慰他，鼓励他。这天早上，昕燕看着家里的人都走后，就陪在李红磊身旁，两人一直靠在一起坐着，好长时间都没有一句话。昕燕的眼泪嘀嘀嗒嗒地掉着。突然，李红磊说:“昕燕，我如果成了盲人，我们就分手吧。我不想拖累你。”

昕燕一听，就哭出声来，说:“红磊哥，你不要这样说。就算你的眼睛真的治不好了，我也永远跟着你，我的眼睛就是你的眼睛。我们不分开，永远都不分开。”说完，她一把抱住李红磊，号啕大哭起来。这是她从小到大的第一次放声的发泄。

李红磊的身体颤抖了一下，就抽出手臂来紧紧地拥抱着自己心爱的人，也大哭起来。两人哭了一阵，李红磊说:“昕燕啊，我们这是什么命啊?老天爷为什么这样安排啊?”他们俩紧紧地相拥在一起，哭着，说着。这是他们出事以后第一次单独在一起。

昕燕抽抽咽咽地说:“这是命啊，红磊哥，那个怪梦早就告诉过我们。可是我们没有在意啊!”

“都怪我，那天如果听你的，不要骑单车，推着走就不会出这事了。”

“不怪你，这是命运早就安排好了的，那天不出这事，今后也会出的。我妈常说，‘是福不是祸，是祸躲不过’。”

“我后悔啊，是我害你上不成大学，毁了你的前程和希望!”

“红磊哥，你不要自责了，真的不是谁的错。是命啊!再说我们只要把伤养好，明年、后年还不是一样能再参加考试。”

“可是，我的眼睛看不见了，我考不成了。你不放弃就好，努力复习明年再考。一定要实现你自己的理想。”

“红磊哥，我们一起努力吧。我爸妈说，等你身体好些了，就带你到市里的大医院去检查眼睛。”

“谢谢他们了，我不想去市里的医院。哪里有钱看眼睛啊？”

“你如果不想回你家的话，我爸妈就带你去我表舅妈家，同他们凑点钱去做检查。”

“不行，这样要给你爸妈增加很多麻烦，我不去，今后再说吧。”

“你要不去，拖久了就难治了。那我就真的生你的气了。你的眼睛不是你一个人的，是我们俩共同的。”

李红磊没有出声，低着头，长长地叹了一口气。

这时，院里传来脚步声，昕燕站起来，一瘸一拐地迎过去，是韦婆婆回来了，她手里提着一块肉，高兴地说：“韦山叔打了一只野羊，一定要分一大块给我们。他要你们好好养伤呢。家里还有些三七。我用三七和这块野羊肉炖汤给你们吃，身体好得快些。”说完就到灶房忙活去了。

昕燕又走回李红磊身边坐下，握着他的手轻声说：“大家都在为我们操心，我们一定要尽快好起来，好吗？你不是说遇事要坚强，要乐观吗？”

李红磊还是没有答话，抬起手轻轻摸着昕燕如丝般光滑柔嫩的脸，眼泪从那双看不见光明的眼里流了出来。

一个月后，李红磊能走得远一些了，天天拄着昕燕爸爸用竹子给他做的盲棍在屋里、院里摸索练习，接着，昕燕就手拉手地把他带到学校去给学生们上课了。不能打篮球，却还可以带着孩子们做操，同孩子们下棋、唱歌，给他们拉二胡、讲课、讲故事，学校又欢腾起来。和孩子们在一起时，李红磊就会暂时忘记痛苦。

李红磊在昕燕的劝说下，终于跟着昕燕的爸爸妈妈去了一次市里的一家大医院。医生检查后，建议趁早到北京和上海的大医院去治疗。昕燕的爸妈没有钱，也不想去打搅昕燕的表舅家。他们知道，就算去找到昕燕的表舅，他们也没有钱，只是大家干着急而已。于是就劝说李红磊去向自己的父母求救。可是李红磊坚决不干，他不愿以这种样子去见自己的父母。就这样，他们又回到了石板坳。

原先大家以为李红磊去了省城就暂时不会回来了，至少要住在家里治疗眼睛啊。那天见他又跟着昕燕爸爸妈妈回到寨子里，就奇怪起来，后来才知道他从家里赌气出来的事。大家私下议论说，如果李双喜知道了儿子躲在家乡这么些年，而且失明了，肯定会来带红磊回去治疗。这样，他的眼睛可能还有希望看见，拖久了就医不好了。我们今后见到他爸爸怎么对他讲啊！人家好好的一个儿子，回到家乡来弄成这个样，真的对不住李双喜两口子啊！昕燕爸妈为此而黯然神伤。

3

第二年冬天开始下雪的时候，韦队长带回了县革委马书记突发脑溢血过世的噩耗。李红磊大哭不止，一定要去给马叔叔送行。韦队长和昕燕爸爸陪着他去。李桂城小心地赶着马车拉着一路流泪的李红磊，韦队长同昕燕爸爸跟在车后。山路积雪，道路难行，好不容易才赶到了县城。当李红磊摸着马叔叔的骨灰盒时，不顾劝阻，抱着骨灰盒号啕大哭。自己对不住马叔叔，马叔叔的死同自己有关。因为马叔叔对自己的老首长隐瞒了李红磊在石板坳的事，又因为自己双目失明让马叔叔思想压力太大，才会突发脑溢血。不知道是头里的伤病复发还是悲伤过度，李红磊竟然晕倒在灵堂上。马叔叔的爱人郝阿姨抱着晕过去的李红磊哭着说："红磊啊，你马叔叔担心你啊！他说他对不起你爸爸妈妈啊！你早些把眼睛治好，他在天之灵也就安心了。"

从县城回来后，李红磊几乎不再说话了，他陷入了深深的自责中。学校放了寒假，到处一片白雪皑皑，修水渠、建梯田的工程也因大雪停工了。大家都待在家里，昕燕一家人和韦婆婆细心地照顾着李红磊。看着越来越消沉的李红磊，大家都非常难过，却不知道怎么安慰他。昕燕只要一看见他的眼睛就忍不住地流泪，李红磊只要一感觉到昕燕在哭，就立即摸进他住的房间里，蜷缩在床上流泪，几天都不说一句话。

一天半夜里，李红磊摸出了房间。韦婆婆只当他出去小便，就没有跟出去。好长时间不见他进来，就从床上爬起来，出去看他。前后院都找了也没有看见李红磊。韦婆婆急得赶紧去喊昕燕爸爸妈妈，大家都起来去找，结果发现他正摸着朝他堂伯家那条山路上走。大家追上他时，他一身都是雪，像个雪人，快冻僵了。大家把他拉回了韦婆婆家。他哭着说自己害了堂伯，害了马叔叔，害了昕燕。先前梦见伯妈一个人坐在灶房里哭泣，惊醒后就想去看看伯妈，又怕吵着大家，所以就一个人出来了。

大家听后互相看着，不敢说话。因为李红磊的伯妈也在她丈夫走后不久去世了。大家都瞒着李红磊没有说。

昕燕爸爸流着泪说："红磊呀，你还年轻，还有很长的路要走。你不能一直这样消沉自责下去。人要坚强，才能战胜困难。当年，我被打成

‘右派’，又连累全家下放到这里，我也自责消沉过。但是我看着爱我的家人们，我想着我的责任，还是咬牙坚持过来了。人活着就要面对困难，为了你所爱的和爱你的人，你一定要坚持下去。”

日子一天天地过去，一晃又是两年。两年来，大家找了很多乡下的土法子给李红磊治疗眼睛，昕燕还跟妈妈学会了给他扎针灸，可是他还是看不见。昕燕每天拉着李红磊的手到学校去教课，他默默地跟着昕燕走着，一句话都不说。在学校里也完全变了个人，他机械地教课，没有课时就呆呆地坐在那里，直到昕燕来牵他回家。到了家他仍然这样呆坐，昕燕难过得直流泪。有时两人在院子里无声静默地坐一两个小时。大家看着都为他们两人难过流泪。

日子虽然难熬，但还是在不知不觉中流逝。不觉到了一九七六年。这一年中，周总理、朱德元帅、毛主席相继去世，大家都沉浸在悲痛之中。一天夜里，昕燕被爸妈压低了嗓门的说话声惊醒。

妈妈说:“这几个领导人都走了，国家会不会出乱子啊？文革还要搞到哪天啊？都十年了。哪里见一个运动搞十年的？”

“我们在这山沟里过我们的日子，乱不到这里来。”爸爸小声说。

“我有点担心呢，怕张小田那一类的人又要兴风作浪，又要拿我们这些人开刀。”

“睡吧！我们老百姓担心也没有用。等着看形势咋个发展喽!”

4

十月中下旬的一天，韦队长从公社开会一回来就召开社员大会，宣布党中央一举粉碎了作恶多端的“四人帮”。接下来的整个一九七七年下旬到一九七八年，全家人都在为不断传来的落实政策的消息而欣喜。李红磊也逐渐走出了阴影。有时同昕燕爸爸聊聊天，有时拉拉二胡，大家都为他高兴。可是，一九七七年恢复高考的好消息让李红磊和昕燕又痛苦了好一阵子。昕燕不必为成分不好担忧了，可是她顾及李红磊的情况，没有报名参加考试。每天还是同李红磊默默地守护着红星小学。长大了的学生们回到农田里，没有事的时候还是经常来学校打篮球，下棋，看望老师，同老师讲些心里话。长大了的昕琪、昕南都已经开始半农半读。在农村长大的他们并不惧怕干农活，身体也很好。

一九七八年四五月间，传来了中央可能要摘掉全部“右派分子”帽子的小道消息。有一次爸爸赶场回来对妈妈说：“听说‘右派’平反的事有阻力。上面斗争也很激烈尖锐。有的人不同意，说是以前定了的事不能推翻。唉！等吧。有什么办法。”

一九七八年九月底的一天，韦队长带来了令昕燕全家人激动无比的好消息。中共中央五十五号文件下达了。文件精神是为全国的右派平反。昕燕爸爸听后，简直不敢相信自己的耳朵，他呆呆地看着韦队长，突然双手抱着头蹲在地上号啕大哭起来。妈妈也哭起来。接着全家人都哭成一团。韦婆婆一边流泪一边说：“大家把心里头的冤瘴气哭出来就好了。晚上我要杀只鸡来谢神。大家好好地改善一下伙食。”

李红磊摸过去蹲在昕燕爸爸身边，一只手搭在昕燕爸爸的肩背上默默地陪着他。李红磊的眼泪一滴滴雨点般落在地上。那几年李红磊消沉的时候，昕燕爸爸就经常这样默默地陪在他身旁。

接下来，昕燕爸爸每天都被那些不断传来的好消息和那些“拨乱反正、有错必纠、不留辫子、不留尾巴”之类的新鲜名词搞得兴奋激昂。这些词汇就像这个物质奇缺、半饥饿年代的白米饭、红烧肉一样，令家人们欢欣鼓舞，精神振奋。

又过了一阵，昕燕爸爸见还没有什么动静。就同大家商量说：“中央要给这么多“右派”平反，可能忙都忙不过来。虽然最后肯定是会想到我的，但是孩子不能等了，红磊的眼睛要赶紧回城去治疗。我要自己回城里去找上级反映我的情况。”

第二天一早，昕燕爸爸就动身去城里原来的工作单位找组织上反映被打成‘右派’、受迫害的事去了。他想早点摘掉那顶可恶的、无形胜有形的“右派”帽子。

寨子里的人说：“老天开眼了，菩萨保佑好人呢！”

爸爸第三天就从城里回来了，寨子里的很多人都到家里来了，大家围着他，听他讲找组织的经过，讲城里的情况。大家像听龙门阵一样挤在韦婆婆家里听着，议论着，聊着，到很晚才散去。

人们走后，爸爸还是兴奋得不得了。他一个劲地说：“有希望了！有希望了！组织上说，只要是搞错的都要纠正，给予平反。但是甄别历次运动中的冤假错案需要很多时间。这么多年都熬过来了，再等等也不迟。”轻工业局革委会落实政策办公室的负责人要昕燕爸爸先回乡下等候组织的消息。爸爸又去了昕燕妈妈的医院的落实政策办公室，那里的负责人说的话也同昕燕爸爸单位的人说的意思差不多。

这一段时间，爸爸和妈妈天天都要熬夜写申诉材料。他们写了改，改了写，直到认为该说的都说了，该写的都没有漏，这才让昕琪和昕南把用鸡蛋换来的复写纸一层层地垫好，誊写出十几份，分别装进那些自制的牛皮纸信封里。昕燕爸爸又专门到县里的邮电所，把那些装在信封里的一沓沓跟短篇小说差不多厚的申诉材料挂号寄到他们认为必须要寄的单位。

在昕燕爸爸妈妈夜以继日地做这些事情的时候，李红磊和昕燕除了每天到学校给孩子们上课外，其余在家的时间就是听昕燕父母讨论申诉材料中提及的哪件事哪句话应该怎么写，写给哪个单位，抬头应该写具体的领导还是笼统地写革委会等问题。昕燕同李红磊一般不发表意见。因为他们的心里非常茫然和矛盾，不知道这件事的发展带来的结果对他们两人来说是好还是不好。尤其是李红磊，他的心情特别复杂，特别挣扎。

申诉材料寄出去的这段时间里，昕燕爸妈天天都盼着上面来的消息，就像虔诚的教徒祈盼着上苍的福音。毕竟是平反昭雪，是昕燕爸妈已经死去多年的政治生命之复活。他们的复活更关系到子子孙孙的名誉和幸福。打这以后，他们彻底失眠了。他们天天在床上翻来翻去地睡不着，甚至半夜里叽叽喳喳地小声争论起来。昕燕向来睡眠不好，听着父母在床上长吁短叹地说着话，也跟着他们失眠，揪心，不平，流泪。

又过了一段难熬的日子，昕燕爸爸终于接到让他去单位，口头当面申诉的通知，可是昕燕妈妈的单位还没有消息。昕燕爸爸开玩笑地安慰妻子说："革命不分先后嘛，不要急。"

接着他又带着一布袋的申诉材料，其中还有妈妈要求平反的申诉材料和她的十多张过去在单位受表扬的奖状到市里去了。他前后一共去了十几趟，每次回来一进门就高兴地说："好事多磨，好事多磨啊！"

李红磊小声对昕燕说："你看咱们老百姓多老实，挨冤枉受苦受难这么多年，平个反这么反反复复地折腾人，你爸还把这种不公平看成好事多磨。唉！可怜啊！"

昕燕也轻声说："谁知道他去那些单位遭了人家多少白眼，受了多少气呢？他是怕我们大家担心，特别是怕我妈担心才这样说呢。"

"你爸天性乐观，他看得远就不会去在乎一些受气之类的事，不容易啊！"

每次昕燕爸爸进城回来，韦队长和寨子里的好多男人都像聚会一样到家里来听他讲新的革命形势，听他带来的各方面的新消息，特别是他右派平反事情的进展。全寨子的人们都同昕燕家一起等待着上面为他家平反昭雪的通知。这件事在这段时期成了寨子里大家共同关注的问题。

最终，昕燕爸爸得到彻底平反了。接到通知的时候，昕燕爸爸站在院子里。流着泪大声高喊着："我不是'右派'了，我是好人，我要把他妈的这顶臭'右派'帽子扔到太平洋里去。"这句话虽然是套用了大庆石油工人王铁人要把中国贫油的帽子甩到太平洋里去的话头，但是足以窥见昕燕爸爸推翻头上那座压了他和全家多年的‘右派’大山时，如大海波涛翻滚般的心情。昕燕妈妈的地主成分也已经不是问题了。可是卸下了包袱的一家人，无论如何都轻松不下来，也高兴不起来。生活对他们的这个玩笑开得太大了，右派帽子戴了二十一年，下放到石板坳也已经十二年多，人生能有几个春秋啊！

又过了半个多月，韦队长又从公社带来了正式通知昕燕爸爸可以回原来的工厂等待组织恢复工作的一纸公函。公函是工厂人事科发的，上面盖着工厂革委会鲜红的印章。全家人传递着看完这个通知后，不知道是谁起的头，大家竟然又一次抱头痛哭起来。

李红磊也哭了，他为昕燕一家哭，也哭自己在这场十年的运动中失去的一切。

韦婆婆看着他们哭得悲伤，也一边抹着眼泪，一边劝慰他们。其实韦婆婆心里也苦得很，十多年来的日日夜夜，她们早已成为感情深厚的一家人。眼见这家人要离开自己了，真是心痛难舍呀。但是为了这家人的幸福，她只能痛在心里，也默默地在心里为他们一家祝福："请菩萨保佑他们一家，保佑红磊。红磊成了这个样子，我们对不起他的爸爸妈妈啊！"

昕燕一家早就把韦婆婆当成自己的亲婆婆。如今要离开她，心里十分痛苦，真是难分难舍。而且十多年前的那些城市生活的记忆和曾经熟悉的一切早已遥远，反而是这里的一草一木近在眼前，亲切难舍。他们真的不知道回去后又要如何去面对那个曾经抛弃了他们一家的地方。可是，为了孩子们的将来，他们还是决定要回到那个既陌生又熟悉的城市。而且，回去也是向人们证明自己是好人，以前是上面搞错了。

李红磊不肯回去，说要在这里一辈子陪着韦婆婆。昕燕一家坚决要带上李红磊，不然全家就都不走了。昕燕爸妈还想把韦婆婆也带走，他们劝韦婆婆说："婆，跟我们一起到城里去吧，我们给你老人家养老。"

韦婆婆抹着眼泪说："我在乡下生活了一辈子，还有老五在身边，你们不要担心。我到哪里去都过不惯，就连年轻的时候回娘家我都住不了几天就像火烧屁股一样地赶忙往石板坳跑。现在我老了，更是哪里也不想去了。你们安心回城吧，有空的时候回来看看我，我就心满意足了。"

李红磊也说："叔叔阿姨你们回去吧！我就在这里，哪里也不想去。我什么都看不见，走到哪里都给人添麻烦。我更不想让我父母看见我这个样子。我心甘情愿地在这里一辈子陪婆婆，我喜欢这里。"

昕燕说："红磊哥不走我也不想走了，我就在这里陪他和婆婆吧。"

昕燕妈妈伤心地说："我们回去主要是为了你们这些年轻人，我们都这把老骨头了，回不回去都无所谓了。你们要不走，我也不想走了。”

韦婆婆说：“不行，你们都回城去。好不容易平了反，抬起头挺起胸，走回去让那些害你们的人看看！还要把红磊带回去，一定要去城里的大医院把他的眼睛治好，不然我们没脸见他的父母亲啊！”

昕燕爸爸想，红磊都三十多岁了，如果再不回家去跟父母相见，他今后会后悔一辈子的。而且别人还会怪我们这些做长辈的没有尽到劝导之责，一定要带他回去。他多次找李红磊谈话，做他的思想工作，可是李红磊就是不愿回家去。昕燕也反复劝慰他，长大了的昕琪、昕南也再三恳求他。

韦婆婆流着泪劝他说：“红磊呀，我真的舍不得你们走，你们一走我这里好冷清，我会很想你们的。可是你们都还年轻，将来还有几十年要过，还有你和昕燕哪里能分得开呀！你们一起回去吧，去城里的医院治眼睛，莫再耽搁下去了。到时候你们来看我，或者我去看你们。虽然不能天天在一起，只要你们这几个娃娃以后生活得好，就了了我的心愿了。”

最后，大家答应李红磊，回城后，如果他不同意，就一定不去与他家里的人联系。昕燕爸妈对他说：“只要你愿意，你永远都是我们的儿子，我们家永远都是你的家。”

昕燕爸爸一想到红磊这样一个英俊后生，现在已经成了个盲人，就觉得心痛。他背地里对妻子说：“我们先把带他回城里去，今后，再慢慢想法说服他与家人团聚。再说，回到城里，如果能医好他的眼睛，他就没那么悲观绝望了。他现在不肯见父母的原因多半是怕父母见他的样子难过，其实他是非常思念他的亲人的。”

李红磊答应回城的最主要原因是因为昕燕。他虽然看不见昕燕了，但是，真的不能听不到昕燕的声音。这是他生活下去的最大动力。

接下来大家开始收拾东西。十多年前来的时候恐惧绝望，十多年后要离别石板坳了，大家又在复杂的心情中满怀憧憬和希望。如今，当年的小孩子们现在已经长大了。昕琪和昕南从小跟着农人的孩子们给家里捡柴挑水，还帮着同学打猪草，农忙时还要跟着做些农活，因此两人发育得都很好。他们都非常能干，而且又特别能吃苦。

昕燕爸爸对昕燕和李红磊还有昕琪、昕南说：“年轻人啊，你们虽然受了很多苦，但是，这些年农村生活的艰辛经历和对农民疾苦的了解，是你们今后立足社会，奋发向上，白手起家的最宝贵的财富。”

5

十二月中旬的一天上午，昕燕一家人带着李红磊和比起十多年前搬来时更旧、补丁更多的被褥和锅瓢碗盏，还有寨子里的人家户送的干辣椒、洋芋片、几条烟熏的野猪肉，在路口与送行的人们告别。大家强作欢颜，可是脸上却分明是恋恋不舍的苦笑。有几个妇女一边抹眼泪一边说着菩萨保佑的话。还有那些长大了的学生们，都很难过地呆看着他们。女孩子们站在路边满脸泪水，轻声地呜咽着，整个场面悲伤得像是在送葬。

孩子们知道，老师全家一走，学校就要停办了，从前在学校里开心的日子和那些美丽的梦想也将随着老师们的离去而灰飞烟灭了。女孩子们更明白，或迟或早她们又会回到十六七岁甚至更早就要结婚嫁人生儿育女的生活，回到农村女人一直过着的那种穷苦日子。从前她们没有什么想法。可是现在她们有了文化和知识，她们在小小的学校里知道了外面的大千世界。她们的心长大了，飞高了，很难收回来了。理想和现实生活的巨大差距，将是她们生命中长久甚至是永远的折磨。

昕燕流着泪看着学生们，眼前浮现出一次课堂上的情景。那是一节作文课，课上昕燕要求每个学生都要造一个句子。其中有一句是用“在……在……”造句。轮到一个叫龙大强的男同学造句时，他站起来紧张地说：“我的心在天上飞，我的脚在地上走，我的脚追不上我的心。”当时全班同学都哄笑了起来。昕燕却非常诧异。心想，这个男孩子平时学习很用功努力，可时语文成绩并不怎么好，怎么会造出这么特别的句子来，简直像写诗一样。下课后昕燕单独同他谈话，问他怎么会想到“心在天上飞”这样的句子的。龙大强不安地红着脸说：“老师，我错了，下次不造骂人的句子了。”

昕燕说：“你没有骂人呀！你的句子造得很好呢。像写诗一样，老师很喜欢。读书就是要多动脑筋，才能造出这样的好句子来。作文才能写得好。”

不料，龙大强听了昕燕的话后，红了脸说：“老师，那真是骂人的话。是我爸骂我的话。”

昕燕说：“这是你爸骂你的话吗？”

龙大强说：“真的是我爸骂我的话。我没有全部讲出来所以才不像骂人的话的。老师你不信？”

昕燕更加好奇了。心想，骂人的话怎么会是这样的呢？她知道那个男孩子的爸爸不识字。想了想就对他说：“大强，你能把你爸骂你的那句话完整地学一遍给老师听吗?”

龙大强的脸更红了，他看了看昕燕说:“老师你听了别笑我爸，他没有读过书。”

昕燕说:“老师哪里会笑你爸，我上课时不是经常讲，要向贫下中农学习吗?你学学吧，老师绝对不会笑你爸。”

龙大强听后，低着头学起来:“你读书读到牛屁眼里去了?读了这几年书，写个门联都写不出来。你是在读望天书啊?读不好，干脆回家种田。不要搞得心在天上飞，脚在泥巴里走，脚追不上心，这辈子就卵事都搞球不成了。”

后来，龙大强没有再来上学。昕燕和李红磊去他家时，他父亲说:“我们家娃儿多，大强又是老大。原来他小，做不成什么活路，去读点书能认几个字就行了。现在他长大了要出劳力了，不然哪个养他?”

昕燕和李红磊从龙大强家出来，看见他站在远处的地头上。昕燕和李红磊走过去想安慰他几句。不料大强往李红磊手上塞了一大篮洋芋，眼里满含泪水地说:“老师，我以后能不能去学校借小人书看?”

李红磊一把搂住龙大强还没有长结实的肩膀，说:“大强，你随时都可以来学校借小人书。”说完他们三人都流泪了。

龙大强是红星小学第一个辍学的学生。那次家访回来后，昕燕和李红磊难过了好几天。后来辍学这种事情不断发生，特别是女孩子中途辍学的情况比较频繁。昕燕和李红磊每次都很难过，但是也没有办法改变这种状况。

昕燕正流泪呆想时，李草花悄悄地从女孩子中间走出来。她走到昕燕跟前，把一双用布包着的鞋垫塞进昕燕手里。她流着泪，小声地说:“袁老师，这双鞋垫是我连夜为你打出来的。油灯暗，我不小心让针把手弄出血了，把鞋垫弄脏了一点，洗得掉的。老师，我好舍不得你们!”说完低头哭得泣不成声。

昕燕也哭出声来，说:“草花，你自己留着用吧。你已经教会我怎么打鞋垫了。”

李草花哭着说:“老师，你收下吧!这个不值钱，是我的心意。”

昕琪在旁边声音哽咽地说:“姐姐，收下吧!我把我的围巾送给草花做个纪念。”说完，把自己的围巾从脖子上取下来戴在李草花的脖子上，又说:“草花，这也是我自己学织的，很暖和呢。”昕琪说不下去了，哭出声来。

李草花哭着说:“你们今后回来时，一定要来看我啊!我舍不得你们走。我爸爸已经给我说好了人家，我明年腊月间就要出嫁了。不然人家不肯把女儿嫁给我哥。我不想结婚，我好害怕呀!呜呜。”说完她更大声地哭起来。结果原来只是掩面流泪抽泣的那些女孩子们立即全部大放悲声。有的男孩也跟着哭起来。孩子们纯洁的眼泪既是因老师的离别而流，也是为自己今后的命运而泄。

昕燕拉着李草花的手，满面泪水。

这时，有个平日里成绩好，特别聪明，叫韦好月的女孩对着给她擦泪的昕琪说："昕琪，其实像我们这种生在山里的女娃子如果不读书，什么都不知道地过一辈子还好些。那样的话，虽说生活苦，可是我们心里没有这么多想法。读了书，好多事情都知道了，可是还是要像原来一样过，心里好难过。现在你们要走了，要回到你们以前的日子里去了，我们也要回到我们以前的日子里去了，真的好像一场梦。"说完，她的眼泪大滴大滴地冲出眼眶，接着转身就跑了。昕琪平日里跟她玩得好，喊了一声"好月"就"哇"的一声大哭起来。后来，这个叫韦好月女孩换婚嫁到更偏远的山里，出嫁的当年就死于难产大出血。

十几个男孩围着李红磊叮嘱他一定要去看眼睛。李红磊一直流着泪点头，说不出话来。

昕燕一家和李红磊泪水涟涟地不忍启程上路。最后，还是已经七十多岁的韦婆婆擦了把眼泪说："走吧，人走什么路都是前世注定好了的。你们一家被人整，要到老家来过这十多年是命里定的，现在要回去了也是命，哪个都改变不了。红磊，回去后赶紧看眼睛，莫再耽搁了。我们对不起你爸爸妈妈啊！快走吧！老天保佑你们一路顺当！"说完，红红的眼睛里又涌出了泪水。

一直没有说什么话的韦队长，手上拿着烟杆，却一口都没有抽。他看着悲伤的人们，把烟杆慢慢地斜插在腰带上，走过去，红着眼圈，双手握住正在抹眼泪的昕燕爸爸的手说："老哥子，有空的时候欢迎你们回来耍。"然后又拉着李红磊的手说："红磊，到城里就赶紧去看眼睛，也许还能医好。我们就不远送了。"说完声音也哽咽了。

这时，昕燕爸爸突然在韦婆婆的面前跪下来，哽咽着喊了声："婆，谢谢你老人家和全寨子的人照顾了我们一家这么多年，等我们回去安排好后，会常回来看你们的。"说完，站起身来，抹了一把眼泪，就先走了。赶马车的李桂城拉着马车也跟在他后面走了。几个妇女拉着昕燕妈妈的手哭着，妈妈流着泪叮嘱她们一些吃药看病的事情。最后，妈妈走到韦婆婆面前，也像先前丈夫那样跪下来磕了个头，说："婆，你多保重！"就大哭起来。

韦婆婆慌忙一只手拉起她来，一只手抹着老泪说："女儿哟，你们还要回来的嘛！不要哭了，快赶路吧！这一大家人，到了城里边还有好多事要安排呢。"

从这天起，办了十多年的小学校停课了。本来已经讲好别的大队支援一个上海知青来顶课的，那个知青也答应了，可是他突然接到通知，也要回上海了。这样，学校就没有老师来代课了。昕燕和李红磊一直因为学校不能继续办下去心里很内疚，但也无可奈何。

昕燕一家一步几回头地望着那些渐渐远去的山乡和越离越远的送行人群，没有回城的高兴，倒是万分惆怅笼罩在心头，久久地挥之不去。他们一家跟在马车后面。那马目光笃定，一步一点头地像是在思考着什么。车里装的同十多年前来的时候差不多，妈妈照样说的是十多年前说过的话："搬起来嫌多，用起来嫌少。"不同的是，当年是老刘伯牵着牛车，现在是李桂城赶着马车；长大了的昕琪、昕南已经自己走路了，旁边多了一个拄着盲棍跌跌撞撞却不肯坐上车的李红磊。一家带着更多更重的伤感，梦游般地离开了这里。

赶马车的李桂城是寨子里有点年纪的人，话少，和大多数农人一样，踏实厚道，他一直是队里的赶车人。看着他的背影，昕燕想起了十多年前赶牛车的老刘伯。老刘伯因为严重的风湿性心脏病已经在几年前去世了，他瘫痪的女人比他先死一个多月。当昕燕一家人知道这件事时，老刘伯已经过世半年了。昕燕和爸爸妈妈难过了好些日子。

十多年前的往事历历在目，现在一家人又踏上了返城的路。路还是那条路，坑坑洼洼的地方越来越多，多得像天上的星星。一家人像一群流浪者，带着新的期望和怀疑，朝那个曾经抛弃了他们的城市慢慢地靠拢，走近。

第十九章

1

进了城，这一大家子径直去了昕燕表舅家。那是爸爸事先跟表舅妈讲好的。他打算先在表舅家挤几天，等在原单位办好手续就要求分配房子。昕燕爸爸和李桂城在前边走，一家人跟在后面。马车在街巷里穿来绕去，一路都有人看热闹一样地看他们。快到昕燕表舅家那条小街时经过一条狭窄的巷子，马车在巷口倒了几次好容易才转弯走进去，一个车轮还差点碰翻了一户人家门口的煤炉子。幸亏昕南眼疾手快地跑过去拉开了煤炉，手却被烫了一下。这时，那家走出个头发高高地挽在头上的中年妇人，凶巴巴地说："眼睛看着点走嘛，马不懂人事，人也不懂人事啊？"

昕燕妈一听她出口伤人，就回嘴说："你家的煤炉放在这么窄的路口边上，马不懂人事不怕，有人看着。就怕不懂人事的小孩子碰翻烫着，人家懂人事的大人来找你的麻烦要你赔呢！"

那女人见昕燕妈顶她，就更凶横地说："下放回来还以为变成英雄了？倒流城市吃闲饭还这么气粗！"说完转身进屋"哐"的一声把门关上了。

昕燕妈妈气得还想隔着门同她吵。昕燕爸爸拉住她说："别理她了，她自知理亏已经闭门休战了。这么个出言不逊的骂街泼妇你何必跟她一般见识。"

旁边看热闹的有个人说："这几天，天天都有回城来的，你们也是落实政策回来的吧？"见没有人答话，旁边另一个人说："王大嘴，这是一看就知道的事你还故意问。"那个王大嘴嘿嘿笑了笑没趣地转身走了。围观的人见不吵架没有热闹看也都散开了。

一家人心情压抑地又继续往昕燕表舅家走。昕燕想起那年在公社办公室被张小田骂"到乡下来抢饭吃"的话，心里想，我们到哪里都被人欺负。现在落实政策回来了也照样被人说成是"倒流城市吃闲饭"。真是不公平啊！大家都不讲话，各自想着心事。

一路无话的李桂城突然说："城里这些人不良善呢，要是过得不好还是回石板坳来，我来接你们。"

昕燕爸爸说:“多谢了，老哥子，如果这里过不下去我们肯定回石板坳，那里永远都是我们的家。”

马车刚在昕燕表舅家门口站稳，表舅妈就迎了出来，一边甩着手上的水一边说:“一路辛苦了，哦!娃娃些都长这么大了。快进屋，快进屋。”

昕燕妈说:“表嫂你还是原来那个样子，没有多大变化。”

表舅妈拉着昕燕妈妈的手说:“怎么不变。老了，老了!”

大家都跟表舅妈问过好后，昕燕爸爸说:“表嫂，我们把马车上的东西搬下来，麻烦你先下碗面条让我这个老哥子吃，吃完了他还要赶路回去。”

表舅妈说:“好，你们搬东西，我立马去煮面条，快得很!”

李桂城一边帮着卸东西一边忙说:“你们不要客气，我不饿。趁天亮赶紧回去，天晚了路不好走。”

舅妈说:“快得很，今天才擀的水面，又新鲜又好吃，马上就煮来了。”说完转身就要进屋。

李桂城忙喊住她，说:“大孃，我真的不饿，我走了。”说完拉起已经卸空了的车就要走。舅妈一见，忙进屋去，转身出来手里拿着一个纸包塞在李桂城的手里说:“那你把这两个馒头带着路上吃吧!多谢你送我表妹一家回来。辛苦你了!今后进城一定要来我家歇脚喝茶。”

李桂城说:“大孃好客气哦!你们自己留着吃嘛。我回家有吃的。”说完又推让了一会儿他才接了馒头，说了声:“多谢了!”拉着马车就走。

昕燕爸爸喊住他，说:“老哥子，我送你过那个巷子口，免得那个女人又找事。”

李桂城说:“不要送，你们赶快收拾东西吧。刚才来的时候我没有注意，现在车轻了好走，碰不到那个火炉子。你莫管了。”

大家目送着李桂城走远了，这才都进了屋。昕燕妈妈说:“我怎么恍恍惚惚地觉得像那年到石板坳后同老刘伯告别一样。”

昕燕心里也有妈妈这种感觉，只是没有说出来而已。

没有看见表舅。妈妈问:“表嫂，我表哥还不下班啊?”

表舅妈看了昕燕爸爸一眼:“你没有告诉家玉啊?”

昕燕爸爸说:“我担心她接受不了就没有告诉她，想等回来了再说。”

听了他们的对话，昕燕妈妈已经感觉到什么了。她呆看着表嫂的眼睛等待着回答。

“他回不来家喽!你表哥走了快两年了。”表舅妈眼泪流了出来。

昕燕妈妈一听，当时就哭出声来。其实，昕燕爸爸第一次回城找单位落实政策的时候就知道了老张去世的事。那次他先去了老张家，想从他那里了解些情况。到了老张家，才知道昔日的同学好友已经过世。看着老张挂在墙上的遗像他大哭了一场。回到石板坳后，担心妻子知道了受不了，就一直瞒着没有讲。

昕燕爸爸看见原来挂在墙上那个装着老张照片的相框不见了，就问："老张的那个相框呢？"

表舅妈哭着说："我一看见他照片上的那样子好像在哭一样，我就难过得止不住地哭。我白天看见他哭，夜里梦见他又哭，哭得整个人精神都恍惚了。上个月，达意从知青点回来办事，看见我这个样子，就把他爸爸的像取下来放进了箱子里，又带我去医院看了医生，开了些药调理了一下，我这才慢慢地好了起来。"

昕燕表舅家五个孩子都下乡插队，现在还没有一个返城。表舅妈说："没有办法，没有门路，只好听天由命了。"

表舅妈家里地方虽小，但是挤挤还够住。她没有当面问李红磊是谁，昕燕妈妈哭表舅的时候，爸爸悄悄地把表舅妈拉出去，讲了一下李红磊的情况。

表舅妈从外面进来，走到李红磊跟前说："红磊，我是表舅妈，你在这里不要认生哦。我们在一起过日子就是一家人。"说完拉着红磊的手，把他牵到桌旁，拉了把椅子让李红磊坐下，又倒了杯茶递在红磊手中，说："你先喝口水，饭已经煮好了，我现在去炒菜，一会儿就可以吃饭了。"

李红磊说了声"谢谢表舅妈"，就再也无话可说了。他心里觉得自己很多余，什么都做不了还总要别人照顾。

表舅妈看着李红磊的眼睛，摇了摇头，抹了把泪水就赶紧炒菜去了。

大家都忙着收拾安排房间，洗尘铺床。吃过晚饭，大家坐在一起闲聊，话题又聊到昕燕表舅，表舅妈这才有空一把鼻涕一把泪地说起来："老张在'文革'中又患上了肝硬化。本来就是肺结核、肺气肿的他再添一病真是雪上加霜。他心情一直不好，又长期缺乏营养，后来又从肝硬化发展成肝癌。就在知道周总理去世的那天晚上他前后吐了两次血。他又不肯去医院，总说休息休息就好了。那晚，他悲伤地对我说：'总理走了，这个国家完了。我的孩子们回不来了。表妹老袁一家也完了。'第二天晚上他又开始吐血，后来就吐得止不住了，一会儿就昏迷过去。邻居们一起帮我把他抬到医院抢救。哪里还救得过来，半夜里他就丢下我走了。我这辈子有福嫁了他这个好脾气的老实人，可惜不能走到头。可怜啊！"

表舅妈说到这里早已哭得上气不接下气。昕燕妈妈也哭得昏天黑地的。大家又是劝又是拿毛巾、递水的。表舅妈老泪横流，伤心不已地哭着，突然，她大声骂道："'四人帮'搞的什么鬼'文化大革命'，害死了好多人呀！老袁啊，你们是同学、好朋友，你被搞到乡下去受了很多的苦，现在终于熬出头，回来了。可是老张永远回不来了，他的命苦啊！"

大家赶紧七嘴八舌地说些安慰表舅妈的话。昕燕想，人怎么要受这么多苦啊……她转脸看了看坐在身旁的李红磊，悄悄地摸了摸他的手。李红磊低着头，一脸的忧伤。这时，昕燕看见一直坐在李红磊另一边的昕琪也拉着李红磊的一只手，像是知道他的心情不好在安慰他一样。

昕燕想，妹妹长大了，也会体谅别人了呢。

第二天一大早，昕燕爸爸妈妈就分别到自己的单位去报到。可是，事情并不如想象的那样顺利，一切都还是那么让人难以理解。原来想到被整错了，回去别人总会觉得歉意至少会表示同情，会尽快解决问题。可是他们发现事情却并非如此。单位的革委会快解散了，落实政策办公室只是在那里登记接待，对什么时候才能真正落实政策给不出答复。还有的人脸上竟然显露出隐隐约约的鄙视。上上下下地跑了好些单位，接待的人一般都是说："现在像你们这样要求落实政策的人很多。可是我们就是这几个人，就算我们不吃饭、不睡觉也忙不过来呀。工作得慢慢地做，饭要一口口地吃嘛。从解放到'文革'结束，这么多案件要平反甄别，大家都急，我们比你们还急，请你们理解。"那些人口径惊人的一致，就像有谁事先教过一样。

几天跑下来，全家人的心像被凉水从头到脚浇过一样，冰凉透顶。表舅妈是个心直口快的人，见事办得不顺利就打抱不平地说："这些人是什么意思啊？政策都摆在那里了，还不给办。不就是盖几个公章嘛！真坏！真没有良心！不行就告他们去。"

妈妈摇了摇头说："到哪里去告啊？告了，到最后还是我们自己倒霉。事情都要过他们的手。得罪了，随便找个理由就可以拖你一年半年的，多的事都搞出来了。算了，忍得一时之气，免得百日之忧啊！"

爸爸叹了口长气说："唉！我们在别人的眼里还是'地富反坏右'。人家认为我们并不是被整错了，而是党的政策宽恕了我们。甚至还觉得我们得便宜了。"

"得便宜了？这是什么话！"妈妈把手里正剥着的毛豆往碗里一丢，气愤地说。

爸爸目光呆滞地说："那天我去轻工业局，碰见一个坐在那里痛哭流涕的人，有几个人在劝解他。我问排在我前边一个也是等着落实政策的人，才知道那个哭的人是'右派'，坐了好多年的牢，现在找单位落实政策。不知道什么事说得不好，就同一个态度特别差的干部呛起来。那干部骂他：'你当"右派"还没有当够啊？还想再回去蹲蛐蛐笼吃牢饭啊？你以为那顶右派帽子摘了，你就翻天了。档案里永远记着呢。运动来了你照样跑不掉。还在这里冒粗气！'"

表舅妈一听就愤愤不平地喊起来："这也太欺负人了。国家都说搞错了，平反后不留尾巴。他凭什么这么骂人家？这叫什么人啊？还坐在国家单位里人模狗样地耍威风。要是我在场，一定拉他去见领导。真是太不像话了！没有人管吗？他等于是在骂所有等着落实政策的人。”

昕燕妈妈也愤怒地说：“老袁，谁要是敢这样骂你，你就同他拼命。大不了鱼死网破。看这种势利小人能怎么样！‘四人帮’那么大的势力都被粉碎了，还怕这种小人！”

这时，昕燕想起回城那天，那个在巷子口放火炉的女人骂的话，心里又泛起一阵悲凉。

爸爸苦笑了一下说：“他实际就是骂大家。都是去要求落实政策的人，听他讲的那些话句句恶毒，又见被他骂的那人哭得伤心，也就越想越来气。结果同病相怜变成了同仇敌忾，你一句我一句的就把憋了多年的火都点燃了。大家过去拉了那个人去见领导，我也去了。虽然局长当着大家的面很严厉地批评了那个人，他也承认了错误，大家还是不饶他。恶语伤人恨难消啊！局里领导见众怒难平，当场就停了他的工作，第二天就被调开了，也算是处罚了他，给了大家一个交代。”

“活该！开除了他才解气！”舅妈咬牙切齿地骂道。

爸爸说：“真寒心啊！那些话句句都那么刻薄、恶毒、直戳心肺。痛啊！其实，他代表的是一部分人的思想。我这才清醒，恢复工作不易，恢复名誉更难啊！”

“唉！我们倒霉，非得去求那些说不定当年整过你的人，人家当然要欺负你。”妈妈沮丧地说。

“不过，那个老局长还是有水平的。他倒了杯开水给那个痛哭流涕的人，又劝慰了几句，然后叫来一个人专门负责办理那人的事。我的事也是他亲自交办的。就是他让人事处打电话给我们厂里，要工厂先按每月十五元的基本工资发给我，尽快安排工作，解决住处。”

表舅妈说：“总算是碰见一个有同情心的好人。那工厂怎么答复呢？”

“工厂说别的都容易些，就是住房问题一下子解决不了，让我们先自己想办法克服。”爸爸说完，又叹了口气。

表舅妈说：“那就在这里住，不要紧，反正几个娃娃都还没有回来。”

一天，李红磊悄悄地对昕燕说：“昕燕，我想先回石板坳去住一段时间，等这边分到房子后再回来。”

昕燕不同意，说：“如果你坚决要回去，我也同你一起回去。”

昕燕一家包括表舅妈都反对李红磊回石板坳。他们说了好多不同意他回去的理由。表舅妈苦口婆心地劝解他，安慰他。李红磊无奈，就只好继续待了下来。

昕燕的爸爸妈妈一直忙碌着，到处去找落实政策的各级组织。有时给人家这个单位推到那个单位，这个科踢到那个科，来回地跑空。回到家来心情也很不好。一大堆的事情要办，最紧要的是尽快解决住房和户口问题。一家人的户口虽说按政策应该全部落实，但是在办的时候也免不了看人脸色，低声下气地到处求爷爷告奶奶的，像被踢皮球一样在几个办事的地方来回奔波的事几乎天天发生。最后爸爸妈妈也皮了，回到家，进门就说:“皮球回来了。”大家也就一笑了之。

经过很多麻烦，一家人的户口总算办成了。但是李红磊的户口却办不成。任凭昕燕爸爸妈妈到处给人磕头作揖的，还是办不成。不过，这些事他们都瞒着不让李红磊知道，怕他难过。

这天吃完晚饭，大家都忙着收拾桌椅碗筷，小小的房间里面人多，空气中夹杂着还没有散尽的油烟、辣椒的味道。昕燕如同每天一样，晚饭后牵着李红磊出去走走，换换气。见他们俩出去走远后，表舅妈又提起李红磊户口的事。

昕燕爸爸叹了口气，说:“很难，红磊不让说他家，别人说他是黑人黑户。不过他是个盲人，人家也还是比较同情，说要请示上级研究研究。让我们再等等看。”

表舅妈说:“研究研究，就是烟酒烟酒的意思。我听我们单位里的有个人说，他家一个亲戚也是从乡下落实政策回来的，在乡下又生了一个娃娃带回来。那个娃娃现在都已经十多岁了。先前办户口时，人家说查不到他户口的底子，属于黑人黑户，硬是不给办户口。让那家开这证明开那公函的今天跑一趟明天跑一趟，就是不给办事。后来有人出主意，让那家人送了一只鸡、一瓶酒，户口很快就办成了。”

妈妈说:“现在哪里买得起黑市的鸡呀，贵得吓人。”

大家正议论这事时，昕南从外面回来，手里抱着一个纸包。妈妈说:“昕南你回来了，饭在锅里温着的。我们都吃过了，你自己去吃吧！”

昕南一边往桌上放纸包一边说:“我已经吃过饭了。”

昕琪坐在一张小凳子上，面前一个木盆，手里搓着衣服，说:“咦，昕南有本事，在外面混到饭吃了，还带来一大包什么好吃的东西？”

昕南笑笑说:“什么混饭吃。我碰到一个熟人，他请我吃的。”

妈妈说:“不要随便吃别人的东西。哪家都不宽裕。”

昕南说:“是从前住的那个院子里的一个人。我不认得他，他先认出我来的。他还说和大姐是小学同学。”

昕琪说:“哦，你跑到原来住的大院去了？怎么不喊我一声？我也想去看看呢。”

"我才不喊你呢，一喊你，妈妈听见了，连我都去不成。"昕南得意地说。

原来，昕南中午乘大家午睡的时候溜了出去，想到原来住的那个地方看看。那年走的时候昕南小，好多事都模模糊糊地记不大清楚了。他一路走一路找，终于看见了从前那个院子的大门口。小时候记得好像只有门框没有门，现在还是没有门。只是那些贴得满墙的大字报、大标语没有了。正想进去看看曾经住过的房子，就见一个人从里面走出来。

那人看见他，站着想了一下，突然问："你找谁？"

昕南愣了一下，觉得这人很面熟，就说："我不找人，我家原来住过这里，我来看看。"

那人说："我说这么面熟嘛。你家是不是原来住后院楼上姓袁的那家？你还有两个姐姐对不对？"

昕南说："是呀！你怎么知道的？"

那人说："我是康维新啊！我还去你们家吃过你家泡的酸萝卜呢。全院坝家家的泡菜我都吃过，就数你家的最好吃。"

昕南笑起来说："我那时小，记不得你，不过也觉得你面熟。"

那人说："你回去问你大姐，她一定记得我。你一说康维新这个名字，她肯定记得。你不知道，我跟你大姐是小学同学。你大姐叫袁昕燕，我还同你大姐坐过一排呢。她现在哪里工作？"

昕南告诉他，姐姐还没有工作。接着那个人陪昕南到后院，站在楼下看了看原来住过的房子的窗户就出来了。他告诉昕南，他们家走的第二天，另外一家人就住进去了，好像怕别人抢去一样。那家人很凶，很霸道。为了排队打水、晒东西、倒垃圾这些小事经常同别人吵架。楼上楼下左邻右舍差不多整个院子的人家都吵遍了，大家都很讨厌他们一家人。康维新还告诉昕南，他现在已经顶替他妈，在省工人医院药房工作。然后问昕南有事没有，没事的话就到他工作的地方去玩玩。说完也不管昕南愿意不愿意就拉着昕南去了工人医院。晚饭是在医院食堂吃的，吃了红烧豆腐，还有糟辣椒炒蒜薹。昕琪一边听一边说："行啊，昕南，你还连吃带拿的弄了一包回来。"

昕南说："什么连吃带拿的，这是药，是我给韦婆婆拿的一些贴腰的膏药和一些别的常用药。还有给红磊哥拿的眼药水。我明天起早去石板坳给韦婆婆送去。"

昕琪说："哦，我同你去。"

昕南说："算了，我走得快，你一路这事那事的，我下午还要赶回来。"

昕琪说："不稀罕同你去。我下次同爸爸一起回去。爸爸说要去把河边的那个水车再改装一下。昕南，你说的康维新是不是那个脸很白爱流鼻涕的那个‘鼻涕脓’？”

昕南笑着说：“哎，我现在想起来了，就是小时候那个爱流鼻涕，又白又瘦的男生。现在人家长得很高，比我还高呢。看你还骂人家‘鼻涕脓、吹火筒’。”

“哦，是那个‘哭稀饭’啊！动不动就哭，一哭就流鼻涕。他妈一听到他哭，就跑来骂人。”昕琪不屑地说。

“人家很好呢，还给了我这些药。”

妈妈和舅妈一直在唧唧咕咕地讲着什么，没有注意昕琪和昕南的谈话。爸爸在昏暗的电灯下看书，却有意无意地听见了昕南、昕琪的对话。

爸爸问：“他就这样拿公家的药给你呀？这不对呀，你下次不要去找他了。等我的医疗证办下来后，开了这些药去还他。不要让人家犯错误。年轻人刚开始工作的时候就要养成好习惯。”

昕南说：“他不是拿药房的药，是搭在两张病人的药方上开的。反正都是公费又不要钱的。”

“那也不行，这是换了另一种方式做坏事。性质是一样的。”爸爸坚持说。

妈妈和表舅妈听见爸爸讲的话，也停止了她们之间的讲话。她们对视了一眼，又摇了摇头。

妈妈插话说：“这年头家家都是这样的。一个医疗证，少的供给全家的药物及一般治疗，多的连七大姑八大姨的亲戚朋友都全沾到光了，就你正派。”

“我教育孩子，你别插嘴。”昕燕爸爸严肃地说。

“真是个老教条，都给弄成什么样了，还在那里之乎者也的。真讨厌！”昕燕妈妈不示弱地说。

表舅妈忙打圆场说：“老袁，昕南是记挂着你们经常提起的那个韦婆婆的腰病，没有办法才找人家要点药，不要紧的。”

妈妈说：“等今后你办好公费医疗证后，就用自己的证开药。那个小伙子也是搭在别人公费医疗的药方上开的，你要昕南怎么还？再说，城市人有公费医疗，家里只要一个人有医疗证，全家都可以免费吃药，这都是公开的秘密。都是社会主义国家的人，农村人为什么就没有公费医疗？他们也是人民公社社员，也是社会主义新农民呢。本来就不公平嘛，还有什么错不错的。”

爸爸说：“这是制度的问题。我们管不了那些体制上的事。可是，我们要教育我们的孩子不能这样做。他们虽然年轻，但是都已经要到社会上做事了，规规矩矩地做人做事，才能长久。”

妈妈撇撇嘴说：“就你讲原则。就算你今后用你的医疗证开了药去还人家，不也是‘妈的妈、老外婆’，一样的事。”

昕南见父母为这事起了争端，赶紧说：“下次我不会去找康维新拿药了。等爸爸的医疗证办好了，我就拿爸爸的证去给韦婆婆开药。其实不是康维新的错，主要是我的错，我找人家帮忙，人家只好这样做。我知道错了，爸爸你放心，我不会再这样了。”

爸爸说：“你妈妈说的也不是没有道理。问题是你的那个朋友是在药房工作，他这样做，与家属搭车开药有本质上的区别。他也还年轻，这样做习惯了会害了他的。你们在一起时，你可以提醒他一下，这才是好的交友之道。”

2

第二天凌晨天刚亮，昕南就带着药回石板坳看韦婆婆去了，直到第三天下午天快黑了才回来，还带回来两只老母鸡，一些鸡蛋，还有一口袋干辣椒。那两只老母鸡是韦婆婆从她喂的几只鸡里抓了绑上硬要他带上的，昕南推不过只好带回来了。正愁没有钱买东西送礼的妈妈和表舅妈可算有了礼物，而且还都是又贵又紧俏的东西。

虽然费尽周折，最后李红磊的户口总算办好了。因为没有固定的住房，大家的户口都暂时落到昕燕爸爸单位的集体户上。接着又领了副食品补贴，肉票、布票、糖票、购物券等花花绿绿的好多票证。全家人轮流拿着那些象征城市人口的票证看着，真是百感交集，啼笑皆非。

那天昕南除了带回韦婆婆给他的东西，还带回一个让全家人，特别是让李红磊和昕燕感动万分的消息。原来，小学校复课了。那个胆大聪明的二狗和韦婆婆的孙子，还有一个外大队的男青年在韦婆婆的支持下，重新把小学校办了起来。他们自己当了老师，按自己学得最好、最擅长的学科安排了教学课程。学校不但招收本寨子的娃娃，还招收外寨子的娃娃们，又照葫芦画瓢地把自己学到的东西教授给下面的那些孩子们。连课程表时间安排都跟原来他们学习时一样。昕南回来这么晚就是因为到小学校去看望了一起长大的伙伴们，还帮他们代了一堂体育课。

这个消息让昕燕全家和李红磊非常高兴，对这三个人的举动，大家心里充满了敬佩、感动和感激。

昕燕爸爸感动得嘴里直说：“没想到啊！没想到啊！真是穷人的孩子早当家啊！我们要向他们学习啊！等这边的事办得差不多了我就回去看看。”

李红磊说：“那个二狗最聪明了，什么东西一点就会，还特别胆大心细。今后说不定会成为一个有大出息的人。”

昕燕说：“当时我们走的时候怎么就没有想到这个方法呢？”

李红磊说：“原先在学校时，我们让大一点的学生轮流上台当小老师。当时只是想丰富教学的内容，提高老师与学生之间的互动性和趣味性，有时他们还可以在老师有事或者忙不过来的时候顶一下。没有想到真的还成了他们做老师的训练和实习课了。真好啊！”

昕燕妈妈说：“今后只要有空，昕南、昕琪就多去看看他们。等我的工资也发了，就可以买些他们需要的东西去了。”

昕琪说：“等爸爸妈妈的工资一补发，我们就去多买些练习本、文具和不要指标的书籍给他们。我可不想空手回去见他们。”

昕南说：“二狗说他想要一套《十万个为什么》，我已经答应他了。”

爸爸说：“唉！这么巧！昨天我去工厂人事科补交材料，碰见工会的老熊，他说局里面发下来几张买书的指标票，问我要不要。我问他都有些什么书，他说有什么《第二次握手》、《第三次浪潮》，其中好像有一套老版翻印的《十万个为什么》。当时我想哪里有钱买呀，就没有要。明天一早我就去工厂找老熊，问问他给了别人没有，如果还没有给人那就好了。我们先拿着票，等一领到工资就立马去把《十万个为什么》买来。书一买到你马上就送到石板坳去。如果我走得开，我同你一起去。”

“爸，你们工厂什么时候发你的工资呀？等领到工资都不知道哪年哪月了。指标早就过期作废了。”昕琪着急地说。

表舅妈从厨房出来说：“我这里可以凑出五块钱来，够不够？先拿去把书买来。老张在世的时候，饿肚皮都要先买书。”

“五块钱！够了够了，谢谢舅妈！”昕南高兴得跳起来。“我买了书就马上送去石板坳。”

昕琪说：“我也去。”

一家人兴奋地讨论着，说着那几个孩子的往事和优点。昕燕和李红磊的双手一直悄悄地紧握在一起，他们心里都在为自己的学生们骄傲，两人被自己的学生们这么敢于担当的精神和行为感动得热泪盈眶。

多年后，这个山沟中的小学校因为各种原因停办了。从此，那里没有了孩子们的读书声。那个小操场上再也没有了孩子们打球嬉戏玩耍的喧闹声。只有越来越老迈的韦婆婆偶尔会到那个小学校去看看，扫扫里面的灰尘，还找了把锁把学校门锁了起来。

韦婆婆对别人说：“红星小学还会再办起来。”可是，直到她去世，这所小学校都没能再办起来。

再后来，寨子里的生活渐渐地好起来了。有人说：“听说，省城里的一些寺庙都恢复香火了，政府准拜菩萨了。我们后山的那个小学校以前是我们寨子的土地庙，反正小学校肯定办不成了，是不是应该把土地庙重新修整成原来的样子，好供奉保佑我们这一方风调雨顺的土地菩萨。”

大多数人都同意这个意见，就各家有钱出钱、有力出力地修整好了土地庙，又请人铸了一尊比原来还高大的土地菩萨供奉在原来的神台上，恢复了小庙的本来样子和用途。

寨子里的农人们，又可以去拜神上香，还愿祈福了。昕燕妈妈多次回去，每次都会去那个小庙里拜祭上香。有一次她告诉昕燕：“我去那个庙里祭拜的时候，当然是在拜神，但是我好像也在拜你的外公外婆。我觉得好像他们二老一直都在那里面。”这是后话。

3

昕燕爸爸回厂上班后，领回来补发的工资。十多年来欠发的工资落实政策后统一按每人十四个月为最高上限补发。昕燕爸爸不但补发了工资，还发了迁回来时的交通补贴、住房补贴等，七七八八的加起来差不多有六百五十多块钱。从来没有见过这么多钱的一家人开心得不得了。数了又数，计划买这买那，好像一夜暴富一样地兴奋和幸福。他们还了表舅妈借给他们的八十五元钱。还另外给了她三百元，是支付一家人这一段时间的食宿的。表舅妈推不过就接了钱，转身出去就从黑市高价买了一只大公鸡回来杀了，做了一大锅辣子鸡，还炒了一些新鲜蔬菜。看起来满腾腾的一桌菜，大家都很开心，表舅妈又开了一瓶老酒让大家好好庆祝一番。

吃饭时，表舅妈说：“你看我们老百姓多老实。十多年才补发了十四个月的工资。我们就好像占了多大便宜一样，高兴得不得了。哎，到现在房子都没有住的，接下来要赶快去找他们要求落实政策安排房子，不然，不知道会拖到什么时候。”

表舅妈怕昕燕妈妈多心，赶紧又解释说：“你们可千万别多心，我只是担心单位认为你们有住的地方，就不管你们了，或者懈怠了这件事。住房可是中国人最大的福利，是长久之计。几个孩子今后结婚什么的都需要房子。有了房子，才能安居乐业嘛！最好盯紧点，天天去找他们，早些落实为好。你们在这里住多久我都欢迎。还热闹些。”

终于，房子也安排了。那天昕燕爸爸下班一进门就说：“房子安排了，在城郊。”

舅妈说：“怎么安排到城郊去？”

“单位在市里没有房子，能安排到城郊就不错了。”爸爸一边洗脸一边说。

妈妈着急地问：“哪边城郊？东南西北城门外都是城郊。什么房子修到城郊去了？”

“南门外，靠近一条废弃铁路边上的小仓库。”爸爸抬头看了妈妈一眼，好像怕妻子怪怨。

昕燕妈妈这次没有说什么。她知道安排住房的艰难。在表嫂家打搅了这么久，有个窝可以搬去住就行了。

表舅妈帮妈妈选了星期五那天搬家，说那天是适合搬迁的黄道吉日。

星期五一大早，全家人在表舅妈家吃了最后一顿早饭，告别表舅妈后，就拖着表舅妈借来的一条板车出发了。表舅妈要跟着去帮忙，妈妈不让，说：“我们走了，丢得乱七八糟的，够你收拾一天的呢。我们人多，你就放心吧！安排好了接你去坐。”

表舅妈恋恋不舍地站在家门口目送着表妹一家远去。

爸爸和昕南在前面拉，其他人在周围推。车上绑着从石板坳带回来的那些生活必需品。穿过巷子时，好多街坊邻居出来看，还有打招呼的，毕竟住了这段时间，大家彼此都认识。

昕燕被盯得脸上热辣辣的，李红磊看不见，用手推着板车走，全家人都低着头急急忙忙地走着，直到走出巷子才松了口气。

出了南城门，又走了好一会儿才到。这是一片被抛弃的荒芜已久的土地。早年各单位沿铁路线两边修建的那些大大小小的仓库在无数个春夏秋冬的交迭替换中，静静地守候着那条死去的铁路。如今这里又热闹起来。大多数仓库里都住上了同昕燕家一样落实政策平反回城的家庭。大人们扯开嗓门讲话，孩子们叽哩呱啦地吵闹，满地垃圾，到处污水横流，还有一些人游手好闲地到处逛荡。

看到这样的环境，全家人心里都很烦。虽然都有心理准备，但是眼前的情况还是比想象中的更糟糕。

昕燕妈妈说：“老袁，你还记不记得以前放映过一部巴西还是哪个国家进口的影片叫《大墙背后》？”

“记得，那是描写那个国家在一个贫民区入口的地方修了一面高大的墙来遮挡那里的贫困、脏乱与罪恶。可是，我们这里用不着大墙来遮掩。除了疏散下放的人到这里来，还有谁会到这里来呢？这里又是城郊，所以用不着大墙来遮掩；就是敞开，也未必会有人来看。”

昕燕妈妈看了看昕琪和昕南，担忧地说："我说的不是什么遮掩不遮掩的意思。我是看见这里就想起了那个影片中的情景。这里的治安一定不好，要注意一些。昕琪、昕南，你们不要随便与那些人接触，这里情况复杂，我们还是小心点好。"

昕琪说："知道了，我们碰见人就装哑巴，行了吧？"

昕燕爸爸叹息地说："大人物造就时势，时势造就各种各样的人物啊！好多年轻人被这场莫名其妙的运动毁了前途，有的甚至成了社会渣滓，后面将会波及几代人，这就是'文革'的代价。"

"请你莫谈国事了，你真是个不长记性，不记教训的家伙。"昕燕妈妈气冲冲地说。

"还不是你先提起那个什么《大墙背后》电影的。我就是跟着你才说起来的。不过啊，我发现，我们家有个十分奇怪的现象。"昕燕爸爸故作神秘地说到这里就不说了。

妈妈说："什么怪现象？还阴阳怪气的。"

爸爸说："知道你想听，我就是不说。"

妈妈急了，说："你不说，今天一天不准你讲话。"

爸爸笑道："那你可是捏住我的七寸了。一天不说话，会憋死人的。说就说。这个怪现象就是，'只准州官放火，不许百姓点灯'。你仔细想想看，是不是差不多每次的话题都是你引出来的，可是我一接嘴就错了，还要挨你老人家的训斥。真是不公平啊！我冤枉啊！"

大家听后都笑起来。

妈妈说："你才是老人家呢，背都成了炒菜锅底了还说别人是老人家。"

昕燕笑起来说："你们两人像小孩一样天天斗嘴劲儿，不知道的人听了会笑你们的。"

李红磊说："这样才热闹，也是乐观的表现。这些年我听惯了，哪一天叔叔同阿姨没有斗嘴，我还真觉得家里少了些什么呢。"

昕燕说："红磊哥，就你护着他们。"

爸爸说："怎么样？只有红磊知道这才是一个家庭里的乐观精神之所在，还是一种金不换的畅所欲言的民主气氛呢。对吧，红磊？"昕燕爸爸特意拉上李红磊，是想缓解一下他的精神压抑。

李红磊笑了笑，说："是啊！我很喜欢家里的这种气氛呢。"

妈妈说："你叔他老人家就是一只'半斤的鸭子八两的嘴'的怪物，成天嘎嘎嘎不停地叫，讨厌死了！"

爸爸说："好，好，我是怪物，我讨厌。别一会儿又来找我说这说那的。也不知道谁是'半斤的鸭子八两的嘴'，成天嘎嘎嘎地还挺会骂人。是谁又要提起话头，又不让人说话。你才讨厌呢。"

妈妈说:“好啊！有本事，你今天一天都别搭我的话。”

“凭什么不让人讲话，皇帝也没有这个权力呢。”

“我就是你的皇帝，专管着你那张惹是生非的嘴。”

“那你拿根针来把我的嘴缝上好了。”

“你以为我不敢，我一会儿就去找针线来给你缝上，让你话也说不出来，饭也吃不进去。”

“哎，你这个老太婆心还真坏呀！把我饿死了，看谁还与你斗嘴玩。你缝吧，我不怕！我在这厢等着你。”

爸爸把最后那句话用京剧腔调拖得长长的讲出来。这下，妈妈笑了，大家都大笑起来。

李红磊想，人相爱到最后，也许这样的生活才是难弃难舍的真感情呢。这里面包含着多少共同经历过的生活磨砺、甜酸苦辣，还有唇齿相依、难舍难分的爱与牵挂啊！

昕燕爸爸分到的这间旧仓房在这一带算是个小仓库，大概两百平方米左右。有电灯，门前还有根站得高高的自来水管。水管旁边绑着根一头插在地里的木桩，好像是怕个子太高的水管站不稳，折歪下来。每个仓库前面都有一根高矮不一的自来水管，显然是从前修建仓房时配装的。仓房的旁边有根电线杆，墙上打着现成的抓钉，两头拴上绳子就可以晾晒衣物了。昕琪一看高兴起来，说:“哎，多好啊！前人种树后人乘凉。我马上就牵绳子，把被子拿来吹吹风，好久没有用过，可能有味道了呢。” 说完就去解捆被褥的绳子去了。

妈妈说:“昕琪这丫头眼快手快的，是个聪明勤快的孩子，就是那马大哈脾气随了她爸，一点都不像我。”

“嘿嘿，幸亏不像你，像你就麻烦了，一天到晚婆婆妈妈的，哪里能有出息。”爸爸得意地说。

昕燕说:“你们别斗嘴了，看看房子怎么搞。”

站在这间仓库中间，四面看看觉得好大，说话都带回音。没有天花板的屋顶上盖着大块大块的石棉瓦，瓦楞一块扣着一块好像还很结实，就是上面有些大洞小眼，能直接看见天。地面四周的墙脚下面还有一些爬得进小动物的大大小小的墙洞。整个仓房里满地的尘土垃圾，墙角还有些干了的人畜粪便。昕燕妈妈看着空荡荡的仓库，叹了口气说:“鸟有巢，猪有圈，我们一家总算有个窝了。”

昕燕爸爸说:“我们先要想法把房顶补好，把墙角那些大大小小的洞堵上，要不然下起雨来就麻烦了。虽然领导说住这里是暂时的，可是谁也不清楚要住到什么时候。先得做长远的打算。这个地方住的那些人家，都与我们一样是落实政策回来的，昕南跟我出去找他们问问，看看在哪里能找到一些人家不要的材料来修补房子。”

接着他就同昕南一起出去了。昕琪拴好绳子从外面进来，见李红磊同姐姐站在那里发愣，就拉了个小凳子放在李红磊的身后说：“红磊哥，你坐下吧！姐，现在也没有什么事可做的，你就陪红磊哥在这里说说话。那堆东西我和妈一会儿就打理好了。红磊哥，你千万不要着急，这里好宽呢，晚上我们就住新房子了。”说完走到墙角，抱了两床被褥出去了。

李红磊觉得自己什么都干不了正心里烦，听了昕琪的话就更难过。

昕燕捏了捏他的手，轻声说：“红磊哥，现在这里很脏，你先坐一会儿。我去拿扫把扫一下地上的垃圾，等爸和昕南找来材料补好房顶和墙上的那些洞，我们大家就一起分隔房间布置房子，好吗？”

李红磊点了点头，没有说话。

这时，一直在一旁收拾东西的昕燕妈妈走过来说：“红磊啊，有的是事情给你干呢。这是带来的一包壳花生，你坐在这小凳子上慢慢地把花生米剥出来，晚上我们的菜里添个炸花生米。好久没有吃过了。”

“阿姨，做饭用的炉子有没有呢？”李红磊这一问，昕燕妈妈才想起这个事。这几天一忙，她压根就忘了炉灶的事。于是说：“哎呀！我忘了这事，今天晚上吃饭怎么办呀？一会儿你们那个鸭子嘴老爹知道，又有话说了。”

“阿姨，那个从石板坳带来的小锄头在哪里？”

“哦，那锄头就同那堆东西放在一起，你要锄头干啥？”

李红磊说：“挖地灶。阿姨，你选个地方，我来挖地灶，再让昕南他们捡些可以烧的东西回来，先把今天对付过去，明天再到周围了解一下情况，看能不能买个炉子回来。如果买不到，或者太贵，就去捡些砖头，找点水泥，让昕南帮我，我们一起砌个灶台。”

昕燕妈妈说：“还是我们红磊聪明，立即就想到了办法。不像昕燕爸爸只会说话奚落人。那把锄头我还说没什么用呢，这下子派上用场了。”

昕燕说：“那是红磊哥特意带回来留个纪念的。”

昕燕妈妈说：“红磊，你的眼睛不好怎么挖地灶？还是喊昕燕爸爸和昕南挖了灶再去补房顶，吃饭要紧些嘛！”

李红磊说：“我摸着挖，应该没有问题。他们补好房顶就不怕刮风下雨了。”

昕燕妈妈心想，还真得让红磊挖地灶，免得他觉得自己无用而自卑呢。想到这里就说："好，你先挖。如果不行，就等他们来挖。昕燕，去墙角的那堆东西里把那把小锄头拿来给红磊，你帮着红磊一起挖地灶吧。"说完，用手指了指昕燕，又做了一个让昕燕挖地灶的动作。

昕燕朝妈妈点了点头，眼睛看着李红磊说："好的，我去拿那把小锄头，幸亏红磊哥想起炉灶的事，要不然今天就要吃生食了。"

妈妈看了一眼昕燕，笑道："你可别学你爸爸那张嘴啊！你俩一起来，那我可就招架不住了。"

听了她这话，三人都笑起来。李红磊也转忧为喜地笑出声来。

昕燕走过去拿起那把小锄头回到李红磊身边说："红磊哥，我来挖吧，保证挖得和婆婆家的地灶一样。"

李红磊没有说话，向昕燕伸出手。昕燕只好把锄头递给了他。半个多钟头后，李红磊摸着把地灶挖好了，他让昕燕去找了些黄泥来，然后问昕燕这房子里有没有破麻袋，昕燕说没有。他又叫昕燕去拿了把剪刀来。他接过剪刀，说："昕燕，你帮我把我头上长点的头发剪些下来。"

昕燕手里拿着剪子没有反应过来李红磊为什么要剪头发，就说："你剪头发干什么？我爸才给你剪的发，现在好好的，又剪它做什么？"

李红磊说："你不要管，你只管剪些给我就是了，尽量剪长一点。剪下来后，把它们丢进你拿来的那些黄泥里。"

昕燕明白了李红磊是想用头发代替剪碎的烂麻袋和进黄泥来增强粘和力。于是说："红磊哥，要剪也是剪我的，我的头发长，正好剪下来当麻筋用。"说完，咔嚓、咔嚓，几下就把长长的辫梢齐刷刷地剪了下来，丢进黄泥里。

李红磊平时很喜欢昕燕那两条散发着皂角香味的长辫子。他还没有来得及阻挡，昕燕已经剪了下来，只好叹口气说："唉！可惜了，可惜了！不过，你也剪一点我的混进去呗，你们女人头发太软，加点男人的头发一起和进去，结实些。"

昕燕好久没有听见李红磊说过开心的话了。听他这么一说，先是含着泪笑，后来就流起泪来。她赶紧抹了一把眼泪，说："好，剪一点你的头发，我们两个的头发加在一起，黏合度更强。我们就永远都粘在一起，拉不开，扯不断，到死也不分开。"

妈妈在那边听见他们的话，说："好端端的说什么死！刚到这里安身，不要说不吉利的话。'正月忌头，腊月忌尾。'不要乱说话哦！"

李红磊和昕燕听了，都笑起来。

李红磊小声笑道："看看，就你乱说话！什么死啊活的，把你妈都搞急了。"

昕燕见妈妈拿着个小盆出去了，就说：“红磊哥，我真的觉得我们是到死都不会分开的。”

李红磊伸手摸到昕燕的一只手，双手紧紧地握住，说：“我知道！我也是这样想的。只不过我怕拖累你呢。”

昕燕用手去捂李红磊的嘴，眼泪又流了出来，声音哽咽地喊了声：“红磊哥。”就再也说不出话来了。

第二十章

1

仓库的所在地叫豺狗坡，当地人把豺狼叫豺狗。据说解放前这一带有很多豺狗，后来修铁路建仓库时先后来了很多人，豺狗就绝迹了。过去这里只有一些守仓库的人临时居住，所以这里没有学校，没有商店。铁路废弃后，这一带便人迹罕至荒凉萧条。谁能想到多年后这些废旧的老仓库又可以用来解决回城人群的居住问题。

周围远远近近的地方，有两个公社和二十多个大队。住得近的农民看见铁路边那些仓库中前前后后住下了好多人家户，就开始挑些新鲜蔬菜、应时山果之类的东西来卖或交换些物品。每天一大早就有农民在那里等着卖了东西好顺便掏点粪带回去。昕燕和昕琪偶尔也去买点蔬菜山果，价格实惠货品好，现摘现卖的瓜果蔬菜还带着露水，新鲜极了。

昕燕妈妈一直还在等待安排工作。医院人事科说她离开工作岗位十多年了，技术早就生疏了，医院要研究一下看安排什么工作比较合适。

妈妈说："他们这一研究就不知道要研究到什么时候了。"

表舅妈听说后专门过来提醒昕燕妈妈："什么研究，你们真是死脑筋，现在都知道研究就是烟酒。想想办法去烧香进贡吧！要不然不知要等到猴年马月呢？"

昕燕妈妈说："哪有钱买烟酒烧香进贡啊。就是有也不送。凭什么啊！正好我有时间开荒种菜，自种自收又新鲜又节约。菜多了我也可以去卖菜呢。人逼急了总要自己找出路嘛！"

表舅妈听了无可奈何地笑道："你们真是被生活锻炼出来了。要放在从前，我简直不敢相信是你说的话，很有骨气哦！"

"不这样又能怎么办呢？等吧！看他们能拖到哪天。"

全家在仓房后面开荒种地，搬石头的搬石头，挖土的挖土，扎围栏的扎围栏。大家忙得满头大汗的。李红磊一边摸着扎围栏一边和大家说说笑笑。

“好久没有看到红磊哥这么高兴过了。”昕琪甜甜地笑着对姐姐说。

昕燕对妹妹笑了笑，没说什么。

全家人都感觉到了李红磊的变化。

昕燕爸爸开心地说：“多好啊！我们全家人在万家长的带领下，学习南泥湾，搞大生产，自力更生，自给自足喽！”

昕燕妈妈又让昕南在房后搭了个长方形的大鸡笼，把从老乡那里买来的一只公鸡、两只母鸡关在里面养起来。昕燕、昕琪和妈妈都很会养鸡。后来有一只母鸡孵了一窝小鸡，每天带着一群小鸡咯咯咯地在房前屋后找食吃，昕南说妈妈把石板坳搬到豺狗坡来了。

半年过去了，妈妈的工作一直没有落实下来。医院人事科的人说：“现在医院等着安排工作的人很多，可是下放回来的人员的业务都已经生疏了，要等医院有个统筹安排后，上报卫生局批准才行。现在医院已经每月给你们发了基本工资。请大家体谅体谅，再等一段时间。既然国家都已经给你们平反了，重新安排工作只是早晚的事，请大家不要急。”

为了昕燕妈妈恢复工作的事，昕燕爸爸几乎一有空就往医院、卫生局跑，可是一直没有确切的消息。妈妈心里虽然着急，但是也没有办法，交通又不方便，只好一直等下去。

2

昕燕、昕南、昕琪、李红磊都在家里待着，一时也没有什么事干。

爸爸妈妈看着他们，想着孩子们的前途，心里非常焦急。爸爸要他们继续复习功课。

一九七九年的大学招生又开始了，还是面对社会上的所有待业青年。可是社会待业青年报名要由居委会、派出所开证明。豺狗坡不是正规的居民居住地，没有居委会，得到昕燕爸爸工厂去办这些手续。

单位后勤科负责人恰巧是刚从下面车间调上来的。当年这个人因为昕燕爸爸批评他生产的产品质量不合格，他就怀恨报复检举昕燕爸爸，揭发昕燕爸爸说了很多反革命的话。现在他正卡在这个位置上，爸爸知道那人心胸狭窄，心里有点没底。

昕燕妈妈说：“你就直接去找他，他以前整过你现在总该有点愧疚吧？你去多说两句好话，说不定他就给你办了。冤家宜解不宜结！”

“这个人心胸狭窄，报复心强，工作又马虎，真不知道怎么还会得到提拔重用。我肯定要直接去找他，县官不如现管，找别人没有用。幸亏办户口时他还没到后勤科，不然就麻烦喽！”

昕燕爸爸硬着头皮去找那人。到了办公室，一进门，他就主动伸出手去想与那人握手。“右派”平反后，昕燕爸爸恢复了男人见面握手的习惯，而且每次都很主动。

那人不接昕燕爸爸的手，也不让坐。抬着下巴，斜睨着眼，问：“什么事？”

昕燕爸爸把来意说明后，那人一脸的不耐烦，说：“组织上为你们‘右派’平反，让你们回来，又安排了房子，还把你们全家的户口上在单位集体户里，这就已经很够意思了。你还想让单位开证明，让你那些连初中、高中都没有读过的子女考大学。你也太贪心，太异想天开了吧？”

昕燕爸爸耐心地对他解释说：“这是国家的政策，所有适龄青年都可以参加报名考试。”

“我不知道这个政策，你拿文件来让我看看。”

昕燕爸爸左说右求的，那人硬是卡住不办。昕燕爸爸最后忍无可忍，同他大吵一架，愤然摔门而去。等后来去找各级领导反映，又告到高招办，报名时间已经过去了。一九七九年，“文革”结束后的第三次大学招生报名考试的机会就这样生生地被那个人耽搁了。

这件事对想考大学的昕燕和昕南打击很大。一家人很气愤，但是也很无奈。

“现在某些人还是在不公平地对待我们这些落实政策平反回来的人，包括不公平、不公正地对待我们的子女，真让人心寒啊！”昕燕爸爸呆怔怔地看着面前的一堆借来正在看的化工方面的技术书籍说。

妈妈说：“那些心坏的人，看见你回来了，又补工资，又安排工作、安排房子的，就嫉妒起来。他们哪里管你们这些人被整了这么多年，受了多少苦，流了多少泪啊！人啊！不是自己受罪就不觉得苦呀！真是热锅巴落在脚背上，烫了自己才晓得痛呢。”

爸爸虽然很气愤，但是更怕昕燕和昕南想不通、背包袱，就安慰说：“唉！十年‘文革’，人心不古，积重难返啊！你们还是要抓紧时间复习，明年再报考。有志者，事竟成嘛！千万别灰心。”

就这样，昕燕和昕南每天还是继续学习，不敢有丝毫懈怠。昕琪不想考大学，长大后的她早已知道不上大学不会坐监牢。喜欢漂亮衣服的她，很羡慕那些到街市、夜市去摆个小摊卖衣服的女孩子。

李红磊因眼睛的问题也不能继续复习功课，每天摸着到外面坐下来拉二胡，不拉二胡的时候就呆呆地坐着不知道在想什么。

爸爸恢复了厂里总工程师的职务，开始忙碌起来，骑着一架单位借的旧单车，每天早出晚归的，对家里的事就顾不上很多了。

昕燕妈妈在医院找了一个眼科的老熟人为李红磊治眼睛，那个医生同情昕燕妈妈的遭遇就悄悄地免费为李红磊治疗。每周要去医院三次，主要治疗方法是扎针灸，疗效一时半会也看不出来。

每去一次要转几次车，有时挤不上车就要走很远的路，每次都是昕燕陪着李红磊去。有两次昕燕在公共汽车上被流氓故意推推搡搡地欺负，李红磊和那些混混动起手来却因看不见而吃了大亏。李红磊怕昕燕再被流氓侮辱，就坚决不肯去医院治疗了。

一天，一个邻居阿姨过来串门，说自己在糊纸盒，一个一分钱。问他们家要不要试一下。反正坐着手也是闲着的，糊纸盒多少可以赚些钱来贴补家用。就这样，一家人开始在空余时间糊起纸盒来。没想到，这活计成了一家人聚在一起聊天议事的媒介。

一天晚上吃完晚饭，大家又都坐在一起开始糊纸盒。爸爸一边刷糨糊一边说，厂里从前的一个好友最近在新开的仁爱路服装市场上租到一个两年租金六百元的小铺位，可是，他爱人突然中风住了医院，做不成这个生意了。他那个铺位是托了好大的人情关系才搞到的，他舍不得放弃，问昕燕爸爸要不要。昕燕爸爸说要与家里人商量一下，就把这个消息带回来了。

昕琪一听就高兴得跳了起来，说："要，我们要，我最喜欢做服装生意了，自己还可以挑漂亮衣服换着穿。"

爸爸和妈妈几乎异口同声地说："你不行！"

昕琪一听就急了："为什么？"

大家都笑起来。妈妈说："粗枝大叶的，又坐不住，怎么能做生意。让别人偷干净骗光了都不知道。"

爸爸说："我只是顺便讲讲而已，根本没有打算要这个铺位，总不能当面拨了人家的面子和好心。明天就跟他说家里没有人会做生意就行了。"

昕琪说："不会不能学呀？谁天生来就会的？我不想天天坐在这里复习什么功课，还要糊这堆永远糊不完的烂纸盒。我要去学做服装生意，多赚点钱让红磊哥能早点到北京、上海看眼睛。"

大家听了她的话都静默了。

李红磊停下手里活计，说："昕琪，不要考虑我，你自己的前途要紧。你还是听叔叔阿姨的话，先读书复习，看看明年能不能去试一下。你年龄不大，还有很多选择的时间和余地。"

昕琪说："我就是不喜欢读书。就算大家明年都考上了，一起去上大学，学费怎么办？家里除了吃饭的钱，哪里还有多余的钱？我去学做服装生意，赚点钱帮助家里，多好啊！为什么不让我去？”说完竟然流着眼泪呜呜地哭将起来。

妈妈说：“昕琪，你别激动。也没有说一定不让你去，只是这事你要考虑清楚，如果你做做觉得不好做，新鲜劲一过，就不做了，那怎么办？两年的摊位租金六百块钱，这么大一笔钱要怎么还？你要是真想做，就要下定决心，就要考虑到多方面的困难，千万不能当儿戏。”

昕琪说：“我知道，别人能做我就能做。我又不缺胳膊少腿，我为什么不能做？别人能赚得到钱，还得起租金，我为什么不行。我不会半途而废的，这也许就是我今后的饭碗，我一定要做好这件事。”

昕南突然说：“爸，妈，我同二姐一起做吧。我也想试试看，一来可以帮帮二姐，二来自己也想出去闯闯。将来有机会了，再去读书。就像红磊哥说的，我们年龄不大，还有很多选择的时间和余地。”

昕燕说：“那我也去吧，昕琪不在时，我也可以看着点。”

妈妈坚决地说：“不行，你身体不好，还是在家吧。等医院通知我去上班了，你还要照看这个家呢。”说完，用眼睛暗示了一下李红磊那边。

昕燕知道她的意思是要自己留在家里照顾李红磊，就没有吱声了。其实，昕燕心里知道自己是不可能去的，只是想到弟妹都是为了多赚些钱，好让李红磊能早日到北京、上海去治疗眼睛而放弃明年考大学的机会，她心里感动才一定要表这个态的。

昕琪说：“姐，你从小的愿望就是读大学，你一定要考上，为我们家争光，也算替我读书了。”

昕南说：“大姐，你先考吧，我还有时间。”

李红磊说：“昕燕，你可以实现自己的理想了。考大学吧，不要心神不定的了。”

李红磊说这话时，昕燕爸爸和妈妈交换了一下眼神，心里都很为李红磊难过。

事情就这么定了。接下来的日子里，昕琪和昕南开始忙活起来。办工商证、办税务、进货等一系列大大小小的事情都是头一次接触。昕琪忙得很开心，她喜欢新鲜的事情，而且还认识了一些人，知道了好多行当里的规矩和天南地北的事。每天早上一大早就出去，晚上回到家里叽叽喳喳地说个不停。

3

李红磊天天坐在桌边默默地糊着纸盒，每晚吃完饭就出去靠在仓房外面的墙角拉二胡。拉一会儿再回到仓房里坐在那个用几块旧薄板拼成的工作台上糊着那永远都像小山一样堆在墙角和桌上的纸盒。每当他拉琴时，昕燕就会走过去靠在他旁边听着，只要昕燕坐在他旁边，李红磊就心满意足了。有时他真的希望日子就这样简单地过下去。这是一种他唯一可以守住的，简单得不能再简单，清淡得不能再清淡的幸福。

这天晚上，李红磊又在外面拉琴，昕燕洗完碗本想去看书学习，听见如泣如诉的《病中吟》，心想，红磊哥的心情很不好，于是就走出房门到了李红磊的身边坐下。李红磊继续拉着，两人都不说话。天上的月亮又圆又亮，可是只有昕燕看得见。昕燕想起在石板坳一起看月亮的那些日子，心里不觉凄凉万分，眼泪又流了出来。李红磊感觉到了昕燕的伤感就停止了拉二胡。他轻轻地搂住昕燕的肩膀，在静默中沉思着。

昕燕抚摸着李红磊的手:“红磊哥，不知道怎么搞的，我现在老觉得看不见你。”

李红磊愣了一下说:“你不是天天都看见我，现在就在我身旁吗?”

“不是啊！我觉得你现在总藏在自己的身体里，就像关上了门，一个人待在那里面躲避世界似的。我真的觉得好久没有看见过你了。我这样说你会生气吗？我不知道怎么表达那种看不见你的感觉，我从前是看得见你的，一直可以看到你的心里去。”

李红磊知道昕燕所说的看不见自己，其实是看不见自己眼睛里的那个与她相互守望的灵魂了。关闭了窗户，灵魂就像躲进了躯壳，昕燕当然觉得看不见自己了。想到这里，心里难受，就说:“昕燕，眼睛是心灵的窗户。我没有了眼睛，所以你找不到我的灵魂了，就觉得看不见我了。”

说完这句话，他难过地把二胡放在旁边，低下头，难过地说:“昕燕，我恨自己太自私，但是我又没办法抛弃那些回忆和感情。过去的一切真的太强大了，让我没有力量离开你们，尤其是没有勇气放开你。我生怕一放开你，自己就失去了重心而沉沦下去。我想，这可能需要时间。如果有一天，你选择离开我，或者我选择离开你，我们都不要怪怨对方，就只当是新的千年等待或者万年轮回又要开始了，我们又要去那三座小屋的地方品茗作赋了。以那种形式相聚也是我所期望的呢。至少我们可以眼眸相视，灵魂交融啊!”

昕燕还没有听完他的话，已经是满面泪水。她知道自己讲错了话，赶紧一边擦眼泪，一边找些话来圆场。她想，红磊哥眼盲了，情绪低落，需要自己来安慰他。再不能像从前那样不假思索地就乱说话了，那样会伤害红磊哥的。想到这里她伸出双臂轻轻地抱住李红磊的脖子说："红磊哥，你的眼睛一定会治好的。如果治不好，我就一辈子做你的眼睛，一直牵着你的手，今后老了，就一起走到那三个屋子的地方。像你说的一样，永远在一起品茗作赋。不许说离开的话，好吗？"

李红磊长叹了一声说："你呀，怎么让人放得下呀！"

星期天一大早，表舅妈来约昕燕妈妈一起去给表舅上坟。那天爸爸去加班，昕琪一大早爬起来，说星期天生意好做，要早点去摆摊，抓了个冷馒头就跑了。昕南前几天跟别人去广州打货去了。只有李红磊、昕燕和妈妈在家。听了表舅妈的来意后，妈妈立即放下手里的事，拿了瓶烧酒和一些吃的，掀起床单从床底下拖出来两大叠厚厚的纸钱。表舅妈说："我都带好了，你不用带这么多。"

昕燕妈妈说："你带是你的，我带是我的心意。"

昕燕说："是呀，那是我妈的心意，表舅妈，你不要管。等我和红磊哥换件衣服同你们一起去。"

李红磊说："好啊，我也去拜祭一下表舅吧。"

昕燕妈妈说："算了，你们在家吧，好远呢，昕燕的腿一直没有好彻底，恐怕走不了那么远。就在家同红磊一起吧，等今后有机会再去。"说话时，直拿眼睛向昕燕示意红磊。

表舅妈也说："是啊，是啊！我们两人去就行了。你们今后再去吧！"

李红磊想，表舅妈家对昕燕一家这样好，如果只有昕燕妈妈一个人陪她去给表舅上坟，情理上有点亏欠表舅妈。如果自己跟着去，反倒增添许多麻烦。于是就坚持让昕燕也跟着去，自己留在家里看家。昕燕知道李红磊的意思，就说："我跟你们去吧。到了墓地，就你们俩人，冷清清的，多一个人热闹些。"

表舅妈和妈妈见她与李红磊都坚持，就同意昕燕跟着去了。昕燕见表舅妈和妈妈先出门了，就轻轻地拉住李红磊的手，说："茶壶里的水已经冲好了，杯子就在茶壶旁边，记得喝水。等昕琪中午回来煮面条。你如果不想糊纸盒就拉二胡，我走了。"

李红磊说："你放心去吧，不用等昕琪，我也可以摸着自己煮面条吃。快去吧，免得表舅妈和你妈等久了。"说完，拉着昕燕的手，把她送到门口。

昕燕恋恋不舍地抱住李红磊，亲了他的脸一下，就转身走了。自从李红磊失明后，几乎每次都是昕燕主动拥抱他，亲吻他。李红磊心里非常难过、自卑，所以总是有意无意地控制着自己。每次昕燕亲吻他时，他都会立即感觉到身体里火一样的激情澎湃，但是他默默地克制着。有几次在昕燕紧紧地抱着他不停地亲吻他的脸时，他几乎失控。还有一次昕燕抱着他时，他突然冲动起来，用力地抱着昕燕那柔软的身体，亲吻着她的唇，她的脖子，当他手抚摸到昕燕那丰满的乳房时，昕燕轻轻地战栗起来，更紧地抱住了他。他俩都颤抖着紧紧地搂抱在一起，他的手无意识地向昕燕的下身滑去，昕燕一动不动地紧抱着他，并没有阻拦他那只汗津津的、滚烫的、带着热切欲望的手。就在这时，他突然抽回自己的手，轻轻地推开昕燕。两人好像都同时松了口气，但彼此心里也有一下子失重的感觉。

李红磊想，我不能这样，昕燕明年要考大学，完成她人生中的梦想。我绝对不能因为一时的冲动，毁了她的一生。后来，他每次都成功地控制住了自己，始终没有让自己再往前走一步。

昕燕追出去，表舅妈和妈妈在前面慢慢地一边说着话一边走着。她回头看看手扶着门框的李红磊，心里一酸，眼泪就滚了出来。怕妈妈和表舅妈看见，赶紧用手抹去眼泪，掉头去追表舅妈和妈妈去了。李红磊一直到听不见昕燕的脚步声，才转身进门，摸到桌边坐下，开始糊纸盒。

4

昕琪不到中午就回来了，见只有李红磊一个人在家。一问才知道，妈妈、姐姐都陪表舅妈上坟去了。她心里有点莫名其妙地高兴，她喜欢单独同李红磊在一起说话的感觉。

李红磊问她怎么这么早就回来了。

昕琪开心地说："所有衣服都卖光了，没有东西卖了，正好摊友的三轮车要走这边，我就搭个便车回来喽。嗨，你说这生意有多好做，连一些平时卖不动的衣物也卖得很顺。星期天很好做生意呢。我要快快地赚钱，好让你早点到北京去看眼睛。"

李红磊笑了笑说："你真的不想读书了？"

昕琪说："真的，我才不想读什么书呢。我最怕坐教室了。不过不要告诉我爸哦！他啰唆得很。"

"哦，要我为你保密就要煮面条噢！如果你不回来我还得自己煮呢。这下我可以吃现成的喽！"

昕琪忙不迭地说:“我马上就煮全世界最香的面条给你吃，你等等。”

说完就赶紧插开炉子烧水煮面条，又到菜园子里摘了些香葱和嫩白菜叶，拿到水管边洗了洗。李红磊手里糊着纸盒，耳朵听着她灶前炉后忙碌的脚步声，又听见刀在砧板上噔噔噔的切菜声，热猪油的香味冲进李红磊的鼻子，嗤的一下、两下，猪油煎鸡蛋的香味在屋里盘旋。李红磊不觉咽了一下口水。昕琪真是太聪明能干了，要是能坐得住，静得下来读书就更好了。

只一会儿的工夫，昕琪就煮好了面条，盛在一大一小两个碗里，加上佐料，撒上葱花，把煎好的两个鸡蛋都放在大的那碗面条里，又把煎蛋的油在两个碗里各加了一勺，拿起灶上的抹布把碗边滴落的油一抹，伸手在筷笼里抽了双筷子就端过去放在李红磊面前，顺手把那些纸盒子往旁边一推，说:“红磊哥，吃全世界最香的面条喽！我给你放了辣椒油，好香啊！”说时，还带着响声地吸了两下鼻子，接着又把一双筷子塞在李红磊手里。昕琪做事从来都是又好又麻利，妈妈说她是粗中有细。

“红磊哥快吃，一会儿面条泡软了就不好吃了。”

李红磊说:“你的呢?”

昕琪爽朗地笑着说:“在灶上，我去端过来。你还怕我饿着啊?妈妈不是常说我是条偷嘴鱼嘛，哈哈!”

李红磊也笑起来。眼前浮现出昕琪小时候笑的样子，心里感叹道，这两姐妹性格差异也太大了。不过，她们两姐妹无论是相貌、人品都是女孩儿中的极品呢。

昕琪端着自己的那碗面条不吃，却直盯盯地看着李红磊，一个劲地问:“好不好吃?够不够盐?吹一吹，有点烫呢。”

“够盐，很好吃。昕琪，你自己也快吃吧！别总顾着我。”

昕琪这才大口吃起来。她一边吃一边叽叽喳喳地对李红磊讲着服装生意上的那些人和事。

李红磊听着，心里想象着昕琪卖衣服的样子，就说:“卖东西时要大度点，虽然要赚钱但是也不要太计较分毫得失，不然人家就不买你的了。”

昕琪嘻嘻地笑着说:“我知道，薄利多销嘛，这是人家教我的呢。红磊哥，哪天有便车时我带你去我们摊位上玩，你听听那种热闹，才知道有多少人来买东西。有时把摊子都挤歪了。”

“我不去，我不喜欢热闹。那么多人，秩序一定不好，昕南不在的时候你要注意安全哦!”李红磊有点担心地说。

“我一定会注意的，红磊哥你放心吧!”

李红磊吃完了碗里的面条，对昕琪说:“我吃不了两个鸡蛋，剩下的一个留在碗里晚上吃吧!”

昕琪嘴里含着面，口齿不清地说：“那还是我吃了吧，留到晚上就不好吃了。这几只鸡每天都在生蛋，多得很。晚上再煮新鲜的吃。”说完，把李红磊吃剩的那个鸡蛋一筷子夹到自己的碗里来，两三口就吃掉了。

李红磊听着她吃鸡蛋时的动静，心里颤了一下。他感到长大了的昕琪对自己似乎有种说不清楚的情愫。但是，转念又一想，昕琪是自己从小看着长大的，我又是她的老师，她性格爽直，一直把我当亲哥哥看待，对我好，很正常。于是，心里感动，昕琪一点都不嫌弃我这个当哥哥的呢。

昕燕爸爸在工厂复任总工程师一段时间后就被调到轻工业局技术革新科技攻关领导小组当了组长。十年“文革”下来，各地专家、大学生奇缺。要实现“四个现代化”到处都需要知识分子。一时间，“臭老九”、“右派”知识分子都成了炙手可热的人才，成了抢手货。人才断代的现象很严重。昕燕爸爸热情四溢，干劲倍增。一到大家坐在一起吃晚饭或者糊纸盒的时候，他就开始讲时事。他说：“国家兴亡，匹夫有责。”昕燕妈妈却老是同他唱反调。

“你们看，人家才给他戴了顶组长的帽子，他就激动得不行了。还真的是，‘老夫聊发少年狂’，自以为是‘临危受命’，要去拯救国家民族于水火之中呢。我真担心他哪天又拿了顶不知什么帽子回来，又要害得一家人跟他到处流浪。你们爸爸这个人啊，就是一辈子不吸取教训。人家给他点好话，他就当真，真就死心塌地拼了老命去干，从来不知道悠着点。哎，讲不听，懒得管他了。”

其实家里人都知道，妈妈说归说，心里还是替爸爸高兴的。

在仓库住了九个多月后，昕燕爸爸得到通知，在轻工业局领导的关怀和努力下，按照党的相关政策，局里专门开会讨论，一致同意把位于市里三民北路卫红街的一间三十平方米的房子分给昕燕爸爸一家居住。要进城了，爸爸不用因为晚上加班而睡办公桌了，妈妈也不愁从这里去医院反映情况时交通不便了，昕燕去图书馆借书看书都方便了，昕琪、昕南可以就近管理铺面了。最重要的是，李红磊去医院治眼睛方便了，他再也不能用交通问题作为借口不去医院治眼睛、扎针灸了。三民北路路口就有一家大医院。

要离开这里了，大家都舍不得那块菜园、那些鸡，可没法带走。妈妈把那些摘下来的瓜果蔬菜送给还没有迁走的左邻右舍，自己再留一些存放时间长一点的老南瓜、冬瓜、萝卜等。鸡最可怜，全部都杀了，送给表舅妈家两只，还给介绍糊纸盒的那个邻居送了一只。那两天，天天都吃辣椒炒鸡杂碎，还红烧了两只，清炖了两只。

从来没有吃过这么好的伙食的昕琪说：“哎呀，天天吃‘百鸡宴’，吃得我一下子好几件衣服扣子都扣不上了。”

大家听了她的话直笑，她见大家高兴，又说：“我们家得了高兴传染病了，病症就是傻笑。”

大家听了又笑。连李红磊也像受了感染，每天跟着大家笑个不停。

领导给了昕燕爸爸两天时间打理房子，搬家。昕燕爸爸赶紧带着昕南和昕琪去收拾新的住处。妈妈和昕燕、李红磊在这边开始收拾东西。

昕燕爸爸一见到这间房就想好了把它隔成三间：右边一间给昕燕两姊妹住，放一个上下床；左边一间给李红磊和昕南住，也是上下床；再就是外面一间大点的房，既是他和妻子的卧室，也是一家人吃饭聚会的地方。床挨着墙放，还可以当椅子坐。其余的凳子就全部塞在饭桌下，坐的时候拖出来就是了。至于厨房，就只能在门外靠自己家墙壁的地方搭建一个。里面安放一个简单的炉灶，每次能容纳一个人在里面操作就很好了。爸爸观察到，这条街几乎家家的厨房都是这样搭建的，厨房的顶棚用油毛毡盖，大家管这种厨房叫“小偏厦”。偏厦外面屋基处又堆满了煤球和舍不得扔掉的各种破家烂什，废铜锈铁。街坊们都一样，见惯不怪，大家煤勾火钳地挤在一条街上，各自在自己的狭小空间里过着透明的日子。谁家的大事小情，谁家的菜咸茶淡，大家互相都知道。

昕燕爸爸前后看了看房间，就把脑子里的设计图告诉昕南和昕琪，他们都同意。于是三人就准备自己动手开始隔房间。爸爸从原来的工厂里要到了一些设备包装箱、木板条、钉子等物。工厂还派了车把那些东西送了过来。接着，局里又派人送来了几张胶合板和一大捆崭新的油毛毡，好像知道要盖小厨房似的。另外，领导还派了局里的木工、电工两个人带着工具来帮忙。爸爸很感动，对昕琪、昕南说：“领导关心我们啊！我得赶快弄好这里回去上班。单位那边事情很多，不能耽误。”

有了这两个专业师傅的帮忙，原本可能几天都干不完的活，结果一天多就漂漂亮亮地完成了。局里派了车，还动员了几个年轻人来帮忙搬家。昕燕爸爸没有回来搬家，他主持的一个技改项目正在关键阶段。他怀着一颗感恩的心，全力以赴地回到单位投入了工作。

第二十一章

1

新搬来的这个地方与“文革”前住的那个大院虽然只隔几条街，但是所属派出所却不是原来那个了。妈妈说:“太好了，我最不想看见的就是原来那条街居委会的那个叫什么皮祖德的主任。刚从石板坳回来时，我同你们爸爸去找她反映房子的事情，她连个座都不让。我们站着，她坐着，还满脸的不耐烦，一副居高临下的架势。你们没有看见她拿腔拿调满嘴官腔的样子，照样把我们当牛鬼蛇神教训。想起她我就烦。现在，我们住的这里不属于她的地段了。我要是再见到她，理都不会理她这种人。现在是‘大路朝天，各走半边’喽!”

“文革”前昕燕家住的地方是几十户人家挤在一个大院里。现在的这间房子没有大院了，一排房子互相挤站在那里，房间的大门对着街，街对面也同样是一排门脸朝街的住户。大家门户对望，低头抬头早晚相见。昕燕看着这条街，想，怎么这里同野鸭河的场坝街那么像?

新宅虽然比起郊外住的那间仓库来就像个小小的鸟窝，但是这里生活做事都方便，房屋虽小，住惯了也就不觉得了。

昕燕家住进这房子后，好事接踵而至。先是妈妈的工作安排好了。医院通知她到后勤供应科上班。原来的生化病理专业生疏了，跟不上技术要求了，只好改行。正巧食堂卖饭票的人得了甲肝，于是就把昕燕妈妈调到那个岗位去，还要她兼任食堂采购工作。到了食堂后，同当年帮助过自己的小学同学蔡小强在一起工作，一番感慨自是不提。

两年后，地方人事劳动部门出了子女可以顶替父母工作的政策。蔡小强为了让自己的儿子顶替就提前办了病退，把位置让给了自己的儿子。领导让昕燕妈妈接替蔡小强做了食堂的代理主任。其实，昕燕妈妈也想退休让昕琪或者昕南来顶替自己，可是昕琪、昕南两人都不想到医院工作，他们的服装生意已经做得很不错了。两人正准备找个市中心服装市场的正规门面，把生意做得更大些。

蔡小强的儿子叫蔡自力，进医院后，分配在昕燕妈妈的手下干活。昕燕妈妈见他跟他爸爸一样又厚道又踏实肯干，就非常器重和照顾他。经过一段时间对蔡自力的综合观察，觉得他无论从能力和品德上都适合做采购员。于是，她就跟领导提议让蔡自力接替自己，做了食堂采购员的工作。他的表现一直很好，多次被评为“优秀职工”、“先进工作者”，很快就入了党，成了后勤科党小组的小组长。到昕燕妈妈退休的时候，蔡自立已经是食堂主任，大家对他反映都不错。

蔡自力一直暗恋着昕琪。有一次昕琪到医院去找妈妈有事，他看见了昕琪，还同昕琪说了一会儿话，从此他就再也放不下这个漂亮、俏皮的女孩儿了。他有时到昕燕他们家看望昕燕爸妈，有时到昕琪、昕南的服装店去找昕南玩儿、聊天。其实谁都知道他是借故想看昕琪。他苦苦地恋着昕琪，却又不敢向昕琪表白。

昕燕妈妈知道他的心思，觉得他人很善良可靠，又是医院的正式职工，成分也好，也希望昕琪能喜欢他。只要蔡自力一来家里，昕燕妈妈就创造一些条件和环境让他们俩多接触。可妈妈哪里知道，自己的二女儿心里喜欢的人竟然是李红磊。

对于蔡自力，昕琪只当他是个好朋友，对他并没有更深一层的感觉。昕琪越是没有感觉，蔡自力就越觉得她高傲神秘，就越发喜欢她。

昕琪一直大大咧咧地，像对哥们儿一样地对蔡自力，而蔡自力却深深地陷入单相思之苦中不能自拔。直到有一次，蔡自力跟昕琪和昕南一起去石板坳，他趁昕南去后院帮韦婆婆喂猪的时候，鼓起勇气向昕琪表达了自己的爱意。

昕琪听了后，完全没有了往日的顽皮。她知道自己必须尊重他的感情。她慎重地看着蔡自力说：“自力，我一直把你当最好的朋友。我心里从小就有了一个永远都不可能同我在一起生活的人。但是我只喜欢他。除了他，我对谁都没有那种感觉。所以我注定是要打单一辈子的。这话我从来没有对任何人说过，包括我妈。因为你是我最好的朋友，我不能让你这么好的人受伤害，所以才实话告诉你。如果你不相信我的话，你就长着眼睛看我今后的生活。如果我同别人好了，而不是你，你就永远都不要理我，骂我是骗子好了。其实，我早已经看出你的想法，还有我妈的心思。可我一直不知道怎么对你说。你今天提起这件事，我正好把心事对你说了。自力，对不起，别难过。我希望你知道我的真实原因后，去找一个比我更好的女孩，今后同她一起过幸福的日子。我们还是朋友，永远的朋友，好吗？”

这件事过了半年后，蔡自力在家里的催促下同一个比他小十岁的远房亲戚的女儿结了婚，后来又生了两个孩子。再后来的日子里，蔡自力工作、家庭两边忙碌着，与昕琪、昕南的接触也就越来越少了，最后竟然断了交往。那是因为蔡自力带妻子去昕琪的店里买衣服，他的妻子不知怎么听说了丈夫以前喜欢昕琪的事，就不让丈夫再跟昕琪保持联系了。

昕琪喜欢李红磊，但是她只是在心里悄悄地关注他，爱他。开始时，昕琪被自己的想法吓了一跳，以为自己是错把兄妹之间的爱当成了男女之间的情。可是后来，发展到一天看不见李红磊就心神不宁，还竟然梦见自己与李红磊抱在一起亲吻。从梦中醒来，她仔细想了好久，才确认自己平时真的很想去亲近李红磊，很想像在梦里那样与李红磊亲热绵缠。她真的是恋上了李红磊。而且李红磊越是眼盲心冷，她就越爱他，心疼他。昕琪知道自己的爱很不现实，但是她真的就是只喜欢李红磊一个人。别的人再好，她也视而不见。昕琪不想勉强自己，所以一直不肯与任何人谈对象。街坊邻居们说："昕琪这么漂亮能干，又聪明活泼，我们这条街的小伙子们只要看见她，连眼珠子都不会转了。可是她怎么谁都看不上呢？女孩子，心太高了不好。"

昕琪和昕南开的店起名叫彩虹服装店。不知道谁，就给昕琪起了个"彩虹西施"的绰号。好多人还专门跑到那间叫彩虹服装店的铺面去看她。还有人写情书放到柜台上。

有一天，昕南在柜台靠墙的角上发现一个信封，拆开一看，是一首情诗：

七彩雨后现，西施天天见。
不得妙人顾，星夜难成眠。
昨晚抚美玉，幻化成琪女。
醒来知是梦，情深已入心。
推窗见鹊桥，朦胧织女星。
入梦千万遍，好事难成缘。
夜尽朝霞飞，红露天上来。
我是太阳雨，霏霏伴彩虹。
若得比翼舞，敢燃烽火台。

昕南递给她，问是谁写的，昕琪说不知道，接过来看都没看，随手就扔进了垃圾桶。

昕南悄悄地把这事告诉了妈妈，昕燕妈妈也觉得奇怪。先还认为昕琪像个男孩子，粗枝大叶的。后又想大概是缘分未到，缘分到了，自然就女大当嫁了。再后来，发现她对所有的男孩、小伙都不感兴趣，就觉得有些不对了。她开始处处留心观察起昕琪来。有一次，昕燕妈妈同丈夫聊起来：“按说，昕琪也到了可以谈朋友的年龄了，可是我发现她对谈恋爱的事一点兴趣都没有。除了去小店卖衣服，就是在家缠着红磊教她拉二胡。她在想什么啊？真是个怪人。”

“她就是个假小子，一点也不像个女孩儿。可是老天却偏让她生得那么美丽、活泼，让那些喜欢她的小伙子们难过啊！你看那蔡自力以前不是很难过。”

谁都不可能想到昕琪恋着李红磊，而且准备为自己神圣的爱终身不嫁。漂亮的昕琪成了街坊邻居和男孩子们的话题。人们千猜万想，就算猜到地平线那么远，都不可能猜到昕琪暗恋的人是李红磊。

昕琪非常爱自己的姐姐，心里对李红磊的这种恋情常常让她有种深深的负罪感。而李红磊则一直像对亲妹妹一样对她。李红磊心里只有昕燕，这一点昕琪是十分明白的。可是，她就是控制不住对李红磊的思念。她决心一辈子不嫁人，陪着父母一起过日子。

昕燕一直在准备一九八零年的大学入学考试，她对李红磊说：“如果这次考不上，我就再也不考了，岁数也太大了，我今后就在家陪着你，也可以跟昕琪、昕南一起做生意。不一定非读大学不可啊！我只是有点不甘心而已。”

考试的时间一天天地逼近，眼看只剩两个月时间了，全家都在为昕燕加油，唯有李红磊时时感觉自己处在无名的烦恼和矛盾之中。他总觉得自己那简单的幸福就要离去。心里有时很烦躁，也很自卑，常常想自己为什么要回城，为什么要这么勉强地生活在人世间，为什么要这么自私地拖着昕燕不放。

这年，昕燕终于以不错的成绩考入了省里一所艺术专科学院的美术系。愿望终于实现了。接到通知那天，她看着李红磊的眼睛，心里万分难过。晚饭后他俩照常出去散步。昕燕挽着李红磊的胳膊弯，李红磊跟着昕燕一声不响地走。一直走到天黑，谁都没有说话。在一个没有人的街角，昕燕抱住李红磊，依着他的肩膀伤心地哭了起来。

李红磊一只手搂着昕燕，一只手摸着她的头发说：“昕燕，别哭了，你的心我知道。别为我惋惜。照你妈的话说，这是命。你要好好珍惜这次机会，争取多学知识，当个大画家、大诗人。虽然上大学的愿望终于实现了，但是读书也还要花很多心力，还有很多事等着你去做。”

2

昕燕上学后，李红磊每天糊完纸盒就到外面去拉二胡。先头只是自己排遣一下寂寞，不想竟然有人给他一些小钱。李红磊想，这比糊纸盒的钱还多。前面那边拐出去的大街上人更多，我何不到那里去拉，可能还可以多得些钱给昕燕添置一些书籍文具呢。于是，他就摸到大街那边去了。他每次出去拉琴时除了小凳子外，还随身带个小搪瓷碗，放在面前。就这样，他开始了拉琴找生活的日子。昕燕全家人都不同意他去拉二胡挣钱，可是他坚持要去，大家也说服不了他，就只好让他去试试。

盲人拉琴卖艺的场景只是小时候在电影上看见过。在李红磊的脑子里，那是旧社会的事。不想自己如今也以这种方式谋生了。想到这些，心里就很难过。每次有人丢硬币进那个小搪瓷碗时，那碗就像报喜一样发出"喤"的一声脆响，李红磊就说一声谢谢。他每天都去拉琴，渐渐地，想法就越来越少了。拉二胡卖艺挣钱是他生存的需要。每天都能带上一二元钱回家，多的时候会到三元左右。不管挣钱多少，昕燕上大学后，拉二胡是他排遣郁闷和倾诉痛苦的最好方式。

李红磊每月拉二胡挣的钱加起来竟然比昕燕父亲的工资还高。每天回家后，他都把一天挣来的钱全部交给昕燕妈妈。这天，他回家后，又从兜里把钱全都掏出来交给昕燕妈妈。

昕燕妈妈看着李红磊，流下泪来。想，多好的孩子啊！怎么是这么个命。于是抹了抹泪，说："红磊，你留几个钱在身上，有时饿了好买碗米粉吃。不要亏了身体。"

"阿姨，我每天在家吃得又香又饱，在外面不饿，你拿去吧！"

"现在外面都说，搞原子弹的不如卖茶叶蛋的，做脑外科手术的不如剃头的。你看昕燕爸爸，说起来是个工程师，还是个什么科技攻关组组长，整天没日没夜地干，挣的钱还比你少呢。所以啊，三百六十行，行行出状元。这些钱我替你存着，等今后一起凑足了就去上海给你治眼睛。"

"我已经习惯了，去上海的事今后有条件再说吧，何必去花冤枉钱。"

"前次昕燕同你去医院回来，不是说最近你的眼睛对光有了反应吗？医生不是还建议你们去上海吗？等去了上海把眼睛治好了，就不要去外面拉二胡了。每次看你出去拉二胡，我心里都好难受啊！"

"谢谢阿姨！我喜欢拉二胡，你不要担心。那真的是自娱娱人，还能挣钱，何乐而不为呢？"

昕燕妈妈说:“我最喜欢听你拉二胡了。你去外面拉，我就听不见了。所以治好眼睛后，就不需要那么多钱了，你就不用去外面拉了。你天天在家拉二胡，让我们大家当你的知音。昕燕爸爸和昕琪、昕南都喜欢听。”

李红磊说:“你们都是我生命中最尊贵、最重要的知音。我这一辈子只要还能拉二胡，就一直拉给你们听。就怕到时候你们听腻了，拿些棉花堵住耳朵来回避噪音。我这里看不见，又不知道，还一直使劲儿拉，以为你们听得津津有味呢。”

昕燕妈妈一听大笑起来说:“好啊！红磊啊，你就要这样快快乐乐地生活，这才好啊!”

李红磊和昕南住的房间在房子左边。昕燕用粗白布绣着一蓬竹子的门帘一撑就是门了。房间里放了一张从单位借来的两层上下床，上床是昕南住，下床是李红磊住，还有一张小书桌和一张旧靠背椅子。昕燕一家人细心地照顾着李红磊，生怕他受一点委屈和伤害。自从昕燕上学后，李红磊却越来越自卑，越来越感觉到自己的多余。昕燕住校，每个星期六下午放学才回来。回来后，全家人围着她，听她讲学校的那些新鲜事。每当这时，李红磊的自卑感就会空前的强烈。他既为实现了愿望的昕燕而高兴，同时又为自己与昕燕之间渐渐拉开的差距而苦恼。

这天又是星期六。下午，李红磊早早地就收了摊，一路摸到车站去接昕燕。昕燕下车时已经很晚，一见到李红磊靠在站牌杆上的身影立即高兴起来。她下了车，轻轻地走到李红磊的身后，压低嗓子说:“你猜我是谁?”

李红磊笑着说:“是一只偷懒不想自己飞的小燕子，钻进公共汽车，一路看着风景回家来了。”

昕燕一下子拉住他的手，开心地说:“我一下车就看见你站在这里。你等了多久了？你晓不晓得我每天在学校里就想着家里，有时连上课都开小差，巴不得每天都是礼拜六。但是一到礼拜六呢，又发愁能不能挤上公共汽车。最担心车到半途抛锚了，或者换车时没有挤上车，或者过了时间，不发车了。”

昕燕唠唠叨叨地讲着，她只有单独跟李红磊在一起时，才有这么多讲不完的话。李红磊笑眯眯地听着，心里一个星期的空白此时又被幸福填满了。天已经黑下来，昕燕拉住李红磊的手:“我们回家吧，天已经黑了。”

李红磊恍恍惚惚地觉得仿佛依然同昕燕一起走在从红星小学回家的山路上。昕燕软绵绵的手拉着他在路上走着，说着。他真的想就这样一直跟着昕燕走下去，永远都不要停下来。

从车站到家，还要穿过好几条小街，他们俩走得很慢，差不多要走半个钟头才能到家。李红磊的手被昕燕轻轻地握着，心里暖洋洋的，享受着与昕燕在一起时的柔情与幸福。走到街口的时候，遇到一对卖馄饨的中年夫妻正在准备摆夜市的摊子。

那女的说:“你看那两个多好玩，还说是表兄妹，那么亲热地拉着手，也不怕别人说闲话。”

那男的说:“你管别人亲热不亲热，人家是盲人，拉着手好走些，关你什么屁事！卖好你自己的馄饨就行了，别一天东家长西家短的，烦不烦!”

昕燕与李红磊听了那两人的对话，手拉得更紧了，只是没有再说话，一直走到家。一家人都已经在饭桌上等着了。妈妈揭开倒扣在一个大碗上的碗，热腾腾的一碗板栗红烧肉诱人的香味立即溢满了小小的房间。还有海带炖骨头汤是连锅端上桌的。昕琪揭开锅盖，海带的清香跟着热浪也在房间里滚动着，大家都开心起来。

每个星期六是全家人到齐的日子，好东西都留着这一天大家一起吃。妈妈说这是加餐。爸爸打开了每周只在星期六才喝一小盅的茅台，那是一个大的科研项目庆功会聚餐后剩下的半瓶酒，满头白发的老局长硬塞给他的。爸爸拿了三个小酒杯，小心地倒满三个杯后，先递给昕南一杯，然后拉起李红磊的手，说:“红磊，来，咱们三个男人喝一口，有下酒的好菜呢。”

李红磊接过酒，说:“叔，我不会喝酒，这么好的酒可惜了。你留着慢慢喝吧!”

昕南说:“我也不会喝，少喝点不怕。男人总要喝点酒才行。”

爸爸说:“喝吧！祝‘四个现代化’早日实现，我们都有过上小康生活的那一天。”说完拿酒杯碰了碰李红磊的酒杯，又和昕南碰了碰，抿了一口。虽然昕燕和妈妈、昕琪都已经给李红磊的碗里夹了很多菜，可是爸爸还是又夹了一大块肥瘦均匀的红烧肉放在李红磊的碗里，又挖了一勺又脆又香的油炸花生米加在李红磊的碗里，自己才开始吃。大家开心地一边吃、一边聊着。吃过晚饭，大家又如从前的每个周六一样，坐在撤掉了碗筷的桌子周围喝着茶水又闲聊了一会儿后，就各自散开了。

昕琪和妈妈收拾完碗筷后，就开始糊纸盒。昕燕爸爸说还有个计划要加班修改，到单位去了。昕南说有点事，也出去了。昕燕拉着李红磊进了红磊和昕南住的房间，昕燕坐床头，李红磊也摸着小桌前的椅子坐下来。

昕燕把从学校带回来的西方美育思想史的作业拿出来，选一些章节读给李红磊听。她一边读，一边把在学校上课时老师对那些人物和事件的评价讲给李红磊听，又对老师讲课的方式和内容谈了自己的看法和心得体会。她现在带回来的这篇西方美育思想史讲义下个星期二就要测验，她一边对李红磊讲这个课程学过的东西和自己的感想，一边就等于复习了一遍。

每次昕燕都要给李红磊讲学校里的事，讲上课的老师，班里的同学。她想把自己所见所学的一切都与李红磊一起分享。她讲希腊早期的美育思想，讲到希腊神话与荷马史诗，讲到苏格拉底的美育观和“产婆术”。

昕燕对李红磊说：“我原本认为像苏格拉底那样的哲学家应该是无神论者，可他却是个有神论者。看来，什么神啊，鬼啊，灵魂啊的传说也不完全是空穴来风呢!”

李红磊说：“也许是人类还没有探知到的领域吧。”

每次李红磊听昕燕讲着那些他自己不知道的知识，听着那些陌生的词汇和故事时，就越来越深地陷入了痛苦和沉思之中。每个周六晚上，他都在幸福与自卑中挣扎。他既盼望每周六晚上听昕燕讲学校的故事和所学的知识，又害怕自己陷进那些新词汇和知识的海洋之中窒息，还担心自己和昕燕之间文化的差距越拉越大。李红磊一次又一次地在爱与自卑的矛盾中呛水，沉浮。

3

星期日上午，学校组织全校学生到市中心的繁华地带去参加市团委发起的“学雷锋”义务劳动。昕燕根本不想去，一周好不容易有一天可以待在家，她想多陪陪李红磊；但是又不敢不去，不去是会影响政治表现鉴定的，这种鉴定在学生毕业分配工作的时候，会显示出强大的威力。

李红磊说服了昕燕，一大早就送她到了车站。听着车开走的声音，他的心就像跟着昕燕走了一样。他呆呆地站了一会儿，觉得一种空落落的，酸溜溜的，丢了魂一样的感觉包围着自己。他苦笑了一下，转过身，拄着竹竿往回走。

李红磊出门的时候顺便带了二胡，原路走回老地方，他听见王鞋匠在吹口哨，就打招呼道：“王叔，这么早，吃过早点没有?”

王鞋匠说：“吃过了，你呢?”

“我也吃过了。”李红磊回答了王鞋匠的话，又向王鞋匠借了张小板凳。

王鞋匠把小板凳送到李红磊的手边，想了想，又把平时自己装零钱的一个小木盒子塞在李红磊手里，说：“里面只有三个两分的毫子，正好做引子。”

李红磊笑了一下，接过小木盒子，谢过他，就走到自己平日坐的地方安放好凳子，坐下来准备拉琴。

这时，王鞋匠又走了过来。大早上的，还没有什么生意。他蹲下来，帮李红磊把那个装钱的小盒子的位置重新摆了摆，使那盒子的位置更显眼些。然后，他凑近李红磊说："小李，星期天你从来不来的，今天怎么来了？"

"在家闲着也无聊，还是来拉拉琴舒服。"

"什么时候办喜事？你女朋友太漂亮了，又是大学生。夜长梦多哦！"

李红磊没有答话，对着王鞋匠的声音苦笑一下。王鞋匠大声地长出了口气，就走回自己的鞋摊去了。

李红磊坐下后，就开始拉二胡。他拉着《二泉映月》，沉浸在瞎子阿炳黑暗、悲情的世界中。这时，一个人过来蹲在他眼前说话。嘴里浓烈的大蒜气味直朝李红磊的鼻子里钻。李红磊下意识地把自己的脸朝后面躲了一下。

那个人说："李二胡，告诉你件事，你听不听？"

李红磊听出是"独耳"的声音，大家都这么叫他，所以李红磊不知道他的真名。"独耳"一生下来就少了一边耳朵，他顶替"文革"中被打成戏霸、后来过世的父亲到了一个剧团工作。他不会唱戏，又不肯认真地做打杂工作，就一天游手好闲地到处闲逛。这条街上大家都烦他。"独耳"曾在大雨中救过跌入下水道的李红磊，所以总是隔三岔五、理直气壮地到李红磊的小碗里抓一把零钱走。

李红磊知道他又来抓钱了，不想搭理他，就没有答话。同时手里拉着的二胡也停了下来，改成嘎吱嘎吱地调弦。想等"独耳"抓了王鞋匠的那几分钱走后再接着拉。只要这个人在这里，李红磊就感到十分败兴，拉不成调了。

可是"独耳"不走，他继续说："李二胡，我早上在车站看见你送你对象了。你的艳福不浅哦。她太漂亮了，你们一直住在一起，你同她那个过没有？"说完自己在那里淫笑起来。

李红磊还是没有搭理他，手里嘎吱嘎吱地调弦，拉出刺耳的高音，想撵他走。

他又接着说："我有一个表妹也在你对象的那所学校读书。上星期天，她陪她妈来我家，正巧碰见你对象和你一起从家里出来，她看见了很吃惊，就问我，'刚才走过去的那个女生也住这里呀？'

我说，'你认识她？'

她说，'我认识她，她不认识我。她好像傲得很。我还以为她家是高干呢。没想到是住这条街上。我们学校的同学都认为她是我们学校的校花。听说她的成绩在年级里也是数一数二的。她不爱同人打交道，连她们班的同学她都不太接近。整天低着个头走路，冷着个脸看人。她越是这样，那些男生越是喜欢她。不过，看她样子那么冷僻，也没有哪个男生敢随便接近她。学校里有个三十来岁的男老师好像很喜欢她呢。'”

“独耳”见李红磊好像似听非听的，就又接着说，“听说那个男老师总是去找她。但是你的这个对象不理他。你真有福气呢！不像我，人家介绍了几个对象都没有谈成。不管怎样，我总是个吃国家单位粮、端铁饭碗的人呀！可是人家就是不喜欢我。真不知道现在这些女的，心里想些哪样？你的对象是校花，不知道有多少人想她。我是好心告诉你，你要早点打主意哦！哎，李瞎子，我给你这么重要的消息，你连一句话都不回答，那你就用你盒子里的那几分钱酬谢我喽！”说完，把鞋匠借给李红磊装钱的木盒子里那几个做引子的钱抓了个精光，起身就走。

王鞋匠喊了声:“他妈的‘独耳’，那是老子的钱，你给我拿回来。”

“独耳”说:“你的钱给李二胡给我都一样。”说完怕王鞋匠追他，拔腿就跑了。

蹲在不远处守着一锅茶叶蛋的老婆婆虽然没有听见“独耳”讲什么，但看见了他拿李红磊的钱，就大声骂道:“你这个不要脸的杂种，连瞎子的钱都要偷。你下辈子肯定独眼、独手、独腿，不长屁眼！”

李红磊没有说什么。他继续拉着二胡，心里想着“独耳”刚才说的那些话。一首《病中吟》悲切的曲调声从二胡琴弦上哀哀地流出，慢慢地在空气中弥散，浸湿了李红磊的心，也打动了街上的小贩们。大家仿佛都成了他的知音，整条小街一时间竟然鸦雀无声。

李红磊心里很乱。他相信“独耳”说的是真的。他心很痛，长叹了口气。这是迟早的事。他知道，不要说自己是个盲人，就算自己是个正常人，也不能阻止别人对昕燕的追求。那么颖慧漂亮的女生，谁见了不喜欢呀。自己没有权利非要把昕燕拴在自己身边。是自己自私，无视昕燕的幸福。我一定要放开她，不能让她为我牺牲她的幸福。这是最近李红磊一直在反复考虑的事情。可是，我怎么说服她呢？只要自己在这个家里一天，昕燕就不可能丢开我去追求新的生活。事实上，自己的存在就是昕燕追求幸福的障碍。我不能这样自私，我必须尽快作出决断。一想到这事，李红磊的心就痛得像在流血，可是他又不能不去思考这些事情。

日子很快，这天，又到了星期六。李红磊想到要去接昕燕，就早早地收了摊，想把二胡、小板凳先放回家，再去接昕燕。当他走到家门口时，却无意中听见昕燕父母的一段话，心里受了很大的震动。

昕燕爸爸今天外出办事，回家比往日早。当李红磊摸到家门口，正要推门进去，就听昕燕妈妈说:“那个人穿成那样子怎么好意思上讲台教学生。你看他那条大喇叭裤多恶心，屁股绷那么紧，裤脚都能当扫把扫地了，还留那么个不男不女的叔叔阿姨头，一幅油头滑脑的样子，怎么看都不像个大学老师。邻居们都看他，还不知道我们家怎么会认识这种人。"

昕燕爸爸说:"这人穿着是出格了点。不过，人家以老师的身份来家访，我们又不能拒绝。打发走了就行了，管他呢。"

"说是家访，我看是借口。他在打昕燕的主意。下次再来我就要告诉他，我们昕燕有对象，毕业就结婚。断了他的想头，他就不来了。"

"昕燕还没有毕业，你不要得罪他。敷衍过去就得了。"

"他都来几次了，每次都带些东西来，有这样家访的老师吗？东西虽然不值什么钱，但是总是要钱买的嘛。不收他的，他丢下就走，我又不愿意追出去同他拉拉扯扯的，让人家说闲话。收了他的呢，我心里真烦！我们都是过来人，还不明白他话里话外的意思吗？不要说他那酸溜溜的鬼样子，就是来个英俊王子，我们也不稀罕。我们就只认红磊这个女婿。"

昕燕爸爸说:"来者是客，你不要管他打什么算盘，昕燕是有分寸的。等她一毕业，就让她和红磊把婚事办了。这样红磊也安心了。"

"你不是说要先告诉红磊父母才能给他们办婚事吗？"

"唉，红磊不愿意以他现在的情况去见父母，我们答应过他的。他现在已经三十几岁了，眼睛一下子又治不好，心里多苦啊！先结了婚让他安下心来，等有了孩子，再慢慢地说服他去看望父母。真不知道他家里有多担心他呢。"

"看着红磊每天这样痛苦地生活着，我心里好痛，多么好的孩子啊！我们现在没有能力带他到北京、上海那些大城市的好医院去看眼睛，我心里总觉得很对不起他。昕燕在上学又不能结婚，不然我真想马上就把他们的婚事办了，让红磊安心点。"

"是啊，等存够钱后，马上就带他去看眼睛，说不定能医好。哪怕稍微恢复一点视力也好呀！眼睛好了，红磊就肯去见他父母了。那时我们再去向他父母'负荆请罪'，说明先婚后告知的原因，他父母会理解的。不能再等了，你看红磊最近越来越消沉。"昕燕爸爸担心地说。

"要是红磊的眼睛能看见，昕燕就不会这么伤心了。我看见她总是偷偷地哭。"

昕燕爸爸难过地叹了口气说:"真是一对苦命鸳鸯呀!"

"如果红磊的眼睛医不好，他们结了婚将来再有了孩子，生活上肯定会有很多困难。我们只要活在这个世界上就要尽力帮他们，不要让他们再受更多的苦了。可怜啊!"

昕燕爸爸说:"最可怜的是红磊。我们要快一些，不吃不喝都要尽快存够钱带红磊去大城市治眼睛。让我们觉得对得起自己的良心，今后也不会后悔。也算是给昕燕最好的嫁妆了。”

“我最担心的是万一红磊的眼睛治不好，他们俩今后的生活就可想而知了。哎！这个苦命的丫头。”说完，昕燕妈妈忍不住哭起来。

昕燕爸爸说：“你哭什么，生活有点困难算什么，不是还有我们大家嘛。我看昕燕和红磊挺幸福的。他们的感情是建立在长久的友谊和精神支撑之上的。他们的幸福别人哪里能理解。你不是信命吗？这就是她们的命。我们去找关系托人看能不能给昕燕找个好单位，等她毕业，有了工作，能正式拿工资时，家里就多了一份收入，我们再想办法去借些钱，争取早些带红磊去北京、上海看眼睛，看看有救没有。每次，我看见红磊那么痛苦，我心里真是痛啊！”

李红磊在门外听了他们的话，感动由衷，不觉涕泪皆下。赶紧转身轻轻退开，摸到没有人的背静处大哭了一场。他想，亲生父母也不过如此了。还有，他们说的那个几次来家访的老师肯定是在追求昕燕，他一定能给昕燕带来幸福，至少他是有正式工作的大学老师，就凭这点也比自己不知强了多少倍。我不能再拖累昕燕，拖累他们一家这么好的人了。是时候了，就看选择什么方式离开比较合适了。

第二十二章

1

这天是郊外写生课，由张艺贵老师为劳辛富老师代课。张艺贵就是几次到昕燕家家访的那个老师。

地点安排在西门外郊区的清溪公园。九点半，昕燕跟着班里的同学们从学校出发，乘公共汽车到了写生的地方。大家下车后，听张艺贵交代注意事项。他交代大家要注意安全，不要下河玩水等，最后说："大家听好了，明天是星期天，同学们就不用等着集合一起回校了，先画完的同学可以先走。请大家务必注意安全。画得慢的不要着急，我肯定等到最后一个同学画完再走。另外，大家选景时不要走得太远、太分散了，在河边这一带选景就行了。下周三前把画交到我的办公室。再讲一遍，请大家一定要认真画。这次写生成绩要作为期末写生考核，记入毕业考试成绩的。"说完，眼睛朝昕燕那边遛了一眼。

清溪河是一条美丽的河。缓慢而平静的水流从上游的一个水库悠然而下，由西向南一路穿城而过。河水温柔多姿，就像一个永远年轻漂亮的女郎看着两岸的风景，慢慢地游弋在不老的时光之中。

昕燕避开同学们，一个人沿着河边走着，想起小时候，有一次爸爸带她来游玩，她走不动了，爸爸就背着她顺着河沿走。他边走边对昕燕说："燕儿，你看，这条河很特别，水流非常平缓，温驯极了。如果要是按男女来分的话，这条河是女的，而且是个非常漂亮的女孩。你看，她多么婉约柔美。两岸高高低低的坡地连绵起伏，伴着河水依依不离。一年四季两岸风景不同。河的两岸柔美得看不见一点锐利的石峰、石尖。石头全被柔软的土地和茂密的植被包裹住了。"

昕燕记得自己曾问爸爸："爸爸，你说河流可以分男女。如果这条河是女孩，那么哪条河是男孩呢？"

爸爸说："有呀！我们国家的黄河、长江。他们波涛汹涌，浪流湍急，一泻千里，气势浩瀚雄伟，就如男人的豪气与情怀，所以它们是男孩河，是雄性的河。”

昕燕说：“爸爸你说得不对。长江、黄河是母亲河。我们老师说的。”

爸爸说：“中国人说长江、黄河是母亲河，那是从文化上和中华民族的发展史上来说的。因为，长江、黄河孕育了五千年的中华文明，从这些方面说，长江、黄河永远是母亲河。可是如果从一条河或者一条江的表象来看，长江、黄河是雄性的。相比较而言，这条清溪河则是雌性的。世界万物皆有阴阳两性之分，河水、山脉还有很多东西也有性别之分。阴阳和谐生万物嘛。”

当时自己虽然不太懂爸爸比喻的那些话语，但牢牢地记在心里。现在看着这河流，想着爸爸的话，虽然年月已过去很久了，却仍然言犹在耳，如春雨润物般启迪着心智。

一路想着心事，昕燕走到了一个比较背静的河湾。左右一看，还没有人过来。她先站在河边往对岸看过去，觉得这个河湾很像石板坳那条小石河的一个藏着一群野鸭子的地方，风景美极了。看了一会儿，她开始架画板。突然听见前面有说话声。抬头一看，见是张艺贵在前面不远处的一片洼地里，背对着这边，正指导两个女同学选景。昕燕赶紧收了画板逆着河流，朝更远的上游走去。

上游是一个极大的水库，比石板坳后山的那个小水库不知大多少倍。望不到边的水总是在山围里一动不动地晒着太阳，好像睡着了一样。周围风景很美，四周的山像个大盆一样装着一池碧绿的水。水里有很多大鱼，不时跃起来，落水时溅起很大的水花和随波扩散的涟漪。昕燕跟学校来过几次，对通往水库的路很熟悉。现在为了躲开张艺贵，她干脆朝上游的水库走去。心想，张老师不是说了不用等着大家一起回去吗？那么我就一个人回去，反正现在还早，画完也最多下午三点钟左右，我看着天色收工，只要天早，一个人回去也不怕。一边想，一边就加快了脚步。

2

张艺贵这段时间追昕燕追得很紧，这一届的学生快毕业了，他不想失去机会。他追求昕燕的行为很公开，同学们都在议论纷纷。他还背着昕燕以家访的名义到她家去了好几次。昕燕不喜欢他，但又不敢得罪他。想到前途，想到毕业后要挣钱为李红磊治疗眼睛，昕燕就忍了下来，处处小心地躲避着张艺贵。可张艺贵从看见昕燕的第一天起，就被昕燕特殊的气质和不凡的美貌所震撼。他立即像只猎狗一样，悄悄地注视尾随着昕燕。很快，他就了解到了昕燕的所有情况。天助我也，她对象竟然是个沿街卖艺的瞎子，凭我的条件他哪能与我争夺。这美人肯定是我的，迟早而已。

张艺贵在指导那两个女生选景之前，就看到了昕燕，他就是尾随她而来的。见昕燕选的地方不够偏僻，就在心里打主意怎样再把昕燕逼得走远一些。正在这时，看见那两个离昕燕不远，正在选景的女生，就立即走过去。他故意大声地指导她们，还不时说几句玩笑话，惹得那两个女生哈哈大笑。熟知昕燕性格的他，就是故意要把动静弄得很大，为的是引起昕燕的注意，逼她走远些。大家都知道袁昕燕孤僻好静，喜欢远离别人单独行动。

张艺贵帮着那两个女生支好画板，又不慌不忙地一个一个分别指导那两个女生。他慢慢地拖延时间，想让昕燕再走远些。安顿好那两个女生，转过身来，见昕燕不见了，知道她肯定向远处去了，不由得心里欢喜。又交代那两个女生几句，就不动声色、毫不犹豫地顺着河边向上游人烟稀少的地方追过去了。

一般来说，大多数学生都选在下游，也有少数选在中游的，几乎没有人会选上游。那边又远，还要爬山，费劲费力还浪费时间。下游离车站近，车站四周有很多卖小吃的地方。好多学生中途会换着去车站附近买东西吃，买水喝。再说，张艺贵宣布了今天不用一起回去，那么，选择离车站近一点的地方写生的人会更多。来清溪公园这个地方写生已经好多次了，学生们的好奇心和新鲜感早已经过去了。所以没有人会舍近求远地去上游和水库那边写生。不就是一次要记分的外景写生作业嘛，没有谁会像袁昕燕一样把心完全融入创作中的。张艺贵得意地想，什么都安排好了，就怕你袁昕燕不选偏僻的景点呢。我就等着你走得越远越偏僻越好。

在农村走惯了山路的昕燕没费多大劲就到达了水库。举目望去，山围着水，水缠着山。湖面上一片平和静谧，天空中一色云淡风轻。阳光洒在水面上，整个湖面波光粼粼。远处一条两头尖尖的小渔船向更远的山后轻轻地飘去，像画里的风景。近处碎石滩上两条旧渔船躺在阳光下，看起来像苍白多皱，瘦弱疲惫的老朽，让人看着就会联想到遥远岁月的凄凉与沧桑。昕燕要的就是这种感觉。她赶紧支好画板，静静地画起来。正如张艺贵观察到的一样，她把心融进了自己的画作中。

张艺贵气喘吁吁地爬上山顶，紧裹在腿部的喇叭裤让他很不舒服，全身都是汗。他抬手抹去脸上的汗，远远地看着在水边碎石滩上静心绘画的昕燕，心想，她跑得还真快，这一会儿的工夫，她就在那里画上了。她多美呀！那么安静，天生的艺术家气质，难得呢。别人是用手画，她是用心画。这个袁昕燕真是秀外慧中，却孤僻冷傲，真的是大家说的那种可看不可近的冰美人。真不知要多少年，老天爷才会舍得给人间一个这样的尤物。既然让我遇见了你，就是缘分，我一定要得到你。就算你是块冰，我也要让你融化在我的河流里。

张艺贵在一棵树下坐定，考虑着如何进行下一步。

今天这个机会，张艺贵已经等了好久了。虽然看起来是学校的课程安排，但从某种意义上看，也可以说是天赐良机。

昕燕的班主任劳辛富老师家分煤，张艺贵就热情主动地接了这次外出写生课。今天让学生们画完可以先走都是他事先考虑好的。

时间过得很慢，他看看手上的上海牌手表，指针像个穿着木拖鞋的老人，踢踏踢踏慢吞吞地走好久才走了一个圈。他只好一支接一支地抽着烟，耐着性子等。他一定要等到一个好时机，越晚越好，好借口送她回家。

到了中午，他看见昕燕终于停下笔坐了下来，一只手打着凉棚看着远处的水和山，一只手伸进随意丢在旁边的布包，从里面摸出一个纸包着的东西，扒开纸，把那东西送到嘴里，慢慢地吃起来。张艺贵想，可能是个馒头。

张艺贵是有备而来的，兜里装着一包牛奶夹心饼干，还有两个苹果。原来想与昕燕一起吃的，但是看来还不是时候。他眼睛看着昕燕，自己吃起来。

没过多久，昕燕又开始画了。张艺贵还是拿不定主意是否该下去，心急吃不得热稀饭，再等等看。他有午睡的习惯，就躺在满地又厚又软的松针上睡起午觉来。

一觉醒来，揉揉眼往下一看，昕燕还在那里画。他笑了，心想，幸亏没有在我睡着时走掉，不过，她也真是慢工出细活啊！太慢了。好不容易捱到了下午三点多钟，天气越来越闷热，树下不知道从哪里飞来很多蚊虫，时间一长，张艺贵全身都被那些蚊虫盯得搔痒难受。他突然心烦起来，想着立即下去对她说在车站没有看见昕燕，所有的同学都回去了，谁都没有看见她，自己担心她出事就一路找来了。张艺贵在心里演练了几遍，觉得不会心慌说错了，就站起来，抬脚要往下走。正在这时，天像变魔术般地突然暗下来。刚才明晃晃的太阳一下子就不见了，突然间狂风大作，张艺贵头上的那个大树冠在风中像要折断了似的发出咔咔的响声猛烈摇摆着。头顶上乌云滚滚，沉闷的滚雷声从远处带着轰隆隆的闷响，朝头顶上方滚动过来。一场雷雨眼看就要到来。张艺贵焦急地想，如果下雨，就完蛋了，就把自己原先想在浪漫的湖光山色中，优雅地向这个冰美人表达爱意的计划和情调都破坏掉了。

就在他着急时，一大滴雨点透过树叶间的缝隙正好滴到他的鼻尖上。他走出树荫，伸手去接，几滴雨水又打在他的手掌上，同时雨点开始密集了。他看看下面的昕燕，她好像也注意到下雨了。只见她抬头看看天，又伸手接了接雨，就又赶紧画起来，好像是要赶完最后几笔。抹了几笔后，她脱下春秋衫露出一件短袖的白底红色碎花绵绸衬衣。她把春秋衫罩在画上，就开始快速地收拾散放在地上的颜料等东西。

张艺贵见状，突然拔腿就往山下冲，就像猎犬看见机会，突然启动的那一瞬间，矫健，敏捷，充满雄性的活力。这一刻的张艺贵，不是脑子发出了命令，而是一种比脑子还深层次的潜意识突然启动了行为控制的总开关。那一刻没有思想，只有连他自己都无法控制和想象的超思维、超动力。

张艺贵飞一样地奔到了山下。他一边跑，一边高喊："袁昕燕，要下大雨了。快找地方避雨！"说时迟那时快，一道闪电突然撕开了头顶的天空，接着就是一声巨雷，连张艺贵自己都吓了一跳。他看见昕燕抱着东西就往上跑，于是快速冲到昕燕身边，从身上脱下早上才穿的新夹克衫，一下子盖在昕燕的头上。他原想就势从后面抱住昕燕，但是又没有这样做，一来是怕昕燕连他的夹克衫都不要了，再就是想试试昕燕对盖在头上的夹克衫是个什么反应。

这时，电闪雷鸣，狂风大作，大雨铺天盖地浇了下来。张艺贵说："快走吧，这个地方的雷好响啊！会不会是雷击区域。我们快到坝顶边上的那个亭子里去避过这一阵雨再下山。"说完，不由分说地一只手拿过昕燕用衣服包住的画板夹在自己的腋下，另一只手一把拉住昕燕的手，朝水坝顶上的亭子跑去。

昕燕被他拉着也跟着跑起来。此时昕燕没有来得及多想什么，心里有点被眼前这个张老师冒雨前来寻找的行为感动。张艺贵拉着这只柔软细嫩的手，心里狂喜着，想，这个冰美人没有拒绝我，还这么顺从。老天都帮着我呢，如果不下雨，我怎么能这么快就摸到了她的手呢？比原来想象的还要好。下一步就看怎么走进她的心里去了。跑到亭子里的时候，他俩全身都湿透了，两人都喘了半天气才缓过劲来。

张艺贵关心地看着昕燕，用亲切又略带些责备的口气说："你这个人怎么一画起画来就忘了一切呢？真危险，下不为例啊！如果今天是劳老师，你可要害人家发心脏病了呢。"

昕燕从头上取下张艺贵的夹克衫，不好意思地说："张老师，都是我不好，害得你衣服都湿了，我的画也全淋湿了，肯定不能用了。"

张艺贵说："衣服湿了没关系，画湿了还可以重画，如果你一个在这里出了事，那就麻烦了。"

“对不起，张老师，我光顾画画了，没有注意到天气变化。”说着，就双手去拧夹克衫的水。

张艺贵忙说:“不要紧，我来拧，你拧不动。这衣服是最新的一种三合一料子做的，很硬。”

张艺贵说这话时，眼睛一直盯着昕燕。三合一料子是目前市面上最好的一种衣料，含毛料、涤纶、锦纶三种材料，下水洗也不会起皱，穿在身上看起来笔挺笔挺的。这种布料刚上市，属于紧俏商品，一般人买不到也买不起。这是张艺贵的一个朋友用三倍的人民币，在黑市买了“外汇券”，又托人在友谊商店买到的。衣服的款式是目前最新的款式，米黄色穿在身上也很惹眼。

张艺贵现在故意在昕燕面前像是不经意地说出来，是想看看高档次的物质对昕燕的诱惑力有多大。观察人物的肢体语言和通过观察人物眼神的瞬间变化来捕捉人的内心，是张艺贵的职业习惯，也是一种长期练就的功夫。如果昕燕表达出对物质的渴望强烈，那么这个美人就容易被征服，也就不是什么上品；相反，则说明这个袁昕燕不是好对付的。一个没有什么物欲的女人，她珍视的东西是精神的，是比物欲更难满足一万倍的，那就很难得到她的心了。因为从她的故事看，只有那个瞎子在她心目中是她神圣的珍藏。

昕燕把夹克衫递给张艺贵，说:“这件衣服真的很硬呢，我扭不动它。”

张艺贵接过衣服，双手拧起来。一边拧一边想，这个冰美人对这个试探没有一点反应。别说羡慕了，她竟然连随口称赞一下这件衣服的客气话都没有，哪里还会对你这衣服在哪里买的，是什么时髦的料子做的有兴趣。看来，她应该属于后一种女人了。他心里有点高兴，也有点失落。高兴的是自己没有看错人，这个女人属于女人中的上品；失落的是他可能永远都不可能得到这个洁净如冰的女人的心。正想时，一阵大风夹着雷电轰隆隆地从亭子里穿过去。只穿了件又薄又旧的小碎花绵绸短袖衬衣的昕燕打了个冷战，低头一看自己湿透了的衣裤紧贴在身上，全身的线条跟临摹人体画时的那些模特一样，清晰如裸。她赶紧双手交叉抱住双肩，遮掩住乳头凸现的胸部，随即一屁股坐在全是雨水的凉亭围椅上。这种围椅是大多数亭子特有的，又宽大又好坐。亭外大雨连天，电闪雷鸣。下面水库的水面上一片烟雨苍茫。远山近水都被大雨笼罩着，迷迷蒙蒙的，既壮观又惊心动魄，让人从心里敬畏大自然神秘的力量。

昕燕坐在围椅上，双脚也曲起来踩在椅子上，她的前胸贴着曲着的双腿，双手抱着紧靠在一起的两只小腿，全身像小猫一样蜷缩在一起，既掩盖了衣服贴身如裸的难堪，又可以让自己暖和一些。她看着连天的大雨，想，人定胜天？好像有点不可能呢。就光这雨，你看这排山倒海的力量，从古到今，谁征服得了它呢？人在自然界里好渺小呢。要是按爸爸的说法，这翻江倒海的瓢泼大雨一定是雄性的，那些温柔的毛毛细雨应该是雌性的吧？

就在先前昕燕低头看见自己身体的那一刹那，张艺贵也同时注意到了昕燕那诱人的年轻女性的肢体线条，性的冲动让他难以自控。就在昕燕双手抱肩坐下去的一刻，他为了遮掩自己因看见昕燕的肢体后引起的生理反应，赶紧转过身去。燃烧的激情让他身体在颤抖，他又一次强压下雄性荷尔蒙在血液中猛烈撞击而引起的身体震颤。他慢慢地冷静下来，当他再转过身来面对昕燕时，已经几乎完全平静下来。他见昕燕环抱着双腿，缩成了一团，正望着亭外的大雨发呆，就把手中拧得不会滴水了的衣服盖在昕燕的肩背上，关切地说："袁昕燕，你怎么会一个人跑到这里来了呢？大多数同学都在下游河水宽缓的一带画。我转了一圈就是没有看见几个男生和你到哪里去了。估计那几个男生画得快先走了，他们现在可能都已经回到学校了。男生嘛，我是可以放心些的。女生呢，无论哪个老师带出来都会多担些心。带学生出来写生，老师对学生的安全负有责任。在车站看不见你，我想到你一向认真安静，会不会为了找与别人不同的景，跑到上游人少的地方去了。看看要下雨了，我就顺着山路往上游走，但是一路都没有看见你。我又想，你会不会是画完了，自己先回去了。但又觉得不可能，你的慢是大家都知道的。我见天气越来越闷热，像是大雨马上就要下了，就喊了几声，没有听见你的回应，就想下山。但是又不放心，看看都快到山顶了，干脆上来往下面水库看看，如果没有人，我就赶快下山回去。不料刚到山顶就看见你在那里画，好像根本不知道已经打雨点了。一旦雨下大了，泄洪不及，水库涨水，是很危险的！幸亏我上到坝顶看了一眼，不然出了事，真是后悔都来不及了。"

张艺贵很小心地掩盖着他一直尾随昕燕上山的实情，恰到好处地表达了一个老师对自己学生的担忧和关心。他想，此刻不用表达什么爱意，让感情来得更自然一些，袁昕燕心里绝对是十分明白的。

昕燕双手悄悄地拉了拉披在肩上的衣服，心里又感动又愧疚，平日里对张艺贵的反感瞬间都化为乌有。她想，虽说这个张艺贵平时酸溜溜的，衣着打扮又特别奇怪，但是对学生还挺有责任心的，上课也认真。而且刚才看见我浑身湿透的样子，他立即转过身去避免让我难堪，还真算个懂礼的正人君子呢。唉！始终是搞艺术的人，难免有些标新立异、个性张扬，其实也不见得就不是好人。再说，人无完人嘛。不管怎样，他总是个老师呢，追求你也是人家的权利，向他讲清楚自己已经有男朋友了不就行了，何必要把他当个坏人来防着呢？这时，昕燕的警惕性基本放松下来，对眼前这个人的好感也油然而生。

雨还在不停地下，张艺贵也在昕燕对面的围椅上坐下来。他选择坐在昕燕的对面而不是在昕燕的旁边，是想让昕燕对他进一步产生好感后，完全放松下来。他一直在通过观察昕燕的肢体语言来捕捉她的心理变化。此时，他已经窥见到了昕燕的心理活动。他心里说，老天爷啊！帮帮我吧，下大点，再下大点。这时，他想起了小时候看的不知哪部电影里，好像是一个坏人在下大雨时说的一句话："下吧，下吧！下它个七七四十九天，我才高兴呢！"那时候，看了那电影的孩子们都爱学这句话。想到这里，张艺贵自己都觉得好笑起来，想想自己为了这个袁昕燕都快疯了，竟然像那个电影里的坏人一样希望雨永远不要停。不过，他真的想让这场雨不要停，最好越下越大，等天黑下来，走不了，必须在这里等下去，时机就成熟了。

张艺贵想，她不是追求精神型的吗？那我就投其所好，用精神的东西来吸引她，把她稳住。于是，他像是突发激情地开始大声朗诵起毛主席的诗词来。"大雨落幽燕，白浪滔天，秦皇岛外打鱼船。一片汪洋都不见，知向谁边？　　往事越千年，魏武挥鞭，东临碣石有遗篇。萧瑟秋风今又是，"背诵到这里，他突然停了下来，一脚踏上椅子，张开双臂向着亭子外大雨苍茫的天际大声喊道："换了人间！"

他夸张的姿态把昕燕惹得扑哧一笑。见昕燕笑了，张艺贵心想，我还真有点千金买她一笑的感觉呢。但是他嘴上却说："献丑了，献丑了，没有为人师表的样子。"

昕燕又微微笑了笑，没说什么。

张艺贵又接着说："这人啊，不管平时在人前有多严肃，一旦遇到自己兴奋激动的时候，总会露出真性情。"

接着，他开始对昕燕谈艺术，谈名家，谈理想，谈对昕燕班上一些同学的看法和他们的艺术前景。他谈了很多，昕燕认真地听着，被他睿智的谈吐，以及对同事和学生独到的评价深深地吸引。

这人与人之间，如果语言能沟通，就起码表示双方心理上已经不相互排斥。这就是语言动物的特点。语言的表达能力更能体现出人这种语言动物的个体优势。现在，张艺贵的语言优势已经开始发挥作用了。张艺贵知道自己第一步的目的达到了，而且效果比预期的还好。

此时，昕燕想，看不出这个人还真有内涵呢。他懂的东西还真不少，也很有思想，以前真是误会他了。看来，还真不能以貌取人。如果此生没有遇见红磊哥的话，也许很难说会同他好呢。他这么追我，也真是喜欢我，爱我至极呢。下辈子吧，也许下辈子有缘呢。这是命。想到这里，昕燕悄眼睇了一下张艺贵，心里充满了温柔。

因为下雨，天黑得早。张艺贵揣摩着昕燕的心理，控制着自己强烈的欲望，就像一匹饿狼馋涎欲滴地看着一只快要被自己抓住的小羔羊。这时，他真是用这种眼光和心态看着被冷得全身发抖的昕燕。再等一会儿，等天完全黑下来，再去接触她，那时她这块冰就被我的温情融化得差不多了，剩下的我要用身体去融掉她。想到这里，他又激动起来。

天已经暗得看不清自身周围物体的轮廓了，雨还是不停地下。他继续慢慢地与昕燕聊着，心里开始盘算着怎么走到昕燕身边去，只要能把她抱住，她不反抗就成功了。想到这里他再次激动起来。突然，他站起来，说："袁昕燕，你很冷吧，我看你一直都在发抖。"说话的时候，他已经在昕燕身后坐下，同时双手从昕燕的背侧紧紧地抱住了这个令他寝食难安的美人。

昕燕被他一下子从背后抱住，吓了一跳，赶紧挣扎着说："张老师，我不冷，不要……"

张艺贵头贴近昕燕的耳朵，轻轻地说："昕燕，别拒绝我，我只想帮你暖暖身体。"

昕燕没有再动，也没有再说什么，任由张艺贵滚烫的身体紧紧地抱着自己。

雨还是不停地下，不知道是不时爆出的一声声炸雷的原因，还是张艺贵强硬的搂抱，昕燕越缩越紧，身体也越来越僵硬。张艺贵心里焦渴难耐，整个身体因性欲的强烈冲动而燃烧着，战栗着。

昕燕却因害怕和冷而抖个不停。她感觉到了张艺贵身体的炽热，他的鼻息撩拨着她的鬓发。昕燕感到眩晕，只有李红磊这样抱过自己。她心慌意乱地颤抖得更厉害。她摆脱不开这个男人有力的双臂，她的身体被这个男人的高热灼得本能地收缩蜷曲得越来越紧，像一只紧裹着胞衣的花蕾。

张艺贵见昕燕几乎蜷成一团，心里知道还是不能急，要完全让她自然放松，直至昕燕自觉自然地完全向他打开她的心，乃至张开她的身体接纳他，只有到了那时，自己才能得到最美的享受。但是，谈何容易，这个冰美人现在像个蚌一样，脆薄的壳紧紧地合了起来。如果硬要撬开这层壳的话，这个美丽的尤物就会成为碎片。那样一来，别说今天不可能，这辈子都不可能得到她的心了。那就意味着自己将要失去这个美人了。

张艺贵虽然情急难耐，但他还是耐着性子一边继续搂着昕燕的双肩不放，一边慢语低声地在昕燕耳边拖长音调，慢慢地、轻言细语地讲着那些课内课外的人物和故事。他既是在缓解昕燕紧张的情绪，也是在平缓自己潮水般一浪接一浪的情欲。渐渐地，昕燕好像进入了梦幻，竟然慢慢地放松了紧绷的神经和身体，逐渐陷入了非常疲倦，半醒半眠的状态。

张艺贵此时就像一只长着许多触角的昆虫，立即感觉到了昕燕身体的变化。他心里一阵窃喜，就试着稍微放松了一些抱着昕燕身体的双手，继续在昕燕耳边亲昵地说着一些对名画的欣赏和观点。他知道昕燕喜欢听这些东西。他说起一些名画及其画家的故事。他从达·芬奇的“蒙娜丽莎的微笑”谈到毕加索的日常生活，再谈到表现希腊神话的那些画，以及画里那些姿态各异的，有着美丽肌体的裸体神们。他描述着那些神的线条、肌肉，场景的安排，人物的肢体语言、面部表情，以及他们传达出来的喜怒哀乐，男女神之间赤裸缠绵的性爱的展现抒发，色彩在那些画中的运用。他讲天帝即众神之神宙斯的占有欲，天后赫娜的嫉妒。他还讲另一些画里的故事，他提到《梅杜萨之筏》那幅画的背景故事，他还讲拿破仑和约瑟芬的爱情，约瑟芬的美丽与风流。他讲到米开朗琪罗的著名雕塑《大卫》……

昕燕静静地听着，如梦如幻般地触碰着这些美丽而神圣的知识。渐渐地，昕燕觉得张艺贵的声音像一个人一边走路一边说话一样，渐行渐远；又像和尚诵经一样地字句连音，朦胧模糊，在耳边缭绕。那些美丽的故事、华丽的词汇和画面在她的脑海里像彩蝶一样飞来飞去，时近时远，听不清楚，也看不清楚。一些飘浮不定的音乐声，在空中回荡，又被风吹得飘飘悠悠、断断续续地在四周围缠绵、飞舞。昕燕感觉困乏得支持不住了，她很想睡觉，又怕张老师笑她听这么好听的、音乐般的、诗歌朗诵般的故事，还感觉困乏，真是太不雅了。可是，她强睁了几次眼睛，觉得上眼睑特别重，好像睁都睁不开。渐渐地，她进入了梦乡。梦到李红磊的眼睛复明了，他拉着昕燕的手，缓缓地走在石板坳的油菜花地里。突然，李红磊抱住她说：“昕燕，我爱你，我们永远都不要分开，好吗？昕燕，我的亲人。”说完就深情地亲吻昕燕的脸、脖子，还不断轻轻抚摸着昕燕的身体。昕燕感觉好幸福。红磊哥好久没有这样亲吻自己了。回城后，昕燕几次主动想与李红磊亲热但都被他轻轻地推开，无声地拒绝了。每次昕燕都感觉到李红磊火热身体的强烈震颤，但是每次李红磊最终都控制了自己火一般的情爱。昕燕知道李红磊的自卑，也知道他是为了自己心爱的人好，所以并没多想什么。现在李红磊这样温情地吻她，抚摸她，她感觉身体很舒服，整个人晕乎乎、软绵绵的。她深情地看着李红磊，含羞地喊了一声：“红磊哥。”

张艺贵低声慢调地，声音越来越轻地讲着，讲着……慢慢地，他感觉到昕燕的身体柔软起来，他感觉到了昙花开时的那种缓缓的舒张。张艺贵小时候见过昙花一现。昙花将要开放时的那种微妙的震颤，而后微微地颤动着肢体缓缓地舒展开来，一边绽开一边释放出淡雅的清香。他记得当时自己的心好像与那花一样震颤着，开放着。那一瞬间的震撼就永远地、深深地印在他的脑海中。特别是后来他学了美术，知道了花实际上是植物的性器官时，他对花神秘而美好的感觉往往会绵延到对美好女人或者女人画像某些没有表现出来的地方的想象之中。现在，他的那种感觉又幻化般地出现了，觉得此时怀中的昕燕就是那朵美丽的、即将开放的昙花，他如果紧抱着她，她就不会张开美丽的花瓣，不会释放那种神奇的清香。想到这里，他试着轻轻地再次放松了一些自己抱着昕燕的双臂。渐渐感觉昕燕的身体也松软起来。过了一会儿，当他再次放开手时，发现昕燕竟然轻轻地依偎在他怀里，身体那么柔软，放松，而且已经进入了梦乡。

张艺贵心里一阵狂喜，嘴里还是轻轻地低语着，一只手却试探着轻轻地放在昕燕的乳房上。昕燕的身体轻微地抖了一下，就没有动静了。张艺贵激动起来，他知道，这个冰一样的美人已经融化在自己的怀抱中了。他把依偎着自己的昕燕完全抱进了怀里。他低下头看着这张美丽无比的脸，他已经激动得不能控制自己了。张艺贵开始在昕燕的脸上亲吻，他的手开始抚摸昕燕柔软的身体。

就在张艺贵全身心地享受着用尽心力俘获的猎物时，昕燕轻轻地动了动身体，柔情地喊了一声“红磊哥”，张艺贵愣了一下，一时间情感受挫，心里立即涌起一阵强烈的嫉妒和醋意。他恨恨地想，就让你当我是你那个瞎子哥，这样我就能完全进入你的世界了。想着，张艺贵又重新亢奋起来。

张艺贵试探着小声对她说：“昕燕，你睡着了吗？”没有反应。昕燕已经完全放松地睡着了。

张艺贵欣赏着怀里的美人，知道昕燕肯定是自己的了。征服的结果让张艺贵的虚荣心得到了极大的满足，占有的欲望之火点燃了他全身的每一个细胞，每一根神经。他战栗着，慢慢地把昕燕从怀里放躺到椅子上，把那件夹克衫从昕燕身上拿下来卷成团后，轻手轻脚地塞在她的头下。他想，这样昕燕会舒服些。他亲吻着昕燕，悄悄地、小心地解开了昕燕的衣服。他看着她美丽的身体，再也不能控制自己了。他感觉到自己的心里涌起了惊涛骇浪般的激情，体味到了那种前所未有的、惊心动魄的激情。眼前的昕燕变成了那朵初绽的昙花。她在夜色下那么雪白，那么美，那么迷人。张艺贵无法再继续控制自己的激情。他用手支撑在椅子两边，动作尽量轻缓，像一只偷鱼的猫。

一阵带着响声的狂风呼啸着裹挟着大雨冲进亭子，像是朝他扑来。张艺贵吓了一跳，赶紧侧身为昕燕挡住风雨，生怕怒吼的风雨会在这关键紧要的时刻唤醒自己的猎物。突然，他觉得自己像个偷偷摸摸入室盗窃的贼人一样，心里顿时有点不平衡。想，我张艺贵在学校里也是个拿得起放得下的人物，但凡我与哪个女生多说几句话，谁不放下矜持开着倒车上来巴结。可单单这个袁昕燕与众不同。她不俗不媚，寡言少语。如果我不是她的老师，今生今世都不可能接近她。既然今天老天给了我这个机会，自己不这样做，又怎么能得到她呢？其实这也就是个方式方法问题，不存在什么卑鄙与高尚。就算我今后不能永远地得到她，今天能享受一次也可以慰藉我这几年来精神上对她的付出了。不能再犹豫下去了，再犹豫下去就有可能失去这个千载难逢的美人了。一念过后，他不再心虚，俯下身去看着这个如诗如画般的女人，心潮更加汹涌澎湃，欲望像失控的烈火烧得他全身热血沸腾。他不再犹豫，也不可能再犹豫。他此时不再是一只偷嘴的猫，而是一只雄性勃发的野兽，正用爪子紧紧地抓牢按在身下的猎物，只一下子，就强硬地闯进了昕燕的女儿国，进入了昕燕的身体。

就在那一刹那间，昕燕突然大大地睁开惊恐迷蒙的双眼，用手使劲想推开张艺贵。张艺贵更用力地抱着她。火山般喷发的欲望像燃烧的岩浆一样炙热滚烫，他感觉自己快要爆炸了。张艺贵不顾一切地紧抱住昕燕，让燃烧的岩浆猛烈地喷射进昕燕的女儿国，瞬间就烧毁了昕燕美丽冰纯的灵魂。

以昕燕的力量哪里能推得开眼前这个野性勃发的男人。她感觉张艺贵的身体像一块正在燃烧的烙铁，沉重、滚烫地压在自己身上，有力地运动着，脸伏在昕燕的肩上喘着粗气。不知道为什么，大声哭喊的昕燕突然觉得这个人不是张艺贵而是当年在石板坳小学校里把她压在课桌上的张小田。她不明白为什么先头还是谈吐优雅、彬彬有礼的张老师，怎么一下子就变成了一头粗野的动物。昕燕同当年被张小田侮辱时一样，感到头晕恶心，想吐。又用力挣扎了一会儿，她的身体无力地瘫软下来。张艺贵在强烈的兴奋中猛烈地运动着，一次又一次猛烈地撞击着昕燕身体，撕扯着昕燕的心。昕燕在身心双重痛苦的眼泪中悔恨着自己的轻信。

雨渐渐停了，天边冒出几颗星星。昕燕躺在围椅上，泪水接着停了的雨流个不停。张艺贵闭着双眼低头坐在一旁，他不敢立即面对悲伤的昕燕。他害怕看见她的眼睛，她的泪水。

昕燕想着自己的失身，好像看见李红磊那双失明的眼睛正在黑暗中悲伤地注视自己。想着自己的命运如此不堪，不禁心生绝念。她把他那件夹克衫推到地上，慢慢地从围椅上坐起来，整理好自己的衣服，两眼直直地看着前面，机械木然地站起来，突然转身朝亭子外面走去。

张艺贵听见动静，睁眼一看，见昕燕已经走到亭子外头的山路上，朝去水库的石阶走下去。他心想，不好，她要去做什么？会不会是要去寻短见？那可就出大事了。想到这里，心里一惊，起身追了出去。张艺贵拦住昕燕，昕燕推开他，快步朝石阶下跑。昕燕走惯了山路，张艺贵在后面追，哪里追得上。天又黑，刚下过大雨的山路上，石阶非常滑。张艺贵连摔带滑地跟在昕燕的后面也跑到水库边。只见昕燕身体往前一扑，一点犹豫都没有，就融进了深不见底的水库里。张艺贵还没来得及反应，也跟着昕燕跳进了水里。

3

张艺贵水性很好。他从小就经常背着家人，跟着院里的一帮男孩子偷着去解放桥玩水。那时候《女跳水队员》的电影让很多孩子着迷。张艺贵跟着那些胆子特别大的孩子，爬上高高的解放桥护栏，嘴里大喊一声："5311 高难动作。"接着就以冰棍的姿势，笔直地站着从桥上跳下去。孩子们开心地大笑。有的还学电影《狼牙山五壮士》里的情节喊着"中国共产党万岁！"几个孩子拉扯着一起直落下水里去。一些男孩专门模仿电影中的反面人物喊着："老兄，看在党国的份上，拉兄弟一把吧！"然后跳下桥去。有了小时候的这些游泳基础，张艺贵的水性很不错，还能在水里睁着眼睛潜泳。他在水里很快就抓住了昕燕，昕燕一动不动好像已经昏过去了。张艺贵心里着急，赶紧抓着她散开的长发往岸边游。好不容易游到水库边的浅水石滩上，张艺贵精疲力竭地从水里把昏过去的昕燕拖出水面。他伸手摸昕燕的颈动脉，非常微弱，但还在跳。他一屁股坐在碎石滩上，喘了口气就赶紧把昕燕架在他的双腿上，然后把她反过来面朝地。他吃力地让自己的两只膝关节架高起来，使昕燕的身体能够更躬一些，用手拍着昕燕的背，好让昕燕把水吐出来。小时候，他曾经和大孩子们一起，用这种方法救活过一个溺水后被拉上岸来的小孩子。

昕燕吐了几口水，就没再吐了，但是还没有醒过来。张艺贵想，好像没有喝到多少水。幸好我反应快，要不然……张艺贵越想越怕。他从地上把昕燕拉起来，背在自己背上，摇摇晃晃地朝石阶那边走去。这时他心里真的非常后怕，没想到昕燕这么决绝。他心里感叹道，真是个名副其实的冰美人。冰一旦融化了就不再有那种宝石般晶莹剔透的神秘感，也就失去了原先的冰洁之美，我这样对她有点不公平呢。想到这里，心里有些愧疚。

浑身湿透的两人都很重，张艺贵的脚在地上拖着往前挪步，好像不听使唤般地僵硬。他背着昕燕尽量往离水远的地方走，好不容易走到石阶前，他再也抬不起腿来爬石阶了。他坐下来，紧紧地抱着昕燕，怕她醒来后再去跳水寻短见。那时，自己可就真的游不动，救不了她了。想到这里，赶紧双手十指交扣，把怀里的昕燕抱得更紧。下半夜里，雨虽然停了，可是风却凉飕飕地往身上扑，他觉得有些冷，就更紧地抱着昕燕。高度兴奋紧张过后，非常疲倦，不知不觉中，他睡着了。

张艺贵梦见自己在一条小路边上看到一只雪白的小兔，那小兔见了人也不跑，只管张着那双眼大眼睛看着他。张艺贵蹲下去把那小兔抱起来，一只手摸着小兔的头，心想，这只小白兔真好看，就像画出来的一样，它这样乖，我干脆把它抱回去养着给学生们临摹，也蛮好呢。正想着，突然不知道从哪里窜出来一只狼，恶狠狠地向张艺贵猛扑过来。张艺贵躲闪不及，被那畜生一口咬住了手，顿时鲜血淋淋地被撕去一大片肉。张艺贵一吓就惊醒了。低头一看，昕燕正用力想拉开自己连做梦都紧扣着的双手。天已经蒙蒙亮了。水面一片平静，好像什么事都没有发生过。被大雨洗过的世界特别干净。张艺贵看着泪流满面的昕燕，心里有种负罪的感觉。做了昧心事的人，也许在干净的自然界中，灵魂深处的潜意识会感觉到自己的肮脏。他下意识地把昕燕抱得更紧，昕燕仍然紧闭着双眼，可是眼泪却像断线珠子般不停地从眼角涌出来。

张艺贵低声下气地说："昕燕，原谅我吧！我真的太喜欢你了，我控制不住对你的感情和思念。昨晚，我迷迷糊糊地做错了事，请你一定原谅我，我会对你负责的。原谅我吧！昕燕，我从第一次看见你时就无可救药地喜欢上了你，快四年了，我时时刻刻都生活在苦苦思念你的折磨中。原谅我吧！昕燕。"张艺贵不知什么时候已经悄悄地把袁字去掉，一口一声昕燕、昕燕地喊着，哀求着。

昕燕被他紧紧地抱着根本挣脱不开，张艺贵怕她又去跳水寻死，所以坚决不肯松手。昕燕在他怀里抽泣流泪。

张艺贵竟然也流着眼泪哭出声来，不知是悔恨还是动了真，是心虚还是演戏。这两个人各哭各的，各想各的心事。

昕燕想着对不起李红磊，想着家人会看不起自己，活着太累了，太受罪了，今后的生活不知道还要受什么罪，好像自己到人世间就是来受折磨的。想到这些，越发悲伤不已，越发抽泣得难以停息。

张艺贵紧抱着昕燕一点都不敢放松，他心虚气短地说："昕燕，你原谅我吧，不要哭了好吗？我的心都被你哭痛了。我知道我错了，你如果要寻短见，我与你一起去。错是我犯下的，不能让你一个人去死。可是你想想，我们都有亲人。如果我们死了，家里的亲人们该有多痛苦啊！你今年就毕业了，依你的成绩和表现很可能会被学校考虑留校任教，这种好事谁不羡慕啊！这可是你的父母盼望了一辈子的事，她们为你骄傲。如果你走了，他们又怎么样活下去呢？原谅我吧！我今后给你做牛做马来赎罪，来弥补我昨晚犯下的错。昕燕，毕业后和我结婚吧，我一定对你负责到底，我会一生一世都对你好，保护你一辈子的。今后我们还可以一起创作，一起走进我们画中的神圣殿堂，一起创造我们生命的辉煌，好吗？昕燕，原谅我吧！”

见昕燕仍然双目紧闭，泪珠滴滴，好像在听他讲话。这时的昕燕简直美到了极致。张艺贵控制不住，又开始低头亲吻她，抚摸她。

昕燕的身体开始战栗起来，她没有抵抗张艺贵的抚爱。当张艺贵轻轻地抚摸她的乳房时，她的双手突然拉住张艺贵的手臂，大声痛哭起来。张艺贵先是一惊，接着就是心脏剧烈跳动的狂喜。他赶快抱紧昕燕。他等这一刻，等了快四年了。昕燕的这一拉一哭，让张艺贵所有的担心和顾虑都消除了，让他得到了意想不到的某种暗示。这一刻张艺贵是真的流泪了。

昕燕主动拉他的手臂，真的是让张艺贵始料不及，而且简直是喜出望外。他猜不透昕燕这个举动后面的真实想法。但是，有一点他是可以判断的。那就是袁昕燕这个冰美人好像还没有与男性有过昨晚那样的肉体直接接触。突然，他脑子里闪过一个念头，难道她与那瞎子在一起这么多年，从来没有与那瞎子发生过那种事？

张艺贵有点不敢相信自己的这种想法。当对昕燕的这种判断在他脑子里不断清晰时，他高兴得想要狂喊。但是，他仍然在激动中保持着冷静的思维。他想要再试一下，进一步验证自己的判断。想到此，他开始更温柔地抚摸昕燕。他的嘴亲吻着只要能触及的昕燕身体的每一个地方。他吻她的脖子，脸，头发，手臂。他感觉到昕燕在他怀里一边哭一边瑟瑟发抖，对他身体和动作的抵抗越来越弱。他再次抱紧昕燕，不能抑制地又冲动起来，但是他不敢再有任何动作，只是紧紧地抱着她，抚摸着她。

当天色完全放亮的时候，张艺贵张开眼，看见蜷缩在他臂弯中闭着眼睛的昕燕，正像他梦里那只温顺的小白兔。他知道她没有睡着，只是在闭着眼睛回避某种难言的尴尬。张艺贵也不想让昕燕马上睁开眼睛，他也还没想好怎样掩饰自己的尴尬和愧疚，昕燕毕竟是他的学生，而且昨晚他以那样不堪的手段占有了她。不过，后来她也愿意了，而且她还主动拉了我的手呢。这应该是算两相情愿了吧？他看着昕燕美丽的脸庞，想，禁欲的女人是没有的，既然她们生来就是女人，还是男人身上的一根肋骨做成的，那么她们就要依靠男人，需要男人。而我们男人也需要女人。需要她们的柔美，她们的妩媚。连神也需要两性的愉悦呢。既然神都如此，何况凡人呢。张艺贵想着。胜利和满足的感觉如此美好，如此让他心旷神怡，想入非非。

4

说来也怪，就在昕燕去写生的这天，李红磊从早到晚都莫名其妙地觉得心慌意乱，好像要发生什么大事的感觉令他坐卧不宁。他现在每天都努力地拉胡琴，糊纸盒，想多赚些钱。全家人也都在想方设法地赚钱、存钱，使他能尽快去上海或者北京治眼睛。

前几天，昕燕爸爸又找李红磊谈了一次。晚饭后，两人坐在离家不远的一个小小的街心花园里，天南地北地聊着。突然，昕燕爸爸话题一转，对李红磊说："红磊，你同昕燕都好这么多年了，年龄都不小了，她一毕业你们就结婚吧，好吗？本来是想让你回家看望父母后再结婚的，但是看来你一时半会儿的也不想回去。我知道你有很多苦衷，特别是眼睛还看不见，你不回家是不愿意让你的父母伤心难过。我理解你的心情。你和昕燕先结了婚，今后把眼睛治好再回家向父母说明情况吧！他们会原谅你的。昕燕很爱你，不管你的眼睛是否能恢复，昕燕都会同你在一起一辈子的。所以，你也应该振作起来。为了你的人生，为了你的父母，为了昕燕，为了所有关心你、心疼你的人而努力。每个人的人生中都会有这样那样的挫折，走过了就好了。"

那次聊过以后，李红磊打消了离开昕燕家的念头。毕竟这么深的眷念和感情，哪里是说放下就放得下。他想着昕燕爸爸的话，想着昕燕，有时心里乱糟糟的什么都想，可什么都想不出个头绪来。

昨天，李红磊按平时的时间一路摸到车站去接昕燕，可是没有接到，他就一直背靠着站牌等。

昕南从服装批发市场订完货回来，看见李红磊靠在站牌上。见姐姐还没有回来，就陪着李红磊又等了两班车。结果都没有见到姐姐，就说服李红磊一起回去了。这时，天已经黑尽，李红磊突然觉得好像昕燕在什么地方喊他。他的心突突地跳起来，像是要从嘴里跳出来一样，好一会儿才缓劲过来。

他问昕南："你听见什么声音没有？"

昕南说："没有呀！"

两人进家门后，昕燕妈妈见昕燕没有一起进来，就朝门外看，问昕南："你大姐呢？怎么没有一起回来。"

昕南说："我陪红磊哥等了两班车，这么晚了，可能不会回来了。"

爸爸说:“要毕业了，可能功课多。我们不等她了，吃饭吧!”说完把李红磊拉到身边坐下，还是老规矩，倒了三杯酒，塞了一杯在李红磊手里，再用自己的杯子碰了碰李红磊的杯子。

昕南也碰了李红磊的杯子一下，说:“红磊哥，喝酒。我吃得快，吃完我再去车站看看。”

大家开始吃饭，一边东一句西一句地安慰李红磊一边又开始讲那些社会上的新鲜事。昕琪坐在往日姐姐坐的位子上，和妈妈一起不断地往李红磊的碗里夹菜。

李红磊嘴里无味，吃不下去。以往也有偶尔一两次昕燕临时有事没有回来，他到车站没有接到昕燕的时候。李红磊最多只是有些失望。回来同大家一起吃了晚饭聊聊天就过去了。可是这次他却感到心慌意乱，总觉得昕燕发生了什么事。吃过晚饭，昕南去了车站，大家又围着桌子糊纸盒。他回到房间拿起二胡拉了一会儿就放下了，又去跟着糊纸盒。可是纸盒也糊不成，总把糨糊刷错地方。大家都知道李红磊心里惦记着昕燕，也就没有多说什么话。又过了一会儿，李红磊推开面前堆着的纸盒子，站起身来摸进自己的房间里，重新拿起二胡，坐在床边拉起来。他总觉得今天这二胡的音不准，就开始调音。突然“嘭”的一声，竟然把琴弦拧断了。

昕琪听见声音，就走了进来，问:“红磊哥，你怎么了，不舒服吗?”

李红磊摇了摇头，放下了二胡。

昕琪含泪转身出去倒了一杯茶，端进来放在窗下的小桌上，说:“红磊哥，我给你倒了杯茶，就放在小桌上。”说完，就退了出来。见妈妈正一边擦眼泪一边糊纸盒，昕琪也流下泪来，悄声对妈妈说:“红磊哥太可怜了!”说完竟然趴在桌上轻声哭了起来。在桌子角落里看书的爸爸拍拍她的头，说:“别哭了。”

昕南去了两次车站都没有见到姐姐回来。晚上，李红磊躺在床上睡不着。平时他听着昕南的鼾声就可以安然入眠，可是今晚，他却一直睡不着，心里还是很慌。不知道过了多久，他渐渐入睡了，睡着不多会儿，好像突然听见昕燕的哭喊声，他惊醒后就再也睡不着了，大睁着看不见的眼睛瞪着天花板，一直到天亮。

接下来的一周，昕燕还是没有回家。这在从前是没有过的事。昕燕没回家，是因为她不敢回家，不敢回家面对李红磊。昕燕觉得自己欺骗了李红磊，自己接受了张艺贵，自己有罪。李红磊虽然眼睛看不见，可他心里是非常清楚的。特别对昕燕的感觉是细腻而超感的，昕燕怕被他感觉出来。同时，昕燕也不知道该怎么面对父母、弟妹的关心和询问。在沉重的精神压力之下，她只能以不回家的方式来逃避。

今天是星期天，妈妈见昕燕昨天还是没有回家，看见两个礼拜没有见到昕燕的李红磊魂不守舍的样子，心里很难过，就安慰李红磊说：“昕燕那个书呆子，太要面子了。肯定是想考高分就蹲在学校里死命地复习呢。”

妈妈吩咐昕琪到学校去看昕燕。正好昕琪这两天有空，货都卖完了，请人代订的新货还没有到。妈妈用玻璃瓶装了满满的一瓶云南大头菜丁加油辣椒。昕琪临走时，妈妈说：“告诉你姐，红磊和家里都好，让她好好考试，争取毕业后能分到个好的国家单位。哪个单位都争着要成绩好的，让她努力些。这么多年的苦都熬过来了，再咬咬牙，坚持住。考完就马上回家，我们大家给她庆祝，加餐。”说完，十分同情地看了看这段时间消瘦了很多的李红磊。

昕琪听后，学着妈妈的语气，咬着牙，用牙齿缝发着音说：“是，我说，姐，妈让你咬着牙考试，考完试就咬着牙回家，我们全家为你打牙祭，加餐。姐，到时候你就咬着牙吃。”

妈妈说：“你这个鬼丫头嬉皮笑脸的，跟个假小子一样。真讨厌！”

李红磊虽然看不见，但听见昕琪咬着牙挤出来的话，想着她讲这话时滑稽的神情，虽然心情很不好，但也禁不住笑了。

妈妈说：“真是一娘生九子，九子九个样。她比昕燕聪明，灵活，生性野。在乡下那些年，满山遍野地跑，简直跑成个野丫头了。帮同学赶牛，又把人家牛赶到了断岩边，她去拉牛尾巴，牛痛了一甩身子，差点把她自己甩下坡去。她的笑话多了，讲都讲不完。她要是有点她姐的文静气，能坐得住就好了。”

昕琪说：“我要是比姐聪明还考不上大学？别夸我了，我要钻地缝了。”

妈妈说：“谁夸你了？连批评都听不出来，真该钻地缝去。”

李红磊说：“不一定考不上大学就不聪明。你主要是坐不住，所以阿姨希望你文静点。”

昕琪说：“咳，真是批评呢，我可不爱听。”接着就赶紧嚷嚷着说：“哎呀！快点，快点！我要走了，这班车赶不上，还要等半个多钟头，到姐那里都几点了。还要去百货公司帮妈买白糖。这些打杂的事，总要连批评都当表扬听的傻瓜去做喽。要都是聪明的，谁去干卖力不讨好的杂活啊。哈哈，走喽！”

妈妈说：“你个鬼家伙，路上注意安全，不要把玻璃瓶碰碎了。”

李红磊说：“昕琪，你快走吧。学校那边的郊区车比市区的收班早。去是赶得上的，再晚一点，回来就怕真的赶不上了呢。见到你姐的时候，记住告诉她少吃些辣椒，吃饭时挑一点辣椒在饭上，开开胃就可以了，千万别吃太多辣椒，让胃痛的毛病又犯。”

昕琪答应着，心想，我姐好福气呢，像红磊哥这样细致体贴又温柔的男人，也是世间少有的。

5

昕琪到了学校，先到教室看，不见姐姐，只有几个学生在教室里看书。她想，今天是星期天，不上课，姐肯定在寝室里看书。想着，径直朝昕燕住的宿舍楼走去。她去过好几次姐姐的寝室，只一会儿工夫就轻车熟路地摸到了姐姐的寝室门边。

她到了姐姐的宿舍，见门是虚掩着的，推开一条缝，就看到昕燕一个人坐在自己床前的小桌后。正好侧面对着门。她桌上的角落里放着一些东西，还有一本书摊开在桌上。昕琪看见姐姐好像并没有在看书，从侧面看过去好像一座呆呆的、苍白的石膏像。

其实昕燕一直坐在那里发呆，满腹的心事搅扰得她心神不宁。她原本的生活和学习完全被水库那晚发生的事搅得乱七八糟。张艺贵现在天天毫无顾忌地来纠缠。还当着大家的面送吃的东西来。她已经六神无主，家也不敢回了。现在又要准备毕业考试，她不能分心但是又不能不分心。特别是背叛李红磊的罪恶感，让她深深地陷入痛苦之中不能自拔。昕燕只能一个人忍着痛苦，背着人流泪、发呆、叹气。她喜欢孤独安静，这一点大家都知道，所以没有人注意她表面上并不明显的变化。现在同学们都在积极备考，谁也不会去在意谁的事，更不要说一直孤芳自赏颇不得人心的昕燕了。

昕琪上下左右地看了看房间，同宿舍的人都不在，只有姐姐一个人。昕琪轻轻推门进屋，冷不丁喊了一声姐，吓得昕燕猛一回头，脸色苍白，双手捂住胸口。昕琪见状，赶紧过去说:“姐，你没有吓着吧？我只是轻轻地喊了一声姐，你怎么会吓成这个样子。要是妈妈看见，肯定说你三魂七魄出窍了。”

昕燕放下捂着前胸的手，说:“昕琪，你来了，快坐。下次，不兴这样吓人了，如果有心脏病，会被你吓死的。”说完起身要给昕琪倒水喝。

昕琪忙拦住说:“姐，不喝，不喝，我一会儿就要走的。妈妈还等着我帮她到百货大楼买白糖，糖票的时间到了，作废可惜了。”说着，就把布包里的辣椒瓶拿出来放在桌上。昕琪见姐姐瘦了很多，就说:“姐，你怎么这么瘦，不要太累了。妈让我告诉你，红磊哥和我们大家都好，你不要挂念。她还说，要你考好毕业考试。这瓶辣椒是红磊哥在擂钵里一槌一槌地捶碎后，妈妈放了很多肉末和云南大头菜丁，又用韦婆婆托人从乡下带来的红皮小花生油制成的，香得很。红磊哥要你每次少吃些，挑些在饭上开开胃就行了。他担心你的老胃痛又发作。姐，你好有福气呢，红磊哥好心疼你哟！我真是羡慕死了！”

昕琪讲了这话后，以为姐姐会像从前一样地笑起来，学着妈妈的口气骂自己一声：“鬼丫头不害臊。”却不料昕燕听后，眼圈红了，眼泪在眼里直打转，声音有点哽咽地说：“红磊哥和爸妈、昕南都好吗？我考完试就回家看你们大家。”

昕琪见姐姐很憔悴，讲着话，眼睛就会盯着一个地方一动不动地呆住。再想想刚才进门时，只是轻声地喊了她一声，就把她惊吓成那样。昕琪想，可能姐是功课太多，复习紧张，太累了。就说：“姐，你成绩那么好，别太苛刻自己了。我要是能赶上你的一半，我就开心死了。”

昕燕看看昕琪，疲倦地笑笑说：“你比我聪明，就是太贪玩，坐不住而已。只要你肯稍微努力些，谁都比不过你。这段时间我很忙，要准备毕业论文、毕业考试，家里的事你要多分担些。还有，替我照顾好红磊哥，他看不见东西，有很多不方便。”昕燕说着，心里又想起自己犯的错，一难过，又滴下泪来。

昕琪见状，忙说：“姐，怎么又哭啊！大家都好好的，就等着听你毕业后能分到国家单位的好消息。你从小哭到大，从城里哭到乡下，又从乡下哭回城里。现在大学都要毕业了，愿望也实现了，你还哭？你还没有哭够啊？等你毕业一分配工作，我们马上就陪红磊哥去看眼睛，妈妈说钱存得差不多了。别哭了。”

昕燕听了这话，突然失声大哭起来。好在宿舍里没有人，大家都出去了。昕琪吓了一大跳，想想姐姐是不是被别人欺负了。就连劝带问地安慰姐姐。昕燕一个劲地哭，也不说话。昕琪只当姐姐这些年太苦了，想到要毕业了，悲喜交加，哭出来就可以发泄一下郁积在心里的那些苦。所以，昕琪并没有深想，只是陪着姐姐掉泪，嘴里说些话来安慰姐姐。渐渐地，见姐姐在自己的安慰下止住了哭声，她又怕姐姐同室的人回到寝室看见姐姐哭成这样，问这问那的不好，就对姐姐说：“姐，我要回去了，怕再晚了，百货公司关门了买不到白糖。要是赶不上你们这边末班公共汽车，我就要走好长的路了。”

昕燕听了昕琪话，用手背抹去脸上的泪，说：“上次的两个空瓶要不要带回去？”

昕琪说：“不要了，你吃完这瓶辣椒就毕业上班了，还要它们干什么？丢了吧！”

这是昕琪自作主张的。其实妈妈很宝贝那些玻璃罐头瓶，那是有一次昕燕爸爸加班太累，晕倒住院后领导看望他时送的慰问品中的三个水果罐头。这三个罐头瓶妈妈一直是洗了用，用了洗，来回轮换的。昕燕心里知道，但是她没有说。比瓶子重几千倍的事压在心里，谁还会去考虑几个瓶子的去留。

昕琪硬拉着姐姐送自己出去。平时，昕琪每次来，昕燕要送，她是坚决不让，一溜烟就自己跑了。可是今天她一定要昕燕送她，她是想让姐姐到外面去排遣一下心里的那些放不下的事情，也避开回寝室的同学。昕燕知道妹妹的意思，于是站起身把书笔等放进抽屉里，关上抽屉后，就与昕琪一起走出寝室去。

这时已经是下午五点钟左右的，校园里的学生三五成群地散落得到处都是。从图书馆、教室或宿舍里出来活动筋骨、放松脑子的学生们凑在一起交谈着。昕琪想，读书真烦，光读书，不考试就好了，考试把人都“烤糊”了。看姐姐为了考试好久都没有回家了。整个人都瘦了一圈，看起来没有一点儿精神。

她们两姐妹顺着校园笔直的林荫路慢慢地走，风吹着树叶一阵阵沙沙地响，昕琪不由得想起了石板坳红星小学门口的那颗大树，想起小时候向姐姐问起大学的那些幼稚问题，不觉嘴边浮起一丝微笑。

昕燕看见她的微笑，问她在想什么。昕琪说：“我刚才想起了石板坳，我们的小学校，还想起我问你大学有多大，你说不知道。我又问你读了大学干什么，你说读了大学就可以当工程师，就不会坐监牢。你还记得不？那时，我一心就想上大学，不想坐监牢。不过当时我也不知道监牢是什么，只是从你的语气里知道那是个不好的地方。现在一想起来就觉得好笑。”

昕燕说：“那时候看见爸爸妈妈挨整，全家又疏散下放，心里悲伤。见同学家大人有因成分不好或有问题而下放的，坐监牢的，就成天提心吊胆。后来知道爸爸如果不是因为有技术有文化，工厂里的事离不开他，也是要坐牢的。所以，被当时不懂事的你问得不知道怎么回答时，就按心里想的说给你听。结果你还当真了，记了这么多年都没有忘记。”

昕琪说：“当然了，姐的每句话我都记得。你是姐姐老师嘛。知道我小时候有多崇拜你吗？直到现在，你都是我心中最好的姐姐老师。红磊哥是我心中最好的哥哥老师。虽然我从来没有这样叫过他，但是我心里真是这么想的。”

昕燕听昕琪提到李红磊，没有答话，心里一阵痛，眼睛立即溢满了泪水。昕琪见状赶紧收了口。

姊妹俩走到篮球场边时，一个篮球蹦蹦跳跳地滚到了她们的面前。昕琪开心地去拍起篮球丢给跑来捡球的一个大个子男生。那个男生双手接住球后，看了一眼昕琪就呆了，说：“你比冰美人还漂亮嘞，还会打篮球？”这时，那边球场上的人喊了起来：“嗨，捡球捡不回来了？看见女生就走不动路了。哈哈哈！”那个男生只好抱着球跑回去，一边跑一边回头看昕琪。

昕燕说：“别管他们，打球的男生说话都那样，粗鲁。”

昕琪说：“男生都那样。只有红磊哥又会打球又不粗鲁。我这点球技还是当年在乡下跟红磊哥学的呢。好快呀！一晃就过去这么多年了，好像好遥远，好遥远呀！那时候我还是个小孩，但是我知道你好喜欢红磊哥，他也好喜欢你。长大了才知道，原来你们是恋人。”

昕琪以为姐姐听了这话会开心些，却不料姐姐并不搭话，两眼直直地，眼泪又在眼睛里直打转，脚也不动了，只管站在那里发呆。

昕琪拉了她的胳膊一把，说：“姐，你又来了，现在都快熬出头了，还想啥？你的好日子就快来了。如果红磊哥的眼睛能医好，你们结了婚，该有多幸福啊！就算他的眼睛医不好也没有关系，我们大家帮你们。让你们俩从此一辈子幸幸福福，甜甜蜜蜜。你知道吗？我好羡慕你有红磊哥这么好的人一辈子守在一起。如果你不是我最爱的姐姐，我就同你抢他。”

昕燕听了昕琪的话，简直要哭出声来。为了不让妹妹看出什么，昕燕低着头强忍着心痛和眼泪继续陪妹妹走着。快到校门口时，有一群女生嘻嘻哈哈地从校门外进来，打闹着从她们旁边经过，有个女生喊了一声：“哎，看嘞，又一个冰美人！”那群女生没有停下来，一边回头，一边叽叽喳喳地走了。

昕琪羡慕地说：“当大学生真好玩，可惜要考试。我不喜欢考试，所以我就没福气上大学喽！再说我也没有这份静心。不过，姐姐，你学学她们嘛，大家在一起玩，高兴些。不要总是一个人躲在角落里，整天擦眼抹泪的，多难受。”

第二十三章

1

昕燕一直都没有回家。直到考完试的又一周后，才在张艺贵的不断纠缠和恳求下，答应回家提结婚的事。昨天晚上，张艺贵把昕燕约出来，对她说："考试和论文成绩都出来了。你的综合分全年级最高。班主任和指导员对你的评价也很高，他们建议学校应该留下像你这样的学生承担教学工作。不过，你的成绩虽说好，但也有些与你不相上下的人。排在前几名的学生，都各有千秋，关键就看谁的关系硬了。如果我们明确了婚姻关系，别人的关系再硬也硬不过我们的情况。所以我们尽快把婚结了，就可以要求照顾婚姻关系，这样留校的可能性就更大些，更有把握些。"

星期天上午，昕燕爸爸早早地就到单位加班去了。昕燕却在十点半钟突然带着张艺贵回来了，她知道，这个时候只有妈妈一人在家。她心里打着战，觉得自己无颜面对家人，真不知道带着张艺贵回到家怎么开口。她本想一个人回来看情况再说这事的，无奈，张艺贵说结婚大事，一定要亲自向二老表明态度。

昕燕避开李红磊拉二胡的地方，绕远路从街的另一头回到家。快到家门口时，昕燕快走了几步，把张艺贵甩在后面。张艺贵知道她的意思，也没有追上去，而是放慢脚步跟在她的后面。昕燕进门后，张艺贵也跟着进来。他手里提着一个大布袋，里面装得鼓鼓囊囊的，好像是些水果之类的东西。

妈妈看见这种情况，心里知道不妙，昕燕从来没有带学校的任何人包括同学或者老师一起回来过。只有这个最让人讨厌的张老师背着昕燕来过几次。这次昕燕与他一起回来，还真让昕燕妈妈心里直犯嘀咕，预感到似乎有什么不寻常的事。出于礼貌，她还是为张艺贵让座，让昕琪上茶。

昕琪这两天有点感冒，昕南让她在家休息，自己到铺面去了。

昕燕一进门，见昕琪在家，心跳就加快起来，一时间愣在那里，不知道说什么好。

昕琪见昕燕这么久不回家，今天突然带着这么个打扮古怪的人回来，心里已经有点不高兴了。大家各自坐定，客套了几句后，张艺贵看了看一直低着头的昕燕，就清了清嗓子说："袁妈妈，我们是来向你们请求，同意我们结婚的。"

昕燕妈妈虽然从他们一前一后地进门来时就感到有情况，但还是没有料到张艺贵一开口就是要与昕燕结婚。她的嘴巴张开来，半天都合不拢。整个屋子里顿时鸦雀无声。

妈妈和昕琪都被这突如其来的事搞懵了。好一会儿，妈妈才惊诧地说："昕燕没有告诉你她有对象的事吗？她的男朋友叫李红磊，他们已经好了很多年了，从小就好起的，等昕燕一毕业就要同他结婚的。你是昕燕学校的老师，怎么会突然跑来提出这种要求呢？昕燕同意吗？就算她同意，我们也不同意，我们只认李红磊这一个女婿。"

张艺贵说："袁妈妈，答应我们结婚吧！我会一辈子对她好，让她幸福的。"

昕琪插话说："你会对她好，那我家红磊哥更会对我姐好。他们好了那么多年，在一起经历过好多苦难，他们是不能分开的。如果你硬要把我姐从我家红磊哥身边拉走，我家红磊哥肯定就活不成了，你良心上过得去吗？"

张艺贵是第一次看见昕琪，心想这丫头比他姐还漂亮，但是她可一点都没有她姐的那种神韵，充其量是个大众美人。不过，这丫头口齿伶俐，是个泼辣厉害的货色。我必须小心避过她的锋芒，免得被她搅了好事。

张艺贵没有回昕琪的话，只是低声说："袁妈妈，请同意我们结婚吧！"

昕燕妈妈说："你一口一个同意我们，难道昕燕同意了？这到底是怎么回事，一来就要求结婚。就算谈恋爱至少也要有个两三年的相互了解嘛，这到底是怎么回事？"

正在这时，昕燕突然觉得恶心，想呕，她赶紧用手掩住嘴朝外面跑。昕琪赶快跟了出去。

张艺贵见状，心里先是惊了一下，再一想就开心起来。心里喊道，谢谢老天保佑！她是不是怀孕了？来得真及时呀！这样就一切都明朗化了。现在我要保持冷静，还要做出可怜的神态，打不还手，骂不还口。不能多说话了，看事态如何发展，我就如何应对。现在多了她肚子里的这个筹码，肯定胜券在握。谁不要脸面不要名誉？我要以这事压她爸妈同意我与昕燕结婚，他们会权衡的。

妈妈见女儿这样，马上就明白昕燕为什么久不回家，为什么这个人开口就要同昕燕结婚。原来他是胜券在握，来者不善啊！昕燕妈妈突然冲向张艺贵，抬手就是狠狠的一耳光。张艺贵的脸上立即起了几条红印。

张艺贵捂住脸，低头哀求说："袁妈妈，同意我们结婚吧！我真的非常喜欢昕燕，她也是喜欢我的。”

昕燕妈妈等昕琪和昕燕进来后，转身去把大门砰的一声关上，愤怒地说：“你是个老师，为人师表你总该是明白的吧。你怎么能用这么卑鄙的手段来控制昕燕，来要挟我们呢？李红磊与她好了这么多年一直都规规矩矩，而你才认识她多久，就利用她对老师的信任把她毁了！你叫她今后怎么做人啊？我苦命的昕燕啊！”

昕琪听得清清楚楚，知道姐姐被这个人污辱了。心里一怒，两眼圆睁，提起桌上剪纸盒用的剪刀就朝张艺贵扑过去，张艺贵本能地朝旁边一闪，剪刀喀的一下插在桌子上。昕琪拔出剪刀又朝张艺贵扎过去，这时，昕琪也想起了从前乡下的那个坏蛋张小田。

昕燕知道昕琪的脾气，只要是姐姐被欺负了，她会与人拼命的。昕燕吓坏了，赶紧一把抱住昕琪，哭着央求说：“妈妈，昕琪，不怪别人，是我自己。”

张艺贵虽然没有被昕琪扎着，但是吓得出了一身冷汗。原来他打算最多就是打不还手，骂不还口，挺一挺也就过去了，哪曾料到还差点受伤。一见昕琪如此动怒，早吓得脸色苍白、双膝一软跪在地上，直喊：“袁妈妈，我错了，原谅我吧，我会好好照顾昕燕一辈子的。”

昕燕见闹成这个样子，心里非常紧张，眼前一黑就晕倒在地上。昕琪赶紧丢下手里的剪刀，蹲下身去扶姐姐，张艺贵乘机冲到昕燕身边抱起昕燕，喊了声：“昕燕，我们去医院。”拉开门就要往外跑。

昕燕妈妈立即上前挡住他：“送什么医院！把她放到椅子上。你还嫌不够丢脸吗？还好意思往外跑。都是你干的好事！你不用猫哭耗子假慈悲了。你如果稍微为她考虑一丁点儿，能在她毕业前夕，在她辛苦努力了这么多年，就要熬出头的这个关键时候这么做吗？你明知道她有男朋友，而且情况又这么特殊，可你还是这么不择手段做出这种事情。你还是个人吗？我自己的女儿我了解，她一定是被你欺骗或者强迫的。我要到学校去找你们领导。”

剪刀下惊魂未定的张艺贵，一听昕燕妈妈说要去找学校领导，差点吓得坐到地上。如果去找领导，这事就麻烦了。万一被定个流氓罪，轻则开除工作，重则可能下监狱。如果正巧赶到“从重从快”的风口上，枪毙都是有可能的。这一想，吓得张艺贵赶紧把昕燕放在椅子上，“扑通”一声又跪在昕燕妈妈脚下，拉着昕燕妈妈的裤腿哀求着说：“袁妈妈，你原谅我吧！你要是去找学校，我完蛋了是活该的，可是昕燕也就完了呀！她现在很有希望留校。如果我们俩结了婚，她肯定是百分之百的留校了。大学老师的职位不是每个人都有机会的。你就算恨死了我，也要替昕燕的前途着想啊！袁妈妈，你原谅我吧，同意我们结婚吧！”

这时，已经醒过来的昕燕，也流着泪在妈妈的脚下跪了下来。昕燕妈妈看着形容憔悴的女儿，心疼难忍，抬头对着天花板，长叹一声说："昕燕，你走吧！可怜的丫头。可是，苦命的红磊怎么办呀？你们这样做会要了他的命的呀！"

昕燕听了这话，爬在地上号啕大哭不止，连声说："我对不起红磊哥，我对不起红磊哥。可我怎么办呀？"

张艺贵见状，怕昕燕万一说出那晚水库发生的实情来，昕燕妈妈一定不会放过自己，就赶紧扶起昕燕，开门要走。昕琪正要上前去拦门不让他带走姐姐，妈妈流泪说："昕琪，让他们走吧！不然红磊回来撞上了，可能真的会出事的。"

昕琪也哭了起来，骂道："什么老师啊？你这个挨千刀的流氓坏蛋，你不得好死！姐，你喜新厌旧，抛弃红磊哥，你没有良心！"说完，猛地一把拉开门，双手用力把站在门边的张艺贵一下子推出门外，张艺贵的手扶着昕燕，冷不丁被昕琪推得往前一冲，差点把昕燕带得摔了下去。张艺贵赶紧扶住昕燕。紧接着，昕琪在昕燕和张艺贵的后面狠劲地把门哐一声关上了。这是从小到大都非常崇敬姐姐的昕琪第一次对姐姐说了重话。

这条街的房子太老了，基本上都是砖木结构，一点都不隔音。今天这一大早上的，昕燕后面跟着个打扮怪异的男人回家时，就有人注意到他们了。进了屋一会儿，家里就传出来吵吵闹闹的声音，几个街坊听见吵闹声就过来观望。人越聚越多，大家也听不明白。见门是关着的，又不好冒昧去敲。有人提议去找居民委员来敲开门看看发生了什么事。正在这时，就见门猛地一下打开了，昕燕被那个奇装异服的怪男人搀扶着，哭哭啼啼地扑出家门外，后面的门哐当一声就关上了。大家一见，就交头接耳地相互议论起来。他们冷冷地看着张艺贵，在他们眼里，张艺贵的那个样子简直就是个流氓。以前，大家曾因昕燕没有因为上大学而嫌弃李红磊而称赞她，现在，大家一看这个情况立即就明白了这家人大早上的闹腾什么了。

大家东一句西一句地有意大声说起来："哎呀，袁家这个漂亮的大学生女儿怎么会与这样的人在一起，她不是一直与李二胡好吗？不要李二胡了？"

"嫌人家是盲人，看上这个流里流气的长头发公母人了？"

街坊们指指点点，无所顾忌地当面表示着轻蔑和反感。他们的眼睛像一把把利剑，狠狠地朝张艺贵和昕燕刺过去。张艺贵不敢再多看他们一眼，赶紧低着头，连扶带拉地把哭哭啼啼的昕燕弄走了。

2

俗话说:“纸包不住火。”那天昕燕和张艺贵一起回来的事，李红磊很快就从街坊邻居们的闲言碎语中知道了。其实，李红磊早在昕燕很长时间不回家就感觉到了变化的来临。现在又见昕燕考完试都一周多了，还不回来。前后时间加起来都已经快两个月了。他心里知道有情况了。李红磊虽然很难过，但一想到这是迟早的事，所以不断地对自己说，你不是爱她吗？给她自由吧，只要她选择了分离，总有她的道理，何必要苦苦纠缠不放。

现在，是李红磊下决心离开昕燕家的时候了。他想，自己是个盲人，就算能治好，也不过是缓解一些，也许就只是从两眼一抹黑到能看见一些光影、物体轮廓而已。昕燕这么优秀的人却要死守着那份早已成了负担的、遥远的爱情，每天伺候一个只能糊纸盒、拉二胡的盲人。这对她来说，是多么不公平啊，她的心该有多苦啊。别的男人追求她，是非常正常的事。昕燕有权利，也有资格去选择自己的幸福。可是，只要自己存在一天，昕燕就会痛苦一天，即使与别人在一起，她也是痛苦的。不如自己离开昕燕，从此不再相见，让昕燕在今后的幸福中慢慢地忘记过去，这就是我送给她的祝福。这样，我自己也安心了。我必须尽快离开，不要让昕燕连自己的父母家都不能回。可是，我离开了这里，又去哪里呢？回乡下去又干不了活，还得让人照顾，那对任何人来说都是拖累。昕南说，韦婆婆现在走路困难，已经与韦队长住到一起去了。自己是个无用的人，怎么能再去麻烦石板坳的人。虽然自己非常想念爸爸妈妈和两个妹妹，但是我怎么能够以现在的这副模样，这种状况厚着颜面去见年事已高的父母，再带给他们悲痛和打击呢？宁愿死都不能回去。对了，死！只有死才能永远解脱锁在这个漆黑沉重皮囊里的灵魂，不再拖累任何人。

想到死，他心里惊了一下，但是这个想法就像当年想离开家，离开父母前闪现的念头一样，一旦出来，就开始不断地在脑子里反复闪现，而且越来越强烈。就这样，李红磊开始了激烈的思想斗争。自从有了死的这个念头开始，他每天都痛苦地生活在矛盾斗争中。万念俱灰，已经决定结束此生的他，又担心给刚刚走出阴霾的昕燕和昕燕一家带来不好的名声。所以，他总想找到一个万全之策或者更合适的方式。

在他看来，自己亲手结束自己早已疲惫不堪的生命，只是时间和方法的问题了。想到自己的一生竟然会如此短暂而凄凉，就满心痛楚，常常独自潸然泪下。回首往事，感到人生的很多无奈和遗憾都已经不那么重要了。既然此生已无他求，就尽快结束吧！

去外地打货的昕南还没有回来。晚上，李红磊独自坐在小窗边想心事。昕琪不知道什么时候溜了进来。红磊感觉到有什么人在面前静静地看着自己，就伸手一摸，抓住了一只手。

昕琪伸出另一只手握住李红磊的手，说："红磊哥，是我，我看见你一个坐着，知道姐姐没有回来，你挂念她，我就来陪陪你，反正我也没有什么事。"

李红磊抽出被昕琪握住的手来，笑笑说："昕琪长大了，会心疼人了。你姐姐忙，我知道的，要多体谅她才是。你有空时经常到学校去看看她，让她宽心些。"

昕琪听了这话，心里难过，落下泪来，说："红磊哥，假如说你不和我姐好了，还会喜欢别人吗？"

李红磊难过地说："我怎么会不和你姐好呢？如果单说处对象的话，我心里真还没有别人呢。怎么，有什么事吗？"

李红磊明知道昕琪话里有话，还是要装着不知道。他心里痛得像刀绞一样，而脸上却平和如常一般。

昕琪说："没什么事，我一想到，就随口说出来了。你知道我不太会说话的。"

李红磊不动声色地又与昕琪聊了一会儿，心里却在此时下定了死的决心。矛盾挣扎了多日的李红磊终于感到了放下诸般烦恼的轻松。

接下来的日子里，他默默地准备着。为了自己的死不至于让昕燕家引起别人的误会，给他们一家带来麻烦，他开始用昕南从前为他用纸壳板做的写字格写遗书。这个写字格板他从来没有用过。那是聪明细致的昕南想让李红磊写诗来缓解心里的痛苦，早就为他做好的。可是李红磊失明后，哪里还有什么心思写诗，所以这个写字格板就一直放在抽屉里了。现在，李红磊摸出来这块刻着一个个整齐如小学生用的方格本一样的格子的纸壳，心里感慨万千。他摇了摇头，想着昕南的细致入微，想着这一家人的好，眼泪冲出眼眶，在脸上纵横。他抹了把泪，拿起写字格摸了摸，然后把它与信签纸对齐压好后，一个字一个字地在格子中摸着写起遗书来。

他非常认真，生怕一点点的不注意就会牵连昕燕和她的家人。他一直没有学盲文，一想到那些疙疙瘩瘩的纸张，就打心眼里抵触那个东西。自从眼盲后，心早已死了，根本不愿接受任何新的东西。他一直生活在自己从前的回忆里。他做什么都力求尽善尽美，这本来就是他的一种癖好。就连怎样走才能干干净净，这样的细节他都考虑到了。

他给自己的父母写了一封信，真诚地向父母赔罪，请求他们二老的原谅。他把给父母的信放在自己的遗书里，请昕燕或她的家人有机会时转交。他给昕燕的家人也写了一封信，主要是感谢他们这些年来的照顾和给予的温暖。最后他给昕燕写了一封信。这是他写得最痛苦的一封信，想到这是留给昕燕最后的东西了，心里充满了无尽的眷念。

他写道:

昕燕，好久没有写字了，摸着昕南给我做的这个格子套板写字，真正体验到爬格子的滋味。在这些小格子里写字，虽然很不容易，但是比起没有格子套，还是要好写得多，至少不会把那些各自独立的字写成摞起来的一堆折叠桌椅，或者让那些偏旁部首都分了家。我用一个铁皮夹子把信签纸和格子套对整齐，然后夹牢，就开始与你说话了。想不到我们表达情意的方式在开头和结尾都是一样的。还记得吗？你在十五岁的时候是用写信的方式来向我表达你的情谊的。而现在，我要离开你了，竟然也如你从前一样，以写信的方式向你表达我的情谊和无限的留恋。

这几天我已经在这些小格子里用指头爬行着，摸索着写完了两封信了。很困难，因为每次都要数好记住写到第几行，第几格了。否则喝口水回来就找不到写到哪里去了。在这个格子套中迷了路，可能比在原始森林里迷路还要令人丧气绝望。因为一个字走迷路了，就要全盘推翻重新写。我重新写了很多遍，浪费了好多纸，耽误了好些时间不说，心里又多添了好些自责，甚至是自卑自怜。但是，一想到这是我人生中最后一次奢侈了，浪费就浪费点吧！我就这样原谅了自己。还好，我终于成功地走出了格子套的迷宫，写完了自己在人生最后的遗笔。这也许是对我自己短暂而荒诞的人生所做的最后交代吧。

这里，一封信是给我父母的，我向他们赔罪，并告别。一封信是写给你爸爸妈妈和昕琪、昕南的，我向他们致谢，也向他们告别。我很爱我的父母和你的父母，也爱我的妹妹们和你的弟妹们。从前，“爱”是让我留恋这个世界唯一的理由；而现在，也同样是这“爱”，让我决定结束我这种自私的，一直长久地让你和你的家人们用痛苦来承托的感情！

我想，我的消失会让你暂时有些不适，因为你肯定是爱我的。可是，昕燕，我铭心刻骨眷恋一生的心上人，再过一些时候，你就会因我的离开而获得轻松和自由，不再受我的拖累了。这是我唯一能送给你重新开始新生活的礼物。我在给你写这封信的时候，竟然会想起中学时读过的那本意大利小说《牛虻》中的一个情节。你知道我经常爱胡乱联想。这大概是喜欢写诗的人的特质吧？我联想到的是男主人公亚瑟，也就是化名“牛虻”

的人，他给琼玛，那个他从小就深爱的女人写绝命书时的情节。我不敢拿自己与牛虻比，他至少是为理想而战斗到生命最后一息的人。我怎么能与他相提并论呢？因为我只是个逃兵，一个被生活彻底打败了的逃兵。可是有一点我是可以与他一争高下的。那就是我对你的爱与他对琼玛的爱都是同样高尚纯洁，贯穿生命始终的。

昕燕，你现在已经开始拥有幸福了，将来你还会得到更多更大的幸福。你靠自己的努力实现了理想，再贵的幸福你现在也能买得起了。还记得吗？你十五岁时的那封信中，那句最令人难忘的话："幸福太贵了！我们家买不起。"

昕燕，不久我就要走了，要离开你了，我不想继续在这黑暗的皮囊里面痛苦地偷生。你是我一生的爱恋，我要用生命放飞你的自由。不要因为我的离别而痛苦忧伤，我走得很释然。我知道你不会鄙视我选择的归路，因为你是那么善解人意。我们早就是心灵相通的，对吗？

我走了，先到那个有三间小屋的地方烹茶作诗去了。那种日子是清闲自在的，我很向往。再见了，我的昕燕！这里我就不留年月日了，我不想让这悲伤的经历依附在时间里，又溜藏进我们今后的相遇里。我们共同来的那里没有时间，只有亘古不变的清风明月，源远悠长的断岩银瀑，伴随着无尽的幽思与缠绵。

我的灵魂要回到石板坳去寻找那个属于我们的三间茅草房了。在那里，那个酷似你的女孩，不，不是酷似，其实她就是曾经的你。你那时唤我莫公子，让我现在不知道该用李红磊还是用莫公子来为我在此世的最后一封信落款。莫公子藏着你的过去，李红磊却牵着你的现在。我不想再叫李红磊了，我将要把属于这个名字的黑暗皮囊统统抛弃。我也不想用那个莫公子的名字，因为我不知道现在的你是否喜欢我变成了那个不知道什么年代的姓莫的古魂？那些古人多聪明啊！墓碑上不留名姓，却留下让人猜度难解的诗句。想来想去，我就学学古人吧！不带走任何名姓，永不再生。这样就不会给任何人家带来痛苦悲伤了。

再见了，我的昕燕！不管再见不再见，你都是我心中永远的爱恋！

李红磊选好了放弃生命的日子——他的生日。他将在生日这天结束自己三十五岁短暂的生命。他慢慢地准备着，等待着。终于，明天就是他的生日了。

小时候听母亲讲，他是晚上十点钟左右来到这个世界的，所以他要等到明天晚上十点钟离开这个世界。他也不知道为什么要选择这些获得生命的数字来抛弃生命。冥冥之中，总觉得这一切都是上天刻意安排给自己的。

第二天清晨，门外小厨房里火勾掏火的声音响了起来，接着飘来呛人的煤烟味。李红磊知道天快亮了，这是昕燕妈妈在提前准备早餐。他赶紧摸索着推开那扇小小的窗户，小窗刚一开，一股凉风带着清晨的湿气立刻涌了进来。房间里的空气慢慢地清新起来。一夜未眠的他准备像平时一样九点钟左右出去。今天是最后一次感受家和尘世的味道，晚上就不会像往常一样再回到这个处处都充满着昕燕味道的家和房子里来了。

他把给两家父母的信和给昕燕的信都包在一张报纸里。原想放在抽屉里，但是又担心自己还没有死，信就被人看见了，不但走不成了，还成了用死来吓人的笑料。想来想去，就把信放在自己床头的垫褥下。放在那里，既不会很快被发现，又不会因藏得太密而久不见天日。天好的时候总要晒晒被褥，洗换床单被子，那样就会有人看见这些信了。他摸索着把棉絮理平整，再把床单拉好，枕头放好。心想，这个家里不管是谁，看见了这几封信，都会替我转交的。他想象着昕燕读着信的样子，想着她的绝望，她的眼泪，她的悲伤……他长叹了一声，轻轻说："再见了，别哭，我的燕子，你好好地飞吧！我等待着与你的重逢。"

3

早上七点半钟，李红磊像往常一样跟全家在一起吃早餐。昕燕妈妈端给他一碗面条，上面有一个荷包蛋。"红磊，生日快乐！快吃了这碗长寿面，长命百岁哦！"昕燕妈妈眼含热泪地笑着说。

昕琪也说："生日快乐！红磊哥。"接着她不知道塞了个什么东西在李红磊的衣服口袋里。

昕燕爸爸也对李红磊说生日快乐，还说："昕南去哪里打货去了？也不按时回来，忘记了今天是红磊的生日呢。"

昕琪说："到北京秀水街去了。讲好是今天晚上七点钟左右回来的，我还要去接站呢。"

妈妈说："火车的时间说不准。老袁，今天下班早点回来，等昕南、昕琪一回来，我们大家就给红磊过生日。"

李红磊听了，差点哭出声来。接着他推说没有什么胃口，不太想吃，只喝了几口面汤，就回房间去了。他从衣服口袋里摸出昕琪塞进去的那包东西，也没有管是什么，顺手就放在了枕头下面。

昕燕爸爸进来了，问李红磊是不是不舒服，要不要吃药或者上医院。李红磊强忍着悲伤说没什么事，只是请他不要担心。

昕燕爸爸走后，昕琪和妈妈都先后来看过他。他让昕琪放心去铺面，又告诉昕燕妈妈没事，让她们不要担心。

昕琪走后，昕燕妈妈说:“红磊，你身体不舒服就不要出去了，天气预报说下午有雷阵雨。我告诉过你的，治眼睛的钱已经存足了。袁叔叔已经托一个在铁路上工作的老同学帮助买火车票了。一买到票，马上就走，一天都不能再耽搁了。你真的不用去拉二胡了。”

李红磊强忍着悲伤，说:“我还是想去那里坐坐，习惯了，不去的话就好像有什么事没有做一样。今后再也不会去了，今天再去最后一次。”

昕燕妈妈想了想说:“红磊，你想去拉最后一次就去吧，早点回来。昕燕这段时间又是毕业，又是找工作的，很忙，没有空回家，你不要担心她。”说完，拿起放在桌上的一个纸包，塞进李红磊的手里。里面是一个夹着煎鸡蛋的大馒头，还热乎乎的。

李红磊说:“阿姨，今天不用带馒头了，我想去吃碗米粉。”说完这话，已经满目泪水，幸好黑色的墨镜遮住了那双只剩下流泪功能的双眼。想到与这个家庭多年的缘分，还是依恋难舍。他怕自己会因情而软弱，改变自己的计划，赶紧说:“阿姨，我走了，再见了!”接着就提起竹竿，摸索着快步走出那扇永远不会再进出的家门。

昕燕妈妈感觉李红磊今天有点怪，但又说不出是哪里怪。她手里拿着那个馒头，看着他的背影，心疼地叹口气，说:“苦命啊！前世的冤孽，昕燕怎么舍得丢下他们这么多年的感情？都是那个挨刀砍脑壳的张艺贵！可是，我们怎么告诉红磊啊？那真的会要了他的命的！可怜的红磊啊！等我们带他治好眼睛后，再告诉他昕燕的情况，对他的打击可能会小些。”

在昕燕妈妈心里，李红磊早就是自己的儿子了。她心疼地想，街上卖的米粉没有营养，就是味精放得多，香口。红磊想吃米粉，今天下午我拿米去换点米粉回来，自己做给他吃，再把剩下的半斤肉票全部割了五花肉来，做红烧肉，红磊最爱吃了。想着，又转身忙自己的去了。

李红磊握着昕燕和昕南为自己做的那根每天都为自己引路、已经被磨得十分光滑的竹竿点着路向前走着，约莫一站路后就听到右边通往大马路那边的巷口传来“刘肠旺”大声吆喝叫卖肠旺面（贵州极负盛名的一种风味面食）的声音。李红磊竹竿一拐，熟练地转进那条小巷，只二十多米就到了他每日里拉二胡的地方。

“小李来了？”这是每天王鞋匠向他打招呼的第一句话，间接地告诉他走到地方了。

“来了，早上好!”李红磊一边答着一边摸过去，依墙靠好竹竿，放下小木板凳，坐好后，从肩上取下装着二胡的黑色琴袋。

想到今天是最后一次在这个世界上拉琴，李红磊心里一片悲凉。他忍住时刻会滴落的眼泪，想把从小听到的歌曲、会拉的乐曲统统拉一遍。他开始拉二胡，记忆随着琴声回到往昔，在那些往事中流连。他出神地、自顾自地拉着，仿佛世界就只有他一个人存在。他今天没有像往日一样在脚前放上那个要钱的小搪瓷钵子。他不需要钱了。他从昨天起就没有吃什么了，今天也不吃任何东西，除了喝少量的水。那只老水壶在身旁的墙角下站着。

他一支接一支地拉着能想到的那些老的、新的曲子，沉浸在对短暂人生的回忆中。他不知道周围已经有几个人在驻足观看。那个卖茶叶蛋的老婆婆见好几个人围着李红磊，就走过去打断他拉琴，对他说："小李，你的钱钵子呢？是不是又被那个挨千刀的'独耳'偷走了？他妈的'独耳'也真缺德，天天来明抢暗偷地拿人家的辛苦钱。他下辈子投生，两只耳朵都没有。那个坏蛋！"

李红磊说："刘婆婆，谢谢你，是我自己忘了带来。今天不是'独耳'拿走的。"

刘婆婆说："不是他偷的，我也要骂他。反正平时都是他做的坏事，没有别人。骂错一次也还有好多次没有骂到，抵消都不够。"说完，愤愤然地、自语自话地走了。一会儿又拿了一个碗来放在李红磊的前面。

李红磊又接着拉琴，完全沉浸在悠远的乐曲的意境和回忆之中。有人过来在他的衣服口袋里塞了点什么，反正不是小钱就是吃的东西。他点头表示感谢，手里仍拉着曲子，渐渐沉浸在自己的灵魂与肉体惜别的那种难以言说的悲痛之中。他感觉到悲凉的灵魂正在自己的躯壳里剧烈而痛苦地摆动着，像蛇蜕皮时一样痛苦地扭动着，挣扎着。

他疯狂地拉着，动作比平时幅度大很多。脸部虽然被昕南从广州买来的大墨镜遮了三分之一，但心里的悲伤还是在无意识中毫无保留地流露出来。他的反常，引起了很多熟悉和不熟悉他的人驻足围观。

有个人说："这瞎子拉二胡的技术越来越好了。你听他拉的这个《病中吟》多熟练，还带着表情。哎，可惜是个瞎子。那些歌舞团拉二胡的也不见得有他拉得好呢！"

有人点头附和："是啊！李二胡到歌舞团去表演也够格呢。"

在观看的人群中，站着一个看起来秀雅斯文的女人。她是被乐曲声吸引过来的，已经在那里听了有一阵了。这个街坊们不认识的女人长时间站在那里看一个盲人拉二胡，本身就吸引了一些好奇的人去看她。人们悄悄地观察着，议论着："这个女的为什么一直看小李拉二胡？"

有人说："听说歌舞团最近在招人，会不会是歌舞团的？"

她看见有些人毫不掩饰地看自己，有点不自在，轻轻地皱了皱眉，但还是留在人群中继续证实自己对拉二胡人的判断。

她从他戴着墨镜的脸上越来越清楚地看见了那些熟悉的棱角和痕迹，她从小时候就一直喜欢偷偷地看这张脸，这个人的身体和脸早就在她心里留下了难以磨灭的烙印。她越来越肯定自己的判断，他肯定是李红磊。

当他调了调琴弦，又拉出电影《冰山上的来客》中那支插曲《怀念战友》时，她先吓了一跳，以为是被他认出来了，而故意拉的。但是再仔细一看，知道自己站的这个角度他不扭身是看不见的，更何况这么多年没有见过面，他哪里能一眼就认出自己。

李红磊仍然专注地拉着，悲怆的琴声如泣如诉地在空气中盘旋。一支支哀婉的乐曲从那个看来很有些历史的旧二胡中倾泻而出。就好像是李红磊唱出来的一样。文慧雪想，他好像特别喜欢拉悲伤的曲调。是不是想博得人们的同情，多要些钱？天哪，他怎么会沦落到这一步呢？又是假装盲人，又是故弄悲情的。这完全不像李红磊啊！

她难以克制地激动起来，感到自己在轻轻地颤抖，眼泪顺着脸颊淌下来。她怕被人看见，赶紧掏出手绢，假装被灰尘迷了眼。她对自己说，肯定是他，李红磊，这个让她有意无意一直在寻找、眷念与等待的人。

这个文秀的女人就是当年彭家良去乡下看李红磊时聊到过的那个会写诗的女孩——文慧雪。如今她已经成为一名内科医生。

4

“文革”中，文慧雪与李红磊的大妹李红玉都在三民路居委会办的小工厂里当工人。她俩情趣相投，互相换书阅读，谈读书心得，后来，李红磊的小妹红英也加入进来，三人成了特别要好的朋友。

慧雪家庭成分不好不坏，既不是“黑五类”，也攀不上“红五类”。而红玉的父母虽是现役军人，却也都进了“五七干校”。大家心照不宣，从不问及彼此的家事，怕伤了对方，伤及友情。就这样，几年中，她们虽然是好朋友，但是慧雪一直不知道红玉、红英是李红磊的妹妹。

一九七三年，“文革”以来第一次大学恢复招生，红玉、红英和慧雪都参加了考试，而且三人都考上了。红玉被分配到外省一所大学的哲学专业，但她一点都不喜欢这门学科，她喜欢的是文学。可是上大学的机会难得，不容她有丝毫犹豫和选择。她还是去了哲学系，三年后，以全级第一的成绩毕业。

慧雪考试成绩非常优秀，作为“可以教育好的子女”，她被分配到竹市一所医学院校的医疗系学习。那时很多人都不愿意学医，“可以教育好的子女”文慧雪就有了机会。医生是她最崇尚的职业，且从小她的理想就是当一名医生。收到入学通知书时，她真的是喜出望外，兴奋得好几天没有睡好觉。

红英则被分配到竹市一所师范学院的政教系。红英对自己学什么专业无所谓，只要能进大学，能成为一个大学生就可以了。

她们三人非常幸运地同年进入了大学。几年后毕业时，红玉分配工作回到竹市，在一家外贸土畜产品进出口公司的土产科做了一份跟哲学专业没有一点关系的工作。

红英分配到一所中学当老师，后来调到竹市的省级社科院办公室工作。

慧雪毕业时被分配到竹市一家国营棉纺厂的医务室。后来国家恢复研究生招生，一向成绩拔尖的慧雪以第一名的成绩考上了母校的研究生。毕业时，按成绩慧雪是应该留校的，而且她本人也特别愿意留校做教学和科研工作。可是系里面有人说她不关心政治，只专不红。于是另一个比她学习差，但政治表现好，又是党员的同学留了校。不过学校还是尽心尽力地帮慧雪联系了竹市的省人民医院。然而，医院连她的档案都没有调，就说有人反映她只专不红，是一个走白专道路的人。结果她又被分回到原来那个棉纺厂的医务室。

红玉、红英知道后，就把慧雪带到自己家里，让爸爸一定要帮慧雪的忙。那是慧雪第一次去红玉家。在见面时，慧雪才认出，红玉的爸爸就是当年到她们学校讲革命故事的老红军，就是李红磊的爸爸，才知道了红玉、红英原来是李红磊的妹妹。

红玉爸爸为慧雪联系了他的一位姓田的老战友，这个人在卫生厅任党委书记。红玉陪着慧雪去找那位“文革”结束后才恢复工作职务，满头银发的党委书记。进门后，红玉喊了声“田伯伯”，慧雪也跟着喊了声“田伯伯”。

田书记从满桌子的文件纸堆中抬起头来，摘下老花镜随手丢在一本书上，说:“你是红玉还是红英？都长这么大了！你们随便坐吧，我这里忙得拉不开栓了，好早就说去同你爸爸下盘棋都一直没有抽出空来。快说说是什么情况，我等会儿还有一个会。”

他听了一下慧雪的自我介绍，又匆匆忙忙地翻了翻她带来的个人简历后，说:“红玉、小文，你们坐一下，我打个电话到省医去问问情况。各个医院都需要人才，但是国家事业单位编制又有困难。好些医院人事科的人都经常跑到厅里面要求增加编制，调配人才。我们也很发愁，一下子到哪儿去弄这么多编制和人才。”

说话间他的食指伸进电话盘的号码洞里拨着，嘴里说：“怎么老占线？老杜那边也忙呢。拨乱反正后，国家要发展，人才太重要了，研究生就更是国家的宝贝了。省医的杜院长成天跟我磨缠要人才。怎么现在分给他人才，他们还不要了？都什么时候了，还以什么所谓的白专红专来判断人，真是乱弹琴。棉纺厂的医务室用不上这么专业的人才，浪费了。国家培养一个人才不容易，更不要说是研究生了。我们必须把好钢用在刀刃上。”

说完又把食指伸进号码洞咔咔咔地一边拨号一边说：“小文你也别急，是金子总会闪光的嘛，我先跟杜院长了解一下情况再说。”

他们讲话之时，田书记的电话已经拨通了省人民医院杜院长的办公室。老书记先与杜院长说了一些工作上的事后，就把话头转到了慧雪的工作分配问题上。不知道对方说了什么，老书记突然提高嗓门，激动地说：“老杜啊，现在国家百废待兴，人才断代情况很严重，四化建设需要大量人才。什么只专不红，这年代还拿这些标准来衡量人，真是乱弹琴。工人以工为主，医生就要以医为主。能医好病人就是好医生，就是红。邓小平同志不是说过，‘白猫黑猫，抓住老鼠就是好猫’吗？专业学不好，医术不高，红体现在哪里？我们的医院就应该多收这种为革命钻研技术，钻研学习的人。至于她是什么工农兵学员的问题，我看就更不是什么问题。首先，她本人已经通过自己的努力，研究生都毕业了。其次，哪一代都有优秀的人才，也有无用的阿斗。英雄不问出处嘛。是人才我们就用，有真才实学的人，我们就培养他们挑大梁。现在各级医院中有很多优秀的中坚分子挑起了大梁，他们中很多人都是所谓的红卫兵大学生和工农兵学员。这是历史造成的现象，我们要正视现实。‘文革’耽误了他们，而他们中的很多人通过自己的刻苦学习，努力钻研，出了不少好苗子。我们做领导的要善于当好伯乐，要公正，不要有偏见……好，好，我让她去找你，让她当面跟你说说她自己的情况，让你这个老专家看看她能不能到你们医院去。不要等别的医院抢走了，你们又后悔哦！关于你们要求增加编制的报告，厅里面也在研究。不止你们一家，全省各级各家医院都要求增编调人，我们再到劳动局反映一下。争取先把省里几家大医院的编制问题一并解决。”

慧雪和红玉坐在椅子上听田书记与对方谈话，从田书记的话语中猜测和推断着对方的讲话，这才知道那家医院了解自己的情况，连院长都知道自己只专不红的事。慧雪想着，心里觉得很委屈也很着急，同时也有些感伤。

慧雪正出神，老书记放下电话对她说：“小文，你也听见了。省医人事科的人不知听谁说你只专不红，不关心国家大事，走白专道路。医院上级领导听了那些对你的反映以后也有不同意见。不收你呢，觉得可惜；想要你呢，又怕今后承担政治责任。现在杜院长已经派人去找人事科商量去了。再等一会儿吧！”

红玉和慧雪几乎异口同声地说：“谢谢田伯伯！”

田书记说：“别谢了，要谢也是谢上面的政策好。虽然现在‘文革’结束了，但是‘文革’的流毒不是一天两天就能肃清的。有的人是思想认识方面有问题，有的人是胆小，大家都被这些年的政治运动搞怕了。习惯性的思维让很多人不能破除迷信，解放思想。还需要时间。你也不必太在意，学校对你的推荐是负责任的。社会在前进的嘛，人们对事物的认识也不会一成不变。慢慢来吧！不过，你今后无论到哪里工作都要积极参加一些政治学习和集体活动。一个人在社会上生存，有的事不能以自己的喜好或兴趣来取舍。适时者存嘛！这是我给你的一点个人建议，就当朋友善言吧！”

正在这时，电话铃响了，田书记拿起话筒听着，连声说：“好、好、好！”放下电话后说：“你们现在就到省医人事科去找樊科长，有什么问题再说。我要赶去开个会，就不留你们了。红玉，代我向你爸爸问好，有空我就去看他。”

慧雪非常感动，弯腰对着田书记深深地鞠了个躬，一个劲儿地说：“谢谢田书记，谢谢田伯伯。”

红玉和慧雪走出田书记的办公室，直接奔省医人事科去了。不久，慧雪就进了省医内科。在后来的工作中，她记住了田书记的建议，从此在搞好专业工作的同时，也积极参加单位科室里的很多活动，在政治学习上也发言表态，再没有人说她走白专道路了。

慧雪与红玉、红英的友谊一直延续着。两家的家长也相识了。慧雪的父母心存感谢，不时会去看看红玉、红英的父母。只要一去，他们就会带些蔬菜水果和自己家做的食物。慧雪的爸爸爱下象棋，红玉爸爸也喜欢下象棋，两个人每次都要再棋盘上杀个尽兴才收兵。

每次慧雪有意无意地问起李红磊的情况，红玉、红英都有些回避。红玉总是脸露怨艾地说：“不太清楚他现在的情况。”而红英却总是难过地说：“真的不知道他现在在哪里。我哥可能会回来的。”

每次说到这里，慧雪就不好再往下问了。她猜想，李红磊一定做了什么令这家人不愿意提及的事。要不，怎么他两个妹妹都不愿讲他的事？

一次慧雪下班给红玉爸爸带了些药去，红玉、红英都还没有回家，慧雪见红玉妈妈在择韭菜，就过去拿了个小凳坐下来帮忙。红玉妈妈说：“小刘送你李伯伯去军区医院做理疗去了。红玉、红英都还没有回来。慧雪啊！今天我们包韭菜盒子吃，你就不要走了，吃完再回家，带些回去给你爸妈尝尝，看看我的手艺好不好。”

慧雪说:“谢谢阿姨。我吃就代表他们了，不用连吃带拿的。”

红玉妈妈说:“那不行，叫你带你就带，一个都不能少。要不然你爸爸妈妈下次来时就不要带什么红烧豆腐啊、青椒炒小脆鱼啊的来了。我做的没有他们做的好吃，就等着他们带来的东西打牙祭呢。”说完，两个人都哈哈大笑起来。

红磊妈妈笑眯眯地看着慧雪说:“我还记得你小时候的样子。每次开家长座谈会，邢老师都让你发成绩单。你从小就很认真，从来都没有发错过。我每次都想，这个小姑娘是谁家的？像个小大人似的，一双大眼睛多好看啊，水灵灵的，会说话似的！没想到一转眼都长这么大了，要是我们红磊在家多好啊！我就喜欢你呢。”

慧雪不好意思地笑着说:“我小时候傻，老师让做的事比爹妈让做的事还重要。只要老师一声招呼，真是赴汤蹈火都不在话下。红磊比我聪明，老师让他干的事，如果他不想干，就溜了。不像我，死认真。”

红磊妈妈说:“认真好嘛，我就喜欢你那认真劲儿。”

慧雪说:“周阿姨，说到红磊，我想问一下，我怎么从来都没有看见他回家来看你们？他现在在哪里？”

红磊妈妈长叹一口气，这才把李红磊离家出走的事情从头到尾地说给慧雪听。

慧雪见红磊妈妈流眼泪，就掏出自己的手绢给她擦眼泪，安慰她说:“他也许不知道李伯伯的身体情况，如果知道了，他一定会回来的。别难过了，周阿姨。等会儿李伯伯回来就别说了，免得他生气伤心又犯病。”

红磊妈妈说:“早知道这样，就不生养他了，现在也不知道他在哪里，过得怎样。唉！不养儿不知父母恩啊！”讲到这里，红玉妈妈满脸的忧伤和愤怒，恨恨地说:“都是该死的‘文化大革命’害的。原来好好的一个孩子，那么单纯善良，‘文革’中怎么就被弄成了个六亲不认的人。父母说两句就不行了，家都不要了。唉！该死的‘文化大革命’，把人都变成鬼了。儿子不认父母了，多寒心啊！让那些整我们家的坏蛋们看笑话呢。”说完，把手里择好的菜丢到小竹簸箕里，眼睛直愣愣地看着面前的地发呆。慧雪见她那样，担心她心脏病复发，赶紧把话岔开去。

慧雪从红磊妈妈那里知道这个情况后，就去问红玉、红英为什么不去找她们哥哥。

红英说:“我们都不知道他在哪里。要知道，我早就去把他抓回来给爸爸妈妈下跪赔罪了。当时我爸妈是急躁了些，可是我哥也不该赌气出走，一走这么多年，连个音信都没有。我爸爸妈妈想他都想出病来了，我爸中风坐轮椅都是想我哥想的。我现在一想起我哥，真的有点恨他这么狠心。”

红玉说:“我都懒得提他了，就当没有这个哥。”

红玉真的不提李红磊，如果涉及哥哥，她就立即岔开话题。可是红英却不同，从小她就佩服哥哥，当她每次同慧雪讲起李红磊如何会作诗，如何好时，总是对这个哥哥爱怨交织。慧雪听得出来，爱还是多过怨。毕竟是她的亲哥哥嘛。

此时此地，文慧雪看着李红磊，想，李红磊落到这一步真是有点奇怪。他为什么就是不回家呢？他当时年轻不懂事，也看不出“文化大革命”的问题，犯点认识上的错误是可以理解的。后来不都过去了吗？可是他宁可在这里装盲人拉琴卖艺都不肯回家，为什么啊？总不能让父母去找儿子认错啊！何况李伯伯已经坐轮椅了。他难道一点都不知道家里的情况吗？

第二十四章

1

文慧雪越想越觉得奇怪，李红磊怎么会在这里？为什么还要装成盲人在这里卖艺？她站在他的侧身后近距离观察李红磊，他看起来衣衫虽然旧，但还很干净整洁，这说明他有固定的住所，有人照顾。会不会是结婚了？

慧雪决定暂不惊动李红磊，因为不知道他的具体情况，贸然去跟他打招呼肯定不好。万一他是因为生活艰难而不得已假扮盲人，这招呼一打不就让他露了馅，那该多难堪啊！自己得想想怎样才能接近他。他是否还记得我这个人。看来，他就住在附近，大家好像都比较熟悉他，我得先看好他的住处，再联系红玉、红英。

看着眼前这个自己一直不能忘怀的人，想着自己从少女时代就暗恋的李红磊如今落魄成这样，慧雪心里真有点感慨万千。那边有个修鞋摊子，慧雪朝那个摊子走了过去，心想，那鞋匠一定知道李红磊的情况。

王鞋匠今早还没有开张，坐在那里张头张脑地四下里打量着过往的人，眼睛的落点最后都在人的脚上，就像猎人在找寻捕猎的目标。他早就注意到慧雪，注意到她的鞋没有需要修补的地方，也不脏。此时却突然见她朝自己的鞋摊走来，心想，莫不是生意来了？就赶紧取下围在脖子上的一条毛巾，麻利地掸了掸摊前的一条小板凳，让慧雪坐下。

慧雪坐下后说要擦鞋，鞋匠赶紧把一只专供擦鞋用的矮凳塞到慧雪左脚下，用一块湿布开始擦她鞋底边上的泥尘。慧雪装作不经意地说道："那个盲人二胡拉得不错呢。"

那鞋匠一听，立即明白来者目的不是擦鞋，是想打听人。他抬起头用狡黠的眼光看了慧雪一眼，说："我不懂他拉得好赖，直觉还好听。"

慧雪见他有点卖关子，判断他肯定知道情况。就说："我的鞋好久没有擦了，你帮我擦干净点，我今后路过这里，还来找你擦。"

鞋匠拿了块干毛巾擦着慧雪鞋上的水，没有抬起头来，说："那就要多谢你常来照顾生意了。”接着抬起头来看着慧雪说：“我以前没有见过你，你是新搬来这边哪条街的？”

慧雪没有答他的话，心里考虑着怎么向这个圆滑的鞋匠打听李红磊的情况。

鞋匠见慧雪不答话，就自己解嘲说：“我顺嘴问问，主要是以前没有见过你。不是吹牛的，这条街上经常走的人我都认识，而且记得他们的鞋子。每家人的鞋子从大到小，只要找我修过的我都记得。不管男鞋女鞋，修修补补、钉掌换跟的都来找我。都知道我便宜实惠，钉得结实，修得又快又好。你今后要是过这里，尽管来找我，修鞋擦鞋都行。我保证优先帮你。你是路过嘛，时间紧，不像住这条街的，丢下鞋就走了，好几个钟头才来拿，有的好几天才拿。他们都信得过我。”

见慧雪还是没有答话，想起她刚才打听的事，就赶紧诺诺地说：“你刚才是夸奖那个瞎子拉二胡拉得好？他在这里拉了好几年了，怪可怜的！”

慧雪说：“你知道他叫什么名字吗？”

鞋匠抬头看了她一眼，慧雪发现他的眼睛虽然很小却亮晶晶地闪着狡黠的光。

他说：“只知道他姓李，具体名字不清楚。这条街的街坊们有些喊他‘小李’，有些喊他‘李二胡’，还有喊‘李瞎子’的。”

慧雪“哦”了一声，想，这个鞋匠像挤牙膏一样，不太直爽，是想多要些擦鞋钱吧？想到这里就说：“你做事很认真呢，擦干净些，多上点鞋油，我多给你钱。”

鞋匠一听高兴地说：“就是不加钱我也一样给你擦得比别人的又亮又好。一看就知道你是个国家单位端铁饭碗的人，不抠，有钱人呐！”

慧雪见他还要讲下去，赶紧打断他的话，问道：“那个拉二胡的真是个盲人？”

鞋匠用手抹了一下流出来的鼻涕，顺手擦在又黑又油腻的围裙上，说：“是盲人，双目失明。听说是受伤后成盲人的。也不知道伤了脑壳的哪里，把眼睛都弄瞎了。所以我说呀，人最不能伤的就是头，脑水（髓）也在那里面，可怕呢！”

慧雪吃了一惊：“受伤？！怎么会受伤？”

鞋匠见慧雪吃惊的样子，有点诧异，停下手来看了看慧雪，说：“那就不知道了，反正他不是生下来就瞎的。怎么，你认识他？”

慧雪见鞋匠起了疑心，不想回答他的问题，就没有说话。她看着鞋匠擦鞋，一时间两人都沉默了。

过了一会儿，那鞋匠见慧雪没有接着问，就又补充说：“小李是几年前跟着一户姓袁的人家从农村回城的。那家人是‘文革’中被疏散下放，文革结束平反落实政策回城，后来就住到这条街来了。他来时就是瞎子。那些街坊说他是在农村脑壳受伤后，医疗条件不好，救治不及时，才成了瞎子的。他一直跟这家人住在一起，先前都以为是这家人的大儿子，后来住久了，大家才知道他原来是袁家大女儿的对象。不知道为什么，他们一直都没有结婚。那家大女儿是我们这一带最漂亮、最傲的人。有时她到水站去挑水，那些年轻人会抢着帮她把水担到她家门口，可是那家大女儿从来不主动与别人说话。前几年，那家大女儿考上了大学，好像是学画画。大家都担心这女的本来就漂亮，又成了大学生，李瞎子怕是要落空了。有人悄悄地劝小李早点同她结婚，可是他一直没有什么动静，同原来一样每天出来坐在那个位置拉琴讨点生活费。好些年了，他一直这么生活，好像并不在意那家的大女儿会不会变心。我们都觉得小李和那个女的肯定要吹，想想人家那么漂亮，又是大学生，追她的人肯定很多，再差的条件也比瞎子好啊！我不知道他们从前是怎么回事，但是现在小李哪里配得上她呀！果不其然，前段时间大家都在传，说那家的大女儿把小李给甩了，同她学校的一个老师结了婚。可怜啊！这个小李，虽说他确实是配不上那女的，但是大家都还是同情他。好了这么多年了，被甩了，又是个瞎子，后面的日子难过喽！不过，袁家一家人对小李很好，街坊都知道。这年头，好人难得哦！是不是？”

慧雪扭头去看了看李红磊，还是没有回答鞋匠的话。鞋匠见她看李红磊，就又说:“我看你在那里站了半天听他拉二胡，你认识他？”

慧雪还是没有回答鞋匠的问题，若有所思地说:“哦，你说他住在他的女朋友家，女朋友又同别人结婚了？这个盲人真可怜，不过他二胡拉得很好呢。”

鞋匠说:“我倒是不懂他拉得好不好，只觉得好听。每天都听他拉，有些调调我也会哼几句了。”说完居然哼了起来。

听了鞋匠的话，慧雪虽然不动声色，但心里已经非常激动。一想到李红磊现在的处境，而且住在已经抛弃了他的那个女朋友家，心里更加替他难过着急。她觉得李红磊好可怜啊！想着，眼泪就在眼眶里转。好在正低头干活的鞋匠没有看见她满盈欲滴的泪水。她定了定神，还想再确认一下，就又问:“你知不知道他的名字？”

鞋匠抬起头来看看她说:“你是歌舞团的领导？”

慧雪又问了一遍:“你知不知道他的名字？”

鞋匠说:“我真的一时想不起来。是不是李二胡要交好运了？你肯定不是一般的人，看你这风度和做派就与一般人不同。我以前从来没有见过像你这样有风度的人来这里呢。”鞋匠奉承着说。

慧雪很讨厌这个鞋匠既不回答问题，还要反过来打听消息的行为。医生问诊，病人回答问题已经成了她的习惯，见这个鞋匠绕来绕去的想摸自己的底，有点烦。她拿眼睛看着鞋匠，没有回答他的话。

鞋匠见慧雪不回答，还目光严肃地看着自己，就越发觉得面前这个女人一定有来头，又生怕慧雪不加钱，就赶紧自打圆场地说:“哦，你问我李二胡的名字，我现在想起来了，他好像叫李红磊。对，是叫李红磊，我听见过袁家人喊他红磊。他姓李，加起来不就是李红磊吗？”鞋匠说完，又往慧雪的皮鞋上挤了一条油，动作有些夸张地擦着鞋，凭他的直觉，这个女人不会计较这点小钱，因为她根本没有问多少钱，只说过要多给钱。

从小学时起，文慧雪就开始注意李红磊。后来渐渐地发现自己有一天看不见李红磊都会心神不宁。有一次李红磊扁桃体发炎，几天没来上学，她竟然神魂不安地上黑板抄错了题。那是每天都要帮老师做的事，也是她第一次出错。

她从小阅读了大量的书籍，所以比同龄女孩懂事很多。初中她和李红磊还在一个班，高中就分开了，各自进了不同的学校。可是，她始终默默地关注着李红磊，通过仍然与李红磊同校同班的一个女同学打听李红磊的情况，一直守护着这份牵挂。初中时，慧雪就知道自己恋上了李红磊。她越是喜欢他就越在李红磊的面前表现得十分严肃，甚至不敢正眼看他，生怕自己一不小心把心里的秘密从眼睛里和语言里流露出来。初中三年很快就过去了，得知李红磊不与自己在一个高中时，她悄悄地哭了一场。最后，把全班毕业照中的李红磊从照片中剪了出来，把那个英俊的头像贴在自己一张放大又上了彩色的半身像的心脏部位。然后再把这个“杰作”贴在自己最好的一个上海牌天蓝色织锦缎面日记本的扉页上。那个本子是学校发给“五好学生”的奖品，她在上面写了一首含蓄的情诗。

问花芯恋谁？芳蕾藏羞泪。
花红只一春，独向意中人。

慧雪的这本日记一直保存得很好。这是她少女时代最珍贵的心灵之恋。虽然只是单恋，但在她看来，仿佛李红磊从来都与自己在一起，未曾离开过。每当想起这些，慧雪总会有一种难言的感伤。

这么多年过去了，李红磊却以这种状况出现在自己眼前……不过，无论怎样，总算是见到了他本人。慧雪从擦鞋匠那里知道李红磊每天要到晚上六点左右才离开，主要是等下班的人潮，就能多得到些钱。她心里万般感慨，心想，这么一个家庭的孩子居然几年如一日地当街卖艺求生活，而且这么能吃苦，谁能料到啊。与从前那个儒雅骄傲、书生意气的李红磊真是天差地别，扯都扯不到一起去。

正想时，有个人来找鞋匠修木拖鞋，看见坐在这里的慧雪，就嬉笑着对鞋匠说：“王鞋匠，今天生意好嘛，一大早就有生意了。”说完嬉皮笑脸地看着慧雪。

慧雪端庄地站起身来，给了鞋匠一块钱，就转身朝来的方向走去。身后传来鞋匠的声音：“那位女同志，还要退你五角呢。”

“王鞋匠发财了，擦双鞋得一块钱。你平时是三角钱擦一双鞋哟。三双鞋都还多一角呢。发财了！发财了！”那个来修木拖鞋的男人故意大声说话。

慧雪继续往前面走，今天不想回父母家了，免得心神不定的，被父母问起来还不知道怎么说这事。她决定先回医院，好好思考一下怎么办，毕竟太突然了。慧雪知道这事急不得，于是就加快脚步返回医院。

原来，慧雪今天是下夜班回父母家，两趟公共汽车都没能挤上去，正站在车站犹豫是回医院在自己的那套小房间里休息，还是继续等下一班车时，一个也是下夜班从医院大门走出来的护士看见了她。那个护士问她坐车去哪里，慧雪告诉那个护士自己去北京路父母家，可是没挤上车。

那护士说：“我家就在北京路边上的解放东路，每天都是走路上下班。不用坐车，有一条小路走北京路很近，我带你走，保证十分钟就到了，何必浪费钱呢。再说，车上又挤，还有掏包、耍流氓的。”说完，拉着慧雪就走。

那个护士带着慧雪一路从嘉禾路穿过去，拐进一条小街后，她告诉慧雪这条小街尽头有两条路，一条叫汤家铺，一条叫姚家井。“你从左边的姚家井一穿出去就能通到北京路的博物馆旁边，那条小街上有很多小摊小贩，卖什么的都有。你还可以顺便买点新鲜小菜带回去，就不用专门到菜市场去了。”

慧雪还不知道有这么近的路，能一下子就穿到北京路，心里很高兴。今天认得这条路后，以后回家就不用挤公共汽车了。走了一会儿，那个护士告诉慧雪，再往前走不远，自己家就要从往汤家铺那边拐弯了，问慧雪是否需要陪着走到那条叫姚家井的小巷口。

慧雪说：“不用了，我就顺着你指的这条路一直走过去就行了。谢谢了啊！”。

慧雪记不起这个热心的护士姓什么，又不好意思问，就含糊其辞地跟人家告了别，朝护士指点的那条小街走去。她一个人顺着小街走到这里，听见一阵熟悉的二胡声，好奇地停下来听，就这么阴差阳错地碰到了李红磊。

至今仍然单身的慧雪没有和父母住在一起，她住在医院的宿舍。原来同她一个宿舍的几个女医生先后结了婚都搬走了，慧雪向医院申请单独的住房已有很长时间，医院领导考虑她已经是大龄女青年，再说她作为医院的业务骨干，无论白天黑夜，随时都会被叫去抢救病人，于是就把那间原来住四个人的宿舍分给了她。

那是一间二十五平方米的大开间，在医院宿舍楼群里一栋二层的筒子楼二楼的角落里。慧雪得到房子后，哥哥们又来帮忙把它隔成了两间。这样，房子就变成了一大一小，一里一外，特别好用的两室小套房。里间大些，有窗，用作卧室兼书房，外间用来吃饭和其他用途，摆放些小家什杂物。平时不用做饭烧水，食堂很方便，有时回父母那里去吃饭。一直把心思放在工作上的慧雪，就这样简单而充实地过着自己已经习惯的日子。

慧雪回到自己的房间后，心里很乱，走到床边侧卧下去，头靠着折叠得像个大馒头一样柔软的被子，想要整理一下思绪。慢慢地镇定下来后，慧雪开始思考该怎么办。首先，在还没有搞清情况前，暂时不告诉李红磊家的人，以免发生不必要的麻烦。毕竟李红磊成了盲人，这种打击对有病的老人来说是难以承受的。她决定先看李红磊住在哪里后，再去告诉红玉、红英。那时候，再怎么办就要听她们姐妹俩的意见了。

想好后，慧雪起身走到书桌前，拉开抽屉，拿出一个木盒子，打开盖，从里面拿出珍藏多年的那本日记。翻开扉页，自己小时候制作的那张照片上，李红磊对着她笑，他的那双又大又亮的眼睛傲视着一切。头顶上，一缕头发桀骜不驯地翘立着。慧雪看着李红磊当年少不更事的样子微笑起来。她用食指尖轻轻摸了摸他那缕翘着的头发，就像真的摸到了他的头发一样。看着他的头依在自己胸前，慧雪觉得很温馨很甜蜜，就像他们俩这些年来一直都依偎在一起一样。

照片中的她和李红磊都那么年少健康，都笑得那么自然纯真。想起李红磊现在的样子，她拿起床头柜上的镜子照了照自己的脸，自语道："怎么变化都这么大，还没有享受到爱情就老去了，还没有开花就凋谢了。遗憾啊！如果没有这场'文革'，我们又会怎样呢？"

2

下午五点钟过后，外面打了两声闷雷，接着就下起雨来。天色越来越灰暗。正在看书的慧雪想，不好，天下雨了。我怎么就忘了今天预报有雷阵雨，得赶紧过去。她穿上半筒的天蓝色雨胶鞋，拿了一把伞就出门了。

慧雪在路上疾步走着，雨大起来，一道闪电像一把尖刀，狠狠地在黑暗低沉的天空上划出一个Z字形闪亮的符号。紧接着雷声大作，大雨倾盆而下。慧雪心想，完了，李红磊肯定回家了。今天如果找不到他，就要到四天后再下夜班才能有时间来。她等待的时间太长了，现在真的一分钟都不想再多等了。她顶着风雨，听着让她胆战心惊的雷声，艰难地走着。转过街口，远远地就看见了李红磊还坐在那里。慧雪有点庆幸，但又感到心痛。他怎么还没有走？这么大的雨，于是加快脚步赶过去。

李红磊没有任何遮雨保护，一个人坐在那里抱着二胡发呆。鞋匠已经不见了，周围也看不见人。慧雪痛心地想，天下大雨，又这么晚了，怎么还不回家？怎么这家人见下这么大的雨也不出来接接他。毕竟他是盲人呀！

慧雪见他落魄的样子，心痛得流下泪来。赶紧朝李红磊坐的地方靠过去，想着怎么跟他搭上话。路牙边上一时排泄不了急涨起来的水一下就漫进了她的短筒雨胶鞋里。她看了一下李红磊的鞋子，一双洗旧了的蓝色回力鞋全部湿透了。慧雪走到李红磊身后，把雨伞遮在李红磊头上，想着如何开始与他讲话，他会不会拒绝自己。

李红磊没有感觉一样地坐着，好像在想什么。过了一会儿，雨小了些，天色依然很暗。三三两两原来不知藏在什么地方躲雨的行人，一下子都冒了出来。有的人撑着伞疾走而过，有的人双手抱着头跑，还有个人拿个搪瓷盆倒扣在头顶上当伞，脚带着水花大步从慧雪身边跑了过去，差点就撞上慧雪。大家都急匆匆地雨中赶路，没有谁注意到这个天天在街边卖艺的盲人，更没有人注意到有个女人正在为这个盲人遮风挡雨。雨伞遮在李红磊的头上，他却一点反应都没有。他好像连心都盲了呢，慧雪难过地想。

雨又铺天盖地下大起来，慧雪刚想开口同他说话，李红磊突然长长地叹了一口气后就开始收东西。他慢慢地把二胡装进一个已经很旧的、被雨淋湿了的黑布袋中，摸索着系好袋口，又从右边衣服口袋里摸出一些东西，还有一个鸡蛋，反手就轻轻放在墙角下，与他带来的一个用红漆写着大大的“李”字的军用水壶放在一起。

慧雪一眼就认出了这个水壶。小时候，每年学校组织去烈士陵园扫墓或是郊游，李红磊都挎着这个水壶。老师说，李红磊的这个水壶不是一般的水壶，是他的英雄爸爸在战斗中从敌人手中缴来的。它一直跟着李红磊的爸爸，是一个见证过无数次革命战争的光荣水壶。慧雪想，他不带走这些东西吗？每天都放在这里吗？慧雪好奇地看着李红磊的动作，觉得纳闷。这时，又见李红磊伸手从衣服口袋里掏出一张很大的、四周是手工绣花的土布手绢，摘下墨镜拿在手中，然后用手绢擦起眼睛来。慧雪拿着雨伞，转到他左侧，清清楚楚地看见那双久违的大眼睛直愣愣地看着前面，眼睛虽然大睁着，却没有光泽，茫然地看着前方。

慧雪立即感到自己胸闷头晕，眼泪跟着就滚了出来。再一看李红磊，他好像在擦眼泪，呼吸很沉重。他用那张土布手绢慢慢地把墨镜包好，再反手把这墨镜和军用水壶放到一起。李红磊又拿起二胡，珍惜地摸了又摸，最后也与那一堆东西放在一起。

慧雪越看越觉得不对头，好像李红磊是不要这些东西了。她正低头看这些东西，李红磊突然伸出右手，反手到后面去摸那根靠在墙角的盲人棍。慧雪赶紧往后一退，让开了李红磊的手。正庆幸没有被李红磊发现时，就见李红磊突然双膝跪地，双手握着那根盲人棍，脸向着天久久地呆望着。那情景就像个泥塑木雕的假人。见此情景，慧雪差点哭出声来。

这时，李红磊突然仰天大声叹道："老天啊，为什么不让雷劈了我？活罪啊！一场悲梦啊！永别了爸爸妈妈，永别了昕燕，永别了亲人们，朋友们！"说完站起身来，摸索着，点着盲棍抬脚就走。

慧雪被他浑厚的男人嗓音惊了一下，与她记忆中李红磊的嗓音出入太大。还没缓过神来，见李红磊起身就走。不好！他好像是要去走绝路。慧雪心里一阵剧烈的疼痛和紧张，赶紧在那堆东西里拿起那个军用水壶和那个手绢包着的墨镜，跟着李红磊走了。

时间越来越晚，到处黑黢黢的，路灯光线很弱，而且每根有路灯的电线杆都相隔很远。路上几乎看不见行人，也不见车。下了班，人们都回家了，特别是这种下雨天，家家都关门闭户，街上更是昏暗幽森。冷风夹着雨大一阵小一阵地下着。电闪雷鸣不时划破黑暗的天空再发出震撼的巨响。慧雪全身都湿透了，冻得瑟瑟地发抖，走了很长时间了，连路灯都没有了。她想，不会是走到郊外了吧？

李红磊仍然在风雨中跌跌撞撞地走着。那根盲人棍在他前面哆哆嗦嗦、急急忙忙地探着路。右前方是一个油库，半年前，慧雪曾跟急救车到那里面去抢救过一个受伤的工人。她一眼就看见那两扇画着"禁止烟火"标示的实心大铁门在强烈的灯光照耀下紧闭着。慧雪想，已经走到三桥来了。这是西门郊外，到了郊外基本就没有人行道了。不要说看不见行人，就连车辆也很稀少。本来这个时间人们都在家围着桌子吃晚饭，连市里的中心街道都冷清得很，更不用说郊外了。看到此情景，慧雪不觉紧张起来。她回头往后面看了看。真是四顾无人，一片漆黑，到处阴森森的。她不由得打了一个寒战。

慧雪想，他这些年受的什么罪呀，眼也盲了，还要走绝路。老天爷，幸亏让我碰见他，如果他今天死了，就再也看不见他了，特别是他的父母，那该多遗憾啊！现在不管怎么样，我一定要救他，不能让他就这么凄惨地结束自己的生命。

慧雪全身从里到外都湿透了，那双短筒的雨胶鞋里面灌满了水，但她仍然不顾一切地跟在李红磊身后，步履艰难地在风雨中走着。眼看着三桥已经走过了，再走，前面公路的两旁就完全是山野之地了。她已经累得快跟不上了，那半壶水李红磊基本没有喝，在她手里越来越重。慧雪想倒掉壶中的水，让手头轻一些，但她生怕倒水的时候，李红磊走远了，她就再也跟不上了。慧雪又舍不得丢掉这水壶，只好仍然提着这沉重的水壶跟在李红磊后面一步一滑，艰难地走着。她一只手吃力地撑着伞，一阵狂风把伞面吹翻了过去，阻力大得像降落伞，几乎把慧雪向后面拉飞起来。慧雪完全撑不住了，手一松，那把伞就被风刮走了。没有了伞，雨水像从顶上灌下来一样，劈头盖脸地打在脸上身上。流着水的衣服和裤子紧紧地贴在身上，沉重得让她迈不开腿。她咬着牙继续跟在李红磊后面，使出全身力气连走带跑地追着李红磊。

不行！不能让他再这么走下去了！我快跟不上了，再这样下去救他会越来越困难。想到这里，她挣扎着艰难地往前快跑了几步，伸手去抓李红磊的衣服，不料手一滑，没有抓住，便不顾一切地大声喊起来："李红磊！你等一下！我有话跟你说！"

李红磊一直走着，心里感谢老天爷下这场雨，好让雨水冲刷掉自己身上的那些人间污迹，干干净净地到另一个世界去。其实他也不知道要去哪里抛弃这个终年不见光亮的皮囊。只是想尽量走得远些，再远些，直到走不动时倒下去。当某一天人们发现了自己的尸骨时，没有了灵魂的肉体可能已经腐烂，也许还会被野兽吃掉。总之，一切都听从上天的安排。既然选择了这条路，就要跳出人的思维来面对未知的一切了。

就在他一边走一边想的时候，突然觉得有人在后面扯了自己衣服一下，还喊了一声"李红磊"。他先是愣了一下，没有停步，下这么大的雨，哪里会有什么人喊自己的名字。肯定是临死前，意念中留念亲人所产生的幻觉而已。

"李红磊！"

又是刚才那个陌生女人的声音，带着哭声，好像就在身后。接着又喊了一声："李红磊！你等一下！我有话跟你说！"

这次，李红磊听得清清楚楚的。他确认不是幻觉，正纳闷谁会在这大雨滂沱中认出了自己，还跟在后面喊自己的名字，真的是活见鬼了！而且这个女人的声音也不熟悉。李红磊的脚步不知不觉地放慢了。突然，身后"扑通"一声，好像是有人跌倒了的声音，接着什么东西碰到路面上"砰"的一声闷响，然后就没有声音了。

李红磊不由自主地停了下来，朝发出声音的地方转过身去。他的盲棍戳到一个软绵绵的物体。弯下腰去一摸，正好摸着头。是一个盘着发辫的女人。他赶忙蹲下身去扶这个人，一边说：“喂！你起来吧，地上这么多积水，滑倒了要赶紧起来。”

那女人不回答，仍然一动不动地躺在地上。李红磊心想，这女的是谁，摔倒了也不爬起来，刚才还在喊我，现在却一声不吭地躺在地上，是不是摔到脑袋，摔晕了？我并不熟悉她的声音呀！继而又想，反正都要去了，管她什么人，扶她起来，免得她人事不知地被这积水呛着出危险。扶她起来后，我马上就走，不要耽误了上路。想到这里，就蹲下身去扶人，摇了那人几下，喊了几声都不见她有反应，就想，她一个女的，摔晕倒在这里，如果我扔下她走了，她除了有被雨水呛着的危险，还会不会遇到别的危险？不能走，得等她醒来。唉！可能我这个人前世作孽太多，连去见马克思的路上也还要做件好事，上帝才肯收我。这儿是哪里？周围除了风雨声，一点动静都没有。

李红磊在慧雪的旁边席地坐下去，不巧被一块石头顶了一下屁股，朝前一扑，差点摔下去。赶紧一只手撑起身体，一只手伸手去摸那块石头，才发现是一块方方正正的石碑，心里知道是公里碑。再一摸上面的刻痕——5公里。

李红磊不觉怔了一下，这才知道已经到了野鸭河公社的岔路口。他不觉苦笑起来，叹道：“唉！怎么会走到五公里来？还正巧走到了去野鸭河的岔口上。打雷下雨的，竟然还会在这里碰见一个口里喊着我名字的陌生女人。我这一生跟这个野鸭河还真是难分难解呢，胡乱走的都会走到这里来。本以为走了好远呢，原来，走来走去都走不出五公里啊！不知道老天爷是什么意思。要我留步人间？我可真是不想留了。我什么都看不见，留下来干什么。你对我太残忍了，我的老天爷呀！”

李红磊一边自言自语地说着，一边把浑身湿透了的慧雪扶坐起来，朝那块石碑挪了挪，想让她靠坐在石碑上，等她醒来后，自己就继续赶路。可是，晕过去的慧雪根本坐不住，结果斜倒在李红磊身上。一阵风吹过来，李红磊哆嗦了一下，立即想到这个浑身湿透的女人会不会被冻着。他伸出手去摸摸她，好像还是没有动静，周围除了噼里啪啦的连天大雨，再没有任何声息。雨越下越大，他想，好冷呀，这个女的怎么还不醒过来。想着，就毫不犹豫地把斜靠着他肩膀的慧雪拉过来，让她靠在自己怀中，好让自己的身体温暖她，还能替她挡点风雨。

先前，慧雪好不容易拼了命地赶上来后，一边喊李红磊，一边伸出手去拉他，结果刚拉住李红磊的衣服，就感到一阵眩晕，又喊了一声，控制不住自己，脚一软就跌倒在地，手中提着的那个水壶一下子碰在石头公里碑上，发出“嗵”的一声闷响，接着她就什么都不知道了。

慧雪身体一向虚弱，有眩晕的毛病。有时晕的时间短，十来分钟就能缓过来；有时晕的时间长，一个多钟头才能醒过来。现在她就这样毫无知觉地靠在李红磊的怀里。除了昕燕外，李红磊还从来没有这样近距离地接触过任何女人。他从来也没有对昕燕以外的女孩有过哪怕一丝想法。所以现在他抱着这个知道自己名字，自己却完全陌生的女人，脑子里并没有什么杂念，只是自然地想保护她，等她醒过来。

自从李红磊决定告别人世的这几天来，他就开始逐步减少食量，主要怕猛一下子不吃东西会饿得受不了。从昨天早上开始，除了喝水，他基本上就没有吃什么东西了。他怕引起昕燕家人的注意，就推说自己没有胃口。

昕燕妈妈和昕琪见他这几天越吃越少，想到他肯定是知道昕燕和张艺贵结婚的事了。一家人都觉得有愧于李红磊，大家既不敢提起这个事，又不知道该怎么安慰他。就尽量做些李红磊一贯喜欢吃的东西，换着口味给他吃。可是，无论平时他怎么爱吃的食物，现在他都不肯多吃一口。人渐渐地消瘦下去。一家人眼睁睁地看着他憔悴消瘦的样子都很难过，但是又没有办法。现在家里人都急着等买到去上海的火车票，就可以立即带他去上海治眼睛了。只有这样，他们才能减轻点对李红磊的歉疚感和负罪感。家里人都知道，只有治好了他的眼睛，李红磊才有可能从失去昕燕的绝望中慢慢走出来。昕燕爸爸想同李红磊谈谈昕燕的事，但是怎么都开不了口。

昕燕妈妈说："谈这事，无疑就是往他的心上捅刀子。他怎么受得了？等去了上海回来看情况再说吧，那样可能对他的刺激要小些。虽然这件事迟早要同他谈的，但晚一天是一天吧！老话说：'好事要快，坏事要拖。'拖拖再说吧！可就是这车票什么时候才能买到啊？是不是没有送礼的原因？"

爸爸说："那是我的老同学，送礼反而见外了。"

妈妈说："又不是他卖票，他也要去求人，不如买了东西请他转送，可能会快些拿到票。"

"你让我提了东西去给他请他转送，这不是侮辱人家吗？亏你想得出来。再等等吧！急也急不来。哎！昕南一天到处跑，他是怎么买到火车票的？"爸爸突然想起来，问道。

"他哪里买得到什么火车票。先爬上去，碰到查票的就补票。在哪里被查到的，就从哪里的前一站补起。可是红磊不行啊，他怎么爬？"昕燕妈妈看着手里正织着的毛衣，着急地说。

"那回来呢，带着货怎么爬？"

"如果你打哪家的货达到他们规定的数额，人家可以帮你买票，还送站。"

“哦，是这样啊！”

家里人都在为去上海的火车票着急，没有人想到李红磊已经打定主意要去另一个世界了。

现在又冷又饿的李红磊凭着青春的身体抵挡着饥饿和风雨，保护着躺在怀里的这个陌生女人。渐渐地，他开始感到体力不支，疲倦得很。不觉中，自己也昏沉沉地睡过去。

当慧雪慢慢地醒来时，天还是漆黑一片，雨还在下。她想，好像已经是下半夜三点多钟了。经常值夜班的她对夜里时间的判断一般不会错。她觉得好像靠在什么人的怀中。她轻轻地转过头一看，自己的头枕在李红磊的肩上。李红磊坐在地上，靠着什么东西。头耷拉在胸前，两只手松软地摊开来垂在身体两边，好像是睡着了。

她想，天哪，他又是失明，又是被女朋友抛弃，还想轻生。慧雪一想到昨天晚上的情景就感到心疼和后怕。我怎么在这里睡了这么长时间呀？一定又是老毛病犯了。她想起昨晚在晕过去前，曾经拼命大喊过李红磊。是他返回头来救我，要不然这荒郊野地的，真不知道会出什么事。李红磊多好呀，在准备结束生命的路上还要救别人，多善良啊！我没有错爱他。如果能永远在他的怀中这么靠着，该多好呀！不管他能不能看见，我都将从此永远守着自己的爱恋。她抬起头，呼吸着他的呼吸，自己的身体也跟着心颤抖起来。她从来没有这样亲近过男人，而现在，自己头就枕在这个日思夜想的男人的肩上，就像自己梦中的情景一样。李红磊的身体是那样的温暖，在熟睡中仍然支撑着我。在他将轻生的时候，我就这么巧地碰见他，这难道不是命运的安排吗？我的老天呀！慧雪冲动地想抬头亲吻这个遥远的爱，这是她在梦中多次得到过的温馨。但是又怕他突然醒来，多尴尬，她控制着自己的情绪。红磊，现在我们的身体相依在一起，却又感到那么的陌生和遥远。现实中的你已经失明了，可我觉得你还是值得我爱。现在我要想办法了解你，打消你轻生的念头，把你带到你父母的身边去，他们多挂念你啊！想到这里，慧雪轻轻地动了动身体，想让李红磊自己醒过来。但是李红磊没有反应，慧雪又用力动了一下，他还是没有反应。会不会是低血糖休克了？想到这里，赶紧伸手摸他的头，头很烫，发烧了。一想到李红磊整夜为自己遮风挡雨，慧雪就感动得不得了，再看着眼前的李红磊凄凉的景象，眼泪就像断线的珠子似的扑扑直掉。

这时，慧雪反而不想他醒过来，她担心自己既不能说穿李红磊想要做的事，又没有把握能引他回头。现在他处境这么差，是否愿意面对昔日的同学？既然自己没有把握，那么李红磊现在的状况反而对事情的处理有好处。她又摸了摸他的脉搏和头，头很烫，脉搏也比先前快，呼吸比较急促，先要赶快想办法把他送到医院去输液，免得发展成肺炎就麻烦了，其他的事以后再说。

想到这里，她轻轻地从李红磊怀里抽身起来。雨一直下，这地方又连人影都见不到一个，怎么办呢？慧雪弯下腰，拉起李红磊的一只手臂搭在自己的肩上，想试试能不能扶起他来背他走，可是拉了几次都拉不动。坐靠在公里碑前的李红磊被慧雪一拉，身体反而顺势一倒，侧卧在地上的雨水中。慧雪见状一屁股坐在地上，把李红磊的头抬起来放在自己的腿上。

慧雪看着一刻不停的大雨，一点儿办法也没有，只有流泪哭泣。

李红磊仍然处于昏迷状态，风雨连天的郊外公路上，没有人听见慧雪的哭声。已经精疲力竭的她，只好双臂搂抱着李红磊的头，用自己的身体尽量地为他挡雨并暖和他的身体。她不断告诫自己要坚持住，千万要撑住，等到了天亮，只要有人路过就好办了。这一带有几个大工厂，还有一个发电厂，有油库，肯定会有上早班的工人。

天蒙蒙亮的时候，山那边的公路上，一辆大卡车在风雨中开着雪亮刺眼的车灯，呼啸着向这边冲过来，溅起的水花向卡车的两边斜飙出去。远远看去，像一艘乘风破浪的轮船航行在波涛汹涌的大海上。慧雪像在绝望的深渊中看见了救命稻草，赶紧把李红磊的头枕在那只水壶上，也不知道从哪里来的力量，几乎是跳起来，迎着大卡车冲过去，完全把自己的安危置之度外。

慧雪站在路边，两只手臂在空中发疯一样地交叉挥舞，示意车停下来。那卡车减速刹车时已冲过慧雪站的地方，车轮溅起的积水像海浪一样铺天盖地朝她扑过来，把文弱的慧雪打倒在积水里。幸好没有给卷进车底去。车一直冲到前面 20 多米远才刹住。慧雪见车停下来，真是喜出望外。她定了定神，从地上爬起来站稳后，赶紧跌跌撞撞地朝那卡车跑过去。司机摇下车窗户，雨立即就往里打。慧雪赶紧大声喊说："师傅，我是省人民医院内科的医生，那边有个病人晕过去了，请你帮忙送一下好吗？"

司机是个好人，看见瘦弱的慧雪全身都湿透了，又听说那边还有个晕过去的病人，就赶紧跳下车来帮着救人。路边的积水很深，司机和慧雪踩着过踝的水朝李红磊躺着的地方跑去。

司机一看李红磊昏过去了，二话没说，拉起他来，背在背上就跑。慧雪赶紧抓住李红磊的水壶和自己的包跟上，那根跟随李红磊多年，昕燕亲手为他把竹节打磨平的盲人棍却没法拿了。它静静地倚在那块"5 公里"石碑侧面，好像在代替李红磊遭受风雨的摧残。

司机是个四十岁左右的汉子，他背着李红磊跑到卡车驾驶室前一把拉开门，把李红磊连举带推地塞进了驾驶室副座上，转过身又把慧雪连抱带推地也塞了进去，"砰"的一声关好门，自己才绕过车头，从那边爬进驾驶室。司机全身滴着水，却把一块粗糙的、满是汽油味的干毛巾递给慧雪。他自己顾不得擦，只用手在脸上抓了一把，然后甩了甩手上的水，就发动车子开起来。车开动后，司机看着前面的路，问慧雪道：“你先前说你是哪个医院的？”

慧雪赶紧答道：“我是省人民医院内科医生，我姓文。”

司机迅速地转头看了看抱着李红磊的头、湿漉漉的慧雪，又问：“怎么是你一个人来救病人？医院没有派救护车来？”

慧雪只好支支吾吾地回答：“我是碰巧遇见他的。先是我晕倒了，他救了我。我醒来后，又见他昏了过去，我们已经在那里淋了一夜雨了，我怕他会得肺炎，他正发烧呢。”司机好像没有听明白慧雪的话，又一次迅速地转头疑惑地看了慧雪一眼，却没有再问什么了。

车窗玻璃外面的雨刷拼命地来回跑着，它跑得再快，却总也跟不上雨跳到玻璃上的速度。雨开玩笑一样地往玻璃上跳，雨刷发疯一样地撵着它们跑，就像孩子们玩游戏一样。司机专注地开着车。慧雪冷得不停地哆嗦着，上牙和下牙控制不住地互相磕碰着。

过了一会儿，司机说：“我要赶时间到火车南站货运场去装货，还要赶时间跑长途送货，就不能送你们去省医那边了，只能顺道送你到交通医院，到了交通医院你自己再想办法吧。”

慧雪感激地对他说：“行，行。师傅，太谢谢了！今天要不是碰见你，我们真的不知道会出什么事。我叫文慧雪，如果今后有用得着的地方，请到省人民医院内科找我。”

司机说：“好。一会儿我帮你把他送进去再走。”

汽车在城边的交通医院大门外停下来。那司机下了车，先扶慧雪下车，再把李红磊拉到背上背稳，就往急诊室跑，慧雪在他身后砰的一声使劲关上车门，就跟着朝急诊室跑去。司机进了急诊室放下李红磊就急急忙忙地走了。慧雪冲着他的背影喊了一声：“师傅，多谢了！”

慧雪告诉这里的急诊值班医生：“我是省人民医院内科医生，姓文。因我表哥淋了雨，现在又发烧，他已经昏迷好长时间了。能不能请医生先开一千毫升葡萄糖盐水，十六万单位的庆大霉素给他输上？我现在身上带的钱不够，等到八点钟，我立即联系他的家人来补办手续、补缴费好不好？麻烦你了！”

那个值班的男医生用一根食指向上推了推眼镜，好像有点不满意眼前这个满头满身滴水的女人指挥他这样那样的。他看着慧雪说：“我先检查一下。如果病情没有那么急，就先休息一下，等天亮你联系他的家人来补办了手续再说。要不然转到你们省医去也行。”

慧雪赶紧说:“我不是那个意思。主要是怕他发展成肺炎，他发着烧，又是个盲人。你就先给他治疗吧。你放心，我不会骗你的。你们医院也有我同学，但是现在太早了，我不想去打扰他们。”接着，慧雪说了几个同学的名字，以及他们在哪个科等。

那个医生侧耳似听非听，好像并不在意。他抽出体温计对着灯光看了看，皱着眉头说:“体温比较高，先治疗吧。”然后就开了处方。接着他又喊来值班护士，几个人一起把李红磊弄进急诊病房，又合力把湿漉漉的李红磊搬上床。

慧雪看着睡眼迷蒙的值班护士抱来两瓶葡萄糖盐水，往架子上挂上输液瓶，把针插进李红磊手背上的血管后，才松了口气，安下心来。她从李红磊躺着的病床下拖出个方凳来，靠在床边坐下。自己却仍然湿漉漉地，上牙磕着下牙地在旁边守护着。

过了一会儿，那个医生又进来了，他看着慧雪说:“我们医院内科有个医生上个月刚调到你们医院去。”

慧雪说:“哦，你是说那个叫江萍丽的医生吗？中等个子，圆脸，大眼睛，人挺活跃。她是搞呼吸的。”

慧雪想，他好像在试探我是否真是省医的医生呢。也难怪他，我什么证明都没有，人家肯帮忙就已经不错了。不过，这个人的革命警惕性还真高呢。

值班医生证实了慧雪没有骗他后，又问道:“他是你表哥？怎么是你一个人出诊？这么大的雨，连救护车都不派，怎么搞的?”

慧雪说:“他是个盲人。一个人住在外面。昨天晚上，我去看他，发现他晕倒在离他家不远的路边。可能是白天没吃什么东西，又淋了雨，就受凉发烧昏迷了。他的头受过伤，眼睛也是在那次受伤后失明的。现在只要不发展成肺炎就行。等他醒来后再看是否需要做进一步的检查。天亮上班后，我就立即联系家里的人来接我们，再把手续和费用补齐。真是谢谢你了!”

值班医生说:“你放心，把这两瓶水挂完后，就到上班时间了。我看你也很冷，当心着凉了，这里有值班护士看着，你就在旁边那张床上躺一下吧。那张床的床单是昨晚新换的。”说完，用手指了指靠门边的一张床，就出去了。慧雪冷得直哆嗦，赶紧把那张床上的被子拿起来抖了抖，披在身上，一会儿终于感到没那么冷了。

3

李红磊浑身湿淋淋地躺在急诊室的病床上，慧雪又把盖在他身上的被子掖了掖。她坐在床边，守着李红磊，看着那高高挂在架子上的吊瓶一滴滴地施舍着救命之水，渐渐地，她也趴在床边睡着了。

梦中的慧雪，发觉自己到了一个青山绿树、竹林环抱的地方。三座古色古香的茅草小房子坐落在幽静的山窝中，山窝的旁边有一小条银链般的水瀑从上面的断崖上飘落而下。她想，这是什么地方，这么安静清雅？我怎么跑到这里来了？我过去看看那房子里住的什么人。于是走到离小路最近的那间屋的窗下往里张望。只看了一眼，她就惊讶得不得了。原来，一个神仙一样漂亮，穿着古装的女子正半卧在一张竹榻上看书。她心想，是不是碰到仙女了？世上没见过这么标致的美人。正呆想时，另外一间屋的门突然开了。里面走出一个身着古装的俊雅书生。慧雪一看，这书生不是别人，正是李红磊。心想，怎么他也跑到这里来了，还穿这样一件衣服？又不是演什么古装戏，这李红磊，也太古为今用了。正觉得好笑时，就见李红磊急急忙忙地朝慧雪跑过来，一把拉着慧雪的手说:“玉箫小姐，我们一起回去吧。那边还有些事要了断。走吧!”

慧雪想要问他，为什么叫自己玉箫小姐？屋里的那个神仙美人是谁？这是什么地方？李红磊却用劲拉着慧雪的手就跑。慧雪的脚一下子踩滑了，身体歪了一下，差点摔下山去。李红磊用力拉住了她。

慧雪一惊，从梦中醒来。睁眼一看，李红磊已经苏醒，正挣扎着想爬起来。原来是他的手摸两边的床沿时，无意中拉到了慧雪的手。慧雪见李红磊挣扎着要起来，赶紧按住他，说:“李红磊，不要动，你手上扎着输液的针。”

李红磊问:“是你把我送到这里来的？谢谢你！我还有事，我得走了。”

慧雪一下子就愣住了，她再一次听见这个陌生的声音。不管怎样，李红磊同她说话了。慧雪与这个自己苦恋多年的李红磊这么长时间未见，居然以这种方式重逢了。慧雪非常激动，差点就哭出声来。她勉强控制住情绪说:“先别走，你还在发烧，要治疗。你想吃点东西吗？”

李红磊摇了摇头，没有回答慧雪的问话。接下来就是沉默。李红磊没有问慧雪是谁。他心想，既然你没有事了，我就尽到责任了。我救你这个人，是因为你还需要生命；而你救的我这个人，却已经不再需要生命了。这是我在人世间做的最后一件事情，现在已经完成了，那我也该走了。既然我是个要走的人了，就没有必要管你是谁，管你是怎么知道我名字的了。多半是个好心的街坊吧。

李红磊问："现在是什么时候？雨停了没有？我该走了，到那边还有事。谢谢你。"说话间又挣扎着坐起来，想摸着下床。

慧雪急了，赶紧按住他，说："李红磊，你要去哪里？你知道你的父母有多挂念你吗？你妈妈整天看着你的照片流泪，人都快疯了。你忍心就这么抛开这么多爱你的人，只图一个人清静吗?!"

李红磊怔了一下，想，她怎么对我的家人这么熟悉，又好像知道我要离开这个世界的事，她难道能看透人心？她到底是谁？想归想，他还是没有问她。现在自己已经是个眼盲心死，急着赶赴未知世界的废人了，真的不想再知道更多的事。就算知道了，自己也做不了什么，何必自寻烦恼，又添痛苦呢。自己的心已经够苦了，苦够了，不想再苦了。想到此，还是一言不发。

慧雪见他这样，心知李红磊此时肯定还在想着轻生之事。如果不赶紧劝解过来，他还会再次选择离开这个世界的。想到这里，她就拉过红磊的手来摸脉，这是她的职业习惯。不想李红磊手颤抖了一下，就立即缩了回去。

慧雪轻柔地说："把手伸出来吧，我是医生，我给你摸脉，看你的烧退了没有，你先前三十八度九，要好好休息，身体才会恢复得快。"

李红磊虚弱地说："你是医生？是在路上晕过去的那个人吗？你不要管我了，谢谢你！"

慧雪说："我是昨晚晕过去的那个人，谢谢你为我挡了一夜的风雨。现在是你刚从休克中苏醒过来，我怎能不管你呢？我的职业是医生，医生怎么能不管病人呢？把手伸出来吧，我摸摸你的脉，看看你现在的身体情况。"

这次，李红磊没有再说什么，他把手从被子里伸了出来。可他还是没有问慧雪是谁。

慧雪心里斗争着，我要不要告诉他我是谁呢？我不说，他也不问，看样子对世事还是不想过问。这说明他还没有从寻死的思路上走出来。如果我告诉他我是谁，万一刺激了他，自己又劝解不住他，又该怎么办呢？还是通知红英、红玉来吧。这时，已经快八点，眼看上班时间就要到了，慧雪需要跟单位请假，还要跟李红磊的家人联系，但是她又不敢走开，担心李红磊会趁自己出去打电话时跑掉。正低头想主意，左右为难的时候，听见有人在背后说："慧雪，你来了。怎么不来找我？"

慧雪回头一看，是大学同学鲍恒生，手里提着一个装着东西的布兜，他现在是这个医院刚上任的儿外科主任。慧雪忙问："你怎么知道我在这里？”

鲍恒生说：“收诊你们的那个医生刚才去食堂买早餐，正好碰见我也去食堂买早餐，就把你送一个病人来医院的事告诉了我。他说你告诉他我是你的同学，你是省医的。我谢了他，多买了些早餐就赶紧过来了。”

慧雪说：“多谢了！当时太早了，你们都还在休息，我不想打扰你们，所以就谁都没找。告诉他我们是同学，是因为……”慧雪话到嘴边又没有说。她用手指指躺在床上的李红磊，又指指病房外，示意鲍恒生到外面去说。鲍恒生点点头，出去了。慧雪给李红磊掖了掖被子，也跟着出去了。在外面她告诉了鲍恒生大概的情况，并请鲍恒生帮自己看住李红磊。自己要去打电话通知他家人，还要向单位请假。

鲍恒生说：“我先去帮你跟院办的人说好，再回来换你，你再去打电话。我们全院就三台电话。一台在院长办公室，一台是急救电话，一台在院办，打私人电话要院长或者办公室主任批，一般是不让打的。”

慧雪说：“谢谢你了，那我等你联系好了再去打。”

鲍恒生说：“你不要总那么客气，都是老同学，帮点忙是应该的。快把这些馒头拿去，你俩吃了。你也饿了吧？”说完把布兜塞在慧雪手里，就匆匆走了。

慧雪转过身来走进急诊病房，见李红磊躺在那里一动不动，以为他又出什么毛病了，赶紧把手里的布兜往旁边的床头柜上一放，就去摸他的额头。这时李红磊突然说：“你是文慧雪？”

慧雪吃了一惊，说：“你怎么知道的？”

李红磊苦笑一下说：“原来我就觉得奇怪，你怎么会知道我的名字，刚才那个人喊你‘慧雪’，我就明白了。”

慧雪高兴得忘情地说：“你还记得我，刚才我好担心你啊！”

李红磊说：“谢谢你！不过，你为什么要把我送到这里来呢？我已经是个废人了，活着只会让自己和别人都更加痛苦。”脸色苍白的李红磊说完，叹了口气。他的眼睛紧闭着，看上去十分消瘦虚弱，有气无力地躺在病床上，陷进那张旧病床中间塌下去的床窝里。

看到此情此景，又听李红磊这么一说，慧雪的眼泪又控制不住地流了出来。她怎么也不能把眼前这个虚弱苍白的李红磊与原来那个意气风发、骄傲自信的李红磊联系在一起。她觉得两个李红磊就像两个各自分离的影子，怎么都重合不到一个主体上去。眼前这个李红磊是个令人同情的盲人，谁相信他曾经有那么一双明亮清澈的眼睛，有那么值得骄傲的青春激昂的过去。慧雪感觉到撕心裂肺的痛，这个让自己倾情苦恋了这么多年的人，现在这样凄惨落魄地躺在眼前。她的眼泪像断线的珍珠一样，一滴接一滴地落在被子上，有一滴正巧落在李红磊输液的手背上。李红磊感觉到慧雪在哭，他还听见了她轻轻地往里吸鼻涕的声音。她的同情让李红磊心里更难受。他不想说什么，也不想问什么，就把脸背转过去，无声的眼泪顷刻间顺着眼角淌在枕头上，一会儿就湿了一大片。

就在这时，鲍恒生回来了。他说:“慧雪，我已经跟办公室陈主任讲好了，你现在去吧。我在这里，你放心。哦，你记得院办吧，上次你们来会诊那几个抢救国家财产烧伤的工人时，不是先到办公室去听情况介绍的吗？就是那间办公室。”

慧雪赶忙一边应声，一边点着头，擦了擦眼泪，又指了指李红磊，接着又指指自己的嘴，摆了摆手，说:“好的，我跟单位讲一声就来。谢谢你!”

鲍恒生知道慧雪的意思是不要与病床上这个人说话，于是他冲着慧雪点点头，指了指门外，让她快去。慧雪走到门边又回过头来看了看李红磊，就出去了。慧雪知道自己是劝不住李红磊的，必须先告诉红英。于是她到了办公室，与陈主任寒暄两句后，拿起电话先拨通了李红磊的家。正好红英还没有出门，慧雪立即把这件事大致告诉了她。叫她暂时不要惊动父母，让红英自己先来看看再说。接着，慧雪给自己的医院也打了个电话。

第二十五章

1

红英心急火燎地赶到交通医院急诊病房。当她第一眼看到十几年没有见到的哥哥现在的模样时，一下子抓住李红磊的手，喊了一声“哥”，就“哇”的一声大哭起来。慧雪本想劝她，却不料自己也跟着掉泪，根本讲不出话来。有几个人在病房门口探头探脑地看热闹，红英一边哭，一边走过去“砰”的一声关上了门。

又过了一会儿，那个鲍医生查完房过来，走到病房门口听见里面有人哭，声音很大，不知道出了什么事。赶紧推门进去，见多了一个女人，正哭得伤心。他想起慧雪先头告诉他的关于李红磊的大概情况，就赶紧进去劝解，又对慧雪说:“慧雪你也陪了一晚了，别哭了，手续我都补办好了。退了烧，休息几天就好了。”

慧雪点点头，哽咽着说:“恒生，谢谢了！你去忙吧，这里我来处理就行了。哦，我都忘了介绍，这是他的妹妹李红英。红英，这是我的同学鲍医生。”

鲍恒生说:“哦，你是他妹妹，不要再哭了，他应该没有什么大碍。只是虚脱了，退了烧，休息几天，调养一下就会好的。”

红英流泪谢过他。接着，鲍恒生对慧雪说:“慧雪，我有台手术要做，现在不能在这里陪你们，下台后就过来。中午你们等我一起吃个饭。”

慧雪说:“不用了，我们自己解决，你去忙吧。”

鲍恒生说:“不要客气了，就这么说定了。”说完就匆匆走了。

红英见鲍恒生走了，控制不住又哭起来，说:“哥，你怎么不回家呀？这么多年了，你知道我们大家多挂念你呀！爸爸妈妈是被人造谣冤枉的，他们早就原谅你了。他们都老了，整天都在念着你。你怎么这样狠心，就不回来看看我们呢！昨天是你的生日，妈妈煮了面让我们大家吃。说不管你在哪里，都要给你过生日。给你煮的那碗面到今天早上都还在桌上，每年都是这样的。”说完又呜呜地哭起来。

李红磊的脸一直朝窗子那边扭着，还是不说话。红英的哭诉，让他感到憋在心里的悲痛快要把心绞碎了。

慧雪听见红英说昨天是李红磊的生日，心里一惊。他把寻死的日子选在自己生日这天，真是对生活厌倦极了呢。她看李红磊一直扭着头，脖子上凸现出来的青筋很吓人地紧绷着，像是随时都会爆裂开一样，就赶紧拉了拉红英，朝她使了个眼色，让她不要再说了。现在任何关于过去的话题对李红磊都是极大的刺激，都可能让他越发深陷在自责与自卑中无法自拔。

慧雪想，现在红英还不知道她哥哥已经是个盲人和想要走绝路的情况。这些情况得赶紧告诉她，我下午要去上班，先要想办法同她一起把李红磊送回家去，她还要接着照顾她哥哥。另外，多年不见儿子的红英爸妈，见到儿子现在的情况不知道会怎样。他们二老都有病，万一出情况，有我在那里要好些。还有，万一李红磊不肯回家怎么办？红玉又出差了，这么多不定因素，红英一个人肯定不行。我得帮红英先把她哥早些弄回家，才有时间既处理好这些事情又不耽误下午上班。想到这里，慧雪拉了拉红英的袖子，指了指门，嘴里说："红英，我去医生那边问问情况，你去打点开水来给你哥喝。"一边说，一边就先朝病房外走去。

红英明白她的意思，就对她点点头，然后对李红磊说："哥，我去给你打点开水来，你先休息一下。"说完，顺眼看了看空空的床头柜上，哪里有什么热水瓶。红英跟着慧雪出了病房，见慧雪正在墙角等她，就赶紧过去。慧雪就把昨天如何遇见李红磊，他如何要走绝路的情况大致说了一下。红英一边听，一边哭，特别是知道哥哥现在已经成了个双目失明的盲人，还想去寻死时，一下子蹲在地上，双手抱着头大哭起来。

慧雪赶紧把她拉起来，说："别哭了，他听见心里更悲痛，还不知又会出什么事。事情都这样了，我们再想办法，光哭也没有用啊！我下午还要去上班，我们要一起赶快把你哥送回家去，那头还有你爸你妈，可别让他们受刺激发生什么情况。你哥输完这瓶液，也没有什么特殊治疗了，可以回家休息。在家里给他煮点稀饭吃，他可能饿了一两天了，不能一下子吃难消化的食物。我下午下班再给他开点药拿去，顺便也把给你爸爸开的丹参片带过去。"

红英抹着泪，哽咽着说："好，也只能这样了。可真不知道怎么回去。如果打电话叫司机开车过来接，我爸妈马上就知道了，现在就他俩在家，万一受刺激发病就麻烦了。还是先把我哥弄回家再说。至少我爸我妈见我哥时，有我们在旁边要好些。可我哥现在这样的身体情况，怎么去挤公共汽车啊？"

慧雪说："找车的事我来办，你不要操心。我请鲍主任帮忙让救护车跑一趟，也不远，应该问题不大。万一不行，我就联系我们医院的救护车。反正他是病人，又是盲人，用一下救护车也没有关系，最多不行就自费吧！只要能把他安全地送回家去就行！”

红英感激地看着慧雪说：“那就这样，我看着我哥，你去找车。”

慧雪拉了拉红英的手，转身走了。红英赶紧回到病房，见哥哥正在摸索着下床。手上的输液针已经被他拔了下来，鲜红的血液从那个针眼中不断地涌出来，已经把床单染了一片血迹。红英扑过去，拼命抱住哥哥，把他按回到床上，又大声喊护士来帮忙。护士赶来帮李红磊止住了血，看看瓶子里的液体也不多了，就问：“就这点了，还输不输？”

红英说：“不输了，谢谢你啊！”

那个护士一边收拾输液的架子瓶子，一边说：“我昨晚上夜班。下半夜的时候，文医生送他来，他们两个人全身上下都湿透了，这个病人还处在发烧休克状态。文医生的钱又不够帮他缴费。还好我们听她说是省医的，就答应先做治疗再说。今天一早，儿外科的鲍主任就去帮他把所有的费用都补交了。文医生一直守着他，我先前还以为他是文医生的爱人，后来才知道是同学。文医生真是个好人嘞！”

2

李红磊躺在病床上，想到自己当年因年轻冲动无知而负气出走，一别十多年无音讯，让父母和妹妹们受了很大的伤害，他觉得自己无颜面对家人。现在又双目失明，更不想以这副模样见到家人。原想今生今世再也见不到自己的父母亲人了，没想到遇见这个小时候的女同学，又让他知道了自己最想知道，但又最不敢知道的一切。现在的他，心里有种说不出的滋味。头先听着慧雪和红英讲话时的口气，判断她俩不但很熟悉而且关系还很好。同时又觉得奇怪，她们怎么会认识呢。

李红磊渐渐地恢复了理智，平静下来。想想既然暂时走不成了，就只能等机会再说吧！反正自己已经是个残废的人，心也已经残废了，更何况自己无法以一个一事无成的盲人形象又回到过去的生活中，去面对过去的那些熟人和朋友，面对文慧雪这样成功的同学。一想到这些，李红磊就焦躁不安，他真的很厌倦这个世界和自己的人生了。今天看来是走不掉了，也罢，真的好像是命不该绝。要不怎么这么巧，早不碰见晚不碰见，偏偏在那个时候碰见文慧雪。而且这么怪，这么多年不见，我的变化这么大，她居然能认出我来。也好，我且先跟她们回去看看爸爸妈妈，也算是去告个别，等今后有机会再走也不迟。也许是天意呢，要不然哪有这么奇怪的事。想到这里，他渐渐地安静下来，顺从地接受了红英和慧雪的安排。

慧雪救了李红磊，这或许就是冥冥之中的未了之缘。李红磊的命运又有了新的转折。这时，他脑子里突然想到，那个姓鲍的主任喊慧雪喊得很亲近啊，他们是什么关系？又一想，心里觉得自己好笑，都要去寻死的人，还关心别人什么关系，真有点莫名其妙，也不知道这些想法究竟是怎么冒出来的，真奇怪。

慧雪进来了，轻声说："红英，我们可以走了。"

红英说："哥，我们回家吧！"

李红磊怔了一下，虽说心里已经决定跟妹妹回家，但是毕竟离家这么多年了，眼下突然要上车回家，还是觉得像在梦游一样。家与亲人们的往事和样貌又从很遥远的地方拉近到他的眼前。自己的这副模样父母能接受吗？他的脑子又开始翻腾起来。

红英见他躺着不说话，以为他不想回去，就着急地说："哥，你再不回去，今后爸爸妈妈老死了，病死了，想你想死了，你就再也见不着他们了。你会悔恨终身的。他们现在很老很虚弱，比那些差不多年龄的老战友、老同志们都老得快，身体也比人家差。因为他们天天都在为那年骂你的事自责，天天都在悔恨中折磨自己，天天都在对你的思念中悲伤不已。难道你就忍心让他们继续受折磨下去？难道你还在怨恨他们？你当时顶撞他们的那些话就没有一点错？哥，你快跟我回去吧！红玉和我虽然都考取了大学，可是爸爸看着我们的录取通知书，嘴里却说：'不知道红磊在哪里。他要是在家，肯定能考取名牌大学。他的成绩一直都拔尖呢。'他一说话就围着你转。你想，他有多想你。粉碎'四人帮'后，爸爸准备带全家一起回家乡去给爷爷奶奶上坟，就开始准备给乡亲们带这带那的，不知道是太劳累了，还是太兴奋了，要去上坟的前一天夜里起来上厕所时，一下就晕倒在地上。送到医院抢救过来后，左边身体就瘫痪了。从那时起，他坐上了轮椅，对你的思念就更加重了。他把你过去读过的书拿出来读，看你原来的照片，一看就是好长时间，经常满脸都是忧愁和泪水。爸爸不像以前那么强硬了，时常伤感流泪。我本来不想跟你讲爸爸坐轮椅的情况的。可你就是不醒悟！快回家吧！爸爸妈妈见到你，不知道会有多高兴！如果你回去，他们的情绪好了，身体也许会好些呢。妈妈也得了高血压、心脏病，还有糖尿病。你可怜可怜他们吧！哥！"

李红磊听了这些，终于忍不住哭出声来："红英，是我错了，当年我不该负气离家出走。我从离开家的那天就开始想念家，想念你们了。我早就不怨他们了。我不是不想回家，我是怕我这样子回去会让他们受刺激。我怎么办啊？"

李红磊痛哭时，双手拼命地捶击自己的胸，哭得气都出不来了。

红英听了他的话，见哥哥捶胸痛苦的样子，就十分后悔刚才对哥哥说那些抱怨的话。她上去拉住哥哥的双手，哭着对哥哥说："哥，你别想那么多了。其他事今后再说，先跟我回家吧！"

这时，一直站在旁边掉眼泪的慧雪赶紧过来帮红英把李红磊的鞋拾起来，套在他的脚上。李红磊先头大哭的时候忘记了文慧雪在场。当慧雪给他套鞋的时候，他怔了一下，心里有点别扭。一想到原来的同学，现在已经成了大医院的医生，而自己则是如此的凄凉，心里就非常难受。但是，他并不反感文慧雪，反而在心里感谢她。

当红英和慧雪一人一边，拉着他的手把他带出急诊室，扶上救护车时，他顺从地依着他们的意思安静地坐在车里。然后，他听见文慧雪不知对谁说："小周，等鲍主任来时，麻烦你转告他一声，谢谢他，我下午还要上班，就不等他了。"

李红磊听见一个女孩脆脆的嗓音答道："好的，文医生，我告诉他！"

接着大概是文慧雪上车，"砰"的一声，关车门的声音。车开了起来，此时李红磊的脑子里一片空白，什么都没有了。没有画面，没有声音，没有思维。好一阵他耳朵里才有了车轮和发动机运动时发出的声音。这边慧雪和红英一路看着他。她们俩一直都在流泪，一直都在悲痛着当年王子一样的李红磊，怎么落魄成这个样子。

3

车子一直在跑，很快，红英告诉他："哥，到军区大门了。"接着，车停了。李红磊听见门岗询问，红英跳下车去跟门岗疏通。很快，红英又上了车，车门"砰"的一声又关上了，车又开了一阵。李红磊想着那条遥远的路，心跟着那条久违了的，既熟悉又陌生的路在军区大院中朝家靠近。他的心怦怦地跳着，好像要逃出嘴巴一样地往外急蹦着。红英说："到了。"车前后摇了摇，停了下来，李红磊突然间好像什么感觉都没有了，连心跳都停了。

接着，李红磊听见红英先跳下车，慧雪在车上喊了一声："慢点跑！"接着就听见红英跑进小院的脚步声。

李红磊脑里又恢复了画面，当年的小院，角落里的煤棚。他的心又狂跳起来，比先前还激烈，眼泪止不住地往外冒，他想，红英是先去告诉爸妈我回家来了吧？正想着，一只手轻轻地、温柔地穿过他的臂下，扶着他，轻声说："红磊，到家了，我们下车吧！"

他的心颤了一下，这像极了昕燕的温柔！

慧雪扶着他慢慢下了车，轻声说：“红磊，慢点，不要着急。”

从今天在医院醒过来后，就听她一直温柔地喊他红磊，好像喊了很多年一样的自然。

“红磊！红磊你回家来了！儿子啊！你回来看我们了！”

他听见妈妈从小院里扑出来带着哭腔的喊声有些嘶哑，凄凉揪心。脑子里立刻出现妈妈悲痛凄苦的样子，心脏突然又是一阵急跳，感觉心真的从嘴里跳了出来。他喊了一声“妈”，就抑制不住自己的伤感大声哭了出来，这么多年来一直积累的悲伤和忏悔跟着热泪一起倾泻在妈妈的面前。

红磊妈妈扑到他身边，拉着他的手说：“红磊，儿子啊！你回来了！你怎么这么多年都不来看我们啊！我还以为再也见不到你了。原谅爸爸妈妈吧，我们那时错怪你了！”说完又呜呜地哭。

李红磊突然有了一种时空错位感，他觉得眼前的妈妈很遥远，她的声音既熟悉又陌生。原来那个说话干脆、明快的女军人妈妈，现在好像变成了一个絮絮叨叨、声音嘶哑的老妇人。后来他才知道，妈妈的声带上长了一些小结，只需要在门诊做个小手术切除休息几天就好了，可是妈妈一直都没有去做这个简单的小手术。

李红磊拉着妈妈粗糙的手，“扑通”一声跪在地上，低着头，泣不成声地说：“妈，我对不起你们啊！让你们受了这么多年的苦。”

“红磊，快起来进屋去，别跪在那里，别人看见多不好意思。是我们做父母的错在先啊！”这是爸爸的声音，迫不及待的爸爸让红英把他从屋里推了出来。

原来爸爸也在身旁。李红磊伸手去摸爸爸，却摸到了轮椅的脚踏板。李红磊顿时心如刀绞，他摸着爸爸的脚，再次低头失声痛哭。

慧雪和红英一边流泪，一边交换了一下眼色，红英赶紧对爸爸说：“爸，妈，你们先进屋吧！我和慧雪姐帮哥把车上的东西拿了，顺便谢谢人家司机一声就进来。”

这时，李红磊爸爸妈妈还没有发现他眼睛的问题。听了红英的话，妈妈只好推着爸爸的轮椅转身先进院里去了。短短几步路，爸爸妈妈几次回头看儿子，好像是怕他又突然遁土了似的。

车上哪有什么东西，是红英和慧雪怕李红磊双目失明的事情暴露得太快，两位老人承受不了。再说大家都站在小院外面，又哭又说的，惹得别人围观也不好。

两位老人回到房间里还在互相问，这是做梦还是真的？红磊爸爸笑着用手揩了一下眼角的泪，说：“那我们互相拍一下巴掌，如果痛，就不是梦。”

结果两位老人真的用劲对拍了一下巴掌。红磊妈妈又哭了起来，说："不是梦，我好痛！"

这时，红英和慧雪拉着李红磊进来了。李红磊低着头，不敢抬起来。红英扶哥哥坐到椅子上时，李红磊的脚在一把椅子腿上绊了一下，手无意识地在空中抓了一下，差点失重摔倒。慧雪赶紧扶住李红磊，红英急忙拉开了那把挡路的椅子。这时，爸爸妈妈同时发现儿子好像有点不对劲儿，怎么坐都要让慧雪和红英扶着才能坐到椅子上，而且一直不抬头。

红磊妈妈忍不住了，说："红磊，你怎么了？你为什么不抬头看看爸爸妈妈？"

红磊爸爸说："儿子，你抬起头来让我们看看，这些年来，我们想你啊！"说完，也哭出声来。

李红磊听见爸爸哭，想象着爸爸妈妈老泪纵横的样子，心里锥刺般难过，控制不住悲痛再次大声哭出来，就像又回到童年的时光。他泣不成声地说："爸，妈，我不回来就是不想让你们难过。我也想你们，想回来给你们认个错，可是我看不见了，我的两只眼睛失明好些年了。这是老天对我不孝的惩罚呀！爸，妈，我对不起你们啊！"

红磊妈妈一听儿子双目失明了，顿觉五雷轰顶。她扑到儿子面前，一下子抱住儿子的头，抬起儿子的脸，看着儿子那双毫无光泽的眼睛，她张开嘴还没有喊出声来，就一下子晕倒在地。红英急忙跑过去扶住妈妈，用手去掐住妈妈的人中，慧雪也赶紧过去帮红英一起把红磊妈妈扶到竹躺椅上去。

红磊爸爸听到儿子眼睛失明后，闭上眼睛，向后倒靠在轮椅背上，老泪纵横，呼吸急促。慧雪又赶紧过去拉起红磊爸爸的左手给他把脉，再从他的上衣口袋里掏出一个小药瓶，打开盖倒出几粒握在手窝里，让红磊爸爸张开嘴，喂进去。

因为怕李红磊紧张内疚，红英和慧雪有意不说什么，只是在默默地应付着眼前早已意料中的一切。

都知道盲人的听觉是非常敏感的。这种敏感来自对外界的恐惧、猜测甚至是臆断。李红磊从各种响动里感觉到了自己的失明带给父母和家庭的冲击。他知道自己给年老多病的父母带来了难以承受的打击。李红磊开始后悔自己为什么要回家来。想着，就站起身来，准备往外走。不想，却又碰翻了一把椅子。

红英正扶着刚刚缓过气来的妈妈，见哥哥要走，又放不开扶着妈妈的手，就哭喊起来："哥！你去哪里？你什么都看不见，要摔跤的！你不能再错了！爸妈太痛惜你了。你成了这个样子，他们心痛啊！哥！"

这时，红磊爸爸很吃力地说："红磊，我想和你说说话，下盘棋。我们老了，又有病，说不定哪天一口气上不来，就永远都见不着了。”说完，用手抹掉眼角边流出的泪。

慧雪见红磊爸爸的情况缓解些了，就朝李红磊走过去。她轻轻地扶起那张翻倒的椅子，然后走到李红磊身边，温柔地拉着李红磊的手，牵着他走到他爸爸的身边，说：“红磊，你爸爸先前心脏有点不舒服，刚含了药，坐在椅子上不能动，你蹲下呗，让你爸爸好好看看你。”

李红磊哽咽着，蹲了下来。他感觉到爸爸那急促、困难、略带药味的呼吸，感觉到爸爸冰凉的手摸着他的头，帮他擦眼泪。他仿佛又回到了童年，一切都是那么熟悉和亲切，可一切又是那么陌生和遥远。眼泪，只有眼泪，像不尽的河水，一直在不停地流。

缓过气来的红磊妈妈让红英扶着自己走到儿子的跟前，看着儿子的眼睛，一把抱住儿子的头，再次失声痛哭。红英劝着妈妈，自己却也跟着哭个不停。

慧雪流着泪站在红磊爸爸身后看着李红磊，心里难过极了，谁会相信李红磊竟然变成这个样子……他遭了多少罪呀？想着，眼泪止不住地往外流。

时间过得很快，一家人还没有完全从悲痛中缓和过来，就到了中午。慧雪把红英拉到一边，轻声提醒她：“红英，还是先做中午饭吧，我和你一起做。李伯伯和周阿姨不能太伤心，好歹你哥回来了，过去的事慢慢再聊。你哥两天没有吃东西了，需要补充些好消化的东西才行。”

红英一听，才想起来，赶紧看了看桌上的小闹钟，说：“现做来不及了，等煤火燃起来得好长时间，我到食堂去买。食堂里汤汤菜菜、稀饭馒头都有，我马上就去。”

说完，抹了把泪，就到窗下的写字台前，拉开抽屉拿饭菜票。

李红磊听着红英与文慧雪的对话，听见红英拉开窗下那张从小就非常熟悉的、专门装各种票证的抽屉，想起小时候在那个抽屉里拿饭票去食堂打饭的情景，真觉得自己像在梦境中飘来飘去，整个人恍恍惚惚。看来，家里的环境和物品都没有太大改变，改变的是爸爸妈妈和妹妹。他们老了，病了，长大了；至于自己，却像是个迷失了家园多年的灵魂，在外面硕大的时间空间里摩擦碰撞地转了一大圈，带着一身的伤痕又糊里糊涂地回到了原点。

一家人随便吃了点红英从食堂打回来的饭菜，就已经中午一点了。慧雪去把李红磊从前住的房间的窗子打开通风，又把容易碰撞到的椅子凳子顺好后，就准备回医院去上班。走之前，她轻轻地拉起李红磊的手，温婉地说：“去休息吧。这些年，你妈妈天天都把你的房间打扫得干干净净的。”

李红磊听了，又滴下泪来，他顺从地让慧雪拉着，跟着她走。不知道为什么，李红磊愿意听她的安排，心里对慧雪有一种十分特殊的感觉。不像朋友，不像同学，不像兄妹，更不像对昕燕那种牵心挂肠……他说不出对慧雪是个什么感觉，就是觉得喜欢慧雪拉自己的手，喜欢听她说话，喜欢她云一样轻巧的脚步在家里、在爸爸妈妈和自己之间来回游弋时那种无声的和谐与默契。他想起小时候慧雪的样子，感觉到了慧雪在他家里的分量，感觉到了家里的空气中弥漫着一种温暖醇厚的和谐。这种温馨的氛围无疑是慧雪带来的或者是慧雪创造的。他心里感谢慧雪，有一种很亲切和奇妙的情愫悄悄爬上心头。

慧雪把李红磊带到他原来的房间里，又牵着他在房间里走了一圈，让他摸桌子、柜子、椅子，告诉他右边的一扇窗户的挂钩坏了，不能开，红英会找人来修。她扶他坐在床沿上，告诉他拖鞋在床前，换洗衣服在枕头上。然后说要去上班，让他好好休息。

李红磊如梦方醒般地想了想，说:“文慧雪，谢谢你为我父母和家庭所做的一切!”他还不习惯像爸妈和红英一样地喊她慧雪。

慧雪没有说话，看着他的眼睛，眼泪又流了出来。

李红磊说:“我有一件事想麻烦你……唉，算了。”他有点犹豫，说不出口。

慧雪用手揩掉眼泪，看着他，见他欲言又止，就走到他面前，轻声对他说:“红磊，有事吗？我可以帮你。”

李红磊抬起脸，两只无光的眼睛看着慧雪。不知道为什么，他不怕以自己的双眼去面对慧雪。自从失明后，他从来不把眼睛直接对着人，包括昕燕。也许慧雪是医生，对于医生不需要隐瞒身体病疾的真相；也许是信任，一种不知道什么时候产生的信任。李红磊想了想，下决心说:“文慧雪，有一件事情想托你帮忙，不知道行不行。”

慧雪轻声说:“你说吧，我尽力就是了。”

李红磊说:“你遇到我之前，我一直住在一个姓袁的家庭里。是他们一家一直在照顾我，对我很好。现在我突然不见了，他们肯定着急得不得了，还不知现在闹腾成什么样子。能不能请你去告诉他们我现在的情况，该怎么说就由你决定吧。他们知道我父母是军区的，也一直劝我回来看父母的。”

慧雪看着他的眼睛说:“好吧，你告诉我那家人的街道、门牌号数，我下午下了班就去。”

李红磊告诉了慧雪那条街和门牌，现在他的心里对慧雪满怀着感激和信任，甚至有一种莫名的亲切感。

慧雪知道那条街，只需要记住门牌号就行了。她起身走到房门口，又转过头来小声叮嘱道："你要安心好好休息，李伯伯同周阿姨的身体不好，不要刺激他们。"

说完转身出去，带上门，又去厨房跟红英打了个招呼，就朝大门外走。她开门时，红英从厨房一溜烟跟出来，悄没声地，脚跟脚同慧雪一起走到门外。她随手关好门，就贴着慧雪的耳朵问："我哥托你干什么？我站在门外听见一半，没有听清楚。"

慧雪就把情况大概说了一下，但没有说那家大女儿与李红磊的事。

红英听后说："原来是这样啊！那我们还得上门感谢人家这么多年的照顾。要不我跟你一起去？"

慧雪说："你还得照顾这一摊事，够你忙的。我先去跟那家人打声招呼，免得人家急。都快两天了，这会儿不知道急成什么样子呢。好了，我走了，下午红玉出差回来你就有帮手了。我今天下班后先去告诉那家人，顺便去跟我爸妈说一声，免得他们不见我回去又担心。还好，那家人住的地方离我妈家不远。晚上我再过来，顺便把你爸和你哥的药带来。你哥的药我就用你爸的医疗证一起开了。"

红英感激地说："谢谢了，慧雪姐！你看我哥的眼睛还有没有希望复明？"

慧雪沉吟了一下说："我先找眼科主任问一下，约个时间再去看看。越早越好。记住打电话向你单位请个假，别让你们领导又说你自由散漫，加工资时又没有你的份。"

红英说："知道了，我一会儿就打电话。哎，你要是我嫂子就好了，那我们一家多幸福啊！可是我哥现在这样子配不上你喽！"

慧雪的脸一下子就红到耳根，说："别瞎说，快进去让你哥卧床休息，他身体还很虚。"说完，转身走了。

红英看着她的背影心里想，如果我哥的眼睛能治好，一定会喜欢慧雪姐的。这么端庄漂亮的人，还是个医生，人又好，她能成为我的嫂子就好了。

慧雪走后，红英也去午睡了。李红磊感到家里好安静，安静得能听见自己心跳的声音。从前每日里在街上拉二胡，听着人喧马闹的嘈杂；回到家里又处在街坊邻居聊天、吵架、打骂小孩、咳嗽、吐痰、打呵欠、打喷嚏、泼水等各种嘈杂声中。特别是卖东西的小贩穿街过巷游走叫卖的声音。那种声音很奇特，能在空中停留好长时间都不散。街井里的各种声音夹杂着各种气味，弄出一种独一无二的、带味的交响乐般的动静。现在一下子这么静，还真有点像掉进了无声世界一样。他和衣倒在床上，满脑子乱糟糟的，理不出个头绪来。

第二十六章

1

昨天下午昕燕妈妈见雨下大了李红磊还没有回家，炉子上煮着的饭正咕嘟咕嘟地冒着气泡，要等气泡没有了，才能给火上搭上一块稀煤，再又把饭锅放上去，可是这气泡一下收不了，自己就走不开。家里没人，昕琪去火车站接昕南去了。昕燕妈妈急得团团转，只得先把雨伞拿出来靠在门上，又去把自己的雨胶鞋和李红磊的雨胶鞋都提出来放在门口。伸头看看饭还没有干，就赶紧先把自己的雨鞋套在脚上，又想起昕南在上海给李红磊买回来的塑料雨衣，就又转身进了李红磊和昕南的房间，找了半天，才在挂在门后面的一件衣服下面找到。突然，一阵焦煳味传来，她赶紧冲出房间，跑进那间只能站一个人的小厨房。饭糊了，她拿起抹布揪着两只锅耳朵把饭端起来放到地上。然后把早已拌好的稀煤用火钳挑起一坨来搭在火上。火焰没有了，她重新把锅坐上火炉。接着又快手快脚地从厨房门边窗台角上的一个玻璃瓶里扯出两根用水养着的小香葱，匆匆择了两下，从缸里舀了一瓢水倒在洗菜盆里涮了涮，顺手一折两段揭开锅盖丢在饭上。这样，米吸收中和了葱的香味，饭熟后焦煳味就基本没有了。她顺手去拉上厨房的门，可是一阵刺痛从指尖传来，鲜血从右手食指上冒出来，门上的木刺又扎伤了手指。早就让昕燕爸爸借个刨子来推推，昕燕爸爸总是说将就吧，一个破厨房，要不要门都无所谓。“死老头子，不进厨房，就不管事。”妈妈气哼哼地说完，把手指伸进嘴里去吮了吮，吐出带血的口水，就赶紧拿了个平时买菜用的布包，把李红磊的雨衣、雨胶鞋统统装进去，撑起伞走出门冲进大雨里。风雨很大，路上只有她一个人。她顶着风雨一路艰难地走着，到了李红磊拉琴的地方，一看不见人，心想，来的路上没有看见他呀，会不会是雨伞挡住了眼睛，错过了？她大着嗓门喊了好几声，没有回应。闪电把天空照亮的瞬间，一个炸雷打下来，吓了她一大跳。又高声喊了几声，还是不见回应，心里已经急得不行了。会不会又跌进下水道去了？想起去年红磊跌进下水道差点被冲走的事，她害怕得哭起来，好像李红磊真的掉进下水道了。她不能原谅自己，饭糊了端下来就是了，肯定应该先来接红磊呀。如果他真有个三长两短的怎么办啊！昕燕妈妈不断地流着泪责备着自己。她打算赶快在附近找找看。正准备走时，她无意识地再朝李红磊平时靠着的那面墙看了一下。这下她看到了墙角的那堆东西，二胡、小板凳，还有一个鸡蛋。哎！是不是雨太大了，来不及拿这些东西，先到附近躲雨去了呢？再一想，红磊平时那么宝贝这把二胡，怎么会把它丢在那里淋雨，自己却走了呢？她觉得很奇怪。忙走过去，弯腰捡起那些东西，通通装进手里的大布包里。昕燕妈妈心里火烧火燎的，手上的包又重，她步履艰难地朝最近的人家走过去。红磊人缘好，会不会是因为下雨，又没有带伞，附近哪家让他进去躲雨去了？于是她提着那包东西，开始一家挨着一家地敲门问询。结果，谁都没有看见李红磊。当问到街头，靠墙搭一个斜棚居住的王鞋匠家时，王鞋匠开了门，见是昕燕妈妈就说："你看这棚里到处漏雨，灯又暗，晚上不补鞋了，明天如果不下雨，你到我的摊子上来吧！"

昕燕妈妈赶紧说："我不是找你补鞋，我来看看红磊在你这里躲雨没有。"

王鞋匠说："他哪会来我这里躲雨，你看这棚子，外面下大雨，屋里下小雨。等外面的雨停了，这棚里还在继续下雨。到处都是接雨的盆盆罐罐，连个下脚的地方都没有，哪里还能让人来躲雨哟！"

昕燕妈妈正想说声"打扰了"就走时，那王鞋匠好像突然想起了什么，神秘地对昕燕妈妈说："你们家小李可能要交好运了。今天早上，一个穿得又讲究，长得又漂亮的女的，可能是省歌舞团的领导。她先听小李拉了好久的琴，又借故擦鞋在我这里打听小李叫什么名字。最后，价都不问，给了我一元钱，转身就走了。出手大方得很。小李遇上贵人了，你们家也沾光喽！"

昕燕妈妈听得懵懵懂懂的，从王鞋匠的棚子离开后，又去邻近的一条街问了几家，都说没有看见李红磊，她又急急忙忙地朝家赶，心想李红磊会不会是与自己走岔了，可能已经先回到家了。回去一看，李红磊还是没有回来。

昕燕爸爸已经下班回来了，听昕燕妈妈一说，就赶紧接过昕燕妈妈手上的伞出门去寻，夜里九点多钟才回来，几乎全身都湿透了。他说差不多把附近的街道都走遍了，还是没有见到李红磊，最怕的是他失足落水。昕燕爸爸已经去报了派出所，派出所也没有办法现在去找人，只有等明天再说了。

昕燕妈妈又伤心起来，怨自己顾了那锅饭，害了李红磊。昕燕爸爸也说她死心眼，应该先去接人，怎么会因为一锅饭就把个双目失明的人丢在这么大的雨里。

昕燕妈妈别提多后悔了。突然，她想起王鞋匠说的，一个女的问李红磊名字的事，就赶紧告诉昕燕爸爸，昕燕爸爸想了一会儿，说：“不管怎样，都只能等明天了。那个女的会不会是红磊家里的人或亲戚，突然看见他，带他回家了？这是最好的结果了。”

昕燕妈妈说：“也有这种可能。不过，如果是这样，红磊一定会先回家来告诉我们的。哎！但愿是他的家人把他接去了。千万别出什么事，他太可怜了，自从昕燕离开他后，他整天丢了魂一样，看着都让人难过。都是那个挨千刀的张艺贵害的！”

昕燕爸爸说：“别想那么多了，抓紧时间吃点东西，休息一下，明天一大早还要接着找红磊呢。万一他有个闪失，我们怎么跟人家大人交代呀？回城这么几年了，一直都没能说服他回家看看父母，我们也有责任啊！”

昕燕妈妈说：“哎，这娃娃犟啊！你晚饭还没有吃，又在外面找了好久，一定很饿了。我先去给你舀碗饭来拌点油辣椒将就吃吧！”

“你也一起吃点吧！吃了再想办法。光急也没有用。”

“我哪里还吃得下东西啊！急都快要急死了。在一起生活这么多年，早已把他当成自己的孩子，看他这样，心痛啊！”

“是啊！我看他眼睛治好的希望很小，原先想到有昕燕照顾他也就放心了，不想昕燕会做出那种事来。”

“昕燕肯定是被那个姓张的祸害了，不得已。你还不了解自己的女儿？路是她自己选的，我们也没有办法。只是红磊多可怜啊！如果他眼睛治不好，今后怎么办哦。”

“我们都老了，不知道能照顾他到几时。另外，他总不能打一辈子的单身吧？那他真是太苦了。”

“我真想问昕琪对哪个男孩都不搭理，是不是喜欢红磊，可是我开不了口。”

“你说昕琪喜欢红磊？怎么会呢。”

昕燕妈妈叹了口气说：“我也说不清楚是怎么回事，有好多次我发现昕琪看红磊的眼神不像个妹妹看哥哥的眼神，倒像个恋人的眼神。特别是昕燕跟那个姓张的坏蛋走后，我几次看见她静静地坐在角落里呆呆地看着红磊，那是恋爱的女孩特有的眼神，我还看见她悄悄地看着红磊抹眼泪。有一次我还见她把给红磊洗干净、叠好的衣服紧紧地抱在胸前，还亲那些衣服呢。当时，我就觉得不对，但是又不好问她。她那个脾气，我哪敢惹她。”

昕燕爸爸说：“可能是同情红磊呢？”

昕燕妈妈说：“绝对不是。我们都是过来人，还看不出这点事？有一次我对她说：‘昕琪，那么多男孩喜欢你，你为什么一个都不接触？’她说：‘那些人没有一个比得上红磊哥的。姐姐有福气，遇上红磊哥这样的人。

我只好一辈子不嫁人了。’我当时就说了她一顿。可是她发了脾气，说：‘我就是不喜欢任何别的男的，也不想嫁人。你今后不要再提这些事，不然我就搬到铺面去住了。’”

昕燕爸爸听了叹口气说：“昕琪是个火暴性子，照你说的，可能她真的是喜欢上红磊了，只是碍于红磊原来是姐姐的恋人，不好意思向红磊表白。等她回来我们再套套她的话，如果确定是，我们就帮她捅破这层纸。如果今后有她照顾红磊，我们也放心了。”

昕燕妈妈说：“哎！这只是我们的想法，如果能那样当然好。可是，就算昕琪喜欢红磊，红磊会不会喜欢她呢？我看红磊只专注昕燕一个人。昕琪在他心里，可能永远都是个小妹妹。如果昕琪向红磊说出自己的心事，被红磊拒绝了，那昕琪会多难受，今后怎么相处？按她的脾气，可能真要搬到铺面去住了。所以还是先不要管了，顺其自然吧!”

昕燕爸爸沉默了一会儿说：“真难！如果昕琪也住到外面去，昕南北京、上海、广州的到处打货，成天都在外面跑。我又上班，家里只剩下你一个人，红磊的日子会非常无聊和难过的，总不能老去外面拉琴卖艺吧？人家好歹是个高级干部的儿子，这样能吃苦已经够可以的了，我们一定要为他打算好，就算倾家荡产、砸锅卖铁也要立即带他到上海或者北京去看眼睛。等明天找到他，我就向单位请假，马上带他去看眼睛，一天也不能拖下去了。买不到车票我们就先想法上了火车再说。还有，差点钱就差点钱吧。如果昕南这趟广州打回来的货能多赚些，看眼睛的花费就够了。至于昕琪喜欢红磊的事还真急不得，等把红磊找回来后，也套套他的意思。这毕竟是两个人的事，光昕琪一厢情愿是不行的。而且还有昕燕的事夹在中间。实在不行，还真得顺其自然了。我们先把我们能做的事做了，其余的事就今后再看吧！”

“唉，也只能这样了。”昕燕妈妈叹道。

“知不知道昕南从广州打来的货是什么？是不是又是那些旧服装？”昕燕爸爸问。

“听昕琪说是服装，我也不太清楚是新的还是旧的。”昕燕妈妈不太确定地说。

“他们什么时候回来呢？怎么不买国产的新衣服来卖，要去买人家外国人穿过不要的旧服装来卖？很丢中国人的脸呢。那些垃圾服装不干不净的，也不知道是不是死人、病人穿过的。外国人有些怪病要是跟着传染进来就麻烦了。让他们不要干了。做点正经生意，哪怕少赚点钱都比做这种生意好。”昕燕爸爸有点不高兴地说。

“唉！这些你就不要管了。现在大家都是什么好卖就倒腾什么来卖。你没有见好几个街市都是卖那些旧服装。说真的，那些服装式样好，花色洋气，面料也好，根本不显旧。洗洗熨好后像新的一样。裁缝店哪里裁得出来那些款式的西装。商店里卖的都是些又贵又土气的老式衣服，年轻人就都去买那些又漂亮又便宜的旧服装喽！有买有卖，你情我愿的。大家都这样，昕南、昕琪也只能跟着潮流走。”昕燕妈妈无奈地说道。

昕燕爸爸说：“不管怎么样，改做点别的生意吧，我不喜欢他们做这种生意。唯利是图的昧心钱最好不要去赚，把良心搞坏了就麻烦了。”

“那你跟他们说说看，儿大不由娘。我看没什么大不了的。大家都在做，我们也急需钱给红磊看眼睛。过了这一阵，以后再改做别的生意也可以呀！”

昕燕爸爸一听到给李红磊治眼睛，就没有说什么了，只追问了句：“昕琪他们什么时候回来？”

“可能快回来了吧。以往这个时候已经回来了。”昕燕妈妈又说，“会不会是下雨路上耽搁了时间？他们还要把打来的货运到铺面去放好才能回来。”

昕燕爸爸说：“这么大的雨要不要去接他们一下？”

昕燕妈妈说：“不用了，根本不知道他们现在在哪里，怎么接？只能在家里等他们回来，看情况再说了。”说完，提起桌上的大瓷茶壶给丈夫把杯子里的茶水加满，又坐立不安地一会儿打开门看看，一会儿拿起放在床上的毛线活织一下。心慌意乱的哪里做得了事。想着李红磊眼睛看不见，这会儿不知被雨淋成什么样子，又难过起来。双手合十嘴里咕咕嘟嘟地念着请菩萨保佑的话。丈夫见她这样，心里就更着急，说：“坐在这里干着急也没用，不如我再出去找找看。”

昕燕妈妈说：“我们两个一起出去吧，好歹互相有个照应。”

“不用，我自己去就行了。你在家等昕琪、昕南他们。”说完就去开门。

门一拉开，就见穿着雨衣的昕南、昕琪裹挟着一身的风雨，推着单车蹚着过踝的积水，急急忙忙地冲过来。昕燕爸爸赶紧把他们让进屋，帮他们脱去湿漉漉的雨衣，拿出去挂在外面屋檐下。妈妈着急巴巴地说：“你们回来了，快休息一下，喝口热水，等会儿跟爸爸一起去找红磊。”

“找红磊哥？他怎么了？”昕琪、昕南不约而同地问。

昕燕爸爸赶紧把大致情况说了一下，姐弟俩这才知道李红磊不见了。

姐弟俩着急起来。昕琪哭出声来，说：“红磊哥上次掉进过下水道，会不会又……”说完喊着昕南就往门外冲。

昕燕爸爸见状与妻子对视了一眼，说：“我跟你们一起去吧。”姐弟俩说外面下雨，不让爸爸再出去。

昕南说：“爸，妈，你们在家休息，我跟二姐再出去找找，看能不能把红磊哥找回来。”

昕燕妈妈流着泪，眼巴巴地望着昕南说:“万一出什么事怎么办?”

昕琪哭着说:“我们快走吧！再啰唆下去，时间就更晚了，也许真要出事了!”

“我骑单车搭二姐去，单车快，一路喊着红磊哥，也许能找到。你们不要着急了，先睡吧!”昕南懂事地安慰爸妈。

昕燕妈妈说:“你们吃东西没有?要不要吃点东西再去?”

昕琪说:“吃过了。我们走了。”

接着，姐弟俩连水都没有顾上喝一口，把刚才脱下来挂在门外滴水的两件又厚又重、散发着难闻的橡胶气味的胶布雨衣重新穿在身上。昕南推上单车，昕琪跟在后面，一前一后地出门了。昕琪不让爸妈出来，反手把门拉上。姐弟俩走到街上，昕南扶着那架从别人手上买下来的旧单车让二姐坐上去。昕琪斜坐上后面的货架后，昕南就登上单车往外街上骑。

昕琪说:“昕南，爸爸说他已经在附近找了一圈了，那么我们就到远一点的地方去找。我想到大姐学校附近看看。红磊哥会不会是想念大姐，就一路问着摸到学校附近去，结果下雨就走迷路了?”

昕南说:“好，我们过去看看吧!”于是加力踩了几脚单车的脚踏板，向昕燕的学校奔去。昕琪又大声说:“如果学校周围都没有，我想去问问大姐，她以前与红磊哥爱去哪些地方。也许范围缩小点，目标会准确些。”

昕南迟疑地说:“现在去找大姐好不好?都十点半了。”

“有什么不好的，家里出了这么大的事，找她问问都不行?又不要她跟着我们去找红磊哥。”

雨一直不停，到了学校，他们在有可能藏人避雨的地方找了一圈，没有。于是昕琪引着昕南绕到教职工宿舍的后门。没有看门的，原来的大铁门上的那扇小门已经不知去向。到了昕燕住的那个筒子楼，昕南推车在楼道下面淋不着雨的地方等，昕琪一个人跑了上去。

“别急，好好地说。”昕南冲昕琪的背影大声喊道，他担心昕琪的急性子。

昕琪摸着上了楼梯。昏暗狭长的楼道里一股呛人的煤烟味，一盏被油烟包裹得几乎遮完了光线的灯泡吊在走廊中间的天花板上，发出微弱的光，在走廊的这头都看不清那头的房门。那扇被淹没在黑暗中的门就是姐姐家。她曾经来过一次，上个月妈妈叫她提了一小篮鸡蛋和一条腊肉来看昕燕。鸡蛋和腊肉都是昕南去看韦婆婆时，从石板坳带回来的，一家人没舍得吃，想到昕燕怀孕需要营养，就全部让昕琪带了过来。

那次是白天，昕琪没费什么劲儿就问到了姐姐住的地方。当时，她上了楼梯，看见这座两层的宿舍楼里，长长的走廊像冰糖葫芦的长竹签一样，串着那些对开门的房间。走道两边，各家各户都把自己门两边当成了厨房兼杂物堆放处。火炉、旧课桌、杂物，还有一堆堆靠墙码得高高的煤堆，中间只剩下一条一次只能通过一个人的窄道。

上次来时，恰巧姐姐家没有人。昕琪本来就不想看见那个姓张的，她从心里厌恶那个留着“叔叔阿姨发式”，裤子紧裹着妇人一样的大屁股，裤脚像个大扫把一样的张艺贵。昕琪把东西放在姐姐家门口，又托一个正在走廊上掏火，弄得一走廊烟灰满天的老太太，请她告诉昕燕一声。见老太太一只手掏火，一只手捂着嘴，还呛得直咳地点头答应了她。昕琪也被煤烟熏得眯缝着眼，见那个老太太答应了，就赶紧手捂着口鼻，回头穿过长廊，跑下楼梯，生怕碰见姐姐他们回来又要尴尬不舒服。那次她一路小跑着溜出大院，轻轻地舒了口气，回家向妈妈交了差就算完成任务了。

现在昕琪轻车熟路地直接登上了二楼。她尽量平衡好自己，直直地朝走廊尽头走去，以免不小心碰翻了什么东西又惹麻烦。

到了，她犹豫了一下，抬起手敲门，心里希望来开门的是姐姐。门开了，是张艺贵，一头遮额的长发像门上挂的流苏，长发不男不女地半掩着尖嘴猴腮的脸，昕琪真想踢他一脚。

张艺贵见是昕琪，先是有些诧异，然后想，从来都没见她家人来过，上次丢了一篮鸡蛋在门口也不打个照面就走了，今天这么晚来肯定有事。听说昕琪与昕南在做生意，别是亏了本来借钱？想着，就满脸虚伪地假笑着，说：“哎呀，难得昕琪妹妹大驾光临，进屋来吧。怎么，有急事啊？”

昕琪本来就烦他，见他酸溜溜的，就没有答他话，也不想让他知道李红磊不见了的事，就说：“我姐呢？我有事找她。”

张艺贵张张嘴还想说什么，昕燕听见昕琪的声音已经走了过来。见昕琪穿着的雨衣还在滴水，知道来得急，一定有大事，就赶紧把昕琪拉进屋，紧张地看着昕琪说：“这么大的雨，有急事？”

张艺贵见昕琪连姐夫都不喊一声，心里不高兴，嘴上又不好说，只好悻悻地在昕琪后面“砰”地一声关上了门。

昕琪看了一眼站在一边的张艺贵，说：“姐，你跟我到外面一下，我有要紧事同你说。”说完就拉开门出去。昕燕也看了看张艺贵，见张艺贵拉着个脸，一脸的不高兴。昕燕也顾不上这么多了，跟着昕琪就出去了。

昕琪是个粗中有细的人，她担心如果让张艺贵知道自己是为了李红磊而来，会让姐姐为难。虽然她对姐姐有意见，但是，考虑到姐姐的情况，知道这事一定要避开张艺贵才能说。

张艺贵一看昕琪避着不让他知道，就料定是借钱。心想，他妈的，这个鬼丫头真是无事不登三宝殿。我们结婚时，他妈的她娘家不要说给钱、给陪嫁，就连来捧捧场的面子都不给。现在厚着脸皮，三更半夜地来敲门想借钱，门儿都没有。你姐刚工作哪来的钱，那点工资刚够她自己吃喝买书的；我的钱除了办婚礼，也所剩无几，幸好都捏在我自己的手里。哼！要钱没有，要命一条。正想着如果昕琪开口，自己该怎么对付这个小姨妹时，昕燕就推开门进来，说：“艺贵，家里有点急事，我要回去一趟，今晚就不回来了，明天的早餐在碗柜里，吃的时候先蒸一下。我走了，回来再说。”说完，也不等张艺贵说什么，转身走出去，拉上了门。

张艺贵还没有从钱眼里钻出来，就听见她姊妹两人脚步声快速消失在走廊里。张艺贵想，不是借钱，那还有什么事要瞒着我？他妈的，真烦。自从同她结婚以来，就一直哄着她，生怕一不小心她又变成了一块冰。成天地不说话，阴着个脸，一定是想着那个瞎子。同她做点夫妻间正当的事情，还得又赔笑脸又请安的。她跟个木头似的，死挺在那里，还说什么会伤着肚里的孩子。鬼知道她肚里的孩子是我的，还是那瞎子的。我还以为她和那瞎子是什么傻子似的精神爱恋，可能我才是真正的傻子。人家利用你留了校，把你涮了你都不知道，还以为自己捡到块宝。唉，漂亮的女人就他妈的是绣花枕头，好看不中用；就是他妈的白黄瓜，好看不好吃。搞得我白天上班要对学生赔笑脸，为争取加工资的事也得到处找人赔笑脸；晚上回到家还得对她又赔小心又赔笑脸，这叫过的什么日子啊！整天一点乐子都没有，真是烦透了！早知道这样，跟她结什么婚。我他妈的是怎么上了她的当的！让她迷得三魂出窍的，真倒霉！他妈的，这女人真是一块化不开的冰，天知道她安的什么心。想到这里，恨恨地爬上床，熄了灯，拖个枕头抱在怀里，满腹牢骚地看着空着的那一半床，心里咒骂着昕燕和她那讨厌的一家人，特别是那个该死的瞎子。最近一段时间以来，张艺贵不知道发什么疯，总是在家里抱怨昕燕和昕燕家这不是那不是，不过随他说也好、骂也罢，昕燕从不回嘴，就像没有听见似的。她有时一天都没有两句话，这是张艺贵最不能忍受的情况。张艺贵对昕燕的爱本来就是建立在一种征服感、一种占有欲之上的。这些感觉满足后，他渐渐对昕燕冷冰冰的性格产生了怨恨，还不时找昕燕的碴。

2

慧雪中午从李红磊家出来后，算算时间还够，想那家人一定急得不得了，就决定先去那家人家。还好，中午公共汽车上人少，一路顺当。下了车，慧雪朝李红磊拉琴的地方走去，看着李红磊昨天还在拉琴卖艺的地方，心里无限感慨。那个鞋匠靠在电线杆下打瞌睡。慧雪小心地绕过他身边，进了那边的街口。这才发现，李红磊告诉她的卫红路就在那个护士指她走的姚家井对面。她顺着门牌走去，一阵乱哄哄的声浪扑面而来，循声望去，发现好多人围在一家房门前。她走过去，人群里面传出来女人的哭声，慧雪看了看那个门牌号，正是四十三号。

慧雪站在人群外面踮脚伸头朝里面张望，想着怎么进去跟这家人说。见一个五十多岁的女人在哭，旁边两个年轻漂亮的女子也在哭着擦眼泪。其中年纪看起来大些的那个女子尤其特别。慧雪猜想，她大概就是李红磊原来的女朋友了。这个女的一眼看上去像是个画出来的古典美人，她的美就算用摄人魂魄来形容也不过分。看见她后，慧雪惊叹世上竟真有如此美韵天成的女子！想到这里，慧雪心里笑笑，幸亏自己是个女人，如果是个男人，若看见这女子后定会茶饭不思，只思其容颜了。这时，慧雪突然觉得自己在哪里看见过这张脸孔，就在那里挖空脑子地思索起来，无奈怎么都想不起来。她想起鞋匠说这家大女儿已经与别人结婚了的事，心里不由得替李红磊惋惜，完全忘了这些年来自己也一心恋着李红磊。

慧雪又去注视另外一个看起来更年轻一些的女子。这个应该是妹妹。她长得比姐姐更明艳俏丽些，但是没有姐姐那种典雅清丽的美，也没有那种摄人魂魄的气韵。她们的穿着都十分简朴素净，服式颜色的搭配也很顺眼，没有一般街道上小户人家里的女孩子们常有的那种花哨时髦。这就更显得她们姊妹与众不同。

围观的人，无论男女老少，眼睛几乎都在那两姐妹的身上转。她又去看那个哭的妇人，估计是这家的女主人。她短发齐耳，鬓角已经有了白霜，两边的头发都压在耳朵后面，干净麻利。虽则布衣素服，但岁月还没有完全夺走她曾经的美丽，举手投足间透着旧时良家妇女的端庄和内敛。她虽然在哭，却举止有节，言语有序，不像一般街妇鼻涕一把、眼泪一把地不顾一切。

慧雪想，这家人家究竟是干什么的？李红磊是怎么与她们认识的？对这一切，慧雪突然产生了浓厚的兴趣。这时，她感到自己与这家人今后还会有往来。让她自己都感到奇怪的是，她竟然非常喜欢这家的那个大女儿。慧雪心里对她有一种奇怪的亲切感，觉得自己肯定见过她。慧雪不知道自己怎么会产生这种感觉，心里好笑自己那种喜欢不切实际地幻想的习惯。但是这种感觉却牢牢地定在脑子里，不但不肯退去，而且还非常明晰、坚定。她对自己笑了笑，心想，以后的事再说呗，先把红磊托付的正事办了。慧雪见一男一女两个民警一直在向袁妈妈问话。女的那个民警拿着一个十六开的硬皮本在做记录。这时，一个年轻英俊的青年男子从屋里面拿出一张条凳递给那两个民警。那两个民警接过条凳坐下，继续一边问，一边记录着。

慧雪站在那一大圈围观者的外面，透过人缝看得见里面，却听不清楚民警在问些什么。围观的人群又都在叽叽喳喳地议论，慧雪知道一定与李红磊失踪的事有关，她想，事情真要闹大了，我得赶快挤进去讲清楚李红磊现在在哪里。慧雪往里挤了一下，根本挤不开人墙，进不去。她只好赶快大声告诉挤在身边的几个人说：“我知道李红磊在哪里，帮我分开前面的人，我进去同民警讲。”

那些人一听，就喊起来：“快让开，快让开，这个女同志知道李二胡在哪里。”

那个喊话的男人，帮着慧雪分开人群让慧雪进入内圈，自己也趁机跟着进到里圈。慧雪挤进去后，人群突然安静下来，大家都想听听这个不认识的女人说出李红磊在哪里，还有一些人想知道她是谁。

慧雪看着那个年轻些的女子问道：“请问你们是在找李红磊吗？”她不知道自己为什么不朝那个肯定是李红磊曾经的女朋友的美人问。

昕燕一家见问，一下子都直愣愣地看着慧雪，还是那个年轻一些的女子答：“是呀。你怎么知道我们在找李红磊？”

慧雪赶紧说：“李红磊现在已经回到他父母家里，是他托我来告诉你们一声，免得你们担忧。”

昕燕妈妈感激地说：“多谢了，同志，请问你贵姓？”

慧雪笑了笑说：“我叫文慧雪，是李红磊家的熟人。”

那两个民警听了慧雪的话，就又问了慧雪的姓名、单位，还有李红磊现在的地址等，并一一做了记录，最后还查看了慧雪的工作证，也做了登记，又让慧雪在记录下方签了名。两个民警完成了工作，站起来准备走了，女民警又看看慧雪的脸，看了看本子上慧雪登记的工作单位和签名。

这时，那个早已破涕为笑的妇人，一边说着感谢的话忙着送民警，一边忙不迭地招呼慧雪进家里面坐。

慧雪见还有点时间，也想大致看看李红磊曾经生活的地方，就跟了进去。昕燕、昕琪、昕南三姊妹送走了民警后，也都进来，关上了门。

昕燕妈妈说：“昕琪快去给这位贵客同志泡杯茶，没有她，我们今天真是要急死了。”

慧雪忙说：“不用泡茶了，我坐一下就走，我马上要赶去上班，改日再来拜望你们。”

昕燕妈妈说：“哪里，哪里，客气了！拜望不敢当，就是不知道红磊为什么不告诉我们一声就回家了。我们一直都劝他回家去看望父母的，他心里有顾虑，不肯回去。我们也不好勉强，就由着他了。最近我们都准备好了带他到北京或者上海治疗眼睛。只不过还定不下来，火车票不好买。如果买到上海的火车票就去上海，买到北京的火车票就去北京。我们想等他眼睛能看见一点东西后，就一定要陪他回家去的，不知道他怎么就自己回去了。”

慧雪见她有点误会李红磊了，就说：“阿姨，李红磊不是自己回家的。他昨晚差点就死了。被人发现晕倒在五公里的路边，把他送到医院后，碰巧被认识他的人看见，就直接通知了他家父母。他家人现在也还不清楚他从前的情况。今早他苏醒后，第一件事情就是托我到这里来告诉你们一声，免得你们担心。好多事情说来话长，改日一定找时间登门致谢。我现在要赶去上班，不然就迟到了。”

昕琪诧异地问：“红磊哥晕倒在什么地方？”

慧雪说：“好像是五公里的公路碑边上。”

慧雪说完这话时，发现这家人眼眸相视，好像都有点惊讶，就问了句：“怎么了？”

昕燕妈妈说：“没有什么，没有什么。只要红磊平安，我们就放心了。多谢你了！请你转告他，好好养身体，过几天我们去看他。你连茶都来不及喝一口，对不住了。你要赶去哪里上班，远不远？要是来不及的话，我让我家儿子骑单车送你去。”

慧雪说：“时间还来得及，我在省医内科工作，跟李红磊家很熟，所以他就托我来了。你们今后就叫我慧雪好了，熟人、朋友们都这么叫我。”

昕燕妈妈高兴地说：“好的，好的，刚才听见你对民警说是在省医工作的，这下子一高兴就忘记了。只要你不见外，我们今后就叫你慧雪。我的孩子们就叫你姐姐。”

慧雪笑着说：“不见外，不见外，红磊的亲友就是我的亲友，今后会有来往的。”

慧雪没有讲自己是李红磊的同学，不想一下子扯得太远。她起身告辞，眼睛下意识地又看了看昕燕。昕燕的表情有点呆，同慧雪对视了一眼后，疲倦地笑一笑，就又转眼呆怔怔地看着眼前的一张凳子，一脸的憔悴中有种很美很让人怜惜的忧伤。慧雪莫名其妙地更加喜欢她，对她那种说不出的亲切感在心里莫名其妙地升华。全家人把慧雪送到门口，千谢万谢地向她告别后，慧雪走出几步，回头再看，那家人还在门口挥手，慧雪也挥了挥手，赶紧转身快步朝医院方向走去。

其实，一直静静地坐在角落里的昕燕虽然没有讲话，却在认真地听。当她听到慧雪的名字时，总觉得很耳熟，好像在哪里听过这个名字。就坐在一张小凳子上出神地想。慧雪临走时亲切地看她的那种眼神，让她觉得很奇怪。她想，是不是李红磊告诉了她什么？不然她为什么那么留意我呢？

昕燕一家人一直到看不见慧雪的背影才又回到屋里，紧张的情绪总算缓解下来了。重新坐下后，又聊了一下慧雪，一家人都称赞慧雪高贵大方，和蔼可亲。

听南说："大医院的医生嘛，当然就是这个样子啊！"

听琪说："不见得，有一次隔壁铺面的梁阿姨突然肚子痛得不行，我就陪她去看病，也是省医啊，那个男医生鬼头鬼脑的，讨厌死了。问他什么都不耐烦，一双三角眼下吊着，嘴也像两撇八字胡一样地下吊着，一点都不像个医生，倒像个阴死鬼。"说完，用手把两只眼角拉下来，嘴也朝两边撇下来，学着那医生的腔调说："下一个。"

大家一看她的样子都笑了起来，连昕燕也忍不住跟着笑了起来。妈妈笑着说："你这个鬼丫头啊，这么调皮捣蛋，将来谁娶了你啊，不把人家一会儿气个半死，一会儿又笑得抽筋。怎么得了哦！"

听琪说："我谁都不嫁，别一天到晚地就想着把我推出去。"

听南说："一般人也配不上咱们家二姐，就算配得上的，二姐也不一定看得上。人家可能也不敢娶她呢，你看她那火暴急脾气。前天下货时，差点跟人家打起来，要不是我拉得快，她那里一扁担就要朝人家头上打下去了。人家一个大小伙子，我都不一定打得过，二姐居然要打人家，现在我想起都后怕。"

听琪说："那个流氓就要教训他，满口的下流话，还动脚动手地趁忙的时候摸了我一把，我不打他打谁！"

昕燕妈妈一听，担心起来说："听琪，你一个姑娘家的，不要去惹那些祸事。在外面找生活要学会忍让才行。你看那'忍'字，上面是一把刀，下面是一个心，心里有气，不动气就是忍，就不会出祸事；那个'让'字，一个言字旁，一个上字，人和人交往语言上的来来往往就有礼让的意思。有话好好说，很多问题都是可以解决的，千万不要动不动就与别人动粗斗狠的。你是个女孩子，下次再不能这样了。不然我就不让你去开那个店铺了，哪天把小命丢了都不知道。你该学斯文些呢。"

听琪说："好了，好了，我下次斯文些，像姐姐那样，行不行？"

这时，听南说："红磊哥怎么会跑到五公里去了呢？是不是想回石板坳去看看？他是怎么摸到那里的呢？真怪！"

听琪说："可能是一路问过去的。"

"可是下大雨路上没有人啊！"听南说。

"是啊，真奇怪啊！你不说，我都没有想起来这件怪事。"昕燕妈妈若有所思地说。

昕燕听了流下泪来，一句话都说不出来。大家看着她伤心的样子就赶紧打住了话头。

听南说："快两点了，煮点面条吃吧，我们都还没有吃午饭呢。"

昕燕说自己吃过饭要回学校去，明天早上有课。昕燕妈妈这才想起还没有同昕燕讲讲话。大女儿好久没有回家了，结婚后的情况怎么样也不知道。反正昕燕妈妈恨张艺贵，认定昕燕是被张艺贵强暴造成事实不得已而与他结婚的，要不然就是被那个坏蛋迷骗的。一想到这些，昕燕妈妈简直把张艺贵恨到骨髓里去。她想，这个苦命的丫头，心里想着红磊，却不得不和那个坏蛋生活在一起，肚子里还有那个坏蛋的骨肉，她既是被迫与那个坏蛋结婚的，怎么可能幸福呢？家里人要再不帮她，她多难过呀！她现在有了身孕，不如劝她回家来住，这样对她和她肚里的孩子都好。想到这里，就对昕燕说："昕燕，你身体怎么样？这么瘦。整天要教课，还要自己做饭吃，太累了，不如回家来住一段时间，妈妈帮你好好调养一下，别亏了自己的身子，又影响孩子的发育。让昕南和你爸爸每天起早点，骑单车送你去学校上班，好不好？"

昕燕说："妈，你不要担心，我住在学校里上下班方便些。再说学校里有食堂，吃饭不用愁。连水都不用自己烧，你就放心吧！"

昕燕妈妈听后，叹了口气说："唉，你和红磊这对苦命鸳鸯啊！"

昕琪在旁边插嘴说："什么与红磊哥苦命鸳鸯？姐现在不苦了，苦的只是红磊哥。"说完转身去了厨房。

昕燕听了，顿时泪如雨下，抽抽搭搭地说："妈，我对不起红磊哥，我该死啊！"

昕燕妈妈和昕南赶紧劝着昕燕。昕南说："姐，你知道二姐就是这个脾气，你不要同她计较。"

昕燕妈妈说："那个鬼丫头天一句地一句的，你不要理她。"

昕燕抽泣着说："不怪昕琪，怨我自己。"

现在李红磊的事有了着落，昕燕妈妈就放心了。眼睛和话题都立即转移到昕燕身上，结果又惹得昕燕哭。妈妈见昕燕一副疲惫不堪、憔悴无力的样子，心里痛得不得了。

昕南站起来，到桌边给昕燕倒了一杯水，又到外面厨房往水里加了些红砂糖，拿根筷子搅了搅，出来走到昕燕面前递给她，说："姐，喝点糖水吧，你昨夜也没有怎么睡觉，肚子里还有孩子，喝了水，等会儿吃点面条，去床上躺一下。姐夫下了课可能会来接你吧？"

昕燕没有答话，接过水，抿了一口，眼泪又滚了出来。

昕琪从房间里出来，拿了一条热毛巾递给昕燕，算是对刚才说的话，向姐姐道了个歉。昕燕接过毛巾擦了擦眼泪，不敢抬头看昕琪。

昕燕妈妈说："别哭了，不要伤了肚里的孩子。等那个姓张的来接你，你再回去，他要是不来接你，就不要回去了。"

昕燕没有答话，不住地掉眼泪。昕南见状就说："姐，去躺会儿吧，面条煮好了再喊你。”

昕燕妈妈原本想问问昕燕婚后的情况，张艺贵对她好不好之类的事情，见昕燕满面倦容夹杂着惭愧与悲伤，就没有问了。她知道女儿的脾气，现在问她什么，她都不会说的，只能是徒添忧伤。想到这里，昕燕妈妈就说：“昕琪，你陪姐姐去房间里吧。你昨天也没有睡好吧？这里有我和昕南做饭就行了。”

昕琪说：“我不睡，我又不困。让姐自己去睡吧！”昕琪心里对姐姐辜负了李红磊的不满情绪，时不时地、有意无意地表现出来。

昕燕站起身来说：“我自己去躺一会儿。”说完又抿了一口糖水，把杯子放在桌上就朝睡房走去。昕燕在家时与昕琪住的那个房间在李红磊与昕南房间的隔壁，是里面的一间。昕燕慢慢地走过去，没有朝自己从前住的房间走，却停下来站在李红磊、昕南住的房间门前。门是开着的，昕燕靠在门框上站了一会儿，就慢慢地走了进去。

昕琪见状，就说：“姐，里边那间，你怎么什么都忘了？”

昕燕也没有答话。昕南赶紧拉拉昕琪的袖子，大声说：“大姐愿意睡哪间房就睡哪间房，随便好了。”

第二十七章

1

中午吃了面条，晚上又吃了晚饭，张艺贵一直都没有来。昕燕说明天的课是第一节，今晚一定要回去，不然得耽搁了明天的课。爸爸没说什么，妈妈想拦也拦不住，只好叫昕南、昕琪送她。妈妈拿出一个装得鼓鼓囊囊的布包递给昕南:“给你姐补补身子。”

昕燕跟爸爸妈妈告别后就跟着昕琪、昕南离开了家。

昕南推着单车，三人一路走到了公共汽车站，大家都沉默着。排队等车的人在微弱的路灯下，打量着昕燕、昕琪和昕南漂亮俊美的脸。公共汽车来了，昕南看着两个姐姐上了车，就骑上单车先走了。回来的时候，他可以用单车把二姐载回来。

公共汽车一路停站起步地过了好多站，一路上乘车的人上上下下，昕琪给昕燕抢了个位子，自己却一直站在下车的地方。姐妹俩一路无话，各想各的心事，下车走了一小段路就到了那个有名无实的铁门前，昕南已经在那里等她们了。

昕琪、昕南把昕燕送到那栋宿舍楼下后，昕琪说什么都不肯上去，说看见那个姓张的“叔叔阿姨头”和他那个兜屁股的扫把裤就想呕。

昕燕让他们回去，自己慢慢上去。可是昕南说:“那怎么行，你怀着孩子，怎么提这包东西。”

于是，昕南让昕琪看着车，自己提着那一大包东西一直陪昕燕到了家门口。他把手里那包东西放在门口地上，跟姐姐告别后就朝楼梯口走，他也不想看见张艺贵。昕燕看着弟弟的背影，心里难过，又流下了眼泪。

昕南快步走到楼梯口，听见姐姐的敲门声，走廊里很静，家家户户都关着门，敲门声传得很远。怎么还没开门？昕南站在昏暗的楼梯口，想等姐姐敲开门进去了再走，送都送到这里了也不差这点时间。那头姐姐仍在敲门，昏暗的灯光照着她依靠在门上瘦弱的侧影，门还是没开。这么久了还敲不开门，昕南有点担心起来。姐姐好像不敢敲门一样，是怕惊扰邻居？

昕南又轻轻地折返过去，看见姐姐精疲力竭的身体靠在门上一直在轻轻地敲着门，那声音好像是在祈求，在哭泣。昕南一看，心疼得不行，以为张艺贵不在家。刚想提醒姐姐拿钥匙开门，就听见里面张艺贵骂骂唧唧地说：“你有本事别回来呀！在你他妈的娘家住着，天天都可以跟那个瞎卖唱要饭的搞破鞋，多舒服啊！我又不能去抓奸，你们一家子浑蛋都护着那个死瞎子。我哪里不如他了？你们一家王八蛋就这么见不得我。你跟那瞎子什么关系，你肚里的东西是什么杂种都未可知！这么多年你们像夫妻一样住在一处，还骗我与你结婚，好让你肚里的杂种找个冤大头来喂养。我他妈的就是个大乌龟，你心里一直想着那个瞎子，连睡在一起你都把我当那瞎子，你以为我不知道。你还有脸回来，你回来干什么？在我跟前成天阴着个脸，像个他妈的活死人，谁愿意天天看你那行尸走肉的活僵尸模样。你滚吧！滚回你他妈的娘家去，去抱着那个死瞎子，多快活呀！老子睡觉了，懒得起来开门。你要不走，就在外面站一夜吧，你这个夜不归宿的烂婊子。”

张艺贵把积累多时的不满和火气都发泄了出来。自从同昕燕结婚后，他发现昕燕一直冰冷如常，好像并没有忘记那个瞎子。昕燕经常呆呆地坐在家里，有时竟然连饭都忘了做。有时张艺贵同她讲话，她就像没有听见一样地走神，家里冷冰冰的，让张艺贵又像回到了他小时候的家，准确地说是他舅舅家。他心里窝火，就经常到外面找人喝酒。今晚也刚从外面喝酒回来，打开家门，看着黑灯瞎火、冷锅冷灶的家，想象着昕燕跟那个瞎子在一起亲热得连家都不回了，简直要将昕燕恨之入骨。平时只是骂几句，见昕燕不敢回嘴也就算了。现在听见昕燕敲门，仗着酒劲，心里的恨自然就像火山一样地喷发出来。

昕南听到张艺贵骂的那些龌龊不堪的混账话，肺都气炸了，起脚就要踢门。昕燕却挡在门前，死死地拉着昕南，又用手指了指周围，那意思是不要惊动左邻右舍。

昕南终于知道姐姐为什么这么憔悴了。见姐姐这样拦着，他也很快冷静下来。姐姐是怕影响不好，这里毕竟是高等院校的教职员工宿舍，一旦闹起来，姐姐就会成为大家的笑柄，工作做得再好，再有才华，今后都很难出头了。

想到厉害处，昕南只好耐着性子，一只手扶着姐姐，一只手重重地敲了几下门。张艺贵还是不开门，也不出声。

昕南听见电灯的拉线开关“咔嗒”一声，瞬间，原先从门缝里溢出来的光线立即就消失了，门口一片昏暗，姐姐今天就算敲开门也睡不成觉了。听张艺贵骂人这么下流，满嘴粗言脏话，真不是个人。姐姐怎么受过来的？她怎么会与这种人结婚？想到这里，他跟妈妈的想法一样，姐姐是被这个畜生欺骗或者强暴后，不得已而结婚的。昕南心痛姐姐，心里想替姐姐出气，但是又考虑到姐姐今后的生活，还有她肚里的孩子。干脆带姐姐回家，明天起早送姐姐来上班。这件事是个长远的事，必须向爸爸妈妈说明姐姐现在的处境和情况，要做长远打算。昕南打定主意后，就提起放在地上的包，拉着姐姐一声不响地走了。

昕琪在楼下等了很久都不见昕南下来，心想是不是昕南跟姓张的那个家伙聊天忘了她还在黑漆漆的大院里等着。于是把单车锁上，拔了钥匙就跑到楼梯口去张望。见没有什么动静，就想跑上楼去看看。正在这时，见昕南一手提着那包东西，一手扶着姐姐又从楼梯上下来。姐姐捂着肚子，拖着沉重的脚在昕南旁边走着。

昕琪赶紧迎上去，说："姐怎么又回来了？"

昕南说："那个姓张的满口脏话在里面骂姐姐，一直不开门，我们带姐姐回去吧！明天我起早送姐姐来学校。"

昕琪一听昕南的话，就生气了："他敢骂人？就因为大姐回娘家住了一晚上，他就骂人，还不开门，等我去找他说理。"说完就要往楼上冲。

昕南赶紧一把拉住她说："别去了，惊动了左邻右舍，对大姐也会有影响。再说，就算敲开了门，姐姐也没法休息了。我听他骂人那样粗痞不堪，怕他伤害姐姐，所以就把姐姐拽了下来。回去吧，不能逞一时之强，这事还得从长考虑。毕竟姐姐怀着孩子。唉，走吧，回家吧！"

别看昕琪对姐姐抛弃了李红磊有意见，但是在内心里还是非常心疼姐姐的。她赶紧扶着姐姐，朝楼梯下走去。下到一楼，昕琪说："昕南，你快去看看还能不能赶上最后一班车。你先去公共汽车站看着，如果有车来，给司机说点好话，就说有大肚子要去城里的医院急诊，请他等等。"

昕南说："好，那你扶稳大姐慢慢走，要迎着车行路线走过来，人家才看得见你们。我先去车站等等看。"说完从昕琪手里接过单车钥匙，开了车锁，跨上车飞一般地骑走了。

昕燕心里感激昕琪、昕南的体贴和亲情，但她却一句话都说不出来。她突然伸手紧紧握住昕琪的手，眼泪断线珠子般扑扑地掉下来。

昕琪知道姐姐心里的歉疚和后悔，想安慰她几句，却始终没有说出口。她想起小时候姐姐拉着自己走在石板坳的山路上。那时候，姐姐的手是那么的柔软温暖，她真想永远握着姐姐的手不放。想到这些，昕琪反过来紧紧握住了姐姐冰凉的手，眼泪也跟着滚了出来，却还是说不出话。

昕燕见昕琪也紧紧地握住自己的手，知道昕琪原谅自己了，眼泪更是止不住地往外冒。还好，赶上了公共汽车，空空的车上，司机说："今天这不是末班车，就算赶不上这班车，后面也还有两班。现在搞改革开放，搞‘四化’，公共汽车也要增加班次和延长服务时间了。你们运气好，今天是第一天开始实行公交新运营时间，好多人都不知道呢。”

昕燕跟着昕琪、昕南又回到了自己的娘家。

第二天一早，昕南和爸爸一起送昕燕去学校，看见昕燕走进办公室，昕南和爸爸按照昕燕讲的方向直接朝张艺贵的办公室走去。他们答应昕燕只是跟张艺贵谈谈，并不会提到昕南听到他骂昕燕那些脏话的事。否则昕燕不让他们去见张艺贵。她现在毕竟是他的妻子，还得顾及很多方面的事。

父子俩到了办公室，见门大开着，一个男老师坐在靠里面的一张桌后看书。另一张空着的桌子没有人，显然是张艺贵的，他人还没有到。父子俩不想引起别人的注意，就没有进去问那个男老师。父子俩小声商量了一下，就朝宿舍方向走去。

2

学校教职员工住的那片宿舍楼群在学校的西面。远远看去，几棵老树后面，一栋栋青砖灰瓦的两层楼老房子显得古旧简宁。旁边已经拆掉了的两幢旧楼的地基上堆着十几堆码起来一人多高的旧砖。一群麻雀在上面跳跃着，像是在做早操，见有人过来，“哗啦”一下全飞走了。

父子俩一路疾步朝张艺贵和昕燕住的那幢楼走过去。离楼梯口十五米左右，突然看见一个人从楼道里吹着口哨出来。长长的头发，一脸的轻松，浅色大格子喇叭裤从膝盖以上紧绷着，好像里面的肉都要爆出来了。大喇叭裤脚却随着走路节奏甩来甩去的，让人看着很出格。

昕燕爸爸说：“那人就是张艺贵，前几年总借故家访到家里来，我碰见过。”

昕南说：“这哪像个高等院校的教师？跟那些流阿强（流氓、阿飞、强盗，‘文革’期间对这几类人的统称）差不多。难怪说话那么肮脏，姐姐怎么会同他结婚？”

昕燕爸爸叹了口气。

张艺贵吹着口哨一路走过来，不时用手往上撩一下斜盖在右脑门上的头发。他的样子看起来轻松极了，整个人轻飘飘的，心情非常好，好像昨晚根本没有发生过什么事一样。

看着他的样子，昕南想起昨晚他骂姐姐的那些脏话，整个人已经气得七窍生烟。张艺贵没有想到，更没有注意到等在路口边上，已经气得喷火的这父子俩。他并不认识昕南，连昕燕爸爸的样子也不太记得了。

张艺贵刚走到离这父子俩还有五米左右的地方，昕南就不顾爸爸的阻拦，迎着他冲过去，照准他的脸就是狠狠一拳。在农村干农活长大的昕南，个头高，身体壮实，拳头是很有分量的。张艺贵被一下子打倒在地上，一只手支撑着身体，一只手捂着脸，刚才的轻松和潇洒立即不见了。他狼狈地坐在昨夜雨后留下的一摊泥水中，浅色的喇叭裤屁股上和裤脚上立即沾满泥污。昕南还要打，爸爸上来拉住了他。

张艺贵冷不丁挨了一记重拳，跌坐在地上，脸上生痛。他捂着半边脸大声骂道："他妈的干吗打人，老子认识你们吗？"

昕燕爸爸看着坐在泥水地上狼狈不堪的张艺贵，愤怒地说："你这个流氓，打的就是你。今天就让你认识认识我们。你欺骗了昕燕，让她未婚先孕，我们看在她的份上没有找你算账，你就以为可以随意欺负她了。你用卑鄙的手段得到了她，你却不珍惜她。你骂她，侮辱她，甚至还侮辱她娘家的人，你这还是个人吗！"

昕南说："你还是个老师？简直连畜生都不如！张艺贵，你听着，我们是从乡下亡命回来的，什么事没有见过。像你这种人渣我们见得多了。你要不信，我就让你尝试一下。"

说完，一只手抓住张艺贵的衣领，另一只手举手握拳又要打还坐在泥水地上已经紧张得开始发抖的张艺贵。

"昕南，别脏了你的手。"昕燕爸爸拦住了儿子，然后对张艺贵怒吼道，"你起来，我们一起到你们校长那里去，我们得把前因后果都说清楚，算算这笔账！我要替我女儿讨个公道！你这个披着人皮的畜生！"

张艺贵一听要去找校长，赶紧哀求起来，说："爸爸，原谅我吧！我昨天喝多了，心里惦记昕燕怎么去了一整晚又一整天的还不回来，就有点怨她没有把我当自己家里人，怨她什么事都不跟我说。我是心里有气，一糊涂就没有给她开门，想等会儿就开的。从她敲门到我开门，前后就两三分钟。没想到她气性那么大，等我打开门时她已经不见了，我去追了也没追上。"

昕南一听简直气得冒烟了，对着张艺贵又是一脚，说："你喊谁爸爸？你这个人渣！还敢在这里撒谎！我陪着我姐姐一直敲了很长时间的门。你不开门还在里面骂人，我全都听见了。骂得那么肮脏难听，你还算个人吗！真不要脸。我真替我姐姐难过，怎么嫁了你这样一个流氓王八蛋！她肚子里还怀着你的孩子，你这样欺负她，你当我们家的人都像我姐姐一样好骗，好欺负吗？"说完又居高临下地照着张艺贵的肩膀狠狠地一脚蹬下去。

张艺贵被蹬倒在泥水洼里，好半天才坐起来，嘴里一个劲儿地说：

“别去找校长，我错了，我错了，我一定改。”

昕燕爸爸怕昕南手重，打出问题来不好收场，就赶紧拉住了满腔怒火的昕南，又对张艺贵说：“你起来，走，我们一起找校长去，先把事情说清，再让学校开证明办离婚手续。我们家从来没有同意你们结婚，是你采取卑鄙无耻的手法强迫昕燕同你结婚的，婚后又这么折磨她，我们已经不放心她与你这个畜生生活在一起了。起来，走！到校长那里去！”

这时的张艺贵怕昕南再居高临下地踢他，已经从地上爬起来了。旁边有几个去上班的人围拢过来看，见张艺贵一身都被泥水弄得很脏，就问发生了什么事，怎么要动手打人。昕燕爸爸就把他欺负昕燕的事说了几句。张艺贵低头不吭气，怕事情闹大了，他心里很清楚，如果这事说开了传出去，肯定对自己不利。

那些围观的人见张艺贵低头不说话，就有上来劝解昕燕爸爸的，也有批评张艺贵的，他们中间好几个人是张艺贵邻居，虽然也都不怎么喜欢张艺贵，但是想着搞到学校去，事情就闹大了。就算学校处分了张艺贵，对昕燕也没有好处。大家纷纷劝解着，有个老教师模样的女人说：“算了，息事宁人吧！张老师今后注意点就是了。不过你的穿着要改变一下，为人师表嘛！你这样子对学生的影响不好。”

昕燕爸爸见已经引起同一宿舍楼的邻居们注意，那么大家就会有意无意地关注这家人了。这样一来，张艺贵也就不敢再恣意妄为了。想到这里，就对张艺贵说：“你的邻居，你周围住的人，大都是教职人员，都是有正义感的人。你要是再敢这样不知廉耻地胡作非为，再敢这样凶恶粗暴地对待昕燕，小心你的饭碗！我们宁可昕燕一辈子在家里，也不让她再这样被你欺负。你听好了，今天是看在这些邻居老师们的面上饶了你。如果你再敢这样蛮横无理地耍流氓，那么你真的就要小心了，我们决不会放过你的。昕燕现在在她的办公室，你要向她道歉，中午接她回家。”

昕南说：“我爸爸的话你听见没有？”

张艺贵点点头说：“听见了。”

这件事表面上看起来就算解决了。可是张艺贵内心对昕燕一家更加憎恨。他不敢拿这家人怎么样。自然那些恨就全部转移到昕燕身上。先一段时间他还忍着气没敢怎么对付昕燕。后来，每当想到那天挨了昕南的拳脚，还当众出了那么大的丑，就控制不住心里的愤怒，他心里已十分厌恶昕燕。至此，夫妻的情分已经一扫而空。他变得每天都离不开酒。有时在家里喝，有时在外面喝。不管在哪里喝，喝了就要借酒发疯。一开始他只是小声地骂昕燕，见昕燕也不敢出声回嘴，回了娘家回来也没有见娘家人跟来找他算账。他心里就知道昕燕回家也不敢讲，就又开始变本加厉地折磨昕燕。

张艺贵从小因受家庭生长环境影响满脑子的征服意念。在满足了征服感后，对昕燕的新鲜感和爱很快就在昕燕如冰的冷淡中消弭。自从昕南打了他后，他对昕燕更加恨之入骨。有时他越想越气，越骂越怒，竟然手里抓着什么就朝昕燕摔砸过去。昕燕本来就不爱说话，看见眼前这个男人变得如此粗鄙狂暴不堪，心里早已悔恨不已，话就更少了。下课回到家里，她基本不说话，默默地干着家务活。

现在，她和张艺贵有时几天都没有一句话。昕燕把精力都放在工作上，她喜欢这份工作，系里的同事们对这个安静美丽、工作认真的女老师都称赞有加。只有张艺贵对昕燕的欺凌越来越变本加厉。他见昕燕打不还手，骂不还口，娘家也不见有人再来，就天天又骂又动手，搞得动静越来越大。他一点都不顾忌周围的邻居和同事们的看法，也不再把昕燕爸爸和昕南的警告当回事了。

以前，大家总认为张艺贵是搞艺术的，衣着打扮出格点也可以理解。自从他这样折磨打骂怀孕的昕燕后，大家才知道比起他的下流粗鄙来，他外表的出格真是算不了什么。

有时，邻居们听见张艺贵的动静太大了，就聚集在他家门外，年龄大些的人会去敲敲他的门。张艺贵开门出来说人家管闲事，是不是想挑拨他们夫妻关系。如果是男的来敲门，他就说人家不要脸是想来勾引昕燕，渐渐地就没有人敢管了。张艺贵更加肆无忌惮地、越来越凶狠地打骂昕燕。

昕燕现在每个星期六一下课就回娘家。李红磊已经回到他自己父母家，昕燕不担心无法面对他了。家里人见昕燕很瘦弱，猜她可能过得不好，但是无论谁问她，她都不提张艺贵虐待她的事。爸爸问她工作的情况，她只是简单地说，还可以。家里人想，上次教训了张艺贵后，可能他收敛了。再加上昕燕每周回来也都没有说什么，他们也就没有再到学校去。一家人都讨厌张艺贵，所以能不看见他就尽量不看见为好。

昕燕的顾虑很多，心里苦透了还必须自己憋着、忍着。学校的邻居们见张艺贵越来越频繁地打骂昕燕，劝不听，也管不了他，又不见昕燕娘家来人，有人就悄悄地告到院办公室去。院办经手这件事的人跟张艺贵很熟，就非正式地跟张艺贵谈了谈，要他注意一点。张艺贵根本没当回事，照样打骂昕燕。

3

两个月后，美术系老主任晚上写文章时突发脑溢血过世，系主任的这个职位让一个比张艺贵年轻、资历浅的老师顶了。那可是张艺贵一直觊觎的位子。他认为除了老主任，这个宝座非他莫属。

张艺贵一直瞄着这个位置。老主任比较欣赏张艺贵的业务，两人关系也不错。老主任平日里爱喝两口，张艺贵就投其所好地不时送他一些酒，还不时陪他喝几口。老主任私下里对他承诺，等过两年自己退休时，一定推荐张艺贵接任系主任。现在老主任突然走了，这个位置却莫名其妙地被别人给占了。张艺贵是个极要强的人，骨子里面就是不容他人强过自己的。想到自从老主任过世后，一点内部消息都得不到。等知道这件事时，已经正式宣布了。他越想越气，就去找老院长讨要说法。

张艺贵气冲冲地走到院长办公室，连门都没敲，就直接闯了进去。老院长正同后勤处的郝处长说话。郝处长从前同张艺贵是一个系的老师，后来提拔了。张艺贵同他很熟。院长和郝处长都是站着的，看来事情已经谈完。老院长诧异地看了张艺贵一眼，语调严肃地问："有事吗？"显然老院长对这种不敲门就擅自闯入的行为不太满意。

张艺贵没有回答，黑着脸站在那里，一副来者不善的表情。后勤处的郝处长拿起一份院长已经签过字的文件，说："那我回去再与大家讨论一下，就按这个精神办。"

院长说："认真把好关，关系到大家的福利，不要马虎！"

郝处长答应着，转过身来对张艺贵点了点头，就走了出去。这时，张艺贵才看见角落里的木沙发上还有一个人在那里静候着。张艺贵觉得那个人很面熟，一时想不起来他是哪个系的。心想，管他是谁，各解决各的事。

那人见郝处长的事办完了，就赶紧从那把木沙发椅上站起来，走到桌前，喊了声"焦院长"又与他握了握手，就坐在桌前的椅子上说起来，同时从一个蓝色的旧布包里抽出厚厚的一沓材料。张艺贵判断这个人可能话长，所以只好先退出办公室，在门外守着。

这时，郝处长又回来了，可能是什么东西忘拿了，或者什么事还要核实一下。他朝张艺贵笑了笑，敲了敲门，就推门进去了，只两分钟的光景就出来了，反手带好院长室的门后，看着张艺贵说："张老师有事啊？急匆匆的！"

他先头见张艺贵黑着脸冒冒失失地推门就闯进院长办公室，现在又出来站在外面，猜他可能是为了系主任任命的事来找麻烦了。因为这事在全校已经公布了，大家都知道。大家对张艺贵为什么没能坐上这个位置也众说纷纭，见仁见智。

郝处长见张艺贵气呼呼地站在那里也不说话，就又对张艺贵说："张老师，是系主任任命的事吧？唉！我们都知道了，这年头，想开点吧！你还年轻，有机会。哦！顺便告诉你一声，你申请新单元楼的报告，我们研究过了。这几批楼要先照顾退休的那些老教师和院系领导，还有几套要照顾一些上面打过招呼的人。与你一样上下几届的中青年教师要逐批逐次地慢慢解决。年轻嘛，机会多，再等等。不过你不要说是我告诉你的，我是怕你乍一听到这批房分不到，又加上别的不顺心的事，生气，想不开，就好心先给你透个风，让你思想上有个准备。"说完，他拍拍张艺贵的肩膀就赶紧走了。

张艺贵还没有反应过来，院长就送那人出来了。院长看见等在门口的张艺贵，一时也没想起这个一头长发、穿着奇特的男人是哪个部门的，是谁。老院长看看腕上的手表，向立在门口的张艺贵问道："你找我吗？"

张艺贵一脸僵硬的表情，生硬地答道："是。"

老院长看了看张艺贵僵硬的脸说："请你先进去坐坐，我去方便一下就来，一下午了，忙得拉不开栓。"老院长自嘲地笑着说完，就疾步朝厕所那边走去。

张艺贵一把推开门，走进院长办公室，一屁股坐在桌前那张椅子上，心里恨恨地等着院长，脑子里却想着郝处长说的分房的事，烦躁极了。两件不顺心的倒霉事都碰在一起，真让他有点受不了。他恨恨地想，如果我这次当了系主任，新房无论如何都有我一套了，真他妈的倒霉！两头都没有了。

这时，老院长回来了，一边朝自己办公桌后面的椅子走，一边说："请问你是哪个系的，有什么事？"

张艺贵说："我是美术系的小人物张艺贵。"

老院长笑笑说："哦，你就是张艺贵老师呀，什么小人物、大人物的，大家都是为人民服务。我好像在展览会上见过你的几幅作品。你的绘画不错，业务也好，学生们对你的教学水平反映也不错。正如你们系的老主任推荐的一样，在业务上你是一个有前途的教师。正好你来了，学校还正要找你呢。"

张艺贵毫不客气地大声说："你们不用找我做什么思想工作，我想不通，我也不可能接受。我对事不对人。我就只找你们院领导讨个说法。你们凭什么让一个比我矮几届的青年教师接系主任的班？我的业务比他好，资历比他高，这是大家都知道的。当然他人不错，我们私交也好。我不针对他，而是针对做这个决策的院领导。请你们给我一个合理的解释，否则我有权到教育局去上访。”

见张艺贵手插在裤兜里，黑着脸，说话语气又那么恶狠狠的，再加上他先前连门都不敲就闯进来，老院长心里已经对张艺贵的印象很不好了。听完张艺贵的话后，心想，这个人的道德品质还真的有问题，连基本的礼貌都不讲。想着，他就说：“张老师，你的火药味很浓呢。你要上访那是你的权利。不过你先要问问你自己干了什么事。”

张艺贵激动地大声吼起来：“我干了什么事？我每天超时上班，兢兢业业地教课，一直兼管系办公室和指导员的工作。你们在上面做官当老爷，不了解情况，甚至有可能是徇私舞弊提拔任用人。你们不是任人唯贤，而是任人唯亲。你还问我干了什么事，该我问你们干了什么事才对！”

老院长听张艺贵这样说话，有点生气起来，说：“你说你没有干什么事，还要问我们干了什么徇私舞弊的事，真是无理取闹，岂有此理！我们光明正大地提拔任用干部，任用干部是充分听取了群众意见，学院领导班子集体研究讨论决定的，你有看法可以去反映。但是你作为一名人民教师，信口开河，说话不负责任，你真是该自己去照照镜子看看自己了——”

张艺贵暴躁地打断院长的话，说：“我为什么要照镜子？你们这些官老爷才该去照镜子。”

老院长也火了：“我问你，你有没有经常在家打骂袁昕燕老师？不管你承不承认，住你们那栋楼的教职员工多人、多次到学院反映你存在不符合教师道德品质的问题。今天早上都还有人来反映你又在家里打骂袁昕燕老师。大家反映你有严重的流氓习气，不但经常打骂怀孕的妻子，还粗言秽语地侮辱去劝架的邻居。你说我们徇私舞弊，人家好些人还追究学校，像你这样品行的人怎么会留校当老师的？人家还怀疑我们任人唯亲呢，人家也说学校再不管就要上告到教育局、妇联去呢。要不是学校看在你业务不错又是骨干教师的份上劝阻大家，大家都要报派出所、公安局了。你如果再这样下去，连当教师的资格都不能保证了，还想当系主任？你该有点自知之明，好好反省一下自己的思想行为吧！你还在这里无理取闹，再闹下去，学校也保不住你了。教师不光是教授知识，还有表率的作用。为人师表是什么意思，你不会不知道吧？袁昕燕虽然是你的妻子，但也是学校的职工，你们之间的人格是平等的。你没有权利打骂她，你懂吗？你要再打袁昕燕，学校的工会组织就要出面干预你的问题了。打人是违法的，你作为一个高校教师，连这点常识都不知道吗？连这点自律、这点修养都没有吗？你走吧！明天把检讨写好交到学院办公室去。居委会的人已经找到学院来了。你这事闹大了！必须好好做检查。”

自取其辱的张艺贵从院长办公室里出来，气得七窍生烟。又是那个烂婆娘害的。他一路踢翻了两个垃圾桶，怒发冲冠地回到家里，把发生的这一切都怪罪在昕燕的身上。

刚把晚饭摆上桌的昕燕见他满脸怒气地踢开门进家来，把门边的一个小凳子“哐啷”一声一脚踢出去正好把一盆水打翻。昕燕见状，浑身上下不由自主地颤抖起来，知道他一定是为了系主任提拔的事生气，就一声不吭，赶紧去收拾那盆打翻的水，生怕一会儿漏到楼下别人家去，又惹麻烦。昕燕挺着肚子，歪着身子，吃力地蹲在地上用一块厚抹布把水一次一次地从地板上吸起来，又把水绞进盆里。这时，张艺贵突然冲到饭桌旁，把那小饭桌一下子就掀翻过去。锅碗瓢盆、饭菜汤水撒了一地。昕燕见满地都是摔碎的碗片，又一声不响地去收拾满地的饭菜狼藉。张艺贵却突然冲向她，连骂带打地发作起来。昕燕死死地护着肚子，一声都不吭。薄板壁的老房子一点响动都传得满楼响，何况又打又骂，又踢翻盆掀翻桌这么大的动静。

邻居们听了一阵，都愤怒起来。大家不约而同地聚集在昕燕家门口，大声呼喊、捶门，要张艺贵停手，否则就要喊居委会来砸门了。在大家的愤怒声中，张艺贵不敢再打了。他知道众怒难犯，他已经吃大亏了。大家听见没有声音了，就隔着门对昕燕说:“袁老师，你答应我们一声，好让我们知道你没有事。”

昕燕不想开门，不是怕张艺贵坐在那里瞪眼看着她，而是不想让邻居们看见自己不堪的样子。她因弓着腰护着肚子，所以腰背就成了张艺贵拳打脚踢的靶子。她现在腰背很痛，半边脸在被张艺贵踢打时撞在硬木桌子角上，顿时就青肿了。她只好隔着门哽咽着答应了一声说:“我还好，各位老师请回吧！惊扰你们大家了。”

邻居们在外面说:“是不是张艺贵不让你开门？他再这样欺负你，你就大声喊，我们大家帮你的忙。你别怕，越怕他越欺负你。”

有个体育教师隔着门大声喊道:“张艺贵，你今天如果再敢打袁老师，我们就砸烂你的门，把你绑到派出所去。”

大家又在外面议论了一阵，听听里面没有动静了，就各自散开去了。

张艺贵听门外安静下来，知道大家都走了。他虽然恨不得一下子打死昕燕，此时也不敢再动手了。他和衣横躺在床上，连鞋都不脱。昕燕一边收拾满地的碎瓷破碗，一边在无尽的后悔和痛苦中忍气吞声地流着眼泪。她摸着肚子想，宝宝，不是为了你，妈妈真的不想活了。

每次张艺贵打骂昕燕的时候，都会想到那次自己被昕南踢打的情景。于是就把这千仇万恨、奇耻大辱都转移到昕燕身上。想象着打昕燕就是打她娘家所有的人，踢昕燕就是踢昕南，踢那个该死的瞎子，他觉得过瘾极了。渐渐地，打骂昕燕成了他宣泄恶劣心情的习惯。他每次都照着昕燕满身乱踢。他不打脸，知道身上有衣服遮着，别人看不见伤痕。只要别人看不见，爱面子的昕燕是绝对不可能给别人看的。

这人性真是琢磨不透。爱她时，简直是如疯如癫，痴迷至极；恨她时，面前这么个人见人爱的美人在他眼里简直就是个丑得不能再丑的丑八怪。从前想她时，翻江倒海，彻夜难眠；现在恨她时，简直欲置之死地而后快！都说“情人眼里出西施”，这张艺贵现在就是“情绝美人变东施”。

第二十八章

1

星期天早上十点多钟，慧雪与红英一起来到昕燕妈妈家。红英提着一大包东西，里面有一瓶茅台酒。那是朋友送红磊爸爸泡药酒的，红磊爸爸没舍得拿来泡药酒，就一直存在衣柜里。一大早红磊爸爸就把它从衣柜里摸出来，叮嘱红英小心点，别摔了。还有一些香菇、木耳、黄花菜和一包花生米，有的是托人在供销社买的，有的是部队内部照顾干部的，一直没舍得吃就存了下来，今天要谢昕燕家人，就通通都搜了出来。李红磊本来想跟她俩一起去。后来一想，今天是星期天，万一遇到昕燕和那个男的回家多难堪，就没有去。他还不知道昕燕现在的生活状况。

红英和慧雪说是代表家人来感谢昕燕家。一家人看见她们俩，别提有多高兴了。大家坐下后，昕琪赶紧到厨房冲了壶茶出来给每人都斟上一杯，见带了那么多东西，还有茅台酒，坚决不肯收。

昕燕爸爸说："你们来，我们就很高兴了，谢谢你们的爸爸妈妈！你们太客气了，送这么多东西，都是不好买到的。一定是平时舍不得吃存下来的，现在都拿来了，我们怎么受得起。你爸爸妈妈为人极好，我在乡下早有耳闻，一直敬重钦佩他们。我们没有照顾好红磊，让他吃了很多苦，也没能说服他早些回家看望父母，又不敢违拗红磊的意思去你们家说明他的情况。所以我们觉得很对不起你们家，怎么还能收你们的东西。等会儿你们走的时候带回去吧，我们真的是心领了。改日我们再去府上拜望他们二老，还要向他们当面赔罪。"

昕琪坐在妈妈旁边的小凳子上，听爸爸讲话的同时，又拿眼睛去溜慧雪和红英，正好与红英的眼睛对在一起，就相互笑了笑。

"袁伯伯言重了，哪里要赔什么罪，我们家感谢还来不及呢。你们照顾我哥这么多年，要不是你们，我哥还不知会怎么样呢。按道理应该是我爸爸妈妈全家一起来登门致谢的，可是我爸爸坐轮椅不方便出门，妈妈要照顾他，所以就让我们代表他们来了。这些东西是我父母的一片心意，我们既然拿来了，你们就收下吧！你们不收，我们的任务就没有完成，回去会挨批评的。”红英眼睛滴溜溜地看着大家，笑嘻嘻地说。

妈妈说:“你看这姑娘多会说话，比你哥哥的嘴巧多了。我们不收东西，你们回去还要挨批评。那我们也不能让你们为难，别的我们收下，茅台酒你们一定要带回去。百货公司里五十元一瓶，要票还要托熟人，再说我们家的人平时也不喝酒。放在家里，浪费了。”

慧雪说:“阿姨，收下吧！这是红英爸爸妈妈的心意。”

昕燕爸爸见推不过，就说:“那我们先收着，我们也不怎么喝酒，等哪天我去拜望老首长时再带过去，他喝点酒对身体有好处呢。”

接着，大家又说到李红磊，问他怎么没有来。红英说:“我哥这两天重感冒，他回家后一直说要来的，过两天他好了，我们就陪他一起来。而且我们又都是石板坳的同乡，今后大家有的是时间互相走动呢。”

大家聊的时候，红英有意无意地把话题拉到李红磊的身上。昕燕爸爸和妈妈觉得也没有什么好隐瞒的，就将李红磊这些年的经历和盘托出。这样，慧雪与红英才知道了李红磊这些年来大概的情况和眼睛失明的原因。

提起往事，大家心里面都很难过，慧雪那天见过昕燕，今天没有看见她，就问昕燕怎么没有回家。她听鞋匠说过昕燕已经与别人结婚了的事，但不知道为什么，总想知道一下原因。

昕燕一家人见问，互相顾盼对视，好像有难言之隐。昕燕爸爸叹了口气，说:“我家大女儿已经结婚了，住在学校里。因为家人不同意这桩婚事，所以她结婚后一直没敢回家，要不是那天因为找不到红磊，家里人去把她叫回来，可能到现在她都不敢回家，我女儿对不起红磊呀！”

红英不知道这些事。听了昕燕爸爸的话后，心想，难怪我哥要寻死。好了这么多年的女朋友突然与别人结婚了，当然想不开。想到这里不觉有点怨这家的大女儿。这时，她听见昕燕妈妈在一旁问慧雪李红磊眼睛还有恢复视力的可能没有。

慧雪说:“拖的时间有点长了，要去找眼科医生先做检查，然后看看能不能到北京、上海的大医院去看看，现在还不敢说是否能恢复视力。”

大家听了慧雪的话都很难过。又坐了一会儿，红英起身说:“我们还有些事，还要去医院给我哥和我爸开些药。今天就不坐了，以后再来。”

红英心里藏不住事，脸上虽然没有表现出来，但是言语已经没有先前那么柔和了。

昕琪敏感地偷看了红英一眼，知道她一定是因为听了昕燕与别人结婚的事情后产生了想法。昕琪心里有点难过，也不好解释什么。

昕燕妈妈见留不住她们，就让她们等会儿，自己起身走进里间，不一会儿，手上拿着个信封走了出来。她将信封塞到红英手中说:“红英，这是个三千五百元的存折，你把它拿回去留着给红磊治眼睛用。到上海北京去，要花很多钱的。本来打算最近带红磊去看眼睛的，还担心钱不够，现在两家人一起，力量更大些了。火车票正在托人买，如果你们那边有路子能早些买到更好，哪边先买到就要哪边的。”

红英不肯接，说：“不行，不行，我哥会说我怎么乱接别人钱的。”

慧雪听了红英的话，觉得红英怎么突然讲话这么生硬，就看了看红英。

这时，昕琪看着红英说：“红磊哥也是我和昕南的哥哥，是自己家人。”

昕燕爸爸也感觉到了红英的变化，心里自然知道是什么事，就叹了口气说：“拿着吧，你爸爸妈妈也是靠工资吃饭。大家一起出力，你哥哥的眼睛能够早点治疗是最紧要的，你就不要客气了。”

昕燕妈妈说：“这里面也有你哥哥自己挣的钱，也有昕南、昕琪做点小生意挣的钱。只要能治好你哥哥的眼睛，比什么都值。你就不要再推辞了，拿好它，过几天我们去拜望你的父母。”

慧雪听后，知道这是一家人的心意，要是不收这存折，恐怕会伤了感情。于是忙打圆场说：“红英，先收下吧，这是阿姨一家人的好意。再说，你哥去看眼睛，确实需要钱。”

红英见连慧雪都帮着劝自己，就说：“那我先替我哥拿着，他要是不要，就让他自己拿回来。谢谢袁妈妈、袁伯伯！”说完，眼睛看了看昕琪和昕南，有点歉意地对他俩笑了笑。

昕琪见红英看人的眼神有所缓和，就赶紧说：“在这里吃完饭再走呗，我们做饭快得很，尝尝我们的家常菜。我们这里的水豆腐是用井水做的，很好吃，今早才买来的。”

慧雪说：“谢谢，谢谢！不用忙了，我们下次来时，一定要留下来尝尝你们这里的水豆腐。这次有事，吃不成了，留着下次来吃。谢谢了！你们有空也过来走走，到军区门口跟执勤的说说，他们会通知家里的人出来接你们的。”

一家人把她们俩送到门口，看着她们走远了，才又回到屋里。昕琪说：“红磊哥的妹妹没有红磊哥长得好看，好像还比她哥黑些。慧雪姐姐好看，那双眼睛好大好亮。不过，她们俩我都蛮喜欢的呢。”

昕南听了笑着说：“你谁都喜欢，就是不喜欢张艺贵。”

昕琪说：“你喜欢张艺贵？那副酸溜溜的样子，都可以给人当醋吃了。谁知大姐怎么会同这种人结婚，让人看着都反胃。”

昕燕妈妈说：“有什么办法，你姐命苦。你们今后有空要多去看看她，娘家的人跑勤点，人家才不敢欺负她呢。我看那个姓张的不是个好东西。”

昕燕爸爸说：“别说了，提到那人就心烦，留那个头发男不男女不女的。快点做饭吃吧！下午我还要到局里去看看那些加班做计划的人搞得怎么样了。”

从昕燕家出来的路上，红英对慧雪说："难怪我哥要去走绝路，原来是她家大女儿抛弃了我哥。好了这么多年，读了大学就与别人结婚，这女人也真够绝情的。那我哥肯定受不了，眼睛又瞎了，他当然想不通了。要是我的话，肯定也不想活了。"

慧雪说："这事肯定有别的情况，我见过她们家的大女儿，那个女的不像是那种水性杨花、嫌贫爱富的人。"

过了马路，红英带着责怪的口气说道："说一千道一万，反正她同别人结婚了。再有什么原因也总不可能是我哥抛弃她吧？"

慧雪听了，笑着劝解红英，说："不管怎么说，这家人照顾你哥这些年，省吃俭用地还存了这么一大笔钱要给你哥治眼睛。就算人家大女儿对不起你哥，人家这一家人也够可以的了。"

红英想了想说："我也觉得这家人不错，待人也很好。就是那个叫昕燕的大女儿不好，她就是一个现代女陈世美，我真替我哥不值。"

慧雪伸出手来搂住红英的肩膀说："好了，好了，别生气了，好在你哥也得救了。我们不了解整个事情的来龙去脉，就不要乱想。你哥他心里是有数的。有的事光看表面是不行的。"

红英低着头说："想来我哥在这家是过得可以的。要不然，他也不会第一件事就是托你到这家来报信。你看那个女孩、男孩都好漂亮呢，还很懂礼貌，一点都不粗俗。"

慧雪说："你如果看见他们那个姐姐，才知道世间什么叫美人，什么叫温婉多情、弱花柔水。"

红英回头看看慧雪，笑起来，说："慧雪姐，你不会像我哥一样也被那负心女给迷住了吧？"

慧雪大笑起来，说："迷住倒是没有，只是我真的对她的印象很好。第一眼看见她，就被她那特殊的美丽气质给吸引了。我还从来没有见过这么美的人。对了，她是古典的那种美，美得很纯粹、很干净，没有一丁点儿妖媚或做作，给人一种不食人间烟火的感觉。"

红英想，还没有听慧雪姐这样夸过谁，她自己也是个心高气傲的人。于是便嬉笑地看着慧雪的眼睛，打趣说："慧雪姐这样夸她，你要是个男的，肯定就喜欢上她了。那我可要吃醋了。难怪我哥这么多年不回家，肯定是让她给迷得什么都不想了，成天守着她就满足了，真没出息。看来，美女这个东西真是个倾城灭国的祸害呢。没准她是《封神榜》中的那个苏妲己投生的呢。我可真要找机会看看这个会迷人的妖女。"

"别瞎说，人家不是什么妖女，是国色天香的仙女。你这个瞎装醋的酸坛子。"

说着，慧雪轻轻掐了红英一下。红英嘻嘻哈哈地笑着，夸张地尖叫着说：“痛死我了，你为那个妖女掐我。完了，完了，真要倾城灭国了！”

街两旁有人听见红英的尖叫声，就用奇怪的眼神打量着她们。

慧雪见惹得别人注意了，就对红英说：“别乱喊叫。大街上，人家还不知道出什么事了。”

红英听后耸了耸肩，吐了吐舌头。

2

这天，昕琪和妈妈去看李红磊。他们照着慧雪讲的方法跟门岗通报了自己的姓名和要见的人后，不一会儿，就有一个士兵到大门口来把她们接了进去。李红磊得知她们来了，就摸到家门口等她们。昕琪一见李红磊，远远地喊着“红磊哥”朝他跑来。听见她的声音，李红磊高兴得不得了。毕竟这么多年，他早已习惯昕燕一家每一个人的一切，说话声，脚步声，甚至睡觉时发出的鼾声。

李红磊的妈妈还有红英、慧雪也迎了出来。见面后，寒暄了几句。红磊妈妈就拉着昕燕妈妈的手，把她们母女俩让进小院里。走进房门，昕琪看见一个老军人坐在轮椅上朝门这边张望，满脸的慈祥和蔼，一看就是个好老头。昕琪料定他是李红磊的爸爸，就乖巧地喊了一声：“李伯伯好！”

红磊爸爸高兴地应了一声，就忙不迭地说：“快坐，快坐。”

昕琪一边答应着，一边手麻脚利地帮着拉凳子，接着又赶紧把昕南最近从石板坳带来的新米、新鲜腊肉、干辣椒从提在手上的一个大布兜里一一拿出来，放在桌上。最后掏出红英上次带去的那瓶茅台酒，悄悄地放在桌子靠墙的角落里，遮在带来的那些礼物后面。大家都在拉凳子、泡茶，没有人注意到昕琪的动作。倒是慧雪看见了，没有出声，心想，红磊遇上的这家人真好，缘分呢！

红磊爸爸见昕琪摆了一桌子的东西，就说：“你们来了就好，还带什么东西，不要客气嘛，我们是真正的同乡嘞！过去，万老太爷教过我读书识字，是我的老师，我心里很感谢他。现在还能回想起小时候背不出书时，他拿尺子打我们手板心的情景。好快，一转眼，我们比他老人家那时候还老了。”

昕燕妈妈说：“真是缘分呢！我原来小，记不起一些人和事了。我好像没有见过你。”

红磊爸爸说：“我与你的姐姐、哥哥们认识。可能你当时小，所以没有注意到。你看我们那时候互相不认识，现在老了反倒认识了。这不是缘分是哪样？”

红磊妈妈说：“喝口茶吧，走这么老远，口渴了吧？”

昕琪赶忙端起杯子喝了一口茶。

红磊爸爸说：“真的讲到缘分这个东西，我是不信那些的，可是有的事就是奇怪得很。你看，红磊竟然跑回家乡去认识了你们，那些年，多亏有你们照顾他，多谢了。”

昕燕妈妈说：“我们没有照顾好红磊，心里总觉得过意不去。请你们原谅我们没能早些说服红磊回家来看你们，他是怕你们伤心难过所以不肯回来。后来，我们想等带他去上海治好眼睛后，再陪他一起来看你们。所以拖了这么长时间，让你们着急担忧这么多年，真是对不起了。还有，那天下大雨，我接他慢了一步，害得他差点出事。”

慧雪一听昕燕妈妈的话，赶紧打岔说：“阿姨，你喝口茶吧！这是托人刚从杭州带回来的龙井茶，喝起来很香呢。”

昕燕妈妈明白慧雪的意思，就赶紧闸住了话头，对慧雪感激地笑了笑，用嘴吹了吹杯中的茶水，呷了一口，说：“嗯，这茶好香啊！”

直到现在，就只有慧雪和红英知道李红磊是在轻生的路上被拉回来的。她们俩私下里讲定永远保守这个秘密，以免红磊的父母和红磊还有昕燕一家人感情上受到伤害。她们俩对别人都说李红磊看不见走迷了路。李红磊自然也绝口不提这件事。见大家聊开了别的事，红英同慧雪就一前一后地钻进了厨房。

红磊妈妈也喝了口茶，说：“哪里有什么对不起的。红磊都跟我们说了，你们一直做他的工作要他来看我们。但是，他怕回来后他的情况让我们难过，是他自己不肯回来。我们也知道他的犟脾气。你们一直在细心地关心照顾他，谢你们都还来不及，哪里有对不起的说法。你看你们还带这么多东西来，我们怎么过意得去啊！”

昕燕妈妈说：“没有什么值钱的东西。你们不是也让红英给我们带去那么多东西嘛。再说，这都是些石板坳出产的土东西，你们可能也好久没有吃到家乡的东西了，正好尝个鲜。”

红磊爸爸说：“是好久都没有吃到家乡的东西了，想啊！收下喽！”

大家听了都笑起来。

昕燕妈妈说：“我儿子经常回石板坳，现在政策放宽了，农民们包产后，个人可以搞经济作物和养殖业了。农民们的生产积极性很高，各种东西的产量也比以前高，就是销售困难。有些东西供销社又不收，有些东西收了不给现钱，打白条子。农民们手里没有现钱，就没有办法买农药、化肥、种子，也无法改善生活。”

红磊爸爸着急地说：“不但改善不了生活，而且不能扩大再生产。麻烦啊！”

昕燕妈妈说：“去年，我儿子试着包销石板坳的一些农副产品，效果很好，寨子里的农民们都感谢他，别的大队的人也来找他销售。他给当地的农副产品打开了销路。收货按政府收购价立即给钱，不打‘白条子’。有时还顺便带些城里的药品、日用品、化肥下去换货，这样农民也能得到些实惠。”

红磊妈妈说：“你儿子这样就帮了他们。‘文革’前，我每年都跟老李回去，农民们苦啊！”

昕燕妈妈说：“我们经常告诉他要对得起家乡的人，不要赚家乡人的钱，要赚就赚外面市场上生意人的钱。薄利多销，差不多就行了。我们儿子很听话，他就是照我们说的去做的。红磊知道昕南，他是在那里跟着农民们做农活长大的，最知道乡下的苦，他不会占农民便宜的。他还是红磊的学生呢。”

一直坐在爸爸身边的李红磊说：“昕南从小就一板一眼的，最守规矩了。学习又刻苦，到田间劳作时一点都不怕辛苦，小小的就跟着上山砍柴，下田插秧。要不是‘文化大革命’耽误了，昕南还真是个读书的好料子。我很喜欢我这个弟弟呢，他做人又实在又本分。等过一阵我还要去同他下棋呢，他做的那个凹凸的棋盘真好，一面是下军棋的，一面是下象棋的。每次同他下棋他都很守规矩，从来不骗人，只有昕琪会耍赖，一不留心，她的棋子就跑到别的位子上去了。”

昕琪见李红磊揭她的短，就不好意思地说：“我下不过你们，就悄悄挪动一下棋子，我每次最多只动一颗。”

大家都笑起来，李红磊的爸爸开心地大笑着说：“人家每次只敢悄悄地挪动一颗，还揭人家短，真小气。今后来与我下棋，不用悄悄地挪动，随便你动几颗都行。”大家听了又都笑起来。

这时，昕琪说：“哎呀！红磊哥，昕南又做了一块新的棋盘，让我带来的，我把它包在报纸里，放在椅子上，出门的时候忘了，我明天专门给你送来。”

李红磊说：“你不用明天专门过来了，这么远，太辛苦了，等哪天我去时带过来就行了。”

昕燕妈妈接着说：“让你们见笑了。我这个女儿呀，粗枝大叶的，从小就这样。她爸爸老宠着她，所以她什么事情都不上心，也就这样了。”

红磊妈妈说：“都一样。我们那两个女儿也各有个性，我也懒得管，随她们去吧！省得操心。”

红磊爸爸说：“生儿育女哪有不操心的，只有眼睛闭上的那天才真正不操心，也操不上心喽！对不对？”

昕燕妈妈说：“是啊！做父母的真是操一辈子的心，他们啊，要等到自己养儿育女才知父母恩呢。”

“看我差点都忘了，上次你们让红英带来的那个存折，红磊都告诉我们了，那是你们一家人省吃俭用好多年存下来要给他治眼睛的。你们的心意我们领了，存折你们一定要拿回去。”红磊妈妈诚恳地说。

昕燕妈妈一听急了，说：“我与红磊爸爸是老乡，我就叫你嫂嫂吧。这么多年我们一直把红磊当自己的孩子看。他出了事后，我们全家最大的心愿就是要把他的眼睛治好。可是那时在农村，我们没有钱。落实政策回城后，到医院做了几次检查，都说我们这里的医疗条件不行，建议我们到上海或者北京去看看。我们一直存钱，下决心无论如何都要带红磊到上海去治疗。钱存得差不多了，可又买不到火车票。这钱里面也有红磊自己挣的一份，我们怎么能带回去呢？你们部队可能工资比地方高一些，但也是有限的。一个月吃啊用啊安排下来，就所剩无几了。我们家两个孩子现在学做点小生意，钱来得快些，你们就不要客气了。那天昕南还说，等自己成了万元户，要带红磊到外国去看眼睛呢。孩子们之间感情很深，红磊既是他们的哥哥也是他们的老师，是看着他们长大的。”说完用手摸摸昕琪的手臂，又说：“我的这个女儿也是红磊看着长大的，红磊当她们老师的时候，昕琪才七岁。”

昕琪说：“阿姨，你们就收下吧！那是红磊哥自己挣来治眼睛的钱，也是我们全家人的心意。”

红磊爸爸说：“红磊遇见你们一家是他的福气啊！多谢了！那我们就收下给他治眼睛，等他眼睛好后，让他自己去报答你们吧！”说完，用手轻轻地拍了拍坐在他轮椅旁边的李红磊。

李红磊说：“昕南、昕琪做生意要本钱，生意不好做，时好时坏的，收入也不稳定。你们还是把钱带回去吧。我这里不着急，慢慢地再想办法。”

昕琪着急地说：“红磊哥，你的眼睛不能拖了，大家不要在钱上推来推去的了。”

昕燕妈妈说：“是啊，就这样定了，这钱算是专款专用。为了红磊的眼睛能早日看见东西，我们就都别客气了。”

她这样一说，红磊妈妈也不好说什么了。大家继续聊着，屋里的气氛热闹亲切。

昕燕妈妈坐在李红磊旁边，这是她一进门就选好的座位。她不时满目慈爱地看着李红磊，觉得他的气色好了很多，只是颜面上仍然隐隐约约透着忧郁。她知道李红磊心里记挂着昕燕，知道他当着人又不好问。于是，昕燕妈妈就拣了个大家连笑带聊、声音嘈杂的时候，小声劝他道：“红磊啊，别多想了，先把眼睛治好。昕燕对不起你，可是都过去了，你要好好地生活。”

李红磊微微点头应着，心里难过极了。随即小声问道：“她还好吗？”

昕燕妈妈难过地说：“唉，好不好都是她自己走的路。那个人一看就不是个好人，昕燕肯定是被他……”

李红磊打断昕燕妈妈的话，轻声说：“你们也别再生她的气了，多去看看她吧，也好知道她过得好不好。”

昕燕妈妈听了李红磊的话后非常难过，心想，红磊吃了这么大的亏，心里这么痛苦，还只管惦记着昕燕，替她着想。我们对不起人家啊！想着，低下头，控制着不让眼泪掉下来。

昕燕妈妈与李红磊的这些举动被刚同红英一起包完饺子从厨房里出来站在他们侧面的慧雪看在眼里。虽然听不见他们在说什么，但是她猜测他们在说昕燕。她想，红磊与昕燕妈妈多亲近啊！说明这些年来，红磊的精神上是不孤独的。事情骤变的主要原因是袁昕燕突然与别人结了婚，支撑李红磊精神世界的大厦一夜间完全坍塌，他这才无可奈何地想走绝路。不然他的人生虽然因失明而不完美，但是这两人只要能厮守一生就一定是幸福的。可惜了！慧雪虽然深爱着李红磊，但是本性善良，且又十分有涵养的她，还是深为李红磊和袁昕燕的事惋惜，心里充满了同情。

时间快到中午，昕琪和妈妈告别要走。李红磊的爸爸妈妈留她们吃饭，她们不肯，说还有事要办。红英从厨房里冲出来说：“阿姨、昕琪，你们不能走，我和慧雪已经包好了饺子，吃了午饭再走。”

慧雪也说：“阿姨，尝尝我们包的饺子吧！韭菜鸡蛋馅，很香呢。”

红磊妈妈挡住门不让走，昕燕妈妈说：“我们真有事，下次来不留我们，我们也要在这里吃了饺子再走。”

红磊爸爸见留不住，就说：“那带些生饺子回家去煮，你们回去就不用现做饭了。”

红英和慧雪听了红磊爸爸的话，立即进了厨房，一会儿就用一张大报纸包了一大包生饺子抱了出来。红英从昕琪手上拿过装东西的那个布袋，把那包饺子装了进去。慧雪把布袋递给昕琪，昕琪把双手背在后面，看着慧雪说：“不要，不要。这么多都给了我们，你们吃什么？”

慧雪看着昕琪漂亮生动的脸，笑着打趣说：“我们今天就吃你们带来的这些东西。”

李红磊听了也笑起来说：“昕琪，拿着吧！她们包的饺子真的很好吃。”

红英说：“厨房里还有很多呢，我们包得快，饿不着。”

李红磊又说：“昕琪，路上小心点，尽量不要挤压着，免得回到家饺子变成大饼了。”

昕琪调皮地说：“变成大饼的话，我就用油煎着吃，更好吃些呢。”

大家听了他们俩的对话都笑了起来。

昕燕妈妈说：“那我们就不客气了，谢谢喽！”

红磊妈妈开门送她们出去，李红磊站起来摸着要跟出来。

昕燕妈妈说：“红磊，你眼睛不好就不要出来了，我们还会来看你们的。你们大家都请留步吧，我们顺着原路出去就行了。”

红磊妈妈说：“怎么能让你们自己出去，我去送送你，顺便也走走路，活动活动腿脚筋骨。”

慧雪、红英也跟着出来，红磊妈妈说：“你们都别送了。让我跟我这个妹子聊聊天嘛！”

慧雪和红英还有李红磊听了，就只好在小院门边同昕琪母女告了别，站在门口看着她们走远后，红英先进了屋，慧雪则立在李红磊身后，看着李红磊手扶着院门，一直站在那里发愣。

过了一会儿，慧雪轻声说：“红磊，她们走远了，看不见了，我们进屋吧！”说着，伸出手，轻轻扶住他的胳膊，李红磊没有说什么，转过身跟着慧雪进了屋。

红磊妈妈陪着这母女俩朝军区大门处走去。她们一路聊着，昕燕妈妈正想着怎么跟她说，让昕琪有空就过来帮帮忙，暗示昕琪喜欢李红磊时，红磊妈妈突然把话题转移到慧雪身上。她对昕燕妈妈说，慧雪从小就一直喜欢红磊，现在还是单身。红磊的父亲得病后一直都是她在关心帮忙，慧雪在李红磊爸爸妈妈的眼里，就是老两口的一个女儿。红磊妈妈停了一下又说：“妹子啊，我们这几家人家真的是有缘分，我想请你帮我做做红磊的工作，让他跟慧雪成家过日子吧！我看得出，红磊会听你的话。现在红磊都三十五六岁了，慧雪与他是同岁的同学。一个女孩子，都这个年龄了还一直等着红磊，我们心里着急啊！再说，红磊的眼睛还不知道能不能治好，难得慧雪愿意照顾他，如果他们俩能在一起生活，我们就放心了。‘文化大革命’那些年少吃没穿的，生活艰苦，精神紧张压力大，我们弄了一身的病，身体都垮了，还能活多久都不知道。”

昕燕妈妈赶紧安慰她说：“你们人这么好，一定长寿的。”

红磊妈妈叹了口气说：“哎！希望是那样，但是生命这个东西真的是说不准啊！你看红磊他爸已经坐了轮椅，经常犯病，真是活一天少一天了。我的血压高，还有心脏病，也不知道哪一天就要到马克思那里报到去了。我们老了，什么时候去了倒是无所谓，迟早都要走的，可是我们放心不下红磊啊！”

昕燕妈妈听着，眼泪又下来了，抬手去抹眼泪，声音哽咽："是啊！嫂子，别说你是他母亲，就是我们也放不下心啊！"

红磊妈妈也流泪说："慧雪愿意照顾红磊，她是个医生，人又善良稳重，今后就算我们老死病死了，有她照顾红磊，我们走也走得安心了。可是，红磊不肯，我提了几次，红磊都把话头打断了。我想，他是怕拖累慧雪。"

"红磊心好，什么事都先为别人考虑。好人啊！"昕燕妈妈难过地说。

"唉！操心啊！说实话，我们家现在都已经离不开慧雪的照顾了。我那两个女儿不是学医的，也没有慧雪心细，老头子几次发病都全靠慧雪。要不，一口气上不来，早去见马克思了。"

昕燕妈妈悄悄看了昕琪一眼，见昕琪低着头走路，不看她们，知道昕琪听见红磊妈妈的话后，心里难受。幸亏没有先捅破昕琪心里的这层纸，要不，多尴尬呀！想到这里，就说："嫂子，红磊和我大女儿的事，想必你们已经知道了。我们没有教育好女儿，真是对不起呀！慧雪这个女孩儿，大家见了都喜欢，又懂事，心眼又好，又会体贴人。正因为你们家红磊很优秀，女孩子们才都喜欢他。等红磊过一阵到我那里去时，我一定劝说他。慧雪太好了，这样好的媳妇到哪里去找，红磊千万不要错过了。可惜我们家昕燕没福气，被那个坏蛋骗了，没办法啊！我下次见着红磊的时候，一定尽我的力量说服他。"

红磊妈妈说："如果你们能说服红磊接受慧雪，我们真的太谢谢你了。不过，你们也不要再责怪你女儿了，她的心里一定很苦呢。与红磊好了这么多年，就这样突然分开了，她一定有难言之隐，你们就原谅她吧！红磊爱她那么深，她必定有特别的过人之处。如果光有漂亮的脸，我家红磊不一定会看上她。而且她现在是大学老师，还是搞美术的，可见就不是个一般的人。我虽然是个军人，但是也相信缘分。你看我和红磊的爸爸天南地北的，居然会成了一家人。我想起我的父母，我有缘成了他们的女儿，却在八岁时就与他们缘尽了。人啊，这一生要遇到什么事真的说不清。'文革'那些年，我看清了好多事，也就心宽了。我想，也许红磊与你们大女儿的缘分已经尽了。只要大家还活着，都过得不错，就非常好了。你们也不要自责了，谁都没有错。这也许是他们的命啊！"

听完红磊妈妈的话，昕燕妈妈简直感动极了，想不到红磊的妈妈这样豁达仁厚，善解人意。心里感叹道，难怪红磊人品这样好，是来源于父母潜移默化的言传身教啊！她回头看了看昕琪，想到昕琪也爱红磊，却只能永远藏在心里了。做妈妈的心里替女儿难过，嘴上挂着一丝苦笑。昕琪与妈妈对视了一下，没事儿人似的微微一笑，就把被眼泪盈满了的双眼转向旁边的一片草地。茵茵绿草上，几只小麻雀在上面蹦蹦跳跳地觅食。昕燕妈妈知道女儿心里一定在哭。

听琪一直喜欢李红磊，从来不嫌他是盲人。姐姐与张艺贵结婚后，她试探过李红磊，知道自己在他的心里永远都是个小妹妹。她心里恋着李红磊却开不了口向李红磊表白。今天听红磊哥的妈妈这样一说，心里虽然非常伤心难过，却也不能说什么。想想慧雪姐也真够痴的，这么好的条件却多年等着红磊哥，并且在知道红磊哥双目失明的情况下，仍然喜欢红磊哥。慧雪姐有多好啊！再说，红磊哥的父母能接受的就只是慧雪姐，那是他们一家人对慧雪姐的爱。我只能把我的爱恋深深地、永远地埋葬在心里了。能有这么一个哥哥，今后又有慧雪这样的嫂嫂，也挺不错呢。

第二十九章

1

慧雪通过业内熟人联系到了北京的眼科专家，红磊的大妹妹红玉陪哥哥一起去看病。大夫说像李红磊这种拖了这么多年的创伤性眼部神经损害失明，最佳治疗期已经错过了，治愈和复明的可能性非常微小；但是也不排除会有些转机，因为发现他的瞳孔趋光反射还没有全部丧失。医生表示会尽可能地替李红磊治疗，哪怕能恢复一点儿视力，减轻全盲程度，改善他眼睛目前的失明状况都值得试试。

在北京治疗了一个多月，先是红玉照顾，后来红英又去换红玉。昕琪和昕南想去北京照顾李红磊，但是红磊爸爸妈妈觉得过意不去，就婉拒了。现在李红磊的眼睛虽然还是看不见，但是以前那种时不时地发炎又引起头痛的症状减轻了很多，最后那些症状都没有了。那天，专家查房走后，管床医生说："你的眼睛目前暂时没有什么特殊的治疗了，接下来是慢慢康复。这个周期比较长，甚至一生都要做。不过，因为各人的情况不同，恢复的快慢和程度都有所不同，要特别有耐心。过一段时间，如果经济条件允许，就再来北京复查一下。"红磊和红英谢过医生就回来了。

按照医生嘱咐，他需要继续采取扎针灸等辅助康复治疗手段，这方面的事务就由文慧雪在医院帮助安排。刚开始，李红磊天天都要去医院扎针灸，做眼部理疗。后来隔一天去一次。回到家里，自己还要按摩，热敷，滴眼药水。慧雪除了在医院抽空照顾他，下班后的时间几乎都用在李红磊眼睛的恢复治疗上了。

这天早上李红磊起来后，先摸着把窗户打开，阳光照进窗户，房间里的光线很好，他觉得眼前好像很亮，这是很多年没有的感觉。他努力睁大眼睛往前面看，突然右眼前面一个黑影飘了一下，就过去了。他本能地伸手一抓，一把抓住了红英用钩针钩的线窗帘。窗外涌进来的风把窗帘吹得飞了起来，这飞舞的窗帘就是他眼前飞过的黑影。他立即激动起来，冲出房门，大声喊着："我看见东西了！"

爸爸坐在轮椅上正看书，听见他的喊声，放下书，嘴张了张没有说出什么，眼里却流出了眼泪。

妈妈朝他扑过去，拉着他的手激动得声音发颤地说：“你的眼睛能看见了？看见妈没有？”说着眼泪夺眶而出。

李红磊说：“刚才我的眼睛前面好亮，右眼看见一个影子在眼前晃，用手一抓是窗帘。”

妈妈和爸爸几乎是同时带着哭腔说：“好啊，好啊！”

李红磊也流出眼泪来，他用手抹去眼泪，说：“刚才只是右眼看见了影子。唉，不知道哪天才能重见天日呢。”

爸爸说：“什么事都有开头，我们慢慢来，要有耐心，会好的。”

妈妈拉着儿子的手到饭桌边坐下，说：“真是没有白费这段时间的治疗。慢慢会好的，红磊啊，你要有信心哦！看看人家慧雪为了你的眼睛，人都瘦了一圈。”说完朝坐在轮椅上的丈夫笑了笑。

爸爸在一旁附和着说：“是啊，红磊眼睛能看见影子了，这就是复明的开始。这个好消息要赶快告诉大家，让大家都高兴一下。我们下午包饺子，等慧雪、红玉、红英她们晚上下班回来，大家一起吃饺子，庆祝一下。”

李红磊说：“爸，不用了，我一会儿还要去医院扎针灸，我自己去告诉慧雪，你们就不用忙了。庆祝什么，才只是看见了个影子而已。”

妈妈说：“当然要庆祝，也要慰劳一下大家为你眼睛复明的辛苦。通知慧雪的任务就交给你了，她要不来，唯你是问。”

又过了一段时间，李红磊的右眼逐渐能模糊地看见影子的大概轮廓了，左眼还是只能对光线有反应。这段时间以后，进步特别慢，就保持在这里，好像停止了一样，有时候还会有反复。李红磊有时心里很焦躁，爸爸妈妈还有慧雪和妹妹们都安慰鼓励他。昕琪、昕南时常来看他，总是带些东西来。还带来慧雪、红玉、红英喜欢的上海中外合资的工厂生产的服装让她们挑选，按进货价卖给她们。昕南只要去石板坳，回来时总会带些吃的来。大家像亲戚一样地走动着，彼此很亲近。

2

这天，红磊妈妈正在那台上海牌老缝纫机上补床单，机器嘎哒嘎哒地停停响响。红磊爸爸与李红磊一边剥着花生，一边聊天。那花生是昕南从乡下带来的。李红磊讲着在家乡那些年的事，讲到乡下的那些人，还有马叔叔；讲到当年彭家良入伍前还去乡下看过自己，又讲到彭家良当年写信告诉他大学恢复招生的事。

李红磊说："也不知道大彭现在怎么样了，收到他那封信后，就一直没了联系。现在除了治疗眼睛，每天也没有什么事，我想出去找过去的老同学们，看谁知道大彭的通信地址。我真的好想与他联系，很想念他呢。"

一直和儿子讲着话的父亲，一听儿子提到彭家良，就不搭话了。李红磊回家后几次问起彭家良，妈妈说大彭他妈妈过世了，他爸爸回河南老家养老去了，大彭没有回来过，可能是去河南那边看他爸爸，这边没有了老人，没有了家，肯定大彭就不来这边了。

妈妈先头还不时停下那架"嘎哒嘎哒"响着的缝纫机，插上几句话。一听提到彭家良，就突然不顾一切似的踩得那机器不停地疯响。李红磊先头还没有在意，还自个在那里讲，以为爸爸在认真听，妈妈忙着干活。后来，觉得不对劲，他本来就是个非常敏感的人。"唉，爸，红玉她们知不知道彭家良现在哪里？还在部队吗？那家伙是个军人的好料子，肯定又提级了。我刚回家时，要红英带我去大彭家，她说大彭调防到很远的地方去了，好像是什么秘密任务，连他家人都不知道他在哪里，让我别去打扰人家。我怎么越想越觉得不对头。他究竟到哪里去了？"

爸爸长叹了一声，说："知道你俩是最好的朋友，本来不想告诉你，怕你难受，影响眼睛的治疗，所以一直没有告诉你实情。现在就告诉你，可你别太难过。家良是个好孩子，可是好几年前他已经在部队牺牲了。"

李红磊只觉得脑子里"嗡"的一下，赶紧问道："怎么？他怎么牺牲的？"

爸爸说："你别急，我的心脏有点难过，让你妈告诉你。"

缝纫机"嘎哒嘎哒"的声音慢慢停下来，李红磊听见妈妈吸鼻涕的声音。妈妈说："老李，你不舒服赶快含点药。"接着，她走到儿子身旁坐下来，叹了口气，有些哽咽地说："你走后，我们家敲煤、修煤棚那些重活都是彭家良来干。每次来就安慰我们，说你没有事的，让我们放心。后来他去参军，临走前，又把家兴喊来交代了一番，家兴又接着他哥哥经常来帮忙干活。听说他在部队上表现很好。牺牲的时候已经是个副营长，部队已经决定保送他去军事院校学习。他和你一样，文化底子好，脑子又灵，还能吃苦，所以部队首长们很欣赏他，就把他列为重点培养对象。就在准备去上大学前，他去检查新兵实弹投掷手榴弹考核，不想，一个新兵拉开手榴弹引线后，可能是心慌，手一滑，那颗拉了线的手榴弹就扔在离自己没有几步远的地方。家良一下子冲过去想把那新兵按倒，可是就在这个时候，手榴弹爆炸了。家良当场就牺牲了，那个新兵受了重伤，送到医院也没有救过来。”

房间里很安静，红磊听见妈妈的抽泣声。他木然地站起身来，慢慢地摸着走进自己的房间，关上门，哭起来。他悲痛难过极了，想起从小到大都在一起弟兄一般的情景，想起从彭家良家离开那天的情景，想起彭家良送书到石板坳，想起彭家良见到油菜花时兴奋的样子，想起两人一起下河玩水的情景，想起他给昕燕照相的样子，想起彭家良写给自己的那封信……想到这些，他悲伤极了，放声痛哭，哭得停不下来。

妈妈担心地在房间外敲门，他流着眼泪，开门出来：“爸，妈，你们不要担心我，我要去大彭家看看他父亲和他两个弟弟。”

妈妈说：“别去了，大彭家真的没人了，现在是另外一家人住。”

爸爸说：“大彭的妈妈真的过世了。大彭牺牲后，她妈妈心情一直不好，后来得了乳腺癌。我们去看过她几次，从检查出病来没有多久就过世了。大彭的两个弟弟都照顾到他哥生前的那个部队当兵去了，两个妹妹是那年跟大彭同时参军的。他爸爸退休后，要求回老家河南，部队拨钱在老家给他盖了房子养老。后来我们也没有他爸爸的什么消息了。”

妈妈说：“一个家聚在一起时多热闹啊！只要走一个就跟缺了个口似的，说散就散了，快得很。”

李红磊呆呆地站在原地，靠着门，像僵了似的。

妈妈和爸爸对了一个眼色，妈妈赶紧过去拉着儿子说：“红磊，坐下来，不要太伤心了，人间的事情是说不清楚的。悲欢离合天天都在发生，我们的一辈子也是这样熬过来的。好多事你不想面对也得面对，慢慢就熬过来了。”

李红磊突然呆怔怔地说：“大彭从小就一直喜欢红玉。”

妈妈难过地说：“我看出来了，他走时红玉出差，没见着，就让我转交一个信封给她，红玉接过来就进了她的房间。我想一定是恋爱方面的信，我问她大彭写的啥，她说，就是些到部队要好好干，做出成绩来给我看的话。”

李红磊一听就问：“妈，你知不知道红玉把信放在哪里？我想摸一下。”

“那是人家大彭向红玉表达情意的信，你摸它干啥？”爸爸有点不解地问。

“我想摸一下它，就像摸到了大彭一样，反正我又看不见内容。”

妈妈说：“我去找找看，你等着。”

不一会儿，妈妈从红玉、红英的房间出来。“没有，我记得好像知道大彭牺牲后，红玉哭了一场，好长时间都打不起精神来。后来有一次好像是大彭的生日，红玉在小院里点了烛，摆了一杯酒，烧了几封信，是不是把那封信也一起烧了？那天红玉又哭了一场。”

“唉！大彭。我们是从小的老伙计，你怎么就这样走了？”李红磊难过地抹着眼泪说不下去了。

3

这天早上，天气很好，昕琪感冒，头晕沉沉的，妈妈要她卧床休息，自己替女儿看店铺去了。妈妈走后，昕琪觉得躺着无聊，想找点事做，看看阳光很好，就想去把李红磊原来睡的床上的床单被套拆来洗。昕琪想，红磊哥今后不会回来长住了，但是也要把他的床留住，等他今后回来看我们时，中午在自己的床上休息一下也好。想着，就开始拆洗李红磊平日里睡觉的那张床的床单、被子。翻开枕头，看见李红磊生日那天，自己送他的那两双袜子原封不动地放在那里。昕琪拿起来摸了摸，心里难过，就放在一边了。接着她去卷棉絮，想把棉絮拿出去晒晒。昕琪抱着李红磊的垫絮起身的时候，一沓东西“啪”的一声掉到地上。她弯腰捡起来看了看，见是一个牛皮纸的信封，上面什么也没有写，里面好像有东西。昕琪想，我看看是不是红磊哥的什么东西，要不要给他送去。于是拿出信封里的纸，打开一看，就呆住了，原来是李红磊当时留下的绝笔信。

昕琪读了信才知道，原来那天李红磊是去结束自己生命的。越读越觉得李红磊可怜，昕琪哭得跟个泪人儿似的。好在家里没有人，静悄悄的屋里只有昕琪的抽泣声。反复读了几遍后，满脸泪水的昕琪决定自己保存这些东西。她想，也许除了我以外，还没有人知道红磊哥那天是打算离开人世呢。而且现在红磊哥已经活过来了，又何必让别人再看见这些东西呢。就让这件事永远是个秘密吧。自己喜欢红磊哥，这些东西也许是老天爷安排给自己的呢。干脆谁也不给，谁也不说，就自己留着吧！没事拿出来看看，就像看到红磊哥，钻进了红磊哥的心里，陪他一起悲伤，一起在黑暗中静默一样。红磊哥写给姐姐的那封信，自己特别喜欢，原来不知道，遗书竟然可以这样感人，这样凄美。特别是后面那一段，到什么地方去，叫什么莫公子，昕琪不知道是什么意思，反正觉得又悲怆，又甜蜜，情书也不过如此了。想到这里，昕琪放下被褥，把信抱在胸前，走出这间屋，朝自己的房间走去，她要把这几封信藏到只有自己知道的地方。这是红磊哥的心，自己要好好地像宝贝一样地珍藏一辈子。红磊哥是自己真正从小到大一直的爱恋和永远的哥哥。虽然只是自己毫无结果的单恋，但此生此世自己无怨无悔。也许，这也是命呢。昕琪难过地想。

这天，红英陪哥哥到医院治疗眼睛后，在回来的路上，她想同哥哥谈谈慧雪姐的事，但是一时又不知道从什么地方切入话题。红英知道哥哥心里一直放不下袁昕燕，怕提起这事，哥哥又会伤心难过。因为妈妈那天同哥哥提起要他同慧雪处对象的事，哥好像很难过，说妈妈怎么会有这样自私的想法。哥说自己是个盲人，不想再给别人添麻烦。

红英上次带一个朋友到昕琪的店里去买衣服，听昕琪说，哥哥前次去看她们时，昕琪的妈妈跟红磊哥小心地提起过慧雪的事。可当时哥很难过，他说知道慧雪是个非常好的人，也知道慧雪的心思，但是他自己配不上慧雪。如果与慧雪结婚，只会让慧雪受苦受累。他说请大家理解他，不要再提这件事。所以短期内大家都不好再跟他提这个话题。

红英一边走一边想着方法，突然想起了慧雪告诉她的那个怪梦。于是，她就调皮地对李红磊说："哥，你还记不记得慧雪姐把你从阎王爷那里拉回来的那天早上？"

李红磊说："记得呀，救命之恩怎么能忘。"

"你知不知道，慧雪姐守在你床前照顾你时，打了个瞌睡。"

李红磊说："她累了一夜当然会打瞌睡了。"

红英说："你不知道了吧！打瞌睡当然不稀奇，稀奇的是她做了一个怪梦。你不想听听？"

李红磊说："你这个鬼丫头，卖什么关子。人家文慧雪是个医生，还会信什么梦？是你乱编框框寻开心吧。"

其实，李红磊是想听的，自从李红磊那年与昕燕做了那个相同的怪梦后，这些年的遭遇，都多多少少与那个梦有些说不清的牵扯。所以对梦，特别是对怪梦，非常敏感。但是，他知道，自己越想听，红英就越会吊起来卖。所以干脆装作不感兴趣，红英就一定着急要讲出来了。另外，他也不想让红英看出来他对慧雪的事这么感兴趣，他知道红英同慧雪无话不说。

红英说："你不信就算，你以为慧雪姐是医生就不信梦了。现在谁不讲梦，我和妈妈经常讲梦。就是你和爸爸不讲梦。是不是你们男的都不讲梦，更不信梦中的一些奇怪预兆？"

李红磊笑起来，说："你这鬼丫头，反正这一路要走，听你讲点奇谈怪论总比一路上只能听车子的马达声和喇叭声好。"

于是红英就讲起来，她把慧雪讲给她听的怪梦绘声绘色地说着，好像是她自己做的梦一样。她还神神秘秘地说："慧雪姐在有三个茅屋的地方看见一间房子里有个神仙一样的美人，侧卧在床上看书。慧雪姐说，她正要进里面去看看，就见你穿着件古时候的衣服从另外一间房子里跑出来，变成了个什么莫公子。你慌慌张张地跑出来，称慧雪姐是什么玉箫小姐。拉着她的手就跑，说，'还有事要去了断'。慧雪姐一下就从梦中惊醒过来。原来是你摸着床沿想起身逃跑，还要继续去找阎王爷报到，结果却错抓到了她的手，把她惊醒了，你就没有跑成。这可是慧雪姐亲口讲给我听的。”

李红磊听红英讲完后，大吃一惊：“她说梦见到了有三个茅草房的地方？还在那里碰见我变成了什么莫公子？”

红英说：“是啊！不信你去问她。她当成笑话讲给我听，我还开玩笑说她，日有所思夜有所梦呢。不过，哥，慧雪姐真的是个很好的人。我们交往了好多年，我非常佩服她，喜欢她。见过她的人都喜欢她，我要是有这么个嫂嫂就好了，如果你的眼睛好得不利索，她一辈子都会好好照顾你的。再说，她是真心实意地喜欢你，等了你这么多年，一点都不嫌弃你的眼睛失明，还有什么比这更可贵的。她不图你什么，就只珍惜她自己心中的那份从童年起就开始的爱，爱的对象就是你。每次一想到她这么痴，我都感动得想哭，恨不能自己变了个同你长得一模一样的男的去跟她好。现在社会上很少有像慧雪姐这样痴情的人了，这就是你们的缘分。爸爸妈妈都喜欢她，这些年，她一直在照顾爸爸妈妈，我觉得她好可怜啊！等了你这么多年，你怎么能无动于衷呢？哥，袁昕燕已经结婚了，我们且先不管对错，就按老人的说法，你们的缘分已尽。你总不会还要为一个已经嫁为人妇的袁昕燕冷了慧雪姐的心，伤了大家的情，耽误自己的终身吧？你是不是应该奉献点快乐给爸妈呢？他们就是这点心愿了。哥，你忍心夺走老爸老妈他们的这点安慰和开心吗？”

此时，李红磊满脑子都是慧雪的梦，自言自语地说：“到齐了，到齐了，三个人都到齐了！”

红英莫名其妙地看着他：“哥，你在那里咕嘟什么？”

常言道，说者无心，听者有意。李红磊现在已经听不见红英在说什么了。这时的他，满脑子都是小时候的慧雪与古代的慧雪交替出现的样子。李红磊这才恍然大悟，原来慧雪是梦中那两个女子中的一个，难怪这慧雪不同于一般女子，大概也是因为这个奇怪的缘分。老天爷啊！怎么是这两个绝好的女子呢？你让我怎么分心分情啊！命运啊，为何如此安排！让人这么辛酸蹉跎。

4

早上十点半钟，慧雪下夜班后给红磊爸爸开了药带来。这几天，慧雪的弟媳生孩子，她妈妈忙里忙外地就觉得头晕，慧雪下了班就回家去帮她们，有两天没有到李红磊家来了。

慧雪轻轻地推开门，见家里只有李红磊和他爸爸两人在下棋。她看见红磊爸爸脸色苍白地靠在轮椅上，李红磊则什么都不知道地坐在那里等爸爸出棋。她立即跑过去，迅速从李红磊爸爸的上衣口袋里取出速效救心丸，打开盖倒出药，喂进红磊爸爸的嘴里。

红磊妈妈出去买菜了，这父子俩就摸着听南做的那块用雕刀刻出来的凸凹线条的棋盘下象棋。正下着，李红磊的爸爸突然感觉心脏不舒服，随即虚汗满身，脸色苍白，手捂着心口倒靠在轮椅上。他想用脚去碰碰儿子却够不着，眼睁睁地看着儿子却讲不出话来。李红磊看见爸爸的影子坐在那里，听爸爸有一会儿没有出棋，就说："老爸，该你了。"还是没有动静，他以为爸爸在考虑该走哪步。于是，李红磊就静静地坐在那里等。

突然，李红磊听见慧雪的脚步声，听着慧雪一进门喊了声"李伯伯"，就直奔爸爸而去。他虽然看不见，但是能感觉到爸爸可能差点出事了。他摸着拉住爸爸的一只手，难过地说："爸，对不起，我真的好没用啊！守在你的身边，却没有感觉到你犯病了。慧雪，谢谢你！如果今天不是你正好来了的话，我爸的情况就危险了。太感谢了！"

慧雪说："是比较危险。怪我考虑不周到，平日里应该告诉你怎么用听或者触摸的方法来发现你爸爸的病情，以及紧急情况的处理。我一会儿就教你。"

这时，红磊爸爸语速很慢，好像很吃力地对慧雪说："慧雪，谢谢你，你又救了我一次。你要是我女儿，我多开心啊！"

"我就是你的女儿啊！"慧雪温柔地说。

听到这里，李红磊心里很酸楚，很感动。在这些与慧雪接触的日子里，他一次比一次更清楚地感受到慧雪的温柔体贴和善良隐忍，一次比一次更深地被慧雪执着的爱所感动。可是，他突破不了自己。他心里仍然是昕燕的一颦一笑、一举一动。自从那天听红英讲慧雪也做了三间茅屋的梦后，心里才知道原来慧雪就是那梦中一魂，所以对慧雪就格外心疼起来。想到她从小就喜欢自己，这种情况一般是几年见不到对方，也就慢慢淡忘了。大千世界中找个合心的人过日子是大多数人的选择和归宿。可是偏偏这个文慧雪竟然在不知道红玉、红英与自己是兄妹关系的情况下，与她们成为闺密知己。最奇怪的是早不碰见、晚不碰见，恰恰在自己想要离开人世的那天碰见。她又拼了命地把自己拉回了人世。这难道不是上天的安排吗？就算是碰巧也不是一般的巧啊！命运就是这样安排的，谁也逃不了。顺其自然吧！有时，他听着慧雪既轻又稳的脚步声，用感觉享受着慧雪在家里走来走去的动静；听着她默默地在父亲的轮椅旁司药喂水，比红玉、红英都细致周到，李红磊心里感动得几乎想去拥抱她。可是，往往到了这种时刻，他就会退缩。他常想，虽然是同梦之人，但是梦归梦，梦虽然显示了三人之间的某种神秘关系，但毕竟是梦。在现实中，自己是个需要别人照顾的盲人，自己凭什么还要去拖累慧雪。算了，不管昕燕还是慧雪，只要她们过得好，自己也就无所谓在这个黑暗的皮囊里打发余生了。

虽然昕燕已经离开李红磊，但是李红磊在心里从来都没有离开过昕燕。他默默地守着过去那些刻骨铭心的记忆，痛苦地在心里注视着昕燕的一举一动。自从回家后，知道爸爸半身不遂，妈妈血压高，心脏也有毛病，他逐渐改变了自己原来的想法。此生已无他求，守着父母等他们百年以后，自己才能走。对慧雪只能是来世再报答了。

可是，就在今天，李红磊的思想有了变化。晚上，他躺在床上辗转难眠，他感叹着人生，想着爸爸话的含义。他知道，那是爸爸委婉地在央求儿子让慧雪能做自己的儿媳。他心里既知道爸爸的心愿，也明白慧雪的苦恋。他思想激烈地斗争着，认为自己不配再有爱情。之所以苟活在人世，是因为要履行儿子的职责，为自己的父母终老。可是慧雪怎么办呢？我是不是应该和她聊聊，看能不能说服她重新选择自己的生活道路。想到这里，李红磊对慧雪心生怜悯，竟然产生了一种说不清的爱意。他想了很多，昕燕已经有了家，就像昕燕妈妈说的："如果你也结了婚，昕燕就不会一直生活在自责和无尽的后悔之中。昕燕很喜欢慧雪，我们大家都喜欢慧雪。我告诉昕燕你没有怪她时，昕燕哭了，说：'我知道红磊哥心疼我。如果红磊哥不与慧雪姐结婚，我就一辈子不能安心，每天都生活在对不起红磊哥的悲伤和自责之中不能自拔。我也就真的活不长了。'这是昕燕的原话，你就算不为自己考虑，也要为你爸爸妈妈，为慧雪考虑啊！红磊，我们早就把你当成了自己的儿子，你也算为我们娶个好媳妇吧！"

李红磊想着这些事，心里很难过。

5

星期五一大早，红英陪着李红磊去医院治眼睛。他们去得早，是最早到针灸科的病人。医生让李红磊脱了鞋，躺在治疗床上，然后开始在他眼睛周围的穴位和头部扎针。这时，红英对哥哥说："哥，你治疗完后不要走，慧雪姐下夜班，交完班就过来，她说还要带你去做什么检查，我也搞不清楚。我要上班去了，今天开大会，不能迟到。记住等慧雪姐啊！我走了。"说完就跑了。

九点多钟，慧雪来了，她轻轻走到李红磊的治疗床旁，说："红英跟你说了吗？一会儿这里完了，我们去眼科再做一些检查。"

红磊满怀感激地说:“你看，给你添了这么多麻烦，你下了夜班都不能好好休息。”

“我已经习惯了，白天也睡不着，晚上睡好了就补过来了。不过，你不要老这么客气，今后陪你治病，到你家去看你父母的时间还长着呢，你老是这么客气，我会觉得不自在的。”

说完替李红磊套上鞋子。

李红磊十分过意不去，说我自己穿，随手就去抓鞋，却误抓了慧雪的手，赶紧放开，不好意思地说:“我是想自己摸鞋穿。”

慧雪说:“我们走吧!”

在眼科检查完毕，李红磊跟着慧雪从医院出来，顺着路慢慢地走着，聊着一些无关紧要的话。过了一条街，向右拐，再走过去就是一个小公园。这小公园原来是一个旧官僚的府宅。府宅的后院有一个布置得很精巧的花园。廊亭水榭、奇石弯桥点缀其间，很让人遐想流连。解放后，这个庭院被没收改造，后来就成了现在这个叫人民公园的市政设施。走到公园门前入口处时，慧雪停下来，看看李红磊，说:“你知不知道这里有个小公园。景致安排得很巧妙，亭台水榭小桥流水的，好像一个被放大了的盆景，人在里面走时，感觉很特别。”

李红磊说:“好久没有进过公园了，想进去走走。”

慧雪心里高兴，赶紧说自己也想进去转转。于是掏出一毛钱买了两张门票，就拉着李红磊的手进去了。

公园里很安静，因为要买门票，所以平时很少有人进去。她们走到池塘边的一棵柳树下，有一张青石面的长条石凳。慧雪问李红磊:“红磊，你想坐一下吗?我们现在站在一个荷塘边上，这里有棵垂柳，柳树的下面有条青石凳。四周很安静，风景很美。我知道你也很喜欢诗词，这是你高中的语文老师告诉我的，他是我家亲戚。我想试作一首小诗来描绘这里的景色，不知道你想不想听。”

李红磊笑道:“当然想听，我真的特别喜欢诗词歌赋。”

慧雪稍微顿了一下，笑说:“那就献丑喽!我是想抛砖引玉呢。”

曲桥微曦初照水，孤亭双影十六角。
雏鸟借道穿梁过，误入池央惊错觉。

李红磊听后，嘴里称赞说:“好巧致的诗啊!”心里却想，慧雪是说她自己是错觉呢，还是有别的意思?反正不管怎样，我今天都应该把话挑开来跟她说清楚，别耽误了她这么好的人。想到这里就考虑着该怎么对慧雪说才不至于伤害她。

听了李红磊的称赞，慧雪说："巧致吗？"

李红磊说："太巧致了！你小学时就爱写诗，现在还在写吧？否则怎么会出口成诗呢？你的诗很好，我也很喜欢呢。记得小时候同学们悄悄传抄你的诗，有个老师看见了，说像你这个年纪绝对写不出那些诗句，一定是你抄别人的。当时，你还气得直掉泪。"

慧雪感动地说："红磊，你还记得那些事？"心想，原来我也是红磊心中的珍藏，他连那些我自己都忘记的旧事中的细节都还记得清清楚楚，这不是说明他心里一直有我吗？正兀自感动发呆，就听李红磊说："慧雪，你来坐在我的身旁吧！继续给我讲这里的风景好吗？"

慧雪顺从地在他身边坐下来，开始轻言细语，绘画般地形容着周围的风景。

李红磊静静地听着，享受着一种久违的，来自心灵深处的舒适与安宁。慧雪的声音像一条水流缓慢的小河在他心里绵绵地流淌。这时，他想起在乡下时，与昕燕坐在那条小石河的边上，看着河水中的云彩和鱼儿同欢，听着树上有一种鸟儿吹口哨般地鸣叫的情景。此时，慧雪仿佛就是昕燕。

一切都是那么和谐自然，慧雪好像也融入其中。李红磊回忆着从前的那些时光，心里暖洋洋的。就在这时，不知什么人在不远的地方，很响亮地打了个喷嚏。声音非常怪异不说，还拖着长长的尾音，逗得他们两人都哈哈大笑起来。

李红磊说："这人喷嚏怎么打得这么响，就好像有人往静静的池塘里扔了一块大石头，一声巨响把所有景致都打碎了。"

慧雪也笑得止不住，说："那人怎么会这样打喷嚏，太好玩了。这就是苏小妹'投石击破水中天'的另一种意境。"说完，两人又都笑了起来。

他们越聊越开心，越来越多共同话题，他们聊到小时候学校的那些往事，提起一些同学的去向。提到彭家良时，慧雪也很悲伤，说："大彭真的可惜了。你知道吗，班上那个舞蹈跳得很好的梅红伶特别喜欢大彭，她还主动接近过他。可是大彭好像没有反应一样。"说到这里，慧雪突然停住了，怕自己的话会引起李红磊的误会。

李红磊轻轻地说："大彭从小就喜欢红玉。"

慧雪心里颤抖了一下，难过地说："哦！是这样啊。"

提起大彭，李红磊的心里就很难过。于是他把话题转开去，说："慧雪，你那次救我到交通医院时，那个姓鲍的医生是你的大学同学吗？"

以前，李红磊都是喊文慧雪，而慧雪一直都大大方方地喊他红磊。李红磊今天已经是第二次称呼她慧雪了。慧雪心里有点莫名的、湿乎乎的感动。当听李红磊问到鲍恒生时，心想，他怎么还记得鲍恒生。于是就笑了笑说：“是的，我们是医学院大学同班的同学。你怎么会想起他来了？”

李红磊说：“那次你送我去医院后，我躺在病床上，我听见他称呼你和与你说话时的语气，还以为他是你的男朋友。他的声音里面对你有一种特别的亲切和关怀，超过了同学或者好朋友之间的那种关切呢。”

慧雪转过头看着李红磊的侧面说：“你这个人哪，一直都很细致敏感。不管对任何事都这样，你从小就是这样。这么多年都过去了，你还是保留着这种敏感细致的性格。什么都往心里装，小心装得太满了，走不动哦！”她小心地绕过李红磊的问题，心里却想，这个李红磊，那时都要去走绝路的人，还对别人讲的话这么上心。又是一阵静默。

李红磊见慧雪绕过自己的话题，猜想她是不想接触这个问题，就顺着她的话说：“我知道自己这种性格不好，但真的是‘江山易改，本性难移’。你一定很讨厌我这种性格吧？”

慧雪笑道：“很奇怪，我不但不讨厌你这种性格，还很欣赏呢。敏感的人一般都很心细，这样的人大多数都会很在乎别人的感受，替别人着想，比较容易相处，对吗？”

“你不讨厌就好，我可不想让你讨厌我。你知道吗，在我心里，在女生里面，你是我最值得珍惜的老同学，最让我倾心的老朋友。”李红磊真诚地说。

慧雪听他这样说，心里热乎乎的，眼眶湿润了，说：“你放一百个心吧，我的老同学，老朋友！我这辈子讨厌谁都不会讨厌你。不过，你既然提起鲍医生，我还是告诉你吧。他叫鲍恒生，是我们级成绩最好的男生。不知道他怎么会看上我这个大龄女生，他比我小几岁。从大二他就开始追求我，至今单身。除了他外，也还有其他人追求我，包括年轻老师。但是我没有什么感觉，好像对任何人都燃不起一点火花，就这样一直独来独往地走到了今天。不过，鲍恒生人很好，除了同学关系外，我也一直把他当好朋友。但是与你的区别是，他只是我最好的大学同学，好朋友。而不是老同学，老朋友。”

李红磊明白慧雪所说的区别之意，就岔开说：“你是嫌他年纪比你小吗？”

慧雪沉默了一会儿，说：“不是。”

“那是为什么呢？你们有共同语言，他条件又那么好。”李红磊小心地问道。

“不知道，我觉得心里没有地方放他了。”慧雪声音有点哽咽地轻声说。

李红磊知道不能再问了，再问就是明知故问了。他低下头轻轻地说了声：“慧雪，对不起，苦了你了。”

听了这话，慧雪的眼泪立即从眼眶里迸流出来。他是知道我的心的，只是他太自卑，不敢面对世界，不敢面对现实，不愿拖累别人而已。想到此，感动的眼泪不住地流。好在他看不见，要不多难为情。想着，赶紧从兜里掏出手绢擦拭着眼泪。

李红磊感觉到了慧雪无语无声的眼泪。他的心开始战栗，一种爱怜的情愫在他心里柔柔地荡漾着，他犹豫了一下，还是轻轻地搂住了慧雪的肩膀。

慧雪温柔地把头靠在他宽厚的肩膀上，轻轻地抽泣着，心里温暖极了。

李红磊叹了口气，说："慧雪啊，你太善良了。我已经成为一个可怜残缺的老古董了。你却还一直把心里最好的位置让我占着，我很惭愧啊！我凭什么能得到你这样纯情的爱，我只是一个生活在黑暗中的废物。你不要把大好时光浪费在我身上，你应该有属于你的幸福生活啊！"

慧雪不想说话，生怕一出声就破坏了眼前的幸福。等了多少年了，多少次在梦里得到自己心爱男人的温暖，可是梦醒后却是无尽的思念与失望。现在她的头轻轻地靠在李红磊的肩上，双手握着李红磊的一只手。慧雪静静地，几乎屏息地挨着李红磊，任眼泪在脸上任性地流着，她终于等到了李红磊的爱。这么柔情，这么细致；这么让人感伤，这么让人心碎。

李红磊小心地说："慧雪，你哭了吗？不要哭。你相信命运吗？我现在完全相信了。"说完抽出慧雪握着的那只手摸着慧雪的脸，用拇指帮她把眼泪抹开去。

"红磊，让我来照顾你一辈子吧！如果真是命运的安排，我喜欢这个安排，喜欢这个命运。"慧雪柔柔地说。

李红磊满心的感动，眼里充满了泪水，他控制不住自己的感动，一下子把慧雪紧紧地拥入怀中，流着泪说："慧雪，谢谢你！让我在生命最脆弱的时候得到你善良的心和爱情的温暖。自从相逢后，一直都是你在照顾我。你只要超过两天不来，我就觉得家里少了什么。后来，我才发现我的心是那么依赖你。我在同父亲下棋的时候，会莫名其妙地寻找你的脚步声，寻找你坐在我们旁边观棋时的呼吸声。连我自己都不敢相信，我竟然那么自私地爱上了你，而且这爱是那样遥远，深沉。这让我害怕起我自己来，才与昕燕分开没有多久，我就移情别恋，我很惭愧，很自卑，我甚至觉得自己有点卑鄙。后来才意识到是你那种天性善良的美，飘散在空气中，渗透到我的灵魂里，我逃避不开。我还以为自己此心已死，万万想不到这么快就开始依赖你的气息。我恨自己，因为我不配得到你这么高贵的爱；还因为我在爱你的同时，竟然还想着昕燕。过去太强大了。我不知道会不会在无意识中把你当成她。我很矛盾，很自责，我真的不知道该怎么办。慧雪，我不能给你完整的爱，因为对昕燕的爱让我几乎掏空了我的灵魂，我早已把她当成了我心脏的一部分。我在黑暗的皮囊里倾听和关注这颗心脏的跳动，从未停止过。当我知道她与别人结婚时，我觉得自己的心被捣碎了，掏走了。我一直都想摆脱那情感，让昕燕能得到新的生活。可越是想忘记她，就越是怕失去她，最终，我还是失去了她。那一刻，我才真正体会到那种锥心刺骨、撕心裂肺、五脏俱焚的痛。其实自从我失明后，我就知道我与昕燕分开是迟早的事，特别是她考上大学后，我每天都生活在深深的自卑和惶惶不安之中。我知道会失去她，我怕会失去她，我不知道失去她后我会怎样。但是我偏偏要骗自己，偏偏要自私地想把她永远留在身边。后来，我想，我不能再这样自私下去了。只要我在这个世界上一天，昕燕就不可能生活得幸福。因为我的存在就像一个藏在昕燕心里的时钟，它分分秒秒地走着，点点滴滴，滴滴答答地敲打着昕燕的心。这样，她就像时刻被鞭笞着，一刻也不能安心生活，那她的幸福从何谈起呢？既然我爱她，就要让她幸福，我能给她的最大祝福就是让她能摆脱我们的过去，能够自由自在地享受新生活的美满。于是，我决定离开这个世界，可是命运却让你把我拉了回来。现在我又要面对生命之中的诱惑和选择，我好惶惑，好不知所措。我怕会给你带来不祥，但舍不去对你的爱。我这辈子都是在痛，离开父亲和家的时候心痛如割，离开昕燕的时候心痛如死，现在劝你离开时，我已经心如刀绞。可是既然都要痛，就长痛不如短痛吧！我不能再把你耽误了，慧雪，忘了我吧！去寻找你应有的幸福。今天能与你这样相慰，诉说心里的话，我已经很满足了，不再奢望什么了。慧雪，你这么好的人，一定会有很好的归宿的。接受鲍医生吧！他等了你那么多年。我真的不值得你那样付出心血地爱，我是个没有光明，没有前途，甚至连保护你一辈子的誓言都不敢说的人。”

慧雪哽咽着说：“我不要你说什么誓言，也不会去找鲍恒生发展什么关系，更不愿意你的心继续再痛。我们结婚吧！让我来照顾你的身体，照顾你的心灵。你可以继续想昕燕，也可以有意无意地把我当昕燕。因为她值得你留念，连我也非常喜欢她呢。我们俩结婚后，你还可以继续与她交往，精神上的东西是抹不去的，是永远镌刻在灵魂中的。更何况你们彼此曾经一起历经风霜，而且直到现在你们俩互相都深藏着那么刻骨铭心的爱，我十分理解。我不想去消除那些痕迹，相反，我像珍惜你一样地珍惜你的过去，珍惜你所爱的人，因为那些也是你生命的一部分。爱情和婚姻是可以用不同的方式来体现，来表达，来构建，并使之更加完美的。”

这时的李红磊才知道慧雪的灵魂有多美，多高贵。心里自愧不如，感动万端。他双手掩面低头哭起来，说：“慧雪，我是爱你的，可是我总觉得自己不配。我好像一个身无分文，正在街角里乞讨的乞丐，却时刻贪婪地窥视着别人家满桌的美味佳肴。”

慧雪流泪扶起李红磊的头，安慰他说:“红磊，别太难过了，这不是你的错，也不是任何人的错，一切都是命运。等我们结婚后，再慢慢地共同度过我们的人生，看看以后的命运是怎样安排的，好吗?”

这时，李红磊想，能有慧雪这样好的女人做自己下半辈子的知己，真的是老天给自己的福分。慧雪已经主动提结婚的事了，她哪里要的是一般意义上的世俗婚姻。她要的是一辈子在我跟前照顾我的许可，要的是两心相悦，相知相伴，她已经态度坚决地表明了她的意愿。既然如此，我再说什么都显得不真实了。我只能顺她的意，尽自己的心，让她也享受到人生的幸福和做女人的幸福。想到这里，李红磊原地站起来，摸着慧雪的一只手，单腿在慧雪面前跪下。他轻轻地拉起慧雪的手，吻了一下她的手背，说:“慧雪，老同学，老朋友，嫁给我吧！任何时候，当你后悔或者厌倦的那一天，那一刻，你随时都可以离我而去。你永远是自由的！我心灵里的女神，我的慧雪，我是何等的幸福啊！老天把昕燕和你这样的女子都带到我的生命中，一路有你们相伴，我知足了。”

这时的慧雪，早已泣不成声，她赶紧把李红磊拉起来，两人坐在那条青石凳上，紧紧地依偎在一起。

6

七月，红英陪李红磊又去北京复查眼睛，接着辗转到上海去再做一些检查和治疗。本来是慧雪和红英一起陪李红磊去的，可是慧雪的医院忙，请假一直批不下来。李红磊的眼睛不能拖，就由红英一个人陪着去了。

红磊、红英前脚刚走，家里的老两口就开始张罗儿子的婚事。红磊妈妈请那些出差到杭州、上海的人去捎带织锦缎被面、床单、蚊帐，给慧雪买内部销售的瑞士梅花牌女式表，买做衣服的毛料、女士尼，皮鞋，以及结婚时招待客人的上海糖果等。结婚的时间定在李红磊从上海治疗眼睛回来。结婚后住的地方定在慧雪医院的那间屋子里，主要是考虑慧雪上下夜班方便还有照顾李红磊治疗眼睛近便些。家里也把李红磊原来那间房布置出来，周日和节假日休息时就回军区红磊父母家住。慧雪自己的父母平日里与慧雪的小哥哥住在一起，所以并不用慧雪操心。慧雪有时抽空回去看看就行了。

大家都开开心心地准备着。慧雪的几个哥哥忙着帮妹妹修葺房间。红玉忙着帮慧雪勾织特别流行的空花白线桌布、窗帘、搭盖茶杯的盖花，还忙着帮慧雪布置新房。昕琪、昕南有时也跑来打打下手，顺便带一些时髦的服装来推销。

昕南除了与昕琪一起做生意外，还开了一家有楼座的酒家。酒楼门面不大，但是有楼座就显得有气派，酒楼的生意非常火爆。他讲好红磊哥与慧雪姐的结婚酒席由他包了，一分钱都不收。他说红磊哥就是他的亲哥哥，慧雪姐就是亲嫂嫂，能在自己的酒店给他们俩办喜事，是非常开心的事。

昕南有了一个能干的女朋友，是做生意时认识的。昕燕爸爸妈妈说，等把红磊的婚事办了，就办昕南的婚事。

昕燕妈妈一想到昕琪就特别心痛，现在看见红磊要与慧雪结婚了，心想，红磊一结婚，昕琪也许就断了想头，我就可以找机会劝说她，或者是托人给她介绍男朋友了。还有，昕燕对红磊的歉疚也会减轻些了。都要生孩子的人了，心里总是这么苦怎么行呢！日子总还要过下去啊！昕燕的命不好，落到了那个混账东西张艺贵的手里，可怜啊！

第三十章

1

一段时间以来，张艺贵与一个叫蒙恬恬的、他原来的女学生经常在一起喝酒鬼混。昕燕多少知道一些他们俩在外面的事，但是她不想过问。心已经死了的昕燕，完全是为肚子里的孩子活着。昕燕把这一切都看成是老天爷对她背叛李红磊的惩罚。她忍气吞声地捱着苦，屈辱地生活着。

这天晚上十点半过了，张艺贵才回家来，一进门就把一个用报纸裹着的、条状的东西往昕燕跟前一扔。“嘿，臭婊子，拉着个死脸给谁看？你是靠老子才留校端上这个铁饭碗的，竟然还敢去找野男人！肚子里装着个野杂种，还有脸成天地挺着到处走。哪天我在床上抓了你们，让你们脖子上挂着破鞋去游街，看你还敢不敢再每个星期六都去找那个瞎子奸夫。你他妈的一家穷得在街上拉二胡要饭的，赖上了我，得了天大的好处，不说感谢，还一天像死了妈似的哭丧着脸。看看人家蒙恬恬，多大方啊！谁都说她好。你看看人家送的那肉多好，大腿肉！你他妈的穷鬼，可能长这么大都没有见过这么多、这么好的肉。你给我做成红烧肉、回锅肉，再买些蔬菜来搭配做一桌饭菜，我明天请蒙恬恬，还有我的朋友们来喝酒。到时你要敢再拉着个丧门星的脸，就滚回你他妈的那个臭要饭的娘家去。我真是瞎了眼了，怎么会同你这个烂货结婚啊！当时人家蒙恬恬追我，我不要，偏偏要了你这个骚狐狸，我后悔死了。”

昕燕忍无可忍地说：“请你的嘴放干净点好不好。你明天到外面去请吧，我现在做不了那么多人的饭，我站久了腰很痛。”

“你他妈的就是个脏货，还嫌我的嘴不干净。装他妈的什么千金大小姐，大肚子就不做饭？你一个村妇，进城念了两天书就成精了？看把你娇得，也不撒泡尿照照，还想吃现成的。好啊，不做饭，就滚出去，少在老子面前晃来晃去装贵妇。让我到外面去请，拿钱来呀！轮到每个人都是到馆子里去请，我没有钱就非得回家来请。”

昕燕流着泪说：“你不要借酒发疯，这么出言不逊。从结婚到现在，我从来都没有见过你的工资，家里的开销都是我一个人的工资撑着，你还这样无理取闹。”

张艺贵见从来都不敢吭气的昕燕，竟然敢说他是借酒发疯。他弯腰捡起那条肉狠劲往昕燕的身上一摔，骂道：“我发疯，都是被你们一家穷要饭的叫花子逼疯的。你好好摸摸这条猪大腿肉，它都比你软和多了。你他妈的比块捂不热的生铁还硬，老子受够了，看厌了你那张不死不活的臭脸。老子要同你离婚！追我的女人多得是，哪个都比你好，你这个烂婆娘。”

昕燕冷不防被张艺贵扔过来的那条肉正好打在肚子上，她觉得一阵剧痛，脚没站稳，一下子就跌坐在地上，双手捂着肚子哭起来。张艺贵走过去，对着昕燕的后腰狠狠地踢了两脚。昕燕只觉得肚子里的孩子拼命翻了几下就安静下来。昕燕感觉自己很难受，一下子又起不来，她不想求张艺贵，就算现在死了，也决不求他。想着自己的命好苦啊！就一直在地上躺着抽泣流泪。张艺贵已经多次打骂昕燕，逼她离婚，可昕燕不同意离婚。她承受不了利用张艺贵留校后就离婚的恶名，而且还考虑到肚子里的孩子。

张艺贵爬上床，还在满口脏话地骂着。昕燕侧身躺在地上硬撑着身体想坐起来，但是起不来。昕燕想着自己真的不知是个什么命，李红磊与自己好好的，却在拿到考试通知书的路上出了事；现在嫁了这个张艺贵，以前他虽然在穿着和行为方面出格点，可他当时也并不是这样的啊！结了婚，怎么就变成了一个魔鬼、一个流氓呢？他现在哪里还像个美术院校的教师，下了课就成天跟一些不知道什么时候认识的狐朋狗友混在一起喝酒、打麻将，回来就发酒疯。唉！可能我是不能与男人相交的，否则，与我亲近的男人不是出事，就是丧失理智。天呐！我该怎么办啊？

渐渐地，张艺贵不骂了，好像是睡着了。昕燕挣扎着，总算撑着身体站了起来，头昏眼花地扶着桌子才勉强站稳，看着四仰八叉和衣横躺在床中央的张艺贵像猪一样睡得死死的，对他满心充满了厌恶、鄙视和仇恨。她想，就是这个猪狗不如的畜生毁了我本来就少得可怜的幸福。昕燕不想再看见他，不想再看见这个没有一点温暖的家。她伸手拉了一下桌子上方电灯的拉线开关。灯熄了，屋里顿时一片黑暗，昕燕看见放在桌子旁边一个高凳子上的砧板和菜刀，那是切菜后还没有来得及收拾的东西。新磨好的菜刀在黑暗中闪着寒光。

昕燕慢慢地走过去，拿起刀。她的两只从小在黑暗中练出来的夜猫眼睁得大大的，环视了一下房间，觉得自己现在就在地狱里。她下意识地摸了摸肚子，心里想：“宝宝，你现在怎么这么安静，一动都不动了？你是不是看见妈妈的心在滴血？你是不是跟妈妈一样在痛，在流泪？跟妈妈走吧！离开这个人间地狱，离开这个魔鬼爸爸，你还可以找个好人家再去投生，妈妈对不起你了！”想到这里，眼泪哗啦啦地流得满脸都是。她把心一横，就朝自己的手腕上狠狠地割了下去。黑暗中，一股看不见的热液立即水管爆裂般地喷涌出来，带着浓浓的腥味，她知道那是自己的血。

不知过了多久，昕燕的肚子被人狠狠地踢了一脚，她本能地双手抱着肚子，睁开眼睛一看，自己躺在地上。张艺贵的第二脚已经过来了。昕燕赶紧侧过身去，习惯性地护着肚子。我没有死？背上又挨了重重的一脚。

张艺贵大声骂:“起来，懒婆娘，还想睡到什么时候?”

昕燕把心一横，大声哭喊起来:“张艺贵，你打死我吧！我反正已经不想活了。”这时，昕燕左手一阵疼痛，低头一看自己的左手腕，昨晚被自己割伤的地方已经收缩封口，整个手掌连着腕部一阵阵抽缩疼痛着。

这时，张艺贵也看见了昕燕左腕上的伤口和地上的一摊凝固了的血。他恶毒地说:“你不想活了？你怎么没有带着你肚子里那个杂种一起去死？你想诈死来吓唬老子啊？你死啊！你怎么舍不得死？你死了我就可以快乐自由了。你少在这里寻死觅活地装疯癫，快做早饭，你这个懒婆娘。”说着抬脚又踢昕燕。

这时，昕燕已经完全不能控制自己的仇恨了，躺在地上的她突然抓起地上的菜刀，用尽全身的力气朝张艺贵踢过来的腿狠狠地砍了过去。

张艺贵吓了一跳，脚往后一缩躲过了这一刀。接着，张嘴就大骂起来:“你这个烂婆娘，你还敢杀人，看老子打不死你。”

他冲过去骑在昕燕身上，夺下那把菜刀，抓住昕燕的头发在地上狠命地撞了几下。见昕燕晕过去不动了，就又用刀背在昕燕的身体上用劲砍着。这刀背虽然砍下去不会出血，但是内伤就更厉害。他朝着昕燕的肚子猛砍着，一边砍一边咬牙切齿地骂:“砍死你个小杂种！”

昕燕痛得苏醒过来，大声哭喊起来，接着是邻居们的捶门声和街道居民委员的喊声。

这时的昕燕又一次昏迷过去。张艺贵把菜刀拿去藏在柜子后面，慢吞吞地开了门。邻居们涌了进来，看见晕死过去的昕燕一身都是血，认定是张艺贵杀人了，大家过来就要抓他。

张艺贵冷冷地说:“你们有没有搞错，袁昕燕是自己假装割腕自杀，与我无干。”

邻居们七嘴八舌地说:“她为什么要自杀我们都知道，就算她是自杀，你也应该救她呀！为什么还在打骂她？我们都听见的，你太过分了。”

张艺贵说:“要救你们救，我不管。”

那个居委会员的邻居说:“你简直太不像话了，袁老师怎么会嫁给你这种人。”

上体育课的那个男老师冲过去要打张艺贵，被大家拉住了。

张艺贵说:“你替我老婆出气？你们是什么关系？我不要她了，你随便吧，当着我的面都可以。”

那个男老师听后，二话没说，甩开拉他的那几个人，冲过去，照准张艺贵的脸就是一拳。那一拳正打在他的鼻子上，当场就流出血来。这下，张艺贵不敢瞎说了，从床上抓了块枕巾擦着鼻子上的血。那个男老师还要打，其他的人又拉住了他，大家说:“不要同这个没有人性的流氓一般见识，打他还脏了你的手。”

几个男人中的一个说:“廖委员，还是赶紧先把人送到医院去抢救，然后再找他的系主任和学校反映情况吧!”

说完，几个人合力抱起昕燕往外走，碰翻了几家人门前的东西。到楼下后，放在一张不知谁家平日里竖着放在楼道口转弯处的一张旧门板上，五六个人抬着就走，后面跟了一堆人。有个人突然说:“不好，袁老师下身流好多血出来。”大家一看，赶紧跑了起来。

张艺贵在那些人的后面“嘭”的一声摔上门，走到床前，仍然和衣躺下去，却睡不着了。心里想，这次事情有点闹大了，刚才那些人，还有那个住一楼的居民委员肯定要去系里和学校反映。现在正是在加工资的评比阶段，我得想好怎么应付过去，别又加不成这级工资，那又不知道要等到哪年哪月去。他妈的这个烂婆娘把老子害惨了。她怎么没有死？她怎么不死!

邻居们把昕燕抬到学校医院，医生一看情况很危险，立即就拨打了省医的急救电话。昕燕被急救车接到省医急诊室时，慧雪刚好在那里联系一个病人会诊的事，突然看到昕燕躺在担架上，满身血迹已经不省人事。她吓了一大跳，赶紧过去一边摸昕燕的颈动脉一边向担架旁边站着的人着急地问:“袁昕燕怎么了，发生了什么事?”

几个跟车来的邻居们见慧雪认识昕燕，又是这个医院的医生，就大概讲了一下昕燕受伤的原因，接着就把昕燕拜托给慧雪，大家都要赶着上班，就先后急匆匆地走了。廖委员说自己要赶回学校去找领导，也走了。跟来的校医替昕燕办理了手续，昕燕被推进手术室。

医生抢救昕燕时，发现她全身上下布满了大大小小的新旧瘀伤，身体很虚弱。初步诊断为脑震荡昏迷，左腕见锐器切割伤，伤口长约五厘米；后脑部钝性挫伤，见血肿包块；全身多处软组织见钝器伤。经妇科确诊，患者产道见大量出血，腹内胎儿测无胎心音，病人入院一直处于昏迷状态，呼吸心跳微弱。收治入院，由外科会同妇产科进行破腹探查抢救。

手术时要亲属签字，慧雪没有时间去通知昕燕家人，就算能通知也等不及。慧雪对手术医生说听燕是自己的表妹，家里人住得远一时来不了，抢救要紧，由自己来签字负责。一个钟头左右，仍然昏迷的昕燕被从手术室里推了出来送进外科住院病房。她肚子里的孩子已经离开了她。妇产科的医生告诉慧雪，胎儿是个女孩，已经差不多足月了，如果不死这几天就出生了；拿出来时，已经死了有几个小时了。

慧雪心里替昕燕难过，看着护士给昕燕挂上吊瓶，护士说："手术时已经输了两千毫升血。"

见昕燕一时半会儿还醒不过来，自己那边又还有事，慧雪就托昕燕同病室看护别的病人的一个妇女代看一下。这个妇女不知是哪个地方的人，口音很重，讲话不太清楚。

走出那间病房，慧雪又去找昕燕的管床医生嘱托一番，这才赶紧跑回自己的科室去打昕琪的传呼机，又接着处理工作，把工作安排好后，想起今天正好是李红磊定时来医院治疗眼睛的日期，跟同事打了个招呼，又赶紧朝眼科门诊赶去。

李红磊一早就来到医院，正坐在眼科外面的椅子上排队等着医生喊他进去扎针灸。慧雪远远地就看见他坐在那里，心里本不想告诉他昕燕的事，怕影响他治疗眼睛。但想到昕燕情况这么严重，还是觉得应该告诉他。她走过去轻声对李红磊说："红磊，你来了。"

李红磊一听是慧雪，就关切地说："慧雪，你这么忙，就不用过来了。我来了这么多次，已经很熟悉了，会照顾好自己，你就放心吧。"

慧雪说："你前面已经排了好几个人了，还有好一阵子才会轮到你，我想跟王医生讲一下，让你先做治疗，不用等那么久。"

李红磊一听就说："不用，不用，人家会提意见的。再说我又没有什么事，多等一会儿不要紧。你回病房去吧，怕病人找不到你，提意见哦！"

慧雪本想等他先治疗后，再告诉他。但是自己病房那边还有事，等不了李红磊，只能先告诉他："我想请王医生先给你治疗，主要是有点急事要告诉你。"

李红磊笑着说："什么急事？你先告诉我不行吗？"

慧雪说："我怕会影响你治疗。"

李红磊听慧雪这么说，知道慧雪说的事一定很急。只要她说急，就一定非常急了。想到这里，李红磊就说："你快告诉我吧，不然我心里着急，治疗效果就不好了。"

慧雪说："你必须保证，我告诉你后，你一定先治疗眼睛。"

李红磊说："我保证一定先治疗眼睛，不辜负慧雪医生的一片苦心。"他在开玩笑的同时，已经隐约感到一定有什么大事发生了，否则像慧雪这样沉稳的人是绝不会在治疗前告诉他的，而且听语气，不像是好事。他想，我才从家里出来，我的父母好着呢，难道是昕燕家？是昕燕？突然，他有了一种不祥的预感。

“告诉我吧，我已经保证了。”李红磊着急地催促慧雪道。

慧雪只好把昕燕住院的事简单说了一遍。李红磊一听果然自己没有猜错，心里立刻就焦躁不安起来。为了让慧雪放心，他说：“你快回科室处理你的那一堆事吧，我先治疗眼睛后，再过去看她。”

“那我一会儿抽空过来带你去。”慧雪说。

“不用了，我自己能找到，别担心。”

慧雪观察李红磊的表情并不算太着急，叮咛了几句就回科里去了。

慧雪走了一会儿，李红磊确认她已经走远了。就问旁边的人外科怎么走，别人告诉他后，他立即点着盲人棍朝外科方向急步而去。他一路问着，走到了脑外科病房，有一个护士见他是盲人，主动把他送到昕燕住的那间病房。

那个乡下妇人见进来了个盲人，说是看袁昕燕的，就牵着他到了昕燕的床边，又从昕燕的病床下拉出一张凳子，递给李红磊。

那个女人问：“床上的是你的什么人？”

“哦，是我表妹。”

“她一直昏迷不醒，刚才一个女医生一直在这里忙，还托我先照看她，又找来这个病人的管床医生，要他随时同她联系。”

李红磊喊了一声“昕燕”，不见回答，他心里难过极了。

那个女人说，“喊不醒的，不知道会不会像我家亲戚一样变成个植物人。你表妹瘦成了一把骨头，还被人打得全身到处都是伤，脸和头都肿歪了。听医生说她是脑震荡，肚子里要生的娃娃都被打死了。一大早就来开刀拿出那个可怜的娃娃。”

李红磊一听就抱着头哭起来，眼也不去治疗了，就这样一直守在昏迷的昕燕身旁。

2

张艺贵被居委会、邻居和同事们告到学校，院长让人把他喊到办公室，当着院办很多人的面狠狠地批评了他一顿，并要他立即到医院照顾昕燕，否则就要给他相应的行政处分，包括停止加工资。张艺贵迫于无奈，才拖拖拉拉地来到医院。推开病房门一看，李红磊背对着门坐在病床旁守着，火就来了。张艺贵纠缠昕燕时，看见过李红磊，李红磊与昕燕的事他也知道，从前还吃过醋。现在虽然早已不喜欢昕燕，但是看见李红磊在这里守着昕燕也并不能容。再加上先前又被校长训斥了一顿，心里正窝火，一股鬼火窜上来，就拿李红磊出气。他欺侮李红磊是个瞎子，也不顾房里还有其他人看着，冲进病房，对着李红磊后背就是狠狠一脚，又一边满嘴奸夫淫妇粗言秽语地破口大骂，一边拳脚相加地对着李红磊大打出手。

李红磊冷不丁挨了张艺贵重重的一脚，就连同坐着的那张凳子一起跌倒在地上。接着又被张艺贵这样下死手地攻击，心里已经知道这是个恶人。他刚才听看护的女人说了昕燕的情况，正因昕燕遭受的伤害和痛苦而恼恨这个人，又听这人骂人那样粗鄙恶毒，下手那么重，就肯定当时昕燕一定是被他强暴后不得已同他结婚的。此人如此下流，昕燕不知道受了多少罪。现在，自己又无端端地挨他拳打脚踢，满口脏话地叫骂，就再也控制不住自己了。李红磊只觉得一股怒火把满腔的热血烧得沸腾着向脑门顶冲击。极端愤怒的他，摸着倒在地上的那张凳子，顺手把凳子的一条腿抓在手里，从地上一跃而起，说时迟，那时快，只见他循着那畜生发出肮脏声音的地方，用足全身力气劈了下去。李红磊个子高，农村锻炼了那些年，肌肉强健，力气大。这一凳子打下去，不偏不倚正好砸在张艺贵的头顶正中，只听张艺贵一声嚎叫，然后是“咚”一声重响，那张骂人的脏口就再也发不出声音了。

李红磊想，他好像倒了，这么不经打，外强中干的流氓。昕燕呢，好像没有被惊醒，她不知道更好。如果这个流氓再敢打骂我，我就同他拼了。

那个女陪护先是被闪电般突如其来的事惊呆了。看见张艺贵把李红磊踢倒在地上后，还一直又骂又踢又打的不住手，就喊起来:“你怎么这样打人，欺负人家看不见。太缺德了。”

张艺贵转头恶狠狠地骂道:“关你妈的屁事！滚开！”

正在这时，她看见李红磊突然从地上跳起来，手提凳子在空中划了个半圆直接砸到了张艺贵头上，张艺贵惨叫一声，倒下去就不动了。这才吓得拉开门跑出去大声喊人。

医生护士们跑来一看，张艺贵已经没有气了。赶紧就地抢救也没有救过来，就报了警。派出所的人来后，对现场进行拍照。一个民警问李红磊:“这人是怎么死的？是什么人？”

李红磊没有回答。

民警见李红磊是个盲人，靠墙站在那里一动不动。正觉得奇怪，那个现在才回过神来的女陪护说:“警察同志，那个死鬼好凶狠啊！人家这个盲人来看这个昏迷不醒的病人，是我牵他过去，拖椅子出来让他坐在床边的。他在那里坐得好好的，又没有干什么，这个死鬼突然推门进来，从背后一脚把人家连人带凳子一起踢翻在地上，接着又打又骂的。那个死鬼欺负人家看不见，打得不知道有多重，骂得不知道有多难听。这个盲人从地上爬起来，拿起凳子只打了他一下子，他就倒下去死了，真是不经打。我还以为他是装死，想不到医生说他还真的死了。”

民警听后，就问那个女陪护：“你是谁？你怎么看见这个情况的？”

那个女陪护用手指着她照看的那张病床说：“我是十三床的家属请来照看那个植物人老人的。我在这里一个多月了。”

民警又问：“今天这里发生的事你都看见了？”

“从头到尾我都看见的。那个死鬼太可恶了。”

另一个民警问李红磊：“这个躺在床上的女的是你什么人？那个死者为什么打你？”

李红磊还是一句话都不说，知道张艺贵已经死了，断定自己要偿命了。虽然他并非有意要把张艺贵打死，但是现在既然张艺贵已死，他也并不惊恐后悔。这样昕燕就不会再受罪了，反正自己是个无业盲人，以前也曾经去寻死过，死这个词自己并不惧怕。现在为昕燕打死了这个坏蛋，一命顶一命也合算了。他想，随便枪毙还是坐牢，自己都无所谓。因此打定主意不说话。

这时，那个女陪护又告诉民警说：“十四床也是被打伤的，医生检查时说她满身上下都是伤，脑震荡，快要出生的娃娃都被打死在肚皮里头。她到现在一直都没有苏醒过来。会不会也是那个死鬼打的？太凶了，他活该死。”

这时，病房门外围观的人越来越多，管床医生和医院领导也进来了。一个像是负责人的民警与医院的那位领导握了握手后，那个民警说：“我们马上就带这个盲人回所里去，需要的现场资料我们已经处理完了。这个人的遗体麻烦你们先送到医院太平间停放，等这个女病人一醒过来，麻烦医院通知我们一下。”

李红磊一听就急了，说：“你们不要告诉她发生的事。这不关她的事。她身体太弱，经不起打击了。我跟你们去，我会把一切都告诉你们。只要你们不要告诉她就行。”

那个像是负责人的民警一听就说：“好啊，你终于说话了，我还以为你又盲又哑呢。”

李红磊低下头沉默了一会儿：“我现在就跟你们到派出所去吧，总之她越晚知道越好。我不想让她一醒来就看见现在的这种情况。”

那个民警对另一个民警说：“小杨，带他走，顺便让那个现场目击证人也跟我们回去录口供。”

那个女陪护一听要她也跟着去，就说：“我刚才都讲清楚了，为什么还要我去呢？再说，我走了，谁帮我看病人呀？我还答应那个女医生要帮看这个病人的。”

那个民警说：“做完笔录就让你回来，就一会儿时间。”

那个叫小杨的民警过来拉住李红磊的手臂准备往外走，突然，见李红磊白色的衬衣背上有一个清晰的大鞋印，因为李红磊一直靠墙站着，所以别人没有看见。那个民警说：“刘所长，他背上有个大脚印，刚才他一直背朝墙站，我们没看见。”

那个被叫做刘所长的民警说：“赶快补照下来，免得等会看不清楚了。叫那个证明人过来用手指着，把她一起照下来。再把死者穿的鞋同鞋底照下来。”

一切都弄完后，他们就带着李红磊和那个证人一起走了。李红磊被带到公安局后，因为他是个盲人，民警们对他倒是比较宽松。没有像对待其他杀人犯一样给他铐手铐。他们让李红磊在一个房间里坐下后，就在另一个房间里给那个女目击证人做笔录。

受慧雪委托的那个管床医生见发生了这么大的事，就连忙跑到内科那边去通知慧雪。等慧雪交代了手上的工作，上气不接下气地赶过来时，正好看见李红磊被民警带走。慧雪一急，老毛病犯了，当时就晕了过去。同事们又忙着把她抬到内科医生值班室的床上去。

慧雪突然昏厥的情况在医院上班时发生过几次，大家都知道她有一过性昏厥症，在床上睡上几十分钟或者一两个小时就会醒来。她一天忙忙碌碌的，又不去仔细检查一下病因，也没有当回事。“小时候就有的毛病，休息一会儿就好了。”这是她每次醒来后对别人说的话。所以大家把她放在值班室的床上后，就关上门各忙各的去了。

3

昕燕晚上才苏醒过来，见爸爸妈妈、弟弟妹妹都守在自己的病床前，止不住的眼泪像断线珠子般往外流。大家都好言安慰，却不敢告诉她李红磊今天白天发生的事。这一家人，已经先后轮换着去派出所看过李红磊，李红磊不让他们在那里，要他们过来看着昕燕，昕燕一家才又都聚到昕燕的病房来。

那个邻床的女陪护早已经从派出所回来，她对前前后后来看昕燕的每个人把她看见的事情越来越明细地讲了一遍又一遍。她很自豪。如果不是她作证，人家肯定搞不清楚，为什么一个盲人打死了一个看得见的人。她看得出昕燕家的人很感谢她，话就更加多。现在见昕燕醒过来哭得那么伤心，她就走到昕燕床边，看着昕燕，快言快语地安慰说："妹子啊！别哭了，灾难过了。那个瞎子帮你报仇了。哎！可怜那个瞎子一直坐在公安局里，不知道有饭吃没有。你这么漂亮的人，怎么会落到那样一个凶恶的死鬼畜生手里？"

昕燕妈妈想制止她，已经来不及了。昕燕一听，就急着问："红磊哥怎么了？他人呢？"

昕燕妈妈知道瞒不住，迟早昕燕要知道的，不是说昕燕也要去公安局吗？想到这里，就说："你刚醒来，身体还虚，红磊没什么事，你就安心养伤吧！看你被那个畜生折磨成这样，妈妈心痛啊！"说完流泪抽泣。

"你们不告诉我发生了什么事，我怎么休息得好啊？红磊哥到底发生了什么事，你们说啊！"昕燕并不问肚子里孩子的事，她好像知道孩子已经没有了。

昕燕妈妈抹了把泪，叹了口气说："你和红磊真是一对苦命鸳鸯啊！怎么命都这么不好啊？昕琪你告诉姐姐吧！我心口闷，难过。"

昕燕爸爸赶紧扶妻子坐下。眼睛都哭肿了的昕琪就抽抽搭搭地把李红磊怎么被张艺贵打，他又怎么失手把张艺贵打死，公安局的人来把他带走的事说了一遍。

昕燕听了，心里别提多难过了。知道李红磊被公安局带走了，心里就更悲伤得不得了，觉得对不起李红磊，就一直哭个不停。说自己对不起李红磊，如果李红磊被枪毙，自己也不活了。大家又劝又说的，她还是不停地哭。昕燕爸爸悄悄去找了医生，打了一针镇静剂，昕燕才渐渐睡去。

女陪护走后，民警开始审问李红磊，李红磊不想让家里知道自己惹了这天大的祸，就说了慧雪医院房间的地址，而且把慧雪作为亲属告诉了民警。但凡问到的事，李红磊都一一作答。真相清楚后，都知道这个案件属于防卫过当。而且，李红磊还是个盲人，应该不用负什么法律责任。虽然还要经过法律程序调查取证，但是大家看见李红磊满身衣裤上都是脚印，左脸到耳根部位还有一大块血肿，都挺同情他的。有个女民警还给他倒了杯水，安慰了他几句。

负责这个案子的民警对李红磊说："大致情况基本清楚了，不过你还是得在这里待着，毕竟是桩命案，而且还要经过严格的调查取证，最后怎么判也要由法院处理。不过，考虑到你是盲人，情况比较特殊，我们还要请示上级有关你的拘押问题，所以你现在就在这里坐着，不要出去。如果要上厕所，我们带你去，吃饭我们到食堂给你买。另外，因为你是盲人，我们已经按照你提供的联系人去通知那个叫文慧雪的了，你就老老实实地待在这里吧。”

慧雪醒来时，已经过了一个小时，她赶紧给红英打了个传呼。接到传呼后，红英也不敢告诉爸妈，又赶紧打红玉的传呼，不料红玉早上上班时被临时派到下面为参加今年的广交会组织土特产货源去了。红英只好急急忙忙地先跑到医院和慧雪一起赶到派出所。在接待室里，看见李红磊木然地坐在那里，脸色苍白，身上衣服很脏，到处都有被踢的脚印，脸上还有大块瘀青。听见慧雪、红英喊他，只是微微地点了一下头，然后轻声难过地说：“慧雪，又让你受累了，我对不起你啊！”

慧雪流着泪拉起他的一只手说：“你不要想这么多，配合好民警调查，会有公道的。”

李红磊又虚弱地嘱咐说：“红英，千万不要让爸妈知道这事，如果我进监狱或者被判死刑，就告诉爸妈我到北京治疗眼睛去了。”

慧雪和红英见他这个样子，都哭起来。这时，来了个民警问她们是李红磊的什么人，得知其中一个就是李红磊提供的文慧雪后，就让慧雪和红英先到外面的凳子上坐着等。

她们两人只好出去，坐在外面的长凳上焦急地等着派出所的安排意见。正着急时，看见一个中年男民警从另一个房门出来向这边走，有人递给他一个文件夹，称呼他“刘所长”。

红英立即朝他走过去，说：“所长同志，你好！我叫李红英，是那个盲人的妹妹。我在省社科院工作。这是我的工作证。”她双手把工作证递了过去，又着急地接着说：“我哥是盲人，能不能先把我哥放回家，我保证他回去后不会跑的，我把我的工作证留给你们，请你们相信我。”

那个所长说：“你说得轻巧，我凭什么相信你？你哥杀了人，不管是误杀还是怎么样，我们都要拘留他等待下一步的处理。我怎么可能随便放他走呢？倒是他比较特殊，是个盲人，我们正在考虑他这种情况该怎么处理。你们先等等再说，我们还要马上开会研究并请示上级。”

慧雪急得眼泪直流，哽咽着说：“刘所长，请你相信我们，我是省医内科医生，我叫文慧雪，是李红磊的未婚妻。这是我的工作证，我也把它放在你这里，如果你们放他出去后，他跑了，或者出了什么问题，一切后果由我来承担，好吗？麻烦你了。”

刘所长看了慧雪一眼，有点不相信地说：“你是省医的医生？是那个盲人的未婚妻?!”

慧雪说：“我是省医内科医生，你可以打电话去省医内科查证。李红磊和我结婚证都领了，马上就要结婚了，想不到出了这个事。麻烦你通融一下吧。”

“你说你是他未婚妻，那么你知不知道住在医院的那个女的与他是什么关系？那个女的家男人，就是死者，为什么要打他这样一个盲人？看来，问题不简单啊！”刘所长用一种职业习惯的眼光看着慧雪说。

红英一听这个所长话里有话，就赶紧接过话说：“所长，目击者都证明了是那个死人先打我哥的。我哥完全是出于自卫，又看不见，是失手打死那个人的。这最多属于法律所说的防卫过当，明眼人都能是过当，更何况我哥是个盲人呢。所长，你一定要明辨是非，帮帮我哥，你看他好可怜啊！”

所长看看她俩，口气缓和了一点，说：“我已经说过，他是个盲人，情况比较特殊，我们要研究请示后才能做决定。再等等吧！”说完就转身走了。

慧雪急得不行，对红英说：“你在这里守着，我有一个大学同学在法院做法医，我去找找他，请他介绍个懂法律的人，我想了解一下盲人因自卫而失手打死了人该负什么法律责任。”

“好，你快去吧，路上小心些。”见慧雪急急忙忙地走了，红英心里埋怨哥哥。她想，现在哪里去找慧雪姐这么好的人，多少人喜欢她，她都不动心，就单单地念着哥。哥离家这么多年，回来成了个盲人，可人家慧雪姐仍然要跟他，慧雪姐多好啊！可哥还这样身在曹营心在汉地恋着那个抛弃他的袁昕燕。现在还为那个女的惹出这么大的事来。如果哥被判刑，慧雪姐可怎么办啊！

慧雪找到了在司法部门做法医的大学同学讲明情况，请他帮忙了解法律上的细节。法院到医院和派出所调看了现场照片资料和笔录，又再次询问那个陪护，证实张艺贵打人在先，李红磊防卫还击在后，属防卫过当。法院再到昕燕和张艺贵住的职工宿舍楼和居民委员会调查取证，昕燕的邻居们都证明昕燕经常被张艺贵打骂的事实，还详细讲了那天早上昕燕如何被打，如何晕倒，张艺贵如何不管，大家如何把昕燕送到医院，又联合起来告到学校院长那里去的事实。根据各方面调查，法庭最后判李红磊正当防卫之中因盲致误，属于误杀。李红磊无罪，当庭释放。

第三十一章

1

昕燕出院后在娘家休息了十多天，不等身体完全恢复，就立即回校上班了。她不顾母亲的阻拦，坚决地逃离开了那个处处都留有李红磊痕迹和气息的家。这个世界上她最挂心和最怕见的就是他了。在家的日子里，昕燕不讲话，心里满是痛。大家也不多讲话，怕讲错什么刺激了她。家里的气氛很沉闷，到小街上去走走，总有人投来异样的目光，连上厕所都有人看着她，互相咬耳朵。她受不了这些刺激，决定回校。只有画画和上课时，才能摆脱内心的痛苦。想想自己同李红磊的一生都这么坎坷，她常常独自悲伤，泪流满面。

回到学校后，她就基本不回娘家了，从此一心放在工作和作画上，孤灯长夜地熬守着。吃又不好好吃，经常一天只吃一顿饭，有时干脆就喝点水打发。睡眠很少，又常常陷入痛苦的回忆中不能自拔。长期下来，整个人就渐渐地病弱不堪，如凋谢的花般衰败枯萎下来。

这天昕燕又胃疼起来，吃了好多颗止痛药都不管用。她实在熬不住了，就去医院想请医生开些止痛效果更好的药或者打止痛针。她从前打过止痛针，感觉效果比吃药快得多。为了避开学校医院那些认识她的人，她去外面医院；为了避开慧雪，她去了另外一家医院。医生检查发现她得了胃癌。医生问她："痛了多久了？"

昕燕淡然地说："从小时候就痛起的。"

医生看着她若无其事的样子，问她："家里有没有人陪你来？"

她还是淡然地说："家人都在很远的外省。"

医生同情地看着她说："你得了很严重的胃病，可以做手术切除部分胃，也许还有希望治好。"

"我不想做手术。"昕燕声音小而坚决地说。

医生见她不肯做手术，只好严肃地告诉她，说："本来不想告诉你的，可是你又没有家人朋友在这里。你得的是胃癌，要尽快手术切除做化疗，争取能治好。"

昕燕低下头，轻声说：“谢谢你，不用了，活与死都是一样的。”

医生在攀谈中已知她是大学美术系的教师，见她年纪轻轻的居然说出这样沮丧的话，就追问道：“为什么呢？”

昕燕苦笑了一下，答：“一种是睁着眼睛的死，一种是闭上眼睛的活。”

她那句莫名其妙的话语搞得那个医生不知道怎么说服她治疗，就只好嘱咐她：“你过两天再来医院开些抗癌药物或做做化疗控制一下癌细胞的发展，不能老打止痛针，会上瘾的，而且耽误治疗。”

昕燕没有听医生的话，对家人也隐瞒着。痛得厉害时，大把大把地吃止痛片拖熬着。她想，反正就是个死，心都死了，哪里还在乎这个躯壳。人们看见她那间小房子里经常是通宵亮着灯。

刚开始，爸爸妈妈、昕琪、昕南去看她，她还让大家进去，就是陪坐在那里不说什么话。后来，她干脆不开门了，隔着门说：“你们回去吧！我想清静一下。”

再后来，她连话都不说了。无论谁去看她，她在里面都一声不吭地耗着。每次都弄得妈妈哭哭啼啼地说：“昕燕不愿意见我们，是我们对不起她啊！让她吃了那么多苦，受了那么多罪。”

邻居们有时看见她走出门来去上课，只觉得她消瘦得像风都能吹倒一样。面色苍白，形容憔悴，早已不见了从前的花容月貌。大家都摇头叹息，但又无法亲近她、帮助她，昕燕总是冷冰冰地拒人于千里之外。

李红磊几次让昕琪带自己去看昕燕，可是，每次去到那里，任他们怎么说，昕燕就是不答话，不开门。李红磊非常伤心，每次都用手摸着那扇隔开他们两人的门，轻声说：“昕燕，你休息吧，我下次再来看你。”

每次昕琪都是一只手捂着鼻子，一只手拉着李红磊，小心翼翼地从走廊的这头穿过满盈着呛人煤烟味的狭长通道，最后站在走廊尽头的那扇门前。每次李红磊都是对着那扇门，流着泪，自说自话地劝慰着昕燕。然后昕琪又捂着鼻子牵着李红磊穿过煤烟走廊送李红磊回家，一路陪着流泪无语。

其实，每次李红磊去时，门里面的昕燕早已咬着被褥哭得像泪人一样地倒在床上。她觉得自己很卑贱，被张艺贵糟蹋过的身体很肮脏。昕燕害怕看见李红磊那双虽已失明，但能够在黑暗中洞穿自己内心的眼睛。她想，我的眼睛能够在外界的黑暗中看见一切；而红磊哥的眼睛能够在自己黑暗的身体中看见我的内心、我的灵魂。我们都活在自己不同的黑暗中，相互注视着、思念着，却再也不会在人间相见。而且，为了慧雪姐，我也再不会与他相见。

昕燕把自己关在屋子里，除了上课和生活上必须做的事，她基本不出门，自己把自己那颗如在黄连水中浸泡过的、苦得不能再苦的心深深地锁进了如同牢笼一般的躯壳里。

李红磊又要去北京复查眼睛了，这次还要再去上海的医院看看。慧雪托人联系了上海的眼科专家。临走时，李红磊又让昕琪陪着去了一趟昕燕那里。本来李红磊是要慧雪也一起去的，想让慧雪说服昕燕开门。慧雪觉得不妥，怕刺激昕燕，就没有一起去。李红磊知道慧雪善解人意，心里感动，就还是让昕琪陪着一起去了。同以往一样，任凭他们在外面怎么敲门哀求，昕燕在里面还是一声不吭。

昕琪隔着门大声说："姐，红磊哥要去北京看眼睛，还要转道去上海，走的时间长，他想出去前先来跟你说一声。"

里面没有任何反应。

李红磊难过地说："昕燕，你开门吧！我不会耽搁你的时间，我把托人买的进口胃药给你就走。"

里面还是死一般的寂静。

昕琪生气起来说："姐，你为什么这样，红磊哥哪里对不起你了？他眼睛看不见还专门跑到这里来看你几次，每次你都不开门。"

李红磊怕昕琪的话重了，赶紧一边用手拉昕琪的衣服不让她再说下去，一边大声打断昕琪的话说："昕燕，我这次出去主要是做个确诊，如果北京上海两地医院的专家都说希望不大，我今后就不治了。你现在想休息我们就走了，回来再来看你。你一定要注意身体，两瓶药我就放在你的门角边上了，吃前先看看说明。"

里面有一点动静，旋即就安静下来。昕琪气鼓鼓地接话说："姐，谁来你都不开门，也不出声，好像大家都得罪了你一样。妈让我给你带来的一瓶香菇花生米炒肉丁也同红磊哥的药放在一起，我们走了。"

李红磊被昕琪拉着往外走，他难过地伸手摸了摸那扇隔在他和昕燕之间的门，又说了一遍"记住先看说明再吃药"。

2

李红磊去北京后的第二天，慧雪下夜班后又去看望昕燕。她单独来过好几次。可每次来昕燕都不肯开门，心地纯善的慧雪生怕刺激昕燕，所以一直避免同李红磊一起来。不过昕燕每次都还是隔着门答应慧雪。她总说自己不舒服，想睡一会儿，谢谢慧雪，请她回去之类的话。这次慧雪敲门告诉昕燕自己下夜班，专门来看她，请她一定开门。静默了一会儿，就在慧雪认为又没有希望的时候，突然“吱呀”的一声，门开了。昕燕躲在门后露出头来。慧雪愣了一下。她不知道真的是昕燕开了门，还是自己的幻觉，赶紧用手撑着门，生怕门又关上。一股淡淡的兰花香轻轻地游进慧雪的鼻子。慧雪不觉深深地吸了一口气，好雅的清香啊！把走廊上刺鼻的煤烟气都挤跑了呢。

慧雪进去后，看见昕燕的样子，简直吓了一跳。“昕燕，你怎么了？怎么瘦成这个样子？你哪里不舒服？我给你检查一下。”

昕燕笑笑说：“慧雪姐，你随便坐吧。我没有什么不舒服，就是吃东西少一些。你不要担心。”

慧雪怀疑地注视着她。昕燕笑笑说：“你怎么这样看我？我的样子是不是很可怕呀？”

慧雪说：“不是可怕，是太瘦了，我知道你的胃一直不好，我现在就带你到医院做些检查。”

昕燕说：“慧雪姐，不用了，老毛病了。”

慧雪说：“还老毛病，自己都还没有老，毛病就老了？哪里不舒服要早些检查才能得到及时治疗。”

听了这话，昕燕的眼睛红了，转过头去，看着窗外，说：“慧雪姐，有些东西是命，我从来就相信。”

慧雪没有答话，忧虑地看着她的侧影，有一种莫名的伤感涌上心头。

昕燕的房间里简单整洁，屋子不大，却很舒适。像一个雅致的书房，同女主人一样幽雅安静，看得出来是在张艺贵死后重新布置的。小小的单人床上铺着一张四周绣着花边的白色床单，同样绣着花边的白色枕套裹着胖乎乎的枕头芯，叠得有些松散的被子，慵懒地斜靠在床另一头的角落里，被套也是白色绣花的。

“这床上用的都是你自己绣的吗？好雅致！”第一次进入昕燕房间的慧雪赞叹地说。

“我不喜欢商店里卖的，就扯了些漂白布在裁缝铺里扎一下，拿回来随便绣几朵花点缀一下。免得看起来像医院的病床一样。”昕燕说完，看着慧雪笑了笑。

“你不但会画画，还会绣花。真是心灵手巧！”

“以前在乡下时跟那些苗家的女孩子们学的。”

“真好看！今后也教教我。”

“你哪有空学这些，医院那么忙。你随便坐吧，我去给你倒杯水。”

慧雪拉住她，说：“不用倒水了，我不渴。你这个房间布置得好雅致啊！不愧是搞艺术的。”

昕燕淡淡地说：“全部重新粉刷过，还换了全部家具和所有的东西，连床和被褥铺垫都全换了。是我在你们医院住院的那段时间，昕南、昕琪来搞的。我哪里有力气来折腾啊。我回来后，就只是在原来墙上就有钉子的地方挂了两幅画而已。”

昕燕的房间门窗对望，窗台上，小小的一盆兰草翠叶葱葱，几朵女孩儿般娇羞的小鸭儿黄色的兰花半藏半开地望着人笑，香味从她们小小的身体里散发出来，轻轻地飘逸在房间的每个角落里。窗子两边的墙上挂着两幅对称的水粉画，一幅画的题跋是“春鸟鸣枝”，画面上，有一棵树干很粗很高的大树，树冠像一把大伞一样地四下张开着。阳光从树叶的枝丫中穿透下来照射到地上，树下一块大石头旁，一个梳着两条辫子的女孩正仰头朝树枝上看。像是在高高的，纵横交错，树叶密布的枝丫中寻找着什么。画面的右角露出一个庙宇的一角，房顶上斗拱外的弯角上，几个风铃在风中摇摆，好像发出一阵阵幽远的叮当声，召唤着那些飘游在空山云幔中的灵魂。

慧雪在画面上找了好几遍，并不见画中有鸟的痕迹。心想，为什么叫“春鸟鸣枝”呢？见画的左下角题有几行诗，落款是昕燕的名字。喜欢诗的慧雪立即满心雅韵，顺眼看去，点头赞叹。只见上面写道：

春鸣云端来，枝头不见放歌者。
奇馨绕梦乡，芳路难觅送香人。

慧雪是何等聪明的人，一看便知昕燕画的是当年她在乡下的情景。但是不知道那首诗里隐含的意思，她也不问，又去看另一幅画。

那幅画上画的是一个竹林环抱的清雅山间，淡淡的月光下，有三间泥墙草盖的茅屋，在这几间茅屋的旁边，有一条细细的瀑布从高高的断崖上飘落下来。有三个人影一样的长条曲线在月光下袅娜飘然，好像在歌舞。慧雪觉得这个地方好眼熟，似乎在哪里见过……突然，她想起来了，就是救李红磊到医院的那天清晨，自己在梦中见过这个地方。想到这里，她觉得奇怪，自己梦中之事只对红英说过，而红英绝对不可能对昕燕说这事的。而且自己也没有对红英描述得这样细啊！可是昕燕怎么会画出同自己梦中一模一样的东西呢？你看那瀑布，那三座房屋，那景致竟然一丝不差。慧雪心里虽然奇怪，但没有表露出来。

慧雪又去看这幅画的题跋，怎么这么不吉利！挂在屋里阴森森的，昕燕不觉得害怕吗？想到这里不觉得轻轻地蹙了蹙眉头。两首诗中，第一首的题跋是“三冢如房”，第二首的题跋是“回深山”。

三冢如房

梦遇泥草舍，缘聚心喜欢。
情绝究端倪，细思刃穿心。
泥房谓阴屋，故人皆幽灵。
暗影舞明月，雄鸡啼归途。

回深山

浦翁研墨说聊斋，
纸径通幽鬼狐来。
身入尘世所为何？
熬尽苦痛回深山。

慧雪读完这两首诗心里大惊，想，难道昕燕也在梦中到过画里的地方？我说呢，她怎么会画得跟我梦中去过的地方完全一样。真是奇怪了，怎么会这样呢？慧雪正待向昕燕问个究竟，转身却看见昕燕坐在桌前，侧脸枕在一只手臂上，一只手握着拳顶在胃部，表情十分痛苦，眼泪不住地流。

慧雪赶紧过去扶住昕燕，问道:“昕燕，你怎么了？胃不舒服吗？我带你到我们医院去做个钡餐，看看胃部究竟有什么问题。”

昕燕说:“慧雪姐，我没有什么问题，就是胃痛的老毛病时好时坏的。吃点止痛片，一会儿就没事了。”

慧雪给她倒了杯水。热水瓶中的水是凉的，也不知道是哪天打的。见昕燕痛成那样，只好将就了。慧雪问药放在哪里，昕燕指了指旁边的抽屉。慧雪拉开抽屉，看见很多白纸小套包的药。一本病历也丢在里面。慧雪看见一包药上面写着“胃舒平”，另一包上是“止痛片”。慧雪伸手去拿“胃舒平”，昕燕却指着止痛片说:“吃这个吧！那个慢。”

见她痛得满额头的冷汗，慧雪只好依了她。慧雪见她服了药后，就说:“不行，你得马上跟我去医院，诊断出来究竟是什么问题，才好治疗。老这么吃止痛片会耽误诊断和治疗的。”说着，伸手去拿那本病历。

昕燕一看，赶紧放开捂着胃的手，抢先伸手去把那抽屉关上了，口里说:“没有事，不用去医院，一会儿就好了。好久不见了，以后也未必能多见，让我们好好说说话，多好。”

慧雪听昕燕话里有话，一时也解不开其中之意，又拗不过她，心想，这昕燕够犟的，与李红磊的倔劲儿有点像。她只好坐下，说："红磊到北京、上海看眼睛去了。走之前昕琪陪他来看你，可巧你不在。火车临开前，他让我一定要来看你，不过，就算他不说，我也会来的。我心里也惦记着你。你看你，气色这么差，还是跟我去医院看看吧！我真的不放心。"

昕燕看着慧雪感激地说："慧雪姐，你不要担心我。我住院的时候得到你很多关照，也知道你平时工作非常忙，三天两头地倒夜班。你要注意自己的身体呢，我很好，你放心吧！"

慧雪点点头说："千万要小心，有什么情况就去医院找我，别自己在这里硬撑着。现在很多病只要能及时诊断出来，都可以找到治疗方法的。"

昕燕点头答应说："放心吧，慧雪姐，我有事肯定去找你，我们有缘呢。我很喜欢你，你不会笑我吧？我说的是真心话。"

慧雪说："怎么会笑你呢，我只是比你晚说一步，我也很喜欢你呢。而且，我第一眼看见你时就喜欢你了，你相信吗？"

昕燕听了，眼眶里漾起了一汪眼泪。慧雪见她难过，就赶紧转移话题。她指着那幅画着三个房子的画，问道："昕燕，那幅画上画的地方你去过吗？"

昕燕呆呆地看着那幅画，过了一会儿才轻轻地说："在梦中见到的是这三座房子，在山里见到的是三座古墓，周围环境都一模一样，你说怪不怪？"

慧雪听后心里又一次大惊，就又问："是你在乡下时看见的古墓吗？"

昕燕点了点头。

慧雪说："日有所思，夜有所梦。见到古墓觉得稀奇，晚上就做梦了。"

昕燕说："不是的，慧雪姐，我们都是先做了梦，后看见古墓的。"

慧雪诧异地问："我们？你是指红磊吗？"

昕燕见说漏了嘴，也就不想遮掩了，沉吟了一会儿说："是的，我与红磊哥分别在一棵大树下，不同的时间里各自做了一个梦，梦中我们去到画上的这个地方。那时候我刚到乡下第二天，还不认识红磊哥。"

慧雪指着"春鸟鸣枝"的那幅画问："是那棵树吗？"

昕燕点了点头。

慧雪心里叹道："真是奇怪啊！我为什么也有此梦啊？"这时，慧雪开始考虑要不要告诉昕燕自己也在梦中到过这个地方，她有点拿不定，就只好先说点别的。见昕燕并不问起李红磊去看眼睛的事，就又提起这个话头说："红磊去上海、北京看眼睛，也不知道效果会怎么样，如果能恢复到哪怕零点几的视力都好。"

昕燕见慧雪又说李红磊的事，就叹口气说："慧雪姐，如今我也是'泥菩萨过河——自身难保'了！他怎么样，我连想的心思和力气都没有了。我辜负了他，心里很羞愧很难过，但是，怎么又知道这一切不是命运的安排呢？对过去的事我已经不敢再想，也不愿再想。每当想到那些事，我的心就在滴血。我真的不想知道红磊哥的什么事了，一切都过去了。我这个人命不好，沾谁谁倒霉，特别是男人。所以我不想再害任何人，这是我的命。不过，红磊哥真有福气，有慧雪姐你这么好的人照顾他一辈子，我也没有什么可担心的了。我好不容易才摆脱出来，不想再钻进去了。我们不提他了。”

慧雪说：“我们大家都关心他不是更好吗？不要说红磊一直牵挂你，就是我也从见你的第一天起就隐隐约约地感到我们有缘，看来我们果真缘分不浅呢，你为什么要抛开我们呢？如果你愿意，我可以退出，让你们重新开始。我唯一的希望就是看见你振作起来，我是那么喜欢你，就算你们俩重新在一起，我们三人也是最好的姐妹和朋友。我们真是有前缘呢，墙上这幅画上的地方，我在梦中也去过。我刚才第一眼看见时就在想，昕燕怎么会画出同我梦中去过的地方一样的画呢？”

昕燕听了，嘴张开就合不拢了，这下子轮到她大吃一惊了。昕燕两眼睁得大大的，盯着慧雪，突然“哇”的一下哭起来，说：“这是个什么轮回啊！这么苦！慧雪姐啊！”

“昕燕，不要悲伤，我们好好生活下去，一起看看这奇怪的命运如何演绎变幻，好吗？”慧雪安慰着昕燕。

昕燕一边流泪，一边想，难怪红磊哥会与慧雪姐重逢，原来我们竟然是同梦之人。大千世界真是奇怪啊！慧雪姐多么好呀！我一定要远离红磊哥，断了他的念头，让他与慧雪姐好好地生活。我已经病入膏肓了，连生命的火花都快要熄灭了，哪里还有心去重拾那些早已残破不堪的旧梦。想到这里，就抽抽泣泣地对慧雪说：“慧雪姐，那我们真的有缘呢，而且缘分非常深远，要不然世间怎么会有这么离奇的事呢？只是我自己的情况我清楚，除了极深的亲情和友情外，我不会再有什么爱情了。”

慧雪说：“怎么可能呢？你还这么年轻，不要那么悲观嘛。”

昕燕叹了口气说：“我自己也很奇怪，爱情这种感觉在我的生命中怎么这么早就褪色消失了？我觉得自己现在就像一个饱经创伤的老妇，对任何事情都没有了兴趣；就像一盆将要熄灭的炉火，再也无力燃起激情的火花。所以，无论是对红磊哥还是其他任何别的男人，我真的已经淡漠到了视如无物、相触无感知的地步。”

慧雪难过地说：“昕燕，听你这样说，我心里好痛啊！你要振作起来，既然你还珍视友情，那么等红磊回来，我们三人可以生活在一起，我们都不结婚，彼此在心里相恋相爱，延续我们的缘分，好吗？”

昕燕听后，哭着说：“慧雪姐，那是不可能的。在现实社会中，高尚的、精神的东西往往是会被诋毁、被踩碎的。”

慧雪自己也流下泪来，却安慰昕燕说：“昕燕别哭，我们走自己的路，过自己的生活，别人爱怎么诋毁就怎么诋毁，我们不在乎就行了。何必让自己这么痛苦。昕燕，你听我的，跟我去医院检查，把病治好。今后，我们三人是可以在一起活得很开心的。你现在这种情况，不要说红磊担心，我也放心不下呀。我们一起生活吧，好吗？好在我们的父母、家人都非常爱我们，他们会理解我们三人选择的生活方式的。”

听到这里，昕燕泣不成声地说：“慧雪姐，谢谢你！谢谢你的善良，我真的好喜欢你！喜欢你讲话时的那颗真心，喜欢我们之间奇怪的缘分。听你刚才讲的那种生活方式，我何尝不向往。就算是你与红磊哥结婚，我们也可以朝夕相处的，我知道你说的是真心话。可是，来不及了，一切都晚了！”

慧雪心里一惊说：“为什么来不及了？什么晚了？”

昕燕只是哭，不说话。这时，慧雪想起了抽屉里的病历，趁昕燕不注意，一下子拉开抽屉拿出了病历，昕燕想要阻止已经来不及了。慧雪拿到病历立即迅速地翻阅。

昕燕哭得上气不接下气的，想想自己的一生这样凄苦不堪，越哭越伤心。

慧雪看着病历，心里替昕燕难过，眼泪滴滴答答地掉下来。“胃癌晚期，已广泛转移。”慧雪想，昕燕家人一定不知道她的病情。她一直瞒着大家，又不去治疗，就靠止痛片维持着，多煎熬呀！病历上的日期已经几个月了，医生的建议她也不听，肯定是怕家人和红磊担忧。慧雪这才恍然大悟，原来昕燕今天开门让她进房间，是在变相地与自己告别了。想到这里，慧雪上前一把抱着昕燕大哭不止。昕燕也在慧雪的怀抱中凄凄哀哀地哭着。

慧雪流着泪，无言地看着骨瘦如柴、面色苍白的昕燕，想，昕燕好可怜啊！真的是太薄命了。癌细胞已经转移到肺、淋巴、肝肾等多处了。多痛啊！她是怎么熬过来的呀！不要说身体上的疼痛，就是精神上的创伤也不是一般人能熬过来的。你看她这么柔弱的人，居然能一声不吭地熬到现在，她受了多大的罪和折磨啊！

这两个人在一起哭了好一阵，才互相劝慰着缓了下来。

慧雪说：“昕燕，我能问你一件事吗？”

昕燕看着慧雪点了点头。

慧雪看着她轻声说：“你为什么放弃了同红磊这么长久、这么纯洁的爱呢？请原谅我问这个你最伤痛的问题，因为我知道你不是个水性杨花的人，更不可能是为了留校。”

昕燕大哭起来，说:“没有办法啊！慧雪姐。”

“你是被那个坏蛋强奸的?”

昕燕点点头，说:“我当时就跳进水库想去死的，可是他又把我从水里拖了出来。”

“昕燕，你怎么这么苦啊!”慧雪拉着昕燕又哭起来。

两人哭了好久才慢慢止住。慧雪要求昕燕跟她到医院再确诊一次，只要有希望就要尽力治疗，昕燕答应了慧雪。可是等慧雪与放射科室约好，专门抽了一天下夜班的时间去找昕燕时，她却不开门了，隔着门哀哀地说:“慧雪姐，你回去吧，我想睡一会儿。你答应过我不对我家人讲我的病情的，谢谢了!”

慧雪流着泪在那里隔着门劝解她，可是昕燕再也没有答应。在门外站了两个多钟头，慧雪见中午下班的人陆续回来了，怕别人围着问这问那的，惹得昕燕在里面生气，就只好走了。

作为医生，她知道，就算昕燕去医院，也没有什么用了。现在医院的检查手段比以前高多了，检查结果一般也不会错。就昕燕现在的情况来说，去医院再做检查真的是再多受一次罪，等于是逼她再一次去面对自己生命的凋零。我这样做看起来是为她好，其实是一种善良的残忍，或者残忍的善良。慧雪悲痛地想着，慢慢地走出了那个住着病入膏肓的昕燕的筒子楼。走到院子里，回过头去望望昕燕的窗口，好像觉得昕燕在窗户里张望，赶紧走过去抬起头仔细看，却什么都没有。白色的窗帘在紧闭的玻璃窗后面遮住了里面的一切。

走出学校，慧雪的思想开始激烈斗争起来。如果不去告诉昕燕的家人昕燕现在的状况，心里觉得不安；如果去告诉了昕燕的家人，又怕昕燕怪自己不守信用。李红磊刚去北京，自己后天也要到边远的山区农村去参加为期两个月的计划生育和巡回医疗。这是医院分批组织的，每个科室人人都要轮流参加。

慧雪一边走一边想，我这一走就是两个月，昕燕这里会不会出问题?我还是要去告诉她的家人，只是看怎么样才能既让她们去把她接回家住，我又不至于失信于昕燕的嘱托。想到这里，慧雪朝前面的公共汽车站走去。

昕燕妈妈家的门大开着，这是临街住的居民们常见的情况。慧雪走到门前，喊了声“袁妈妈”，喊声刚落，昕燕妈妈就出来了，见是慧雪，就高兴地拉着慧雪的手往屋里让。坐下后，又连忙要去泡茶。慧雪拦住她不让泡茶，说过来看看，一会儿就走。

慧雪坐下后，见只有昕燕妈妈一个人在家，就说:“袁妈妈，红磊已经由红英陪着去北京、上海复查眼睛去了。”

昕燕妈妈说:“谢谢了，红英上次去昕琪那里买东西，说了这事。但愿红磊这次治疗的效果能好一些。”

慧雪说:“是啊，大家都希望他能比以前好一些。另外，我来还想告诉你们，我今天去了昕燕的学校看她，可是她不肯开门。你们是不是把她接回来住一段时间，也好有个照应。上次我去的时候她让我进去了，我看见她心情不好，身体非常差，一个人住在那间房子里太孤独了。我想，她应该回来休息一段时间，不要上班了。”

昕燕妈妈激动地问:“她让你进去了？她是不是很瘦？”

慧雪眼睛红了，想起昕燕让她进屋跟自己告别的情景。现在看见昕燕妈妈这么焦急，心里充满了同情:“她是很瘦，身体很虚弱，我这几天就要下乡去搞巡回医疗，两个月后才回来。我担心昕燕的情况，所以特意来告诉你们，一定要想办法劝她回家来住一段时间，好好调养一下身体，有家人陪伴，也许她会好过些。她太虚弱了。”

昕燕妈妈掉下泪来，说:“慧雪，你人真好，谢谢你费时间去看她，又来看我们。只是昕燕很犟，我们去时，门都要敲破了，她就是不开。先前以为是不在家，后来邻居说她在家，不知道她为什么这么恨我们。唉！这个苦命的丫头。”

慧雪说:“她不是恨谁才不开门，她可能是想清静。不过，现在她身体情况非常不好，你们还是尽快去把她接回家来，好好照顾一段时间。亲人之间能守在一起是一种福呢。”说时，眼泪在眼眶里打转，使劲儿忍着，又陪昕燕妈妈说了一会儿话，就站起身来告辞，说:“这次下乡通知得太急了，后天就走。我得赶快去跟科里的人交接工作。”

昕燕妈妈见留不住她吃饭，就让她等一下，转身跑去厨房拿出一瓶油辣椒说:“慧雪你把这瓶油辣椒带上，你回去忙着收拾东西，哪里还有时间做油辣椒。乡下条件艰苦，油水又少，吃饭时有点油辣椒送饭，吃得香些。本来是准备给昕燕的，现在你先拿去，我再给她做。她呀，没有油辣椒吃不下饭。”

慧雪一听就说:“如果把昕燕接回家来，千万别再让她吃辣椒。炒菜都不要放辣椒。她的胃病很严重，一定不能再吃辣椒这类刺激性的东西了。”说完，接过辣椒，谢过昕燕妈妈就出了门。

走在路上，慧雪心里非常难过，想昕燕妈妈还不知道女儿是胃癌晚期，癌细胞已经全身转移，如果昕燕肯回家也就是亲人之间，母女俩最后在一起不多的时日了。

3

昕燕爸爸妈妈去了几次昕燕那里，不要说让她回家住，就连她的面都见不着。昕燕还是隔着那扇门说几句话后就再不搭腔，她不想让爸爸妈妈看见自己病入膏肓的样子。昕燕妈妈听邻居们说没有看见她去食堂打饭，也没有生炉子，不知道她每天吃些什么，就每隔一天送一次饭食到昕燕那里，做的都是昕燕往日里爱吃的东西。昕燕妈妈每次送饭食都要隔着门对昕燕讲几句话，讲着讲着就哭起来。敲不开门就把带去的东西放在门角里，听见里面好像也有哭声，这就算有了回应。

有一天，她照常去送饭，照样也隔着门说几句话，可是里面没有回应。隔壁的门“吱呀”一声开了，邻居老婆婆手里拿着昕燕妈妈前天装饭食的饭盒出来说：“袁妈妈，你的女儿有两天没有出来过了。你前天送来的饭夜里被老鼠打翻得一地都是，敲门袁老师不应。我就把打翻的东西扫丢到垃圾堆去了，饭盒我也给你洗干净了。”说着就把手里的饭盒递给昕燕妈妈。“昨天下午，学校的人来敲门，说她没有去上课，来看看她是不是病了，她在里面也不应，人家只好走了。”

昕燕妈妈接过碗，说：“谢谢你们了。我女儿给你们添了好多麻烦，还请你们多包涵。”说完，又去敲门，里面还是一点动静都没有。想起刚才那个邻居说，昨天学校来人也敲不开。深知女儿的妈妈突然有一种不祥的感觉，她知道昕燕是不可能耽误工作的。于是她大声喊着昕燕，用拳头捶起门来。她想，就算昕燕开门出来埋怨，我今天也一定要看她一眼才走。邻居们帮她请来了居委会的人，大家又是一阵捶门、喊叫，里面还是没有一点动静。

昕燕妈妈说：“请你们男同志帮我把门砸开吧，谢谢你们了！”

大家把门砸开后，看见昕燕和衣躬身侧卧在床上，已经离开了人世。昕燕妈妈当即就晕了过去。闻讯赶来的昕燕爸爸、昕琪、昕南都大哭不止。

昕燕爸爸和昕琪、昕南在清理她的物品时，才发现那份病历诊断。他们也是第一次在那间小屋里看见了她画的那几幅画。除了墙上的两幅外，在桌上还有一张用工笔画手法画的画。画面上正中是青山绿竹中三座小茅屋，李红磊、袁昕燕及文慧雪身着古装在画中弈棋。画中人物栩栩如生，画面结构十分考究，已经裱好了，画角落款处也有两首诗。第一首是：

来时忘却曾相识，去时泪悔难面辞。
无意无心知来处，有情有意断苦缘。

第二首是一首衔头接尾诗。昕燕爸爸见人多，怕那些人看了去东传西说的。又怕看的人多了，把画弄坏了。这是已故的女儿在人世留下的最后的心迹，让人随意评看指点，不就等于让女儿站在众目睽睽之下任人品头论足一样难堪吗？他没有看第二首诗，就赶快把画卷了起来，让昕琪拿着。他流着泪说："这是你们姐姐最后留下的东西，拿好，别弄坏了。"

昕南又去把墙上的那两幅画也取了下来一并卷在一起。

桌上放着一个绣着翠叶和淡黄色兰花的白色布袋，打开布袋，里面有一个老怀表，全家人都认得是李红磊的。还有一个小信封，拿出来一看，信封皮上赫然写着："遗照，遗嘱。"打开信封，里面是昕燕十七岁那年，在石板坳的油菜花地里彭家良为她照的那张照片，还有一张小纸条。

纸条上简单地写着："请把怀表还给红磊哥，我用不着了。把我的骨灰装进这个布袋里，它是我在人间最后的一件衣服。请把我送到石板坳那个有瀑布的山窝里。不要坟墓也不要墓碑，挖个坑把我放进去，在上面种上一蓬绿竹，我就可以静静地在下面长眠了。我喜欢那里，谢谢了！爸爸妈妈！谢谢了！再难相见的亲人们！"

昕燕妈妈苏醒过来看见那个布袋、照片还有那张纸条后，大哭不止。特别是知道那个布袋是昕燕比作在人间的最后一件衣服时，更是哭得死去活来。她大哭说："这张照片是昕燕在农村时拍的，这是张风景照，她怎么要用它来做遗照啊！还有，她选的那个地方有三个连人名字都没有的老古墓，她怎么要选那里呀！这孩子怎么这么古怪呢？你们看她画的那些画，阴森森的。她成天待在阴气这么重的房子中，怎么会不出事啊！"

昕琪流着泪说："妈妈，不要哭了。姐姐和红磊哥都在梦中住在她画上的那个地方，我从前告诉过你的。"

昕燕妈妈听后哭道："他们那次出事后，我听你说过，但是想到他们两人都受了这么大的苦了，今后也许不会再有大难了，就放心了。可是他们两人真苦啊，真是前世的冤家啊！受了这么多难，昕燕还是要死得这么痛苦，这么年轻。昕燕前世作了什么孽呀！要这么受折磨。还有，她把人家慧雪画进画里做什么呀！人家见了会生气的，多不吉利呀！我可怜的昕燕啊！"

昕燕走了的事，她家人瞒着没有告诉李红磊家，主要是怕影响李红磊和慧雪的婚事，想等今后时间长点再告诉他们。李红磊在上海治疗眼睛，慧雪下乡巡回医疗，正好错开了这件事。

第三十二章

1

这天，慧雪结束巡回医疗，从乡下回到医院已经是晚上九点了。接巡回医疗队回来的车在路上抛了锚，修了两个多钟头才勉强能开。大家一路提心吊胆地生怕车又出毛病。还好，车一路气喘吁吁地总算把大家平安拉回了医院。慧雪回到自己那间屋子，开窗透气，又去医院开水房打了两瓶热水来把自己的头发和全身的灰尘擦洗干净，又包了块大毛巾在头上。感觉很疲倦，倒靠在那堆松松的被子上等头发干，一会儿就睡着了。

睡着了就开始做梦，梦中，她不知走到了个什么地方，看见昕燕坐在一块又大又平、像一张大桌子一样的石头上哭，周围都是些阴暗的大山影子，看不见太阳的光芒。慧雪赶紧走过去问她："昕燕，你怎么一个人坐在这里。这是哪里呀？"

昕燕不停地哭，说："慧雪姐，我一个人好怕呀！到处都阴森森的，我真的好怕啊！"

慧雪说："快起来，跟我回家去吧。"

昕燕哭着说："慧雪姐，我回不去了。我好怕呀！"

慧雪一下惊醒过来，一看钟，凌晨三点半。心里觉得奇怪，我刚从乡下回来，正准备明天去看昕燕，怎么靠在这里就睡了去，还做这么个不好的梦。真是日有所思，夜有所梦。临下乡巡回医疗前去看昕燕，没有敲开门。也不知道她现在情况怎样了，可能她妈妈已经把她接回家了吧？等天亮早点起来，先去昕燕家看看她的情况，晚上再去看红磊回来没有。

按规定，巡回医疗回来的人都有三天补休。可是，科室人少，慧雪决定只休一天。正好明天是星期天，上午先去昕燕妈妈家看昕燕，然后顺路回家里去看看父母，晚上再去李红磊家看看红磊的爸妈，星期一就可以上班了。她心里记挂着李红磊在北京、上海复查和治疗的情况，本来是想先去看李红磊回来没有。回来了，就昕燕的身体情况同他讲一下，让他也去看看昕燕。但是做了这个奇怪的梦后，她决定先去看昕燕。她还是打算说服昕燕见李红磊一面。她想，只要昕燕在她妈妈家，就立即通知红英把她哥带到昕燕妈妈家去，一定要让昕燕与李红磊见一面。

作为医生，慧雪心里很清楚昕燕和李红磊感情之深。恋爱了十多年居然没有跨越过男女之间的界线，那要多大的毅力呀！那种感情多纯呀！不能让昕燕带着遗憾走，一定要他们再见一面。自己下乡两个月了，昕燕毕竟是重病在身啊！在乡下时她给昕燕写过一封信，也不知道她收到没有。

早上九点多钟，慧雪到了昕燕妈妈家，见大门上了锁，就想，昕燕应该没有回家住，要不怎么会锁门呢？她的情况是上不了班了的。哎，她真犟啊！想到这里，就转身往昕燕的学校走去。下了公共汽车，一路来到昕燕在学校住的那间房子门前，敲了敲门，没有声音，就喊昕燕。她以为昕燕又是像以前一样不开门。这时，斜对门一间房子的门打开了，一个教师模样的男人出来说："你找袁老师吗？她过世了，你不知道啊？"

慧雪一听，只觉得脑袋里"哄"的一声，差点就晕过去。她勉强支撑住自己的身体，站在那里等情绪稍微稳定点后，谢过从楼道里围拢过来关心安慰她的人，才慢慢地转身离开那间房子。她想，今天这楼道里怎么这么多人呢？走下楼才想起来，今天是星期天。她拖着沉重的双脚慢慢地走着，头晕沉沉的，满脸都是来不及擦的眼泪。虽然对昕燕的病情完全知道，但是一下子听说她过世了，还是接受不了。

慧雪一路流着泪下了公共汽车，又朝昕燕家走去。到了昕燕家门口，正好碰见昕琪出来倒垃圾，早上她陪妈妈到菜场去了。最近昕燕妈妈的情绪很不稳定，经常发呆哭泣。昕燕爸爸怕她出事，要昕琪少去店铺，多在家陪妈妈。昕琪同妈妈买菜回来，择了菜，就出来倒垃圾，看见慧雪已经来到门前，脸色苍白，满面泪痕，好像站都快站不住了，就连忙把手中的撮箕往地上一丢，一步跨过来扶住慧雪。慧雪看见昕琪，再也控制不住自己，"哇"的一声哭了出来，昕琪扶着慧雪也一起大哭不止。昕燕妈妈正坐在屋里看着昕燕的遗像流泪发呆，听见哭声连忙跑出来，看见慧雪和昕琪哭成一团，赶紧把她们拉进家去关上了门，三人顿时哭得悲天动地。

2

与昕燕喜欢慧雪一样，慧雪也十分喜欢昕燕，就自然而然地也喜欢昕燕的家人。有一次，红磊妈妈正好从一个老战友那里弄到一大堆冻带鱼，赶紧平均分成三份。一份留着自己家吃，一份给慧雪父母家，另一份给昕燕家。慧雪高兴地说："我去我爸爸家送带鱼时，顺便给袁妈妈捎带去，我借花献佛喽！”

那次慧雪到了昕燕家，正好昕燕从学校挺着个大肚子回家来。一看慧雪来了，很高兴，就拉着慧雪的手坐在椅子上与慧雪说话。她们俩认识时间虽然不长，但一见如故，彼此喜欢，就像是多年的亲密朋友一样。慧雪一边说话一边目不转睛地看着昕燕，越看越觉得昕燕太好看了，她盯着昕燕都看呆了。

昕燕被她看得不好意思了，就开玩笑说：“慧雪姐，你又不是男的，怎么这样看我。”

慧雪也被她的话逗笑了。说：“女人就不可以欣赏女人之美啊？这也是一种眼福和眼缘呢。我要是男的呀，一定要来追你，哪怕追到天涯海角。”

说得大家都笑了起来。张艺贵死后，慧雪才知道昕燕和张艺贵的生活情况，心里久久地替昕燕难过和痛惜。

昕燕住院的时候，慧雪几乎天天都抽空到病房去看昕燕，两人非常投缘。昕燕因为小产后身体虚弱，又被张艺贵打得遍体鳞伤，需要长时间慢慢恢复。伤病稍微好些后，昕燕妈妈就把她接回家照顾去了。

昕燕这么快就走了。慧雪后悔自己光顾忙，没有多去看看她。想起昕燕原来找她开药时，为什么没有帮她好好做一些检查。想到这些，又止不住地看着昕燕的遗像哭着说：“昕燕，你为什么不等我从乡下回来，不等红磊回来呀！你知道我们都心疼你，我与你说过等我回来，今后我们三个人在一起生活的，你为什么要走得这么急呀！”

昕琪吃惊地抽泣着说：“慧雪姐，你们说好三个人一起生活？”

慧雪说：“是啊。我走前，有一天去看她，她开门让我进了她的房间。当我谈到我们三人今后可以在一起生活，一起照顾红磊时，她是愿意的。但是她担心自己的病治不好了，我想也许爱情和友谊的力量能够让她重新振作起来。于是就去找最有经验的医生。等我约好了医生再去找她时，她却死活都不肯开门了。我又急着要下乡，什么都还没有准备，就赶紧跑来找袁妈妈，让你妈妈一定要把她接回家来照顾。可是没有想到她就这么走了。”慧雪一边说，一边不住地流眼泪。她心里后悔当时没有把昕燕的病情说给昕燕妈妈听，结果昕燕最后连妈妈都没有见上一面，就这样静悄悄地走了。

昕燕妈妈哭着说：“那天你一离开我家，我马上就去了。可是她不开门，也不答应，我只好两天去送一次饭，后来她就一声不响地走了。她肯定是恨我们做父母的没有让她过上一天好日子，连她结婚我们都没有去给她一点祝福。她不见我们是应该的，我们对不起她呀！”昕燕妈妈说完，又哭了起来。

昕琪抹着眼泪说："慧雪姐，你昨天刚从乡下巡回医疗回来，你是怎么知道我姐走了的呢？"

慧雪说："我昨天很疲倦，靠在床上就睡着了。半夜里被一个怪梦惊醒，所以今天一早就先来这里。我还以为昕燕会跟袁妈妈回家来呢。我见门锁着，就又去了昕燕的那边，结果敲门时，那里住的邻居告诉我昕燕走了的事。"

"你做的什么怪梦呢？"昕琪着急地问。自从知道了李红磊和昕燕早年的那个怪梦后，大家对梦都高度敏感起来。

慧雪就把昨晚那个梦讲了出来。

昕燕妈妈一听吓了一跳，心想，慧雪梦见昕燕的地方是去石板坳路口的大石桌。慧雪一是没有去过，二是不可能听说过。想到这里，就流着泪对着昕燕的遗像说："昕燕啊！昕燕！你好好地走吧！"

昕琪说："真是怪了，姐姐托梦给你。自从她走后，我却从来没有梦见过她。"

慧雪说："我也觉得奇怪。我是学医的，本来不相信这些东西。可是，这梦这么灵，可能真是有灵魂这一说呢。要不然怎么解释呢？"

这时昕燕妈妈说："梦肯定是昕燕托的，我是信的。因为昕燕一直把你当作姐姐，她对我说过，好喜欢你。还说红磊哥有福气，有你照顾，她就放心了。还有一件事你不知道，她在过世前竟然把自己十五岁随我们疏散下放到乡下的第二天做的一个怪梦画下来留给红磊。红磊也做过同样的梦。这幅画我们收起来了，今后都不会告诉红磊，免得大家伤心啊！"

慧雪说："是不是那个有三间茅草屋的梦？"

昕燕妈妈说："是的，你怎么知道的？是红磊说给你听的？"

慧雪说："我也做了那个梦。而且是在看见昕燕画的那些画之前。"

昕琪说："你也做过那梦？好怪啊！我姐和红磊哥做一样梦的事，是在他们那次在乡下出事后，我才悄悄地告诉我妈的。我妈还怪了我好长时间，说如果我早点告诉她，她可以找乡下那些有道法的巫师破邪除灾的。如果那样做了，他们可能就不会发生那件可怕的事了。可当时我姐和红磊哥都不让说，怕人家讲闲话，左叮咛右嘱咐我的，我哪里还敢说。"

昕燕妈妈说："看来真是命啊！连你也梦到一样的梦，真是稀奇了。我活了这么大年纪还从来没有听说过这么奇怪的事。如果发生在别人身上，而不是发生在你们这几个孩子身上，真的打死我都不会相信。因为你们都是最好的孩子，不会拿这种事情开玩笑的。"

慧雪叹了口气说："昕燕早就把梦境里的事画了挂在墙上。我那一次去时，她见我在门外怎么都不肯走，就开了门，现在想起来，她是在同我告别呢。我进去时看见挂在墙上的两幅画，其中一幅的情境好像在哪里见过，就仔细看起来。画面上还有昕燕题的诗，读起来有点阴森森的，我就问她怎么会画这幅画，昕燕就告诉我，那是她梦中去过的地方。我当时觉得十分蹊跷，就把我也梦见过这画中之地，也在梦中去了那里的事告诉了她。我没有告诉昕燕当我正要进去时，红磊突然从一间房子中跑出来，一把拉着我就跑，还说，有什么事要去做个了断。我惊醒过来，也觉得十分奇怪。这是那次送李红磊到医院后，守着他打吊瓶，打瞌睡时做的梦。没想到与昕燕画上的地方居然一样。我不知道怎么来解释这种奇怪的现象。”

昕琪睁大眼睛说：“慧雪姐，那次是你发现红磊哥的呀？怎么这么巧！”

慧雪呆呆地说：“是很巧，天机难测啊！要不怎么是同梦之人呢？”

昕燕妈妈一听，也惊得张着嘴看着慧雪说：“难怪昕燕会在后来的一幅画上画你。我先前不敢说画上有一个人是你，既然你也做了这个梦，就让昕琪拿给你看看吧，看与你梦中的情况相同不相同。”

昕琪给慧雪倒了杯茶，就去拿昕燕的画。看见画轴后，慧雪并没有急于打开。慧雪怔怔地看着墙上昕燕的遗像，满面泪水，心想，昕燕啊！红颜薄命你真的是应齐了。

昕琪见慧雪悲痛，心想，慧雪姐多好呀，她是真心喜欢姐姐呢。还说要三个人住在一起，可惜姐姐没有这个命。

坐了一会儿，昕燕妈妈又对慧雪讲起当时昕燕做那个怪梦中有个鼓眼的黑衣人，拿着大叉子刺中她的脖子。她醒来时真的被树上的大黑蚂蚁咬伤了脖子。后来又在同李红磊出事时，再次被野藤上的刺深扎在脖子上，留下了永久的疤痕。昕燕妈妈还说起李红磊在梦中也看见黑蚂蚁一样的鼓眼黑衣人拿着叉子对着他的双眼刺的情节，又说：“更巧的是红磊在那次弯弯坡出事后就双目失明了。这些情况都是出事后，我想找人给他们俩除除邪，就一点点地向昕燕和红磊问出来的。哎！命啊！”

昕琪说：“慧雪姐，你说你昨晚梦见我姐坐在一块大桌一样的石头上，那石头就在石板坳路口，又大又平，就叫大石桌。你没有去过那里，怎么就会梦见了呢？真的很奇怪呢。”

昕燕妈妈擦了擦眼泪说：“唉！是福不是祸，是祸躲不过。可怜啊！不知他们前世造了什么孽！要遭受这样的磨难。最后，昕燕还是走在我们前面了。”

这时，昕琪小心地把放在床上的画轴拿上来放在吃饭的大桌上，慢慢地展开来。慧雪一看，立刻泪流不止，说：“我在昕燕那里看见的不是这张画。这张大些，但是相同的是那三间茅草屋与周围的情景。先前挂在她房间里的是三个人影在月下跳舞，现在昕燕把她自己、红磊和我都这么清楚地画了上去。诗也不是原来那张画上的了。可能是我告诉她，我自己也做了这个情景的梦后，她添上去的。”

昕燕妈妈叹了口气说:“慧雪，阿姨有句话要对你讲，你听了不要生阿姨的气啊!”接着，她拉着慧雪的手:“慧雪，你们三人前世肯定有关联，不然不会这么巧。就算不信鬼神，你们经历的事这么怪，不会都是巧合吧?你看你与红磊是小时候的同学，却这么多年念着他。最后还是你在他走迷路的那个大雨天里遇见了他，不然真的不知道他那天会出什么事呢。就说昕燕，她与你素不相识，却一见如故，相互喜欢。按一般来说，你们俩都喜欢红磊，应该彼此排斥，至少是冷淡才对。可是你们却相互喜欢，所以不合常理。唉，命啊!你们几个的怪梦里有我们弄不懂的暗示。总之，根据这些年发生在我们家的事情，我感觉你们三人同梦一定不是好兆头。如果能找个高人化解一下，也许你与红磊能够避开。不然，怕会有不测啊!慧雪啊，人啊，这辈子在世的长短尘缘谁能说得清楚。阿姨多嘴了，可惜啊!你们这么好的几个孩子。”说完，又掉下泪来。

昕琪想，好在妈妈和大家都不知道那天红磊哥是去寻短。既然都不知道就让她们都不知道吧，我要替红磊哥保守这个秘密。

慧雪本来就是个聪慧无比的人，那次在昕燕屋里见画中的情景竟然与自己梦中的相同，已经觉得很诡异了。现在经昕燕妈妈这么一提醒，觉得事情真的太奇怪了。坐了一会儿，心里想:“昕燕，原来我们早就是姐妹的。如果是命的话，你就在那里等我们来陪你，如果像红磊说的那样还有事要在这边了断，你就暗中帮助我们，好吗?”想到此，擦着眼泪站起身来对昕燕妈妈说:“袁妈妈，我还有事，改天再来看你。你要节哀顺变，多保重身体，昕燕如果有灵在天，她会保佑你们的。谢谢你提醒我的那些话，我会认真记住的。”

昕琪说:“慧雪姐，你还没有看那首诗，如果你有事，下次来再拿出来看吧。”

慧雪满面泪水地说:“好的，以后再看吧，我现在太难受了。红磊家知道昕燕过世的事吗?”

昕琪说:“我们没有告诉红磊哥家的人。”

慧雪点点头，感激地说:“如果可以的话，请你们能瞒红磊多久就瞒多久。先前红玉打传呼给我，说红英同红磊也刚从上海回来。他既然回来了，就一定先要去学校看昕燕的。我先想办法不让他去学校那边，让他到这里来。你们看看怎么样瞒过他去，也不要说我来过的事，好吗?难为你们了。如果他知道了昕燕去世的消息，一定会出问题的。他的父母再也经受不起打击了。昕琪，照顾好你妈妈，过几天我再来看你们，我先走了。”说完，用手抹了抹脸上的泪，跨过门槛，低头走了出去。

昕琪倚在门框上，看见慧雪低着头走远的背影不住地抽搐，心里有点怨妈妈刚才说话是不是伤了慧雪。看不见慧雪后，才回过头来问妈妈:

“妈，你怎么对人家慧雪姐说那些话？姐姐走了，你也说别人有不测。人家是看你太伤心了，不与你计较，你说的那些话真是太不吉利了。”

昕燕妈妈流着泪说：“慧雪肯定懂我的好意。她看见那幅画与她梦中的情景相同，就什么都明白了。他们三人与你们不同。他们三个是多奇怪的孩子啊！谁家有了他们都是福气和造化。可是他们却不能与父母长伴，他们这么乖的孩子投生到这几家来，既给各自的家庭带来眼前的幸福，更要带来无尽的悲哀。其实他们三人从来没有分开过，连投生都先后一起。实际上他们一直在一起。你看他们从小都那么聪明、出众，那么特别，在他们各自的兄弟姐妹中，他们无论在哪方面都远远地超过自己的同胞手足。我早就知道昕燕、红磊与别人不同，原以为只有他们俩有前缘，当红磊的妈妈点破这事时，我就想，慧雪从小就喜欢红磊，她条件这么好，等到三十多岁都不嫁，这么坚持，少见啊！昕燕和红磊梦中还有一个女孩到底是谁啊？先前我真担心啊！”

说到这里，昕燕妈妈停下来看了看昕琪，昕琪眼睛一红眼泪就出来了，心里知道妈妈早就看透了自己的心，只是不说而已。

昕燕妈妈叹了口气又接着说：“后来红磊又答应同慧雪结婚，我就知道他们梦中的另一个女孩可能就是慧雪了。因为红磊除了昕燕是不会喜欢任何人的，没有人能够强迫他接受别人，除非他自己愿意。这就是他们三人奇怪的前缘。”

昕琪哭着说：“妈，我也一直喜欢红磊哥。”

“昕琪，别难过了，妈妈早就看出来了，幸亏不是你啊！不是妈妈自私，你看你姐写的那些诗多不祥啊！他们三人最终是要在一起的，如果我的两个女儿都是这怪缘之中的人，那妈妈肯定也活不下去了。”说完又流泪哭起来。

昕琪哭着安慰妈妈说：“妈，我会侍候你和爸爸一辈子的，那我们能不能提醒红磊哥和慧雪姐注意一点？”

“没有用的，这是他们的命。红磊能接受慧雪，也许是已经知道慧雪就是梦中之另一人。冥冥之中，他们自然会走到一起的。你看，慧雪今天已经证实了这件事。昕燕已经先走了，还托梦给慧雪，红磊会不会也梦见昕燕，很难说。不过，这是迟早的事，他们三人是分不开的。你现在不信，到今后你就相信妈妈的话了。”

昕琪哭得止不住地说：“他们三个真的好可怜啊！”

昕燕妈妈说：“可怜倒不见得。那是你用人对生命的认识去套他们的境遇。也许他们在一起时才是真正的幸福呢。你没有听刚才慧雪说，她与昕燕曾经说过，等她巡回医疗回来就要三个人一起过日子。现在哪里有这样的事啊！这是新社会，又不像旧社会可以娶妻纳妾。就算娶妻纳妾，这妻妾之间也是矛盾重重，互相难容的。你看，她们俩竟然会这么亲近自然地说到这种事。你说是不是奇怪。唉！真正可怜的不是昕燕，可怜的是我们这些做父母的，被她们哄了一场，最后还要终身挂牵，直到闭上眼睛的那一天啊！”

3

慧雪去看自己的父母，说了说在乡下的工作和生活情况，她心情实在不好，连午饭都没吃就告别父母回医院去了。下午调整了一下情绪，才去了李红磊家。看见李红磊的眼睛恢复的情况并不如预想的好，但是可以把东西凑在眼睛近前看见一点模糊的轮廓了。慧雪安慰了他几句，吃过饭后，一家人围着慧雪和红磊不知道有多高兴。红英拿出在上海买给哥哥结婚的物品和送给全家人的礼物；妈妈分几次抱出一大堆请人从上海、杭州、北京捎来的结婚用品，还有几大束色彩艳丽的塑料花。这些东西都堆在饭桌上、椅子上，屋里一下子变得琳琅满目，花团锦簇。大家都开心地商量着慧雪与红磊的婚事中那些要办的事。慧雪恍恍惚惚地应付着，怎么也高兴不起来，一想到昕燕，她就想哭。大家都没有注意，只有李红磊感觉到了慧雪的变化。

他悄悄地问她："出什么事了吗?"

慧雪听见李红磊问话，才赶紧打起精神来，心里想，真是有前缘呢，连明眼人都没有发现的事情，红磊却能这么敏锐地感觉到。慧雪心里很难过，她拉着红磊的手，含泪说："红磊，明天医院有个重要会诊，不能请假，所以我不能陪你去看昕燕了，让红英陪你去吧。你们最好先去昕燕妈妈家，听说昕燕已经回家了。我只能过几天再去看昕燕了。"

慧雪知道，这么大的事，李红磊很快就会知道的，但是她现在缺乏告诉李红磊的勇气。她不能够破坏眼前这两位老人和全家人欢乐的气氛，现在只能瞒一时是一时了。而且这件事万万不能再从自己口里告诉红磊，她想起那次自己在医院告诉李红磊昕燕被张艺贵打伤的事后所发生的一切。可是，万一昕燕妈妈看见红磊想起自己的女儿，悲伤情切不小心说漏了嘴，怎么办?可我又不能阻止红磊去看昕燕和昕燕的家人。一旦他知道了昕燕已故，我又怎么忍心看见红磊伤心欲绝的情形。我只好回避了。我不在场，红磊也许能把悲伤和怀念宣泄得更透彻些。

一大早，李红磊连早餐都没有吃，就拿着盲人棍，准备出门去昕燕妈妈家。红英要陪他去，他说不用，路熟，自己去就行了。红英见他态度很坚决，知道哥哥怕自己去碍事，就上班去了。李红磊告诉父母，自己轻车熟路的，让老人家们不必担心，还说中午不要等自己回家吃饭，肯定在昕燕家吃饭，晚饭回来吃。

红磊妈妈担心地说："你好久没有去过袁妈妈家了，我有点不放心。反正我要去买菜，我们一起到公共汽车站，看你上车后我再去菜场。"

李红磊赶紧说："妈，不要担心。我连红英都不让陪，怎么还会要你老人家送我。放心吧，没事！保证准时回来吃晚饭。"

红磊爸爸说："你早点儿回来，我们还可以杀两盘。慧雪今天也要来家吃晚饭，别让大家等你。"

李红磊笑着说："好，一言为定。我早点回来同您老人家大战两盘。"说完就推开门摸索着走了。

昕燕妈妈家住的那条街是市里规划要拆迁的街道，听说不久就要动工，要修成一条全市最宽最长的商业大街。李红磊想再去走走那条自己曾经天天拉二胡的小街，今后怕是想走都没有了呢。他不在家吃早餐，就是留着肚子去那条小街吃一碗爱吃的辣鸡粉。吃了这次还不知道下次要到哪里去吃那么好吃的东西呢。他把斜挎在肩上的浅灰色人造革马桶包往肩上拉了拉。这包是时下最流行的，只有上海才买得到。包里被他塞得满满的，全是给昕燕一家人买的礼物。走没多远，红磊妈妈就气喘吁吁地追了上来，反复叮嘱他走路小心一些。耳朵要注意听着来往的汽车声。他答应着妈妈，说："妈，你千万不要担心，你心脏不好不要跑，我会小心的。"

一直到听不见妈妈的脚步声，他才转过身继续往前走。他哪里知道，妈妈竟然一直在后面远远地尾随着他。

李红磊一路走，一路想象着昕燕妈妈她们见到他时的高兴模样，唯独想不出他最想念的昕燕看见他时的模样。这是张艺贵死后他第一次回那个到处漫溢着昕燕气息的家。一想到终于又可以听到昕燕的声音了，他就激动起来，走得很快。前段时间案子在身不能去看昕燕，后来去学校看她，昕燕又不开门。接着自己又去外地治疗眼睛，现在她回了娘家，我们就可以面对面地讲话，听听她的声音了。

李红磊出了军区大门，手里拿着盲人棍，用模糊的视力紧盯着人群影子跟着过了两次马路，往右再走几十米就到了五路公共汽车站。等了一会儿，车来了，很挤，不过大家见他是盲人，还是让他先上了车。一直跟在后面的妈妈见儿子上了车，又等着车开走后，才长叹了一口气，慢慢地转身离去。

车上，有人给李红磊让了座。约莫六站路光景，售票员报“下一站，反修路站”。反修路站就是终点站，李红磊顺利地下了车，顺着路拐过街口，就闻到了辣鸡粉的香味。鼻子跟着香味，走到右手边的一家卖米粉的小店。老板娘迎了出来，拉着他的手，领他进到店里，从桌边拉了张椅子塞在他腿后。这是李红磊原来经常光顾的小店，来吃东西的都是些熟人、老街坊。

老板娘说:“小李，好久没来了啊，不喜欢吃我家的米粉了?”

李红磊赶紧说:“秦孃孃，我最喜欢吃你家的米粉了，我今天是特意来吃你家米粉的。说真的，我走到哪里都想吃你家的米粉嘞。”说着，从荷包里掏出一元卷着的钱，那里面早已裹好了二两粮票，他点了碗辣鸡粉。

“小李，你先坐啊！陆叔马上就给你煮来。听说你那个当大官的爸爸正在到处找医生为你治眼睛呢，是不是啊?”

李红磊坐下，一边摸着找地方靠盲棍，一边笑着小声说:“什么大官，就是个老兵而已。”

“交好运了，不要忘记我们这些人哦!”

正说着，秦孃孃的爱人陆叔把热气腾腾的辣鸡粉端了上来。一股浓郁的辣椒裹着鸡肉的香味扑进李红磊的鼻子，顿时，他食欲大开。秦孃孃从筷筒中抽了双筷子塞到李红磊手里，说:“趁热吃，好吃。”

李红磊用鼻子吸了吸香味，说了声:“好香啊!”笑了笑，就低头大口吃了起来。

秦孃孃又赶紧去招呼别的客人去了。

这时，进来了一个人，吆喝着与秦家夫妇打招呼，见秦家两口都爱答不理的，就在李红磊旁边的一张桌子旁坐了下来。一转头看见了李红磊，就大声喊着说:“嗨！李瞎子，你回来了，你不在你老爹的金窝里泡着吃山珍海味，又跑到我们这穷地方来吃我们这些叫花子的食，还吃得下去不?”

李红磊一听，说话的人是独耳，就淡淡地应了一声。他虽然不喜欢独耳这个人，但也还是要应付的，因为独耳救过他的命。那是两年前的一天，快下班的时候，突然下起了大暴雨。李红磊忙着回家，一不小心踩进了一个没有盖的下水道里，双脚被水流吸卡在里面怎么也抬不上来。他用双臂使劲撑着，整个人才没有被湍急的水流冲走。当时周围没有人，他也不愿意喊。正在坚持不住的时候，恰巧独耳头上顶着个破盆路过。他一见李红磊的情况，把破盆一丢，立即跑过去，用足全身力气拉着李红磊的双臂，不让李红磊被水冲走。独耳身材瘦弱，一个人拉不动，就大声喊:“快来救人啊！李瞎子掉进下水道了。”

附近住家的人听见喊声就跑了出来，这才合力把李红磊拉了上来。独耳坐在地上半天才缓过劲儿来。

一个妇女开玩笑说:“独耳今天做好事了啊!太阳从西边出来了。小李,你要感谢他呢,救命恩人哦!”

李红磊谢了独耳,又谢谢大家。大家又说要送李红磊回去,正在这时,昕燕妈妈拿了把伞火急火燎地跑来了。大家七嘴八舌地把独耳救了李红磊的事告诉了她。昕燕妈妈赶紧把伞遮挡在李红磊头上,含泪谢过大家,又单独谢了独耳。从此,不管天晴下雨,昕燕妈妈天天都要去接李红磊,她还找到居委会和有关市政部门反映下水道盖子的问题。

过了几天的一个下午,李红磊正在拉二胡,有一个人拍了拍他的肩膀,说:“李瞎子,那天要不是我及时发现你啊,你现在恐怕就得在阴间拉二胡给阎王爷听喽!”

李红磊一听是独耳,赶紧停住拉二胡,连声谢他。独耳说:“不用谢了,谢又不能当饭吃,正好我今天还没有吃饭,你就把你今天拉二胡得的钱给我一些吃饭,就算是谢我了。”李红磊把那天得到的钱全部给了他。

从此这个独耳今天向李红磊要点钱,明天又来要点钱,一直到李红磊离开的那个晚上。现在又在米粉店碰上独耳,李红磊也并不介意,想想人家确实救了自己的命,自己等会儿请他吃一碗粉也是应该的。正想着,就听见独耳说:“李二胡,你不理我了,忘了我救过你的命了?你现在有钱了,还背这么个时髦的上海马桶包。可惜你又看不见,真是‘瞎子点灯白费蜡’。不如送给我背或者请我这个救命恩人吃碗辣鸡粉,那就算你记情分,够意思。”

李红磊正要让秦孃孃给独耳煮粉,说自己请他。可秦孃孃却快嘴快舌地插话:“人家有钱是人家的,人家背个包管你什么事?凭什么请你白吃!你救过人家一次就要吃人家一辈子啊?谁不知道自从那次以后,你拿了多少人家小李在那里晒太阳淋雨辛辛苦苦挣来的钱啊!真不要脸,就凭着什么救命不救命的这么欺负人家,还想人家请你吃香的喝辣的。说不定那下水道的盖就是你揭了去卖了的呢,不然这附近下水道的盖怎么总是不见。”

独耳说:“你别血口喷人啊!我一个国家的正式职工能做那种事吗?我要说是你揭去卖了,你高不高兴?不过,老子还不稀罕吃一个忘恩负义的瞎子请的,你给我煮一碗加鸡的辣鸡粉来吃。”

秦孃孃说:“行啊,我给你煮,你先把前天吃的那碗肠旺粉的钱和现在点的这碗粉的钱一起交了,我就给你下粉。”

独耳说:“前天?前天的什么粉钱?我不是已经交过了吗?”

秦孃孃说:“你不要在这里耍赖皮,你前天交的是再上一次的。从今天起,我们不赊账了,现交钱现吃,一手交钱一手交货,免得别人吃了东西,一次拖一次的不交钱,还赖账。我们本来就是赚点小钱的小本生意,赔不起。”

独耳说："你不赊给我吃，怎么就赊给李瞎子吃？"

秦孃孃说："人家小李从来不吃赊食，哪个像你！"

这时，李红磊已经吃完了，他从荷包里摸出一张两元钱的纸票来在离眼睛很近的距离对着天看看说："秦孃孃，我交钱吧！"

秦孃孃说："小李，你已经交过钱了呀！"

李红磊说："这两元钱你收下吧！就算我请他，再把他上次欠的也结了！粮票我没有带那么多，就让他自己出吧！"

陆叔在一旁插嘴说："小李，我们是问他要，你不要管。"

李红磊说："算了，我请吧！好歹他救过我，大家又在一条街上住了这么久。这条街要拆迁了，今后就难见到了。"

独耳一听高兴了，说："还是人家李瞎子不忘恩，够朋友。不过，我今天也没有带粮票，欠着呗。哎，李二胡，我刚才见你对着天看钱，你是不是看得见了？"

没等李红磊回答，秦孃孃就抢先抢白他道："厚脸皮，还好意思跟人家称朋道友的，谁是你的朋友，谁倒霉。人家是赏你吃的，哼！真是猪不知皮厚，马不知脸长。"

独耳说："人家李瞎子心甘情愿地请我，关你什么事。"

秦孃孃说："我们看在小李的面子上给你吃，不过你记住你又多欠了二两粮票，加上上次的，你一共欠了四两粮票。"

独耳说："不就是四两粮票吗，这么抠。等我发财了，给你张十元的整票不用找。"说完，从桌上的筷筒里抽了一双筷子出来拿在手上，像打拍子似的，托、托、托地敲着桌子，一副催吃的架势。

气得秦孃孃大声骂道："好吃懒做还想发财，做你妈的大头梦去吧。还送我十元钱，只怕你这辈子连婆娘都要靠赊来睡哟！"说完顺手收了桌子上的几个碗，气呼呼地到后面厨房里去了。

秦孃孃的话把好几个凑在一桌吃米粉的街坊惹得大笑起来。那个独耳也无所谓，反正只要得吃了，管别人笑不笑。他还是拿着筷子在桌上敲，一边敲，一边转过头来对李红磊说："李瞎子，大家都是在一条街住的，既然是你自己请我吃的，我就不客气喽！反正你家有的是钱，大首长嘛。不过就是块把钱一碗的米粉，你不要以为就报答了我对你天大的救命之恩。你的眼睛好像可以看得见点东西了？刚才你不是在看钱吗？哎！只可惜那个值得看的人走喽！"

刚从厨房里拿着扫帚出来的秦孃孃听他说得越来越不像话，还暗暗地提起昕燕的事，气就不打一处来。她举起扫帚对着独耳就要打，大声骂道："你这个吃人饭拉猪屎的小私儿。小李请你吃我也不给你吃，就算顶你原来赖的那些账。你这个天打雷劈的背时鬼，等老天爷来收你。"

秦孃孃不想让独耳提起昕燕去世的事，主要是怕李红磊难过，所以大声骂他，想把独耳的话掩盖过去。不想独耳将头一缩，拿起手中的筷子嬉皮笑脸地做了个挡驾的姿势，继续说："李瞎子又不是你家儿，你何必这样护着他。反正他来就是要去那家，早晚要知道的，我这是先给他打一针预防针，免得他猛一听见，吃不消。"

李红磊心里一震，感觉独耳话中有话，就连忙借着右眼模糊不清的视线摸索着向那个桌子走过去。独耳见李红磊摸过来，知道肯定是要向他打听刚才说的事，抬眼一看秦孃孃和陆叔两人正怒目圆睁地盯着他，就不敢再讲什么，再加上又怕秦孃孃真的不煮米粉给他吃，所以，就赶紧避开，坐到另一张桌上等吃去了。

另外那几个坐在一张桌上吃米粉的人，先头一边吃一边听独耳和李红磊、秦孃孃他们几个人的对话，并没有搭腔。现在见李红磊摸过来，独耳又躲开了，其中一个就说："他妈的这个独耳真不是人。吃人家的，还要伤人家。"

独耳本来就尖嘴猴腮，身体瘦弱，既不会打也不经打，是个只会油腔滑调耍嘴皮的人，听了那男人骂他，根本不敢还嘴，低头看着手上的筷子不敢出声，也不敢再敲桌子了。

那些人中有个大家叫他"钱哥"的人，他家是昕燕妈妈家隔壁的邻居。他妈妈同昕燕妈妈关系还不错，他说："小李，过来坐，你好像能看见点东西了，是不是？"

李红磊顺声答道："还是不行，能模模糊糊地看见点影子而已。我能坐在你们这里吗？"

钱哥说："不是喊你过来坐吗。"说完顺手就拉了张凳子放在李红磊的背后，然后拉李红磊坐下。"听说你现在发了，找到了有钱有势的老爹，还有个漂亮女医生愿意和你结婚。她不是看上你家老爸的地位了吧？你一个盲人，如果没有你老爸，她会想和你结婚？小心点哦！"

李红磊没有接他们的话头，心急地问："独耳刚才是不是在说袁昕燕？她怎么了？"

一阵沉默之后，钱哥说："哎，你真的不知道呀？反正你早晚要知道的，不如早些知道，好有点思想准备。大概是半把个月前的一天，袁昕燕妈妈到她住的地方去看她，敲不开门，也没有人应。邻居出来说学院也来人看她，说她没有去教课。她妈妈觉得不对，就让人砸开了门，一看，袁昕燕已经没气了。"

"年纪轻轻的，又那样漂亮，画画又画得那样好，可惜呀！他们家没有去通知你？难怪呀，你现在发了，她家人可能不愿意去打扰你呢。"

李红磊的眼泪顺着眼眶流了下来，然后就泣不成声了。

“别难过了，人各有命。你现在的生活好了，就好好地过，你对她也够意思了。只不过还是要去看看她的家人，去给袁昕燕烧点纸，上炷香，也不枉相好一场。”

李红磊边流泪边点头应承着。一个穿着一身浸满了大大小小油迹旧工装的人说：“好像听说她画了好大的一幅画留下，上面有小李，还有她写的诗。才貌双全，可惜命短啊！不过我们也只是听说，都没有看见过。你看看她家人会不会给你看，不过你的眼睛也还是看不见，对吧？”

正在抹桌子的秦孃孃说：“不管看得见看不见，你可以问她家要那张画，也算留个纪念，她家人应该会同意的。再说，是她先同别人结了婚，小李眼睛又看不见，还差点为了她去坐监牢顶命，在情在理，她家人都不会不讲良心的。”

大家七嘴八舌地说着话，出着主意，安慰着李红磊。

这时，坐在小凳子上，在石头擂钵里一锤连一锤嗵嗵嗵嗵地舂着辣椒的陆叔说：“小李，她人都走了，那是她的命，你就不要伤心了。大家都知道你对她也是够意思的了，你现在好了，今后和那个医生结婚好好过日子。若是袁家日后有事找你帮忙，你尽力就行了。袁家大女儿虽然对不起你，可是袁家老两口对你像对亲儿子一样，我们大家都是看到的。还有，小李，今后如果我们这些街坊邻居若是生了病去省医找你家那位医生，你要帮忙哦！我们大家一条街上住了这几年，相处得都很好，现在这里要拆迁了，上面说这里的人太多，只能分散安置。我们自己都不知道会被安排到哪里去，今后不知道哪年哪月才碰得到了。”

李红磊点着头答应着陆叔。他已经讲不出话来了，心里急着昕燕的事，又很哀伤。大家见他那个样子，都充满了同情，还是那个穿旧工装的人说：“小李，你快去她家吧，不要太过悲伤，一切都是命。要不要我陪你过去？”

李红磊说：“不用了，多谢大家了。”说完，站起身来，摸起引路棍，走出米粉店。秦孃孃提着他的那个马桶包追出来，塞在他手里说：“小李，不要太伤心了，人各有命，想开点吧！”

4

李红磊握紧手中的盲棍点点戳戳地一路走，嘴里一路自言自语：“不会的，他们开玩笑的，昕燕好好的，怎么可能会死呢……”他摸着向昕燕家走去。

一定是弄错了，要不就是我在做梦。他一边走一边胡乱想着，流着泪，像梦游一般毫无知觉地朝前移动着。他凭着只能见到光影的右眼，跌跌撞撞地向昕燕家摸过去。

到了那扇进出无数次的门口，想到昕燕现在已经是隔世之魂，李红磊不禁悲从中来，泪流满面。正在这时，听见那扇门“吱呀”一声开了，接着就听见昕燕妈妈带着哭腔的声音说：“哎呀！红磊，你回来了！你怎么不早来呀！”说了这句话后，她一想不能说，就又把话咽了回去。接着把手中要去买菜的菜篮往地上一放，过来一把拉住李红磊的手臂，还是忍不住轻轻地抽泣起来。本来对昕燕的死讯还有点将信将疑的李红磊，这下子完全证实昕燕真的走了，他不禁痛哭失声。

昕燕妈妈见他大哭，料想他已经知道了，也跟着大哭起来。这两人哭成一团，里面昕琪循声出来，见妈妈和李红磊蹲在地上哭得昏天黑地的，围观的街坊邻居和路人站了一圈。有劝的，有陪着掉泪的，还有过路的陌生人打听是怎么回事的。昕琪的眼泪也滚了出来，忙上前扶起妈妈和李红磊，捡起地上的包和那根盲棍，连劝带拖地把妈妈和李红磊拉进屋去，返身关上门。门外的人们听着里面哭声渐缓，才慢慢散去。

昕燕妈妈哭着说：“她早就是胃癌晚期了，怕我们担心，她自己挺着不说呀！你们俩真是命苦啊！就是因为你们俩配得太绝了，遭天妒呀！昕燕从生下来到死都在受苦，回城上大学工作只不过是再多受几年的罪。红磊啊，不是她狠心抛弃你啊！是那个王八蛋糟蹋了她，她当时就去投水寻死，可那个王八蛋又把她拉了上来，还没有毕业就怀了孩子，为了孩子她没有办法啊！红磊你原谅她吧，这就是她的命啊！老天给了她这么绝好的天资，偏偏就不给她寿和福，让她少福无寿地来消磨自己的天资呀！”昕燕妈妈边哭边诉说着，声泪俱下，凄苦难言。

渐渐地，李红磊止住了哭声，慢慢地睁开眼。模模糊糊中，他好像看到昕燕站在那里对着她笑。于是就走过去，伸手去摸，原来是挂在墙上的昕燕的遗照。李红磊拼命地睁大眼睛想看清楚一些。

这时，昕琪说：“红磊哥，你能看见了吗？这张照片是那年你的那个好朋友到乡下来看你时，在油菜花地里给姐照的。后来，姐回城后照了好多漂亮的照片，可是她偏偏指定这张做遗照。姐心里一直丢不开你呀！”

李红磊一听昕琪讲是那张照片，他虽然仍然看不清楚，但是照片却清清楚楚地在脑海中浮现出来。李红磊又大哭起来。彭家良也已经不在人世了。他为昕燕拍的这张照片和拍照时他们三人在一起快乐开心的情景都深深地烙在李红磊的灵魂里。自从昕燕与张艺贵结婚后，李红磊一直在心里与昕燕继续爱恋着，回忆着，相伴着。也是这浸透了整个灵魂的爱恋，才让他支撑着度过了那些心乱不堪的日子。朦胧之中，昕燕那张脸在阳光下那么明媚，那么甜美。让阳光晃得睁不开眼的昕燕，含羞地眯缝着弯弯的双眼，笑得那么迷人。李红磊呆呆地想着，哭着，眼泪像雨水流淌不住。他想昕燕，也想彭家良。为什么自己的知交好友、心爱的人都要这么急匆匆地走呀？他们去了哪里呀？他不知向谁发问，心里悲伤得要爆炸了。

昕琪哭着往李红磊的手里塞了一条毛巾说：“这张照片是姐写在纸上做遗照的，底片找不到了，好不容易才找人给她翻拍放大出来。人家一听用风景照做遗照，就觉得奇怪。我们坚持一定要按照姐的意愿去做，就不管别人说些什么了。”

昕琪说到这里，又掉下泪来，见李红磊站在那里僵直地呆坐着，赶紧抹掉眼泪，拉他坐下。随即给李红磊倒了一杯茶，示意妈妈不要哭了，怕李红磊太伤心对眼睛不好。

大家哭累了，就各自静静地呆坐着。这时李红磊想起在米粉店时别人提起的那幅画，于是问道：“昕燕还有什么交代的吗？”

昕燕妈妈怔了怔，欲言又止。

昕琪说：“姐的那幅画不是留给红磊哥的吗？还有红磊哥的那个怀表。”

昕燕妈妈抹着泪说：“那幅画让人看了不舒服，再说红磊也看不见，何必再让红磊难过，你去把怀表拿来给红磊吧！”

昕燕妈妈心里想，昕燕画的那幅画上不但有红磊，还有慧雪。如果让红磊带回家去，人家父母看了多不好。红磊都要结婚了，不能让他把那幅画拿到他家里去，那会影响他今后的生活。红磊总是放不下昕燕，对慧雪也不公平啊！想到这里，就说：“红磊啊！昕燕是有一幅画留给你，但是我还想再多看看，也对她的心思多些了解。再说，你现在也还看不见，等过些日子你的眼恢复得再好些，我让昕琪给你送去，好吗？”说完，眼泪又断线珠子般地滚下来，心里想，昕燕，不要怪妈妈啊！这事妈妈不能照你的愿望办，让红磊和慧雪过几天好日子吧！你千万不要总拉着他们了！你在世时，是个多么善良的人啊！

若是别的事，李红磊肯定就依了。他骨子里的清高使他从来不勉强别人什么事。但这回不同，他心里虽然明白昕燕妈妈是怕自己难过才不想让他看，可是他已经知道那幅画的存在，再加上右眼能模糊地看到一点影子，要看那幅画的心就更加坚定。他说：“我不会带走那幅画的，我就摸一摸，你们给我讲讲她画的是什么，也好了了昕燕的一翻苦心。”说完，眼泪又大滴大滴地落下来。

昕燕妈妈见李红磊又哭起来，就说：“红磊，不要太伤心了，我马上让昕琪拿来给你看。”然后对昕琪说：“昕琪，去把画和怀表都拿来。”

昕琪去拿画时，昕燕妈妈又说：“红磊啊，我是怕你拿回家去，对你们不好，才不拿出画来的，你不要多心哦！”

红磊说:“我知道，我不会拿走那画的。其实，无论我在哪里，天天都是同昕燕在一起的，画你们就留着吧。”

昕燕妈妈听了这话，心想不能讲了，这红磊尽说些不吉利的话。她与抱着画轴出来，满脸泪水的昕琪对视了一眼，就都没有搭李红磊的话。

昕琪把卷轴放在吃饭的那张方桌上。卷轴外面包着报纸，一根红毛线拴在卷轴的正中间。“小心点，别弄坏了。”昕燕妈妈带着难忍的哭腔叮嘱昕琪。

报纸一层层被打开，里面还包了一层油纸，打开油纸，昕琪双手将画缓缓地铺展开来，就像是昕燕睡醒后，慢慢地在舒展自己。

李红磊一看见画卷的影子，就伸手去摸，他再次泣不成声。昕琪转身抹泪，说:“红磊哥，你眼睛不好，又被泪水蒙住，怎么看画。”

李红磊用毛巾擦了擦眼睛，急着弯下腰去看那幅画。他心里着急，努力把眼睛眯缝着聚焦到画面上，想好好看看自己最心爱的人画的什么，想告诉自己什么。可任凭他怎么努力，就是看不清楚画面上的东西。正着急时，突然看见画面上开满了艳丽的鲜花，花朵中，昕燕那张娇艳无比的脸正看着自己笑，还向他伸出双手。李红磊赶紧把双手伸过去接昕燕的手，抓住了，昕燕的手是那么温暖，他紧紧地握住那双手，再也不想松开。

“红磊哥，你怎么了?”昕琪见李红磊紧紧抓住自己的双手，对着那幅画只管痴笑，一着急就喊了一声。昕燕妈妈也吓了一跳，以为李红磊受刺激精神错乱了。

李红磊也被昕琪的喊声吓了一跳，这才回过神来。原来，这哪里是昕燕的手，是昕琪看见李红磊伸出双手要去抓画中的什么，以为李红磊悲伤过度，要去撕画，就吓得赶紧伸出双手接住了李红磊的手。

昕燕妈妈看见李红磊回过神来，着急地说:“红磊，你没事吧?千万别太难过了!”

李红磊低下头，又哭起来:“我看不清她画的是什么，只看见昕燕在画中对着我笑，还向我伸出双手，所以我就去接她的双手，没想到抓到了昕琪的手。”

昕燕妈妈听红磊说看到昕燕，心里“咯噔”一下，就在那里呆想着，昕燕的灵魂肯定还在这屋里，她放不下李红磊。心里这么想着，嘴里却说:“哪里会有昕燕在画里，是你太思念她了，眼睛又不好，看花了。”

李红磊继续痴痴迷迷、呆怔怔地说:“现在昕燕就坐在五公里那里哭。她说前面好黑，一个人好怕。我不能让她一个人走那么长的路，我马上要去陪她。她葬在哪里呀?我要去看她。”

昕燕妈妈说:“红磊莫再乱说了，一会儿让昕琪送你回去。你出来时间长了不回去，你家里会着急的。过一段时间，我们再带你去看她。好不好？”

李红磊说：“你们别担心我，告诉我，她在什么地方？”

昕琪见妈妈哭得说不出话来，就哭着说：“姐留了遗嘱要回石板坳水库下面，那个有瀑布、有古墓的地方。”

李红磊一听，呆怔怔地说：“原来她先去那里等我们去了。她有没有给我留什么话？”

昕琪说：“没有，她可能是不想打搅你们吧。”

李红磊说：“她画上画的是什么？你能告诉我吗？”

昕琪说：“就是你们在梦中去过的那个有三座小屋的地方。她自己绣了一个布袋说是她人生最后的一件衣服，让把她的骨灰放进去后，直接埋进土里，上面种上一蓬竹子。”

李红磊听完又滴下泪来，沉默了一会儿，又说：“昕燕的那幅画上是不是还有诗？我是听邻居街坊们说的。”

昕琪说：“是的，我念给你听吧。“

李红磊说：“好，谢谢！”

昕琪看了看妈妈，见妈妈正低头抹泪，并没有反对自己念那首诗给李红磊听。于是，她含泪哽咽着念起来：

老庙门前百年树，树蚁串串忙行路。
路长路短何处来？来来往往去何方？
方方圆圆三座房，房前屋后飘异香。
香馨奇路引魂聚，聚散迷失回家途。
途遥径曲古道深，深山树影藏远情。
情长缘短皆是命，命中因由无处寻。
寻寻觅觅又相遇，遇时已过千百春。
春兰悔殇山竹恋，恋断心悲常比蚕。
蚕双自缚因情重，重茧难逃双怨魂。
魂怨虽苦成双对，对心自忖不如蚕。
蚕儿相依魂相伴，伴我只有孤影单。
单琴独瑟箫声冷，冷寂凄惨恨轮回。
回头顾盼千万遍，遍别亲人在梦境。
境碑城郊五公里，里程旧地断世缘。

李红磊听完诗点头自言自语低声道：“记住了，境碑城郊五公里，还是老地方。”

昕琪说：“红磊哥，你自己在那里说什么呀？”

李红磊没有回答。其实，李红磊今天来还有一件事，就是想把自己上次留在床褥下的那几封遗书悄悄拿走。他知道慧雪和红英没有把他去轻生的事情告诉别人。如果那几封信被昕燕或者家里的其他人看见了，该多伤心啊！现在，他被昕燕过世的事一刺激，就把其他的事都忘记了。

昕燕妈妈哭着说："这活着的比死去的还苦啊！她走了，就一切都了了。可是我们难过啊！一个活生生的人就这么永远看不见了啊！"

昕琪见妈妈和红磊都太悲伤，怕出什么事，毕竟妈妈年纪大了，就想把这事岔开。于是对妈妈说："妈，红磊哥才从上海回来就赶来看我们。我们一家人也好久没有团聚了，我去割点肉来，今天我们一起吃中饭。"

昕燕妈妈哽咽着说："好，昕琪，你去买菜吧。抽箱里还有三两肉票，去把三两肉全割来，要五花肉，红磊最爱吃我做的红烧肉了。很长时间没有在一起吃过饭了，以前一大家人围着桌子吃饭，你让我、我让你的，多好啊！"

昕燕妈妈想留李红磊多坐一下，想想昕燕一走，李红磊与慧雪一结婚，这里再一拆迁，真不知道什么时候才会再聚了。想到这里又伤心起来，说："红磊啊！我同时丢了两个心肝宝贝啊！昕燕走了，你也有了自己的生活，今后见面就少了，你说，我是不是同时丢了你们两个心肝宝贝啊？"说罢又哭起来。

李红磊流着泪突然改口喊她道："妈妈，人都是要走的，早晚而已。昕燕不会孤独的，她带着我们大家对她的爱和思念上路，怎么会孤独呢？别难过了。昕燕一定希望你们老人家过得好，所以你不要再悲伤了。你不是说，一切都是命吗？昕燕不在了，日子还得照样过。节哀吧！妈妈。"说完，一下子跪在昕燕妈妈的脚下磕了个头。

昕琪和妈妈见他突然改口，而且行为古怪，就赶紧把他拉起来。这是李红磊第一次改口喊她妈妈，也是李红磊第一次在人前用磕头的方式表达自己的情感。昕燕妈妈赶紧去拉他："我的好儿子，昕燕无福啊！"说完，又失声痛哭起来。

昕琪拉起李红磊后，三人拥在一起又大哭了一场。

还是昕琪先忍住了悲伤，把妈妈和李红磊劝住，然后说："妈，你去淘米煮饭，我赶紧去买菜。红磊哥，你先坐一下，喝口茶，我一会儿就回来了。"说完就要往外走。

李红磊叫住她说："昕琪，我今天就不在家里吃饭了。我心里难过，想一个人到外面走走。改天再过来看你们。到时，你们带我到昕燕葬的地方去看看她。今天来得匆忙，忘记告诉我爸妈一声，我下次再来吧。昕琪，你要替我和昕燕照顾好爸爸妈妈。"

昕琪泣不成声地答应着，心里对李红磊的爱恋突然如火山熔岩沸腾般爆发。她不顾妈妈在场，冲上去紧紧抱住李红磊，亲了他的脸一下，就搂着他大哭起来。李红磊用手摸了摸昕琪的头，流着泪说：“昕琪小妹，我知道你的心，你对我的好，我这世无以为报了。”

昕琪听后，方知道，原来红磊哥知道她的心思，只是他们今世只有兄妹缘而已。她放开双手，伏在桌上大哭不已。昕燕妈妈对昕琪突然当着她的面去拥抱李红磊一点也没有责怪和阻拦。心想，昕琪这是情爱至深，自然爆发。没有对错，自有渊源啊！想着又哭起来。

就在昕燕妈妈百感交集，心如刀绞般难过时，听李红磊对她道：“妈妈，这么多年来，你们那么照顾我、关心我，我心里早就把你们当亲妈妈、亲爸爸了。只是一直改不过口来，你不要怪我啊！妈妈，你不要太伤心了，否则昕燕会不安的。”说完，自己倒先又失声哭出来，怕又惹大家悲伤，赶紧摸起昕琪先头按原来的习惯帮自己靠在椅子边的导盲棍向门外走去。这时，李红磊又想起多年前初到石板坳小庙时，第一次看见昕燕的情景。

昕琪追到门口，抽泣着说：“红磊哥，我送送你。”说完拉住李红磊的手，把那块怀表塞到他手中，又哭起来。

李红磊哽咽着说：“昕琪，你留下做个纪念吧！我看不见，用不着了。”说完摸到昕琪的手，又把那只怀表塞回她手里。

昕琪一听他的话和姐姐写在那张小纸条上的话一样，又大哭起来，像生离死别一样悲痛。

“昕琪，别哭了。快去照顾妈妈，她很伤心呢。你要替昕燕多多体谅她。我很熟悉这一带，现在眼睛虽然模糊不清，但比以前的漆黑一片要好多了。我走了，再见！”说完，用盲棍点着路急忙走了。

昕琪手里捏着怀表，哭得上气不接下气地看着他的背影，心里有说不出的爱恋和悲痛。从在乡下认识李红磊，又从农村到回城，他一直是自己心上的人。她刚才抱住他时，不知道为什么，突然有种永别的感觉。李红磊说的话分明是告诉她，他知道她的心事。她心里有一种说不出是幸福还是辛酸的滋味。自从发现李红磊的那几封遗书后，昕琪每天在睡觉前，有时甚至是在白天也会背开家人的注意，悄悄地取出来流着泪反复地读，然后把那些遗书紧紧地抱在怀里，感觉就像紧紧地抱着李红磊一样。昕琪把这种奇怪的感情深藏在心里。夜深人静时，轻轻地从内心深处掏出来，看看，想想，流流泪。

第三十三章

1

李红磊从昕燕家出来后，开始漫无目的地从一条街走到另一条街，脑子里一片空白，任随导盲棍和两只脚带着自己走，停不下来，也不想停下来。不知走了多久，街道渐渐安静下来，偶尔听见有货车沉重的声音快速驶过身旁，发出“哄”的一声巨响。走到郊外来了？城里开车不会这么快。他不知道自己要走到哪里去，就是不想停下来。拖着两只像灌了铅一样沉重的双腿，还是一步一步地往前移动着。心里逐渐有了知觉，好像看见昕燕满面泪痕地在前面朝他招手。他想起了她小时候写的那句话：“幸福太贵了，我们家没有，也买不起。”

李红磊号啕大哭起来，旷野无人的公路上，他的哭声被淹没在来往的汽车呼啸声中。

这时，李红磊的棍子戳到一个硬东西，已经筋疲力尽的他再也走不动了。想休息一下再说，于是弯腰去摸那个东西，是个石头，方方正正的，心里一怔，公里碑！再一摸，“5 公里”的刻印立即从手心传到脑里。

满脸泪水的他笑了，仰头自语：“昕燕，是你把我带到这里来的吧？我一路不停，一停就站在五公里路碑前。你看，冥冥之中，我拖着无意的脚步，在看不见天日的皮囊里，竟然又来到了这里。真是奇怪的巧合，难解的天意啊！”

李红磊靠着那块石碑，感觉昕燕轻柔得像一件纱衣一样地依在他身旁说：“红磊哥，月亮好美呀！比城里的月亮显得更明亮更好看，好像还大些。如果我们今后能回到城里，就把这漂亮的月亮也一起带回去。”温柔的声音如轻风般在他耳畔萦绕。

天飘起雨来，昕燕说：“红磊哥，我喜欢小毛雨，不戴草帽在雨里走，头发上好像挂满了好多小珍珠，亮晶晶的，很好看嘞！”

雨还没停，太阳就出来了，天上出现一个圆形的彩虹。彩虹应该是弯的，怎么这个彩虹是圆的？李红磊发现自己的眼睛能看见了，而且看得那么清楚。强烈的太阳光照得李红磊睁不开眼睛，昕燕站在洒满了阳光的油菜花地里，笑眯眯地向他招手，李红磊满怀欣喜地张开双臂朝昕燕飞了过去。

一声刺耳的急刹车声，司机从驾驶室里跳下来，看看倒在车前已经没有了气息的李红磊，突然蹲在地上抱头痛哭起来。“你为什么要来害我呀？我同你前世无冤今世无仇的。我上有老下有小的，如果我坐牢或者被枪毙，我家里的人怎么办啊？”

那个司机蹲在地上哭。这时，已经是清晨六点左右。有几个上早班穿着工装的工人围了过来。

其中一个说：“老哥子，不要哭了，我们给你证明，我们看见的，是这个人自己去撞你的车的。”

司机赶紧向那几个人跪下磕头说：“谢谢，谢谢了，你们是好人呀！我如果有个好歹，我一大家子人就没法活了呀！感谢你们啊！”

其中一个工人说：“怪了，这个人怎么张开双手像飞一样地突然朝你的车撞过去，是不是精神不正常？”

另一个说：“也可能吧，不过你看他穿的东西很好呢。这蓝色毛衣还是新的。”

这时，又有一个人对那个驾驶员说：“我们要去接班，也不知道民警什么时候才会来，要不然，大鹏，你留在这里陪他等民警来，好帮他证明一下，他肯定讲不清。我们跟廖班长说说，帮你请个假。”

那个叫大鹏的人说：“师傅，我听你的，那我就留下来帮他证明。不过，万一民警同志要是不信我一个人的证明，怎么办？”

“那就让他们来找我们喽！”其中一个瘦长瘦长的工人说。

那个司机千恩万谢地又要下跪磕头，大家忙拉住了他。这时天已经大亮，围观的人越来越多。虽然这里是城郊，但是好几个大工厂、发电厂，还有油库都在这一带，上早班、下夜班的人，一会儿就围得里三层外三层的。

2

慧雪那天上白班，不知什么缘故，总是魂不守舍地感到心慌。好不容易到了下班时间，天已经黑尽了，还下起雨来。她撑了把伞，走出医院大门就直奔李红磊家。

李红磊的父亲心急地对她说：“慧雪啊，红磊一早就去了袁家，到现在也没有回来。红玉和红英也都还没有回来。”

慧雪说:“李伯伯,周阿姨,你们不要着急,红英没有陪红磊一起去吗?”

红磊妈妈从厨房里出来说:“他自己坚持不要红英跟他去。我一直悄悄地跟着他到车站,看见他上了公共汽车我才回来的。”

慧雪想,这么晚了,是不是红磊知道了昕燕过世的事,伤心过度,出了什么问题呀?要不然就是走迷路了?袁妈妈答应过我,不会告诉红磊的。这时,一个想法让慧雪突然惊了一下,路上那么多认识李红磊的街坊邻居,会不会谁顺嘴就告诉了他?想到这里,心里喊了声“不好”就立即对红磊的妈妈说:“阿姨,我出去接他一下。”说完就匆匆忙忙地出去了。

慧雪赶紧往昕燕妈妈家赶,还好,刚到车站就来了辆公共汽车,下班高峰期过了,人不算多,没费力就上了车。她赶到昕燕妈妈家那条街时,天已经完全黑了。慧雪三步并作两步地到了昕燕家门口,正要举手敲门,突然听见从窗户里传出昕琪的话声:“妈,你看红磊哥给谁买的东西都刚好合适。他多细心啊!给爸爸买的鞋也那么合脚,连我都记不住爸爸穿多少码的鞋呢。”

昕燕妈妈说:“红磊细心得很,又懂礼,他们家教育得好呢。也不知道这些街坊谁多的嘴,让他知道了昕燕过世的事。今天红磊走的时候多难过啊。我原想至少瞒到他和慧雪结了婚,然后再慢慢地告诉他,真是纸包不住火啊!”

“不过姐也值了,红磊哥对她可真是好,你看他哭成那个样子。”

昕燕爸爸说:“这些年也没有白疼红磊啊!你看他,眼看不见,又不方便,去那么远的地方治眼睛,还想着给我们都带了东西来,记情啊!”

又听见昕燕妈妈说:“唉!不过昕燕的事,不管谁说走嘴还是怎样,红磊迟早都是要知道的,瞒得过初一,瞒不过十五。红磊对你姐再好,你姐也无福消受啊,这是命。只是没能把他留下一起吃顿午饭,我心里很不舒服。”

昕燕爸爸说:“要是能留下吃饭就好了,我就能看见他,安慰他一下,别让他心里那么难过。回到他家里,心情不好,他家父母也会跟着难过,慧雪也会很难过的。”

慧雪本是个十分乖觉灵慧之人,听到这里,心里感慨李红磊如此重情重义,更感慨这家人对红磊的一片真心。知道李红磊早已离开,就不想再进屋打扰,免得既要惹昕燕妈妈伤心,还要耽误找李红磊的时间。慧雪悄悄地转身走了。她又顺原路回到李红磊家里,李红磊还是没有回家。这时已经是晚上九点半钟了,红英刚回家,她最近跟一个老同学正在热恋中。大家都埋怨红英为什么不坚持去送红磊,红英后悔莫及,见慧雪急得直掉泪,就赶紧过去安慰她。

慧雪看了看红英，欲言又止。

红英觉得慧雪的状态不对，就反复追问慧雪，这才知道昕燕已经过世了。想到李红磊一旦知道这件事，肯定悲伤，会出什么事来也难说，大家都急起来。

慧雪想，李红磊曾经有过轻生的念头，如今他知道了昕燕已去，会不会再走老路？慧雪的眼泪断线珠子般地掉个不停。红磊家人见慧雪这么难过，就都安慰她说，可能是因为眼睛不好，走迷路了，也许等一会儿就回来了。慧雪焦急万分，但也想不出什么好办法，只好心神不定地一会儿到院子里看看，一会儿在屋里坐着发呆。

等到十点多钟还不见人回来，外面雨越下越大，大家都坐不住了，就决定分头出去找。慧雪与红英一起到李红磊经常走的那些路去找，其他人，还有红磊爸爸的警卫员带了几个战士到公园和各个可能的地方去找。

倒春寒一来，寒流一路裹挟着冻雨卷土重来。虽然已是春天了，可这天气比冬天还要冷得多。慧雪和红英互相挽着手，挤在一起，打着一把伞，两人冻得直发抖。她们一边走，一边喊，把李红磊平时经常走的几条路走了个遍，但是连个人影都不见。街上已经没有行人和车辆，风和雨继续着。两人又急，又冷。慧雪让红英先回去，自己再去找找，但是红英坚决不肯，连劝带拉地要慧雪跟她一起回家。“等天亮了再去找呗，要不我就不回去，一定要和你在一起。我哥不会有事的，可能就躲在附近想一个人回忆一下过去。”红英劝说道。

慧雪拗不过红英，心想，不如先同她回去，自己再出来找。想到这里就说：“好，那我们回去吧。”她们俩回到家时，已经是半夜两点多了。去找的人都先后回来了，仍然没有任何消息。

红磊的爸爸不肯睡，一直坐在轮椅上等消息。红磊的妈妈焦急地在厨房、客厅两头来回走着，不知道该做什么。

红英让回来的人都赶快去把湿衣服换掉，先休息。又把爸爸妈妈劝进房间休息。见慧雪目光呆滞地陷在那张靠窗的大藤椅里流泪，湿透了的衣服也没有换。红英赶紧进自己的房里拿了一身干净的衣服出来递给慧雪说：“慧雪姐，你赶紧到你们房间里去把这身衣服换了，抓紧时间休息，明天一早，我们再去找找看。不行就找居委会、派出所帮忙。”

慧雪说：“你先睡吧，我再坐一会儿。”红英没办法，只好去房间里拿了床旧军毯给她盖上，顺手又拖了张椅子在慧雪旁边坐下陪她。

慧雪见状，忙说：“你去休息吧，明天可能还要继续出去找他。我想一个人在这里待一会儿，也顺便休息一下。”

红英听了，知道慧雪心情不好不想别人打扰，就只好叮嘱了几句早点休息，不要太着急之类的话，然后进自己房间休息去了。

天刚蒙蒙亮，慧雪就一个人悄悄地溜出门去了。走到外面街上，她想起第一次救回李红磊的地方。她的脑子里刚想到，双脚就带着她快步朝那个方向走去。走了很长时间，眼看快到三桥了，她感到有点头晕，心想，歇一下再走吧，免得老毛病发作晕倒在这里就麻烦了。她停了下来，准备站一下再走。这时，有几个穿着蓝色帆布工作服的人从她身边走过，大声说着话。

一个人说："老刘，你也上白班啊？你走得好快呀，我们追了你半天才追上。你看没看见刚才撞车的那个人？"

那个被叫老刘的人说："看见了，就在五公里石牌那里。我走过的时候，见一个人倒在那架卡车前，好像是死了，一动不动的。好几个人在那里看，不知道有没有人去报告派出所。我要赶班，没时间看，就先走了。"

另一个人接嘴说："我也看见了，大清早的，真不吉利。听说是那人自己去撞人家车的，怎么要这样去寻死？把那个司机吓得直哭，害人啊！"

慧雪一听五公里路碑，想起上次不就是在那里救下的李红磊吗？她心里一惊，赶紧加快脚步往那里赶，远远地就看见一堆人围着。这个地方正是那次她冒死拦车的地方。她心里一急，脚一软差点跪在地上，赶紧拖着麻木的双腿朝那堆人挪过去。好容易靠近了人堆，她从人缝中往里一看，一种熟悉的颜色立即闯进她的眼帘，那是自己刚为李红磊织好的一件毛衣的颜色。她哭起来，自语说："不是他，不会是他，好好的怎么又跑到这个鬼地方来……"

其实她看见那颜色时，就已经知道是李红磊了，但还是本能地抗拒这个事实。她拨开众人，想靠近李红磊的身体。

那司机见慧雪又哭又往前挤，就赶紧拦住她，说："这位女同志，你是他什么人？请你不要动他，千万不要破坏了现场，要不我就更无法说清了。我一家老小九口人就靠我一人吃饭啊，真害人呀！"

这时慧雪感到一阵眩晕，赶紧定了定神，稳住自己。她看见李红磊的脸歪向一边，闭着的眼睛还有一点微缝，浓密的眼睫毛湿漉漉地盖着那双曾经光彩明亮的双眸。他好像在睡梦中一般，脸上似笑非笑，安详满足。不知道的人谁也看不出他是个双目失明的盲人。

慧雪流着泪说："我是他的未婚妻。你放心，我不会破坏现场。如果需要，我也帮你作证，是他自己要这样的。"

这时，那个司机突然说："哎，我怎么觉得你的声音这么熟悉，而且看着你也这么眼熟啊？"

慧雪看看他，突然想起来，一年多前的那天早上，正是这个司机帮忙把李红磊送到医院去的。于是慧雪流着泪说:“是的，我们认识，你曾经也在这里帮助过我送他到医院救了他。可是，你看他还是走了，还差点害了你。但他不是有意的，碰巧了，对不起啊！我会为你证明的，放心吧！”

那司机也想起来了，说：“你就是那个省医内科的医生？”

慧雪哭着说:“是的，你放心吧！我一定帮你证明。”

那司机感激地看着慧雪说:“谢谢你了，你是个记情的好人啊！不过，他为什么总跑到这里来寻短？而且两次都是我碰上，真是命啊！我今天与另几个司机约好清晨六点钟到南站集合装货，七点十五分准时出发到云南去。讲好了到时间就走，不等人。主要是到了云南，还要去四川那边，而且都要按讲好的时间把货送到。这一路不好走，有的地方还在结冰，盘山路又陡又滑，多点人一起走，路上有伴。碰到什么问题，互相好有个帮助。这下完了，去不成不说，还不知道会不会被判刑。真倒霉啊！虽然别人也都看见是他自己撞上来的，可是毕竟撞的是我的车啊，我开车这么多年一直都非常小心，还没有出过什么大事。这下好了，在同样的地点，一个曾经被我救过的人，飞一样地张开双臂朝我的车扑过来。他去了，可是我怎么办啊？我的一大家人怎么办啊？怪就怪在他也不知道是我的车啊！怎么就这么怪呢？”

慧雪虚弱地说:“对不起！你放心，我一定帮你证明。你记得吗？上次我对你讲过，他是个盲人。现在他已经走了，请你原谅他，让他安心上路吧！”

司机说:“医生，我知道他不是故意的，我没有怪他，只是刚才着急。有你和这些个好心人帮我证明，我就放心了。你也不要太伤心了，这些事是有定数的。你看看他吧，好像没有什么明显的外伤。就是不知道为什么上天总是让我碰上你们？上次他是不是也想在这里寻短见，是你救了他？”

慧雪哪里还能回答司机的话，她抽泣着，眼泪哗哗地流，身体在悲痛中激烈地战栗着。

围观的人和那个留下来为司机作证的工人见这个司机竟然与那个女的认识，还说曾经也在这里救过被撞的这个人，大家都觉得这事很怪，有好事者就开始你一言我一语地向司机打听起来。

司机怕打扰眼前这个女医生与死者的告别，就想把人群引开。他拨开人群，走到路旁，在五公里石碑旁慢慢地坐下来，一副说来话长的架势。见有故事听，好奇的人都跟着围过去，有人还点了一根香烟递给司机。司机一边焦急地等着民警，一边向那些人说起去年怎么协助那个女医生救这个人的过程。

这时，李红磊的周围只剩下慧雪和几个后来的人了。慧雪慢慢走到李红磊身边，不由自主地在他身边跪了下来。出于职业的习惯，她第一反应就是伸手去摸他的颈动脉，那里已经没有了任何生命节律的涌动。她知道他已经走远了，但是她的手还是顺着他的颈部，抚摸到他那山脊一样挺拔的鼻梁上，再轻轻地滑到鼻孔，那里同样没有了任何生命体征的气息。她又机械地伸手拉起他的一只手去摸他的脉搏，那里也早就没有了生命搏动的波浪。慧雪抽抽搭搭地哭了起来，一边哭一边说："红磊，你为什么总要把我带到这个地方来呀？五公里是什么意思呀？"

那几个没有跟司机过去听故事的人七嘴八舌地劝她节哀。有个农民模样的人说："大妹子，莫哭了。走了的人沾到活人的眼泪就不肯走了，魂魄不散，投不了生，就会缠着活人不放的。"

另一个人也劝说："不要光顾哭了，人都死了，还是赶紧处理后事，光哭没有用啊！人死不能复生，报派出所没有？"

另一个围观的人说："听说报了，可能要等到八点半上班的时间才来，还加上走路时间呢。"

慧雪一边哭一边把自己的外套慢慢地脱下来，轻轻地盖在李红磊的脸上。接着慧雪迟钝木然地，连自己的外套一起，慢慢地抱起红磊那颗已经冰冷的头，让他枕靠在自己的怀里，像是怕惊醒这个自己爱了一生的男人。

这时，有个在附近工厂下夜班的老工人弯下腰向慧雪问道："这位女同志，你要不要我们帮什么忙？他已经走了，你就不要难过了。"

慧雪满面泪水，神情悲痛答非所问地说："他是要先走的，我们都是要先走的，这是听燕妈妈说的。可是，他为什么总要把我带到这里来呢？"

老工人听她回答得奇怪，看了看四周围着的那些人，以为她受刺激后，精神出问题，就只好摇摇头走到司机那边去了。

这时，那些人围着司机听他讲述一年多前的事后，都称奇。有的又跑过来看看慧雪，越来越多围观的人们把现场围得水泄不通。

空气流通越来越差，夹杂着各种声音和气味的气体沉重地罩在慧雪的头顶，混浊难闻。慧雪感到呼吸有些困难，一阵头晕目眩，知道老毛病犯了，把持不住，紧抱着李红磊的头，一下子歪倒在地上就人事不知了。从昨天下午到现在，慧雪已经粒米未进，本来身体就不好的她，经受了如此强烈的刺激，自然是挺不住了。

3

慧雪醒来时发现自己躺在一家医院急诊室的病床上。医生见她醒来，问她感觉哪里不舒服，那个人是她的什么人。

慧雪想起李红磊，又大哭起来，问那个医生：“他呢？他在哪里？”

医生答说：“你是问那个被车撞的人吗？他送来时就已经死了，所以就直接送到太平间去了。他外表还好，没有什么明显的伤，应该是颅内出血。你是他什么人？你能在他的死亡鉴定书上签名吗？”

慧雪没有回答医生的问题，还是一个劲儿地哭。

那个医生没有办法，就又说：“听民警介绍，你是省医的医生，好像他们去联系你们单位去了，你需要我帮你联系家人吗？”

慧雪本想自己起来去通知红磊的家人，无奈全身软绵绵的，身体实在是起不来，就把李红磊家的联系方式告诉了那个医生。现在慧雪只有躺在那里哭的力气了。

当慧雪再次看到李红磊时，他静静地躺在太平间里，脸上有一种只有慧雪才能读懂的解脱。那一刻，慧雪心中突然惊觉，天啦！我怎么这么长时间地忽视了一个满心悲哀，看不见光明的灵魂生活在人群中的痛苦感受。我只是一味地想治好他的眼睛，给我的爱恋一个归宿，却从没有想到过，自从昕燕离开他后，他的心也已经看不见一切了，他只是在为昕燕活着。失去昕燕时，他就无所谓什么了，他一直活在过去的回忆中。昕燕走了，现在他终于有一个好的理由可以走了，可以永远陪伴在昕燕身边了。

慧雪在心里对昕燕说，昕燕，现在有红磊陪伴你，你们都不孤单了，可是我却孤单了。我们不是讲过三人在一起生活的吗？你们为什么都不愿意啊？我怎么感觉自己好像一个被抛弃的旧布偶，孤独地靠在一个满是灰尘的角落里，睁着空洞的双眼看着窗外，想象着你们的快乐！红磊，现在是我藏在你曾经的黑暗中，看着你的身影，向更深的黑暗沉落。

尽管慧雪心里理解李红磊的苦衷，但是她一下子还是接受不了这个现实，难以从悲痛中自拔。她哭着，心里自语着：“红磊，你解脱了，我呢，你的父母呢，我们怎么办呢？你好好的，为什么又要跑到那个地方去？你与昕燕有约吗？可是她都走了，她也是想你好好生活的，你为什么还要追着她去呢？我一直苦苦地等你这么多年，你就忍心丢下我不管吗？你的眼睛看不见，我会永远当你的眼睛的。你说过要与我好好过日子的，为什么呀？”

李红磊的骨灰也按昕燕的方式埋到石板坳属于昕燕的那蓬竹子旁边。那是慧雪提出来的，她说服了李红磊的父母。慧雪用一床原先准备结婚的红色织锦缎被面裁剪缝制了一个心形的袋子，然后亲手把李红磊的骨灰装裹进去。她抱着那个骨灰袋子大哭不止。骨灰下葬后同样没有坟堆，上面种上了一棵松树苗。竹子和小松树离得很近，在风中轻轻地摇曳着。

下葬时，慧雪神情恍惚地指着李红磊坟墓左边的一块空地说：“这地方已经有两座房子了，再有一座就全了。这个地方很静很美，我很喜欢。今后我也要把自己变成一棵树站在这里看瀑布流水。”

大家听了她的话，都很难过，红磊妈妈和昕燕妈妈哭得喘不过气来。现在听慧雪说这样的话就更是哭得昏天黑地的。昕琪和红英赶紧制止慧雪，不让她说这么不吉利的话了。这一段时间里，大家都多少知道了他们三个人的那些大同小异的怪梦，也知道了昕燕的画与诗。大家都觉得奇怪，也替慧雪担心，但是又不知道该怎么劝慰慧雪。红英、昕琪紧紧拉着慧雪的手流泪，好像怕她会突然遁土一样。红玉没有参加哥哥的葬礼，她在家照顾因巨大的悲痛而卧病不起的爸爸。

石板坳的农民们能出门的都去了，韦婆婆的孙子扶着奶奶来了，她一路走一路哭喊着昕燕和红磊的名字，痛心疾首地说：“早晓得不要回城去就不会出这种事了。他们两个可怜啊！”

那些长大了的学生们都去了，他们在同一年里先后送别了两个他们最敬爱的儿时老师，悲痛之情无以言表。当年的李草花闻讯后，抱着孩子来了。她已经是两个孩子的妈妈。她大哭了一场，听说回去就病了。别的同学告诉昕琪，那个从前欺负过袁老师的张小田上个月死了。“文革”结束两年多后，革委会撤销了，张小田被撤了职。他回到红岭大队当农民，还是天天到处喝酒。上个月，他们大队的人好几天不见他，后来才发现他醉死在山边的一条沟里头。沟里头的水不深，他醉了，摔下去没有醒过来，就被沟里的水呛死了。

4

慧雪一直单身，不愿与任何人谈婚论嫁。她那间隔出来的一室一厅，雅致清静的房子里一直保持着她与李红磊准备结婚时布置的样子。墙上是慧雪与红磊并肩坐着的半身结婚照，李红磊虽然戴着墨镜，但是一点都不影响整张照片的美感。反而看起来很洋气，好像是赶时髦，故意打扮成这样的。旁边的慧雪满脸洋溢着幸福的微笑，柔柔地依在李红磊宽厚结实的肩上，看起来那么温柔，那么恬美。在慧雪的床头仍然放着那本她初恋李红磊时记下自己少女闺阁心事的日记本，她是准备在结婚的当夜送给李红磊作为新婚礼物的。她要依在他的肩上，变成他的眼睛，融入他的灵魂，直到永远。现在李红磊已经走远了，一切就这样奇怪地开始，又奇怪地结束了。就像一个哀伤的长梦。

慧雪越来越消沉，她有时会想起少女时代读过的那本外国小说《待郎草堂》。书中描写一位从新婚之夜一直等待新郎，从一个青春美丽的女孩子一直等到变成一个白发苍苍的老妇而死去的故事。她想，我现在就成了那个可怜的老妇人。我是从一个小女孩一直等到现在，最后，我也会像那个望穿双眼的老妇人一样，在默默的守望中死去。

慧雪也时常回忆那个奇怪的梦，那三座奇怪的屋子和梦中李红磊说的那句话："我们快走，那边还有事要了断。"原来他是来了断与昕燕的尘缘，了断与我的情债的。

慧雪记得有一次向李红磊提起自己做的那个怪梦后，李红磊说红英对他说了，还说："本不想求证的，不想把你拖进这个怪缘苦情的深穴里来。"

慧雪想，既然我就是其中之人，又怎么摆脱得掉呢？在生活中，人可以从梦中走出来，却不能从梦所预示的命运中走出来。

慧雪经常痴痴地对着照片上的李红磊自言自语："红磊，你在那边还好吗？你怎么这么快又第二次从我的生活中消失了呢？你到哪里去了？你是去陪昕燕了吗？你心疼她，我理解，难道你就一点儿都不能体谅我对你的苦恋吗？我的心已经随你而去了，我该怎么办，你能告诉我吗？在这大千世界、茫茫人海中，我们注定都要演绎爱情悲剧中的角色吗？你们的肉体已经消失，留给我的只有无边无尽的思恋和痛彻心扉的回忆。红磊，你对我太残忍了，可我却始终爱你如初。"

半年多以后，慧雪在一次夜班中又一次突然昏厥过去。值班护士按老方法把她放在值班床上，熄了灯，想让她好好休息一下。那是个老护士，完全知道慧雪的情况，以为她会像平时一样醒来。可是，第二天早上，护士开门去喊她起床时，她却再也没有醒过来。经解剖，是脑部的畸形血管破裂后血液压迫中枢神经而导致慧雪再也没有睁开眼睛。

李红磊过世时，慧雪曾跟家人说过，特别喜欢红磊和昕燕长眠的那个地方，说那里山清水秀，看起来好安静。慧雪过世后，不知道谁提起了慧雪的话。可慧雪的家人不愿意把她葬在李红磊、袁昕燕的旁边。

慧雪的大嫂哭着说："我这个小姑子是个多好的人啊！她对谁都好，就是对自己不好。她的命这样凄惨，按迷信的说法，我们一定要在这世就分开他们，免得他们下世又如此苦痛不堪，还连累家人悲伤。"

这样，慧雪的家人就决定选择另外的地方安葬她。就在家人做决定后的那天晚上，慧雪妈妈哭着哭着刚睡去，就见慧雪如一朵飘逸的白云来到她面前，流泪说："请妈妈一定要送我到我想去的那个地方，没有红磊和昕燕的陪伴，我好孤独啊！”

慧雪妈妈惊醒过来，大哭了一场，就让慧雪的哥哥们把他们妹妹的骨灰用一个粉色的布袋装裹后，送到安葬红磊和昕燕的那个地方去了。哥哥们照那个方法把慧雪安葬后，又种了一棵小柏树苗在上面。红英和昕琪提起安葬红磊时，慧雪指着当时的那块空地讲的话，都心酸不已。

这一蓬竹两株树下的故人，生时没能在一起，死后却长相厮守了。慧雪就这样静悄悄地去了，像是怕惊扰了别人一样，没有留下一点痕迹和脚步声。她是不是也去了那个有三座茅屋的地方与红磊和昕燕品茗作赋去了，没有人知道。

尾　声

几年后，一场百年不遇的暴雨下了一个多月。石板坳后山上的那个小水库里的积水暴涨，坝上所有的闸门都打开了还是来不及泄洪。冲出水坝的洪水和天降的雨水汇合在一起发出轰隆隆如排山倒海般的巨大吼声，一下就把下游的山体冲出一条三十米左右宽大的缺口。滚滚的大水夹着大量石头、泥土、树木从那三个古坟上方和瀑布断床处涌泄而下，把小小的瀑布出口冲成了一个宽大的河床断面。被暴雨泡松了的山体瞬间如倒墙一样垮塌下来。大量泥土裹挟着巨石和树木跟着滚滚的洪水一路翻滚过来。顷刻间，那个山洼就变成了一个漂着很多断枝残木和动物尸体的泥水湖。雨停后，农民们在那个悬在几个村庄头上，随时都会倾盆而出，带来灭顶之灾的湖上挖开了好几条通往河流的水道，又在道口连接湖边沿的地方炸了几个缺口，那一大湖积水才得以缓泻而出，顺着新开的水道汇入盆地里的小石河水悠然远去。

水放干后，原来的那个山窝和瀑布都不见了，成了一个到处裸露着黄泥巨石的大斜坡。被大水连根冲倒的那些树木断枝横七竖八地躺在地上。山体完全改变了模样。那些继续着昕燕、红磊、慧雪生命的树和竹，以及那三个古墓和那面山上所有的坟墓全都被垮塌的山石深深地埋到新形成的山体下面，从此永远地消失了。

该要走的留不住，远去了的无踪影。
最看不透的是缘，都说不清的是命。
缘字一边丝万缕，前世冤家今生聚。
往复循环天机密，无休无止无由因。
生生不息事事缘，繁衍变迁谁解疑？
人聚人离寻常事，概莫能外总伤情。

后 记

《山恋》这部长篇小说是作者于2005年开始创作，历时五年完成初稿，在随后的四年多时间里又经过多达七次的修改，直至2014年冬终成定稿。可以说，这是作者呕心沥血，用生命的热情去完成的作品。

作者起初只是想写写生活在那个年代的一些小人物的遭遇及命运，动笔之后却感觉笔下的主人公们好像复活于历史的缝隙间，徘徊叹息，不愿离去。他们一个个跃然纸上，血肉丰满，讲述着他们各自的喜怒哀乐、爱恨情仇。在故事里，他们谁都少不了，少了谁都成不了这个故事，于是作品越写越长，初稿完成时已逾八十万字。

作者素日需要担负工作和家庭的责任，写作只是个人爱好。家人得知作品完成后既惊讶又高兴，并鼓励其出版。于是，揣着尝试与学习的心情，作者与她的先生拜访了多家出版机构，并开始根据编辑们的反馈对小说进行修改和调整。在此期间，作品逐渐精简至五十余万字，就连小说的名字也由起初的"幻行"变成"山恋"；作者的笔名也从"昔画"改为"梓话"。看似简单的替换却倾注了作者无数的心血——喜欢的名字有重复雷同之嫌，可用的名字又难诠意，最终的定夺可谓既是权衡又是缘分。

虽然辛苦，但作品创作和出版过程中的每个环节都让作者和家人开心，给平淡的生活增添了一些趣味和期待。作者也希望通过《山恋》一书，为她已经开始创作的其他几部作品积累出版经验。可是，就像小说情节一样难以预料，作者还未能在书架上见到自己的作品，便于2015年年初因心脏疾病不幸辞世。处女作《山恋》竟成绝笔。

作者家人在与出版社的编辑商榷之后，决定代作者完成出版中的未尽事宜，让作品得以问世。但愿此书既能寄托作者家人对她的哀思，也能作为一种载体永远承续着作者的情感与回忆。如果要说还有更大的情怀，那就是希望文学，不管是阅读还是写作，能够给更多人带去更多的快乐。

作者家人

2015年3月